KB079044

정무늬 장편소설

vol. 2

동아

꿈꾸듯 달 보듬듯 2

초판 1쇄 인쇄일 | 2019년 05월 21일
초판 1쇄 발행일 | 2019년 05월 29일

지은이 | 정무늬
펴낸이 | 박성면
펴낸곳 | (주)동아

출판등록 | 제406-2012-000071호
주소 | 경기도 파주시 문발로 115, 세종출판벤처타운 201-A호
전화 | (031)8071-5201
팩스 | (031)8071-5204
E-mail | bear6370@hanmail.net

정가 | 12,000원

ISBN 979-11-6302-188-9 (04810)
979-11-6302-186-5 (set)

ⓒ 정무늬, 2019

※이 책은 (주)동아와 저작자의 계약에 의해 출판된 것이므로, 무단 전재 및 유포, 공유를 금합니다.

정무늬 장편소설

vol. 2

동아

목차

13장. 오늘 밤엔 놓아주지 않을 것이다

“투기라니 무엄하구나.”

융이 무표정한 얼굴로 고개를 돌렸다. 하지만 그의 귀는 점점 더 붉게 달아올랐다. 정처 없이 흔들리는 검은 눈동자를 보며 그린이 이제야 알겠다는 표정을 지었다.

‘야마가 아프단 소리에 쌩하니 달려갔으니 서운하셨겠지.’

혼약자가 있는 여인이 외간 사내와 오붓한 시간을 갖는 건 있을 수 없는 일이었다. 게다가 그린의 혼약자는 지엄하신 임금님이었다. 감히 임금을, 그것도 자신을 구하러 도적 소굴까지 쫓아온 임금을 외면하고 그린은 다른 남자에게 달려가 버린 거였다.

그런데도 융은 그린을 탓하지 않았다. 야마에게서 떨어지라 명하지도 않았다. 다소 심술을 부리긴 했지만, 독점욕이 강한 융으로서는 꽤 자제한 거라고 그린은 생각했다.
"야마랑 단둘이 이야기하는 게 못마땅하셨군요?"
그린이 슬그머니 피어오르는 미소를 감추며 물었다.
"무슨 말인지 도통 모르겠구나."
"야마 때문에 승마도 거리낌 없이 했잖아요. 전하께서 서운하실 만해요."
"그런 적 없다."
융이 시치미를 뗐다. 그린은 융의 미간이 보일 듯 말 듯 구겨지는 것을 놓치지 않았다. 그린은 양손으로 그의 뺨을 감쌌다. 시선을 돌리지 못하도록 제게 얼굴을 고정하는 건 융에게 배운 행동이었다.
"전하, 저를 똑바로 봐 주세요."
"……."
"전하를 탓하려는 게 아니에요. 오히려 제가 사과드려야 해죠."
"그건 또 무슨 말이냐?"
융이 미간을 찌푸리며 물었다. 그린이 호흡을 가다듬고 사과했다.
"거짓말해서 죄송해요."
거짓말이란 말에 융의 눈이 조금 커졌다. 그린이 말을 이었다.
"사실 저 승마 무섭지 않아요. 그렇게 즐겁지는 않지만 무서워서 못할 정도는 아니에요."
"뭣 하러 그런 거짓말을 한 것이냐?"
융은 도통 이해하지 못하겠다는 얼굴이었다. 잠시 망설이던 그린이 기어들어 가는 목소리로 고백했다.
"전하랑 같이 말 타는 게 좋아서요."
"……."

"승마를 못 한다고 해야 전하랑 같이 갈 수 있잖아요. 한 마리씩 타야 빨리 달릴 수 있다는 걸 알지만, 전하께서 꼭 안아 주시는 게 좋아서……."

이런 고백까지 하게 될 줄은 몰랐다. 순진한 척하면서 스킨십 밝히는 여자라고 생각하면 어쩌지? 그린의 뺨이 융의 귀보다 빨갛게 달아올랐다. 손을 꼼지락거리는 그린을 바라보던 융이 웃음을 터뜨렸다.

"하하."

융은 가지런한 이를 드러내며 소리 내어 웃었다. 보기 드물게 환한 미소였다. 그가 장난기를 머금고 물었다.

"그렇게 나와 떨어지기 싫었느냐? 거짓말까지 할 정도로?"

"전하……."

그린이 울상을 지었다. 그런 모습조차 사랑스럽다는 듯 융이 그린을 끌어안았다. 그는 품은 한결같이 넓고 따뜻했다. 그린이 추위를 느끼는 어린 토끼처럼 그의 품을 파고들었다. 융이 커다란 손으로 그린의 등을 부드럽게 쓸어내렸다.

"솔직히 말하지 그랬느냐. 여로가 길어지는 것쯤은 아무 상관 없거늘."

"전하도 야마 때문에 서운하셨다는 말씀 안 하셨잖아요."

융이 잠시 말을 잇지 않았다. 그린이 조심스레 덧붙였다.

"우리 앞으로 감정을 속이지 않기로 해요. 전하께서 오해하시는 건 싫어요."

융이 곤란한 표정을 지었다.

"참 어렵구나. 감정을 감추는 건 평생 익혀 온 일이거늘."

"평생 감정을 숨겼다고요?"

그린이 눈을 동그랗게 뜨고 물었다. 융이 씁쓸하게 미소 지었다.

"과인이 군왕임을 잊은 것이냐? 임금은 무치라 하나, 희로애락을 모두 드러낼 수는 없느니라."

"하지만……."

"내 일거수일투족을 지켜보는 한둘이겠느냐. 지존은 흠을 잡혀서는 안 된다."

"작은 흠 하나 없는 사람이 세상에 어디 있어요? 임금님은 인간도 아닌가요?"

"나는 후사도 외척도 없는 왕이다. 흠을 잡히는 순간 역심(逆心)을 품은 자들이 준동할 것이다."

융의 목소리가 낮게 깔렸다. 부서질 듯 위태로운 그리움이 그의 얼굴에 스치고 지나갔다.

'원자마마께서 돌아가셨다고 했지…….'

아이를 잃은 아비의 심정을 알 길 없어서 그린이 입술을 깨물었다. 역사대로라면 융에게는 세자를 포함한 왕자와 공주가 있어야 했다. 하지만 지금의 융에게는 단 한 명의 자식도 없었다. 융이 보위에 오른 지 8년이 흘렀다. 책임감이 강한 그로서는 대통을 잇지 못했다는 죄책감이 더욱 클 거였다.

성종의 둘째 아들이자, 정현왕후의 친아들인 진성대군의 존재도 위협적이었다. 신료들은 왕권 강화를 주창하는 까다로운 왕보다 자신의 입맛대로 움직여 줄 순한 임금을 원했다.

'전하께서 악귀에 시달린다는 것이 발각되면…… 중종반정이 앞당겨질 수도 있어.'

악귀에게 홀렸다는 사실만으로 반정의 빌미가 될 수 있었다. 명분이야 나중에 만들면 되는 것 아닌가.

악의적인 묘사로 가득한 연산군일기를 되새기며 그린이 입술을 깨물었다. 융에겐 적이 지나치게 많았다. 반대로 홍희수 같은 충신은 드물었다. 고립무원의 왕은 감정을 숨기는 일에 능숙해질 수밖에 없었다. 그마저도 잘 해내지 못했다면 버티지 못했을 테니까.

"제가 있잖아요, 전하."

매일 밤 혼자 버텨야 했던 그의 외로움을 대신 삼키며 그린이 말했다.

"전하 곁에 제가 있어요. 절대 전하를 외롭게 혼자 두진 않을 거예요."

그린이 단호하게 못 박았다. 융의 입가에 슬며시 미소가 떠올랐다.

"내 너한테 투정을 부렸구나."

"하루에 백번씩 투정부리셔도 돼요. 다 받아 드릴게요."

"네 덕에 이런 말도 할 수 있게 되었다. 널 만나고 나도 많이 변한 모양이다."

여전히 고집스럽고, 가끔은 헉 소리가 날 만큼 오만하지만, 융은 제법 변했다. 무작정 명령만 하는 것이 아니라 상대의 말에 귀 기울일 줄도 알았다.

'옛날에 비하면 개과천선하셨지. 함부로 내 옷에 손대고, 필요도 없는 신랑감 구해 준다고 난리셨으니까.'

융이 바뀐 건 그린의 교육 때문이 아니었다. 그린을 사랑하면서 스스로 깨우쳐 가기 시작했을 뿐이다. 융은 그린을 위해 더 좋은 사람이 되어 가고 있었다. 그린이 융을 위해 강한 사람이 되고 싶어 하는 것처럼.

"예전의 전하보다 지금이 전하가 더 좋아요. 앞으로의 전하는 더 좋아질 것 같고요.”

“나도 그렇다.”

“저한테는 별소리도 하고 달 소리도 하세요. 한 명쯤 속 털어놓고 말할 사람도 있어야죠.”

과거의 기억을 떠올리며 그린이 킥킥 웃었다. 성수청으로 데려가겠다고 찾아온 융에게 그린은 똑같은 말을 했다. 그 말을 들은 융은 이렇게 답했었다.

“네가 뭔데, 감히 임금의 속말을 듣겠다는 것이냐?”

융의 입가에 그림처럼 아름다운 미소가 걸려 있었다. 그린도 밝은 미소로 응답했다.

“전하의 비밀을 아는 유일한 여인이지요.”

“아니. 내 심장을 가져간 유일한 여인이다.”

융의 잔잔하면서도 깊은 눈빛이 그린을 파고들었다. 짜릿한 열기가 발끝부터 타오르기 시작했다. 융을 바라보는 그린의 눈동자가 파르르 떨렸다.

“전하.”

“임금의 심장을 훔친 죄는 무겁다. 감당할 수 있겠느냐?”

“여부가 있겠습니까.”

그린이 당차게 대답했다. 융이 그린의 입술 위에 제 입술을 포갰다. 그리곤 달콤한 열매를 맛보듯 조심스레 입술을 움직였다. 융의 품에 갇힌 채 그린은 사랑하는 이의 숨결을 받아들였다. 영원히 계속되길 바랄 만큼 행복한 시간이었다. 하지만 융의 손이 제 옷고름에 닿았을 때, 그린은 움찔 놀라고 말았다.

‘아직 마음의 준비가 안 됐는데? 갑자기 진도가 빨라졌다?’

융의 손이 조금씩 움직였다. 그 작은 움직임에 온 신경이 쏠려서 숨 쉬는 것조차 까먹을 지경이었다. 거세게 뛰는 심장 소리 탓에 귀가 먹먹했다. 뻣뻣하게 굳은 그린을 보며 융이 실소했다. 그린의 긴장이 무색하게 융이 흐트러진 옷고름을 단단히 묶어 주었다. 그게 언제 풀렸단 말인가.

"뭘 기대한 것이냐?"

잇꽃처럼 붉은 입술로 그가 말했다. 입술보다 빨개진 볼을 손으로 꾹꾹 누르며 그린이 대답했다.

"기대한 적 없거든요."

"함께 자겠다고 고집을 부린 건 너다."

"잠잔다고 했지, 다른 거…… 한다고 하지 않았잖아요."

융의 시선을 피하며 그린이 꿍얼거렸다. 자신이 생각해도 시원찮은 변명이었다. 달콤하고 아슬아슬하던 분위기는 이미 깨진 뒤였다. 제대로 된 연애 경험이 없다는 것이 이렇게 발목을 잡게 될 줄 몰랐다. 실전에서 당황하면 끝이라고 생각하며 그린이 고개를 푹 숙였다. 이럴 줄 알았으면 더 적극적으로 연애 경험치를 쌓는 건데.

아. 그거 혼자는 못 하는 거지. 그린의 얼굴이 점점 더 어두워졌다.

"무슨 생각을 하는 거냐. 쯧쯧."

혀를 찬 융이 그린을 이부자리 위로 넘어뜨렸다. 균형을 잃은 그린이 풀썩 뒤로 누웠다. 그린을 내려다보는 융의 입술은 못마땅하다는 듯 치아에 물려 있었다.

"입 다물고 얌전히 자거라."

그린에게 이불을 덮어 주며 융이 말했다. 한 이불에서 자는 건 허락해 주는 모양이었다. 이럴 때 팔베개도 해 주고 그런다던데? 그린은 은

근슬쩍 기대해 봤지만, 지고하신 임금님께서는 옥체를 내어 줄 마음이 없으신 듯했다.

'헤헤. 그래도 좋다.'

그와 날밤을 새운 적은 있었지만, 한 이불을 덮고 자는 건 처음이었다. 팔에 닿은 그의 체온이 그린의 마음을 따뜻하게 했다. 설렘과 기쁨도 잠시 긴장이 풀린 그린은 꿈나라로 떠나 버렸다. 연인을 곁에 두고 목석처럼 누워 있어야만 하는 사내는 까맣게 잊은 채.

도로롱 도로롱, 잠든 그린을 보며 융이 깊은 한숨을 몰아쉬었다.

* * *

"간밤에 잘 주무셨습니까? 혈색이 아주 좋으시옵니다!"

홍희수가 융의 안색을 살피며 활짝 웃었다. 그린을 째려본 융이 무심하게 말했다.

"아주, 잘, 잤네."

뼈가 박힌 말에 그린이 목을 움츠렸다. 그린과 융 사이의 기묘한 기류를 전혀 모르는 홍희수가 크게 반겼다.

"참으로 잘 되었사옵니다! 불면증 때문에 늘 뒤척이시더니 좋은 꿈이라도 꾸셨는지요?"

"요망한 여인이 찾아와 하룻밤을 같이 보내 달라고 조르는 꿈이었지."

"길몽이십니다, 와하하하!"

그린의 속도 모르고 홍희수가 호탕하게 웃었다. 홍희수가 기뻐할 만큼 융의 안색이 좋아진 것은 사실이었다.

잘 잤다는 말도 거짓이 아니었다. 이른 새벽 이부자리에서 몸을 일으킬 때가 가장 피곤한 융이었다. 오랜 불면은 육체를 망가뜨렸고, 융은 사냥으로 혹독하게 몸을 단련했다. 그렇게라도 하지 않으면 국사를 돌볼 수조차 없었기 때문이었다. 하지만 오늘은 달랐다. 온몸에 활력이 차올랐다. 잠만 잘 잤을 뿐인데 몸이 믿기지 않을 만큼 가벼웠다.

'이렇게 달게 자 본 것이 얼마 만인지 알 수 없구나.'

꿈속의 여인이 나오는 밤이면 악귀가 물러갔다. 그런 날이면 융은 죽은 듯 깊은 잠을 자곤 했다. 그러나 잠에서 깨면 어김없이 둔중한 피로와 함께 두통이 찾아왔다. 융은 떠날 채비하는 그린을 바라봤다. 어젯밤이 평소와 달랐던 것은 그린의 존재뿐이었다. 입을 살짝 벌리고 뒤척거리다 제 옆구리를 파고들던 작은 여인.

정말 그린 덕분에 단잠을 잘 수 있었던 것일까. 융은 오늘 밤에 다시 시험해 봐야겠다고 결심했다.

"흑흑. 아씨…… 이제 가시면 언제 뵐 수 있사옵니까."

초혜가 옷고름으로 눈가를 찍었다. 마음을 준 그린과 헤어지는 것이 못내 아쉬운 모양이었다.

"한양으로 놀러 와요. 청이라는 의붓 여동생이 있는데 초혜 씨와 만나게 해 주고 싶어요."

그린이 손으로 초혜의 눈물을 닦아 주었다. 최익서가 초혜를 다독이며 감사를 전했다.

"말씀만으로도 감사합니다, 아씨. 언젠가 꼭 찾아 뵈옵겠습니다."

최익서와 초혜의 배웅을 받던 그린 일행에게 중년 여인이 다가왔다. 여종의 부축을 받은 그녀는 낯빛이 검고, 입가 주름이 짙어 나이를 가늠하기 어려웠다.

명주 손수건으로 입을 가리고 기침을 하는 모습에서 병색이 짙게 느껴졌다. 최익서가 초혜를 두고 중년 여인에게 다가갔다. 중년 여인이 최익서를 불렀다.

"서방님."

초혜를 질투한다는 본처의 등장이었다.

'내가 왜 긴장되는 거지?'

그린이 조마조마한 마음으로 초혜와 최익서, 그 사이에 선 여인을 바라봤다. 병환 탓에 여인은 최익서보다 훨씬 나이가 들어 보였다. 갓 스무 살이 된 초혜와 나란히 서니 모녀 사이로 보일 정도였다. 그린이 무표정한 얼굴로 서 있는 융을 흘끔 바라보았다. 생각하고 싶지 않았는데 궁궐에 있을 융의 '본처'가 떠올라 버렸다.

중전 신씨. 그녀 역시 오랜 병을 앓고 있다고 했다. 그린이 융의 뜻에 따라 입궐하게 된다면 그녀와 만나게 될 거였다. 상상만 해도 목이 따끔따끔했다. 미래의 남편에게 본부인이 있을 줄 누가 알았겠는가. 500년 전 조선으로 오게 될 줄도 몰랐지만.

"나으리, 아씨. 이쪽은 제 처입니다. 늦었지만 꼭 인사를 올리고 싶답니다."

최익서가 융과 그린에게 처를 소개했다.

"떠나시는 날에야 인사 올리게 되었습니다. 큰 무례를 부디 용서해 주십시오."

사대부 여인다운 몸가짐으로 최익서의 처가 머리를 조아렸다. 최익서가 자연스럽게 그녀를 부축했다. 초혜는 한 발자국 뒤에서 그들 부부를 지켜보고 있었다.

"열은 내린 것이오? 어제보다 기침이 심한 것 같소."

"심려하지 마시옵소서, 서방님."

"약을 써도 차도가 없으니 큰일이로군."

최익서는 초혜를 대할 때와 마찬가지로 부드럽고 상냥했다. 최익서를 대하는 여인의 태도에서도 존경과 사랑이 담겨 있었다. 다정한 부부와 관기 출신의 아름다운 첩. 초혜의 말간 얼굴엔 아무런 동요가 없었지만, 그린은 유리 조각을 맨손으로 쥔 것처럼 날카로운 통증을 느꼈다.

'아무리 두 사람이 사랑한다고 해도 신분의 차는 넘을 수 없어. 본처는 본처고, 첩은 첩이니까.'

첩의 자식은 아들이라고 해도 대를 이을 수 없었다. 관직에 오르기도 어려웠고 오른다고 하더라도 높은 품계는 불가능했다. 그것은 왕의 자손이라도 마찬가지였다. 혼례도 치르지 않았는데 자식 걱정이라니. 미련하다고 생각하면서도 가슴이 답답한 건 어쩔 수 없었다.

연산조 역사는 훤하고 꿰고 있는 그린은 후궁의 삶에 대해서는 조금도 몰랐다. 융을 사랑하는 마음이 커질수록 불안함이 함께 자라났다. 최익서의 처가 그린을 향해 고개를 돌렸다. 어깨를 움찔 떠는 그린에게 그녀가 미소 지었다.

"서방님과 아우님을 많이 도와주셨다고 들었습니다."

"아우님이요?"

"우리 마님께서는 절 그렇게 불러 주세요."

초혜가 밝은 목소리로 말했다. 남편의 사랑을 빼앗아 간 천민 출신 첩을 아우님이라 부른다고? 원래 본처랑 첩은 앙숙 아닌가? 그린이 몇 번 빠르게 눈을 깜빡였다. 최익서의 본부인이 애첩인 초혜를 투기한다는 소문을 들었기에 놀라움은 더욱 컸다.

"사실 이이는 아우라기보다 딸 같습니다. 불미한 저를 보살피느라 고

생도 많지요."

최익서의 처가 따스한 눈길로 초혜를 바라봤다. 초혜가 그녀의 손을 꼭 잡고 고개를 저었다.

"그런 말씀 마세요. 마님께서 하나부터 열까지 가르쳐주시지 않았다면 천첩은 이 자리에 있지도 못했을 거예요."

"그렇게 말해 줘서 고맙네."

"저야말로 항상 고마워요, 마님."

두 사람은 정말 모녀처럼 다정해 보였다. 최익서도 그 모습에 익숙한 듯 부드러운 미소를 머금고 있었다.

'소문은 믿을 게 진짜 없구나. 세상에 이런 관계도 있을 수 있다니.'

한 사내를 가운데에 두고 서로 미워하는 처첩이 많겠지만 그렇지 않은 관계도 있을 수 있다는 사실이 그린을 안심시켰다.

"나으리와 아씨 덕분에 삼가현 백성들의 귀한 목숨을 지켰습니다. 이 은혜 죽을 때까지 잊지 않겠습니다."

최익서가 두 손을 모아 허리를 숙였다. 융이 높낮이 없는 목소리로 충고했다.

"그대가 해야 할 일이 많다. 차질 없이 마무리하라."

'일대를 시끄럽게 했던 대도가 사실 암행어사의 심복이었다.'라는 난해한 공작을 잘 완수하라는 뜻이었다. 최익서가 힘주어 대답했다.

"맡겨만 주십시오."

말에 올라타기 전, 그린이 초혜에게 다시 한번 감사를 전했다.

"명산과 대천을 선뜻 건네줘서 고마워요. 초란 씨의 유품은 좋은 일에 쓸게요."

초혜가 뺨을 복숭아 빛으로 붉히며 두 손을 모았다.

"아씨께 도움이 될 수 있어서 무엇보다 기쁘답니다. 부디 그 가락지를 저라고 생각하고 간직해 주시겠어요?"

"좋아요. 항상 초혜 씨와 함께 있다고 생각할게요."

"어맛. 황공합니다, 아씨!"

초혜는 정말 감격한 표정이었다. 뭐가 그렇게 좋은지 이해할 수 없지만, 그린은 고개를 끄덕였다.

"이제 떠나자꾸나."

융이 그린에게 손을 내밀었다. 이번에도 그린은 융과 함께 말을 탔다. 그린 일행이 보이지 않을 때까지 마을 어귀에서 최익서와 초혜가 손을 흔들었다.

* * *

객주에 도착했을 때는 해가 떨어진 뒤였다. 주인을 만나러 간 홍희수가 낭패한 얼굴로 돌아왔다.

"남은 방이 두 개밖에 없다고 합니다."

융과 그린이 독실을 쓰고 야마와 홍희수가 한방을 썼기 때문에 일행에겐 적어도 세 개의 방이 필요했다. 그린이 울상을 지었다.

"어쩌죠? 다른 객주를 찾기엔 너무 늦었는데."

"많이 피곤한 모양이구나. 어서 들어가서 쉬려무나."

홍희수가 그린을 달랬다.

"방이 모자란다면서요?"

"나와 야마 도령은 아무 데서나 자면 된다. 마구간도 있고, 술청 평상도 있질 않으냐."

그 말을 들은 야마가 벌컥 성을 냈다.

"내가 무슨 말이야? 마구간에서 자게? 부녀자인 그린이 독방을 쓰고 사내들끼리 한방을 쓰면 되잖아!"

아니 될 말이라는 듯 융이 미간을 찌푸렸다.

"인간도 아닌 기이한 자와 동숙할 마음은 없다."

"싫은 사람이 마구간으로 가면 되겠네. 나도 위험천만한 누구 씨랑 같이 있기 싫거든?"

야마가 빈정거렸다. 홍희수가 다짜고짜 야마의 멱살을 잡았다.

"야마 도령! 말이 지나치네!"

"아저씨 힘이야말로 너무 지나쳐! 대체 인간이야, 곰이야?"

"두 사람 다 진정하세요!"

그린이 두 사람을 뜯어말리려는데 융이 그린의 어깨를 감싸 안았다.

"소란 피울 것 없다. 너와 내가 한방을 쓰면 되지 않으냐."

융의 말에 일순 정적이 찾아왔다. 여행 내내 독실을 고집하던 융이었다. 그것이 밤마다 찾아오는 악귀 때문임을 홍희수조차 알고 있었다. 그런데 그린과 한방을 쓰겠다니? 홍희수가 걱정 어린 눈동자로 융과 그린을 번갈아 바라봤다.

"전하, 괜찮으시겠습니까?"

"괜찮다."

"하오나 남녀가 유별한데……."

홍희수가 우물쭈물했다. 상대가 아무리 주군이라지만 딸처럼 아끼는 그린을 선뜻 한방에 밀어 넣는 건 고민되는 모양이었다.

"이미 함께 밤을 보낸 사이다."

융이 속눈썹 한 올 깜빡하지 않은 채 대꾸했다. 그린의 얼굴은 새빨개졌고, 야마의 얼굴은 새파래졌다.

"전하!"

"지금 뭐라는 거야!"

그린이 승은을 입었다는 소식에 기뻐해야 할지 안타까워해야 할지 모르겠다는 듯 홍희수가 떨떠름하게 말했다.

"경…… 경축드리옵니다."

"희수 아저씨 축하하지 마세요! 축하받을 만한 일 한 적 없어요!"

그린이 야마와 홍희수를 돌아보며 허둥지둥 변명했다. 야마와 홍희수는 의심을 거두지 못하는 표정이었다.

"전하도 이상한 말씀 하지 마세요!"

"내가 없는 말을 했다는 뜻이냐?"

융이 불만스레 눈썹을 찌푸렸다. 뜨거워진 얼굴에 손 부채질하며 그린이 외쳤다.

"희수 아저씨가 오해하잖아요. 아무 일도 없었는데."

"입맞춤을 나누고 한 이불을 덮고 잤거늘 아무 일도 없었다, 라."

융이 눈을 가늘게 뜨고 그린에게 바짝 다가왔다. 조각처럼 미려한 그의 얼굴이 닿을 듯 가까워지자 그린이 멈칫했다. 언제 봐도 심장에 해로운 미모였다.

"네겐 아무것도 아닌 일인가 보구나?"

"그, 그게 아니라……."

"내겐 잊지 못할 밤이었다. 오늘 밤엔 널 놓아주지 않을 것이다."

융의 나지막한 목소리가 그린의 귀를 강타했다. '오늘 밤'이란 단어와 '놓아주지 않겠다'는 다짐이 맞붙으니 화력이 상상을 추월했다. 예기치 못한 공격을 당한 그린은 달음박질이라도 한 사람처럼 가쁜 숨을 몰아쉬었다. 그때를 놓치지 않고 융이 그린의 손을 잡아끌었다. 야마가 소리를 꽥 질렀다.

"위험해, 장그린! 가지 마!"

"야마 도령은 빠지시게!"

저항하던 야마는 홍희수에게 간단히 제압되었다. 그린이 야마에게서 시선을 떼지 못했다.

'왜 한풍을 쏘지 않는 거지? 아직도 몸이 아픈가.'

그 속을 읽기라도 하듯 융이 읊조렸다.

"넌 내게 집중하거라."

"전하?"

"나만 보고 나만 생각하거라. 나도 너만 보고 너만 생각할 터이니."

문장만 떼어 놓고 보면 다디단 사랑의 속삭임이었지만 융의 무표정한 얼굴엔 서늘함마저 감돌았다. 말투도 명령조라서 그린은 살포지 웃음 지었다. 융이 왜 그런지 알 것 같았기 때문이었다.

'어색하신 거구나.'

지금 융은 감정해 솔직해지자는 그린의 말을 성실히 이행 중이었다. 낯설어서 경직되어 있긴 하지만 말이다. 언제 준비를 명한 것인지, 방 안엔 이불 한 채가 깔려 있었다. 이부자리는 하나. 베개는 사이좋게 두 개. 그것이 의미하는 바는 분명했다.

일렁이는 호롱불 아래서 융이 먼저 옷을 벗었다. 그린이 놀라 등을 돌렸다.

'으아! 전하께서 진짜 작정하셨나 봐!'

사라락, 사라락. 남자 옷 벗는 소리가 왜 이렇게 색스러운 것인지! 그린은 바짝바짝 타는 입에 주전자 주둥이를 갖다 댔다. 물을 들이켜고도 좀처럼 진정되지 않았다. 뱃고동 소리보다 거센 심장 박동 소리가 그린을 두드렸다. 그렇다고 싫은 건 절대 아니었다. 오히려 바라고 있었다. 그린도 젊고 건강한 여인이었다.

융을 사랑하는 만큼 그와 마음 이상의 것을 나누고 싶었다. 완전한 하나가 되고 싶다는 바람도 간절했다.

'그래. 용기를 내 보자. 영원히 처녀로 살 순 없잖아.'

그린이 땀으로 미끈거리는 손을 바지춤에 문질렀다. 지난밤에는 분위기를 깨고 말았지만, 오늘은 실수하고 싶지 않았다.

"너는 안 벗을 것이냐?"

융이 이부자리에 누우며 물었다. 방 한구석에서 홀로 전의를 불태우고 있던 그린이 허둥지둥 대답했다.

"벗어야죠."

"어서 벗거라."

"시선을 좀 돌려 주시면 좋겠는데요……."

그린이 쭈뼛거리며 손짓했다. 융이 쓰읍, 소리를 내다가 삐딱하게 물었다.

"내가 왜? 알몸이 보이지도 않거늘."

하긴 겉옷을 벗어도 속옷이 있었다. 성적 매력을 풍김이라고는 눈을 씻고 찾아봐도 없는 남성용 속바지 저고리가.

그린이 옷고름을 풀었다. 융의 검고 깊은 눈동자가 그린의 전신을 핥듯이 바라보고 있었다.

'알몸도 아닌데 왜 이렇게 열심히 보시나요!'

그린은 그렇게 항의하지 못했다. 융의 시선이 닿는 자리마다 열꽃이 피어오르는 것 같았다. 겉옷을 벗자, 융이 제 옆자리를 팡팡 두드렸다.

“이리 오너라.”

그린이 마른침을 넘기고 무릎걸음으로 융에게 다가갔다. 잔뜩 긴장하는 그린의 마음을 아는지 모르는지 그는 태연하기만 했다.

‘일단 눕는 건가? 전하께서 알아서 리드해 주시려나? 아냐, 왕은 그런 거 안 한다고 들은 것 같은데…….’

머리가 터질 것 같아서 그린이 눈을 감아 버렸다. 그린을 내려다보던 융이 후 불어서 호롱불을 껐다. 둘을 감싼 어둠이 한층 더 농밀해졌다.

“잘 자거라.”

융이 그렇게 말하곤 그린의 가슴을 토닥거렸다. 밤잠을 설치는 어린 아이를 재우듯이.

온몸의 신경을 곤두세우고 있던 그린이 눈을 반짝 떴다.

“뭐라고요?”

“내일도 일찍 나서야 하니 잘 잤으면 좋겠구나.”

“네엣?”

그 말을 끝으로 융이 눈을 감았다. 팔베개는 물론 입맞춤도 없었다. 그린의 크고 맑은 눈동자가 정처 없이 흔들렸다.

“진짜 그냥…… 주무시는 거예요?”

용기 내어 물었거늘 융은 무심하기만 했다.

“그럼 뭘 하겠느냐?”

그린이 뻣뻣해진 뒷골을 잡았다. 그린의 목소리에 억울함이 뒤엉켰다.

“오늘 밤은 놓아주지 않으시겠다면서요?”

“그래. 놓아주지 않고 꼭 붙어서 잘 셈이었느니라. 시험해 볼 것이 있다.”

"시험이라고요……?"

"내일 알려 줄 테니 궁금해도 참고 자거라. 피곤하지도 않으냐?"

융이 뻔뻔스레 되물었다. 그린은 대나무 숲에라도 들어가 큰 소리로 외치고 싶었다.

'보자 보자 했더니, 사람을 보자기로 아나! 순진한 처녀 마음을 가지고 놀아?! 왕이면 다야? 왕이면 다냐고!'

융이라면 '맞다. 과인의 말이 곧 법이다.'라고 대답할 게 뻔했다. 그린은 바람 빠진 풍선처럼 털썩 드러누웠다. 어제 분위기 깼다고 복수하시는 건가? 아니면 잠깐 놀리시는 거?

그린이 마지막 희망을 버리지 못하고 융을 노려봤다. 은은한 달빛에 눈이 익자, 그의 반듯한 용모가 눈에 들어왔다. 실망과 분노, 농락당했다는 부끄러움까지. 다스려야 할 감정은 많았지만, 융은 여전히 아름다웠다. 그의 고른 숨소리를 듣다가 그린이 작은 목소리로 물었다.

"전하, 정말 주무시는 거예요?"

융은 대답이 없었다.

"이렇게 빨리 주무신다고요? 불면증이시라면서요?"

이번에도 융은 반응을 보이지 않았다. 정말 주무시나? 그린은 한쪽 손으로 턱을 괴고 다른 쪽 손으로 융의 얼굴을 살살 매만졌다.

'감히 용안을 만지겠다고? 무엄하기 짝이 없구나.'

융의 목소리가 들리는 것 같아서 머뭇거렸던 것은 잠시뿐이었다. 짙고 결 좋은 눈썹에서 매끈한 눈꺼풀로. 그린의 손가락이 춤추듯 융의 얼굴 위를 돌아다녔다. 허락 없이 그를 만질 수 있다는 것에 기묘한 일탈감마저 느꼈다.

이왕 이렇게 된 거, 실컷 만져 볼 작정이었다.

'성형수술 한 것도 아닌데 코가 엄청 높으셔. 입술 선도 또렷한 게 예쁘고.'

달빛이 비춰 낸 융의 잠든 얼굴은 신이 공들여 빚은 작품 같았다. 피부는 여느 여인 못지않게 매끈했고, 입술은 이슬을 머금은 듯 촉촉했다. 밤을 새워서 구경해도 좋겠다고 생각하던 그린도 스르륵 잠이 들었다. 닭 우는 소리에 눈을 떴을 땐, 융이 그린을 향해 싱그럽게 웃고 있었다.

그린이 어떤 무엄한 짓을 했는지 모르는 것처럼.

* * *

"저랑 같이 자면 악귀가 오지 않는다고요?"

국밥 그릇을 든 채로 그린이 물었다. 야마와 홍희수도 숟가락을 옮기다 말고 귀를 쫑긋 새웠다. 융이 고개를 끄덕였다.

"몇 번 더 확인해 봐야겠지만 지금까지는 그렇다."

"어제도 푹 주무셨어요?"

"꿈도 꾸지 않고 깊이 잤다. 이런 경우는 처음이다."

기대했던 일은 벌어지지 않았지만, 융의 단호한 말이 그린을 웃음 짓게 했다. 그린이 보기에도 그는 어느 때보다 혈기가 넘쳤다. 눈 밑에 드리워져 있었던 그늘도 감쪽같이 사라졌다.

"정말 잘됐네요! 밤잠만 푹 주무시면 더 건강해지실 거예요."

그린이 구김살 없이 환한 미소를 지었다. 홍희수도 기쁨을 감추지 못했다.

"참으로 감축드리옵니다! 늘 피로해 하시는 전하를 뵈며 가슴이 찢어질 아팠는데, 불면증이 고쳐지다니…… 어의도 하지 못한 일 아닙니까?"

"백약이 무효하였지."

"소신은 남녀의 인연에 무지하나, 그린이와 전하께서는 운명인 듯하옵니다. 아니 그렇습니까?"

홍희수가 호들갑을 떨었다. 융이 담담하게 대답했다.

"무슨 조화인지는 모르겠지만 그린이 덕분임은 확실하다."

"신물 때문일 거예요!"

그린이 손을 번쩍 들고 대답했다. 융이 모호하게 말을 흐렸다.

"과연 그럴까……."

"이유가 뭐 중요하겠어요. 잘 자는 게 중요하지. 앞으로도 매일 같이 자 드릴게요!"

그린이 자신만만하게 외쳤다. 악귀를 완전히 떼어 내지 못했지만, 도움이 될 수 있어서 좋았다. 무엇보다도 융이 홀로 고통을 견디지 않아도 되는 것이 기뻤다. 홍희수가 염려스러운 목소리로 말했다.

"매일 시침을 들겠다는 것이냐? 전하를 독점하겠다는 소리로 들리니 삼가거라."

"아, 그랬나요?"

쑥스러워진 그린이 뺨을 긁었다.

"너는 곧 내명부의 일원이 될 것이다. 위로는 대왕대비 마마와 중전마마가 계시고 아래로는 수없이 많은 상궁, 나인들이 있다. 항시 행실을 조심해야 한다."

홍희수의 진심 어린 조언에 그린이 머리를 조아렸다. 그린만은 절대 안 된다고 반대하던 홍희수였지만 지금은 그린의 절대적인 아군이었다.

"충고 감사드려요, 희수 아저씨. 앞으로도 많이 도와주세요."

"내가 도울 수 있는 것이라면 얼마든지."

홍희수가 만면 가득 행복한 웃음을 머금었다. 눈에 넣어도 아프지 않은 딸을 보는 아비의 얼굴이었다. 마침 생각났다는 듯, 홍희수가 융에게 은근슬쩍 물었다.

"전하, 그린이를 제 가문에 입적시키는 것은 어떠한지요?"

홍희수의 말에 그린이 눈을 커다랗게 떴다. 융도 예상하지 못한 듯 목소리가 높아졌다.

"그린일 수양딸로 삼겠다는 것인가?"

"그렇습니다. 봉천군은 무녀고, 그녀의 지아비는 중인입니다. 봉천군이 대왕 대왕대비 전의 총애를 받았다고는 해도 역부족입니다. 그린이가 궐에서 입지를 다지지 않으면……."

"총애를 받는 후궁은 먹잇감이 되기 쉽지."

융의 목소리가 낮게 잠겼다. 후궁이 된다는 건 자신의 의사와 무관하게 권력의 소용돌이에 휘말린다는 뜻이었다. 왕자를 생산해 권력을 누릴 수도 있고, 웃전의 미움을 사 폐서인될 수도 있다. 후궁의 운명은 언제 어떻게 바뀔지 아무도 몰랐다. 든든한 가문이 받쳐 준다면 적어도 권문세가에 휘둘리는 일은 막을 수 있었다.

"제 입으로 말하기 부끄럽사옵니다만, 저희 가문은 삼정승을 배출한 명문가입니다. 그린이 후궁 첩지를 받게 된다면 전력을 다해 보필할 것이옵니다."

"남양 홍씨라면 큰 도움이 될 테지. 네 생각은 어떠냐?"

융의 눈이 그린을 향했다. 그린은 갑작스러운 제안에 쉬 말문을 열지 못했다. 홍희수는 눈을 초롱초롱 빛내며 그린의 대답을 간절히 기다렸다.

"희수 아저씨께서 걱정해 주시는 마음 잘 알아요. 너무 감사하고요."

"그린아! 그럼 내 딸이 되어 주는 것이냐?"

평생의 소원을 이룬 사람처럼 홍희수의 얼굴이 환희로 물결쳤다. 당장 그린을 끌어안고 싶은 걸 억지로 참는 기색이었다. 홍희수의 행복은 얼마 가지 못했다. 그린이 조심스레 말했다.

"하지만 제 이름을 버리고 싶지 않아요."

"이름?"

"네. 장그린이란 이름 석 자요."

그린은 조선으로 떨어질 때 자신이 가지고 온 것이 세 가지라고 생각했다. 하나는 평생의 친구인 야마. 두 번째는 할머니가 남겨 주신 타로카드. 세 번째는 얼굴 모를 아버지가 지어 주신 이름 석 자. 그린은 초록의 싱그러움을 품은 제 이름을 무척이나 좋아했다. 힘들고 지칠 때, 그린을 다독여 주고 기운을 북돋아 준 것도 스스로 부르는 '장그린'이란 이름이었다.

'언제까지 엎어져 있을래. 힘내, 장그린!'

'끝내준다! 그 정도면 훌륭해, 장그린!'

그린은 오랜 친구 같은 그 이름을 버릴 수 없었다. 충격에 빠진 홍희수가 더듬더듬 말했다.

"전, 전하께서도 녹수라는 새 이름을 지어 주시지 않았느냐?"

마지막 희망을 놓지 못하는 그에게 그린이 난처한 얼굴로 대답했다.

"성을 바꾸는 건 다른 차원이 문제죠."

"아아……."

"정말 죄송해요, 희수 아저씨."

장녹수는 그린에게 운명과 같은 이름이었다. 조선 최악의 폭군인 연산군 옆에 요부 장녹수. 역사에 새겨진 두 사람의 악명은 그린에게 강렬한 인상을 심어 줬다.

500년의 세월을 거슬러 그린은 녹수연에서 다시 태어났다. 그린을 건져 낸 융은 녹수라는 새로운 이름을 지어 줬다. 그린은 장녹수가 되었고 역사를 바꾸겠다는 열망을 품었다.

폭군이 아닌 연산과 요부가 아닌 장녹수. 그 이름이 그린에게는 시작이자 끝이었다. 편의를 위해 홍녹수가 될 수는 없었다.

"전 장그린이자, 장녹수예요. 그것으로 충분해요."

그린의 목소리는 단호했다. 모든 희망을 잃은 홍희수가 몸을 무너뜨렸다.

"아아아……."

신음하는 홍희수를 보며 융이 그린에게 재차 물었다.

"명문가의 일원이 되는 편이 네게 훨씬 유리하다. 후회하지 않겠느냐?"

"유불리는 중요하지 않아요. 저는 제 이름과 사명을 지키고 싶어요."

"비장하구나. 네 뜻을 존중하마."

융이 그린의 머리를 쓰다듬으며 짧게 웃었다.

'전하를 위해서라도 이 이름을 지킬게요. 절대 전하를 폐주 연산으로 만들지 않을 거예요.'

그린이 다짐하는 동안 아침 식사를 하려는 상인 무리가 몰려왔다. 직물과 약재의 시세를 떠들던 그들이 나라님 이야기를 시작한 것은 그때였다.

"자네, 그 소문 들었나? 나라님이 전국에 채홍사를 파견해서 얼굴 좀 반반한 계집이라면 모두 끌고 간다네."

"거짓 소문이라 밝혀지지 않았나? 그저 누군가를 찾았을 뿐이라던데?"

홍희수가 발끈했으나 융이 제지했다. 여전히 무표정한 융의 얼굴을 보면서 그린이 조마조마한 마음을 억눌렀다. 뒤에 임금이 있을 줄은 꿈에도 모르는 사내들이 주둥이를 함부로 놀렸다.

"내 정보력을 무시하는 건가? 나라님이 국사는 내팽개치고 아방궁에 틀어박혀 음주 가무만 즐긴다고 하네."

"아방궁?"

"온양에 으리으리한 대궐을 지어 놓고 밤새도록 계집질한다, 이 말씀이야!"

상인이 음탕한 손동작과 함께 지껄였다. 더는 참을 수 없다고 그린이 생각할 때, 홍희수가 칼을 뽑아 들었다.

"뚫린 입이라고 못하는 말이 없구나! 세 치 혀를 잘라 죄를 묻겠다!"

칼을 빼 든 거한 앞에서 상인들이 엉덩방아를 찧었다.

"대, 대체 왜 그러시오?"

"정녕 죄를 모르는 것이냐? 지존을 모욕하고도 살아남을 성싶으냐!"

"모욕이라니, 당치 않소! 없는 데서는 임금 욕도 하는 것 아니겠소?"

상인들이 사지를 덜덜 떨면서 변명했다.

"감히 이놈이?!"

홍희수가 칼을 높이 들었다. 화창한 아침 햇살이 칼날에 번뜩였다. 홍희수를 제지한 것은 융이었다.

"경거망동하지 말아라."

"하오나!"

"내 명령을 거역하는 것이냐?"

융이 매서운 눈으로 홍회수를 나무랐다. 충신인 홍회수가 바로 칼을 거두었다.

"……아니옵니다."

분이 풀리지 않은 듯 홍회수가 입술을 깨물었다. 상인들은 뒤도 돌아보지 않고 도망쳤다.

'전하께서는 날 찾으려 했던 것뿐인데. 저런 소문이 아직도 도는구나.'

억울함이 북받쳐서 그린은 밥을 넘길 수 없었다. 정작 당사자인 융은 아무 일도 없었다는 듯 태연하게 국밥을 떠먹었다.

"없는 데서 무슨 말이든 못하겠느냐. 백성들의 욕을 들어주는 것도 군왕의 의무니라."

그린을 양녀로 삼을 계획이 무산되고, 주군을 모욕하는 죄인들을 놓아주어야 했던 홍회수는 비통한 표정으로 고개를 숙였다.

"그대의 충심을 내가 왜 모르겠는가. 괜한 문제를 일으키고 싶지 않았을 뿐이니 이해하라."

융의 말에 홍회수가 눈을 번쩍 떴다. 십수 년간 측근에서 모셔 왔지만 따스한 위로를 받는 건 처음이었기 때문이었다.

"전하……!"

감격한 홍회수의 음성이 떨렸다. 융은 여전히 무심한 얼굴이었다. 그린은 융의 대수로운 변화에 살며시 미소 지었다. 그때만 해도 상인들의 쑥덕공론은 우연이라 생각했다. 한양에 가까워질수록 여론이 심상치 않았다. 들르는 주막이나 여각마다 융에 대한 악의적인 소문이 들려왔다.

"나라님이 여색에 빠져 제정신이 아니라던데? 기생집도 제집 안방처럼 드나든대!"

"귀신이 들렸다는 소문도 있다우."

"그런 임금도 임금이야? 대통도 잇지 못했잖아!"

유언비어는 광범위하게 퍼져 있었다. 말도 안 되는 비난을 들을 때마다 홍희수는 피가 날 정도로 세게 입술을 깨물었다. 융에게 적대적인 야마조차 인상을 찌푸릴 정도였다.

"공작 냄새가 확 나네."

"누군가 일부러 퍼뜨리지 않았다면 불가능하겠지."

그린이 씁쓸하게 대답했다. 움켜쥔 주먹을 부르르 떨며 홍희수가 중얼거렸다.

"어떤 쳐 죽일 놈이 이런 짓을 꾸몄단 말이냐."

"짚이는 사람은 없으세요?"

"전하께서는 왕권 강화를 주창하고 계시다. 훈구, 사림 할 것 없이 반발하는 자들은 많았다. 겉으로야 굽신거리지마는."

"용의자를 특정하기 힘들다는 뜻이네요."

홍희수가 고개를 끄덕였다.

"누군지 몰라도 민심을 호도하는 간악한 짓을 저지르고 있다. 어쩌면 대대적인 숙청을 벌여야 할지도 모른다."

숙청이라는 말에 융의 눈썹이 꿈틀거렸다. 무오사화를 치른 그로서는 또다시 조정에 피바람을 일으키고 싶지 않을 거였다.

"밤이 깊었으니 모두 쉬도록 하라."

융이 그린을 끌어당기며 말했다. 오늘도 같은 방을 쓰는 건가? 그린이 부끄러움과 설렘을 동시에 감추었다.

"그저 풍문일 뿐이다. 깊이 생각하지 말아라."

가장 억울할 융이 오히려 그린을 위로했다. 그의 마음 씀씀이가 고마워서 그린이 배시시 웃었다.

"그럼 저 먼저 씻을게요."

그린의 뒷모습을 지켜보던 야마가 융을 불러냈다. 융의 명령에 따라 홍희수는 먼발치에서 호위했다. 으슥한 여각 뒤꼍에서 융이 팔짱을 꼈다.

"긴히 해야 할 말이 무엇이냐?"

적의 가득한 눈으로 융을 노려보던 야마가 입을 열었다.

"언제까지 그린일 이용할 거야?"

"이용이라 하였느냐."

"꿀잠 핑계로 그린일 끼고 자고 있잖아!"

"내 여인과 동침하겠다는데 네놈이 무슨 자격으로 참견하는 것이냐?"

융의 미간에 단단한 주름이 잡혔다. 야마는 쉬 물러서지 않았다.

"그린일 보호하는데 자격 같은 건 필요하지 않아. 난 그린이 오빠이자 친구다. 그린이가 태어나는 순간부터 평생 지켜 왔고."

"하, 우습구나."

융이 입꼬리를 비틀어 올렸다. 야마의 눈에서 시퍼런 불꽃이 튀었다.

"지금 비웃었냐?"

"사내의 질투를 우애나 신념으로 포장하는 네놈 꼴이 우습지 않으냐."

"뭐라고?"

"비겁하게 본심을 숨기지 마라. 그린일 가지고 싶으면 가지고 싶다, 말하란 말이다."

융이 야마의 가슴을 검지로 짚었다. 칼에라도 찔린 것처럼 야마가 움직이지 못했다.

"네 속에 무엇이 들었는지 그 아이가 알고 있느냐? 한 번이라도 솔직해져 본 적 있느냔 말이다."

"……."

"만나기 전부터 나는 그 아이를 찾고 있었다. 임금이 여색에 미쳐 채홍사를 파견했다는 소문도 아랑곳하지 않았다."

융의 목소리는 겨울 새벽 공기처럼 서늘했다. 자신을 구해 줄 은인일지도 모르는 야마에게 융은 조금도 위축되지 않았다. 야마도 그것을 문제 삼지 않았다. 남자 대 남자로 선 두 사람은 오직 그린에게만 집중하고 있었다.

"난 그 아이를 찾았고, 내 것으로 만들었다. 그동안 넌 무얼 했느냐?"

"아주 대단한 운명이라 믿고 있나 보군. 순진하기도 하셔라."

야마가 융을 비꼬았다. 바늘 하나 들어가지 않을 것 같던 융의 무표정에 금이 가기 시작했다.

"지금 뭐라 했느냐."

"얼굴 모를 여인의 꿈을 꿨다지? 그 여인이 등장하면 악귀가 사라지고."

"그걸 네놈이 어찌 아느냐?"

융이 안색을 바꿨다. 야마가 낄낄거리며 말을 이었다.

"그린이 악귀를 쫓을 수 있는 건 걔가 명혼을 타고났기 때문이야."

"명혼?"

"귀신을 쫓고 신을 부린다는 영혼. 이삼백 년 만에 한 명 날까 말까 한 귀한 영혼 말이다."

그린에게 특별한 힘이 있다는 것은 알았지만 명혼이란 말은 처음 들어보는 융이었다. 잠시 생각에 잠겼던 융이 불쑥 물었다.

"네놈이 그 아이 곁에 붙어 있는 이유도 그 때문이냐?"

정곡을 찔린 야마가 어깨를 움찔했다. 융이 꿰뚫어 보는 듯한 시선으로 야마를 노려봤다.

"염라대왕을 자처하는 네놈이 왜 기웃거리나 했더니. 그린의 혼을 노린 거였구나."

"착각하지 마!"

"그렇다면 왜 그 아이 곁에 있었느냐?"

야마는 뭔가 숨기는 사람처럼 눈동자를 굴리며 입술을 잘근잘근 씹어 댔다. 그 모습을 살피던 융이 잠정적으로 결론지었다.

'그린도 제 혼에 대해 모르는 것이 분명하다.'

처음 만났을 때부터 그린은 귀신과 대화할 수 있는 것 외엔 아무 힘이 없다고 강조했다. 귀신 초란이 성불했을 때도, 악귀를 쫓아 융을 잠들게 했을 때도 마냥 기뻐했을 뿐 이유를 알지 못했다. 그린이 명혼을 타고났다면. 명혼에 놀라운 힘이 깃들어 있다면 이해할 수 있는 일이었다. 가장 중요한 문제가 남아 있긴 했지만. 융의 눈빛이 서늘해졌다.

"네놈이 일부러 숨긴 것이냐? 그린이 제 혼에 대해 모르도록."

융의 날카로운 질문이 야마를 찔렀다. 야마는 대답하지 않았다.

"그렇지 않다면 그 아이가 명혼에 대해 모를 리 없다. 왜 그런 짓을 한 것이냐?"

"나는……."

야마가 막 입을 열었을 때 경악에 찬 목소리가 등 뒤에서 들려왔다.

"내가 명혼이라고?"

그린이 들고 있었던 광목 수건을 떨어뜨렸다. 그린을 발견한 야마는 저승사자라도 만난 사람처럼 새하얗게 질렸다.

"내가 잘 못 들은 거지? 나 탁혼이잖아…… 귀신을 부리고 신을 쫓는 흉한 혼!"

그린의 목에서 쇳소리가 넘어왔다. 야마가 다가가 그린의 손을 잡았지만, 그린이 뿌리쳤다.

"네가 숨긴 게 이거였니?"

"내 말 좀 들어줘! 다 말해 줄게."

"그렇게 물어봤을 땐 아무 소리도 안 하더니. 이제야 말해 준다고?"

그린의 목소리는 터질 듯한 분노가 담겨 있었다. 그럴 수밖에 없었다. 그린은 탁혼이라는 이유로 어머니에게 버림받았다. 버림받기 전에도 학대에 가까운 폭언과 무관심에 고통받아야 했다. 잊으려 해도 잊히지 않았던 어머니의 목소리가 그린의 귓전을 때렸다.

'네년 때문이야! 네 탁혼 때문에 장군신도 떠나셨다! 네 아비가 사라진 것도, 우리 엄마가 심장마비에 걸린 것도 너 때문이라고!'

귀신을 부리고 신을 쫓는 불길한 혼. 세상을 파멸로 이끄는 흉한 혼. 절대 행복해질 수 없는 탁한 혼. 탁혼은 그린이 아무리 애써도 벗어날 수 없는 굴레이자, 씻을 수 없는 상처였다. 그런데 인제 와서 탁혼이 아니라고?

"네 혼을 지키려고 그랬어. 명혼은 평범한 인간들도 절로 마음이 흔들릴 정도로 귀한 혼이야. 탁혼으로 위장시키지 않았다면 널 노리는 자들이 많았을 거야."

야마가 무슨 소리를 하는 것일까. 물속에서 들리는 것처럼 먹먹해서 그의 목소리가 귀에 닿지 않았다. 다리에 힘이 풀린 그린을 융이 부축했다. 야마는 손짓 발짓 해 가며 필사적으로 변명했다.

"모든 탁혼이 귀신을 부릴 수 없는 것처럼, 모든 명혼이 귀신을 쫓을 수 있는 건 아니야. 혼의 힘을 각성하지 않으면 보통 영혼과 크게 다르지 않아."

"혼의 힘을 각성한다는 게 무슨 뜻이냐?"

그린을 대신해 융이 물었다.

"영혼이 가진 영험한 신력을 발휘한다는 거지. 그린의 명혼은 내 힘으로 억눌려 있었어. 내가 힘을 잃자 평생 눌려 있었던 명혼은 빠르게 각성하기 시작했지."

"신물도 한몫했겠구나."

"그래."

"굳이 탁혼으로 위장할 필요가 있었느냐? 평생 그린일 속일 필요가 있었느냔 말이다."

융의 물음에 야마의 눈동자가 흔들렸다. 짧은 침묵 끝에 야마가 고개를 떨어뜨렸다.

"그린이 태어나기 300년 전. 내가 아직 인간이었을 때 명혼을 가진 여인을 만났다."

"……."

"그린이처럼 아름다운 목소리를 가진 여인이었다."

서랑을 회상하는 야마의 목소리가 무겁게 가라앉았다. 연분홍 저고리에 하늘색 치마를 입은 그녀가 도포를 입은 야마를 향해 미소 짓고 있었다. 꿈보다 먼 과거의 기억이었다. 꾀꼬리처럼 노래하던 서랑. 해맑게 웃던 서랑. 명혼의 힘을 각성하지 못했지만, 그녀의 명혼은 눈부시게 빛났다.

비록 서녀로 태어났지만, 서랑은 아비를 포함한 모든 이들에게 사랑받았다. 그녀가 노래할 때면 온 마을 사람들이 몰려들어 귀를 기울였다. 명혼은 선천적으로 호감을 불러일으키고 주위 사람들을 끌어당긴다. 반대로 탁혼은 가족에게조차 배척당하기 쉽다.

민속 신앙과 청, 왜, 서역(西域), 안남(安南 베트남) 등 세계의 종교학에 심취해 있던 야마는 서랑의 혼이 특별하다는 걸 어렴풋이 눈치채고 있었다. 그러나 명혼 때문에 서랑이 죽게 될 줄은 몰랐다.

"정혼자가 있음에도 서랑을 탐하는 사내들이 많았다. 그자들이 야음을 틈타 그녀를 욕보이려 했고…… 서랑은 정혼자와의 신의를 지키기 위해 우물에 뛰어들어 자살했다."

그 말을 끝으로 정적이 찾아왔다. 융이 신음처럼 낮은 목소리로 말했다.

"그린이 서랑의 환생인 모양이구나."

그린이 우물에 빠졌을 때, 야마는 세상의 이치를 어기면서까지 그린을 살릴 수밖에 없었다. 또다시 눈앞에서 그녀를 잃을 수 없었다. 하늘이 무너지고 땅이 꺼지는 그 슬픔을 또 겪고 싶지 않았다.

"인간이었던 네가 어떻게 염라대왕이 되었느냐?"

융이 물었다. 모든 걸 체념한 듯 야마가 사실을 털어놓았다.

"인간을 저주하는 마음과 인간을 사랑하는 마음. 그 모두를 가진 반혼(返魂)은 드무니까."

반혼이란 말에 융이 이맛살을 찌푸렸다. 이미 그가 이해할 수 없는 영역을 넘어선 이야기였다. 현실과 비현실의 이음매에서 양쪽을 기웃거리는 기분이었다. 그러나 믿지 않을 수 없었다. 융도 악귀라는, 분명히 존재하지만 설명할 수 없는 무엇에게 고통받고 있었으니까.

"반혼은 귀신과 신 모두를 불러들일 수 있는 혼이다. 흉하지도 귀하지도 않은, 그저 몸주의 역할을 할 뿐이다."

서랑을 잃은 뒤 야마는 식음을 전폐하다 굶어 죽었다. 반혼의 특질상 야마는 환생할 수 없었다. 지옥에도 갈 수 없었다. 수명이 다한 반혼들은 소멸하거나 저승차사가 된다. 하지만 아주 드물게 다른 제의를 받는 반혼들이 있다.

야마를 데리러 온 차사는 이렇게 물었다.

'신의 뜻을 받들어 지옥을 관장하시겠습니까? 아니면 소멸하시겠습니까?'

야마는 전자를 택했고, 전생의 이름을 잊었다. 서랑의 기억을 잃지 않은 건 인간을 저주하는 마음보다 사랑하는 마음이 더 컸기 때문이라고 짐작할 뿐이었다. 야마에게 몸을 빼앗긴 사현 역시 반혼을 타고났다. 인간의 정리와 무관한 야마지만 같은 운명을 지닌 사현이 애달팠다.

"넌 내 혼을 지켜 준다고 했었지. 과거에도 현재에도, 그리고 미래에도."

초점을 잃은 눈동자로 그린이 중얼거렸다. 아직도 자신이 명혼이라는 것이 실감되지 않았다. 다만 오랫동안 그린을 괴롭혔던 궁금증은 풀렸다. 쓰라린 상처만을 남긴 채.

"넌 내 곁이 아니라 300년 전 연인 옆에 있었던 거구나."

"그린아!"

"원망하지 않을게. 어렵겠지만 노력해 볼게. 하지만 네 얼굴은 보고 싶지 않아."

"……."

"널 마주할 자신이 없어."

그린의 뺨 위로 맑은 눈물이 방울방울 떨어졌다. 헤아릴 수 없이 깊은 우물 속에서 죽어 갈 때처럼 온몸이 찢어질 듯 아팠다. 평생을 이어

온 믿음이 부서졌다. 오랜 친구이자 하나뿐인 가족이라 생각했던 야마가 그린의 믿음을 망가뜨린 장본인이었다.

할머니가 그러셨다. 남한테는 쉬 상처 입지 않는다고. 진짜 상처는 소중한 사람이 내는 상처라고.

"이만 들어가 쉬자꾸나. 안색이 좋지 않다."

융이 그린의 어깨를 감싸 안았다. 그린은 그의 가슴에 머리를 기댔다. 융이 없었다면 버티지 못했을 것 같았다. 아니, 융이 있음에도 막막하고 두려웠다. 잊고 있었던 목소리가 불현듯 떠올랐다.

—원망하려거든 그대의 혼을 원망하시오. 혼의 주인이시여.

우물에 빠지기 전 그린을 유인한 귀신도 그렇게 말했다.

'당연히 탁혼을 원망하란 뜻인 줄 알았는데. 내가 명혼이라면 왜 명혼을 원망하려는 걸까.'

불길한 예감을 떨칠 수 없어서 그린이 몸을 웅크렸다. 가늘게 떠는 그린을 융이 더 강한 힘으로 끌어안았다.

"두려워할 것 없다. 내가 있느니라."

"전하."

"너를 지킬 것이다. 네가 날 지켜 준 것 이상으로, 내가 가진 모든 것을 총동원해 널 지킬 것이다."

융이 맹세하듯 힘주어 말했다. 그린이 융을 올려다보며 말했다.

"전하, 저 입궐할래요."

* * *

한양으로 돌아오자마자 그린의 입궐 준비가 진행되었다. 그린을 종4

품 숙원에 봉한다는 첩지도 몽화당으로 도착했다. 홍희수의 가문에 이름을 올렸으면 더 높은 작첩(爵帖)을 받을 수 있었겠지만, 그린은 아무래도 상관없었다.

'야마랑 헤어지고 싶지 않아서 망설이다가, 야마랑 멀어지고 싶어서 입궐하다니. 나도 참 제멋대로네.'

그린이 쓰게 웃었다. 야마의 거짓말이 들통나기 전, 미도 상단을 통해 봉천군의 서신을 받았다. 백방으로 찾아봤지만 남은 두 개의 신물에 대한 정보를 구하지 못했다는 내용이었다. 당분간 신물 찾기는 전면 중단이었다. 그린은 일단 궐에서 다른 방법을 모색하기로 했다.

"미리 알려 드리지 못해서 죄송해요."

그린이 봉천군에게 머리를 조아렸다. 두 번째 신물을 찾으러 간 그린이 세 번째 신물과 함께 돌아와 후궁이 되겠다고 하자 봉천군은 크게 당황했다.

"아씨, 무슨 일이 있으셨던 겁니까?"

봉천군이 물었다. 그린의 시선이 야마, 아니 사현에게 닿아 있었다. 야마와 같은 얼굴이라고는 믿을 수 없는 유순하고 지적인 분위기를 지난 사현은 비통한 표정으로 그린을 바라보고 있었다.

'사현 씨 뒤로 숨다니 너무 비겁해.'

그린이 입술을 짓깨물었다. 진실이 탄로 난 직후 야마는 제 이마를 석벽에 찧었다. 야마가 혼절하기 직전, 그린이 물었다. 지금 도망치는 거냐고. 끝까지 치사하게 굴 거냐고. 야마는 슬픈 미소만 지었을 뿐 아무 말도 하지 않았다. 제겐 변명할 자격조차 없다는 듯이.

"여사님도 알고 계셨죠? 제가 명혼이라는 걸."

그린이 씁쓸하게 물었다. 봉천군이 흐린 얼굴로 사과했다.

"제가 대왕님을 말렸어야 했는데…… 송구하옵니다."

"그런 말씀 마세요. 야마가 고집 부렸을 게 뻔하니까요."

"그 때문에 사현이 돌아온 거군요."

봉천군은 그린이 말하지 않은 내막까지 눈치챈 모양이었다. 조선에 처음 왔을 때도 그녀는 많은 것을 알고 있었다. 그린이 어떤 삶을 살고, 어떻게 죽어 조선까지 흘러들었는지. 봉천군과 함께 있을 때는 굳이 설명하지 않아도 이해받는 기분이 들었다. 그런 사람이 곁에 있다는 것은 예상보다 큰 위로였다.

"상의도 못 드리고 떠나서 죄송해요."

그린의 말에 봉천군이 애틋한 미소로 답했다.

"전하께서도 손꼽아 바라 오셨던 아닙니까? 아씨께서 전하를 도울 수 있음이 밝혀졌으니, 입궐을 서두르시는 게 당연합니다."

"신물 찾기는 당분간 못하겠죠?"

"오악과 용신에 대한 흔적은 어디서도 찾지 못했습니다."

봉천군이 천천히 고개를 가로저었다. 그린이 위로하듯 말했다.

"100년간 사라졌었으니까요."

"저는 계속해서 신물을 수소문해 보겠습니다. 아씨께서는 전하 보필에 힘써 주십시오. 이 나라 조선을 위해."

봉천군의 음성이 가늘게 떨렸다. 그린이 나라를 구할 영웅이 될 거라고 확신하는 듯했다. 그린 덕분에 융은 길고 긴 불면에서 놓여날 수 있었다. 홍희수의 말처럼 그린은 아무도 하지 못한 일을 해낸 거였다.

'봉 여사님은 이렇게 될지 미리 알고 계셨는지도 몰라.'

처음 만났을 때부터 봉천군은 낯모를 그린을 극진하게 모셨다. 융에게는 '전하를 구할 마지막 희망'이라 말하기도 했다. 조선으로 타임 슬립한 이후 탁혼으로 위장되어 있었던 그린의 명혼은 본모습을 되찾았다. 내로라하는 무녀였던 봉천군이 명혼을 단번에 알아봤다고 해도 이상하지 않았다. 하지만 그것이 전부였을까. 신력을 모두 잃었다지만 봉천군은 신력으로 설명할 수 없는 영험함을 가지고 있었다.

그녀의 진짜 목적은 무엇일까. 정말 순수하게 나라와 임금을 걱정하는 걸까. 그린이 입술을 깨물었다. 봉천군의 친절을 실컷 누려 놓고 이제 와 의심하는 자신이 부끄러웠다.

'사람이 사람을 안 믿으면 누굴 믿냐고 큰소리친 주제에.'

누굴 믿어야 할지, 무엇을 의심해야 할지 그린은 확신할 수 없었다. 잃어버려서는 안 될 소중한 무언가를 잃어버린 느낌이기도 했다. 모두 야마 때문이라고 말하고 싶진 않았다. 원망하는 마음을 지우진 못했지만. 아직도 그린은 자신을 버린 어머니의 기억에서 벗어나지 못했다. 지독한 따돌림도 탁혼으로 위장되었기 때문이라고 생각하면 눈물이 절로 흘렀다.

그린이 망할 혼 때문에 되는 것이 없다고 발광할 때, 야마는 아무것도 모르는 척 위로를 건넸었다. 그 기만과 배신을 떠올리면 뱃속이 뒤집히는 것 같았다.

'하지만 야마는 날 지키기 위해 모든 걸 잃었다. 진심까지 비난해서는 안 돼.'

무슨 짓을 저질렀든 야마가 그린의 목숨을 되살린 은인이라는 사실에는 변함이 없었다. 야마와 완전히 멀어질 수도 없었다. 야마가 없으면 융을 완전히 구해 내지 못하므로. 분노와 슬픔, 참혹한 이해타산까지 뒤엉켜 그린은 자책하고 또 자책했다.

'내가 너무 순진했어. 속은 내 잘못이야.'

그러다가도 불쑥 날카롭게 벼려진 속내가 튀어나왔다.

'착각하지 마. 야마는 전생의 연인을 구한 것뿐이야. 명혼이 아니었다면 염라대왕이 널 거들떠보기라도 했겠니?'

아니라고 고개를 저어 봤지만 소용없었다.

'야마는 네 인생을 파멸로 몰아넣었어. 야마만 아니었다면 어머니에게 버림당하지 않았을 거야.'

그런 생각이 튀어나올 때마다 그린은 숨조차 편히 쉴 수 없었다. 융이 보고 싶었고, 그의 곁에 있고 싶었다. 며칠 전만 해도 온종일 붙어 있었는데. 삼가현으로의 여행이 벌써 꿈결 같았다. 죽도록 피곤했던 여정도, 납치당했을 때의 공포도 모두 잊혔다.

남은 것은 보기 드물기에 더 귀한 융의 미소. 그린을 어루만지던 부드러운 손의 촉감뿐이었다. 입궐하게 되더라도 그때의 안온함은 없을 거로 생각하니 아쉬움이 밀려들었다. 후궁이 되고 나면 융과 겸상을 하거나, 함께 말을 타는 일은 힘들 거라고 홍희수가 말했다. 매일 밤 함께 보낼 수도 없을 거라고도 했다. 그게 뭔지 도통 모르겠지만 왕실의 법도에 따라야 한다는 거였다.

"앞으로 아씨를 교육할 박 상궁이라고 합니다."

몽화당으로 파견된 박 상궁은 작고 마른 체구를 가진 40대 초반의 여인이었다. 동백기름을 발라 쪽 찐 머리나, 주름 한 점 없는 녹색 상궁복에서 엄격함이 엿보였다. 말투에도 억양과 감정이 없었다. 그린에게 잘 보이기 위해서 친절을 꾸며내지도 않았다. 그렇다고 무심한 건 아니었다.

그린이 한자에 약하다는 것을 알고 언문으로 된 내훈(內訓 인수대비가 저술한 여성 교육서)을 구해 주었다. 그린이 실수해도 포기하지 않고 몇 번이나 다시 가르쳤다. 능력과 성품 등 모든 면에서 융의 신임받는 몇 안 되는 상궁이라는 말을 실감할 수 있었다.

'말투 너무 어려워. 외워야 할 것도 너무 많아. 한자 자격증이라도 따 놓을걸.'

그린이 머리를 쥐어뜯었다. 지나칠 만큼 완벽한 박 상궁의 교육 덕분에 잠 잘 시간도 부족했다. 그린이 입궐한다는 소식을 듣고 이틀간 식음을 전폐했던 청이도 그린을 따라 예법을 배웠다. 예법을 익혀야만 후궁 마마가 된 그린을 만나러 갈 수 있다는 봉천군의 말 때문이었다.

–만나 뵙고 드릴 말씀이 있습니다. 부디 시간을 내주십시오. 기별을 기다리겠습니다.

사현의 서신을 그린이 봉투에 집어넣었다. 그가 보내온 서신이 벌써 열 통이 넘었다. 바쁘다는 핑계를 대고 있었지만, 사현은 포기하지 않았다. 아마가 아니라는 것을 알면서도 차마 그 얼굴을 보기 힘들었다.

그렇게 입궐 당일이 되었다.

* * *

멋들어진 흰 수염을 가진 노인 옆으로 검은 복면을 쓴 여인이 무릎을 꿇고 있었다. 팔관회 회주인 왕규과 그 측근이었다.

'오늘도 목에 수건을 걸고 있군. 꺼림칙한 노인네.'

왕규의 모시 수건을 보며 임사홍이 비굴한 웃음을 띠었다. 지난날 임사홍은 왕규의 힘을 의심하다가 큰 고초를 겪었다. 악귀에 씌었던 기억을 떠올리면 지금도 오줌이 찔끔 샐 지경이었다. 악귀에 수년간 시달리고도 끄떡없는 융을 보면서 '철없는 애송이 임금'이라 욕했던 자신을 잠시 반성하기도 했다. 곧 '악귀도 어쩌지 못하는 독종'이라 바꿔 불렀을 뿐이지만.

"명하신 대로 조선 팔도에 소문을 퍼뜨렸습니다, 회주님."

임사홍이 공손하게 보고했다. 왕규가 별 감흥 없는 어조로 답했다.

"꽤 성과가 있던 모양이더이다."

"여색에 미쳤다는 소문이 유효한 것 같습니다. 자격 없는 자가 용상(龍床)을 차지했다는 민심이 들끓고 있답니다."

삼정승도, 공신도 아닌 늙은이에게 머리를 조아린다는 사실에 임사홍은 짜증이 치밀었다. 자신이 누구던가. 성종의 총애를 받았던 종친 아닌가.

'반정에만 성공하면 이 늙은이도 없애 버려야지.'

물론 기이한 주술을 쓰는 왕규 앞에서 본심을 드러낼 수는 없었다. 왕규가 물었다.

"진성대군 쪽 일은 어찌 되었소?"

상전이라도 된 듯한 태도에 배알이 뒤틀렸지만, 임사홍은 때를 기다릴 줄도 알아야 군자라며 스스로 다독였다.

"세상 물정 모르는 어린애입니다."

"그럴수록 더 조심히 다뤄야지."

"여부가 있겠습니까. 당근과 채찍을 주면서 잘 길들이고 있습니다."

임사홍이 굽신거렸다. 왕규는 속을 알 수 없는 표정으로 임사홍을 빤히 바라보고 있었다.

"흠흠."

임사홍이 헛기침을 한 뒤에 물었다.

"주상이 기생집을 드나들었던 건 사실이라지요? 회주께서는 그 정보를 어찌 아셨습니까?"

"그리도 궁금하시오?"

"회주와 저는 이미 한배를 탄 사이 아닙니까. 같은 편끼리 정보 공유부터 해야……."

"아직도 날 못 믿는 모양이구려."

왕규의 눈빛이 무섭게 가라앉았다. 찔끔 놀란 임사홍이 손을 내저었다.

"그럴 리가 있겠습니까? 허허허."

"신뢰 없이 어찌 거사를 도모하겠소이까. 원치 않으면 지금이라도 빠지시오."

"아이고, 당치도 않습니다. 저, 저는 급한 볼일이 생각나서 이만 일어나겠습니다."

임사홍이 더듬더듬 변명했다.

"멀리 나가지 않겠소."

왕규가 허락하자마자 임사홍이 꽁무니를 뺐다. 복면을 쓴 여인이 눈을 가늘게 뜨고 웃었다.

"소인배 주제에 맹랑한 짓을 하는 놈이네요."

"쯧쯧. 역천(逆天)의 날, 죽게 될 줄도 모르고."

"그날 죽게 될 역적들이 한두 명이겠어요?"

여인의 목소리는 자못 발랄하기까지 했다. 왕규가 흰 수염을 쓸어내리며 고개를 끄덕였다.

"거사가 멀지 않았어요."

"지난한 시간이었다. 이제야 끝이 보이는구나……."

회한에 잠긴 왕규를 바라보던 여인이 짧게 웃었다.

"성급하시네요."

"……."

"아직 이융은 살아 있어요. 우리 팔관회의 마지막 신물도 찾지 못했고요."

"마지막 신물이 이리 속을 썩일 줄 누가 알았겠느냐."

"전 절대 포기하지 않아요. 다섯 신물을 모두 찾을 거예요. 천기(天器) 역시도요."

여인이 작은 손을 움켜쥐었다. 왕규는 지옥도가 그려진 병풍과 여인을 바라보며 쓸쓸한 웃음을 흘렸다.

* * *

"숙원마마, 안으로 드시지요."

박 상궁이 그린을 처소로 안내했다. 여전히 사무적이고 무뚝뚝한 말투였다.

"고맙네."

그린이 겨우 대답했다. 한 마디 한 마디가 어색해서 견딜 수 없었다. 무거운 가체도 겹겹이 입은 원삼(圓衫)도 갑갑하기 이를 데 없었다. 융이 보낸 가마를 타고 입궐하는 동안에도 실감이 나질 않았다. 책봉식을 할 때도 얼이 반쯤은 빠져 있었다.

'자세를 흐트러뜨리면 아니 되옵니다. 치아를 보이며 웃어서도 아니 됩니다. 중전마마 앞에서는 고개를 숙이되 비굴하셔선 아니 되옵니다.'

박 상궁의 지적이 쉼 없이 이어졌다. 그린은 실수하면 안 된다는 생각에 사로잡혀 있었다. 얼마나 긴장했는지 그렇게 궁금했던 중전의 얼굴도 기억이 나지 않았다.

'뮤지컬 지망생이던 내가 임금님의 후궁이 되다니. 그 임금님이 후대에 연산군이라 불리는 사람이고, 나는 숙원 장녹수…….'

눈앞이 아찔할 만큼 무거운 현실이었다. 웅장한 궁궐의 위용에도 주눅이 들었다. 하지만 누가 억지로 떠민 것이 아니라 스스로 선택한 길이었다. 여기까지 와서 물러설 수도 없었다. 그린은 허리를 곧게 펴고 눈에 힘을 주었다. 그린을 흘끔거리는 시선이 여기저기서 쏟아졌다. 후궁 마마 뒤에서 숙덕공론을 늘어놓는 간 큰 자들은 없었다. 그러나 그들이 무슨 소리를 떠들고 싶은지 그린은 잘 알고 있었다.

숙원 장녹수의 앞날을 축복하는 말이 아니라는 것 역시도.

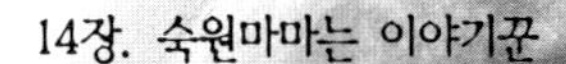

14장. 숙원마마는 이야기꾼

'노비 출신 기생이래. 한양 바닥에선 유명한 기생이라는데?'

'상인의 딸이라는 소문도 있어. 친 오라비하고 눈이 맞아 도망갔다가 잡혀 왔대.'

'전하께서 저 여자 때문에 상사병에 걸리셨다잖아. 명인이라 불릴 만큼 방중술이 끝내준다더라.'

융을 괴롭혔던 악의적인 소문에 자신도 시달리게 될 줄은 몰랐다. 물론 그린이 기녀 경연에 나갔던 것도 사실이고, 몽화 상단의 안주인인 봉천군의 양딸이라는 것도 사실이었다. 하지만 안 그래도 서러운 처녀한테 방중술 명인이라니! 그린을 관찰하듯 흘끔거리는 시선에서 질투와 호기심, 경멸마저 느껴졌다. 사실과 거짓이 뒤섞인 소문은 궁궐에도 퍼진 듯했다.

'온몸으로 거부당하는 이 익숙한 불편함. 옛날로 돌아간 것 같네.'

무당의 딸이라고 손가락질당하던 어린 시절을 떠올리며 그린이 쓴웃음을 지었다. 소문 따위 무섭지 않았지만, 구중궁궐에서 잘 적응할 수 있을지 염려스러웠다. 그린의 걱정을 알아채기라도 한 듯 박 상궁이 나인들을 무시무시한 기세로 쏘아보았다.

"숙원마마 행차시다. 어느 안전이라고 고개를 빳빳이 들고 있는 게냐?"

오뉴월 서리처럼 매서운 목소리였다. 하마터면 그린도 허리를 숙일 뻔했으니 나인들은 오죽할까.

"송구하옵니다, 마마."

찔끔 놀란 나인들이 시선을 바닥에 고정했다. 무섭기는 엄청 무섭지만, 박 상궁은 유능하고 눈치 빠른 사람이었다. 그린은 박 상궁에게 감사의 뜻으로 눈인사를 보냈다. 봤는지 못 봤는지 박 상궁은 내색하지 않았다.

"이곳이 앞으로 마마께서 쓰시게 될 처소입니다."

박 상궁이 말하자 나인들이 양옆에서 미닫이문을 열었다. 모란꽃 병풍과 붉은 칠이 된 자개 가구로 꾸며진 방이 보였다. 길고 큰 창에서는 따사로운 햇볕이 쏟아졌고, 은은한 백단향이 감돌았다. 금으로 장식된 등촉과 칠보 경대, 우윳빛 달항아리, 옥으로 만들어진 나비가 달린 술 장식 등 집기 하나하나가 고급스러웠다. 무작정 화려하기만 한 것이 아니라 우아하면서도 예술적인 분위기가 감돌았다. 중궁전이라고 해도 믿을 지경이었다.

'후궁들은 원래 이렇게 좋은 데서 사나? 사극에서 봤던 것보다 훨씬 훌륭한데? 혹시 전하께서 손쓰신 건가?'

아무리 봐도 일개 후궁의 처소라고 보이지는 않았다. 그린의 표정을 읽은 박 상궁이 무심하게 말했다.

"주상 전하의 하교대로 특별히 꾸며진 방이옵니다."

그린이 지끈거리는 머리를 손으로 짚었다. 임금님이 직접 기녀 출신 후궁의 방을 살피다니. 나인들이 그린을 뚫어지라 쳐다보던 이유도 대충 알 것 같았다.

"마마를 시기하는 자들이 많을 것입니다. 하오나 귀 기울이실 필요 없사옵니다."

그린이 고개를 끄덕였다. 박 상궁이 바로 주의를 시켰다.

"고갯짓만 하시면 아니 되옵니다."

"알았네. 미안하네."

"아랫것들에게 쉬 사과하셔도 아니 되옵니다."

박 상궁의 깐깐한 지적에 그린이 목을 움츠렸다. 궁궐식 말투도 아직 입에 붙지 않았다. 존댓말보다 하대가 더 어려운 까닭이었다. 몽화당에서 사전 교육을 받을 때, 그린은 융에게 물은 적이 있었다. 박 상궁은 어떤 사람이냐고. 그때 그는 이렇게 답했다.

'전적으로 믿어도 좋을 내 사람이다.'

박 상궁은 융이 동궁전에 있을 때부터 그를 모셨다고 했다. 대전 상궁이었던 그녀에게 숙원을 모시라는 명은 명백한 좌천이었지만 박 상궁은 한마디 불평도 하지 않았다고 했다. 박 상궁은 융에게 믿음을 줬던 충성심을 그린에게도 보여 주고 있었다.

홍희수, 몽화당 사람들을 쉬 만날 수 없는 그린에겐 믿을 만한 측근이 필요했다. 무뚝뚝하긴 해도 박 상궁이 큰 힘이 될 것이 분명했다.

"이제 뭘 해야 하는가?"

쭈뼛거리며 방 안을 구경하던 그린이 물었다.

"중궁마마께서 차를 들자고 하셨사옵니다."

"왕실 어른들께 문안드리는 것이 먼저 아닌가?"

"고뿔에 걸리셨다고 하옵니다."

"대비 마마들 전부?"

그린이 눈을 동그랗게 떴다. 내명부에는 그린을 괴롭히는 내훈의 저술가이자 성종의 어머니인 인수대비와 성종의 계비인 자순대비, 성종의 후궁이었던 엄 귀인과 정 귀인이 있었다. 네 사람이 동시에 감기를 핑계로 그린의 인사를 거절했다니. 명백한 따돌림이었다.

"예. 모두 편찮으시다 하옵니다."

박 상궁이 대답했다. 안타깝다거나 미안해하는 기색 없이 무표정한 얼굴이었다. 보료에 앉은 그린이 어깨를 들썩이며 환하게 웃었다.

"그거 잘 되었네. 나는 중전마마에게만 집중하면 되겠군."

그때 박 상궁이 처음으로 감정 비슷한 것을 드러냈다. 철없는 학생을 어떻게 지도해야 하는지 막막해하는 담임선생님 같달까. 관자놀이를 주무른 박 상궁이 다시 한번 설명했다.

"노골적으로 마마를 피하신 것이옵니다."

그린도 잘 알고 있다는 듯 고개를 끄덕였다.

"그래서 잘되었다고 한 것이야."

박 상궁은 더욱 미궁에 빠진 표정이었다.

"전하의 특은을 받는다 하셔도 왕실 어른들 눈 밖에 나면 궐 생활이 순탄할 수 없사옵니다."

"하지만 자네도 알다시피 나는 왕실 법도에 미숙하네."

"몹시 미숙하시지요."

박 상궁이 냉큼 대답했다. 그린이 머쓱한 얼굴로 큼큼, 목소리를 다듬었다.

“대왕대비께서 의당 받아야 할 문안도 피하셨다는 건 벌써 내게 안 좋은 인상을 받으셨다는 것이네.”

“송구하옵니다만 마마의 말씀대로이옵니다.”

“그러니 인사치레 같은 건 나중에 드리면 드릴수록 좋지.”

“시간을 벌자는 뜻이옵니까?”

박 상궁이 되물었다. 알아줘서 기쁘다는 투로 그린이 생긋 웃었다.

“그래. 내겐 할 일이 아주 많다네.”

“마마의 예법은 단시간에 해결할 수 있는 문제가 아니옵니다만…….”

박 상궁이 침통한 표정을 지었다. 그린은 약간의 미안함을 담아 고개를 저었다.

“내훈과 한자는 꾸준히 공부할 테니 염려 말게. 그보다 중요한 건 중전마마와 친분을 쌓는 거니까!”

그린이 활기차게 말했다. 부정적인 편견을 가진 대비들에게 잘 보이기 위해 애쓸 시간에 더욱 강력한 자기편을 만들겠다는 뜻이었다. 그린의 명석함에 감복한 듯 박 상궁의 얼굴에 미소 비슷한 것이 스쳐 지나갔다.

“내명부의 수장은 중전마마이시지요.”

“주상 전하의 뜻을 가장 잘 받들어 주시는 분이기도 하고.”

“중전마마는 바느질을 즐기시는 분이시옵니다. 중전마마의 호감을 사시려면 자수 연습도 더 열심히 하셔야 하옵니다.”

박 상궁이 충고에 그린이 울상을 지으며 고개를 푹 숙였다. 대비들의 따돌림보다 글공부나 자수 연습이 그린에게 더 어려운 문제였다.

* * *

중전의 취향이 반영된 듯 중궁전에는 우아한 공예 작품이 많았다. 오방색 천을 바느질로 엮은 조각보가 걸려 있었고, 8폭 자수 병풍이 고상함을 더 했다.

십장생도나 문방기명도(文房器皿圖) 등 규방 공예 작품집에서 봤을 법한 자수 작품도 보였다. 규중칠우라 불리는 바늘, 실, 골무, 가위, 자, 인두, 다리미들도 가지런하게 정리되어 있었다. 그린은 중전 신씨의 정보를 다시 한번 되새겼다.

'전하와 동갑인 27세. 원자 마마를 잃은 뒤에 회임은 하지 못하셨고. 병약하신 탓에 대외적인 활동보다는 혼자 바느질하는 걸 즐기신다고 했지. 책봉식에선 그리 편찮아 보이진 않으셨는데.'

입궐 전 봉천군에게 중전은 어떤 분이냐고 물은 적이 있었다. 봉천군은 '지아비인 전하를 누구보다 믿고 따르는 사람'이라고 짧게 답했다. 같은 거창 신씨 가문이라도 신분이 다른 만큼 이렇다 할 친분은 없다는 거였다.

융은 중전을 조용하고 현숙한 여인이라 말했다. 그가 '가져야 할 여인'이 있다고 했을 때도 무척 반겼으며, 그린의 책봉에도 가장 적극적이었다고 했다. 남편이 첩을 두겠다는 말에 쌍수 들고 환영하는 아내라니. 그린으로서는 도무지 이해하기 힘든 사고방식이었다.

역사에 따르면 중전 신씨는 훌륭한 품성을 가진 사람이었다. 비록 폐비가 되긴 했지만, 연산군이 권좌에서 끌려 나왔을 때도 그녀만은 무사했다. 거창군부인으로 불리며 61세까지 천수를 누린 걸 보면 대우도 나쁘지 않은 듯했다.

'남편은 귀양 가서 죽고, 아들들은 모두 살해당했지만…….'

그린의 얼굴이 해쓱해졌다. 모든 사람의 죽음이 편치 않겠지만 죄 없는 아이들의 죽음은 날카로운 못을 삼킨 것처럼 괴로웠다. 지아비와 아들을 모두 잃은 그녀가 평탄하게 천수를 누렸을 리가 없다고 생각하며 그린은 절을 올렸다.

"초대해 주셔서 감읍하옵니다."

"이렇게 보니 더 반갑네. 처소는 마음에 드시는가?"

중전이 부드러운 미소로 그린을 반겼다. 그린은 실례가 되지 않는 선에서 중전의 모습을 관찰했다. 전형적인 미인형에 가까운 또렷한 이목구비를 가진 여인이었다. 마르긴 했지만 야위었다는 느낌은 없었다. 병을 오래 앓은 사람처럼 보이지도 않았다. 한 나라의 왕비답게 행동거지에서도 자연스러운 기품이 흘러나왔다.

이상한 것은 한번 보면 잊지 못할 미녀가 분명한데 고개만 돌리면 그녀의 얼굴을 떠올리기가 쉽지 않다는 거였다. 어떻게 생겼는지, 어떤 식으로 말하고 움직이는지 모를 정도로 인상이 거의 남지 않았다.

'책봉식에서 봤는데도 처음 보는 사람 같아. 도대체 왜 그러는 거지?'

그린이 당혹감을 감추며 차를 한 모금 마셨다. 고급 차를 훌륭한 솜씨로 우렸다는 것은 느껴졌지만, 별다른 맛이 느껴지지 않았다.

눈에 보이지만 어떠한 인상도 남기지 않는 중전처럼. 그린은 탁혼과 무당의 딸이라는 이중 굴레 속에서 자랐다. 사람들과 어울리기 위해서는 남들보다 몇 배의 노력이 필요했다. 상대를 관찰하고, 이해하고, 진심으로 대하는 것. 대수로울 것 없는 방법이었지만 인간관계에서는 큰 도움이 됐다. 덕분에 그린은 사람을 관찰하고 기억하는데 특별한 재주를 얻게 됐다. 하지만 그 재주도 중전 앞에서는 소용이 없었다.

"자네 덕분에 전하께서 무척 기뻐하셨네. 어심을 달래 드리는 것만큼 귀한 일이 어디 있겠는가. 앞으로도 성심을 다해 주게."

"명 받잡겠사옵니다, 중전마마."

"책봉식에서의 몸가짐도 훌륭하였다네. 앞으로 자네의 도움을 많이 받게 될 것 같으이."

"과찬의 말씀이시옵니다."

판에 박힌 말을 하면서도 그린은 낭패감을 지우지 못했다.

'마치 영혼이 없는 사람 같아. 내가 너무 민감한 걸까?'

이대로라면 중전과 친해지기는커녕 어떤 사람인지 파악할 수조차 없을 것 같았다. 마른침을 삼킨 그린이 중전에게 물었다.

"마마께 상의드리고 싶은 일이 있사온데 여쭈어도 좋겠사옵니까?"

중전이 부드러운 미소를 머금은 채 허락했다.

"무엇이든 말씀해 보시게."

"소첩에 관한 불미스러운 소문이 돌고 있사옵니다. 혹시 알고 계시옵니까?"

그린이 단도직입적으로 물었다. 박 상궁에게 혼날 것 같았지만 다른 방법이 생각나지 않았다.

'소문이 돈다는 것은 내명부 수장인 중전의 흠이지. 무능하다고 돌려 까는 말로 들을 수도 있어.'

의례적인 말만 나누면 그 사람의 본질을 파악하기 어려운 법이었다. 그린은 약간의 모험을 감행하기로 했다. 약점을 건드렸을 때 중전이 어떻게 반응하는지 궁금했기 때문이었다.

"이런…… 그런 일이 있었는가?"

중전이 고운 이마를 찌푸렸다. 소문 따위 처음 듣는다는 투였다. 정말 모르는 걸까? 아니면 모르는 척 관망하겠다는 것인가? 몰랐다면 궐내 사정에 밝지 못하다는 뜻이고, 모르는 척한다면 그린을 도와줄 마음은 없다는 뜻이었다.

"괜한 말로 심려를 끼쳐 송구하옵니다."

그린이 실망감을 감추고 일단 물러섰다. 중전이 예상치 못한 한 방을 날린 건 그때였다.

"꺼림칙한 풍설이 돈다는 것이 사실이라면, 자네는 이 일을 어찌 해결하겠나?"

중전의 물음에 그린이 멈칫했다. 소문의 해결책을 그린에게 물을 줄은 몰랐기 때문이었다.

'보기보다 전략적인 분일지도 몰라.'

그린이 중전이었다고 해도 같은 방법을 택했을 것 같았다. 자신의 흠을 감추면서도 상대를 시험할 수 있는 묘수였으니 말이다.

"소첩은 이제 막 입궐한 철부지에 불과하옵니다. 문제를 해결할 혜안도 없사옵니다."

그린이 난처한 표정으로 뺨을 짚었다. 중전이 그린 쪽으로 몸을 기울이며 방긋 웃었다.

"그럴 리가. 몇 번이나 전하께서 자네의 지혜로움을 칭찬하셨다네. 필시 꾀를 낼 수 있을 것이야."

중전이 이렇게 나오면 그린으로서도 피하기가 어려워졌다. 중전은 무슨 속셈일까. 그린은 예쁜 인형 같은 그녀의 얼굴을 빤히 바라봤다. 여전히 속내를 파악하기 힘들었다.

"소첩이 나서서 해결해 보란 말씀이십니까?"

"지혜를 빌려 달란 말일세. 풍설에 계속 시달리는 것은 자네도 싫을 것 아닌가?"

"지당하신 말씀이옵니다."

그린이 쓰게 웃었다. '어차피 고생하는 건 너지, 내가 아니야.'란 말로 들리는 까닭이었다. 중전은 그린이 일을 어찌 해결하는지 지켜볼 셈인 것 같았다.

'내가 소문의 진상을 파악해도, 실패해도 중전마마는 피해 볼 게 없어. 전자라면 갓 입궐한 후궁을 믿고 맡긴 중전마마의 인품 덕이고, 후자라면 기녀 출신 후궁의 몽매함일 뿐이니까.'

중전을 파악하기 위해 꺼낸 물음 때문에 그린은 난데없는 시험을 보게 됐다. 악의적인 소문과 질투에 휩싸인 채로. 누가 봐도 곤란할 상황이지만 그린은 갓 피어난 꽃봉오리처럼 화사하게 웃었다.

"부족합니다만 소첩이 불미스러운 풍설을 흘리는 자들을 모두 찾아내겠사옵니다."

그린이 중전의 시험을 받아들였다. 중전도 만족스러운 기색이었다.

"고맙네. 자네가 와 주어서 참으로 든든하군."

"소첩은 중전마마의 명을 성실히 따를 뿐이옵니다."

그린의 눈이 샛별보다 더 반짝였다. 일개 숙원이 아니라 중전의 대리로서 일하겠다는 선언이었다.

'내게도 나쁘지 않은 시험이야. 자유롭게 조사할 수 있고, 중전마마와 사이가 각별하다는 걸 알릴 수도 있으니까.'

임금의 총애를 받는 후궁과 아들을 낳지 못한 중전의 대립은 나라의 우환이 되기 쉬웠다. 대비들에게 배척당하는 그린으로서는 중전과의 관계가 무엇보다 중요했다. 그린 뒤에는 융이 있었지만, 임금은 내명부의 일에 시시콜콜 간섭할 수 없었기 때문이었다. 그린의 의도를 아는지 모르는지 중전이 부드러운 미소를 띠었다.

"도움이 필요하면 언제든지 말하시게. 사람이든 내탕금이든 내줄 터이니."

"황공하옵니다, 중전마마."

* * *

해가 저물자 그린의 처소에도 등촉이 밝혀졌다. 먹음직스럽게 차려진 주안상 앞에서 그린은 촛불을 바라보며 손을 꼼지락거렸다. 작은 소리에도 흠칫 놀라며 두리번거리는 까닭은 오늘 밤 융이 행차한다는 전갈을 받았기 때문이었다. 대망의 첫날밤이란 소리였다.

"주상 전하 듭시옵니다."

문이 열리고 융이 들어왔다. 그린은 자동인형처럼 벌떡 일어나 그를 맞았다. 익선관에 곤룡포을 입은 융은 너무 오랜만이었다. 후궁 책봉 후에 만난 것도 처음이었다. 그가 왕이라는 사실은 한 번도 잊은 적 없었지만, 이렇게 마주하고 나니 절로 긴장되는 그린이었다. 융이 도포를 입고 있을 때는 느끼지 못했던 거리감과 위엄 탓에 정신이 아득해질 지경이었다.

'어떻게 하라고 했더라? 인사말부터 하는 거였나, 아님 절부터 하는 거였나?'

박 상궁에게 수없이 들었던 예법은 하나도 기억나지 않았다. 초조한 적막이 그린과 융을 휘감았다. 보료에 앉은 융은 그린을 빤히 올려다보고 있었다. 감탄이 절로 흘러나오는 아름다운 얼굴과 천년 빙설처럼 시린 무표정. 내면까지 꿰뚫어 보는 듯한 검은 눈동자.

입고 있는 옷은 다르지만, 항상 너른 품으로 그린을 안아 주던 융이었다.

'넌 내 심장을 가져간 유일한 여인이다.'

'내가 가진 모든 것을 총동원해 널 지킬 것이다.'

그의 목소리가 새록새록 떠올랐다. 순간 무서울 것도 아쉬울 것도 없어졌다. 길게 숨을 내뱉은 그린의 눈빛에 생기가 돌아왔다. 그린이 꽃밭을 노니는 나비처럼 우아한 자태로 절을 올렸다.

"주상 전하를 뵙사옵니다."

그린의 완벽한 절에 융도 감탄한 기색이었다.

"기대 이상이로다. 박 상궁의 고생이 심했겠구나."

박 상궁의 노고를 먼저 지적하는 융을 그린이 살짝 째려보았다.

"소첩도 정진, 또 정진하였사옵니다."

"들려오는 말에 따르면 아직 부족한 듯싶구나. 중전을 찾아가 내명부의 기강을 문제 삼았다지?"

융의 말에 그린이 눈을 크게 떴다.

'내가 언제? 중전마마가 날 시험에 들게 했는데!'

이놈의 궁궐은 유언비어의 온상이었다. 억울한 마음을 꾹꾹 누르며 그린이 고상한 표정을 유지했다.

"그럴 리가 있겠사옵니까. 중전마마께서 따뜻이 대해 주셔서 황공하였사옵니다. 호호."

억지로 웃느라 입가에 경련이 날 것 같았다. 재미있다는 듯 그린을 관찰하던 융이 주안상을 옆으로 치우고 손을 까딱거렸다. 다가오란 의미인가? 그린이 기뻐하며 융에게 달라붙으려다 멈칫했다.

'옥체에 먼저 손대면 아니 되옵니다!'

박 상궁의 엄격한 지적이 들려오는 것만 같았다. 그린이 허리를 꼿꼿이 세우고 점잖을 차렸다.

"하교하시옵소서, 전하."

그린의 말에 융의 입에서 쓰읍, 하는 소리가 들려왔다. 미간 사이에도 굵은 주름이 잡혀 있었다.

"괜한 것까지 가르쳤군."

낮게 읊조린 융이 그린을 덥석 안아 제 무릎 위에 앉혀 놓았다. 그린이 놀라 허둥거렸다.

"전하!"

"목소리를 높이지 말라는 것은 안 배웠느냐?"

융이 못마땅하다는 투로 물었다. 어리둥절한 그린이 융의 말대로 들릴 듯 말 듯 작은 목소리를 냈다.

"……전하?"

"하아. 너란 아이는 정말."

한숨을 내쉰 융이 그린의 코를 세게 쥐었다. 그린이 금세 빨개진 콧날을 쥐고 항의했다.

"아! 아프잖아요!"

"이제야 그린이답구나."

"배운 대로 열심히 한 건데."

그린이 볼멘소리를 내뱉었다. 융이 완전히 실패라는 뜻으로 고개를 저었다.

"딴사람처럼 어색하기만 하다. 대체 하교하시옵소서, 라니. 무슨 뜻으로 그런 말을 한 게냐?"

"궁궐에서는 궁궐에 맞는 말씨를 써야 한다고 박 상궁이 그랬어요."

"너한테 그런 것 바라지 않는다. 다른 사람이 없을 때는 더더욱."
융이 그린을 끌어안은 팔에 힘을 주었다. 그럼 옥체에 손대도 되려나?
야마와 멀어지고 박 상궁의 혹독한 교육에 시달렸던 그린은 융의 체온이 그리웠다. 융과 단둘이 있는 시간도 너무 오랜만이었다. 융의 단단한 허벅지에 앉은 채로 그린은 융의 목에 두 팔을 감았다. 그의 숨결과 체취가 그린의 코를 간지럽혔다. 익숙하고도 따스한 체온 때문에 그린은 저도 모르게 투정을 부렸다.
"진짜 보고 싶었어요, 전하."
"나도 그렇다."
"그동안 바쁘셨어요? 매일매일 기다렸는데."
"자주 찾아가지 못해서 미안하다. 매우 힘들었겠구나."
융이 어린아이를 달래듯 그린의 등을 천천히 쓸어내렸다. 괜히 코끝이 찡해져서 그린이 장난스레 말했다.
"미안하다는 말씀도 하시고, 진짜 많이 발전하셨네요."
"무엄한 것은 여전하구나."
그렇게 말하면서도 융이 낮게 웃었다. 그린은 왕실 어른들이 문안을 피한 것과 중궁전에 나눴던 대화를 소상히 알렸다.
"중전이 네게 문제 해결을 맡겼다?"
융이 골똘히 생각에 잠겼다. 그린이 머뭇거리다가 물었다.
"중전마마는 어떤 분이세요?"
"저번에도 묻지 않았느냐? 조용하고 참한 여인이다. 너와 반대로."
융의 말에 그린이 볼에 바람에 넣었다.
"시끄럽고 참하지 못해서 죄송하네요! 어차피 저는 명문가 출신도 아니니까요."

"괜찮다. 대신 방중술의 대가 아니냐?"

융이 그린을 놀렸다. 얼굴이 새빨개진 그린이 말을 더듬거렸다.

"전, 전하도 그 소문을 들으신 거예요?"

"나에게 집중되던 풍설이 너까지 괴롭힐 줄은 몰랐다."

"그래서 몽화당에 걸음 하지 않으신 거군요?"

융이 천천히 고개를 끄덕였다.

"널 말려들게 하고 싶지는 않았다. 소용없는 일이 된 것 같지마는."

후대에는 잘 알려지지 않았지만, 연산군 시대는 태평성세라 할 만큼 백성들의 삶이 안정되어 있었다. 대기근이 들었다면 모를까 호시절에 임금에 대한 악의적인 소문이 도는 경우는 드물었다. 입을 잘못 놀렸다가 처형당할 수도 있기 때문이었다. 그런데도 원색적인 소문이 끊이지 않았다. 소문 속에서 융은 여색에 미친 호색한이었고 그린은 왕의 눈을 멀게 한 요부였다.

소문을 넘어 여론이 움직이고 있었다. 입에서 입으로 전해지는 말의 특성상 범인을 찾기가 더 어려웠다. 융은 자신보다 그린의 안위가 더 걱정스러웠다. 그린에게 해가 될까 봐 보고 싶어도 보러 갈 수 없었다. 그린 없이 편히 잘 수 없는 융이었다. 하지만 악귀에게 시달리는 긴 밤보다 그린의 해맑은 미소를 볼 수 없다는 것이 그를 고통스럽게 했다.

"네가 기녀 경연에 나갔던 것도 내가 널 보러 몽화당에 출입했다는 것도 사실이다. 문제는 그 사실을 누가, 어떻게 알았냐는 것이다."

융의 미복잠행은 철저히 비밀에 부쳐졌다. 겸사복들을 물리고 내금위장만 대동한 것도 그 때문이었다.

"누군가 뒤를 밟았다는 뜻일까요?"

"한양제일검의 눈을 피해서 미행을 하는 건 쉽지 않았을 것이다."

그린이 고개를 끄덕였다. 한양제일검이란 별칭답게 홍희수의 무위는 실로 놀라웠다. 융 역시 사냥으로 단련한 날랜 몸을 가지고 있었다. 그런 두 사람을 감쪽같이 속이고 미행할 수 있는 사람은 거의 없을 것 같았다.

"귀신이 아니라면 불가능하겠지."

융이 자조 섞인 말투로 중얼거렸다. 그린이 반짝 눈을 빛냈다.

"정말 귀신이라면요?"

"그게 무슨 소리냐?"

"방금 전하께서 귀신이 아니라면 불가능하다고 하셨잖아요. 귀신이 뒤를 밟았다면 희수 아저씨 몰래도 가능하지 않았을까요?"

보통 사람 같으면 재고의 가치도 없는 허황한 가설이라고 일축했을 거였다. 하지만 융은 세상의 상식으로 설명할 수 없는 불가사의한 일을 여럿 겪었다.

누가 귀신으로 왕을 미행할 계획을 짰을까. 융과 그린의 머릿속에 떠오른 범인은 한 사람이었다.

"귀자득활술을 쓰는 도사."

"악귀를 부릴 수 있는 그 인간이라면 미행쯤은 식은 죽 먹기겠죠."

"그자 혼자서 여론을 움직일 순 없었을 것이다. 세력을 가지고 있는 것이 분명하다."

"궐 안에도 조력자가 있을 테고요."

두 사람의 얼굴이 어두워졌다.

"개인적인 원한이 아니란 뜻이구나. 극단적인 상황까지 염두에 둬야 할지도 모르겠다."

융이 말하는 극단적인 상황이 역모라는 것을 그린은 모르지 않았다. 악귀를 보내 왕을 괴롭히는 주술을 쓰는 자가 역모까지 꿈꾼다면. 그를 추종하는 세력이 궐까지 뿌리를 내렸다면 보통 큰일이 아니었다. 중종반정이라는 단어가 그린의 머릿속을 어지럽혔다.

설마 중종반정의 배후도 그 도사일까?

"진성대군께 사람을 붙이는 것이 좋을 것 같아요."

"내 아우를 의심하는 것이냐?"

융의 목소리에 날이 섰다. 어린 아우를 아끼는 마음은 여느 형제와 다르지 않은 모양이었다. 역사서에서 연산군은 휘숙옹주를 특별히 아꼈다고 했다. 동복이든 이복이든 형제자매끼리 돈독한 것은 좋은 일이었다.

하지만 진성대군은 융을 끌어내린 신하들에 의해 중종으로 옹립된다. 간신으로 유명한 임사홍, 임숭재 부자가 연산군의 측근이 될 수 있었던 것은 휘숙옹주 때문이었다.

그린은 중종반정에 대해서도 간신에 대해서도 융에게 털어놓을 수 없었다. 미래에서 왔다는 것을 숨기고 있었기 때문이었다.

'계속 숨겨야 할까? 아니면 털어놓아야 할까?'

그린은 불안하게 흔들리는 눈동자를 감출 수 없었다. 융이 그린의 턱을 잡아 올렸다.

"네가 무슨 생각을 하는지 모르겠구나."

"전하, 입궐 후에 드릴 말씀이 있다고 한 말 기억하시나요?"

그린이 불쑥 물었다. 융이 미심쩍다는 표정으로 답했다.

"물론이다."

"……."

"무슨 말이기에 뜸을 들이는 것이냐?"

융이 한쪽 눈썹을 추켜세웠다. 그린은 바싹 마른 입술을 짓깨물었다.

"저보고 미래를 보는 무당이냐고 물으신 적 있으시죠?"

"그래. 내 일대기를 연도별로 꿰고 있다고 말하지 않았느냐."

다시 생각해도 이해할 수 없다는 듯 융이 고개를 가로저었다.

"네가 실없는 소리를 할 아이가 아니라는 건 누구보다 내가 잘 안다. 무슨 뜻으로 한 말이더냐. 진성대군에게 사람을 붙이라는 건 무슨 말이고?"

그린이 숨을 멈췄다. 더는 융에게 진실을 숨길 수 없었다. 숨기고 싶지도 않았다. 솔직하지 못한 관계가 얼마나 위험한지는 야마를 통해 뼈저리게 느낀 터였다. 그린의 홍화빛 입술이 가늘게 떨렸다. 털어놓겠다고 결심하고도 500년 후 미래에서 왔다는 말이 쉬 떨어지지 않았다.

'전하께서 믿어 주실까? 귀신을 본다는 고백과는 차원이 다르게 얼토당토않잖아?'

사랑하는 사람에게는 좋은 점만 보여 주고 싶은 것이 사람의 심리였다. 거부당할지도 모른다는 두려움을 안은 채 진실을 고백하는 것은 절대 쉬운 일이 아니었다. 야마도 그랬을까. 그래서 숨겨 왔던 것일까. 제 머리를 벽에 찧던 야마의 슬픈 얼굴이 떠올라서 그린은 가슴이 납덩이처럼 무거웠다.

미래에서 왔다는 걸 융이 믿어 준다고 해도 문제는 또 있었다. 그린이 비밀을 숨겨 왔었던 진짜 이유. 연산군의 폭정이 낱낱이 기록된 연산군일기 때문이었다.

그린은 좋은 왕이 되기 위해 고군분투하는 그에게 차마 '당신은 반정으로 폐위당하고 조선 최악의 폭군으로 불린다'고 말할 수 없었다. 그 흉악한 미래를 제 입으로 전하고 싶지 않았다. 그의 노력을, 그의 공포를 잘 알고 있었으므로.

잠자코 그린의 고백을 기다리던 융이 말했다.

"말하고 싶지 않으면 안 해도 된다."

"전하."

"무슨 말을 하건 널 아끼는 내 마음은 달라지지 않는다. 그러니 그 말이 무엇이든 하고 말고는 네게 달렸다."

융이 보여 주는 굳은 믿음 앞에서 그린은 한없이 작아지는 것만 같았다. 그린을 안심시켜 주려는 듯 융이 수려한 얼굴에 부드러운 미소가 걸렸다.

"말해서 편해질 것 같으면 지금 하거라. 하지만 후에 후회할 것 같으면 영원히 하지 말거라. 훗날 우연히 알게 된다고 해도 널 탓하지 않으마."

아무런 준비 없이 하늘이 뒤집힐 정도의 비밀을 듣는다는 건 말 그대로 청천벽력이었다. 다시 경험하고 싶지 않은 끔찍한 기억이기도 했다. 융에게도 그린과 같은 경험이 있었다. 모든 비밀에서 소외되었던 경험이.

"하지만 전하는 알고 계시잖아요. 그게 얼마나 참혹한지요."

그린의 눈에 맑은 눈물이 차올랐다.

"참혹하다…… 참으로 적확한 표현이구나."

융이 위태롭게 웃었다. 그는 사사당한 어머니, 폐비 윤씨에 대해 회상하고 있을 거였다. 성종은 사후 100년간 폐비의 일을 함구하라고 명했다. 하지만 융은 이미 죽은 생모에 대해 알고 있었다.

어머니라 믿었던 사람이 어머니가 아니고, 진짜 어머니는 피를 뿌리며 죽었다는 걸. 만조백관이 힘을 모아 임금에게 거짓말했다는 걸 말이다. 진실에서 소외된다는 건 때론 죽음보다 더 고독한 일이었다.

"전하를 그 고독 속에 다시 밀어 넣지 않아요."

그린이 힘주어 말했다. 융이 그린의 이마에 도장 찍듯 꾹 입을 맞췄다.

"네가 있는데 왜 고독하겠느냐."

"이제 고독하지 않으세요?"

"네가 없을 땐 전보다 더 고독하다. 하지만 너와 함께 있을 때는 고독이나 외로움 같은 건 세상에 없는 말 같구나."

자신도 왜 그런지 알 수 없다는 듯 융이 눈썹을 모았다. 그린도 그 말에 공감했다. 융과 함께 있을 때 세상은 완전해졌고, 외로움은 먼 나라에서 전해 오는 풍문처럼 자신과 무관한 일처럼 느껴졌다.

버려진 아이처럼 외로워서 죽고 싶다고 생각한 적도 있으면서 말이다. 그런 사람에게 어떻게 비밀을 품을 수 있을까. 융을 향한 믿음이 그린 안에서 넘치듯 흘러나왔다.

"전 500년 후 미래에서 왔어요, 전하. 21세기 한국에서요."

융은 속눈썹 한 올 꿈쩍하지 않고 그린의 말을 듣고만 있었다. 그린은 자신이 어떻게 조선에 흘러들었는지 자세하게 설명했다. 융이 이해할 수 있도록 몇몇 단어를 바꾸긴 했지만 하나의 거짓도 섞지 않았다.

융이 연산군이라 불린다는 것도, 반정이 일어나 진성대군이 왕이 된다는 것도 털어놓았다. 다소 창백해지긴 했지만, 융은 묵묵히 그 말을 듣고 있었다. 융이 가장 동요했던 건 그린도 그의 꿈을 꿨다는 사실이었다.

"저도 전하를 꿈속에서 만났어요. 그 목소리를 따라 여기까지 온 거고요."

그린이 긴 이야기를 끝냈을 때 융이 긴 숨을 내쉬었다. 그린은 그가 미래에서 온 증거를 대 보라고 할 줄 알았다. 아니면 언제부터 꿈을 꿨냐고 물을 줄 알았다.

"너는 행복했느냐?"

융이 다짜고짜 물었다. 질문의 요지를 파악하기 위해서 그린이 몇 번 눈을 깜빡였다.

"행복했었냐고요? 한국에서요?"

"그래. 네가 나고 자란 곳 아니냐."

잠시 생각에 잠겼던 그린이 고개를 비스듬히 숙였다. 가족은 없었지만 친구가 있었고, 부자는 아니었어도 굶지는 않았다. 이뤄야 할 꿈도 있었다. 그린은 자신이 행복하다고 믿어 의심치 않았다. 하지만 정말 행복했었냐고 물음 앞에서 선뜻 대답할 수 없었다. 그린이 짓눌린 목소리로 말했다.

"친구가 있어도 외로웠고, 굶지는 않았지만 늘 궁핍했어요. 필사적으로 꿈을 이루겠다고 노력했지만 돌아오는 결과는 없었어요."

"고된 삶이었구나."

"행복하다고 믿었는데 생각해 보니까 별로 행복한 적은 없었던 것 같아요."

그린이 어색하게 웃었다. 융이 그런 그린을 품어 주었다. 넓은 가슴에 안긴 채로 그린은 융의 목소리에 귀를 기울였다.

"나는 참 못난 사내다. 불행했다는 네 말을 들으며 안도하고 있으니 말이다."

"안도하셨다고요?"

"그곳에서 행복했다면 돌아가고 싶을 것이 아니냐?"

그린이 융의 품에서 빠져나와 그의 얼굴을 바라봤다. 미간을 찌푸렸다는 것을 제외하면 평소와 다를 바 없는 무표정이었다. 그런데도 겁에 질린 사람처럼 보이는 이유는 뭘까.

그린이 서둘러 설명했다.

"야마가 염라대왕의 힘을 되찾아도 전 돌아가지 못한다고 했어요."

"돌아갈 수 있다면 돌아갈 것이냐?"

"아뇨! 돌아가고 싶지 않아요. 저는 앞으로 영원히 전하 곁에 있을 거예요."

그린이 힘주어 말했다. 융의 표정이 눈에 띄게 누그러졌다. 그는 그린이 미래에서 왔다는 사실에 놀라기보다, 그녀가 돌아가 버릴까 걱정하기 바빴던 모양이었다. 그린이 오히려 의심스럽다는 듯 융을 채근했다.

"왜 의심하지 않으세요? 전하께서 연산군이란 폭군으로 불린다니까요?"

"꽤 놀라운 일이다만 널 의심하지 않는다."

융이 대수롭지 않게 말했다. 그가 사람을 잘 믿지 못한다는 걸 그린은 여러 경험을 통해 알고 있었다. 황당무계하고 모욕적인 이야기를 듣고도 의심하지 않는 이유가 뭘까. 그의 전폭적인 믿음이 의아해질 지경이었다.

"널 믿는다는 것이 가장 큰 이유지만, 네가 거짓말을 할 이유가 없기 때문이기도 하다."

융이 차분히 말을 이었다.

"내 앞에서 거짓을 고하는 자들은 이렇게 나뉜다. 제 이익을 위해 하는 거짓말. 신의를 지키기 위해 하는 거짓말. 선의를 가장한 거짓말. 때론 날 기만하기 위해 거짓말을 한 자도 있지만 그중 살아남은 자는 없다."

융이 손가락으로 목을 치는 시늉을 하면서 씨익 웃었다. 살벌하면서 동시에 상큼한 그를 보면서 그린이 눈을 동그랗게 떴다.

"너의 고백은 네게 아무런 이익도 되지 않는다. 네겐 지킬 거짓말로 신의가 없고, 네 선의는 항상 날 위해 존재했다. 그래서 네 말을 믿는 것이다."

"아……."

"어떤 의미에서는 널 믿는 날 믿는 게지."

융이 단호하게 못 박았다. 그린이 빨려 들어갈 듯 깊은 검은 눈동자를 응시했다.

"사실 마냥 놀랍지도 않다. 이 세상 사람이 아닌 것 같다고 여러 번 생각했으니 말이다."

융이 손으로 그린의 뺨을 쓸었다.

"특이한 말투, 특이한 옷차림, 놀라울 정도로 곧고 맑은 눈으로 날 바라보지 않았더냐."

"전하."

"조선 여인 중 누가 너처럼 무엄할 수 있겠느냐."

"제가 그렇게 무엄한가요?"

얼떨떨해진 그린이 물었다. 융이 쓸어내리던 뺨을 손가락으로 아프지 않게 꼬집었다.

"임금이 자는 동안 용안을 만지고 노는 여인이 또 있겠느냐?"

융의 말에 그린이 어깨를 튕겼다.

"다 알고 계셨어요?"

"하도 즐거워하는 것 같아서 지켜보았을 뿐이다."

융이 눈을 가늘게 떴다. 그린은 시선을 피하며 웅얼거렸다.

“제가 일부러 그런 건 아니고, 전하가 혼자 주무셔서 좀 서운하기도 하고.”

“무엇이 서운했느냐?”

“…….”

그린이 조개처럼 입을 다물었다. 승은을 기다렸다고 말할 수는 없지 않았다. 하지만 상대는 무당보다 그린의 속을 잘 읽어 내는 융이었다. 그가 과장된 어조로 사과했다.

“아아. 내가 큰 잘못을 하였구나. 네 마음도 모르고 잠만 잤으니. 미안해서 어쩐다?”

“장난치지 마세요!”

얼굴이 새빨개진 그린이 목소리를 높였다. 융은 배부른 맹수가 눈앞에 놓인 작은 동물을 관찰하듯 느긋하게 그린을 살폈다.

“네가 읽었던 실록엔 왕자와 공주가 여럿 있었다고 했지?”

그린이 엉겁결에 고개를 끄덕였다.

“네. 세자 전하도 있으셨고요.”

“연산군이 될 마음은 추호도 없으나 그것만은 부럽구나.”

“전하는 폭군이 아니라 성군이 되실 거예요. 앞으로 왕자님도 공주님도 많이 태어나실 거고요.”

그린이 융의 손을 꼭 잡은 채로 말했다. 그와 더불어 역사를 바꾸고 싶었다. 담아 두었던 비밀도 고백했으니 성군이 되기 위해 힘차게 나아가는 길만 남았다. 그때 융이 의미심장하게 입꼬리를 들어 올렸다. 나직한 목소리가 그린을 찔렀다.

“아무렴 네가 도와야지. 되도록 많이 낳아 주려무나.”

순간 그린은 공황에 빠졌다.

'낳아 달라고요? 전하의 왕자와 공주를요? 내가 낳으면 왕자군과 옹주겠지만…… 어쨌든 지금 만들자고요?'

그린이 뭐라 대답하기도 전에 융이 촛불을 껐다. 하지만 조선의 달은 한국의 달보다 밝아서 그린은 융의 눈동자에서 타오르는 불길을 볼 수 있었다. 어느 때보다 뜨거운 융의 손이 그린의 옷고름을 풀었다. 심장조차 멈춰 버릴 것 같은 떨림이 그린의 전신을 훑고 지나갔다. 그린이 차가워진 발끝을 오그렸다.

불을 껐는데도 너무 환했다. 그래서 부끄러웠다. 숨을 곳도 없었다. 그린이 몸을 비틀었다.

"그린아."

융의 목소리가 그린을 다독였다. 그는 서두르지 않았다. 다만 그린이 도망치게 내버려 두지는 않았다.

"그린아, 널 갖고 싶구나."

융이 한 손으로 그린의 뒷머리를 감싸고 다른 손으로 허리를 휘감았다. 그의 입술이 그린을 파고들 때, 그린은 융의 불길에 몸을 맡겼다.

* * *

그린은 중전이 내준 문제를 풀어 보기로 했다. 서둘러야 하는 일기도 했지만 몰두할 무언가가 필요하기도 했다. 그린은 밥을 먹다가도, 경대를 보다가도 뺨이 달아올랐다. 융의 탄탄한 몸과 집요하게 자신을 탐하던 눈빛이 자꾸 어른거렸기 때문이었다.

어젯밤 융은 그린이 익히 알고 있었던 그보다 훨씬 더 강인했다. 온몸을 녹일 듯한 열기도 쉼 없이 발산했다. 어색해하거나 부끄러워할 짬도 없었다. 한 번도 경험해 보지 못했던 열락은 그린의 이성을 저 멀리 날려 보냈다. 세상에는 그린과 융만 존재하는 것 같았고, 그래서 완전해졌다. 몇 날 며칠이고 융과의 불꽃같던 첫날밤만 되새길 것 같아서 박 상궁을 불렀다.

"언문을 잘 쓰는 궁인들을 데려오라 하셨습니까?"

박 상궁의 사무적인 말투에 당혹감이 묻어 있었다.

"이야기하는 걸 좋아하는 하급 나인이면 더 좋겠네. 무수리나 의녀도 좋고."

그린의 말에 박 상궁은 도무지 모르겠다는 듯 눈썹 사이를 좁혔다. 소문의 진상을 파악하는 것과 아무런 관련이 없는 것처럼 느껴졌기 때문이었다. 의아해하는 것도 잠시, 박 상궁은 그린의 명에 순종했다.

"곧 대령하겠사옵니다."

"자네만 믿겠네, 박 상궁."

얼마 지나지 않아, 박 상궁이 품계를 받지 못한 나인 둘과 의녀 한 명을 데리고 들어왔다.

"숙원마마. 찾아 계셨사옵니까."

그린은 10대 후반에서 20대 초반의 여인들을 천천히 바라봤다. 그녀들은 잘못해서 교장실에 끌려온 학생들처럼 바짝 긴장하고 있었다. 연유도 모르고 임금의 총비에게 불려 왔으니 신분이 낮은 그녀들로서는 두려울 수밖에 없었다. 얼굴에 커다란 흉터를 가진 의녀는 특히 당황한 것 같았다.

'흉터만 아니었으면 더 예뻐 보였을 텐데. 어쩌다가 상처를 입게 됐을까.'

빤히 쳐다보는 것도 결례인 것 같아서 그린은 뺨에서 턱으로 이어지는 의녀의 흉터에서 시선을 돌렸다.

의녀는 대부분 관비 출신으로 나인들보다 아래 계급이었다. 의녀에게 그린은 감히 올려다보지도 못할 만큼 지엄한 신분이었다. 아파 보이지도 않는 숙원마마가 자신을 끌고 온 것이 못내 불안한 듯 의녀는 커다란 눈을 굴리고 있었다.

"너희들에게 몇 가지 명할 것이 있어서 불렀느니라."

그린이 친절하면서도 기품을 갖춘 목소리로 말했다. 아직 하대가 어색했지만, 중전을 대리하는 중한 임무를 띤 이상 어리숙한 모습을 보일 수 없었다.

"하교하시옵소서, 마마."

나인 둘이 머리를 조아렸다. 그 모습을 보고 의녀가 허둥지둥 머리를 숙였다. 어리숙하지만 노력하는 모습이 귀엽다고 그린은 생각했다.

그린이 본론을 꺼냈다.

"내가 사가에 있을 때 서책을 즐겨 읽었는데, 궐에서는 읽을 수 없어서 낙심 중이다."

물론 거짓말이었지만, 융의 말대로 선의를 위한 거짓말도 필요한 법이었다. 책을 읽지 못한다는 말에 궁인들이 눈을 깜빡였다. 내훈을 비롯한 논어, 공자, 맹자 같은 책들은 얼마든지 구할 수 있기 때문이었다.

"궁궐 서가에 있는 책이라면 너흴 부를 이유도 없었겠지. 하나 내 취향은 좀 더 달달한 거여서."

그린이 뺨에 손을 대고 고개를 갸우뚱했다. 그제야 궁인들은 그린이 말하는 서책이 무언지 눈치챈 모양이었다. 공부 목적이 아닌 재미를 위한 책. 달콤하면서도 애달픈 남녀의 정을 다룬 책을 뜻하는 거였다. 놀거리가 별로 없는 궐 안에서 궁녀들은 책을 돌려 읽으며 소일하기도 했다. 그중에서도 연애담은 최고 인기를 구가했다.

한글을 능숙하게 다루고 이야기를 좋아하는 그녀들이라면 관심이 많을 터였다.

"목마르는 사람이 우물을 파는 것 아니겠느냐. 읽을 책이 없으니 스스로 만들 수밖에."

"서책 만들기를 도우라는 뜻이시옵니까?"

"너희는 언문을 잘 쓴다지? 날 도와 재미난 서책을 엮어 보자꾸나."

그린이 회심의 미소를 지었다. 아니나 다를까 세 여인의 눈동자가 반짝거렸다. 연애담이 담긴 책 만드는 일에 참여하게 되어서 기쁜 기색이었다. 책을 만드는 동안 고된 육체노동에서 벗어날 수 있다는 것도 그녀들에게는 큰 장점이었다.

"내가 이야기를 해 줄 테니 너희들이 받아 적거라. 너희 세 명이 애쓴다면 똑같은 책 세 권을 만들 수 있을 것이다."

눈치를 보던 의녀가 납작 엎드린 채로 물었다. 입술을 떠는 걸 보면 두려움을 무릅쓰고 용기를 낸 것 같았다.

"마마. 아뢰옵기 황공하오나 여쭤 볼 것이 있사옵니다."

"네 이름이 무엇이냐?"

"의녀 매꽃이옵니다."

그린이 매꽃이란 의녀에게 질문을 허락했다.

"기탄없이 말하라."

"소, 소인도 마마께서 만든 책을 읽을 수 있사옵니까?"

그녀의 목소리에는 간절함이 배어 있었다. 책을 무척 좋아하는 아이인가? 라고 생각하면서 그린이 흐뭇하게 웃었다.

"물론이다. 한 권은 내가 갖겠지만 남은 두 권은 너희에게 줄 것이다.

동무들과 돌려 읽으려무나."

그린의 말에 세 여인의 얼굴이 기쁨으로 물들었다. 책 만들기에 참여하는 것만으로 기쁜데 완성된 책을 하사하겠다니. 그린을 방중술의 대가이자 임금님을 홀린 요부라 들었기에 놀라움이 더욱 큰 듯했다.

"황공하옵니다, 마마!"

그린을 올려다보는 그녀들의 표정은 처음과 사뭇 달라져 있었다. 그린이 한참 연습 중인 자애로운 미소를 띠었다. 온 누리에 평화를 전하기 위해 현신한 미륵불처럼 한없이 따뜻한 미소였다.

"궐 생활이 몹시 적적하더구나. 너희들도 무료하고 적적할 때가 많겠지. 내가 만든 책이 도움되면 좋겠다."

"모두 크게 기뻐할 것이옵니다!"

"그럴 수 있다면 나도 흡족할 것이다."

그린의 말에 세 여인은 감격했다. 상전으로부터 일방적인 명령을 받거나 호된 질책을 당하는 것이 일상이었던 그녀들이었다. 원색적인 소문의 주인공인 그린이 고충을 알아주니 감동이 더욱 큰 모양이었다.

미륵불 미소와 명혼의 힘까지 더해져 그린의 호감도는 급상승했다. 그린은 내일부터 시작하겠다는 말과 함께 세 여인을 내보냈다.

"내가 왜 이런 짓을 꾸미는지 아는가?"

먹과 벼루, 이야기를 받아 적을 공책을 대령한 박 상궁에게 그린이 물었다.

"마마의 깊은 뜻을 소인이 어찌 헤아릴 수 있겠사옵니까."

"에이. 궁금하지 않다는 뜻인가?"

"매우 궁금하옵니다. 제발 알려 주시옵소서."

박 상궁이 여전히 사무적인 얼굴로 대답했다. 그린이 입맛을 다시며 말문을 열었다.

“나에 대한 소문은 내관들보다는 나인들 사이에서 주로 퍼지고 있네. 중전마마께는 송구스럽네만 내명부의 기강이 해이해졌다는 증거기도 하네.”

“소인도 마마의 뜻에 동의하옵니다.”

“아무리 중전마마의 대리로서 움직인다고 하지만 갓 입궐한 내가 내명부를 들추고 다니면 좋아할 사람은 없겠지.”

“현실이 그러하옵니다. 마마께는 뒤를 받쳐 줄 가문도, 세도 없으니까요.”

박 상궁이 차분하게 답했다. 불편할 수도 있는 솔직함이었으나 그린은 사탕발림할 줄 모르는 박 상궁이 마음에 들었다.

“그래서 소문이 파헤친다고 법석을 부리는 것보다, 소문의 틀을 바꾸는 데 주력하기로 했네.”

“틀을 바꾸시겠다고요?”

“기생, 총희, 요부 이런 것과 가장 반대되는 인상을 주려는 것일세. 지성, 자애로움, 따스함 이런 것들.”

그린이 손가락을 꼽아 가며 설명했다. 박 상궁의 눈에 감탄이 어렸다.

“그래서 책을 만든다고 하셨군요.”

“그렇네. 자네에게 데려온 궁인들은 언문에 능숙하고 이야기하길 좋아하는 자들이었네. 책도 좋아할 테고, 당연히 소문에도 민감하겠지.”

그린은 그들에게 책을 만들게 함과 동시에 새로운 소문을 퍼뜨릴 발판으로 삼을 생각이었다. 물론 거기서 끝은 아니었다. 그린의 커다란 눈이 샛별처럼 반짝였다.

“호의적인 방향으로 소문의 틀이 바꾸어 놓았을 때, 나를 비방하려는 자들이 거세게 움직이지 않겠나?”

“그자들이 소문의 진상이라 생각하시옵니까?”

“적어도 용의자는 될 수 있을 것이네.”

그린의 방긋 웃었다. 무심한 얼굴로 그린을 바라보던 박 상궁이 고개를 끄덕였다.

“과연 영민하시옵니다, 마마.”

“칭찬해 주는 것인가?”

“감히 소인이 마마를 칭찬할 수 있겠사옵니까. 마마의 영민함에 감복했을 뿐이옵니다.”

그린이 표정이 환해졌다.

‘박 상궁의 칭찬을 받다니. 전하께도 자랑해야지!’

날이 저물어야 융을 만날 수 있다고 생각하니 중천에 떠 있는 해가 원망스러웠다. 하지만 그린의 기다림은 한없이 길어졌다. 그날 밤 융이 그린의 처소를 찾지 않은 탓이었다.

매일 밤 함께할 수 없다는 걸 알면서도 그린은 쉬 잠들지 못했다. 서운하면 안 된다고 생각하면서도 서운했다. 곧 볼 수 있을 거라고 믿으면서도 영영 보지 못할 사람처럼 그리웠다. 하고 싶은 말도 듣고 싶은 말도 너무 많아서 홀로 누운 이 밤이 더 길게 느껴졌다.

‘같이 있을 때 너무 행복하다는 게 단점도 있네. 혼자 있을 때는 더 외로워지니까.’

빈 옆자리를 바라보다가 목에 걸려 있는 천령과 명산을 어루만졌다. 어두운 방을 밝히는 신물들이 떨어져 있는 대천을 그리워하는 듯했다.

* * *

후원 정자에서 그린은 웅변하듯 목소리를 높였다.

"사랑하는 아내를 구하기 위해선 도적 소굴이 어디인지부터 알아내야 했다. 현령님은 직접 도적을 신문하기로 했다. 도적이 입을 열지 않자, 현령님은 추상같은 목소리로 '저놈을 당장 과녁에 묶으라!'고 명했다. '살려 주시오, 제발 살려 주시오!' 비명 하는 도적을 향해 현령님은 화살을 쐈는데…… 그 화살이 도적의 상투에 콱! 박혀 버린 것이다."

그린은 목소리를 바꿔 가며 생생한 연기를 곁들였다. 그린의 이야기에 푹 빠져든 나인들이 저도 모르게 탄성을 질렀다.

"아아, 과연 현령님이셔요!"

"꼭 아내를 구하실 수 있으시겠지요?"

그녀들은 이야기를 받아 적는 것조차 잊고 말았다. 오직 의녀 매꽃만 부지런히 붓을 놀리고 있었다. 다른 나인들보다 손이 빠르고 필체가 예뻐서 그린은 매꽃이 만든 책이 가장 기대됐다.

"집중하지 못하겠는가."

박 상궁이 매섭게 질책했다. 나인 둘이 찔끔 놀라 다시 그린의 이야기를 받아 적기 시작했다.

"재미있게 들어주니 나도 흥이 나는군."

그린이 찬물로 목을 축였다. 첫 번째 이야기의 주인공은 아름다운 아내를 둔 신궁 현령님이었다. 삼가현에서 있었던 일을 연애담으로 각색했는데 반응은 기대 이상으로 뜨거웠다. 서책 제작에 동원된 세 여인 말고도 그린의 처소나인들은 모두 귀를 쫑긋 세우고 있었다.

현령의 아내가 납치당했을 땐 모두 가슴을 졸였고, 현령님이 놀라운

활 솜씨로 아내를 구했을 땐 기뻐하며 손뼉 쳤다.

"흥미로운 책이 될 것 같나?"

그린이 열심히 붓을 놀리는 여인들에게 물었다. 매꽃은 붕붕 소리가 날 정도로 힘차게 고개를 끄덕였다.

"물론이옵니다. 다들 마마의 서책이 완성되기만을 기다리고 있사옵니다."

의녀에게 질 수 없다는 듯 나인들도 덧붙였다.

"마마께서 궁녀들을 위해 책을 만든다는 소문이 벌써 쫙 퍼졌사옵니다. 언문으로 쓰인 책이란 말에 다들 기뻐하고 있사옵니다."

"모두 그대들이 애써 준 덕분이다. 책이 완성되면 큰 상을 내리지."

그린이 미륵불 미소를 띠었다. 상을 내린다는 말에 궁인들의 얼굴에 화색이 돌았다.

"망극하옵니다, 숙원마마."

"어질고 자애로우신 숙원마마의 명을 받들 수 있어 기쁘옵니다."

"숙원마마의 진면목을 깨달은 궁인들이 점점 늘어 가고 있사옵니다."

그린이 어깨를 축 늘어뜨리며 곤란한 듯 말끝을 흐렸다.

"그렇지 않아도 비방하는 자들이 많아 곤란하던 차였는데……."

나인들이 앞다투어 그린의 역성을 들었다.

"걱정하지 마십시오, 마마. 그런 자들은 소인들이 따끔하게 혼내 주고 있습니다!"

"마마께서 얼마나 훌륭하신 분인지 곧 만천하가 알 것입니다."

그린이 쓸쓸한 미소를 지은 채 고개를 저었다.

"너무 애쓰지 말아라. 그들도 나름의 사정이 있는 것 아니겠느냐."

"아니옵니다! 마마를 알지도 못하고 떠드는 못된 것들은 혼쭐이 나야 합니다!"

까마득히 높은 상전이 약한 소리를 할수록 나인들의 사기는 더욱 올라갔다. 그린이 소문의 요부가 아니라는 걸 누구보다 잘 아는 까닭이었다.

그린이 이야기를 다시 시작하려는데 풍채가 좋은 상궁이 다가왔다. 그린으로서는 처음 보는 얼굴이었다. 낯선 상궁을 바라보는 박 상궁의 얼굴이 어두워졌다. 고개를 빳빳이 든 상궁이 그린에게 말했다.

"장 숙원은 당장 들라는 대비마마의 전교요."

* * *

궐 안엔 두 명의 대비가 있었다. 융의 할머니인 인수대비는 폐비 윤씨를 폐출시킨 장본인이었고, 계모인 자순대비는 융의 정적인 진성대군의 친모였다. 성종의 후궁인 엄 귀인과 정 귀인은 폐비의 일로 연산군의 손에 죽임당한 여인들이었다.

어느 하나 상대하기 쉬운 사람이 없어서 그린은 입이 말랐다. 상궁은 어느 대비의 명이라고 딱히 설명하지 않았다. 궐에 진짜 대비는 한 명뿐이라는 듯한 오만함. 인수대비의 지밀상궁만이 보일 수 있는 태도였다. 그린의 문안 인사를 피하던 인수대비가 호출 명령을 내린 거였다.

"대왕대비 마마께서 날 찾는 연유를 아는가?"

현기증을 숨기기 위해 그린이 화사한 미소를 지었다. 그녀의 입꼬리가 살짝 떨리는 것은 박 상궁만 눈치챌 수 있었다.

"가 보시면 알게 되실 겁니다."

대왕대비 전 상궁이 쌀쌀맞게 대답했다. 상궁의 태도만으로 인수대비의 위세가 얼마나 대단한지 추측할 수 있었다.

'중전마마는 병약하다는 이유로 잘 움직이지 않으시니까, 인수대비께서 내명부를 다스리셨겠지.'

언젠가 닥칠 일이라고 생각했기에 그린은 여유롭게 대처할 수 있었다.

"앞장서시게."

대왕대비 전 상궁은 대답도 없이 목만 까딱거렸다. 예를 표하는 건지, 싸우자는 건지 구분하기 힘들 정도로 무례한 태도였다. 박 상궁의 차분한 눈동자에도 일순간 불길이 일 정도였다.

그린은 자신의 처지를 실감할 수 있었다. 나인이나 무수리, 의녀 사이에서 여론이 달라지고 있지만, 상급 상궁들에게 그린은 운 좋게 후궁이 된 기녀일 뿐이었다.

'기녀가 뭐 어때서? 몽화당 언니들 생각해서라도 더 당당해질 거야.'

그린은 함께 경연에서 실력을 겨루었던 명옥과 몽화당 기녀들을 떠올렸다. 그녀들과 춤을 추고 노래를 했던 날들은 그린에게 무척 소중한 기억이었다.

물론 그린은 여느 기녀들처럼 연회에서 술을 따른 적이 없었다. 기녀라고 손가락질당하는 것이 서러울 법도 한데 그린은 애써 변명하지 않았다. 때로는 웃음을 팔아야 하지만 기녀의 본질은 예인이라고 믿는 까닭이었다.

그린에게도 예인의 피가 흐르고 있었다. 꿈을 단념하고, 후궁이 되었다고 해도 그 피는 달라지지 않았다. 그래서 부끄러울 것도 억울할 것도 없었다.

* * *

"숙원 장녹수, 대왕대비 마마를 뵈옵니다."

그린이 인수대비를 향해 절을 올렸다. 몸짓 손동작 모두 빈틈없는 완벽한 절이었다. 땀 대신 눈물이 흐를 만큼 지독하던 박 상궁의 교육이 빛을 발하는 순간이었다.

인수대비는 60대란 사실이 믿기지 않을 정도로 고운 피부 결과 형형한 눈동자를 자랑하고 있었다. 쳐다보는 것만으로 심장이 덜컥 내려앉았다. 무리를 이끌며 사냥을 진두지휘하는 암사자 같달까. 과연 숱한 역경을 물리치고 역사에 이름을 남긴 여걸다웠다.

"이제야 얼굴을 보는군. 생활에 불편함은 없는가?"

입가에 인자한 미소를 드리우고 있었으나 인수대비의 눈은 조금도 웃지 않았다. 살얼음판을 걷는 듯한 불안이 목구멍까지 차올랐다. 그린이 지을 수 있는 표정은 아랫사람을 다루기 위해 익혔던 '미륵불 미소' 밖에 없었다.

"살펴 주신 덕분에 아무런 불편 없이 잘 지내고 있사옵니다."

"문안 인사도 받아 주지 않았는데 살펴 주었다니. 날 놀리는 것인가?"

인수대비가 가벼운 말투로 물었다. 이것도 시험일까? 마른침을 삼킨 그린이 공손하게 대답했다.

"대왕대비 마마께서 저술하신 내훈이 없었더라면 기본 예법도 익히지 못할 미천한 몸이옵니다."

인수대비의 눈이 이채가 스쳤다. 내훈은 인수대비가 저술한 여성 교양서로 언행, 행실, 육아, 효도 등을 다룬 책이었다. 후대에서도 그 가치를 인정받아 인수대비는 조선의 여성 지식인으로 평가받았다. 물론 그린에게는 머리 아픈 교과서에 지나지 않았지만 말이다.

"내훈을 익혔다?"

"금과옥조로 여기고 밤낮으로 새기고 있사옵니다."

박 상궁이 억지로 시킨 것이지만 그린이 밤낮으로 내훈을 읽었던 것은 사실이었다. 인수대비가 그린에게 물었다.

"그대도 책을 쓰고 있다지?"

여성이 학문을 익히는 것을 권장하지 않던 시절에 직접 책을 쓸 만큼 인수대비는 책을 좋아했다. 어려서 남편을 잃고 한평생을 궐에서 보낸 그녀에게 책은 유일한 마음의 안식처였다. 명심보감이나 소학, 유교 경전만 읽는 건 아니었다. 실용서는 물론 귀신과 주술이 등장하는 기담집도 가리지 않고 읽었다.

글자를 읽는 것 자체를 즐기는 까닭이었다. 중전 대신 내명부의 일을 처리하느라 독서 시간이 줄어든 것이 인수대비에게 가장 속상한 일이었다.

'중궁이 일부러 그런 것은 아니지만…… 애석한 일이지.'

중전을 떠올리자 10년 전 자신의 곁에서 멀어진 봉천군의 안부가 궁금했다. 권문세가의 딸로 태어나 신내림을 받고 국무로 봉직한 봉천군.

종묘사직과 중전을 위해 봉천군은 제 모든 걸 바쳤다고 해도 과언이 아니었다. 하지만 나라는 그녀를 위해 아무것도 해 주지 못했다. 오히려 큰 짐을 지웠을 뿐. 봉천군은 제 양딸을 입궐시키면서 잘 부탁한다는 말 한마디 하지 않았다. 봉천군의 결벽한 성품을 아는 인수대비로서도 이해하기 힘든 일이었다. 마치 자신이 그린에게 관심 두지 않기를 바라는 것 같았다.

왜까. 대왕대비 전의 비호를 받는다면 그린의 출신 성분을 가지고 왈가왈부할 자들도 적어질 텐데. 인수대비는 봉천군의 움직임을 예의 주시하며 일부러 그린을 멀리했다. 그린이 책을 만든다는 소문을 듣기 전까지 말이다. 천기 출신의 후궁이 책을 만든다고 했다. 그것도 나인들이 돌려 읽을 수 있도록 언문으로 된 연애담을. 참으로 당돌하지 않은가.

인수대비의 입가에 미소가 걸렸다.

'감히 궐 안에서 언문책을 만들다니요. 천박한 품성을 숨기지 못하는 게지요!'

자순대비와 그녀의 측근인 두 귀인들는 여전히 그린을 못마땅해하고 있었다. 조선의 글자보다 대국의 한자가 우월하다는 믿음도 여전했다. 인수대비는 그런 양반들 때문에 훈민정음이 널리 쓰이지 못해서 불만이었다. 글자를 아는 사람들이 많아야 더 좋은 책이 많이 나오기 때문이었다.

자순대비과 귀인들은 왕실 어른들을 무시하고 후궁을 책봉한 융에게 항의하기 위해 그린의 문안을 거부했다. 인수대비는 아무래도 상관없었다. 독서 시간을 조금 더 확보할 수만 있다면.

'주상이 문안 인사를 왔던 것이 언제였던가.'

인수대비가 자조 섞인 웃음을 띠었다. 눈에 넣어도 아프지 않을 손자, 며느리의 죽음을 외면하면서까지 지키려 했던 손자. 그 손자는 자신을 원수로 여기고 있었다.

인수대비는 융이 폐비의 비밀을 알고 있다는 사실마저 꿰뚫어 보고 있었다. 그래서 보고픈 손자를 만나기 위해 왕실 법도를 내세우지 못했다. 그린이 수줍게 고개를 떨어뜨리며 말했다.

"책이라고 부르기에 부끄러운 물건이옵니다."

"겸양할 필요 없네. 그대가 책을 만드는 걸 탓할 생각은 없으니까."

인수대비는 '질 좋은 연애담이 얼마나 구하기 어려운 데 부끄러운 물건이라니!'라고 말하고 싶은 걸 참고 점잖게 일렀다. 연애담은 인수대비도 무척 즐기는 종류의 이야기였다. 하지만 궐에서는 가장 구하기 힘든 책이기도 했다.

"이야기집이 완성되면 가장 먼저 마마께 진상하고 싶사옵니다."

그린의 말에 인수대비의 눈이 번쩍 뜨였다.

"그건 무슨 연유인가?"

"소첩이 만든 책을 나인들에게도 전할 계획이옵니다. 비록 연애담이라고는 하나 그 내용이 불비하면 전하지 않는 것보다 못하옵니다."

"내게 검토해 달라. 그 뜻인가?"

"그렇사옵니다, 마마."

그린의 말에 인수대비가 흘러나오려는 웃음을 애써 감췄다. 체면 때문에 한 권 내어 달라고는 말을 꺼내지 못하던 차였다. 제 뜻을 미리 알고 검토를 부탁하는 그린에게 호감이 샘솟을 수밖에 없었다.

'소문과 영 딴판인 아이군. 용모도 빼어나고 행동거지에도 기품이 있어. 중궁에게 없는 활기마저 넘치니 이보다 좋을 수 있을까.'

출신이 아쉽기는 하지만 후궁이라면 문제 될 것이 없었다. 봉천군이 부족한 아이를 궐에 들여보낼 일도 없었다. 그린을 눈으로 확인한 인수대비는 흘러 다니는 풍설 모두 거짓임을 파악했다.

누가, 왜 이 아이를 음해하려는 걸까. 그녀는 자신만의 방법으로 뒤를 쫓아 보기로 했다. 그보다 새 책을 읽는 것이 우선이지만.

"자네가 만드는 모든 책을 친히 검토할 것이니 한 권도 빠짐없이 올리도록 하게.”

인수대비가 일부러 엄격하게 말했다. 그렇지 않으면 어린 후궁 앞에서 주책없이 희희낙락할 것 같았다.

‘내 말투가 너무 냉엄했나.’

자신의 엄격함에 손자들도 덜덜 떨었다는 사실을 떠올리며 인수대비가 후회했다. 새 책을 가져다줄 아이에게 겁을 주고 싶지 않은데. 인수대비가 걱정할 즈음 그린이 흔들림 없는 미소로 답했다.

“명심하겠사옵니다, 마마. 심려 마시옵소서.”

그린이 만개한 꽃처럼 환하게 웃었다. 반짝이는 눈망울에는 총기가 엿보였다. 보는 이의 마음마저 편안하게 해 주는 아이였다. 인수대비는 세자빈에 책봉되었을 무렵 중전을 떠올렸다. 그러다 다시 한번 그린을 유심히 살폈다. 볼수록 마음에 드는 아이였다. 왜 이제야 불렀을까, 아쉬울 정도로 말이다.

“앞으로는 매일 문안을 오시게.”

인수대비가 씨익 웃었다. 오랜 궐 생활 덕에 미소도 자연스럽게 나오지 않았지만, 손자며느리는 전혀 개의치 않는 모양이었다.

“망극하옵니다, 마마.”

인수대비의 생각과 달리 그린은 가까스로 미소를 유지하고 있었다. 웃는 법을 연습하지 않았다면 얼어붙은 채 도망칠 궁리만 했을 것 같았다. 인수대비는 상상보다 훨씬 더 어려운 어른이었다. 먹잇감을 노리는 듯한 강렬한 시선이 파고들 때마다 그린은 오금이 저렸다.

그동안 문안 인사를 거절해 주셔서 얼마나 다행인지. 입궐 직후 만났다면 호된 지적을 당했을 게 분명했다.

‘하찮은 연애담 책을 한 권도 빠짐없이 확인하신다니…… 내가 의심

스러우신가 봐. 좋은 인상은 드리지 못했네.'

그린이 크게 낙담했다. 인수대비가 자신에게 호감을 품었다는 것을 전혀 눈치채지 못했다. 매일 문안을 받겠다는 인수대비의 말도 감시의 의미 같았다.

'왜 물러나라는 말씀이 없으시지? 내가 먼저 일어날 수는 없잖아? 불편해 죽겠네.'

그린은 자신을 빤히 들여다보는 인수대비의 시선에 숨이 막힐 것만 같았다. 정작 인수대비는 '어린아이가 어찜 저리 여유가 있을까.'하고 감탄 중이었지만 말이다.

"대왕대비 마마. 주상 전하께서 행차하시었사옵니다."

융이 왔다는 말에 그린이 깜짝 놀라 자리에서 일어났다. 인수대비도 당황한 모습이었다.

"주상이? 어서 안으로 모시게."

융이 대왕대비 전 안으로 들어왔다. 예상하지 못한 곳에서 그를 마주하게 된 그린은 머리가 복잡했다. 융은 문안조차 삼갈 만큼 인수대비와 사이가 나쁘다고 했다. 그가 이 시간에 대왕대비 전을 찾은 이유는 그린밖에 없을 터였다.

'날 구해 주러 오신 건가? 고맙지만…… 고맙지 않아!'

가뜩이나 임금이 기녀 출신 후궁에게 미쳐서 정사를 내팽개쳤다는 소문이 활개 치고 있었다. 괜한 빌미를 줄 필요는 없었다. 융도 그것을 모를 사람이 아니었다. 그런데도 직접 찾아왔다는 것을 인수대비를 믿지 못한다는 뜻이었다.

"주상이 이 사람을 보러 오다니. 오늘은 해가 서쪽에서 떴나 봅니다."

인수대비가 다소 창백한 얼굴로 말했다. 오랜만에 손자를 어찌 대해야 할지 갈피를 잡지 못한 탓이었다.

가벼운 농이라도 건넬 심산이었지만 융에게는 비꼬는 말로 들릴 뿐이었다.

"대왕대비께서 불효를 탓하셔도 드릴 말씀이 없사옵니다."

융이 사무적인 어투로 대답했다. 인수대비의 얼굴이 좀 더 파리해지는 걸 그린은 놓치지 않았다.

'뭔가 이상한데, 이 두 사람?'

15장. 연애가중계

평소에도 표정이 많다고 할 수는 없지만, 융은 어느 때보다 차가운 얼굴이었다. 그가 제 감정을 숨길 때 더 깊은 무표정으로 자신을 감춘다는 걸 그린은 알고 있었다.

인수대비의 시선도 의도적으로 피하고 있었다. 반면에 인수대비의 눈은 융에게 고정되어 움직이지 않았다. 그린과 함께 있을 때 내보이던 대외적인 미소도 사라졌다. 여장군처럼 기세등등하던 인수대비는 긴장으로 굳어 버린 사람처럼 작은 목소리를 냈다.

"주상이 찾아 주어 기쁩니다만 불편하면 굳이 걸음 하실 것 없습니다."

이럴 바에는 오지 말란 뜻으로 들리는 말이었다. 융도 그렇게 받아들인 모양인지 미간을 찌푸렸다.

"소손보다 대왕대비께서 더 불편해 보이십니다만."

"그럴 리가 있겠습니까."

인수대비가 황급히 부정했지만, 융은 믿지 않았다.

"문안을 거절하시던 분께서 갑자기 숙원을 찾으셨다 하여 와 봤습니다. 볼일이 끝난 듯하니 소손은 이만 일어나지요."

융이 그린의 손을 잡고 일어섰다. 순간 인수대비의 눈빛이 흔들렸다. 융도 차갑고 뾰족한 무언가를 입에 문 사람처럼 불편해 보였다.

'이 사람들 말하는 방법이 엄청 잘못됐어!'

그린은 인수대비와 융 사이에 의사소통 장애가 있음을 직감했다. 인수대비는 본심 그대로를 말하지 못하고, 융은 인수대비의 모든 말을 부정적으로 받아들이고 있었다. 어쩌면 당연한 일이었다. 융은 어머니를 폐출시킨 장본인이 인수대비라고 믿고 있었고, 인수대비 역시 그 사실을 알고 있었으니까.

그린은 두 사람을 번갈아 바라보았다. 오해가 있다면 풀어 주고 싶었다. 하지만 섣불리 나섰다가 문제가 더 곪아 버릴 수도 있었다.

"내일 아침에 또 뵙겠사옵니다, 마마."

그린의 인사에 인수대비가 말없이 고개를 끄덕였다. 융과 인수대비를 화해시킬 수 있다면 얼마나 좋을까. 그린의 오지랖이 다시 기지개를 켜고 있었다.

* * *

그린은 융과 향원정 주위를 걸었다. 바람이 불자 잔잔한 연못에 주름무늬가 생기고 능수버들 가지가 춤을 췄다. 그저 나란히 걸을 뿐인데,

이 시간이 무엇과도 바꿀 수 없이 소중하게 느껴졌다. 햇빛 한 점과 버드나무 잎사귀 그늘마저 눈에 담아 기억하고 싶을 정도로.

"괜찮은 것이냐?"

궁인들을 뒤로 물린 후 융이 물었다. 그린이 영문을 모르겠다는 듯 고개를 갸웃거렸다.

"뭐가요?"

"대왕대비께 싫은 소리를 했을 것 아니냐."

"에이, 설마요. 그냥 책 이야기만 했어요. 책에 관심이 많으신 분 같아요."

"지독한 독서가이시지."

융의 목소리에는 날이 서 있었다. 그린은 그의 커다란 손을 가만히 쥐었다. 융이 그린의 하얀 손등을 가져다가 제 뺨에 댔다. 그렇게 하면 무거운 마음을 던져 버릴 수 있다는 듯이.

"정말 매일 문안을 갈 것이냐? 원하지 않으면 가지 않아도 된다."

융의 검은 눈동자가 차갑게 가라앉았다. 그가 무엇을 걱정하는지 그린도 어렴풋이 눈치챘다. 그린이 어머니처럼 인수대비의 눈 밖에 날까 봐, 그래서 그린도 잃게 될까 봐 염려하는 거였다.

"전 괜찮아요. 전하께서 절 지켜 주시는데 누가 두렵겠어요?"

그린이 구김 없이 맑은 웃음을 지었다. 그래도 안심되지 않는 듯 융은 대답이 없었다.

"아침 인사를 하는 것뿐이에요. 잘 해낼 수 있으니까 믿어 주세요."

그린이 호기롭게 가슴을 탕탕 쳤다. 인수대비와 매일 만나야 한다는 건 상상만으로 위장이 뒤틀리는 일이었지만, 피할 수는 없었다. 융과 인수대비 두 사람 사이에 무슨 문제가 있는지 궁금하기도 했다.

'대왕대비께서 전하를 보는 눈이 애틋하셨는데...... 정말 손자를 사랑하시는 거라면 두 분을 화해시키고 싶어. 그럼 전하도 한결 편안해지시겠지.'

융이 알면 그만두라고 할 게 분명해서 그린이 몰래 다짐했다. 인수대비를 화제에 올리는 것 자체가 불편한지 융이 말을 돌렸다.

"네 계획이 효력을 발휘하기 시작하는 듯하다. 상선이 말하길 너에 대한 악의적인 소문이 많이 사라졌다고 한다."

희소식에도 그린의 표정은 밝아지지 않았다.

"문제는 전하에 대한 소문은 달라지지 않았다는 거예요."

"흠."

"제 소문은 궐을 중심으로 퍼졌지만, 전하에 대한 유언비어는 전국적으로 퍼져 있잖아요."

그린은 이제 두 번째 계획에 돌입해야 할 때라고 생각했다. 연산군 성군 만들기 프로젝트의 시작이기도 했다. 그린이 눈을 빛내며 입을 열었다.

"제가 연산군일기를 비롯한 조선왕조실록을 열심히 읽었다고 말씀드렸죠."

"무슨 짓을 꾸미려는 것이냐?"

융이 의심스럽다는 투로 물었다. 그린이 녹아내릴 정도로 달콤한 미소로 답했다.

"전하께서는 미래를 읽는 무당 말만 잘 따라 주시면 돼요."

그린은 책을 만듦으로써 소문과 반대되는 이미지를 구축했다. 권력에 취한 요부가 아니라는 걸 말이 아닌 행동으로 보여 준 거였다. 융에게도 같은 방법을 적용할 생각이었다. 여색과 유흥에 빠진 폭군이란 소문을 잠식시키려면 국정을 수행하는 유능한 임금의 모습을 적극적으로 홍보할 필요가 있었다.

“홍보(弘報)? 널리 알린다는 뜻이냐?”

“그렇습니다! 전하께서 어떤 선정을 베푸는지, 그 결과가 어떤지 백성들이 알 수 있도록 할 거예요.”

그린의 말에 융이 생각에 잠겼다. 국정 방향이나 성과를 알리는 것은 현대의 정치에는 당연한 일이지만, 조선은 왕정 국가였다. 아무리 신권이 강해졌다고 해도 왕은 지배할 뿐 신하와 백성들을 설득시킬 필요가 없었다. 그린은 자존심이 센 융이 반발할까 봐 숨을 죽였다. 융의 반응은 그린의 예상에서 크게 빗나갔다.

“어떤 방법으로 홍보하겠다는 것이냐?”

“허락하시는 거예요?”

“네 말만 잘 따르라 하지 않았느냐.”

융의 눈이 가늘어졌다. 그린이 쑥스럽다는 듯 볼을 긁적였다.

“미래를 안다는 건 대단한 권력이다. 역사서와 현실이 달라졌다고는 하지만 똑같은 부분도 많다, 하였지?”

“특히 등장인물들은 거의 달라지지 않았어요.”

“그렇다면 네 정보를 바탕으로 전략을 짜는 것이 가장 효율적이다. 손에 쥔 패를 활용하지 않는 건 바보나 하는 짓이지.”

융은 절대적인 믿음을 담아 그린을 바라보았다. 그린은 융을 위해 적을 쳐부수는 유능한 지략가가 되고 싶었다. 그린이 알고 있는 역사를 이용하면 불가능한 일도 아니었다.

‘소설 속에 빙의한 여주인공 같잖아? 인생 2회 차, 이런 거!’

소설 속 캐릭터에 빙의하거나, 같은 인생을 두 번 사는 주인공들은 미래에 대한 정보를 이용해 위험을 피하고, 유리한 고지를 선점했다. 이제 그린이 그 역할을 해야 했다. 역사가 완전히 바뀔 수도 있다는 걱정은 더는 하지 않기로 했다. 그 역시 그린을 조선으로 불러들인 운명의 소용돌이에 속한 일이었다. 그린의 날갯짓이 언제 어디서 큰 해일로 변할지 모른다 해도 말이다.

"일단 연산군의 폭정으로 기록된 사안들을 말씀드릴게요. 불편하시겠지만 참고 들어 주세요."

"어차피 나는 그가 아니다. 그러니 불편할 일 없다."

융이 무심한 얼굴로 대답했다. 그린이 연산군의 실정을 하나하나 꼽았다. 불편할 일 없다던 융도 낯빛이 바뀔 만큼 어마어마한 폭거였다.

"여승들은 물론 사대부가 유부녀까지 겁탈했다고? 기녀를 수천 명씩 거느리고?"

"진실이 어떤지는 모르지만, 연산군일기는 그렇게 적혀 있어요."

"……."

"훈민정음 사용을 금지하고, 민가를 허물어 사냥터를 만들었대요. 후궁 엄씨와 정씨가 낳은 왕자군을 불러 제 어머니를 때리게 했고요. 그것도 모자라 때려죽였고요."

"세상에 그런 흉악무도한 군주가 어디 있느냐?!"

융의 목소리가 절로 높아졌다. 그린은 그의 뒤에 어른거리는 붉은 악귀가 스르륵 올라오는 것을 목격했다. 이러면 안 되는데. 융에게 바짝 다가간 그린이 그의 팔에 매달려 위로를 건넸다.

"임금을 끌어내린 신하들과 그 신하가 옹립한 왕이 쓴 역사예요. 필시 악의적으로 왜곡되었을 거예요."

그린의 체온이 융을 감쌌다. 흥분한 심기를 가라앉히는 듯 융이 깊은 한숨을 몰아쉬었다. 악귀도 더는 그를 넘보지 못하고 물러섰다.

"어쩌면, 어쩌면 말이다."

그렇게 말문을 연 융은 다시 입을 다물었다. 융이 무슨 말을 하려던 건지 그린은 짐작할 수 있었다.

'악귀에 완전히 씌어 버리면…… 무슨 일이 벌어질지 알 수 없어.'

악귀에 씌어 살의와 분노에 휩싸인 융을 그린은 몇 번이나 봐 왔다. 그린과 함께 잠드는 밤은 괜찮았지만, 홀로 보내는 밤에는 여전히 악귀에 시달리고 있었다.

신물은 세 개밖에 찾지 못했고, 나머지 두 개의 행방은 감감무소식이었다. 그린도 두려웠다. 이대로 융을 귀자득활술 도사에게 빼앗겨 버릴까 봐. 융이 역사 속 연산군의 자취를 그대로 따라갈까 봐.

"중요한 것은 연산군의 폭정이 아니라, 폭정과 정반대의 선정을 펼치는 거죠."

그린이 애써 밝은 목소리를 냈다.

"악귀 따위에게 절대 지지 않을 거예요. 저도, 전하도요! 우리 그렇게 믿어요."

그린이 작은 주먹을 불끈 쥐었다. 좌절하지 않고 묵묵히 정도(正道)를 걷는 것. 지금 그린과 융이 할 수 있는 것은 그것뿐이었다. 그린을 말없이 바라보던 융이 작은 몸을 품 안에 가두었다. 깨끗이 빨아서 다림질한 옷에서 풍기는 청결한 향과 그윽한 체취가 그린을 감쌌다.

"너는 어찌하여 그리 밝을 수 있느냐. 어두운 밤하늘을 홀로 밝히는 달처럼."

원래 긍정적인 편이긴 하지만 그린이 융에게 보여 주는 밝음은 그녀가 가진 것 그 이상이었다. 그럴 수 있는 원동력은 하나뿐이었다.

"전하를 지키고 싶기 때문이죠."

그린이 눈매를 사르르 접으며 웃었다. 눈부신 햇살을 마주한 사람처럼 융이 눈을 가늘게 떴다.

"이 작은 손으로 날 지키겠단 말이냐?"

융이 그린의 가느다란 손목을 쥐었다. 힘주면 부러질까 두렵다는 듯 조심스러운 움직임이었다.

"이 손을 잃는다고 해도 전하를 지킬 거예요."

융은 첫눈처럼 뽀얀 그린의 손목을 입술로 가져갔다. 부드럽고 따스한 입술이 여린 살갗에 닿자, 그린이 어깨를 튕겼다.

"꿈과 시간을 건너 내게 와 주어서 고맙구나."

"전하."

"악귀 때문에 널 찾을 수 있었으니 악귀에게도 고마울 판이다."

머루알을 연상시키는 융의 눈동자가 그린을 비추고 있었다. 그린은 숨을 멈추고 빨려 들어가도 좋을 만큼 아름다운 융의 눈동자를 응시했다. 제 손목에 닿았던 융의 입술이 그린의 심장을 두드렸다. 그 입술이 무슨 맛인지 알기에 그린은 심한 갈증을 느꼈다.

"그렇게 간절한 눈으로 봐도 소용없다."

융이 고개를 저었다. 그가 무슨 말을 하는지 그린은 이해하지 못했다.

"소용없다니요?"

"지금은 입맞춤해 줄 수 없다는 뜻이다."

융이 무심한 어조로 말했다. 속마음을 들킨 그린의 얼굴이 화르륵 불타올랐다.

"제가 언제요? 바라긴 했지만 간절하진 않았다고요!"

"바라긴 했구나?"

융이 지나치게 잘생긴 얼굴을 바짝 들이밀었다. 그린이 시선을 피하며 우물거렸다.

"그, 그건……."

"조금만 기다리거라. 오늘 밤엔 원하는 만큼 해 줄 테니."

융이 엄지로 그린의 입술을 쓸었다. 그린이 또다시 펄쩍 뛰었다. 그 약속을 지켜 주길 바라는 속내까지 들킬까 봐 전전긍긍하면서 말이다.

* * *

융과 그린은 연산군의 폭정을 철저히 연구했다. 수많은 악행을 타산지석 삼아 정반대의 정책을 펼치기로 했다. 가장 먼저 시행한 것은 '훈민정음 장려 운동'이었다. 훈민정음을 가리킬 관원들을 각 고을에 파견해서 원하는 백성들 누구나 배울 수 있도록 했다.

관에서 방(榜)을 붙일 때도 최대한 훈민정음을 사용하고, 고을의 문맹률을 낮춘 수령에겐 특진과 함께 큰 상을 내리기로 했다. 훈민정음을 언문이라 속되게 부르는 것도 금지시켰다. 세종대왕께서 창시한 민족의 글을 낮잡아 보면 안 된다는 의미에서였다.

'왜 훈민정음 장려 운동을 먼저 하자는 것이냐? 군법이나 조세법을 개정하는 게 빠르지 않겠느냐?'

융의 물음에 그린은 이렇게 답했다.

'거짓 소문이 여론을 만들고 있어요. 한번 생긴 믿음을 바꾸는 건 어려워요. 잘못된 믿음이 생기지 않게 하려면 직접 정보를 전달해야 해요.'

책은 귀하고, 읽고 쓸 수 있는 사람은 적은 시대였다. 정보는 소수의 권력자들이 쥐고 있었고, 대부분 입에서 입으로 전해졌다. 그러다 보니 왜곡되기 일쑤였다.

'시간이 더 걸리더라도 근본적인 구조를 바꿔야 해요. 백성들이 글을 깨우치면 양반들의 권력도 견제할 수 있어요.'

그린이 한글로 된 책을 만든 계기도 그 때문이었다. 사랑 이야기를 통해 한글은 쉽고, 재미있다는 인상을 남기고 싶었다. 그린은 완성된 책에 '연애가중계(戀愛可中繼 사랑 노래를 중간에서 이어 줌)'란 제목을 붙였다.

한 권은 인수대비에게 진상하고 남은 두 권은 궁녀들에게 빌려줬다. 연애가중계는 궁녀들 사이에서 폭발적인 인기를 끌었다. 서로 먼저 보겠다고 다투는 바람에 상궁들이 특별 대책 회의를 할 정도였다. 상궁들의 엄명에도 불구하고 궁녀들은 패물이나 돈을 찔러 주며 읽는 순서를 앞당겼다.

그린은 연애가중계를 얼마든지 필사해도 된다고 허락했다. 대신 돈 받고 파는 것은 엄격히 금지했다. 어디까지나 훈민정음 장려 운동의 일환이었기 때문이었다.

연애가중계 속 러브스토리는 대부분 그린의 경험에 살을 붙인 거였다. 남자 주인공은 현령, 판관, 선비 등 다양했지만, 모델은 모두 융 한 사람이었다. 모태 솔로나 마찬가지인 그린의 연애 시작과 끝은 모두 융이었으니까.

'완벽한 남자 주인공이 옆에 있는데 다른 남자를 데려올 필요가 없지.'

융은 아내를 위해 도적 소굴에 침투하는 현령님이 되었다가, 길 잃은 연인을 찾아 헤매는 선비님도 되었다가, 기녀가 된 정혼자를 지키는 판관님도 되었다. 모델이 융인 덕분에 자연히 연애가중계 속 남자 주인공은 활 잘 쏘는 꽃미남이었다. 그것이 예상치 못한 결과를 끌어낼 줄은 꿈에도 몰랐다.

"현령님이 내 이상형이셔! 아내를 위해 죽음도 불사하는 쾌남아!"

"그보다는 선비님이 더 멋지시지. 절호의 순간에 나타나서 주막 주인을 때려눕히시잖아!"

연애가중계 필사본을 앞에 두고 궁녀들이 단꿈에 빠져 있었다. 그녀들은 침을 튀겨 가며 남자 주인공을 찬양하느라 바빴다. 그린이 걸음을 멈추고 그녀들의 대화에 귀를 기울였다.

"기녀와 이루어질 수 없는 사랑에 빠진 판관님이 제일 낭만적이야. 어디 판관님 같은 사내 또 없나."

"현령님 같은 사내랑 연애해 봤으면 소원이 없겠다."

"선비님이 최고래도."

"궁녀 주제에 무슨 연애? 꿈 깨라, 꿈 깨. 수려하고, 낭만적이고, 활도 잘 쏘는 사내가 세상에 어디 있겠니?"

그 말에 그린이 소리 죽여 웃었다.

'완전 입덕 했네. 여기저기 덕후들로 가득해.'

그녀들이 열광하는 남자 주인공이 현실에 존재한다는 걸 알면 어떤 표정을 지을지 궁금했다. 그 사람이 지엄하신 임금님이라면 더욱이.

"이 책을 숙원마마께서 지으셨다는 게 참말이니?"

"내 동무가 숙원마마의 이야기를 받아 적은 나인이었어. 진짜 어여쁘시고, 말씀도 재미나게 하신대! 영민하신데 겸손하기까지 하단다."

"소문이랑은 딴판이시구나. 어떤 애들은 아직도 숙원마마가 요부라도 떠들던데."

"몰랐니? 그거 다 엄 귀인 전각 나인들이야."

엄 귀인이란 말에 그린의 귀가 번쩍 뜨였다. 소문의 진상을 추적해 왔지만 별다른 성과가 없던 차였다. 연애가중계 덕후들에게서 실마리를 듣게 될 줄이야. 그린의 심장이 거세게 뛰었다.

'엄 귀인이라면 대왕대비 마마 옆에서 날 흘겨보던 그 여자잖아?'

그린은 매일 인수대비에게 문안 인사를 올리고 있었다. 그린을 무시하던 자순대비와 엄씨, 정씨도 마지못해 인사를 받아 주었다. 한 기와 아래 있다는 것도 짜증난다는 듯 경멸과 무시를 듬뿍 담아서.

특히 엄씨는 인수대비 몰래 '기녀 주제에 나대다간 폐비 꼴 난다.'라고 지껄이기도 했다. 폐비 꼴이라니! 그것은 돌아가신 융의 어머니에게도 그린에게도 참을 수 없는 모욕이었다. 그린이 입술을 깨물었다.

'정말 엄씨가 소문의 배후였을까? 엄씨가 간신 임사홍과 친하다는 것까지는 알아냈는데…….'

그린이 뒤에서 대기하고 있던 박 상궁에게 신호를 보냈다. 박 상궁이 예의 사무적이고 엄격한 표정으로 나인들 앞에 나섰다. 박 상궁을 발견한 나인들이 사색이 되어 머리를 조아렸다.

"마마님!"

"뭣들 하는 것이냐? 감히 숙원마마를 입에 올리다니!"

"죽을죄를 지었습니다!"

"솔직히 말하면 용서해 주겠다. 숙원마마를 비방한 자들이 누구냐?"

"그, 그건……!"

나인들이 서로 눈치를 보며 꾸물거렸다. 자신에게까지 화가 미칠까 두려워하는 기색이었다. 이제 그린이 나설 때였다.

"박 상궁, 무슨 일인가?"

시치미를 떼고 그린이 등장했다. 그린이 등장하자 나인들은 어쩔 줄 몰라 하며 발을 동동 굴렀다.

"주둥이를 가벼이 놀리는 어리석은 것들을 잡았나이다."

미리 손발을 맞춰 놓은 대로 박 상궁이 냉엄하게 말했다. 나인들을 노려보는 박 상궁의 눈에서 오뉴월 서리가 쏟아지는 것 같았다. 겁먹은 나인들이 눈물을 글썽이기 시작했다.

'저게 연기라면 박 상궁은 여우주연상 감이다. 뮤지컬학과 졸업생인 내가 질 수 없지.' 그린이 학자금 대출만큼 강력한 미륵불 미소를 머금었다.

"어린아이들이 실수한 것 가지고 너무 호되게 굴 필요는 없네."

봄을 알리는 꽃 내음처럼 부드러운 목소리였다. 살아 나갈 구멍을 발견한 나인들이 그린에게 매달렸다.

"숙원마마, 용서해 주시옵소서!"

"저희는 숙원마마를 비방하지 않았사옵니다!"

그린이 고개를 끄덕이며 그녀들의 눈물을 닦아 주었다.

"물론 그랬겠지. 책과 이야기를 좋아하는 아이들치고 나쁜 아이들은 없지 않으냐."

그린이 자애로움을 자랑함과 동시에 작가적 명성을 챙겼다. 속으로 음흉한 미소를 짓고 있었지만, 겉보기에는 하늘에서 내려온 선녀가 따로 없었다.

'이것이 바로 조선판 굿 캅 베드 캅 전략이지.'

박 상궁이 악역을, 그린이 선한 역할을 맡아 상대를 압박하고 구슬리는 전법이었다. 그린의 계책에 넘어간 나인들이 생명 줄이라도 되는 것처럼 연애가중계를 꼭 쥐었다.

"누가 유언비어를 퍼뜨리는지 알려 주려무나. 너희에겐 해가 가지 않도록 할 것이다."

숙원마마의 도량에 감격한 나인들이 앞다투어 목소리를 높였다.

"엄 귀인전 지밀나인들입니다! 그들이 숙원마마를 비방하는 걸 제 귀로 똑똑히 들었사옵니다."

"침방나인들도 떠들었는데 그들 역시 엄 귀인전 소속이었사옵니다."

그린은 도무지 이해할 수 없다는 투로 고개를 갸웃거렸다.

"이상하구나. 그들이 왜 날 음해한다는 말이냐."

"웃전으로부터 명을 받았다는 말을 들었습니다."

나인 하나가 기어들어 가는 목소리로 답했다.

"그게 사실이냐?"

박 상궁이 매섭게 추궁했다. 거짓말을 하면 살려 두지 않겠다는 기세였다. 파랗게 질린 나인이 더듬거렸다.

"사, 사실이옵니다! 연애가중계를 먼저 읽게 해 주는 대신 들은 이야깁니다."

그린이 헛웃음을 삼켰다. 필사본이 늘어났다고는 해도 아직 연애가중계는 수요를 따라가지 못하고 있었다. 덕후들이 소장본을 원했으므로 책 구하기는 하늘의 별 따기였다. 그렇다고 해도 책을 위해서 패물 대신 정보를 내놓는 궁녀가 있을 줄은 몰랐다.

"그 나인의 이름을 알려 주겠느냐? 공정하게 조사해 볼 것이다."

자애로운 숙원마마 연기에 몰입한 그린이 살포시 미소 지었다.

실마리를 잡았지만, 다짜고짜 엄씨의 지밀나인들을 추포할 수는 없었다. 억울한 누명이라고 주장할 것이 뻔했다. 역으로 그린이 자신을 핍박한다고 떠벌릴 수도 있었다. 하지만 용의자가 있는 것과 없는 것에는 큰 차이가 있는 법이었다. 그린은 엄씨와 그 주변을 감시하며 정보를 모았다.

일손과 시간이 턱없이 부족했다. 훈민정음 장려 운동이 백성들에게 어떤 반응을 얻고 있는지도 확인해야 했다. 정보와 탐문, 그 두 가지를 확실히 도와줄 사람이 딱 한 명 있었다.

"숙원마마를 뵙사옵니다."

그린의 연락을 받자마자 청이가 입궐했다. 소복을 벗고 고운 한복을 차려입은 청이는 어떤 대갓집 규수보다 청초하고 아름다웠다. 반듯하게 땋은 머리는 진주로 엮은 옆꽂이로 장식했고 금박을 입힌 댕기를 드리웠다. 박 상궁에게 배운 예법도, 그린이 가르쳐 준 투명 화장도 잊지 않은 모양이었다.

"청아, 와 줘서 너무 고마워!"

"마마……."

목이 메는 듯 청이의 목소리가 잠겼다.

"불러 주셔서 정말 기쁘옵니다. 많이, 정말 많이 보고 싶었사옵니다."

청이를 바라보는 그린의 눈빛에도 애정이 듬뿍 담겼다. 그린이 청이의 손을 꼭 잡고 물었다.

"봉 여사님은 건강하시지?"

"네. 마마께 안부 전해 달라고 하셨사옵니다. 부디 보중하시란 말씀도 전해 달라고 하셨고요."

"함께 입궐하셨으면 좋았을걸……."

그린이 말끝을 흘렸다. 청이와 함께 입궐해 달라고 부탁했으나 봉천군은 신물을 찾기 위해 몽화당을 비운 상태라고 했다. 그게 사실일까.

봉천군이 잠시 몽화당을 비우는 일은 있었지만, 며칠씩 외유하는 경우는 드물었다. 차후에 입궐하겠다는 말 대신 안부를 전해 달라고 한 것도 이상했다.

'봉 여사님은 대왕대비 마마의 최측근이었다던데. 10년간 입궐하지 않았다는 건 대왕대비 마마의 부름에도 응하지 않았다는 뜻인가.'

봉천군이 극도로 입궐을 피하고 있는 건 사실이었다. 그렇지 않았다면 융이 봉천군을 만나러 몽화당까지 걸음 할 이유가 없었다. 도대체 왜? 궐에서 안 좋은 기억이라도 있는 걸까? 그린은 공천군이 10년 전 신력을 모두 잃었다는 사실을 되새겼다. 하지만 무슨 연유로 신력을 잃은 것인지는 몰랐다.

"청아, 너는 봉 여사님 신력이 왜 사라졌는지 아니?"

그린의 물음에 청이가 고개를 가로저었다.

"저에게도 사현 오라버니에게도 말씀해 주시지 않았사옵니다."

두 사람의 끈끈한 모자의 정을 생각하면 더 의아한 일이었다. 비밀로 해야만 하는 이유가 있었던 걸까. 그린은 잠시 말없이 생각에 잠겼다.

"마마께서는 사현 오라버니가 어찌 지내는지 궁금하지 않으시옵니까?"

청이가 슬픈 표정으로 물었다. 그린이 선뜻 대답하지 못하고 고개를 비스듬히 내렸다. 후궁 첩지를 받은 이후에 사현과 야마에 대해서는 완전히 잊고 있었다. 아니, 잊으려고 애썼다. 그럴 수 없다는 걸 알면서도.

"사현 씨는 어떻게 지내시니?"

"아직도 사현 씨라고 부르시네요."

청이가 힘없이 웃었다. 궁중 예법이나 말투에 익숙해졌다고 생각했는데, 친밀한 이들과 함께 있을 때면 예전의 습관들이 튀어나왔다.

장녹수라는 새로운 이름을 달고 있지만, 그린은 여전히 그린이었다. 야마에게 빙의되었다고 하더라도 사현이 계속 사현이었던 것처럼. 답장도 보내지 않았던 사현의 서신을 떠올리다가 그린이 겨우 입을 열었다.

“사현 씨에겐 많이 미안해. 사현 씨가 잘못한 것은 하나도 없는데.”

“그럼 사현 오라버니를 만나 주시옵소서.”

청이가 간곡한 어조로 말했다. 그린이 청이의 시선을 피했다.

“나도 만나야 한다고 생각은 하지만…….”

기다렸다는 듯이 청이가 대답했다.

“잘되었사옵니다. 사실 사현 오라버니도 함께 입궐했사옵니다!”

“사현 씨도?”

“지금 밖에서 마마의 부르심을 기다리고 있사옵니다.”

예기치 못한 소식에 그린이 눈을 동그랗게 떴다. 피해 왔던 사현이, 그 안에 든 야마가 문밖에 있다고 생각하니 입안이 바짝바짝 말랐다.

청이의 고운 얼굴이 흐려졌다.

“오라버니는 안 된다고 했지만 제가 고집을 부렸사옵니다.”

야마라면 모를까, 사현은 부르기 전에 막무가내로 찾아올 사람이 아니었다. 아무리 청이의 부탁이라고 해도 찾아왔을 리가 없었다.

‘그런데도 왔다는 건 꼭 해야 할 말이 있다는 거겠지.’

그린이 치맛자락을 꼭 쥐었다. 사현의 서신을 무시하고 도망치듯 입궐한 그린이었다. 무례를 무릅쓰고 찾아온 사현을 밀어내는 짓은 할 수 없었다. 그러나 사현과 그 안에 들었을 야마를 볼 자신 또한 없었다.

사현이 밖에 있다는 사실만으로 그날의 기억과 배신감이 또다시 밀려들었다.

"하지만 청아."

"옛정을 봐서라도 오라버니를 만나 주시면 아니 되옵니까? 부탁드리옵니다, 마마."

청이가 간곡하게 부탁했다. 그녀의 맑은 눈망울이 일렁거렸다.

'청이가 달라졌구나.'

그린은 예전과 달리 반짝이는 무언가를 청이에게서 발견했다. 청이는 예전부터 사현 뒤를 졸졸 따라다니는 오빠 바라기였다. 그러나 지금 청이는 오라비를 걱정하는 누이가 아니라 한 남자를 사랑하는 여인의 얼굴을 하고 있었다. 양오빠를 좋아하던 어린 소녀가 이제 그를 남자로 보게 된 모양이었다. 그린은 청이와 사현을 위해 용기를 내기로 했다.

"박 상궁, 윤 주서를 드시라 하게."

자신이 목소리가 어색하다고 생각하면서 그린이 말했다.

"고마워요, 그린 언니. 아, 숙원마마."

기쁨을 감추지 못하고 말실수를 한 청이가 얼굴을 붉혔다. 곧 짙은 녹색의 문관복에 검은 사모를 쓴 사현이 들어왔다.

'관복 입은 건 처음 봐. 정말 잘 어울린다.'

그린은 정중하게 예를 올리는 사현을 넋 놓고 바라봤다. 그가 야마와 몹시 닮은 얼굴을 가졌다는 사실도 잠시 잊었다. 훤칠한 키에 수려한 외모를 가진 그가 관복을 걸치자, 학자 특유의 금욕적인 아름다움까지 더해져 더욱 돋보였다. 하지만 그보다 그린의 시선을 빼앗은 것은 날카로울 만큼 도드라진 턱 선이었다. 무슨 일이 생긴 건가 싶을 정도로 그의 얼굴은 무척 야위어 있었다.

"부디 무례를 용서해 주십시오, 숙원마마."

사현이 공손히 머리를 숙였다. 그에게서 듣는 '숙원마마'란 말이 유독 낯선 그린이었다.

"아니에요. 와 줘서 고마워요, 사현 씨."

그린이 손사래를 쳤다. 사현의 메마른 얼굴에 엷은 미소가 스치고 지나갔다.

"여전하시옵니다."

"아, 윤 주서라고 해야 하나요. 열심히 공부하는데도 잘 안 되네요."

머쓱해진 그린이 뺨을 긁적였다. 사현이 천천히 고개를 가로저었다.

"변함없는 모습이 보기 좋으시옵니다."

사현이라면 존댓말도 하지 말라고, 얼른 왕실 예법에 익숙해져야 한다고 할 줄 알았는데 의외였다.

"저는 휴직을 끝내고 사헌부로 복귀하였사옵니다."

"그래도 괜찮겠어요?"

"그분께서도 반대하지 않으시옵니다."

그린이 청이를 바라봤다. 사현이 말하는 그분이 야마라는 걸 청이도 알고 있는 것 같았다.

'야마와 사현의 의식 교환을 모른 척했었는데. 잠깐 사이에 많이 컸구나.'

야마와의 일이 있고 난 뒤에, 사현은 자기가 죄지은 사람처럼 괴로워했다고 들었다. 그때 청이는 처음 봤을 거였다. 한결같이 자신을 돌봐주던 오라버니가 흔들리는 모습을. 가슴에 숨겨진 자신의 본심이 우애가 아니라 연정임을 깨달은 것도 그때가 아니었을까. 사랑하는 이를 지탱해 주고 싶은 건 열일곱 살 소녀도 마찬가지일 테니까.

"복직하셨다니 다행이에요. 힘드시겠지만 사현 씨라면 잘 해내실 수 있을 거예요."

그린이 판에 박힌 인사말을 건넸다. 숨쉬기조차 편치 않은 무거운 정적이 찾아왔다. 잠시 고민하던 사현이 어렵게 입을 열었다.

"그분에 대해 아직도 듣고 싶지 않으시옵니까?"

그린이 사현의 시선을 피했다. 무슨 말을 어떻게 해야 할지 갈피를 잡을 수 없었다.

"마마께서 얼마나 낙심하셨을는지는 추측할 수조차 없사옵니다. 그분을 얼마나 소중히 여겼는지 알고 있으니까요."

처음 만났을 때 그린은 사현을 야마로 오해하고 그의 품에 안겼다. 펑펑 눈물을 쏟으며 왜 이제야 나타난 거냐고 따졌다. 그린에게 야마는 함께 있는 것이 당연해서, 곁에 없으면 견딜 수 없는 사람이었다. 그런 이에게 받은 상처가 얼마나 클지 사현은 짐작하기 어려웠다. 그렇다고 물러설 수는 없었다.

"소신이 마마를 찾아온 것은 꼭 전해 드려야 할 말이 있기 때문이옵니다."

"미안하지만, 야마 이야기라면 듣고 싶지 않아요."

그린이 단호하게 말했다. 사현을 바라보지도 않은 채였다. 사현의 얼굴이 참혹하게 일그러졌다.

"그분이 죽어 간다고 해도 말이옵니까?"

야마가 죽어 간다니. 사현은 무슨 말을 하는 것일까. 그린의 목소리가 가늘게 떨렸다.

"야마를 위해서 괜한 말씀하는 거라면……."

그린이 말을 끝까지 잇지 못했다. 사현이 거짓말을 할 사람이 아니라는 건 자신도 잘 알고 있었다. 사현이 제 가슴 위에 손을 대고 맹세하듯 말했다.

"그분은 지금 이 순간에도 죽어 가고 계십니다."

그린의 눈동자가 흔들렸다. 떨리는 오른손을 감추던 야마의 모습이 머릿속을 스쳤다.

"야마한테 무슨 일이 있는 거죠?"

"그분은 제 몸에 빙의하지 않고서는 혼을 유지할 수 없사옵니다. 하지만 인간의 육체는 보잘것없어서 그분의 혼을 담기에 부족하옵니다."

"손도 그래서 불편해졌던 거예요?"

그린이 물었다. 사현이 무겁게 고개를 끄덕였다.

"지금처럼 제 의식이 나와 있으면, 그분은 영기를 흡수할 수 없사옵니다. 그나마 버티게 해 주던 신물도……."

사현이 죄송스럽다는 듯 입을 다물었다. 그린은 세 개의 신물을 모두 가지고 입궐했다는 걸 그제야 기억해 냈다.

'신물의 영기를 흡수하지 못하면 야마는 버틸 수 없잖아! 왜 그걸 잊어버렸지?'

아무리 야마가 밉다고 한들 그가 죽길 바라지 않았다. 영기가 부족해서 쓰러진 것도 봤으면서 내팽개치다니! 자신의 무책임함에 그린은 현기증마저 느꼈다. 그린이 제 목에 걸린 신물을 풀어 사현에게 건넸다.

"얼른 가져가세요! 야마가 죽어 간다면서요!"

하지만 사현은 그린이 내민 신물을 받지 않았다.

"소신이 가져간다고 해도 그분께서는 받아들이지 않을 것이옵니다."

사현이 창백한 얼굴로 고개를 가로저었다. 문득 불길한 예감이 엄습했다.

"혹시 야마가 빙의해 있는 게 사현 씨한테도 안 좋은 영향을 끼치는 건가요?"

사현은 대답하지 않았고, 그린은 비명 대신 길고 긴 탄식을 흘렸다.
"아……."
왜 그 생각을 못 했을까. 인간의 몸에 염라대왕의 영혼을 담을 수 없다면, 그 몸의 주인이 염라대왕 이상의 고통받으리란 게 당연한데.
"사현 씨 괜찮아요? 어디가 어떻게 안 좋은 거예요?"
그린이 사현의 옷소매를 흔들었다. 사현은 여전히 입을 열지 않았다.
처음 봤을 때부터 사현은 바보스러울 만큼 선량한 사람이었다. 야마와 융을 위해서 제 몸을 내주는 것도 망설이지 않았다. 봉천군도 개의치 않았다. 그래서 잊고 있었다. 가장 큰 희생을 치르고 있는 사람은 다른 누구도 아닌 사현이라는 것을.
"오라버니는 식사도 제대로 못 하세요."
잠자코 있던 청이가 대신 말했다. 미간을 찌푸린 사현이 청이를 나무랐다.
"청아, 아무 말도 하지 말아라."
"하지만 아무도 오라버니를 걱정하지 않잖아요. 어머니도, 마마도, 심지어 오라버니까지도요!"
울음 섞인 청이의 목소리가 그린을 찔렀다. 그 눈물 속에 야속함과 서러움이 섞여 있다는 것을 그린은 모른 척할 수 없었다.
"전하와 나라를 위한 일임을 왜 모르느냐? 다 설명하지 않았느냐?"
사현이 한결 누그러진 말투로 청이를 달랬다. 청이는 고집을 꺾지 않았다.
"그럼 오라버니는 누가 지켜 주는데요? 하루하루가 다르게 말라 가시잖아요!"
"나는 괜찮다."

"하나도 괜찮지 않아요! 오라버니께서 괜찮으셔도 제가 안 괜찮아요!"

청이의 뺨을 타고 눈물이 흘렀다. 사현이 청이의 머리를 쓰다듬으려 했지만, 그 손길조차 뿌리쳤다.

"청아, 왜 그러느냐?"

"전하도 나라도 중요하지만, 제겐 오라버니가 제일 중요하단 말이에요!"

"숙원마마 앞이다. 진정하거라."

당황한 사현이 그린과 청이의 얼굴을 번갈아 바라봤다. 그녀가 왜 속상해하는지, 어떤 마음으로 자신을 바라보고 있는지 아직 모르는 듯했다. 사현은 끝까지 자신의 고통에 대해서는 한마디도 꺼내지 않았다. 이 우직하고 착한 사람을 제 마음 불편하다는 이유로 외면했다. 차마 사현의 얼굴을 볼 낯이 없어서 그린이 고개를 숙였다.

"사현 씨, 청이를 나무라지 마세요. 모두 맞는 말이니까요."

"송구하옵니다, 숙원마마."

"송구한 건 사현 씨가 아니라 저죠. 제가 이곳으로 오지 않았다면 아무 일도 일어나지 않았을 거예요."

사현이 반혼을 타고났기 때문에 빙의 체질을 갖게 된 거라고 야마가 말했다. 하지만 그린이 우물에 빠지지 않았더라면, 그래서 야마가 하지 말았어야 할 일을 저지르지 않았더라면 사현도 야마도 무사했을 거였다.

'나 때문에 두 사람이 위험해졌어.'

그린은 사현과 야마를 머릿속에서 지웠다. 그들의 안위도 잊었다. 야마의 잘못을 핑계로 융에게만 집중했다. 두 사람이 없으면 융을 살릴 수도 없으면서.

"사현 씨, 야마는 얼마나 더 버틸 수 있는 거죠?"

그린의 물음에 사현이 잠시 고민했다.

"저도 확신할 수는 없사옵니다. 그분께서 그 부분만큼은 알려 주지 않으시옵니다."

"……."

"하지만 쉬 포기하실 분이 아닙니다. 마마를 위해서라도 버티실 것이옵니다."

그린이 입술을 악물었다. '그건 내가 아니라, 서랑 때문이잖아요.'라는 말이 목구멍까지 올라왔다. 야마가 위험하다는 걸 안 지금 이 순간까지도. 그린은 자신의 이기심에 욕지기가 치밀었다.

"그분께서는 다른 누구도 아닌, 마마를 살리고 싶어 하셨습니다. 갓 태어났을 때부터 지켜봤던 어린 소녀를요."

사현의 잔잔한 음성이 그린을 흔들었다.

"시작은 혼 때문이었지만, 서랑이라는 분보다 마마와 훨씬 더 긴 시간을 함께 보내시지 않았습니까?"

"……그랬지요."

"그분을 용서하시라고 드리는 말씀은 아니옵니다. 마마께서는 용서할 자격도, 용서하지 않을 자격도 갖고 계시옵니다."

사현의 말에 그린이 얼굴을 어두워졌다.

"제가 용서하지 않아서 야마도, 사현 씨도 큰일 나면 어쩌려고요?"

"그것 또한 운명이겠지요."

사현이 허허롭게 대답했다. 그린이 발끈했다.

"전 운명이란 말을 아주 싫어해요."

눈물을 훔친 청이도 한마디 거들었다.

"저도요! 오라버니는 늙은이 같은 말 좀 하지 마세요!"

두 여인의 공격을 받은 사현이 어깨를 움츠렸다.

"유념하겠습니다, 마마. 조심하마, 청이야."

그 말에 청이의 표정이 조금 누그러졌다. 초조한 마음을 감추고 그린이 물었다.

"야마와 사현 씨가 살려면 신물을 찾아야 해요. 뭔가 단서가 없나요?"

"어머니께서 평안도 봉성이란 고을에 전해 내려오는 전설을 들으셨다고 하옵니다."

"전설이요?"

그린이 되물었다. 사현이 침착하게 답했다.

"길 잃은 심마니들을 살려 주는 빛나는 돌에 대한 전설입니다. 엄지 손가락보다 작지만, 샛별보다 밝아서 날이 흐릴 때도 잘 보였다고 합니다."

"신물일 수도 있겠네요."

"언젠가부터 빛나는 돌은 사라지고 전설만 남았다고 합니다. 누군가가 이미 신물을 취한 것 같습니다."

그린이 실망을 감추지 못했다. 세 개의 신물을 찾는 것이 너무 순조로워서 잊고 있었다. 신물은 100년 전에 사라졌고, 누구나 탐할 만큼 귀한 보물이었다.

이러다 영영 다섯 신물을 모으지 못하면 어떻게 되는 걸까. 불안이 파도처럼 밀려와 그린은 애꿎은 옷고름을 구겼다. 그때 박 상궁의 목소리가 들렸다.

"숙원마마, 대왕대비 마마께서 부르시옵니다. 하사하실 물건이 있다고 하시옵니다."

* * *

그린이 인수대비를 찾았을 때 인수대비는 혼자가 아니었다. 그녀 옆에는 여전히 인상이 흐릿한 중전이 앉아 있었다. 인수대비가 대수롭지 않다는 듯 말했다.

"좋은 차가 들어와서 같이 불렀네. 그대는 중궁과 친하다지?"

어리둥절한 그린 대신 중전이 대답했다.

"숙원이 있어서 얼마나 기쁜지 모르옵니다. 소첩이 하지 못하는 일도 해 주고 있사옵니다."

"과찬의 말씀이시옵니다. 천첩, 중전마마의 가르침을 항상 기다리고 있사옵니다."

그린이 손으로 입을 가리고 웃었다. 아침마다 인수대비에게 문안을 올리다 보니 속마음을 감추고 대화하는 것쯤은 식은 죽 먹기였다. 인수대비가 만족스럽다는 듯 무릎을 탁탁 쳤다.

"중궁과 숙원이 이렇듯 서로를 아끼니 흐뭇하구나. 대통을 이을 왕자만 태어나면 더할 나위가 없겠어."

원자를 잃은 중전 앞에서도 인수대비는 거침이 없었다. 중전은 아무 감정도 없는 사람처럼 무표정했다. 중전의 아름다운 얼굴을 흘끔거리며 그린이 배를 문질렀다.

'아무리 대통이 중요하다고 해도 너무 무신경한 거 아냐? 대왕대비 마마랑 같이 있으면 위통이 도지는 것 같아.'

그 모습이 인수대비에겐 다른 뜻으로 보인 모양이었다.

“왜 그러는가, 숙원? 벌써 회임의 조심이 보이는 겐가?”

위가 쓰릴 뿐인데 이 성격 급한 할머니는 뭐라는 걸까. 인수대비가 오해할까 봐 그린이 황급히 부인했다.

“아니옵니다, 마마. 그저 소화되지 않아 불편한 것뿐입니다.”

하지만 인수대비의 반응은 더욱 뜨거워졌다.

“원래 회임 초기엔 속이 더부룩한 법일세.”

“망극하오나 기대하시기엔 너무 이른 줄로 아옵니다, 마마.”

그린이 아랫사람의 예를 지키며 고개를 조아렸다. 인수대비는 실망을 숨기지 않았다.

“설마 지금껏 주상과 아무 일도 없었다는 것인가? 자네가 주상의 특은을 받는 걸 모두가 아는 것을.”

그린은 당기는 뒷골을 주무르고 싶은 걸 겨우 참았다. 남편과의 은밀한 사생활에 대해 시할머니와 설전을 벌이게 될 줄은 몰랐다.

“그런 것은 아니오나…….”

“그렇다면 가능성은 언제나 열려 있는 것이네. 중궁 생각은 어떤가?”

인수대비가 중전에게 공을 넘겼다. 중전은 무해한 웃음을 드리우며 대답했다.

“소첩의 뜻도 마마와 같사옵니다. 숙원은 지혜롭고 건강하니 곧 왕자를 생산할 수 있을 것이옵니다.”

다시 한번 위가 짜르르 아파 왔다. 자식을 잃은 중전 앞에서 임신 이야기를 하고 싶은 마음은 조금도 없었다. 그린이 은근슬쩍 말을 돌렸다.

“마마께서 소첩에게 상을 내린다 들었사옵니다.”

"사실 내가 아니라 중전이 자네에게 줄 것이 있다 했네."

"중전마마께서요?"

그린이 중전을 돌아봤다. 책을 사랑하는 인수대비가 연애가중계에 대한 보답을 하려는 줄만 알았다. 그런데 중전의 선물이라니.

"대단한 물건은 아닐세."

중전이 수줍게 웃으며 눈짓했다. 기다리고 있던 나인이 비단 보자기로 감싼 상자를 그린에게 전했다. 비단 보자기 안에는 자개로 장식된 나무함이 있었고, 나무함 안에는 헝겊으로 만든 인형이 들어 있었다.

"이 인형을 주시는 것이옵니까?"

그린이 조심스레 인형을 꺼냈다. 두 뼘 크기의 헝겊 인형은 왕실 여인의 복색을 하고 있었다. 당의와 스란치마, 가체까지 갖춘 인형은 조선 시대의 물건답지 않게 정교하고 아름다웠다. 눈썹과 눈은 검은 실로, 작고 도톰한 입술은 붉은 실로 수놓아져 있었다. 발그레한 뺨과 콩알만 한 코가 사랑스러운 인형에게 그린은 마음을 빼앗겼다. 어쩐지 제 모습을 닮은 것 같기도 했다.

"자네를 생각하며 틈틈이 만들어 본 것이네."

"마마께서 직접 만드신 인형이라고요?"

중전의 말에 그린이 입을 떡 벌렸다. 중전이 바느질을 즐긴다는 말은 들었지만, 장인에 버금가는 솜씨를 가졌을 줄은 몰랐다.

"인형이 숙원을 똑 닮았구먼. 과연 중궁이야."

인수대비가 중전을 칭찬했다. 중전이 수줍어하며 물었다.

"자네 마음에 드는가?"

"들고말고요! 너무나 사랑스럽습니다. 이리 어여쁜 인형은 처음 가져 봅니다."

그린이 왕실 법도도 잊고 순수하게 기뻐했다. 그린이 자란 시골 마을에는 또래 아이들이 없었다. 그린은 유치원도 다니지 않았고, 텔레비전도 없었다. 그린의 장난감은 할머니가 굿할 때 쓰는 부채나 방울 따위가 전부였다. 여자아이들이 바비 인형의 머리를 빗겨 주거나 옷을 갈아입히며 논다는 걸 그린은 아주 나중에 알았다.

아르바이트로 생계를 해결해야 하는 처지라 이처럼 고급스러운 인형은 감히 살 엄두도 내지 못했다. 게다가 자신의 모습을 본뜬 인형이었다.

중전이 선물한 인형을 그린이 품에 안았다. 포근한 촉감과 함께 가슴 어딘가가 간질간질해져 왔다. 덕분에 야마와 사현에 대한 걱정도 잠시 내려놓을 수 있었다.

"망극하옵니다, 중전마마. 평생 소중히 간직하겠사옵니다."

그린이 눈매를 곱게 접으며 말했다. 중전이 흐뭇하게 웃었다.

"기뻐해 주니 내가 더 고맙네."

"인형을 하사하신 연유를 여쭤도 좋겠습니까?"

"자네가 물심양면으로 전하를 돕고 있지 않나. 소임을 자네와 마마께 미루는 못난 몸이지만...... 감사를 표하고 싶었네."

그렇게 말하는 중전의 표정은 흐릿한 아름다움 속에 숨겨 있었다.

"말씀처럼 대단한 일은 하지 못했사옵니다. 보잘것없는 재주를 부려 보았을 뿐이옵니다."

그린이 겸손하게 고개를 숙였다. 인수대비가 신기하게 바라볼 만큼 중전의 목소리가 단호해졌다.

"자네는 자네만이 할 수 있는 일을 해 주고 있네. 그 무엇도 보잘것없지 않아."

마치 무언가 알고 있는 듯한 어조였다. 융의 성격상 중전에게 시시콜콜한 이야기를 했을 리가 없었다. 그린은 중전이 어디까지 알고 있는 것인지 궁금했다.

"인형 안에 작은 주머니를 만들어 뒀으니 참고하게."

중전의 말대로 인형의 몸통 안에 작은 주머니가 있었다. 타로 카드가 딱 들어갈 크기였다. 마침 보관할 곳이 마땅치 않았던 터라 그린이 손뼉을 치며 기뻐했다.

"어린아이처럼 행복해하는구나."

그 모습을 보던 인수대비가 감탄했다는 투로 말했다. 그제야 정신을 차린 그린이 표정과 자세를 가다듬었다.

"부족한 모습을 보여 드려 민망하옵니다, 마마."

"아니다. 그런 모습을 주상이 아끼는 거겠지."

인수대비의 눈빛이 아련해졌다. 그린과 함께 있을 때 인수대비는 자주 문을 바라봤다. 그린은 인수대비가 융을 기다리고 있는 게 아닐까, 추측했다.

융이 역사 속 연산군과 다른 것처럼 인수대비도 그린이 읽은 역사와 달랐다. 겉보기엔 냉정하지만, 책 이야기를 할 때만은 십 대 소녀처럼 활기가 넘쳤다. 아랫사람들에게 엄격한 만큼 자신에게도 엄격했고, 부당한 명령도 내리지도 않았다. 제대로 표현하지 못할 뿐, 융을 아끼는 마음도 컸다.

'대왕대비 마마는 합리적이고 지혜로운 분이야. 그런 분이 왜 전하의 어머니를 내친 것일까.'

인수대비를 알아 가면 알아 갈수록 그린의 의구심은 더욱 커졌다.

"숙원에게 책을 받았으니, 나도 분발해야겠군."

인수대비도 그린에게 선물을 준비할 작정 같았다. 긴장된 마음으로 그린이 물었다.

"연애가중계는 읽어 보셨사옵니까?"

"……읽어 보았지."

잠시 뜸을 들이다 인수대비가 대답했다. 마음에 들지 않는 듯 떨떠름한 표정이었다. 역시 로맨스 소설로 박학다식한 인수대비를 만족하게 할 수는 없는 모양이었다. 그린의 어깨가 아래로 쳐졌다.

"마마께서 지적해 주시면 고치겠습니다."

"그럴 필요 없네. 그렇게 나쁘다고는 할 수 없으니."

인수대비가 칭찬도 비판도 아닌 말을 했다. 그린의 얼굴은 더욱 어두워질 수밖에 없었다.

"그래서 다음 권은 언제 나오는가?"

인수대비가 은근한 말투로 물었다. 마음에도 안 들면서 다음 권은 왜 묻는 걸까. 그 뜻을 이해할 수 없어서 그린이 눈을 깜빡였다.

"아무런 계획도 없사옵니다."

"그럼 안 되지. 시작했으면 끝을 봐야 하는 법. 적어도 세 권, 아니 열 권은 나와야 만듦새가 나아질 게야."

인수대비가 딱 잘라 말했다. 열 권이라는 말에 그린이 기함했다. 한 권도 겨우 만들었는데 열 권을 만들라고? 그만한 이야기를 지어낼 재주도, 경험도 그린에게는 없었다. 그렇다고 인수대비의 말을 무시할 순 없었다. 매일 대왕대비 전을 드나드는 덕분에 그린이 인수대비의 신임을 얻었다는 말이 돌고 있었다. 오해에 불과했지만, 인수대비의 후광이 그린에게 유리한 것도 사실이었다.

"마마 뜻에 따르도록 하게."

중전이 찻잔을 들며 말했다. 인수대비와 그린의 차와 달리 찻물의 빛깔이 붉었다. 취향에 따라 다른 차를 주는 건가?

그린이 찻잔을 입으로 옮기며 답했다.

“여부가 있겠사옵니까. 당연히 받들어야지요.”

차에서는 꿀과는 다른 단맛이 올라왔다. 귀한 단맛을 조금씩 음미하며 그린은 쓰린 속을 달랬다. 찻잔을 다 비울 때쯤 그린은 바늘에 찔린 것처럼 따끔한 통증을 느꼈다. 그린이 움찔하며 손으로 목을 짚었다. 작은 통증이 불덩이처럼 활활 타올랐다. 열기와 통증이 그린을 삽시간에 휘감았다.

“쿨럭.”

기침과 함께 붉은 피 한 줄기가 그린의 입가에서 흘렀다. 찻잔이 굴러떨어지고 찻물이 바닥을 적셨다. 주워 보려고 했지만, 순식간에 눈앞이 뿌예졌다. 그린은 제 몸이 옆으로 기우는 걸 느꼈다.

“숙원! 왜 그러는가?”

“여봐라! 어서 어의를 데려와라!”

인수대비와 중전이 놀라 목소리를 높였을 때, 그린의 의식은 눅눅하고 깊은 어둠 속으로 천천히 가라앉았다.

* * *

융은 도승지와 함께 상소를 검토하다가 그린이 쓰러졌다는 소식을 들었다.

“대왕대비 전에서 차를 마시다 피를 토했다?”

옥음에 분노를 느낀 상선이 쩔쩔매며 허리를 숙였다.

"어의가 진맥하고 있으니 곧 정신을 되찾으실 것이옵니다."

"의식조차 없다는 뜻이냐?!"

윤은 들고 있던 두루마리를 내던지고 그린의 처소로 발길을 옮겼다. 대낮에 후궁을 찾는 왕이라 손가락질을 당해도 상관없었다. 그린은 시체처럼 창백한 얼굴로 누워 있었다. 굳은 표정의 어의와 인수대비, 중전이 그린을 둘러싸고 있었다. 인수대비를 보자마자 융이 노성을 터뜨렸다.

"여기가 어디라고 오신 겁니까?"

"주상……."

"대왕대비께서 부르시지만 않았더라면, 이런 일이 없었을 것이 아닙니까?"

융의 추궁에 인수대비의 낯빛이 하얗게 질렸다. 지켜보던 중전이 융을 말렸다.

"진정하시옵소서, 전하. 마마께서도 숙원을 진심으로 걱정하고 계시옵니다."

"깨어날까 봐 걱정하는 것이 아니라?"

융의 눈에서 새파란 불꽃이 튀었다. 어머니를 죽인 인수대비라면 그린을 유인해 독살했다고 해도 놀랍지 않았다. 문안이나 책 핑계로 그린을 불러들일 때부터 계획한 일 같기도 했다.

'말렸어야 했는데. 내가 그린일 지켰어야 했는데.'

융이 핏줄이 불거질 정도로 세게 주먹을 쥐었다.

"주상이 무엇을 의심하는지 알지만…… 사실이 아닙니다."

인수대비의 입술이 파르르 떨렸다. 하지만 융은 인수대비의 말을 들으려고도 하지 않았다.

"고칠 수 있겠지? 아니, 고쳐야만 한다."

살기를 품은 융이 어의에게 물었다. 겁에 질린 어의가 바닥에 엎드려 고했다.

"송구하오나, 전하. 소신의 능력으로는 숙원마마를 살릴 수 없사옵니다."

융은 어의의 말을 믿을 수 없었다. 살릴 수 없다니. 마치 그린이 위독하다는 뜻 같지 않은가.

"이 상황에서 농을 하다니. 죽고 싶은 것이냐?"

융의 몸에서 칼날 같은 살기가 피어올랐다. 죽음의 공포를 느낀 어의가 목청 높여 부정했다.

"어느 안전이라고 거짓을 고하겠사옵니까!"

"그럼 숙원을 살려 내라."

"여러 가지 방법을 써 봤지만, 어떤 독에 중독되셨는지 알아내지 못하였사옵니다! 세상에 잘 알려지지 않은 희귀한 독인 듯하옵니다."

독이란 말에 융은 어금니를 깨물었다. 그가 우려하던 일이 벌어지고 말았다. 우려하고도 위험을 막지 못한 자신의 무능력함에 화가 치솟았다.

'누구냐. 누가 그린일 해친 것이냐!'

걷잡을 수 없는 분노가 융의 피를 뜨겁게 달구었다. 하지만 죄인을 찾아내는 것보다 그린의 목숨을 구하는 것이 먼저였다. 융의 목에 걸려 있던 신물이 곤룡포 안에서 은은히 빛났다. 혀를 날름거리던 붉은 악귀가 서서히 흩어졌다. 신물의 힘이 악귀를 쫓아낸 거였다.

"숙원이 죽으면 너도 죽는다. 죽고 싶지 않으면 무슨 수를 써서라도 살려 내라."

융이 어의의 멱살을 틀어쥐고 으르렁거렸다.

"명 받잡겠사옵니다!"

어의가 반사적으로 고개를 끄덕였다. 융의 어의를 던지듯 내려놓았다.

"윤사현과 봉천군의 양딸이 입궐했었다고 했지? 만나 볼 것이니 다시 들라 해라."

융이 상선에게 명했다. 그의 시선이 중전을 향했다.

"중전, 대왕대비 마마를 모시고 돌아가시오."

"알겠사옵니다, 전하."

"무슨 일이 있어도 숙원을 해친 범인을 잡아낼 것이오. 범인이 누구든 국법으로 엄히 다스릴 테고."

융의 마지막 말은 인수대비를 향하고 있었다. 범인이 그녀라고 단정하는 듯한 태도였다. 분노로 일렁이는 융을 보며 인수대비가 비틀거렸다. 언제나 당당하던 여장부도 더는 버틸 수 없는 모양이었다. 중전이 서둘러 인수대비를 부축했다.

"마마! 괜찮으시옵니까?"

"뭐 하느냐? 어서 대왕대비 마마를 모시지 않고!"

융이 싸늘하게 일갈했다. 대왕대비 전 상궁들이 헐레벌떡 인수대비를 모시고 밖으로 나갔다. 융은 그 모습조차 쳐다보지 않았다. 융은 무너지듯 그린 옆에 주저앉았다. 추상같던 기세도 그린의 해쓱한 얼굴 앞에서는 흔적도 없이 사라졌다. 살짝 만져 본 그린의 이마는 심장이 철렁 내려앉을 정도로 차가웠다. 그린을 잃을지도 모른다는 두려움이 발끝부터 차올랐다.

그린이 독사에게 물렸을 때도 이렇게 두렵지는 않았다. 융이 붉은 입술을 짓깨물었다.

'나 때문에 아무런 죄 없는 네가 상하였구나. 미안하다, 내가 다 미안하다. 그러니 제발 눈을 떠 주거라.'

융이 커다란 손으로 그린의 뺨을 쓸었다. 샛별처럼 빛나는 눈동자로 자신을 바라보던 그린이 그리워서 뜨거운 것이 울컥 올라왔다.

'미안해하지 마세요. 전하 잘못이 아니잖아요.'

그린이라면 그렇게 말해 줄 것이 분명했다. 내 여인, 내 생명, 나의 구원자. 그린은 융이 곁에 두었던 어떤 여인과도 다른 여인이었다. 감히 비교할 수조차 없을 만큼 귀중한 존재였다. 다른 누군가가 그린을 대신할 수도 없었다. 어릴 적 가례를 올리고 변함없이 자신을 지지해 주었던 중전도 마찬가지였다.

온통 그린에게 정신이 팔려 있는 융은 중전이 슬픈 눈으로 자신을 바라보고 있다는 것을 몰랐다.

"그린아, 내 말 안 들리느냐?"

융의 목소리가 갈라졌다. 그린은 여전히 대답이 없었다. 두 사람만의 시간을 방해할 수 없다는 듯 중전이 조용히 그린의 처소를 빠져나갔다.

"흉한 뱀독도 이겨 내지 않았느냐? 네가 강한 아이라는 건 내가 제일 잘 안다. 그러니 어서 일어나거라."

그렇게 하면 그린이 훌훌 털고 일어나기라도 할 것처럼 융이 거듭 말을 걸었다. 하지만 그린은 미동조차 하지 않았다. 융은 그린을 지켜 주지 못한 죄책감과 아무것도 할 수 없다는 무력감을 견디지 못했다.

"눈을 떠라. 어명이다."

"……."

"어명이란 말이다!"

융의 노성이 전각을 무겁게 채웠다. 그것이 두려움 때문이라는 걸 이해하는 사람은 없었다. 그의 모든 것을 이해해 주는 한 사람이 쓰러졌기 때문이었다. 그린이 융에게 주었던 것은 세상을 바라보는 따뜻한 시선만이 아니었다. 융이 그린에게 준 것도 총애 따위가 아니었다. 융과 그린은 다른 시공간에서 태어났지만 한 사람처럼 같은 마음을 나눠 가졌다.

서로를 살아가게 해 주는 힘. 앞으로 살아가야 하는 이유.

믿기지 않을 만큼 귀중한 것을 서로가 주고받았다. 물론 그것이 항상 달콤하기만 한 것은 아니었다. 한 쌍의 날개가 없으면 날지 못하는 새처럼 한쪽이 스러지면 그 세계는 무너지고 만다는 걸 융은 눈치채고 있었다.

"주상 전하를 뵈옵니다."

사현이 융에게 예를 올렸다. 그린에게 눈을 고정하고 있던 청이도 겨우 절을 올렸다. 방금까지만 해도 건강하던 그린이 위독하다는 사실을 믿지 못하는 기색이었다. 융은 무서우리만치 냉정한 표정으로 사현을 바라봤다.

"지금은 윤사현이로구나."

"그러하옵니다, 전하."

"그린이 위중하다. 야마란 자를 불러내라."

야마가 도움이 될는지는 알 수 없지만 지금으로써는 선택의 여지가 없었다.

그린만 살릴 수 있다면 아니꼬운 염라대왕 앞에서 엎드릴 용의도 있었다. 사현이 기다렸다는 듯이 대답했다.

"그렇게 하겠사옵니다. 다만 그분은 영기를 흡수하지 못해 온전치 못한 상태이옵니다."

융이 미간을 찌푸렸다.

"내가 가지고 있는 대천을 지니면 되질 않으냐?"

사현이 자초지종을 짧게 설명했다. 야마가 소멸조차 신경 쓰지 않을 정도로 자책하고 있다는 것도.

"여전히 꼴사나운 놈이로군."

사현 안에 담긴 야마를 노려보면서 융이 냉소했다. 그의 시선이 곧 청이에게 옮겨 갔다.

"네가 청이로구나. 특별한 재주를 지녔다지?"

"황, 황공하옵니다, 전하!"

긴장한 청이가 이마가 바닥에 납작 엎드렸다.

"숙원이 네게 무언가 부탁했다고 들었다. 숙원이 깨어나면 기뻐할 수 있도록 최선을 다해 주길 바란다."

"성심을 다하겠나이다!"

"좋다. 먼저 나가 보아라."

청이가 뒷걸음치며 물러갔다. 야마를 불러들이려면 사현의 머리에 강한 충격을 주어야 했다. 융은 그 모습을 청이가 봐서 좋을 것이 없다고 판단했다. 신분 낮은 소녀의 마음까지 살피는 것은 모두 그린에게 배운 것이었다.

"전하의 배려에 감읍하옵니다."

사현이 깊이 고개를 숙였다.

"과인의 도움이 필요하느냐? 아니면 네가 직접 하겠느냐?"

"어찌 지존의 손을 더럽히겠사옵니까. 잠시의 소란을 용서해 주시옵소서."

융이 허락의 뜻으로 고개를 끄덕였다. 사현이 망설이지 않고 제 머리를 바닥에 찧었다.

—쾅

둔탁한 소리가 사현의 머리에게 울렸다. 융은 사현이 고개를 들기를 기다렸다. 그러나 염라대왕을 자처하는 건방진 놈은 나타나지 않았다.

"다시 한번 해 보겠사옵니다."

낭패한 얼굴로 사현이 다시 머리를 찧었다.

—쾅

처음보다 크고 무거운 소리가 들려왔다. 융에게 미약한 진동이 전해질 정도였다. 사현의 이마가 시뻘겋게 부어올랐다. 하지만 이번에도 야마를 불러내지 못했다.

"연유가 무엇이냐? 예전에는 이리 어렵지 않았거늘."

"그분이 완강하게 거부하고 계시옵니다."

밀려오는 고통을 참아 내며 사현이 말했다. 융의 어금니에서 날카로운 소리가 흘러나왔다.

"그린이 죽어 가는 걸 지켜볼 셈이란 말이냐? 끝까지 비겁하고 졸렬한 놈이로구나!"

"전하."

"제 잘못을 인정할 줄도 모르는 놈! 제 할 일도 못하는 놈! 인간의 육신에 숨어서 소멸해 가는 나약한 놈!"

융이 비난이 거세지자 사현의 눈동자에 다른 빛이 감돌았다. 그때를 놓치지 않고 융이 제 이마로 사현의 이마를 들이박았다.

—따악

단단한 머리뼈가 부딪히면서 둔중한 소리가 났다. 융도 잠시 숨을 멈출 만큼 강한 통증이었다. 이마를 짚은 융에게 건방진 목소리가 들려왔다.

"뚫린 입이라고 말 다 했냐?! 졸렬하고 나약한 놈?"

같은 얼굴과 같은 목소리를 지녔으나 전혀 다른 사내가 융 앞에 나타났다. 융이 싸늘하게 비웃었다.

"영기를 소진해서 죽어 가는 것 같지는 않구나."

"왕놈이, 너……!"

"궐 안이다. 사현의 육신을 죽이고 싶은 것이 아니라면 자중하거라."

융의 지적에 야마가 이맛살을 찌푸렸다. 융이 목에 걸고 있던 대천을 야마에게 던졌다.

"먹어라."

키우는 개에게 뼈다귀를 주는 주인의 태도였다. 참지 못할 모욕을 당한 야마가 눈을 희번덕거렸다.

"완전 미쳤구나? 내가 아니면 너도 죽는다는 거 몰라?"

"그린이 죽어도 난 죽는다. 네가 소멸해도 난 죽는다."

"그걸 아는 놈이 이런 짓을 해?!"

"이래도 저래도 죽는 내가 죽음이 두렵겠느냐? 내가 두려운 건 그린이 깨어나지 않는 것뿐이다!"

그린을 가리키며 융이 언성을 높였다. 제 눈으로 그린의 상태를 확인한 야마가 주먹을 움켜쥐었다.

"네가 입궐시키지만 않았더라면 이런 일도 없었을 거다."

야마가 융을 비난했다. 융이 차갑게 일갈했다.

"네가 거짓말만 하지 않았더라면 그린이 입궐을 서두르지도 않았겠지."

"……."

"잘잘못은 그린이를 살린 후에 가려도 늦지 않다. 네놈은 염라대왕이라 하지 않았느냐? 어서 그린을 살펴보거라."

융을 씹어 먹을 듯한 기세로 노려보던 야마가 그린에게 다가갔다. 아무리 융이 미워도 그린을 내버려 둘 수는 없다고 판단한 모양이었다. 융은 떨어진 신물을 주워, 야마의 손에 억지로 쥐여 주었다.

"먹기 싫어도 먹어라. 네놈이 300년간 기다렸던 그녀를 위해서."

야마는 머루알처럼 검은 융의 눈동자를 피하지 않았다.

"무릎 꿇고 빌면 생각해 보지."

그저 빈정거렸을 뿐인데 융이 한 치의 망설임도 없이 무릎을 꿇으려고 했다. 자존심 빼면 아무것도 아닌 어린 인간 주제에.

"원한다면 네 발밑을 길 수도 있느니라."

감정도 억양도 없는 목소리로 융이 읊조렸다. 무표정한 얼굴이 소름 끼치도록 아름다웠다. 발밑을 기겠다고 말하면서 당당함을 잃지 않는 사람이 몇이나 될까.

"됐어. 기분 나쁘니까 그만둬."

야마는 입맛이 썼다. 그린을 위해서 뭐든지 하겠다는 융의 비장함 엿본 탓이었다. 아니, 자신이 무슨 수를 써도 그를 이길 수 없다는 걸 실감한 탓이었다. 신물의 영기 없이 버티는 것도 한계였다. 야마가 대천를 움켜쥐었다. 대천의 영기가 야마의 손에 빨려 들어갔다.

갈라 터진 논에 이슬이 스미듯 적은 힘이었으나 당분간은 버틸 수 있었다. 융의 말대로 그린을 위해서 살아남아야 했다.

'그린아, 왜 이러고 있니.'

야마는 그린에게 차마 손대지 못했다. 네 얼굴을 보고 싶지 않다던 그린의 목소리가 아직도 귓가에 맴돌았다. 영혼의 빛이 꺼지는 것처럼 어두워지던 눈동자도 잊히지 않았다.

그린의 상처를 눈으로 보고 나서야 야마는 자신이 얼마나 큰 잘못을 저질렀는지 깨달았다. 상처받을 줄은 알았지만, 그토록 그린이 무너질 줄은 몰랐다. 정말 바보 같게도.

'널 누구보다 잘 안다고 생각했어. 널 가장 행복하게 해 줄 사람은 나밖에 없다고 믿었다. 우리의 인연이 얼마나 오래전부터 시작됐는지 알게 되면 내게 돌아올 줄 알았어.'

하지만 그것은 오만한 착각이었다. 융과 그린은 자신이 상상보다 훨씬 강한 인연으로 묶여 있었다. 융은 그린을 위해 무엇이든 할 수 있었고, 그린도 그와 마찬가지였다. 야마는 그린의 원망을 피해 도망 다니는 것밖에 하지 못했다. 제게는 융의 비난에 펄쩍 뛸 자격도 없었다.

'하지만 널 죽게 내버려 두진 않아.'

야마는 정신을 집중해서 그린의 용태를 살폈다. 그린이 어떤 상태인지, 어떻게 해야 살릴 수 있는지. 실낱같은 희망을 안고 그린을 위해 모든 힘을 짜냈다.

"살릴 수 있겠느냐?"

융의 물음에 야마가 고소했다.

"난 염라대왕이지 화타가 아니야. 인간의 수명은 알 수 있지만, 그린인 시공을 초월한 존재라 보이지 않아."

"무슨 독에 당했는지도 모른다는 말이냐?"

"독 전문가도 아니니까."

야마의 뻔뻔한 대답에 융이 눈을 부릅떴다. 융이 화를 터뜨리기 직전 야마가 손을 들었다.

16장. 탐정 장녹수

"어의 말고 의녀를 불러와."

"어의도 모르는 독을 의녀가 어찌 알겠느냐?"

융이 의심스럽다는 눈으로 야마를 노려봤다. 얼마 남지 않은 신력을 써 버린 야마가 지친 목소리로 말했다.

"그린이랑 가까이 지내던 의녀가 보여. 걔가 그린이를 도울 수 있을 것 같아."

염라대왕의 힘을 잃기 전만 해도 야마는 한 사람의 인생 전체를 통째로 볼 수 있었다. 어떻게 살다가 언제 죽는지조차 손쉽게 알았다. 하지만 지금은 아니었다. 그린의 과거를 조금 읽는 것만으로 호흡이 흐트러지고 손이 떨렸다. 융이 던져 준 대천이 없었다면 그마저도 불가능했을 거였다.

"박 상궁, 들어오너라."

융이 박 상궁을 불러들였다.

"숙원 주위에 의녀가 있느냐?"

"네. 매꽃이란 아이가 있사옵니다."

박 상궁의 대답에 융의 눈썹이 꿈틀거렸다.

"전에도 숙원이 아팠던 적이 있느냐? 의녀를 만났다는 말은 없었는데?"

"매꽃이란 의녀는 숙원마마의 이야기를 받아 적던 아이였사옵니다."

박 상궁이 공손히 대답했다. 거 보라는 듯 야마가 가슴을 쭉 폈다. 융이 명령했다.

"매꽃이란 의녀를 당장 불러라."

연유도 모른 채 끌려온 매꽃이 융과 야마를 번갈아 바라보다 바닥에 엎드렸다.

"살, 살려 주시옵소서. 전하."

매꽃이 다짜고짜 살려 달라고 빌었다. 융이 자신을 벌하기 위해 끌고 온 거라 넘겨짚은 모양이었다. 융이 바들바들 떠는 작은 의녀를 바라보며 미간을 좁혔다. 매꽃의 얼굴에 난 커다란 흉터에도 잠시 시선이 머물렀다.

"정녕 이 아이가 맞는 것이냐?"

융이 야마에게 물었다. 조금 전까지만 해도 반말을 찍찍하던 야마가 윤사현이라도 된 것처럼 점잖을 떨었다.

"그러하옵니다, 전하."

융이 불쾌하다는 듯 입술을 씹다가 매꽃에게 시선을 돌렸다.

"숙원을 진찰하거라."

융의 명령에 매꽃의 눈망울이 커다래졌다.

"송구하오나, 전하. 소, 소인은 그럴 만한 실력이 못 되옵니다. 의녀가 된 것도 불과 넉 달 전이옵니다."

매꽃의 대답에 융은 다시 한번 야마를 노려봤다. 의녀가 된 지 넉 달밖에 안 된 아이가 그린을 구해 줄 거라니! 이런 말이나 듣자고 무릎까지 꿇으려고 했던 자신에게도 화를 치밀었다. 매꽃의 머리끝부터 발끝까지 관찰하던 야마가 낮은 목소리로 물었다.

"너를 키운 것은 심마니인가?"

매꽃이 깜짝 놀라 고개를 끄덕였다.

"심마니인 할아버지 밑에서 자랐사옵니다. 그걸 나리께서 어찌 아시옵니까?"

"각종 약초와 독초, 향토병에 대해서도 잘 알겠구나."

"진맥과 침술은 못하지만 그것만이라면……."

자신이 없다는 듯 매꽃이 말을 흐렸다. 융이 매꽃에게 명령했다.

"지금부터 숙원의 병간호는 네가 맡는다."

"전하!"

"숙원을 살리면 큰 상을 받을 것이고, 숙원이 죽으면 네 목숨도 성치 못할 것이다."

융의 선언에 매꽃이 하늘이 무너지는 것 같은 표정을 지었다. 임금의 명이 떨어진 이상, 매꽃은 어떡해서든 그린을 살려 내야 했다.

"어, 어명을 받드옵니다……."

매꽃이 더듬거리며 대답했다. 그 와중에도 야마는 예리한 눈으로 매꽃을 관찰하고 있었다.

'신력이 달려서 그런가. 뭔가 더 보일 것 같은데 잘 안 보이네.'

야마가 침침한 눈을 손등으로 비볐다. 그린이 위중한 것은 사실이었지만, 매꽃이란 의녀가 그린을 도우리란 예감은 더욱 강해졌다. 어둡고 축축한 진창에 발이 빠진 것처럼 불길한 기운 역시 가슴 한구석을 차지했다.

'그린인 죽지 않아. 독 따위로 죽을 애가 아니잖아.'

미동도 없이 누워 있는 그린이 야마의 심장을 후벼 파는 듯했다. 밤새 그린 곁을 지키며 간호할 수도 없었다. 그 자리는 자신이 아닌 융의 것이었으니까. 차라리 잡귀 흉내를 내던 때가 낫지 않았을까. 그랬다면 늘 그린 곁을 지킬 수 있었을 텐데.

그린의 처소에서 물러나면서 야마는 처음으로 사현에게 빙의한 것을 후회했다. 흘러가 버린 강물을 그리워하는 것처럼 부질없다는 걸 알면서도 말이다.

* * *

그린은 또다시 안개 속을 걷고 있었다. 짙은 안개 탓에 한 치 앞도 보이지 않았다. 몸살이라도 걸린 것처럼 온몸이 쑤시고 열이 올랐다. 한 걸음을 내딛기도 어려운 희뿌연 세상. 그린이 아픈 몸을 이끌고 안개 속에서 헤매는 이유는 오직 융뿐이었다.

"전하, 어디 계세요?"

그린은 보이지 않는 융을 찾아 목소리를 높였다. 하지만 융의 목소리는 들려오지 않았다. 모습도 보이지 않았다. 몸 안의 열은 굶주린 맹수처럼 그린을 잠식해 갔다. 목구멍과 눈꺼풀까지 화끈거리고 눈앞이 어지러웠다. 그런데도 그린은 융을 포기할 수 없었다.

'전하를 찾아서 함께 빠져나가야 해. 나 혼자서 갈 수 없어.'

그린이 경련하는 다리를 끌며 다시 융을 찾았다. 한시라도 빨리 안개를 빠져나가야 한다는 조바심이 들끓었다.

왠까. 한국에 있을 때부터 융의 꿈을 꿀 때면 늘 안개가 함께 했다. 꿈속의 안개는 융과 그린을 연결해 주는 다리나 마찬가지였다. 그런데 왜 이렇게 불길하고 꺼림칙하게 느껴지는 걸까. 혼란스러워하는 그린 앞에 융이 모습을 드러냈다.

"전하!"

그린이 융을 불렀다. 융이 그린을 돌아보았다. 그런데 융은 한 사람이 아니라 두 사람이었다. 거울로 비춰 낸 것처럼 똑같은 두 사람의 융이 그린을 불렀다.

"그린아."

"그린아."

신이 빚은 조각처럼 수려한 용모도, 훤칠한 키도, 강인하면서도 낭창낭창한 몸의 선도 똑같았다. 그린은 그토록 보고 싶었던 연인을 앞에 두고 뒷걸음질 쳤다.

"누가 진짜 전하예요?"

그린이 짓눌린 목소리로 물었다. 두 명의 융이 괴롭다는 듯 미간을 찌푸렸다.

"나다. 몰라보겠느냐?"

"나다. 몰라보겠느냐?"

이번에도 둘은 같은 목소리를 냈다. 그린의 등 뒤로 소름이 끼쳤다. 심장이 터질 듯이 내달렸다. 두 사람 다 진짜 같았고, 그래서 둘 다 믿을 수 없었다. 진짜 융을 알아보지 못하는 자신이 원망스럽기도 했다.

"당신은 누구죠? 왜 이런 짓을 하는 거예요?"

겁에 질린 그린이 물었다. 두 사람의 융은 그린을 향해 손을 뻗었다.

"서운하구나. 어찌 날 몰라볼 수가 있느냐."

"서운하구나. 어찌 날 몰라볼 수가 있느냐."

두 명의 융이 한목소리로 원망했다. 그린은 주춤주춤 뒤로 물러섰다. 그린의 본능은 이렇게 말하고 있었다.

'둘 다 전하가 아니야!'

그린은 등 돌려 내달리기 시작했다. 두 사람의 융이 그린의 뒤를 쫓아왔다. 융의 목소리가 그린의 뒷덜미까지 닿았다.

"어딜 가는 것이냐! 신물을 찾아야지!"

"네 입으로 신물을 찾아 준다 하질 않았느냐! 왜 날 구해 주지 않는 것이냐!"

'저건 전하가 아니야. 전하가 저런 말씀을 하실 리 없어!'

땀과 눈물투성이가 된 그린이 안개 속에서 길을 잃었다. 더는 도망갈 곳이 없었다. 두 명의 융이 그린을 에워쌌다. 그들이 입꼬리를 씨익 올리며 차갑게 읊조렸다.

"넌 내 것이다."

"넌 내 것이다."

그린이 비명 하며 눈을 떴다.

"아악!"

익숙한 처소를 확인하고도 심장의 두근거림이 진정되질 않았다.

'꿈이었구나…… 나 얼마나 잔 거지?'

어스름이 밝아 오는 이른 새벽이었다. 절로 인상이 써질 만큼 온몸이 쑤시고 아팠다. 그린이 뒤늦게 제 웅크린 채 잠들어 있는 매꽃을 발견했다.

"매꽃 아니냐? 네가 왜 여기서 자고 있느냐?"

"숙원마마?"

잠이 덜 깬 매꽃이 눈을 비볐다. 그린이 자신을 깨웠다는 걸 확인한 그녀의 눈이 점점 커다래졌다.

"숙원마마! 정신을 되찾으신 것이옵니까?"

"으응? 내가 정신을 잃었었느냐?"

그린이 믿기지 않는다는 투로 되물었다. 매꽃은 울음이라도 터뜨릴 것 같은 얼굴이었다.

"일주일 동안 눈도 뜨지 못하셨사옵니다."

"아…… 독에 당했었지."

그린은 대왕대비 전에서 쓰러졌던 기억을 되살렸다. 조금 전에 벌어진 일 같은데 일주일이나 지났다는 것이 잘 믿기지 않았다.

"화악귀(化萼鬼)라고 극소수의 심마니들만 아는 독초에 당하셨사옵니다."

"네가 날 살린 것이냐?"

"숙원마마를 살리지 못하면 전하께서 저도 죽이신다고 하셨사옵니다."

두려움이 컸는지 매꽃이 눈물을 머금었다. 그린이 한숨을 푹 내쉬었다. 융이라면 그런 말을 하고도 남았다. 그린이 쓰러지고 난 뒤 무슨 짓을 했을지 안 봐도 훤했다.

"전하께서 대왕대비 마마를 핍박하지는 않으셨느냐?"

"그걸 어찌 아십니까?"

매꽃이 깜짝 놀라 어깨를 튕겼다. 그린이 지끈거리는 머리를 감싸 쥐었다.

“필시 대왕대비 전 나인들을 모두 잡아다가 직접 국문하셨겠지?”

“맞사옵니다! 숙원마마께 독수를 쓴 자를 잡기 위해서 매일 국문이 벌어졌습니다.”

방금 깨어난 그린이 그동안의 일을 손바닥 들여다보듯 꿰고 있자 매꽃은 얼떨떨한 모양이었다.

“마마께 차를 올린 상궁과 직접 차를 우린 나인, 차를 매입해 궐에 들여온 내관들까지 심한 고초를 당했습니다.”

“범인은 밝혀졌느냐?”

“아니요. 다들 억울하다고 말하고 있습니다.”

“대왕대비 마마께서는?”

잠시 망설인 매꽃이 그린의 눈치를 보며 대답했다.

“대왕대비 전에 감금되셨사옵니다.”

“그런 일이 있었단 말이냐?”

“전하께서는 대왕대비 마마께서 숙원마마를 해치셨다고 믿으시는 듯하옵니다.”

“아아.”

그린이 신음을 흘렸다. 독보다도 무서운 것이 융의 분노였다. 기껏 돌려놓았던 소문의 흐름도 다시 악화했을 것이 뻔했다. 한낱 후궁에 미쳐서 할머니를 괴롭히는 어리석은 왕. 무고한 궁인들을 고문하는 잔인한 왕.

그린은 어서 상황을 수습해야겠다고 결심했다. 그 전에 자신에게 독을 쓴 진짜 범인을 찾아야 했지만.

“매꽃아, 너는 독초에 대해 잘 아는 모양이구나?”

그린이 매꽃에게 물었다. 매꽃이 체념한 듯 고개를 끄덕였다.

"네. 심마니였던 할아버지와 전국을 떠돌며 약초와 독초를 연구했사옵니다."

"화악귀란 독초에 대해 전부 알려 주렴. 사소한 것까지 남김없이."

그린은 매꽃의 설명을 유심히 들었다. 그 뒤엔 청이가 보내온 서신을 꼼꼼히 읽었다. 첩보의 귀재답게 청이는 관리들보다 더 많은 정보를 밝혀내고 있었다.

'이것으로 충분해. 진짜 범인을 밝힐 수 있어.'

창백하긴 했지만, 그린의 얼굴에 새벽이슬처럼 싱그러운 미소가 떠올랐다.

"매꽃아, 지금 당장 대전에 가서 내가 정신을 차렸다고 전해 주렴."

* * *

일각도 지나지 않아 융이 직접 찾아왔다.

"그린아! 괜찮은 것이냐!"

그린이 뭐라 답하기도 전에 융이 와락 끌어안았다. 융의 심장이 그린의 가슴을 두드렸다. 걱정했다는 백 마디 말보다 간절한 울림이었다. 그린도 융에게서 떨어지고 싶지 않았다. 두 명의 가짜 융이 등장하는 꿈이 아직도 생생했다.

진짜 내 남자가 얼마나 보고 싶었는지. 그린이 작은 손으로 융의 너른 등을 쓸어내렸다. 곤룡포 안으로 탄탄하게 자리 잡은 근육이 느껴졌다. 그 안에 꼭꼭 숨겨져 있는 떨림까지도.

"전하, 걱정 끼쳐 드려 송구하옵니다."

"모두 내 탓이다. 널 지켜 주지 못해서 미안하구나……."

융이 상처 입은 짐승처럼 낮은 목소리로 말했다. 그린이 바로 볼멘소리를 냈다.

"미안해하지 마세요! 전하 잘못이 아니잖아요."

그 말마저도 상상했던 그대로여서 융은 눈시울이 뜨거워졌다.

"진짜 내 여인이로구나."

"전하."

"돌아와 줘서 고맙다, 그린아."

융은 그린을 한동안 놓아주지 않았다. 그린의 체온을 느끼는 것 말고는 세상에 중요한 것이 없는 사람 같았다. 그에게 안긴 채로 그린이 입을 열었다.

"대왕대비 전 소속 궁인들을 풀어 주세요. 대왕대비 마마는 죄가 없으니까요."

그린의 말에 융이 미간을 찌푸렸다.

"무슨 소리를 하는 것이냐? 이미 죄인의 자백을 받았느니라."

"누가 자백했는데요?"

"대왕대비 전 생과방 상궁이다. 네가 마신 차를 우린 장본인이기도 하지."

"말도 안 돼! 누가 시켰다고 하던가요?"

"그것까지는 아직 토설하지 않았다. 조만간 결과가 나올 것이다."

융이 싸늘한 어조로 말했다. 생과방 상궁이 배후로 인수대비를 지목하리라 확신하는 모양이었다. 그린이 걱정했던 일이 그대로 벌어진 거였다.

"국문 과정에서 고신을 당했나요?"

별로 대화하고 싶은 주제가 아니라는 듯 융이 눈썹을 찌푸렸다.

"그게 중요한가?"

"당연하죠! 고문을 이기지 못해서 허위 자백을 하는 경우가 많잖아요!"

"너는 대왕대비 전 상궁이 우린 차를 마시고 쓰러졌다. 그 상궁이 범인이 아니라면 네가 왜 중독되었겠느냐?"

더 살펴볼 것도 없다는 투로 융이 단정했다. 그린이 발끈했다.

"전하는 처음부터 대왕대비 마마께서 벌인 일이라고 믿고 계시죠?"

"당연하다."

"대왕대비 마마께서 바보도 아니고, 의심받을 게 뻔한데 당신 처소에서 독을 먹이겠어요?"

융은 고집스레 입을 다물고 있었다. 대왕대비에 대한 의심을 거둘 마음이 없어 보였다.

"범인에겐 의도가 있어야죠. 대왕대비 마마께서는 제가 죽어도 덕 볼 것이 하나도 없으시다고요!"

답답한 마음에 그린이 가슴을 두드렸다. 자신 때문에 죄 없는 상궁이 고초를 당했을 걸 생각하면 미안하고 죄스러웠다. 가만히 그린을 바라보던 융이 씹어뱉듯 말했다.

"널 해치면 내게 큰 상처를 줄 수 있지 않으냐."

그린은 이렇게 말하고 싶은 것을 꾹 참았다.

'겨우 그런 거로 사람을 죽인다고요? 대왕대비 마마께서 사이코패스도 아니고, 전하께 뭐 하러 상처를 줘요?'

하지만 융과 인수대비 사이의 깊은 감정의 골은 그린의 한두 마디로 해결될 수 있는 문제가 아니었다. 융은 이성적인 사고를 하지 못할 정도로 인수대비를 원망하고 있었다. 폐비의 일을 떠올리면 당연한 결과였다.

두 사람의 깊은 오해를 풀어 주기보다 진짜 범인을 찾는 것이 먼저였다. 흥분을 가라앉힌 그린이 말했다.

“화악귀란 독에 대해 모르셔서 하시는 말씀이에요.”

“화악귀가 무엇이냐?”

“절 쓰러뜨린 독초의 이름이에요. 매꽃이한테 들었어요.”

독초의 이름이 나오자 융의 눈빛이 달라졌다. 그린은 차분히 설명을 이었다.

“결론부터 말씀드리면 생과방 상궁은 범인이 아니에요.”

“무슨 연유로 그리 확신하는 것이냐?”

“화악귀 가루는 물에 녹지 않아서 음식이나 차에 섞을 수가 없대요. 제가 마신 차에는 아무 문제가 없었다는 거죠.”

화악귀는 고산지대 바위틈에 사는 겨우살이풀로 빠르게 퍼지는 독성을 가지고 있다고 했다. 그러나 사용법이 까다로워서 독초로써 이용하는 경우는 드물다고도 했다.

“화악귀의 독만으로는 사람을 죽일 수 없대요. 시중에서 쉽게 구할 수 없는 재료와 함께 써야 맹독이 된다는 거죠.”

“그렇다면 너는 어떻게 화악귀에 중독된 것이냐?”

융의 물음에 그린이 답했다. 병색이 완연했지만, 별을 박아 넣은 듯 총명한 눈빛은 여전했다.

“화악귀는 중전마마가 주신 인형을 싼 비단 보자기에 묻어 있었을 거예요.”

“중전이 널 해치려 했다고?”

"제 이야기를 끝까지 들어 주세요. 화악귀로 사람을 해치려면 곱게 빻아 짙은 색 천에 묻히는 수밖에 없다고 해요."

그린이 보자기 매듭을 풀었을 때, 손가락 끝에 지근거리는 무언가가 만져졌다. 매꽃의 설명을 듣고 나니, 그것이 화악귀 가루라는 확신이 들었다.

"그 천을 만지면 중독이 된다는 뜻이냐?"

융의 물음에 그린이 고개를 저었다.

"그랬다면 중전마마도 쓰러지셨겠죠."

"중전은 무사하다. 배앓이를 했던 듯하지만, 평소에도 자주 있는 일이다."

그린이 기다렸다는 듯이 무릎을 쳤다.

"바로 그거예요! 화악귀를 단독으로 쓰면 배앓이가 고작이에요. 범인은 중전마마께서 자주 배앓이를 한다는 것도 미리 알았을 거예요."

미간을 모은 융이 그날의 상황을 다시 정리했다.

"그날 너와 대왕대비 마마, 중궁 세 사람이 함께 차를 마셨다."

"화악귀 가루가 묻은 보자기는 저와 중전마마, 중궁전 소속 상궁만 만졌고요."

그린이 융의 말에 덧붙였다.

"그럼 너만 쓰러진 연유는……."

"중전마마는 설탕이 든 차를 마시지 않으셨거든요!"

그린의 목소리가 높아졌다. 매꽃의 목소리가 생생하게 떠올랐다.

'화악귀를 맹독으로 만들려면 설탕이 필요하옵니다. 설탕은 황금을 주고도 구할 수 없을 만큼 귀한 물건이지요. 값싼 독초가 얼마나 많은데 그 귀한 설탕을 사용하겠사옵니까?'

그날 인수대비가 말한 귀한 차는 '설탕이 든 차'였다. 이 시대의 설탕은 돈이 있어도 살 수 없는 희귀한 재료였다.

평민들은 한평생 구경하지 못하는 경우가 허다했다. 그린과 인수대비가 설탕 차의 달콤함에 빠져 있을 때, 중전은 다른 차를 마셨다.

아마 단맛을 즐기지 않거나, 지병 때문에 피하는 모양이었다. 그래서 화악귀가 묻은 보자기를 만지고도 중독되지 않았던 거였다.

"설탕과 함께 써야 중독이 되는 독초라니. 놀랍구나."

융이 신음처럼 낮은 목소리로 말했다.

"범인은 이중삼중으로 머리를 썼어요. 대왕대비 마마 처소에서 일을 벌인 것도, 중전마마를 통해 독 묻은 보자기를 전달한 것도 다 계획했을 거예요."

"중전이 설탕을 먹지 않는다는 것도 알았을 테고."

"범인이 원하는 건 두 가지였을 거예요. 첫째, 저를 죽이는 것. 둘째 전하께서 대왕대비 마마를 범인이라고 지목하는 것."

그린의 말에 융의 낯빛이 어두워졌다. 그것이 사실이라면 융은 범인의 속임수에 놀아난 거였다.

"널 해치고, 나와 대왕대비 마마를 이간질하려 했다면. 나와 대왕대비 마마 둘 다의 눈 밖에 난 자겠구나."

"……."

"네 표정을 보니 범인도 알고 있는 모양이렷다?"

융이 날카롭게 물었다. 그린이 마지못해 대꾸했다.

"중전마마가 가져오신 보자기를 만든 건 중궁전 침방나인인데, 엄 귀인 전 침방나인과 친한 사이라고 합니다."

"엄 귀인……!"

“대왕대비 마마께 설탕을 진상한 것도 엄 귀인 마마고요. 하지만 엄 귀인에게 설탕을 전한 건 임사홍이래요.”

융의 눈치를 보면서 그린이 말했다. 임사홍은 융이 아끼는 휘숙옹주의 시아버지였다. 임사홍도, 그의 아들인 임숭재도 조정 중신이었다.

그들 부자가 ‘연산군의 눈과 귀를 어지럽힌 희대의 간신’이라는 역사를 알려 준 적 있지만, 융은 심각하게 반응하지는 않았다. 그린이 아는 역사와 현실 사이에는 엄연한 차이가 있었기 때문이었다.

“임사홍이 감히…….”

융의 어금니 사이에서 으드득거리는 소리가 들렸다.

‘저러다 또 악귀가 씌시면 어쩌지?’

하지만 그린의 염려와 달리 붉은 안개는 꿈틀거리지 않았다. 언제부턴가 융은 분노에 휩싸여도 악귀에 씌지 않았다. 다행스러우면서도 의아한 일이었다.

“아직 몸을 추스르지도 못한 네가 나보다 낫구나.”

융이 자조 섞인 목소리로 말했다. 그린이 그의 커다란 손을 잡고 토닥거렸다.

“매꽃이랑 청이가 도와줘서 가능한 일이었어요. 전하께서 똑같은 정보를 갖고 계셨다면 저보다 빨리 진상을 파악하셨을 거예요.”

“못난 사내라 욕하지 않는 것이냐?”

“막무가내로 대왕대비 마마를 의심하시는 모습은 좀…….”

그린이 말끝을 흐렸다. 융이 눈을 가늘게 뜨고 다시 물었다.

“어리석고, 추레하고, 바보 같아 보인 모양이구나?”

“그렇게 생각한 적 없어요!”

그린이 손사래를 쳤다. 융이 콧잔등을 찌푸리며 그린을 끌어안았다.

"널 지켜 주어야 하는데, 네 도움을 받기만 하는구나."

"서로 돕고 사는 거죠. 저도 전하를 지켜 드린다고 했잖아요."

그린이 일부러 씩씩한 목소리를 냈다. 융이 그린을 감싼 팔에 힘을 주었다.

"네가 어떤 말로 날 욕한다고 해도 놓아줄 마음은 없다."

단호하면서도 뜨거운 말에 그린이 얼굴을 붉혔다.

"욕한 적 없다니까요……."

"내 곁에서 영원히 도망가지 못한다. 넌 내 것이다."

융의 마지막 한마디가 그린을 깊이 찔렀다. 꿈속에서 들었던 목소리와 너무 똑같아서, 그때의 공포가 되살아나는 것 같았다.

"전하, 제가 얼른 신물을 찾아 주길 바라시나요?"

그린이 어깨를 웅크리며 작은 목소리를 냈다. 융이 코웃음 쳤다.

"무슨 소릴 하는 것이냐? 신물 찾기는 너 혼자만의 의무가 아니거늘."

"……."

"지금까지 넌 지나치게 많은 역할을 했다. 앞으로는 쉬어라. 나머지 신물은 내가 알아서 찾을 테니."

그 말이 그린에게 얼마나 큰 위로가 되는지 융은 잘 모르는 것 같았다. 안개 속에서도 빛을 잃을 것 같지 않은 영롱한 검은 눈동자를 바라보면서 그린이 숨을 삼켰다.

'진짜 전하라면 이렇게 말씀해 주실 줄 줄 알았어. 꿈속의 전하는 모두 가짜야.'

그렇다면 문제는 또 있었다. 언제부터 꿈속에 가짜 융이 나왔던 것일까?

'너희들 꿈은 운명도 아니고, 우연도 아니야. 누군가의 조작이지.'

단정하듯 말하던 야마의 목소리가 그린을 괴롭혔다. 밑도 끝도 알 수 없는 불안이 썰물처럼 밀려들었다. 꿈속의 남자가 융이 아니라면 대체 누구란 말인가. 누가 왜 그런 짓을 꾸몄다는 걸까.

그린은 아직도 야마의 말을 받아들이지 못했다. 시공간을 넘고, 긴 세월에 걸쳐 쌓은 믿음을 한순간 허물어뜨릴 수는 없었다.

'지금은 무엇도 확신할 수 없어. 천천히 생각해 보자.'

그린이 작은 몸을 꾸물거리며 융의 품을 파고들었다.

"정말 쉬어도 되나요? 신물 찾기는 저밖에 못 하는 일이라고 봉천군 여사님이 그랬는데."

"너는 건강을 되찾는 것에만 신경 쓰거라. 신물은 야마란 놈과 내가 어떻게 해 보마."

융의 입에서 야마의 이름이 나오자 그린이 깜짝 놀랐다.

"야마를 만나셨어요?"

"의녀 매꽃이 널 치료해 줄 거라고 그자가 알려 주었다. 어의도 두 손 두 발 다 든 상태였는데."

"제가 그렇게 위중했나요?"

"심장이 멎어 버릴 만큼 위중했다. 야마가 아니었다면 어찌 되었을지 모른다."

야마의 역할을 높이 산다는 투였다. 융이 야마를 인정하는 건 처음이라서 그린의 눈에 이채가 스쳤다.

'야마가 이번에도 날 살려 줬구나.'

지난날 그린은 야마를 차갑게 잘라 냈다. 그린이 받은 상처만큼은 아니겠지만 그도 상처받았을 게 뻔했다. 야마는 소멸을 목전에 두고도 영기를 흡수하지 않았다. 보다 못한 사현이 그린을 찾아 나설 정도였다. 신물의 영기를 얻었다고 해도 신력을 발휘하기 어려웠을 터였다.

'마지막 남은 힘 한 방울까지 짜낸 거겠지. 날 위해서.'

그린의 가슴에 잔잔한 파문이 일었다. 야마의 진심을 창 너머로 몰래 훔쳐본 것 같은 기분이었다.

"야마는 괜찮은 건가요?"

그린이 물었다. 융이 턱을 쓰다듬으며 답했다.

"멀쩡해 보이진 않았다."

"신물은 가져갔어요?"

"대천을 지니라고 했는데 싫다고 고집을 부리더구나. 참으로 한심한 놈이다."

융이 투덜거렸다. 그린은 고집스러운 건 전하도 똑같다고 말하려다가 참았다. 야마가 신물을 가져가지 않았다면 정기적으로 불러서 영기를 흡수하게 할 수밖에 없었다.

'사현 씨 복직했으니까 야마가 대신 일할 수밖에 없겠네.'

잘난 척하는 인간들 사이에서 정색할 야마가 떠올라서 그린이 피식 웃었다. 야마를 생각하며 웃을 수 있는 날이 다시 올 줄은 몰랐지만 말이다.

"임사홍과 엄 귀인은 내가 알아서 처리하마. 넌 아무것도 하지 말고 편히 쉬어라."

융이 명령조로 말했다. 허리에 손을 올린 그린이 당돌하게 답했다.

"그것보다 전하께서 하셔야 하는 일이 있어요."

융은 그린의 일장연설을 묵묵히 듣고 있었다. 제대로 듣고 있는지, 아니면 딴생각을 하고 있는지 그린으로서는 알 길이 없었다. 융이 궁금한 것은 그린의 건강뿐인 것 같았다.

“피곤하지 않으냐? 깨어난 지 얼마 되지 않았는데 너무 무리하는 것 같구나.”

“지금 그게 중요한 것이 아니잖아요.”

그린이 볼을 부풀리며 투덜거렸다. 하지만 융은 물러서지 않았다.

“너야말로 과인의 말을 허투루 듣는구나. 네 건강보다 중요한 것은 없다고 말하지 않았느냐.”

“전하.”

“절대 그럴 리는 없겠지만, 네가 죽으면 나도 죽는다.”

“그런 말씀 마세요! 저 없이도 악귀와 싸워 오셨잖아요!”

“악귀 문제만을 놓고 하는 말이 아니다.”

융이 그린의 손을 제 가슴 위에 올려놓았다. 손끝으로 그의 심장 박동이 느껴졌다. 살아 있음을 증명하듯 역동적으로 뛰는 심장의 촉감에 그린이 온 신경을 집중했다.

“너 없이는 살고 싶지 않다. 살 수도 없고. 이번 일로 확신을 굳혔다.”

그린이 숨을 멈췄다. 융이 단숨에 말을 이었다.

“말하지 않았더냐. 너는 내 심장을 훔쳐 간 여인이라고. 심장 없이 어찌 살아가겠느냐.”

그린의 얼굴에 열이 올랐다. 전류처럼 찌릿한 환희가 온몸을 관통했다. 이토록 뜨거운 사랑 고백이 어디 있을까. 지붕 위에 올라가서 이런 남자가 내 남자라고 자랑하고 싶은데, 융은 죄를 고백한 사람처럼 얼굴을 일그러뜨렸다.

‘전하는 사랑을 속삭인다고 생각하지 않으실 거야. 나한테 의지하는 자신이 부끄럽다고 생각하시겠지.’

융은 서툴고 불편한 마음을 억누르고 그린에게 진심을 전하고 있었다. 사랑하는 이 앞에서 솔직해지는 것이 생각만큼 쉽지 않다는 걸 그린도 잘 알고 있었다.

융처럼 평생 제 감정을 감춰 온 사람에게는 더욱이.

"전하, 솔직히 말해 주셔서 감사해요."

자신을 위해 변화를 택한 융에게 그린이 고마움을 전했다. 감사하다는 말로 형용할 수 없는 벅찬 감동을 어떻게 전해야 할지 몰라서 그린이 그의 품에 살며시 안겼다. 융이 자조 섞인 말투로 물었다.

"어떠냐? 예상보다 더 못난 사내와 혼인한 기분이."

그린이 손으로 입을 가리고 쿡쿡 웃었다.

"우리 신랑 욕하지 마세요. 누가 보기엔 못나 보일지 몰라도 저한테는 세상에서 가장 멋진 사내니까요."

"흰소리도 잘하는구나."

그렇게 말하면서도 듣기 싫지 않았는지 융이 낮은 웃음을 흘렸다.

"전하 말씀대로 완쾌하는데 전력을 다할게요. 전하도 제 부탁을 들어주세요."

그린이 다시 한번 못 박았다. 융은 시선을 피하며 대답을 아꼈다.

"얼른 대답해 주세요. 저한테 심장까지 주셨다면서요?"

"꼭 그렇게 해야 하는 것이냐?"

융의 볼멘 목소리에 그린이 주먹을 움켜쥐었다.

"당연하죠! 내일 당장 대비마마께 사과하셔요!"

* * *

그린이 매꽃의 도움을 받아 남은 독을 씻어 내고 있을 때, 융은 이런

저런 핑계를 대며 인수대비를 찾아가지 않았다.

물론 아무 일도 하지 않은 것은 아니었다. 인수대비의 금족령을 풀고, 엄 귀인과 임사홍을 잡아들였다. 그린의 추리를 입증할 만한 증거도 적극적으로 모았다.

그뿐만이 아니었다. 융은 친히 국문을 당한 궁인들을 찾아가 위로했다. 고문을 당했다고 해도 적법한 절차에 따라 진행된 신문이었을 뿐이었다. 그런데 왕이 잘못을 인정하고 보상을 약속하다니.

지존의 위엄이 흔들린다면 상소가 들어올 정도로 파격적인 행보였다. 조정 대신들도 우려를 표했다. 그런 자들에게 융은 '너희들이나 왕이 하는 일에 이러쿵저러쿵하지 말라'고 명령했다.

'다른 건 다 잘하시면서, 왜 대비마마께 사과는 안 하시는 거야? 내가 나서기 전까지 끝나지 않겠어.'

건강을 되찾자마자 그린은 인수대비에게 알현을 청했다. 융과 함께 찾아뵙겠다는 말에 인수대비는, 기다리고 있으니 언제 와도 좋다는 답을 보내왔다.

그린은 융에게 대비전으로 행차해 달라고 부탁했다. 심장이 도망가는 꼴을 보게 될지도 모른다는 귀여운 협박과 함께. 융은 길어진 경연을 탓하며 확답을 주지 않았다. 하는 수 없이 그린이 먼저 인수대비를 만나 보기로 했다.

"정녕 쾌차한 것인가? 독성이라는 것은 쉬 빠져나가지 않는 것이네."

인수대비가 안부를 물었다. 그린은 오히려 전보다 낯빛이 좋지 않은 인수대비가 더 염려되었다.

"마마께서는 괜찮으시옵니까? 진지는 잘 드시고 있으시옵고요?"

"자네는 내가 원망스럽지 않은가?"

그린이 말도 안 된다는 뜻으로 손사래를 쳤다.

"소첩에 무슨 연유로 마마를 원망하겠사옵니까? 저 때문에 마마께서 괜한 고초를 당하셨으니 사죄드려야 마땅하지요."

"그래도 내 전각에서 쓰러지지 않았나."

"여기서 쓰러졌건, 저기서 쓰러졌건 무슨 상관이겠사옵니까? 흉수는 마마가 아닌 것을요!"

그린이 힘주어 말했다. 그 말에 감격했는지 인수대비의 눈가에 물기가 어른거렸다.

"고마우이, 숙원……."

감정을 추스르는 듯 인수대비가 눈을 감았다. 무릎 위에 올려놓은 주름진 손이 가늘게 떨리고 있었다.

'마음고생이 심하셨겠지. 누명 쓰고 연금당하셨으니까. 측근들은 국문당하고…….'

여장부처럼 강인한 모습에 잊고 있었지만, 인수대비는 60대 고령이었다. 의지할 남편도 자식도 없었다. 친손자인 융과의 관계는 더 나빠질 수 없을 정도로 나빠진 상태였다. 괜한 오지랖 부리지 말자고 되뇌던 그린이 깊은숨을 내쉬었다.

"마마께서는 전하를 어찌 생각하시옵니까?"

선불리 나서서 좋을 게 없다는 걸 알면서도 그린이 물었다. 융과 인수대비의 문제는 단지 두 사람만의 문제가 아니라 왕실 전체의 문제였다.

지금 융에게는 세력이 부족했다. 진성대군과 그 친모인 자순대비, 파평 윤씨 가문은 융에게 위협적이었다. 휘숙옹주와 풍천 임씨 가문도 마찬가지였다.

왕실의 큰 어른인 인수대비의 지지를 받을 수 있다면…… 앞으로 융이 선정을 펼치는 데 큰 도움이 될 터였다.

"주상을 어찌 생각하냐니? 왜 그런 것을 묻는 것인가."

진위를 파악하기 힘들다는 듯 인수대비가 미간을 좁혔다. 그린이 곧은 눈으로 인수대비를 응시했다.

"두 분 사이에 큰 오해가 있는 것 같아서 감히 말씀 올렸사옵니다."

"오해라 하였는가."

"소첩의 미욱한 눈으로 보기에 마마께서는 전하를 무척 아끼시는 듯하옵니다. 하나 그 마음을 표현하지 못하고 계시옵지요. 소첩이 틀렸사옵니까?"

그린의 직설적인 물음에 인수대비가 흠칫 어깨를 떨었다. 자신 앞에서 당돌한 말을 하는 사람은 수십 년 만에 처음 본 탓이었다.

"반면에 전하께옵서는 마마를 원망하고 계시옵니다. 그 또한 알고 계셨지요?"

"모를 수는 없지."

인수대비의 얼굴에 슬픔과 회한이 스쳤다. 과거의 기억을 떨쳐 버리듯 그녀가 고개를 저었다.

"주상이 날 원망하는 것은 당연한 일이네. 내 손으로 윤씨를 폐출시켰으니까."

"정말 폐비가 투기를 부리고 용안에 상처를 냈기 때문이옵니까?"

"……."

"정녕 그 때문에 원자마마를 생산한 중전께서 폐서인되신 것이옵니까?"

그린이 간곡하게 물었다. 성종은 적장자인 융에게 왕위를 물려줄 심산이었다. 왕세자의 모후를 죽이는 것은 훗날 커다란 재앙이 될 수 있었다. 성종도 100년간 함구하라는 명령을 내린 이유도 그 때문이었다.

그 위험을 감수하면서까지 폐비 윤씨를 죽여야 했을까? 윤씨가 그 정도로 중한 죄를 지은 걸까?

폐비 윤씨의 죽음에 무언가 숨은 이야기가 있을 거라고 그린은 확신했다. 인수대비라면 내막을 모두 알고 있을 터였다. 그러나 인수대비는 멀리 창밖을 바라볼 뿐 입을 열지 않았다.

"내가 주상을 아끼는 마음만큼은 거짓 없는 사실일세."

무거운 침묵 끝에 인수대비가 말했다. 그때 낮고 메마른 목소리가 들려왔다.

"그 같은 말로 소손을 기만하지 마시옵소서."

융이 스스로 문을 열고 들어왔다.

"주상."

"전하!"

인수대비와 그린이 동시에 그를 불렀다. 융의 얼굴은 얼음으로 빚은 조각처럼 차가웠다.

"정녕 소손을 아끼신다면 그날의 진실을 말씀해 주시옵소서. 제 어머니가 어째서 죽어야만 했는지."

융은 비통한 표정으로 어머니란 단어를 발음했다. 하얗게 질린 인수대비가 아랫입술을 덜덜 떨었다.

"주상, 과거를 끄집어내지 마세요. 때로는 모르는 것이 아는 것보다 나을 수 있습니다."

"절 낳아 주신 어머니에 관한 일이옵니다!"

융의 눈에서 새파란 불길이 일었다.

"소손은 금수가 아니옵니다. 어찌 어머니의 죽음을 모른 척할 수 있겠사옵니까?"

"주상……."

"얼굴도 뵙지 못한 어머니입니다. 어머니라 불러 본 적도 없는 어머니란 말입니다!"

융의 절규하듯 말했다. 그는 인수대비가 진실을 말해 주기만을 기다리고 있었다. 그러나 인수대비는 죽은 조개처럼 입을 다물었다. 섣부른 물음으로 일을 망쳐 버린 것 같아서 그린은 죄책감을 느꼈다. 그린이 서둘러 화제를 돌렸다.

"전하, 이 자리에 오신 연유를 잊지 마시옵소서."

"……."

"용서를 구하려고 찾아오시지 않았사옵니까? 대왕대비 마마를 의심한 것에 대해서요."

그린이 인수대비와 융을 번갈아 바라보며 말했다. 하지만 두 사람은 끝까지 시선을 맞추지 않았다.

그린은 소득 없이 물러나올 수밖에 없었다. 물론 포기한 것은 아니었다. 당분간 두 사람을 지켜보면서 더 좋은 상황을 만들어야겠다고 결심했다.

'내 오지랖이 보통 오지랖은 아니란 말씀이지. 폐서인의 비밀을 밝혀서 두 분을 화해시키고 말겠어!'

* * *

의금부에 하옥된 엄 귀인과 임사홍은 억울하다며 밤낮으로 악을 썼다. 특히 임사홍은 아들과 조정 대신들을 이용해 융을 압박했다. 설탕을 진상했다는 이유로 죄인으로 몰리는 것은 부당하다는 거였다.

엄 귀인도 화악귀라는 독초 따위는 모른다며 오리발을 내밀었다. 그러나 융이 엄 귀인이 파묻은 화악귀 가루를 찾아내면서 분위기가 급반전했다. 융과 함께 경회루 주변을 산책하던 그린이 물었다.

"대단하세요, 전하. 그걸 어떻게 찾아내신 거예요?"

"네가 말하지 않았느냐. 화악귀 가루는 배앓이를 유발한다고. 상선에게 배앓이를 하는 궁인들이 있는지 찾아보라 명했을 뿐이다."

융이 대수로울 것 없다는 투로 말했다.

"그래서 중궁전 소주방 나인들이 배앓이를 한다는 사실을 알게 되신 거군요!"

"엄 귀인이 하옥되기 얼마 전부터 배앓이를 시작했다고 하더구나. 덕분에 소주방 뒤곁에 파묻은 화악귀 가루를 찾아낼 수 있었다."

"대왕대비 마마께 죄를 덮어씌우지 못하면 중전마마를 다음 희생양으로 삼을 생각이었겠죠. 비열한 놈들."

그린이 작은 주먹을 쥐고 흔들었다.

"증좌가 나왔으니 곧 자백을 받을 수 있을 것이다. 너에 대한 유언비어를 퍼뜨린 자들도 잡아들이고 있다. 다들 엄 귀인전 소속이더구나."

"임사홍은요? 청이의 정보에 따르면 엄 귀인과 묘한 관계라던데요."

"의심은 가지만 엄 귀인이 토설하지 않는 이상 임사홍을 벌하긴 어려울 것 같구나."

융이 미간을 찌푸렸다. 그린이 입을 삐죽거리며 물었다.

"임사홍이랑 엄 귀인은 왜 저를 해치려 했을까요? 제가 뭘 잘못했다고."

"그건 아마……."

융이 뭐라 답하려는 순간, 상아색 당의를 차려입은 여인이 다가오는 것이 보였다. 그린은 처음 보는 여인이었다.

'누군데 약속도 없이 전하를 찾아오는 거지?'

그린의 의문은 융이 곧 풀어 주었다.

"휘숙옹주로구나."

융이 한숨을 섞어 말했다. 휘숙옹주라면 융의 이복동생이자 임사홍의 며느리였다. 그린이 20대 초반의 여성을 바라봤다. 흰 얼굴에 붓으로 그린 듯 선명한 반달눈썹, 쌍꺼풀 없는 긴 눈이 온화해 보이는 미인이었다.

"어인 일이냐. 입궐하지 말라 하였거늘."

융이 짧게 혀를 찼다. 휘숙옹주가 죄지은 사람처럼 머리를 조아렸다.

"대왕대비 마마의 문병을 다녀오던 길이옵니다."

융과 실랑이를 한 뒤 인수대비는 몸져누웠다. 고뿔이라고는 했지만, 그린이 보기엔 화병이었다. 매일 아침 병문안을 갔지만 인수대비는 그린과 눈을 마주치지도, 연애가중계에 대해서도 묻지 않았다.

침의를 입고 돌아누운 인수대비의 야윈 뒷모습이 그린의 가슴에 오래 남아 있었다.

"문병을 마쳤으면 돌아가거라."

"아버님이 하옥되셨는데, 어찌 가만히 있을 수 있겠사옵니까. 풍원위도 걱정이 이만저만이 아니옵니다."

풍원위란 휘숙옹주의 남편 임숭재의 호칭이었다. 임숭재는 아버지 임사홍과 함께 연산군의 폭정을 부채질한 조선 대표 간신이었고. 역사 속 휘숙옹주는 아무 문제 없었을까? 그린이 자문자답했다.

'아니. 휘숙옹주는 이복 오빠인 연산군과 불륜설에 휩싸였던 인물이지. 사실 여부는 알 수 없지만.'

융이 이복동생과 염분을 뿌릴 사람이 아니라는 걸 알면서도 괜히 긴장되는 그린이었다.

"만나 뵙게 되어 영광입니다, 옹주 자가. 숙원 장녹수라 하옵니다."

그린이 입매를 억지로 끌어올리며 자기소개를 했다. 휘숙옹주는 정1품으로 정6품인 숙원보다 품계가 높았다. 오라비의 부인이든, 나이가 많든, 그린이 먼저 인사를 올리는 것이 법도였다.

"그대가 장 숙원이었군요. 내가 먼저 인사를 건네야 했는데 미안해요."

휘숙옹주가 어쩔 줄 몰라 하며 고개를 숙였다. 그린과 인사도 하지 않고 융과 대화한 것이 미안한 기색이었다. 기녀 출신이라는 이유로 대놓고 그린을 멸시했던 자순대비와 귀인들과 달리 휘숙옹주는 예의를 아는 사람 같았다. 자주 보게 될 사이는 아니지만, 괜한 감정싸움을 하지 않아도 된다고 생각하니 한결 마음이 놓였다.

'간신의 아내라서 이상한 사람일 줄 알았는데.'

바람에 흔들리는 꽃봉오리보다 연약해 보이는 휘숙옹주를 보면서 그린이 착잡한 심정을 감췄다. 임사홍과 임숭재는 반드시 척결해야 할 대상이었기 때문이었다. 융이 낮은 목소리로 말했다.

"임사홍이 하옥되어 있는 지금, 네가 궐을 들락거리면 모양새가 나쁘다. 어서 돌아가거라."

융은 휘숙옹주를 바라보지도 않았다. 무슨 부탁을 하더라도 들어주지 않겠다는 강한 의지가 엿보였다. 낯빛이 창백해진 휘숙옹주가 옷고름을 쥐었다.

"죄상이 밝혀진 것은 아니지 않사옵니까? 아버님은 그저 귀한 설탕을 진상했을 뿐이라고 하셨사옵니다."

"그것은 의금부에서 밝힐 일이다."

"하오나, 전하!"

"더는 듣고 싶지 않다."

융이 딱 잘라 말했다. 휘숙옹주의 눈가에 눈물이 어른거렸다. 동정심을 자아낼 만큼 애처로운 모습이었지만, 휘숙옹주를 바라보는 그린의 눈빛은 차가워졌다.

"아버님은 종친이기 전에 전하의 충신이옵니다. 연로하셔서 모진 국문을 견디지 못하실 것이옵니다……."

휘숙옹주가 더듬거리며 변명했다. 하지만 융은 성가시다는 듯 손을 내저었다.

"돌아가라. 두 번 말하게 하지 말고."

"전하께서는 어릴 때부터 저를 아껴 주셨지 않사옵니까?"

휘숙옹주가 감정에 호소하며 떨리는 목소리를 쥐어짰다. 시아버지를 위해 물러설 수 없다는 건가? 옛정에 호소할 정도로?

아무래도 좀 이상했다. 자칫 잘못하다간 제 목숨까지 잃을 수 있는 일이었다. 휘숙옹주는 왜 이렇게 간절한 걸까. 그린은 휘숙옹주의 감정 과잉을 쉬 받아들이기 어려웠다. 융과 불륜설이 돌았기 때문은 절대 아니었다.

"널 아낀 것과는 무관한 일이다."

"전하와 저는 가족 아니옵니까? 가족끼리 서로 돕는 것이……."

휘숙옹주가 말을 마치기도 전에 융이 날카롭게 되물었다.

"가족? 네 시아비인 임사홍도 내 가족이란 뜻이더냐?"

그의 목소리에 날이 서 있었다. 가족이란 단어가 신경을 건드린 모양이었다. 휘숙옹주가 주춤 물러섰다.

"임사홍에게 죄가 없다고 어찌 확신하느냐? 그저 가족이라서?"

"하오나 저는……."

"임사홍과 엄 귀인 때문에 숙원은 목숨을 잃을 뻔했다! 네 시아비가 내 처를 죽이려 한 것이다!"

융의 노성이 휘숙옹주을 때렸다. 동서고금을 막론하고 왕족들은 가족 손에 죽는 경우가 허다했다. 형제나 숙부, 때론 아버지나 할아버지가 목숨을 노렸다. 왕족의 적은 생판 남이 아니라, 대부분 혈족이나 혼맥으로 이어진 가문이었다. 게다가 융은 아버지와 할머니가 모친을 죽였다고 믿고 있었다. 그 앞에서 가족 운운하며 동정을 구하려 했으니 통할 리가 없었다.

그린은 융이 분노를 충분히 이해할 수 있었다. 휘숙옹주에게 다른 속셈이 없다면 그녀의 딱한 처지도 충분히 안타까웠다. 마음 같아서는 의금부로 달려가 임사홍에게 '네놈이 죄를 짓지 않았으면 아무 문제 없었잖아!'라고 쏘아 주고 싶었다.

"송, 송구하옵니다. 전하의 심기를 불편하게 해 드릴 마음은 없었사옵니다."

냉정한 융의 태도에 휘숙옹주가 결국 눈물을 떨어뜨렸다. 그녀의 고운 얼굴이 젖어 들었다. 휘숙옹주는 눈물을 닦지도 않고 융에게 매달렸다.

"부디 제 잘못을 용서해 주시옵소서!"

"됐다. 당분간 네 얼굴은 보고 싶지 않구나."

융이 몸을 돌렸다. 예의상 그린이 휘숙옹주를 위로했다.

"오늘은 이만 돌아가시는 것이 좋겠사옵니다, 옹주 자가."

옷고름으로 눈물을 찍던 휘숙옹주가 고개를 들었다. 방금까지 눈물지으며 용서를 빌던 여인은 어디 간 걸까? 같은 사람이라고는 믿을 수 없을 정도로 차가운 얼굴이었다. 그린을 살짝 내려다보는 눈도 비정하기 이를 데 없었다. 흠칫 놀란 그린이 부르르 어깨를 떨었다.

"숙원, 그만 가지."

융이 그린을 돌아봤다. 그러자 휘숙옹주의 얼굴이 또다시 뒤바뀌었다. 마치 가면을 바꿔 쓰듯 잔악해 보일 정도로 무표정한 얼굴에서 유약해 보이던 처음의 얼굴로 돌아간 거였다.

'변검이야, 뭐야?'

팔뚝에 돋은 소름을 문지르며 그린이 융에게 다가갔다. 잠시 두 사람을 바라보던 휘숙옹주는 허리를 숙여 예를 표하고 조용히 물러났다.

"옹주 자가는 어떤 분이세요?"

그린이 물었다. 고민도 하지 않고 융이 즉답했다.

"다소곳하고 순종적인 아이다."

"네엣?"

"왜 놀라느냐? 어렸을 적엔 고집도 피웠지만 출가한 이후론 지나칠 정도로 얌전해졌다."

융의 평가에 그린은 현기증마저 느꼈다. 융은 휘숙옹주가 정말 그런 사람이라고 믿고 있었다. 휘숙옹주가 철저히 속이지 않았다면 불가능한 일이었다. 내가 잘 못 본 걸까? 그런 의심도 잠시뿐이었다. 찰나에 불과했지만 휘숙옹주는 제 얼굴을 숨기지 않았다. 그린이 봐도 상관없다는 듯 당당했다. 네까짓 게 뭘 어쩌겠어, 라는 듯이.

그린은 융에게 그 사실을 일러바칠 수 없었다. 이미 가족에게 많은 상처를 입은 융이었다. 휘숙옹주의 두 얼굴을 알게 된다면 가족에 대한 불신이 더욱 커질 게 뻔했다. 융과 인수대비의 화해를 위해서도 입을 다물어야 했다. 하지만 휘숙옹주가 얌전히 있어 줄까? 그린이 무겁게 고개를 저었다.

"전하, 궐은 너무 무서운 곳이에요."

빙판 위에 서 있는 사람처럼 어깨를 웅크린 채 그린이 융에게 매달렸다. 그가 쓴웃음을 지었다.

"그걸 이제야 알았느냐."

"왕실에서 가족의 정을 느낄 수 있을까요?"

그린이 조심스레 물었다. 융이 흘러내린 그린의 머리칼을 귀 뒤로 넘겨 주며 말했다.

"가족의 정이 필요하느냐?"

"어머니에게 버림받고 할머니 밑에서 컸다고 말씀드렸죠? 아버지는 제가 태어나기도 전에 떠나서 얼굴도 못 봤고요."

"……."

"가족의 정이 뭔지 궁금하기는 해요. 봉 여사님, 사현 씨, 청이가 있지만…… 아무래도 함께 한 시간이 짧으니까요."

예전이었다면 그린은 야마가 가족이라 말했을 거였다. 하지만 알고 있었다. 친구라면 모를까 야마와 가족은 될 수 없다는 것을. 늘 함께 있었지만, 야마에겐 늘 비밀이 많았다. 비밀은 벽을 만들었고, 그린은 늘 벽 너머에서 두려워했다.

몽화당 사람들을 가족이라 여기면서도 진짜 가족에 대한 갈증은 사라지지 않았다. 먹어 보지 못한 음식에 환상을 가지는 것처럼 그린은 어려서부터 가족에 대해 막연한 환상을 품고 있었다. 드라마나 영화에서 나오는 아름답고 완벽한 가족을 꿈꿨다는 뜻은 아니었다.

아빠와 텔레비전을 보고, 엄마와 마트에 가는 일상. 제멋대로인 동생에 대한 불평이나 언니나 오빠와의 사소한 싸움 같은 것들이 그린에겐 환상이었다.

'술 먹고 늦게 다닌다고 혼내 주는 부모님이 있었으면. 개시도 안 한 새 옷 먼저 입고 나가는 여동생이 있었으면.'

어디서나 볼 수 있는 평범한 가족이지만 그린은 한 번도 가져 본 적 없었다.

"나만으로는 부족한 것이냐."

융이 그린의 손을 힘주어 잡았다. 그의 검은 눈동자가 따스한 빛으로 그린을 어루만졌다.

"부족하지 않아요. 조금 궁금할 뿐이에요."

그린이 미소로 답했다. 융이 확신에 찬 어조로 말했다.

"조금만 기다려라."

"뭘요?"

"곧 아이가 태어날 게 아니냐? 그때엔 가족의 정을 확실히 느낄 수 있을 것이다."

융이 씩 입꼬리를 올렸다. 반면에 그린의 얼굴이 새빨개졌다. 임신이라는 두 글자가 심장을 쿵쿵 때렸다. 첫날밤은 치렀지만, 임신은 좀처럼 와닿지 나질 않았다. 자신과는 상관없는 먼 나라의 이야기 같달까.

사실 그린은 융과 결혼했다는 걸 실감하지 못하고 있었다. 대단한 결혼식을 바란 것은 아니지만 적어도 지인들의 축복을 받으며 사랑의 맹세를 하게 될 줄 알았다.

'신랑인 전하도 없이 본처인 중전마마에게 첩지를 받는 결혼식은 상상도 못 했지.'

그린이 융 몰래 한숨을 쉬었다. 어쨌든 그린은 융과 결혼했고, 앞으로 궐에서 가정을 꾸려야 했다. 시어머니와 시할머니도 있었다. 가족의 구색은 갖춰졌지만, 전혀 가족답지 않은 사이였다.

융의 말대로 아이가 곧 태어날지도 몰랐다. 그린은 평편한 배를 슬쩍 만져 봤다. 아이가 태어난다면, 그 아이에게만은 가족이 뭔지 느끼게 해 주고 싶었다. 그러자면 엄마 아빠로는 좀 부족했다.

'좀 무섭기는 해도 증조할머니가 있잖아. 증손자에게 책을 읽어 주는 할머니…… 완전 멋있어!'

그린이 인수대비를 떠올리며 눈을 빛냈다. 인수대비의 탄일이 다가오고 있었다. 인수대비는 병을 핑계로 축하연을 생략하자고 했지만, 그린은 그냥 지나칠 수 없었다. 인수대비의 탄일 축하연에서 다시 한번 융과의 관계 개선을 시도해 볼 작정이었다. 더 섬세하고 은밀한 방법으로.

* * *

그린은 중전에게 인수대비의 탄일 축하연을 주관하고 싶다고 말했다. 갓 책봉된 숙원이 맡을 수 없는 중임이었지만 중전은 크게 반기며 허락했다. 어지간히도 앞에 나서는 걸 꺼리는 분이구나 싶었다.

융은 괜한 일 꾸미지 말고 얌전히 있으라고 경고했다. 그렇다고 가만히 있을 그린이 아니었다. 내명부의 일이니 전하는 물러서 계시라며 선을 그었다. 의외로 박 상궁은 그린의 결정에 토를 달지 않았다. 다만 이렇게 물었다.

"기녀 출신이라는 이유로 마마를 업신여기는 자들이 목소리를 높일 텐데 감당하실 수 있으시옵니까?"

박 상궁이 자순대비를 염두에 두고 있다는 걸 그린도 알고 있었다.

"오히려 그런 고귀한 분의 콧대를 눌러 줄 계획이네. 이 기회에 기녀가 호락호락하지 않다는 걸 보여 줄 거야."

그린이 자신만만하게 대답했다. 박 상궁은 어디로 튈지 모르는 학생을 보호하는 담임선생님처럼 잠시 미간을 모았다.

"마마께서는 항상 신묘한 수를 생각해 내시는 분이시지요."

박 상궁이 체념과 감탄을 섞어 말했다. 그린이 어깨를 들썩이며 웃었다.

"인정해 주니 고맙네."

"어떻게 하실 작정이시옵니까?"

"일단 의녀 매꽃을 불러 주게. 연애가중계를 받아 적었던 나인들도 부르게."

가장 먼저 매꽃이 그린을 찾아왔다. 매꽃의 표정은 전보다 밝았다. 정체불명의 독에 중독된 그린을 구한 그녀는 웃전의 신임을 받게 되었고 했다. 빰에서 턱으로 이어지는 붉은 흉터 때문에 겉돌던 매꽃이었다. 그녀가 능력을 인정받을 수 있어서 그린은 누구보다 기뻤다.

"대왕대비 마마의 병세는 어떠시냐?"

"큰 차도가 없으시옵니다. 병세보다 마마의 심기가 문제라 생각하옵니다. 종일 누워서 미음도 물리고 계시옵니다."

그린은 가슴이 아팠다. 좋아하는 책이라도 실컷 읽을 수 있으면 나을 텐데 인수대비에겐 그마저도 여의치 않았다.

"독서는 여전히 못 하시는가?"

"멀리 있는 것은 잘 보시나, 가까운 것은 잘 보지 못하시옵니다."

"노안이 오신 게로구나."

"기력이 쇠하셔서 눈이 더 침침하신 듯하옵니다."

연세와 왕성한 독서량을 생각하면 인수대비는 비교적 노안이 늦게 온 편이었다. 하지만 누구보다 책을 가까이하고 즐겨 읽던 인수대비로서는 하늘이 무너지는 심정일 거였다.

'스트레스를 받아서 아프고, 아파서 책을 못 읽고. 그래서 다시 스트레스를 받게 되니까 병이 나을 리 없지.'

그린은 박 상궁에게 목소리가 낭랑하고 한자와 훈민정음 모두를 읽을 줄 아는 나인을 찾으라 했다. 대왕대비 전으로 보내 책을 낭독하게 할 셈이었다.

"직접 읽는 것만은 못 하겠지만 덜 적적하시겠지."

그린이 씁쓸하게 웃었다. 매꽃에게는 연애가중계 2권을 제작할 것이라고 말했다.

"2권이 정말 나오는 것이옵니까?"

매꽃이 눈을 동그랗게 뜨고 물었다. 목소리에 반가움이 묻어났다. 없는 이야기를 짜내야 하는 그린으로서는 마냥 즐거울 수 없었다.

"대왕대비 마마의 명이 있었다. 10권까지는 만들어야 한다고."

"참말이옵니까? 이 소식이 알려지면 많은 이가 기뻐할 것이옵니다!"

내색은 안 했지만 매꽃도 다음 권을 적잖이 기다리고 있었던 모양이었다.

"연애가중계가 그리 인기가 많은 것이냐?"

"다음 권은 언제 나오느냐고 묻는 이들이 많았사옵니다. 연애가중계를 읽기 위해 훈민정음을 배운 궁인들도 많사옵니다. 여인들뿐만 아니라 사내들도요."

"그것참 다행이로구나."

적어도 훈민정음 장려엔 성공한 듯해서 그린이 한숨을 쉬었다.

"연애가중계 2권 말고도 만들어야 할 책이 또 있다."

"이번에도 연애담이옵니까?"

"이야기책은 아니다. 완벽히 다르다고는 할 수 없지만."

그린이 비밀스러운 미소를 지었다. 잘 이해할 수 없다는 표정을 짓던 매꽃이 조심스레 물었다.

"소인은 지난번처럼 항아님들과 일하게 되는 것이옵니까?"

"그런데. 나인들과 일하는 것이 불편하느냐?"

"그럴 리가 있겠사옵니다. 미천한 소인이 항아님들과 함께 마마의 특명을 받는 것이 송구스러워서……."

당황한 매꽃이 고개를 푹 숙였다. 그린이 고운 눈썹을 찌푸렸다.

'나인들 틈바구니에서 부대껴야 하니까 불편할 만도 하지.'

아직 어의녀 대장금도 등장하지 않은 시대였다. 의녀들은 대부분 관비 출신으로 큰 잔치가 있을 때는 기생으로 차출되기도 했다. 자연히 궁궐에서 가장 비천한 신분으로 분류되었다.

양인이나 중인 출신인 나인들로서도 의녀와 같은 일을 한다는 것에 불만일 거였다. 그렇다고 가장 손이 빠르고 필체가 단정한 매꽃을 뺄 수는 없었다. 매꽃과 신분이 비슷한 무수리나 의녀 중에서 새로운 인원을 선발할 수도 없었다. 매꽃만큼 능숙하게 글을 쓸 수 있는 자가 없기 때문이었다. 그린의 복잡한 마음을 읽었는지 매꽃이 쩔쩔맸다.

"괜한 말로 심려 끼쳐 드려 송구하옵니다. 부디 제 말은 잊어 주시옵소서."

"정 불편하다면 빠져도 좋으니라."

"아니옵니다! 마마의 말씀을 듣고 책을 만드는 것은 큰 영광이자 즐거움이옵니다. 제발 절 쫓아내지 마시옵소서!"

매꽃이 무릎을 꿇고 빌었다. 그 간절함이 그린은 못내 가슴 아팠다.

"책 만드는 것이 그렇게 좋은 것이냐?"

"책도 좋지만, 마마를 가까이 모실 수 있다는 것이 더 기쁘옵니다. 마마가 아니었다면 소인은 쓸모를 인정받지 못했을 것이옵니다."

매꽃이 수줍게 미소 지었다. 그린은 매꽃의 미소 아래 깔린 외로움을 읽을 수 있었다. 지은 죄 없이 따돌림당하고, 아무리 노력해도 인정받지 못하는 쓸쓸함을 누구보다 잘 아는 까닭이었다.

"좋다. 대신 누군가에게 괴롭힘을 받으면 즉시 내게 말하거라."

"망극하옵니다, 마마!"

그제야 매꽃의 얼굴이 환해졌다. 박 상궁이 고했다.

"숙원마마. 나인들이 도착했사옵니다. 들라 하오리까?"

"공책도 준비되었는가?"

"예, 마마."

"좋아. 바로 시작하지!"

그린이 활기차게 말했다. 연애가중계 1권을 받아 적었던 나인 둘이 공책과 문방사우를 들고 들어왔다. 그린은 나인들과 매꽃 앞에서 '새로운 책'에 대한 설명을 시작했다. 여인들의 얼굴이 당혹감으로 물들었다. 듣도 보도 못한 책을 만든다고 하니 놀랄 법도 했다.

"세상에 그런 책도 있사옵니까?"

나인 중 하나가 떨떠름한 표정으로 물었다. 그린이 방긋 웃으며 답했다.

"이제부터 우리가 만들 것이다."

* * *

연애가중계를 만들고 필사했던 경험 탓인지 새로운 책의 제작은 계획보다 빠르게 진행되었다. 연애가중계 2권의 작업도 순조로웠다. 그린은 탄일 축하연 공연을 위해 장악원을 방문하기로 했다. 그린이 기획한 특별 무대에 필요한 예인들을 직접 선발할 셈이었다.

"나도 함께 가겠다. 널 감시할 사람이 필요할 테니."

눈을 가늘게 뜬 융이 말했다. 그린이 우물쭈물 말을 돌렸다.

"꼭 그러실 필요가 있을까요? 박 상궁도 있는데."

아직 그린은 무대를 어떻게 꾸밀 것인지 설명하지 않았다. 마음 같아서는 축하연 당일까지 숨기고 싶었다.

'전하께 걸리면 계획이 엎어질 수도 있는데. 이걸 어쩌나.'

가슴을 졸이며 제 눈치를 보는 그린을 융이 놓칠 리 없었다. 그가 고개를 숙여 그린의 귓가에 나직이 물었다.

"무슨 꿍꿍이를 숨긴 것이냐?"

"꿍꿍이라뇨! 밤잠 아껴 가며 노력하는 사람한테 말씀이 너무 지나치시잖아요!"

"발끈하는 걸 보니 켕기는 것이 있는 모양이구나."

팔짱을 낀 융이 물었다. 그린이 시선을 피하며 장악원으로 앞장섰다.

"바쁘신 분이 여기서 시간 낭비하시면 안 되죠. 얼른 가 봐요!"

융과 그린이 행차했을 때 장악원 여악들은 대기 중이었다. 은은한 하늘색이 도는 치마와 흰 저고리를 입고 작은 꽃으로 머리를 장식한 여악들의 모습에 그린은 눈을 빼앗겼다.

'기예 솜씨로 뽑았다고 들었는데 미모가 장난 아니야. 너무 예쁘

다…… 내가 임금이라도 이분들이랑 종일 놀고 싶겠어.'

헤실거리며 여악들 구경에 빠져 있는 그린을 융이 툭 건드렸다. 그린이 놀라 그를 올려다보았다. 융의 싸늘한 검은 눈동자가 그린을 훑고 지나갔다.

'정신 똑바로 차려라. 여긴 궐이고 너는 숙원마마다!'

융의 호령을 들리는 것 같아서 그린이 허리를 곧게 폈다. 박 상궁이 여악들에게 알렸다.

"숙원마마께서 특별히 계획 중인 무대엔 뛰어난 여악이 네 명 필요하네. 쉽지 않은 무대가 되겠지만, 자네들이라면 충분히 해낼 수 있을 것이야."

4명을 뺀 나머지는 들러리가 된다는 말과 다름없어서 여악들이 긴장했다. 주상 전하의 총애를 받는 숙원마마가 친히 주관하는 연회였다. 조정은 물론 한양에도 소문이 쫙 퍼질 정도로 관심이 높았다. 축하연에서 실력을 인정받으면 장악원 여악으로서 최고의 영애를 누릴 수 있었다.

그린이 한 걸음 앞으로 나와 말했다.

"기예 솜씨도 중요하지만, 무대에 참여하려면 훈민정음을 읽을 줄 알아야 하네."

그린의 말에 여악들이 수군거렸다. 주상 전하 앞이라는 것도 잊을 만큼 당황한 기색이었다. 한자라면 모를까, 훈민정음 실력을 보겠다는 말에 놀란 듯했다.

"훈민정음을 읽을 줄 알고 소리에 능한 여악이라면 누구나 주인공이 될 수 있지. 지원할 자가 있는가?"

그린의 말이 떨어지자마자 몇몇 여악이 손을 들었다. 그들의 면면을 살펴보던 그린이 흠칫 놀랐다. 너무나 익숙한 얼굴이 보였기 때문이었다.

'정옥수! 저 여자가 왜 장악원에 있지?'

몽화당 최고 기녀이자 기녀 경연에서 그린과 자웅을 겨뤘던 정옥수였다. 짙은 화장을 지웠다고 해도 정옥수의 묘한 매력을 몰라볼 순 없었다. 정옥수를 알아본 융의 눈에도 이채가 떠올랐다. 정옥수는 여느 여악들처럼 고개를 숙이고 있을 뿐 별다른 내색을 하지 않았다.

그린 덕분에 알거지가 된 이을호는 미도 상단을 넘기고 낙향했다고 했다. 이을 호의 첩을 노리던 정옥수 역시 꿈을 접어야만 했다. 하지만 정옥수가 몽화당에서의 화려한 삶을 버리고 장악원에 들어왔을 줄은 몰랐다.

그린은 정옥수 때문에 여러 번 골탕을 먹었다. 정옥수는 그린의 무대의상을 숨기기도 했고, 남들 앞에서 무대공포증을 까발리기도 했다. 사현에게 일부러 징채를 던지고, 이을호와 짜고 심사를 조작하기도 했다. 기녀 경연 최종심에서는 패배를 인정하고 순순히 물러섰지만, 믿을 수 없는 여자였다. 이제 와 돌이켜보니 정옥수의 악행은 조잡한 장난에 불과했지만 말이다.

'궁중 암투에 비교하면 귀여운 수준이었지. 적어도 목숨을 노리진 않으니까.'

그린이 치맛자락을 꼭 쥐었다. 엄 귀인과 임사홍에 대한 국문이 한창 진행 중이었다. 엄 귀인전 소속 궁녀들의 자백이 속속 이어졌다. 엄 귀인의 지시를 받아 그린에게 건넬 보자기에 화약귀를 묻히고 나머지를 중궁전에 묻었다는 거였다.

하지만 사건의 전모는 밝혀지지 않았다. 엄 귀인이 왜 그린을 죽이려 했는지, 그 동기를 알 수 없었기 때문이었다.

궁녀들을 부린 엄 귀인은 옥사에서 정신을 놓았다고 했다. 모진 고문을 한 것도 아닌데 밤낮으로 미친 소리를 지껄이며 용변도 가리지 못한다는 거였다.

'임사홍이라도 입을 열면 좋을 텐데.'

임사홍이 자백한다면 사건 해결은 시간문제였다. 그러나 임사홍이 뭔가 털어놓으려는 시점, 의금부 군관 하나가 임사홍의 머리를 내리쳐 큰 상처를 입혔다. 본인은 실수라고 주장하고 있지만, 배후가 의심되는 대목이었다. 인수대비의 누명을 벗기고 진범을 잡았는데도 여전히 찜찜한 무언가가 남아 있었다.

"숙원, 지금 여악들의 솜씨를 확인하겠는가?"

융의 목소리가 상념에 잠겨 있던 그린을 깨웠다. 눈을 깜빡이며 그린이 고개를 들었다.

"박 상궁, 그 책을 지원자들에게 나누어 주게."

그린의 명을 받은 박 상궁이 지원자들에게 책을 돌렸다. 연애가중계 2권보다 앞서 만든 새로운 책이었다.

"이것이 무엇이옵니까?"

키가 큰 지원자가 물었다. 그린이 책 한 권을 펼쳐 여악들에게 내보였다.

"대본(臺本)일세. 이 대본을 외워 무대 위에서 노래와 연기를 선보여야 하네."

그린의 입가에 부드러운 미소가 걸렸다. 대본은 연애가중계에서 가장 인기를 끌었던 '현령님과 쌍둥이 자매' 이야기가 적혀 있었다. 하지만 연애가중계와 달리 설명이나 묘사가 없이 대사로만 이루어져 있었다.

말 그대로 대본이었다.

그린이 계획한 특별 무대는 '조선판 뮤지컬'이었다. 축하연의 주인공인 인수대비를 위한 공연이기도 했다.

인수대비는 노안 때문에 책을 읽지 못하고 있었다. 그래서 그린은 책을 바탕으로 공연을 기획했다. 단순히 춤과 노래를 선보이는 것보다 인수대비의 마음에 들 거라는 판단에서였다. 인수대비를 위한 정성과 뮤지컬을 해 보고 싶다는 그린의 욕심이 더해져 탄생한 대본이었다.

'뮤지컬 배우 지망생이었던 내가 각본도 쓰고 연출도 하는 거야.'

그린의 웃음이 더욱 화사해졌다. 융이 무표정한 얼굴로 그린이 들고 있던 대본을 가로챘다.

"노래와 연기를 한다? 대체 무슨 내용인 게냐."

17장. 악녀를 약 올리는 법

다행히 융은 연애가중계에 관심이 없었다. 그래서 자신이 소설 속 남자 주인공이라는 걸 모르고 있었다. 당연히 연애가중계를 읽은 궁녀들이 소설 속 융의 열렬한 추종자가 되었다는 사실도 몰랐다.

'들키면 안 돼! 지금까지 어떻게 숨겼는데!'

등골이 서늘해진 그린이 융의 손에서 다시 대본을 빼앗았다. 그린의 입가에 대외용 미륵불 미소가 걸렸다.

"전하께서는 축하연 당일 확인하시옵소서. 미리 보시면 즐거움이 반감되는 법입니다."

"예습의 즐거움도 있는 법이요. 이것 놓으시오, 숙원."

융이 대본을 움켜쥐었다. 그린도 물러서지 않았다.

"전하께서 먼저 놓으심이 어떠하옵니까."

손마디가 하얗게 질릴 정도로 대본을 붙잡은 그린에게 융이 서늘한 시선을 던졌다.

"차후에 이야기 나누도록 하지."

보는 눈이 많아서 그런지 융이 먼저 물러섰다. 마침 대전 내관이 상참을 받아야 할 시간이라고 알렸다. 못마땅한 기색으로 융이 먼저 자리를 떴다. 십년감수한 그린이 몰래 가슴을 쓸어내렸다.

그린은 서둘러 배역을 정하기로 했다. 주인공은 모두 넷으로 현령과 그 아내인 쌍둥이 동생, 귀신인 쌍둥이 언니, 그녀의 남편인 도적 두령이었다.

"현령 역과 도적 두령 역을 맡을 자는 체구가 컸으면 좋겠네. 아무래도 남장을 해야 하니까."

그린의 말에 키 큰 여악 하나와 살집이 두둑한 여악 하나가 반색했다. 훈민정음도 읽을 줄 알고, 노래 솜씨도 빼어났기에 그린은 바로 그들을 뽑았다.

여주인공인 쌍둥이 동생 역에 가장 많은 여악들이 지원했다. 정옥수도 그중 한 명이었다. 그린은 지원자들에게 노래를 시키고, 대본도 읽게 했다. 예상대로 정옥수가 압도적인 실력을 자랑했다.

"서방님께 누가 될 바엔 목숨을 끊겠나이다. 부디 천첩을 버리시옵소서."

정옥수가 초혜의 대사를 읊을 때 그린마저도 코끝이 찡해졌다. 다른 여악들도 경쟁을 잊고 감탄할 만큼 대단한 연기였다.

'생활 연기만 잘하는 줄 알았는데 정극 연기도 잘 하네. 배역을 안 줄 수가 없겠어.'

정옥수를 떨어뜨리고 싶은 마음이 굴뚝같았지만, 사적인 감정보다는 공연 성공이 더 중요했다.

“쌍둥이 동생 역은 자네가 맡도록 하게.”

그린이 정옥수에게 대본을 건넸다. 정옥수는 마치 그린을 처음 본다는 듯 공손히 허리를 숙였다.

“크나큰 광영이옵니다, 숙원마마.”

정옥수의 무덤덤한 얼굴이 그린의 가슴을 더 무겁게 했다.

‘사건 일으키지만 않았으면.’

그린은 대본을 팔랑거리며 넘기는 정옥수를 바라보다 고개를 돌렸다. 얼마나 큰 사건이 벌어질지 상상도 하지 못한 채.

* * *

그날 밤에도 융은 그린의 처소를 찾았다. 그가 오지 않는 밤이면 쉬 잠들지 못하고 뒤척이는 그린이었다. 하지만 매일 찾아오는 그를 마냥 반길 수만은 없었다.

“괜찮으세요? 중전마마께 가지 않아도 돼요?”

“너는 신경 쓸 것 없다.”

“어제도 오고 그제도 오셨잖아요. 그끄제도, 그그끄제도.”

그린이 손을 꼽아 가며 융과 함께 한 밤을 헤아렸다. 모두 가슴에 새겨 영원히 간직하고 싶을 만큼 행복한 시간이었다. 그러나 융이 후궁에 빠져 정사를 돌보지 않는 임금이라 손가락질당하는 건 싫었다. 자신의 외로움과 바꿔야 하는 것이라도 말이다.

“자주 와서 싫다는 뜻이냐?”

고개를 삐딱하게 숙인 그가 물었다.

"에이, 그럴 리가 없잖아요."

그린이 밉지 않게 눈을 흘겼다. 융은 그린의 걱정을 다 안다는 듯 커다란 손으로 머리를 쓰다듬었다.

"걱정하지 말아라. 안 그래도 중궁전에 갔다가 발길을 옮긴 것이니."

융의 말에 그린이 눈썹을 찌푸렸다.

'중전마마께 뭐라고 하신 걸까. 설마 매일 숙원을 찾아가도 투기하지 말란 말은 아니겠지?'

그 생각마저 읽은 것인지 융이 그린의 뺨을 살짝 꼬집었다.

"이상한 상상하지 말아라. 중전이 네게 가 보라고 해서 온 것이다."

"중전마마께서요?"

"그래. 왕실과 종묘사직을 위해 하루라도 빨리 네가 회임하길 바라더구나."

아찔한 충격이 그린의 머리를 강타했다. 다른 여자와 아이 낳으라고 남편 등을 떠미는 정부인이라니. 도대체 중전이 무슨 생각을 하는지 알 수 없었다. 흐릿한 아름다움 속에 감춰진 중전의 얼굴을 떠올리며 그린이 눈썹을 모았다.

"중전마마도 아직 젊으시잖아요. 겉으로 보기엔 그리 아프신 것 같지도 않고요. 근데 왜 아이를 낳을 수 없다고 단언하시는 거죠?"

"……."

"어의가 진단을 내린 건가요? 회임 가능성이 없다고요?"

융이 무겁게 고개를 저었다.

"그런 적은 없다. 원자를 잃은 뒤 중전의 상심이 컸느니라. 그 뒤로도 소식이 없으니 포기한 것은 아닌가 짐작할 뿐이다."

정말 이유가 그것뿐일까. 대통을 잇는 것은 중전의 가장 큰 의무였다. 아이를 낳지 못한다는 이유만으로 폐서인이 될 수도 있었다. 상실감 때문에 임신을 포기하는 건 이해하기 힘들었다. 중전이든 후궁이든 왕실 여인이라면 누구나 왕자를 낳기 위해 기를 썼다.

적통이 가장 확실하겠지만, 역사를 돌이켜 보면 언제 어느 왕자가 지존이 될지 몰랐다. 왕자의 어미가 되는 것은 자신의 안전과 권력을 위해서도 중요한 일이었다. 그런데 중전에겐 용정을 잉태할 욕망 자체가 없는 것 같았다.

'내가 아들을 낳으면 빼앗아서 자기 아들로 키우실 생각인 건가? 그렇게 이해타산이 밝으신 분은 아닌 것 같은데.'

비밀스러운 인상을 가지고 있지만, 중전에겐 다른 사람을 편안하게 해 주는 무언가가 있었다. 깎아지르듯 날카로운 산맥이 아닌 동그스름한 구릉만이 줄 수 있는 따스함이랄까. 우거진 나무에 가려진 연못처럼 신비롭고도 맑은 기운을 일부러 감추고 있는 것 같다고 느낄 때도 있었다.

정옥수나 자순대비, 휘숙옹주 등 그린은 속셈을 감추고 좋은 얼굴을 연기하는 사람을 여럿 봤다. 그들이 짓는 미소의 섬뜩함도 충분히 경험했다. 호랑이처럼 무서울지언정 인수대비에겐 그러한 끔찍함이 없었다.

중전에게도 마찬가지였다. 나쁜 사람은 아닌 것 같다는 정체불명의 확신. 그린은 중전이 제 모습을 본떠 만들어 준 인형을 바라봤다. 인형이 무슨 말을 해 주기라도 할 것처럼.

융이 그린의 턱을 잡고 자신 쪽으로 돌렸다.

"솔직히 말해라. 내가 오는 것이 좋은 것이냐, 싫은 것이냐."

그런 당연한 질문이 어디 있냐는 듯 그린이 주먹으로 가슴을 두드렸다.

"그걸 정말 몰라서 물으세요?"

"모른다. 그러니 대답하거라."

바늘 하나 들어갈 것 같지 않은 무표정인데 왜 토라진 사내아이처럼 보이는 걸까. 그린이 목소리를 가다듬고 진지하게 되물었다.

"솔직한 대답을 원하세요? 아님 속 편한 대답을 원하세요?"

"그것이 다른 것이냐?"

융이 미간을 찌푸렸다. 그린이 어깨를 으쓱했다.

"당연히 다르죠."

"솔직한 대답을 원한다. 너와 진실 아닌 것을 나누고 싶은 마음은 없으니."

듣기 좋은 융의 목소리가 그린의 귓가를 간지럽혔다. 그린도 그 말에 동의했다. 진실만 나눠 갖기에도 부족한 시간이었다. 어찌 제 목숨보다 소중한 사람에게 거짓을 내놓을 수 있을까. 그린이 반듯한 자세로 대답했다.

"그럼 솔직하게 말씀드릴게요. 전하가 와 주셔서 너무 좋아요. 매일 매일 같이 있고 싶어요."

그린의 크고 맑은 눈동자가 한차례 일렁거렸다. 융이 그린을 나지막이 불렀다.

"그린아."

"전하를 독점할 수 있다면 제 영혼도 팔 수 있어요."

그린의 목소리가 살짝 떨렸다. 하지만 한 치의 거짓 없는 진심이었다. 한 남자에게 유일한 여자가 되는 것. 세상에 그것을 바라지 않는 여자는 없었다. 그런 존재가 되지 못하는 것만으로도 여자의 영혼은 무너질 수 있었다. 약해서가 아니라 사랑이 너무 강해서.

"이것이 그 유명한 투기겠죠?"

그린이 얼굴을 일그러뜨리며 웃었다. 시간이 지나면 익숙해질 줄 알았는데 깜짝 놀랄 만큼 하나도 익숙해지지 않았다.

'나는 전하 것인데, 전하는 내 것이 아니야. 영원히 나만의 남자가 될 수 없어.'

그것이 이토록 쓰디쓴 상처가 될 줄 몰랐다. 다른 여인과 함께 있을 융을 생각하면 온몸의 피가 거꾸로 도는 것처럼 어지러웠다. 자신 안에 도사리고 있는 독점욕을 처음으로 깨달았다. 그래서 융이 없는 밤을 견디기 어려웠다. 그린 곁에서만 깊이 잠드는 융처럼 그린도 융 없이는 편히 잘 수 없었다.

사무치는 외로움을 차마 털어놓지도 못했다. 왕의 여인이 되기로 한 순간부터.

"내가 괜한 것을 물었구나."

융이 수려한 얼굴이 죄책감으로 물들었다. 사랑하는 이의 아픔은 이내 돌아오는 법이어서 그린도 미안해졌다.

"저도 괜한 말을 했어요."

"넌 잘못한 것이 하나도 없다."

"전하도 마찬가지예요. 그러니까 우리 우울해지지 말아요."

그린이 방긋 웃었다. 너무 귀해서 함부로 만질 수도 없다는 듯 융이 손등으로 그린의 흰 뺨을 쓸어내렸다. 그린을 바라보는 융의 눈빛이 뜨거웠다. 융을 향하는 그린의 눈빛도 같은 온도였다. 당장 불붙을 것 같은 열기를 누르며 그린이 말을 돌렸다.

"나쁜 소문이 또 퍼질까 봐 걱정되는 것뿐이에요. 무고한 임사홍을 풀어 주라는 상소가 아직도 들어오나요?"

"이제는 오히려 임사홍의 하옥을 반기는 분위기다. 왕실을 어지럽히는 소인을 엄단했다고 나를 추켜세우더구나."

"다행이네요."

그린이 숨을 몰아쉬었다. 융이 자못 진지한 어조로 말했다.

"넌 국문 때문에 내가 폭군으로 불릴까 염려했지만, 결과는 그 반대다."

"반대라고요?"

"모두 너 때문이다. 화약귀 중독 경로를 밝힌 것이나 대왕대비 마마의 누명을 벗긴 것 모두 내 공적으로 돌리지 않았더냐? 모두 네가 한 일인데."

융은 진범을 밝힌 그린의 지혜를 자랑할 수 없어서 짜증이 난 것 같았다. 이 팔불출을 어쩌면 좋나. 그린이 입을 삐죽거렸다.

"제가 어떻게 나서겠어요? 그럼 전하는 후궁의 말대로 움직이는 꼭두각시 임금이 될 텐데요!"

"어쨌든 네 덕분에 나는 명석한 두뇌와 결단력을 만천하에 자랑하게 된 모양이다."

"딱 좋네요."

"네 공을 가로챈 것이거늘 무엇이 좋겠느냐."

융이 투덜거렸다. 그린이 발끈해 외쳤다.

"이 바쁜 와중에 네 공, 내 공이 어디 있어요? 전하께서는 연산군이 아니라 성군이 되셔야 하잖아요!"

못 들은 척 융이 시선을 돌렸다. 그린은 그의 귀에 대고 또박또박 말했다.

"적법한 절차에 따라 친국하시고, 죄인으로 몰렸던 궁녀들을 위로하신 건 전하예요. 저는 의녀한테 들은 정보를 꿰맞춘 것이고요."

"네가 없었다면 해결할 수 없는 사건이었다."

"아직 다 해결되지 않았어요. 청이에게 서신이 왔는데, 앞으로도 어려울 것 같아요."

그린의 얼굴이 어두워졌다. 그린과 융은 임사홍과 엄 귀인 뒤에 더 큰 세력이 있다고 추측하고 있었다. 청이에게 임사홍의 뒤를 캐 달라고 부탁했지만, 워낙 철저하게 단속한 탓인지 흘러나오는 정보가 거의 없었다. 임사홍과 엄 귀인, 자순대비와 진성대군을 잇는 희미한 선을 발견했을 뿐이었다.

만약 그들이 귀자득활술 도사와 관계되어 있다면, 그린과 융 뒤에는 어마어마한 적이 도사리고 있는 거였다.

"휘숙옹주에게선 아직도 서신이 오느냐?"

융이 착잡하다는 투로 물었다. 그린이 서랍에서 휘숙옹주의 서신을 꺼냈다.

"네. 저와 단둘이 나누고 싶은 말이 있대요. 연회 준비를 핑계로 피하고 있는데 언제까지 통할진 모르겠어요."

"네 허락이 없는데 막무가내로 찾아올 아이는 아니다."

융의 단정했다. 그는 여전히 휘숙옹주를 지나칠 정도로 조신한 여인이라고 믿는 듯했다. 그린이 멋쩍게 뺨을 긁적였다.

"그래 주면 좋겠지만요."

"휘숙옹주가 무슨 짓을 벌일 거란 뜻 같구나."

"……."

"의심이 너무 없어서 탈인 네가 휘숙옹주는 왜 그리 의심하는 것이지? 네가 읽은 역사서에 뭔가 적혀 있었느냐? 아니면 다른 이유가 있느냐."

융의 물음이 날카로워졌다. 그린은 이미 연산군과 휘숙옹주의 불륜설에 관해 말한 적이 있었다. 당시엔 얼토당토않다며 코웃음 쳤지만 융도 꺼림칙한 부분이 남은 모양이었다.

"휘숙옹주에 대한 기록은 무척 적었어요. 대부분 추측에 불과했고요."

그린의 말에 융은 조금 안심하는 것 같았다. 반면에 그린은 불안의 끈을 놓지 못했다. 바로 다음 날, 일이 벌어졌다.

* * *

"숙원마마, 옹주 자가께서 뵙길 청하시옵니다."

인수대비의 문병을 마친 휘숙옹주가 그린의 처소를 찾아왔다. 아무리 품계가 높다고 해도 사가로 시집간 옹주가 약속도 없이 찾아온 것은 예의에 어긋나는 일이었다. 하지만 예상했던 일이었기에 그린은 조금도 당황하지 않았다.

"안으로 모시게."

그린이 점잖게 대답하며 보료에서 일어났다. 은박을 입힌 하늘색 당의에, 황금과 보옥으로 장식된 첩지를 올린 휘숙옹주가 안으로 들었다. 지난번보다 화려하게 차려입은 그녀를 보며 그린이 고소했다.

'날 기죽이려는 건가? 오늘은 전하를 뵐 마음이 없나 보네.'

방 주인이 권하지도 않았는데 휘숙옹주는 자기 자리라는 듯 상석을 차지하고 앉았다.

"내가 만나자고 했거늘, 왜 거절한 것이지?"

인사말도 없이 휘숙옹주가 쏘아붙였다. 후궁 따위가 자신과 만남을 거듭 거절하자, 열이 받은 모양이었다. 전하 앞에서는 한 떨기 목련꽃처럼 여리여리하더니만. 융이 없으니 귀찮은 연기 따위는 집어치운 것 같았다. 어떤 의미에선 맑고 투명할 정도로 솔직한 사람이었다. 휘숙옹주의 두 얼굴에 감탄하며 그린이 고개를 숙였다.

"송구하옵니다, 옹주 자가. 대왕대비 마마의 탄일 축하연 준비로 정신없이 바빴사옵니다."

"분수에 맞지 않은 일을 하니 그렇겠지."

휘숙옹주가 표독스럽게 눈을 흘겼다. 그린이 잔잔한 미소로 응수했다.

"지당하신 말씀이시옵니다. 사람은 분수를 알아야 하는 법이지요."

너도 네 분수를 잘 알라는 뜻인데 알아들었으려나? 휘숙옹주의 눈썹이 꿈틀거렸다.

"한낱 숙원이 중전마마의 소임을 빼앗다니…… 천출이라고는 하나 왕실의 법도에 너무 무지한 것 아닌가?"

휘숙옹주가 가소롭다는 듯이 물었다. 그린은 조금도 동요하지 않았다.

"부족합니다만 대왕대비 마마께 작은 기쁨이 될 수 있다면 무엇이든 할 요량이옵니다."

"맹랑하군. 갓 입궐한 후궁이 뭘 할 수 있다고."

"망극하게도 주상 전하와 중전마마의 허락을 받았사옵니다."

'이 나라에서 제일 높은 사람들이 허락한 일에 네가 뭔데 딴지를 걸어?'라는 말을 그린이 고상하게 돌렸다. 공격이 먹혀들지 않자 휘숙옹주가 목소리를 높였다.

"웃전의 허락이 있었더라도 사양했어야지! 왕실 위엄에 걸맞지 않은 기괴한 연회를 준비한다는 소문이 파다하네!"

"관행에 벗어난 것은 사실이나 대왕대비 마마께서 기뻐할 만한 연회가 될 것이옵니다."

"숙원의 천박하고 경솔한 행실을 탓하는 목소리가 얼마나 큰 줄 아는가?"

여유가 느껴질 정도로 침착하고 어엿한 그린 앞에서 휘숙옹주는 동요하기 시작했다. 빨갛게 달아오른 그녀의 얼굴을 보며 그린이 속으로 혀를 찼다. 훌륭한 연기 솜씨에 비교해 어처구니없을 만큼 감정 조절을 할 줄 모르는 여자였다.

'쯧쯧. 윗사람한테 살살거리고 아랫사람들한테는 함부로 하는 전형적인 인간이구나. 이제야 간신의 아내답네.'

하긴 한 나라의 옹주로, 권세가의 며느리로 평생 떵떵거리며 살아온 그녀였다. 어느 누가 그 비위를 거슬렀겠는가. 굽신거리는 사람들만 상대하다가 제 앞에서 조금도 위축되지 않는 그린과 마주하다 보니 금방 밑천이 드러난 거였다. 처음엔 그린도 융의 오만함에 기함했다. 하지만 왕족들을 보면 볼수록 그가 얼마나 훌륭한 인품의 소유자였는지 깨닫게 되었다.

'아, 피곤해. 얼른 보내 버려야겠다.'

휘숙옹주 같은 부류의 인간들과 대화하는 건 정신 건강에 매우 해로웠다. 그린이 꾸밈없이 순수한 표정으로 휘숙옹주의 약점을 찔렀다.

"제 행실보다는 하옥된 숭정대부를 탓하는 목소리가 더 크다고 들었습니다만."

아니나 다를까, 분노에 휩싸인 휘숙옹주가 소리를 빽 질렀다.

"감히 뉘 앞이라고 함부로 주둥이를 놀리느냐!"

신선하지도 않고 반전도 없는 휘숙 옹주의 반응을 보며 그린이 입맛을 다셨다.

"전하의 총애를 등에 업고 설친다는 소리는 들었지만, 이리 오만방자할 줄은 몰랐구나!"

"불쾌하셨다면 사죄드리겠사옵니다."

"전하께서 너 따위를 언제까지 총애하실 줄 아느냐! 잠시 쓰다가 버릴 이불보 따위가!"

휘숙옹주가 그린을 원색적으로 비난했다. 여인을 사내의 이불보에 비교하는 천박함에 그린은 기가 찼다. 하지만 그린의 고요한 얼굴엔 한 점의 동요가 없었다.

"잠시라도 전하를 따스히 감싸 드릴 수 있다면, 소첩 이불보로서 소임을 다할 것이옵니다."

그린이 샛별처럼 눈을 빛내며 당당히 말했다. 욕을 욕으로 받는 것은 쉬운 일이었다. 하지만 그린은 휘숙옹주 같은 싸구려가 되고 싶지 않았다. 태연하면서도 위엄 있는 그린의 대답에 휘숙옹주도 움찔 놀라고 말았다.

"옹주 자가께서 하실 말씀은 이것뿐이옵니까? 옥사에서 쓰러져 계신 숭정대부 때문에 오신 줄 알았는데요."

그린이 휘숙옹주를 다시 한번 압박했다. 그린이 집에서 부리는 노비라도 된다는 듯 휘숙옹주가 거칠게 대꾸했다.

"네년이 우리 집안을 욕보이려 하는 것이냐?"

더는 그린도 참아 줄 수 없었다. 그린이 자리에서 일어나며 서늘하게 말했다.

"년이라니요! 소첩은 기루의 기녀가 아니라 전하의 후궁이옵니다!"

"뭐야?"

"법도에 맞지 않은 경박한 말로 왕실과 집안의 누를 끼치는 것은 소첩이 아니라 옹주 자가가 아니옵니까?"

그린이 엄격한 목소리로 호령했다. 파랗게 질린 휘숙옹주가 분을 참지 못하고 바들바들 떨었다.

"내 뒤에 누가 있는 줄 알고 감히……!"

그녀가 말하는 '누구'가 임사홍이나 임숭재는 아닐 거란 확신이 들었다. 휘숙 옹주도 정체불명의 세력과 끈이 닿아 있는 것일까? 그린이 예리한 눈으로 휘숙옹주를 살폈다.

"내 기필코 아버님과 가문의 억울함을 풀 것이다. 그땐 전하도 뭐라 하실 수 없을 게야!"

궁지에 몰렸던 휘숙옹주는 그 누군가를 언급한 것만으로도 자신감을 되찾은 듯 오만하게 턱을 치켜들었다. 융조차도 염두에 없는 것 같았다.

"전하께서는 적법한 절차에 따라 국문하고 계시옵니다."

"아버님이 의금부에서 쓰러지시질 않았느냐! 누명을 쓰고 돌아가실 아버님을 생각하면 피눈물이 난다!"

기이하게도 휘숙옹주는 임사홍이 죽을 거라고 확신하고 있었다.

'임사홍이 위중했었나? 심문당하기 싫어서 정신을 잃은 척하는 것 같다고 매꽃이 그랬는데.'

눈썹을 모으며 그린이 말했다.

"숭정대부께서는 돌아가지 않으실 것이옵니다. 전하께서 특별히 어의를 보내 보살피게 하셨사옵니다."

휘숙옹주의 얼굴이 무참하게 일그러졌다.

"어의까지?"

"죄를 지었다고 해도 종친 아니십니까? 이대로 돌아가시게 할 순 없지요."

"그렇다면 더더욱 아버님을 돌려보내야지! 어찌 옥에서 요양한단 말이냐?"

"옹주 자가께서는 어의를 믿지 못하시는 것이옵니까? 반드시 쾌차하실 테니 심려 거두시옵소서."

그렇게 말하면서 그린은 휘숙옹주의 변화를 낱낱이 관찰했다. 놀랍게도 휘숙옹주는 임사홍이 쾌차한다는 말에 짜증스럽다는 듯 입술을 씹으며 눈동자를 굴렸다.

지난날 휘숙옹주는 임사홍을 풀어 달라며 융에게 매달렸다. 풀어 주진 못해도 살려는 주겠다는데 신경질을 내는 건 앞뒤가 맞지 않았다.

설마 임사홍이 죽길 바라는 걸까? 그린의 등줄기를 타고 소름이 돋았다.

'임사홍을 살리려고 풀어 달라는 게 아니라…… 죽이려고 풀어 달라는 거구나.'

그린은 아득해지는 정신을 바로 잡았다. 모호하기만 하던 휘숙옹주의 태도가 이제야 이해되었다. 만약 임사홍이 융에게 반기를 드는 비밀 조직의 일원이라면 옥에 갇힌 지금이 가장 위험했다. 언제든지 귀중한 정보를 토설할 수 있기 때문이었다. 혹시라도 모를 상황을 위해서도 제거하는 편이 안전했다. 임숭재나 휘숙옹주의 내일을 위해서라도 임사홍은 살아 있는 것보다 죽어 주는 게 좋았다.

'임사홍이 국문을 받다 죽는다면 전하께서 무고한 충신을 죽였다고 협잡할 수도 있지. 그래서 상소도 멈춘 거야.'

만약 융이 휘숙옹주의 부탁대로 임사홍을 풀어 줬다면 지금쯤 그는 이 세상 사람이 아니었을 거였다. 휘숙옹주는 융에게 가족의 정을 핑계로 시아버지를 풀어 달라고 빌었다. 더럽고 어두운 속마음을 숨긴 채로. 그린은 휘숙옹주에게 처음으로 두려움을 느꼈다. 그리고 융에게 미안했다.

"말이 통하지 않는 계집이로군. 괜히 시간 낭비했어!"

휘숙옹주가 찬바람을 일으키며 떠났다. 그린은 깊은숨을 몰아쉬었다. 아무리 심호흡을 해도 답답한 가슴이 풀어지지 않았다. 저런 여자를 동생이라 믿었던 융을 생각하면 발끝에서부터 헤아릴 수 없는 참담함이 밀려왔다.

텅 빈 방 한가운데서 그린이 입을 열었다.

"제가 전하께 너무 큰 죄를 지었네요."

그린의 허허로운 읊조림이 적막을 깨웠다. 고개 숙인 그린에게 융의 목소리가 들려왔다.

"무슨 죄를 지었단 말이냐. 나의 어리석음을 깨닫게 해 준 것뿐이거늘."

병풍 뒤에서 융이 천천히 걸어 나왔다. 그의 아름다운 얼굴엔 표정이 담기지 않았다. 하지만 그린은 그가 억누르고 있을 슬픔의 무게를 느낄 수 있었다.

그린은 휘숙옹주가 언제 자신을 찾아올지 알고 있었다. 인수대비 전 궁녀들의 전폭적인 지지 덕분이었다. 대외적으로는 융이 화악귀 사건을 해결했다고 되어 있지만, 궁녀들 사이에선 그린이 큰 역할을 했다는 사실이 널리 알려졌다.

인수대비 전에서 피를 흘리고 쓰러졌음에도 그린은 인수대비 전 궁녀들의 무고함을 끝까지 믿어 주었다. 그들의 억울함을 풀어 주기 위해 아픈 몸을 이끌고 진범들의 술수를 파헤쳤다. 연애가중계로 궁인들을 놀라게 했던 숙원마마가 또 한 번 기지를 발휘한 거였다.

그린에 대한 악의적인 소문은 엄 귀인전 궁녀들이 잡혀 가면서 사그라들었고, 대신 그린을 선망하는 이들이 폭발적으로 늘었다. 특히 국문장에서 거짓 자백까지 했던 인수대비 전 김 상궁은 그린을 생명의 은인으로 모셨다.

그린은 문병을 핑계로 궁궐을 들락거리는 휘숙옹주가 퇴궐하지 않고 제 처소로 걸음을 옮기면 전갈을 달라고 부탁했다. 김 상궁은 그린의 명을 성실히 수행했다.

그린은 융에게 휘숙옹주의 참모습을 보겠느냐고 물었다. 융은 병풍 뒤에 숨으라는 그린의 제안을 장난처럼 가볍게 받아들였다. 모두 휘숙옹주를 믿었기에 벌어진 일이었다.

"죄송해요. 제가 도발하지만 않았어도 휘숙옹주가 그렇게까지 설치진 않았을 거예요."

융 앞에서 그린은 고개를 들지 못했다. 그런 그린을 융이 위로했다.

"미안할 사람은 오히려 나다. 나 때문에 네가 모욕을 당하지 않았더냐."

"전하."

"누구보다 날 위해 헌신하는 너인데……."

융이 말끝을 흘렸다. 그린의 얼굴이 더 어두워지는 걸 보고 그가 서둘러 화제를 돌렸다.

"이제 휘숙옹주의 뒤를 밟겠구나?"

그린이 깜짝 놀라 되물었다.

"알고 계셨어요?"

"과인을 무시하지 말아라. 네가 잔뜩 약을 올렸는데 휘숙옹주가 가만히 있겠느냐? 그 대단하다는 뒷배를 찾아갔겠지."

융은 그린의 계획은 모두 간파하고 있었다. 그린이 고개를 끄덕였다.

"발등에 불이 떨어졌을 테니까요. 임사홍을 제물로 삼지 못한다면 다른 공이라도 세워야 할 거예요."

"휘숙옹주, 임사홍, 엄 귀인까지 포함된 비밀결사라."

융이 미간을 찌푸렸다. 엄 귀인은 자순대비와 가까웠고, 자순대비는 진성대군의 모친이었다. 게다가 그들은 귀자득활술 도사와 관련 있을 확률이 높았다.

"중종반정이 벌어질지도 모르겠구나."

"농이라도 그런 말씀 마세요. 그걸 막으려고 제가 있는 거니까요!"

그린이 호기롭게 말했다. 물끄러미 바라보던 융이 두 팔로 그린의 작은 몸을 끌어안았다.

"고맙다만 너무 애쓰지 말아라. 다른 무엇보다 네 안전을 최우선으로 해야 한다."

"전하."

"이건 어명이다. 알겠느냐?"

융의 말에 그린이 고개를 끄덕였다. 마음이 간질간질해지는 어명에 볼이 달아올랐다. 융의 어명은 무엇보다 네가 소중하다는 선언이기도 했다.

"명심할게요. 그 어명."

그린이 융의 품을 파고들었다. 그린의 등을 가만히 쓰다듬던 융이 문득 떠올랐다는 듯이 중얼거렸다.

"참으로 후회스럽구나."

회한으로 얼룩진 목소리를 들으며 그린이 고개를 들었다.

"뭐가요?"

"널 욕보인 휘숙옹주의 혀를 잘라야 했는데. 죄인을 그냥 돌려보낸 것이 후회스럽다."

인생의 큰 실수라도 저지른 것처럼 융이 자책했다. 그린이 눈을 동그랗게 뜨고 반문했다.

"쓰레기 같은 말을 하긴 했지만, 그것 때문에 혀를 자른다고요?"

"눈에는 눈. 이에는 이인 법이다."

융의 싸늘하게 미소 지었다. 진심이 분명한 말에 그린이 기함했다.

"그 속담이 여기서 왜 나와요? 호미로 막을 것을 가래로 막는다, 면 몰라도!"

"흠. 언젠간 기회가 있겠지."

"뒤를 노리시겠다는 거예요? 진정하세요, 전하!"

그린이 말려 봤지만 소용없었다. 융은 혼잣말로 '이불보? 죽으려고 작정하지 않고서야.'라며 중얼거렸다. 임금을 속인 것보다 그린을 욕보인 것이 더 큰 죄라는 듯 말이다. 융의 표정이 얼마나 살벌한지 그린은 휘숙옹주가 걱정될 지경이었다.

"벌은 죄상이 밝혀진 뒤에 내려도 늦지 않아요. 폭군이란 오명을 쓰셔선 안 돼요. 아셨죠?"

그린이 융의 곤룡포를 쥐고 부탁했다. 그는 난을 감상하는 척 시선을 돌렸다.

"그래."

"대강 대답하지 마시고요!"

"알았다. 알았다."

융이 완전무결한 건성으로 답했다. 휘숙옹주의 처리를 상상하는 것인지 그가 한결 가벼워진 얼굴로 미소 지었다. 융의 시커먼 계획을 모르는 사람이 봤다면 구름 위를 노니는 신선보다 황홀한 미소라며 감탄했을 터였다.

'이렇게 된 이상 휘숙옹주는 끝이야. 사망 플래그 섰어!'

그린이 지끈거리는 머리를 감싸 쥐었다.

그 시간 청이는 궐 밖에서 휘숙옹주를 기다리고 있었다. 휘숙옹주를 태운 가마가 천천히 움직였다. 귀신이 저리 가라 할 정도의 기민한 몸놀림으로 청이가 휘숙옹주의 뒤를 쫓았다.

* * *

"옹주 자가, 연락도 없이 어인 일입니까?"

모시 수건을 목에 왕규가 흰 수염을 쓰다듬으며 물었다. 말도 없이 들이닥친 휘숙옹주를 탓하는 어조였다. 주먹을 움켜쥔 휘숙옹주가 분통을 터뜨렸다.

"회주의 명대로 장 숙원이란 년을 찾았다가 모욕만 당하고 왔습니다!"

"숭정대부의 상태는 확인하셨고요?"

"그 계집이 말하길, 어의까지 동원해 아버님을 살리겠다더군요! 이 일을 어찌하면 좋겠습니까?"

휘숙옹주의 말에 왕규가 안타깝다는 투로 고개를 저었다.

"임씨 집안은 팔관회의 큰 기둥입니다만…… 이대로라면 거사에 함께 하지 못하겠군요."

"그 무슨 서운한 말씀이십니까? 아버님과 서방님, 옹주인 저까지 회주의 뜻을 하늘처럼 따르지 않았습니까?"

휘숙옹주가 파랗게 질려 물었다. 왕규가 심드렁한 어조로 대답했다.

"주상 전하는 제 도술로도 쓰러뜨리지 못할 정도로 강인한 분이시지요. 그에 반해 진성대군은 아직 어리십니다."

"그것과 저희 집안이 배제되는 게 무슨 상관이랍니까?"

"팔관회가 똘똘 뭉쳐야만 새 지존을 옹립할 수 있음입니다. 숭정대부는 실수를 너무 많이 하셨고요."

"그, 그건……."

"숭정대부 입에서 사소한 정보라도 흘러 나가면 공든 탑이 무너지는 것도 시간문제입니다."

반정공신 후 영의정이 되겠다는 욕망 때문에 임사홍은 무리하게 일을 벌였다. 잘해 보려는 시도였겠지만, 소심한 진성대군을 강압적으로 밀어붙여 자순대비의 반발을 샀다. 임금에 대한 소문도 지나치게 악의적으로 꾸몄다. 임금이 낌새를 눈치채고 즉각 대응한 덕에 여론으로 자리매김하려던 소문도 유언비어가 돼 버리고 말았다.

팔관회가 오랜 시간 공들인 일이 임사홍 때문에 틀어질 위기에 놓인 거였다. 하옥까지 돼 버렸으니 아들인 임숭재와 며느리인 휘숙옹주가 함께 버려진다고 해도 이상하지 않을 상황이었다.

"애초에 회주께서 화악귀를 쓰라고 하지 않으셨으면 이런 일이 없지 않았습니까?"

휘숙옹주가 원망을 담아 왕규를 노려봤다. 엄 귀인과 함께 숙원 장씨를 독살하라고 임사홍에게 명한 것도 왕규였다.

"대체 장 숙원은 왜 노리시는 겁니까? 그년이 거사와 무슨 상관이 있다고요?"

"숭정대부나 옹주 자가나 의심이 참 많으시군요."

왕규가 입꼬리를 올리며 차갑게 읊조렸다. 화들짝 놀란 휘숙옹주가 어깨를 움츠렸다. 임사홍이 왕규를 의심하다가 악귀에게 씌었던 일을 떠올린 탓이었다.

"송, 송구합니다, 회주님. 장녹수란 년이 하도 독해서……."

"장 숙원도 처리하지 못하시면서 어찌 거사를 치르겠다는 겁니까?"

"한 번만 더 기회를 주십시오! 꼭 장 숙원을 죽이겠습니다!"

휘숙옹주가 왕규에게 매달렸다. 이미 그들 집안은 임금 눈 밖에 난 상태였다. 새 지존을 세우는 반정공신이 될 수 없다면 끝장이었다.

"어린 여인에 불과하나, 장 숙원은 주상 전하의 든든한 버팀목입니다. 섣불리 움직이지 마세요. 또 실수할 순 없잖습니까?"

왕규의 지적에 휘숙옹주는 입술을 깨물었다. 왕규가 즐겁다는 투로 말했다.

"궐에서 열심히 날뛰는 것 같던데, 고립시킬 필요는 있겠군요."

"대왕대비 마마의 탄일 축하연을 말씀하시는 겁니까?"

"오호. 과연 영민하십니다, 옹주 자가."

왕규의 눈이 매섭게 빛났다. 휘숙옹주가 비굴할 정도로 깊이 머리를 숙였다.

"회주께서 시키는 일이라면 뭐든 하겠습니다. 제발 저희 가문을 버리지 마십시오."

그녀의 가녀린 어깨가 바르르 떨렸다. 만족스러운 웃음을 머금고 왕규가 품에서 작은 주머니를 꺼냈다. 휘숙옹주의 낯빛이 해쓱해졌다.

"이번에도 독입니까? 독살을 다시 시도하기는 어려울 텐데요……."
"이번 목표는 장 숙원이 아닙니다. 죽이려는 것도 아니고요."
무슨 말을 하는 건지 알 수 없다는 표정으로 휘숙옹주가 작은 주머니를 받아들였다.
"어찌해야 하는지 알려 드리지요. 신중에 신중을 기하셔야 합니다, 옹주 자가."
왕규가 휘숙옹주의 귓가에 비밀 지령을 내렸다. 휘숙옹주의 눈이 점점 커다래졌다.
"그렇게까지 해야 합니까?"
두렵다는 듯 휘숙옹주가 물었다. 왕규가 손녀를 달래는 인자한 할아버지처럼 말했다.
"연회에서 벌어지는 모든 일은 장 숙원 탓이 되겠지요. 앞으로 꽤 재미있어질 겁니다."

* * *

"숙원마마, 사헌부 윤사현 들었사옵니다."
박 상궁의 목소리에 그린이 허리를 곧추세웠다. 야마와 만나는 것은 그날 이후로 처음이었다.
'그자가 아니었더라면 매꽃이 널 구할 수 없었을 것이다. 제대로 만나 인사하거라.'
융은 그렇게 말했지만, 야마와 화해시켜 주려는 뜻임을 알고 있었다. 영원히 피할 수 없다는 걸 알지만 아직 마음의 준비가 안 된 그린이었다. 야마는 사헌부 관리로 일하며 융을 알현해 대천의 영기를 흡수한다고 했다. 그린은 그것도 모른 척하고 있었다. 꾸물거리는 그린의 등을 융이 억지로 떠밀었다.

'너는 그를 외면하면서 왜 과인에겐 대왕대비 마마를 만나라고 하느냐?'

반박할 말도, 명분도 없어서 그린은 야마의 알현을 허락하고 말았다.

문이 열리고 짙은 녹색 관복을 입은 야마가 들어왔다. 그린은 경주마처럼 내달리는 심장을 손으로 꾹 눌렀다.

"숙원마마를 뵈옵니다."

"오, 오셨습니까."

그린이 겨우 대꾸했다. 제 목소리가 너무 어색해서 손발이 오그라들었다. 야마는 표정 없는 얼굴로 눈을 내리깔고 있었다. 지금 이 모습만 보면 사현인지 야마인지 잘 구분할 수 없었다.

'늘 말 많고 활기찬 모습만 봤었는데.'

그린은 야마의 관계가 예전과 달라졌음을 실감했다. 심장 한쪽이 잘려 나간 듯 아파졌다.

야마를 만나면 눈물이 펑펑 쏟아질 줄 알았다. 원망하고 미워하느라 바라보지도 못할 줄 알았다. 그런데 아니었다. 야마는 여전히 그립고 소중한 친구였다. 반가운 마음에 얼싸안고 왜 이제야 왔냐고 투정 부리고 싶을 정도로.

평생 지워지지 않을 것 같은 상처도 잠시 잊혔다. 그래서 다행이라고 그린은 생각했다.

"영원히 못 볼 줄 알았는데, 그건 아니었네."

그린이 혼잣말처럼 중얼거렸다. 평소의 야마라면 옷이나 머리 스타일을 지적하며 사랑의 도피를 떠나자고 꼬드겼을 거였다. 하지만 야마는 아무 말도 하지 않았다. 고개조차 들지 못했다. 자신에겐 어떤 자격도 없다는 듯이.

그린이 먼저 용기를 냈다.

"야마야."

"……."

"대답 좀 해 줘. 네 목소리 듣고 싶다."

그린의 목소리가 가늘게 떨렸다. 야마가 천천히 고개를 들었다. 그의 수려한 얼굴은 죄책감으로 일그러져 있었다. 잠시의 침묵 끝에 야마가 입을 열었다.

"말해도 되니?"

살얼음판을 걷듯 조심스러운 물음이 그린의 가슴을 헝클어 놓았다. '지금 무슨 소릴 하는 거야? 네가 입이 없냐, 혀가 없냐?'라고 외치고 싶었지만 한마디도 내뱉을 수 없었다. 야마를 다른 사람처럼 만들어 놓은 건 그린 자신이었다. 그린을 그렇게 만든 건 야마 자신이었고.

그린이 애써 목소리를 쥐어짰다.

"당연하지."

"널 봐도 되니?"

그린의 흔들리는 눈동자를 보면서 야마가 다시 물었다. 그린이 가쁜 숨을 몰아쉬었다.

"말해도 되고, 봐도 돼."

"그래도 예전처럼 돌아갈 수는 없겠지."

낙엽이 버석버석 밟힐 것만 같은 어조로 야마가 말했다. 눈물이 나올 것만 같아서 그린이 볼 안쪽 여린 살을 깨물었다.

"괜찮아. 널 보고 너랑 이야기할 수 있다면."

"야마야."

"네가 이름 불러 주니까 되게 좋다."

야마가 허허롭게 웃었다. 참다못한 그린이 발끈했다.

"너 무슨 죽을병 걸렸어? 왜 곧 죽을 사람처럼 말해?"

"죽을 사람이라니. 득도한 사람이라고 해 줘."

"넌 지금 말장난이 나오니?"

"왜 화를 내고 그러냐. 네가 말해도 된다며."

어깨를 움츠린 채로 야마가 볼멘소리를 냈다. 쓸쓸한 척하는 것도 꼴 보기 싫지만 바로 태세 전환을 하는 것도 짜증스러웠다.

"너란 애는 항상 이런 식이지! 맨날 자기 하고 싶은 대로만 하고. 내가 걱정을 하든 말든. 속을 끓이든 말든! 영기가 떨어져서 죽어 가는 판에 신물은 왜 안 가져가는 거야? 자존심 때문에? 아니면 나한테 복수하려고 그러는 거야?"

한번 터진 말문은 쉬 닫히지 않았다. 목에 핏대를 세운 그린이 쉴 새 없이 쏘아붙였다.

"죽을죄 지은 사람처럼 고개도 못 들고! 말해도 되냐고? 그런 엿 같은 질문이 어디 있어? 주눅 들어서 쭈글거리면 동정해 줄 것 같아? 염라대왕이라면서! 염라대왕 벨도 없냐!"

그린의 눈에서 맑은 눈물이 주르륵 흘러내렸다. 꾹꾹 눌러 왔던 묵은 감정이 눈물과 함께 흘러내렸다. 문밖에 있을 궁인들 눈치를 보며 야마가 다독였다.

"내가 다 잘못했으니까, 목소리 좀 줄여. 여기 궐이야."

"궐이건 저승이건 무슨 상관이야! 죽으면 썩어질 몸!"

그린이 울면서 목청을 높였다. 야마와 재회하고 씩씩거리며 떠들게 될 줄은 몰랐다. 자기 입에서 무슨 말을 흘러나오는지도 몰랐다. 그린은 잠시 모든 걸 내려놓고 망가져 버리기로 했다. 밉지만 영영 미워할 수 없는 친구 앞에서.

"다 너 때문이야! 너만 잘했으면 이런 일도 없었잖아!"

"미안하다니까. 내가 잘못했다고."

"미안하다면 다냐? 뭘 잘못했는데? 하나부터 열까지 납득할 수 있게 말해 봐!"

"후궁이 되더니 애가 이상해졌네. 정신 차려, 장그린! 궐에 듣는 귀가 얼마나 많은지 알아?"

야마가 쩔쩔매며 부탁했다. 물론 그린의 귀에 들릴 리가 없었다.

"알면 어쩔 건데? 알긴 개뿔이 아냐!"

"너 술 취했니?"

당황한 야마가 물었다. 그린이 손등으로 눈물을 훔쳐 냈다.

"안 취했다! 너야말로 사헌부 출입하더니 진짜 관리라도 된 줄 아니? 어디서 멀쩡한 척이야?"

"희한하네. 숙원 장씨가 현숙하고 총명하다는 소문이 파다하던데."

야마가 뺨을 긁적였다. 그가 사현 대신 몸담은 사헌부는 신료들을 감찰하고 기강과 풍속을 바로잡는 관청이었다. 현대로 치면 검찰과 감사원, 언론이 합해진 중요 권력기관이었다.

빙의 체질 때문에 자주 휴직했던 사현은 실력에 비해 품계가 낮았다. 상전의 비위를 맞출 줄도 몰랐다. 야마는 사현 못지않게 열심히 일했다. 사현의 지식과 야마의 경륜이 더해지니 다른 관리들과 비교할 수도 없을 정도로 일솜씨가 빼어났다. 야마는 100년도 못 사는 인간 앞에서 굽신거리는 것도 마다치 않았다. 가끔은 신통력도 이용했다. 모두 그린을 위해서였다.

'높은 벼슬을 지녀야 그린이한테 도움이 되겠지. 하급 관리가 할 수 있는 일은 적으니까. 지금은 왕놈이 알현하는 것도 편치 않아.'

야마는 사헌부에 있는 동안 정3품 당상관까지 출세할 작정이었다. 영기를 흡수하러 융에게 갈 때마다 승진시켜 달라고 조르기도 했다.

'무능한 자를 중용할 수는 없다. 네 힘으로 지평이 된다면 고려해 보겠지만.'

융이 조건을 걸었다. 야마는 기를 써서 대사헌의 눈에 들었고 최근 정5품 지평으로 관작되었다. 좋아할지는 미지수지만 그것이 야마가 사현에게 해 줄 수 있는 유일한 보답이기도 했다.

사현이라면 당상관이 되어도 한결같이 좋은 관리가 될 거라고 믿었다. 사현의 육체를 영원히 차지하고 싶었던 야마가 자신이 떠난 후를 생각하게 된 거였다.

"이제 다 울었어?"

야마의 물음에 그린이 고개를 끄덕였다. 한바탕 퍼붓고 나니 납덩이를 얹어 놓은 것 같던 가슴이 한결 가벼워졌다. 야마와 마주하는 것도 더 편안해졌다. 마치 예전으로 돌아간 것처럼.

"일부러 그런 거야?"

그린의 물음에 야마가 어깨를 으쓱했다.

"설마, 숙원마마 심기를 일부러 건드리겠냐. 말단 관리 주제에."

자세히 말하지 않아도 그린은 야마가 자신을 위해 애쓰고 있다는 걸 알았다. 그렇지 않다면 야마가 사헌부 하급 관리로 묵묵히 일할 리 없었다. 조선에 온 것도, 신력을 잃은 것도 모두 그린을 위해서였다. 야마의 행동에 상처 입긴 했지만, 그린은 그의 진심까지 의심하진 않았다.

그린이 목에 걸고 있던 천령과 명산을 풀었다. 영롱한 빛을 머금은 신물이 맞부딪히며 찰랑찰랑 소리를 냈다.

"네가 가져가."

"그럴 수 없어."

야마가 완강히 고개를 저었다. 그린이 붉게 부푼 눈을 흘기자 그가 서둘러 변명했다.

"괜한 고집부리는 게 아니야. 신물은 너한테 필요해."

"난 신물 없이도 잘 살아."

"궐 안의 소문이 우호적으로 바뀐 건 네 실력 탓이기도 하지만 네 명혼 때문이기도 해. 신물이 네 명혼의 힘을 깨우고 있어."

야마의 말에 그린이 멈칫했다.

"신물은 선의도 악의도 없는 영기의 집합체야. 누가 사용하느냐에 따라 선한 쪽으로도 악한 쪽으로도 사용할 수 있어."

"내가 신물을 가지고 있어서 좋은 효과를 낸다는 거야?"

"왕놈이도 꽤 도움받았을걸?"

왕놈이란 무엄한 호칭에 그린이 콧잔등을 찡그렸다.

"요즘엔 악귀에 씌는 일이 거의 없으셨어. 혼자 주무시는 밤에는 여전히 괴로우신 것 같지만."

"오, 왕놈이가 혼자 잘 때도 있어?"

야마가 놀랍다는 투로 손뼉 쳤다. 그린이 엄중히 경고했다.

"입조심해라. 아직 다 풀린 거 아니다."

"명심하겠사옵니다, 숙원마마."

야마가 냉큼 꼬리를 내렸다. 그 모습이 너무 익숙해서 온몸에 힘이 빠졌다. 예전과 똑같지는 않아도 비슷하게 살아갈 순 있을 것 같다는 예감 때문이었다.

"네가 쓰러졌을 때, 머리끝까지 화가 났는데도 악귀한테 넘어가지 않더라고."

야마가 융의 모습을 회상했다. 그는 걷잡을 수 없는 분노와 두려움에 휩싸여 있었다. 인간 주제에 융은 살갗이 따끔거릴 정도도 강한 살기를 내뿜었다. 평소라면 악귀에 들려도 열 번은 들렸을 상황이었다. 그러나 붉은 악귀는 맥을 추지 못했다. 융이 지닌 대천이 모종의 역할을 한 것이 분명했다.

"세 개뿐인데도 그렇게 도움이 되는데. 다섯 개 다 모으면 얼마나 좋을까."

그린이 힘없이 말했다. 융이 힘을 보태고 있었지만, 나머지 두 개의 신물은 감감무소식이었다. 야마가 낙심한 그린을 위로했다.

"신물은 신물을 끌어당기는 것 같아. 곧 모을 수 있을 거야."

"……."

"왜 침울하고 그래? 긍정적인 것 빼면 장점도 없는 애가."

야마가 싱글거리며 그린을 놀렸다. 그린이 푹 잠긴 목소리로 물었다.

"너는 언제까지 버틸 수 있는데? 사현 씨 육체에 네 영혼을 담을 수 없다며."

야마는 어색하게 웃을 뿐 대답하지 못했다. 그린이 차마 입에 담고 싶지 않은 말을 내뱉었다.

"신물의 영기를 꾸준히 흡수해도…… 염라대왕의 힘을 되찾지 못하면 넌 소멸하잖아."

소멸이라는 단어를 발음할 때마다 그린은 몸 안의 생명이 깎여 나가는 듯했다. 소멸이 뭔지 이해할 수조차 없었다. 그저 죽음보다 더 어둡고 텅 빈 무언가를 막연히 상상할 뿐이었다. 야마가 소멸한다? 그 어디에도 존재하지 않는다? 상상만으로도 얼어붙을 것 같은 공포였다.

"웃기지 마. 오빠 그렇게 쉬운 남자 아니다."

야마가 너스레를 떨었다. 그 장난스러운 말이 왜 이렇게 아린지. 그린은 손마디가 하얗게 질리도록 치맛자락을 움켜쥐었다. 그린을 바라보는 야마의 눈빛은 침착하기만 했다.

"다섯 신물을 모아서 천기에 담으면 하늘님이 소원을 들어준다고 했었지?"

"신물의 힘을 극대화하기 위해서 천기가 필요한 거잖아. 그렇게 제례를 올리면 소원도 들어줄 수 있을 만큼 강한 영기가 모이는 거고."

"아무래도 천기가 제일 중요한 것 같아."

"으, 천기까지 찾으라는 거야? 아직 신물도 못 찾았는데?"

그린이 질겁하자 야마가 낮게 웃었다.

"괜히 겁먹을 것 없어. 내 신력을 되찾는데 제례 같은 건 필요 없으니까. 다섯 신물의 영기만으로 충분하지."

"그럼 왜?"

"그 천기라는 게 그릇이 아닌 것 같아서."

야마가 손으로 둥근 그릇 모양을 만들었다. 그린이 미간을 좁혔다.

"하늘의 그릇이란 뜻인데 그릇이 아니다?"

"신물이 반지 모양일 줄은 알았냐?"

"아."

그린이 짧게 신음했다. 천령을 찾기 전까지만 해도 그린은 신물이 방울이나 거울, 혹은 검의 형태일 거로 추측했다. 무당인 할머니와 살면서 여러 무구(巫具)를 봐 왔기 때문이었다. 그린이 팔짱을 끼며 물었다.

"갑자기 천기 이야기는 왜 꺼내? 신물 대신 천기라도 찾았니?"

"응."

야마가 간단히 대답했다. 눈을 동그랗게 뜬 그린이 숨도 쉬지 않고 물었다.

"진짜야? 정말 천기를 찾았다고? 어쩌다가 찾은 거야?"

"우연히. 생각지도 못할 만큼 가까운 곳에 있더라고."

야마가 의미심장한 어조로 말했다. 그린이 흥분해 외쳤다.

"대박! 그 천기가 어디 있는데?"

신물을 찾았다면 더 좋겠지만 천기의 발견도 못지않게 반가웠다. 악귀를 쫓는데 한 걸음 더 다가간 것 같은 기분이었다. 탈출구는 여러 개일수록 좋은 법 아닌가.

"여기."

야마의 검지가 그린의 처소를 찍었다. 그린은 제 귀를 의심했다.

"천기가 내 방에 있다고?"

야마가 방긋 웃으며 고개를 끄덕였다. 들떴던 마음이 폭삭 주저앉으면서 실없는 소릴 지껄인 야마를 때려 주고픈 욕망이 치솟았다.

"지금 장난칠 때냐?!"

그린이 어금니를 씹으며 금으로 장식된 촛대를 움켜쥐었다. 촛대를 휘두르려는 순간, 야마가 손사래를 치며 물러섰다.

"진짜야! 장난 아니라고!"

"장난이 아니면 뭐야? 천기가 왜 내 방에 있는데?"

"당연히 여기 있지. 네가 천기니까!"

야마가 다급히 외쳤다. 그린이 화를 벌컥 냈다.

"내가 왜 천기야?!"

"방금 말했잖아! 천기가 그릇 모양이 아닌 것 같다고."

"그게 이유가 된다고 생각하냐?"

그린이 붕 소리가 나도록 촛대를 휘둘렀다. 야마가 허리를 굽혀 가까스로 촛대를 피했다. 그린이 다시 촛대를 고쳐 잡자, 야마가 헐레벌떡 덧붙였다.

"네가 화악귀에 중독되었을 때 신력을 총동원해서 널 살핀 적이 있어. 그때 신물의 흐름이 달라졌다는 걸 느꼈고."

"……일단 말해 봐."

"촛대부터 내려놔! 무슨 숙원마마가 이래? 동네 양아치냐?"

야마가 질렸다는 표정으로 투덜거렸다. 그린이 야마를 노려보다가 촛대를 내려놓았다.

"흐름이 달라졌다는 건 무슨 뜻이야?"

"신물마다 영기의 기운이 달라. 똑같은 수국이라도 파란 수국도 있고, 분홍 수국도 있고, 흰 수국도 있는 것처럼."

"그런데?"

"네가 가진 천령과 명산은 마치 한 빛깔로 물들인 것처럼 똑같아졌어. 왕놈이의 대천은 그대로인데."

그게 대수로운 일이냐는 식으로 그린이 입술을 삐죽거렸다. 야마가 답답하다는 듯 가슴을 쳤다.

"귀신 초란이 기억 안 나? 네가 그랬잖아. 네 몸을 통해서 두 신물을 만나게 해 줬다고."

"……."

"그때 신물이 엄청 뜨거워지면서 갑자기 초란이 말문이 트였다며. 그게 아무나 할 수 있는 일이라고 생각하냐?"

그린이 천천히 눈을 깜빡거렸다.

"아무나…… 못 하는 건가?"

"당연하지!"

그린의 한심한 물음에 열이 올랐는지 야마가 관모까지 벗어 던졌다.

"사실 그때부터 의심했어. 네가 천기가 아닐까."

그린은 그만 됐다고, 복잡한 이야기는 듣고 싶지 않다고 말하고 싶었다. 장녹수란 이름의 사명과 명혼만으로 힘에 부쳤다. 거기에 천기까지 하라고? 정말이지 사양하고 싶었다. 하지만 하기 싫다고 하지 않아도 되는 일이 아니란 건 알고 있었다. 조선으로 떨어져 융의 손에 건져졌을 때부터.

"네 의심이 확신으로 바뀐 계기가 뭐야? 뭔가 다른 증거가 있었을 것 아니야?"

자세를 고친 그린이 물었다. 야마가 신물의 변화를 눈치챈 것은 벌써 몇 주 전이었다. 그때 그린이 천기라고 확신했다면 진작 찾아왔을 거였다. 융이 그린에게 야마를 만나 보라고 재촉한 것도 최근에서였다. 야마 쪽에서 먼저 융에게 요청하지 않았을까? 그 이유는 그린이 천기라는 확증을 잡았기 때문일 테고.

"하여간 장그린, 눈치는 더럽게 빨라요."

야마가 항복의 뜻으로 두 손을 들었다. 그린이 날카롭게 물었다.

"증거가 뭔데? 허접스러운 거면 안 참을 거다."

그린이 촛대를 빙글빙글 돌리며 협박했다. 마른 입술을 축이던 야마가 사실을 털어놓았다.

"봉천군의 서신을 몰래 읽었어."

"뭐라고? 그걸 왜 봐!"

"봉천군이 뭔가 숨기고 있으니까."

야마의 말에 그린이 입을 다물었다. 한 번도 의문을 제기한 적은 없었지만, 그린도 봉천군의 행동이 의심스러울 때가 있었다.

"명륜인가 뭔가 하는 중하고 서신을 주고받았잖아. 거기에 '천기인 명혼이 궐에 계시다.'고 적혀 있었어."

"……."

"봉천군은 처음부터 명혼이 천기라는 걸 알고 있었을 거야."

그린이 숨을 멈췄다. 처음부터라면, 설마 녹수연에서 올라왔던 그때부터? 그린의 생각을 읽기라도 한 것인지 야마가 고개를 끄덕였다.

"맞아. 그래서 신물 찾기 시작할 때 너밖에 하지 못 하는 일이라고 한 거겠지."

온몸의 털이 곤두서는 것 같았다. 봉천군의 목소리가 귓가에 왱왱거렸다.

'하늘이 내린 그릇 천기(天器)가 없으면 절대 신물을 모을 수 없습니다. 천기가 어디 있는지는 아무도 모릅니다. 어떻게 생겼는지, 무엇으로 만들어졌는지도요.'

은인이라고 생각했던 봉천군이 비밀을 감추고 있었을 줄은 몰랐다. 하지만 무엇 때문에? 봉천군의 의도를 가늠할 수가 없어서 그린은 머리를 감싸 쥐었다.

봉천군의 보살핌이 없었다면 혈혈단신 조선에 떨어진 그린은 살아남을 수 없을 거였다. 하지만 그린을 대하는 봉천군의 태도는 지나칠 정도로 깍듯했다. 명혼이 드물게 태어나는 귀한 혼이긴 하지만 그것만으로는 설명되지 않는 무엇이 있었다.

왜 자신을 살펴 주냐는 물음에 봉천군은 이렇게 대답했다.

'아씨께서는 제가 감히 마주 볼 수도 없는 귀한 분이십니다. 조선에 없어서 안 될 분이기도 하지요.'

그게 천기로써 신물을 모으고, 융을 도와주라는 뜻이었을까. 그렇다면 굳이 그린이 천기라는 사실을 숨길 필요가 없었다. 숨기지 않아도 했을 일이니까. 미궁에 빠진 그린이 신음하듯 말했다.

"왜 숨기셨을까…… 내가 천기가 아니었더라도 전하와 너를 위해 신물을 모았을 텐데."

"그 이유를 모르겠어."

"이 이야길 해 주는 건, 내가 알아야 할 이유가 있다는 거지?"

그린이 단도직입적으로 물었다. 야마가 쓴웃음을 지었다.

"왜 그렇게 생각해?"

"아나 모르나 상관없는 일이었다면 넌 계속 숨겼을 테니까."

그린의 눈망울이 밤하늘을 밝히는 별처럼 은은히 빛났다. 그린은 야마가 말을 꺼낸 목적까지 유추하고 있었다. 긴 숨을 내쉰 야마가 고개를 끄덕였다.

"맞아. 네가 천기란 사실을 인지해야 할 이유가 있어."

"그게 뭔데?"

"넌 왜 임사홍이랑 엄 귀인이 널 노렸다고 생각하냐?"

그린은 답을 내놓지 못했다. 여러 번 궁리해 봤지만, 그 이유를 찾을 수 없었기 때문이었다.

"그게 내가 천기란 것과 관련 있다는 거야?"

그린이 물음에 야마의 눈빛이 무겁게 가라앉았다.

"청이가 휘숙옹주의 뒤를 쫓아서 팔관회란 조직과 그 우두머리인 왕규란 놈을 찾아냈어."

그린이 마른침을 삼켰다. 팔관회는 다섯 신물로 올리던 고려 제례의 명칭 아니던가. 하지만 그것은 조선이 건국되기 전 이야기였다. 100여 년 전 명맥이 끊겼던 팔관회가 조직으로 남았다는 말을 그린은 이해하기 힘들었다.

"이름만 똑같은 거 아냐? 어떻게 그럴 수가 있지?"

"청이가 알아본 바에 따르면 그냥 조직이 아닌 것 같아. 명망 높은 양반들이 우글거리는 비밀결사지. 휘숙옹주나 임사홍은 물론 진성대군과 자순대비와도 관련 있는 듯하고."

치맛자락을 쥔 손에 절로 힘이 들어갔다. 어둡고 축축한 예감이 그린의 뒷덜미를 어루만졌다.

"설마 그 왕규라는 놈이……."

"귀신을 수족처럼 부리는 영감이란다."

그린이 입술을 짓깨물었다. 10년간 융을 괴롭혔던 귀자득활술의 도사. 그의 정체가 이제야 드러난 거였다. 그린과 융에게 아주 불리한 형태로.

"팔관회에 모인 양반들은 진성대군을 옹립할 모양이야. 폐비 윤씨의 아들이 언제 자신들 목을 칠지 모르는 데다가, 왕권 강화를 주창하면서 제 권력을 빼앗아 가고 있잖아."

"그 권력으로 나쁜 짓만 하니까 그렇지!"

"어쨌든 왕놈이에게 악귀를 보낸 것도, 유언비어를 퍼뜨린 것도 다 그놈들 짓일 거야. 그놈들한테 가장 위협적인 게 누구겠니?"

팔짱을 낀 야마가 물었다. 답은 하나뿐이었다.

"천기인 나겠지."

악귀에 씐 데다가 세력이 없는 임금은 부담스럽기는 해도 그리 어려운 적은 아니었다. 염라대왕인 야마가 현세에 있다는 사실을 알고 있을 확률도 낮았다.

그들의 우두머리는 귀자득활술 도사였고, 그에 대항할 수 있는 그린이 가장 위험한 존재였다. 벌써 신물을 세 개나 가지고 있고, 신물의 힘을 이용해 악귀를 쫓고 있지 않은가.

다섯 개의 신물을 모두 모으면 천기로써의 능력을 십분 발휘할 수 있었다. 물론 그린의 역할은 그에 그치지 않았다. 융과 지혜를 모아 악의적인 여론을 잠재웠고, 자순대비의 수족이었던 엄 귀인과 대신들에게 입김을 불어 넣던 임사홍을 하옥시켰다. 역사적으로 무슨 일이 벌어질지도 꿰고 있었다. 그린이 없다면 팔관회의 반정은 더욱 손쉬워질 게 뻔했다.

“그래서 날 죽이려 한 거구나.”

그린이 힘없이 중얼거렸다. 놀란 심장은 진정될 기미를 보이지 않았다. 머리도 터질 것 같았다. 오늘 너무나 많은 비밀을 알게 됐다. 듣고 싶지 않은 말도 너무 많았다.

문득 융이 보고 싶었다. 그의 너른 품에 안겨서 답답한 심정을 토로하고 싶었다. 그럴 수 있다면 바윗덩이를 삼킨 듯 괴로운 마음이 조금쯤 가벼워질 것 같았다. 보는 것만으로 눈이 환해지는 융의 미려한 얼굴을 그려 보다 그린이 고개를 저었다.

“내가 천기라는 건 전하께 비밀로 해 줘.”

“네가 그렇게 말할 줄 알았다.”

야마가 씁쓸하게 대꾸했다.

‘전하는 무엇보다 내 안전을 우선시하고 계셔. 팔관회가 날 노린다는 걸 알면 당장 군사를 일으킬지도 몰라. 적을 섬멸하기 위해서.’

아직 때가 아니었다. 팔관회와 회주인 왕규에 대해 모르는 것이 너무 많았다. 임금에게 악귀를 씌울 만큼 대담한 그들이 아닌가.

진성대군과 자순대비도 무시할 수 없었다. 섣불리 움직였다간 융만 폭군의 악명을 뒤집어쓸 수 있었다. 게다가 융은 그들의 마수에 걸려든 상태였다. 신물의 힘으로 누르고 있다고는 하나 악귀가 언제 융의 목을 조를지 몰랐다. 그 위험만큼은 피해야 했다.

"팔관회나 왕규에 대한 정보는 내가 알려 드릴게. 하지만 그들이 날 노린다는 건 당분간 숨기자."

그린이 들릴 듯 말 듯 작은 목소리로 웅얼거렸다.

"숨긴다고 숨겨질까. 왕놈이 머리 굴리는 솜씨 장난 아니라는 거 네가 더 잘 알잖아?"

"……."

"진실을 숨기는 건 위험한 일이야. 내가 그런 말 할 자격은 없지만."

야마가 자조 섞인 말을 던졌다. 그린이 시선을 아래로 떨어뜨렸다.

"영원히 숨길 마음은 없어. 그러니까 잠깐만……."

"어차피 너와 왕놈이 문제지. 내가 끼어들 이유는 없다."

그린을 바라보는 야마의 눈빛이 낯설었다. 제삼자라면서 선을 긋는 모습도 처음이었다. 벌써 염라대왕으로 돌아갈 준비를 하는 걸까. 그것이 야마의 최선이라는 걸 알면서도 더럭 겁이 나는 그린이었다.

"신물을 찾는 게 우선이야. 네 번째 신물에 관한 정보는 평안도 봉성 마을의 전설뿐이고. 심마니들을 살려 주었다는 빛나는 돌. 그걸 더 파고 들어보자."

그린이 가까스로 말을 돌렸다. 삼가현에 갔을 때처럼 봉성 마을을 몸소 둘러보고 싶은 마음이 솟구쳤다. 신물이 신물을 끌어당긴다면 직접 가는 것이 제일 좋을 텐데. 궐 안에서 쉬 움직이지 못하는 자신의 처지가 답답했다. 그린이 무슨 생각을 하는지 훤히 들여다보인다는 듯이 야마가 피식 웃었다.

"봉성 마을엔 나랑 청이가 가 볼게. 넌 궐에서 네가 할 수 있는 일을 해."

"알겠어."

"휘숙옹주를 조심해야 해."

"맡겨 줘. 그쪽은 내가 해결할게."

그린이 결의를 다지며 고개를 끄덕였다. 지금 이 순간 할 수 있는 일을 하는 것. 그것은 그린이 가장 잘하는 일이었다.

* * *

융의 특명을 받은 것으로 위장한 야마가 청이와 함께 봉성 마을로 떠났다. 그린은 인수대비 탄일 축하연 준비에 매진했다. 팔관회의 존재를 눈치챈 이상, 만반의 준비를 갖춰야만 했다.

'대왕대비 마마께서 무척 기대 중이시라는데. 공연 무사히 올렸으면 좋겠다.'

김 상궁의 전언에 따르면 인수대비는 조선판 뮤지컬 '현령님과 쌍둥이 자매'를 손꼽아 기다리고 있었다. 건강하게 무대를 즐기기 위해서 식사도 꼬박꼬박하고, 산책도 자청해서 나간다는 거였다. 매꽃도 인수대비의 기력이 많이 회복되었다며 기뻐했다.

장악원의 연습도 순항 중이었다. 그린의 걱정과 달리 정옥수는 아무 문제도 일으키지 않았다. 오히려 맏언니로서 연습을 진두지휘하고 있었다.

주연이 아닌 여악들도 한마음 한뜻으로 대본을 외우고, 춤과 노래를 익혀 갔다. 연기를 곁들이는 것도 그리 낯설지 않은 모양이었다.

'마당놀이'나 '탈놀음'과 비슷하다고 설명하니 금방 이해하고 따라왔다. 연회의 흥을 돋우는 꽃으로만 여겨졌던 여악들을 그린은 당당하게 예인으로서 대우했다. 상전의 인간적인 대우와 새로운 무대를 향한 도전 정신, 연애가중계 애호가들의 열성적인 지지까지 더해져 공연의 완성도는 하루가 다르게 높아졌다.

하루 전 거행된 예행연습을 보고 그린은 손뼉 치는 것마저 잊고 말았다. 노래를 아름다웠고, 연기는 자연스러웠으며 춤은 흐트러짐이 없었다. 특히 네 명의 주연들의 조화는 숨이 멎을 만큼 놀라웠다.

그린은 그동안 조선 예인들의 수준을 낮잡아 본 것은 아닌가 반성할 정도였다. 그린은 좋은 음식과 면포를 내려 장악원 모든 이들의 노고를 위로했다. 이대로라면 무대의 성공은 떼놓은 당상이었다.

인수대비의 탄일 축하연 당일, 지밀나인의 다급한 음성이 그린을 깨웠다.

"숙원마마, 현주연을 맡은 여악 둘이 쓰러졌다고 하옵니다!"

몸단장을 마치고 연회장으로 이동하려던 그린은 그 자리에서 얼어붙었다.

"쓰러졌다니? 그게 무슨 말이냐?"

"오전부터 갑자기 열이 오르고 온몸에 붉은 반점이 돋았다고 합니다!"

"의녀에게 보였느냐?"

"그게 역질일지도 모른다 하여……."

지밀나인이 말을 잇지 못하고 우물거렸다. 이 시대의 역질은 걸리면

운이 좋아야 살아남을 수 있는 무서운 병이었다. 별다른 치료법도 없었다. 의원도 역질 환자 곁에 가는 걸 꺼렸다.

특히 왕족이 사는 궐에서는 의녀라도 해도 함부로 역질 환자를 진찰할 수 없었다. 역질에 걸리면 헛간이나 축사 같은 열악한 환경에 격리되었다가 사망하는 경우가 대부분이었다.

'어제까지만 해도 멀쩡한 사람들이 갑자기 전염병에 걸렸다고? 말도 안 돼…… 이걸 노린 거야!'

팔관회의 정체를 알게 된 후 그린은 안전에 특히 신경 썼다. 처소 궁인들의 신상을 살펴서 의심스러운 자들은 타 전각으로 내보냈다. 하지만 장악원 여악을 노릴 줄이야. 그린이 치맛자락을 붙잡고 일어났다.

"역질일 리 없다! 의녀 매꽃을 불러라. 내가 함께 갈 것이다."

"아니 되옵니다, 마마."

딱딱하게 굳은 얼굴로 박 상궁이 막아섰다.

18장. 무거운 진실

"박 상궁, 비키시게."

그린이 엄히 말했다. 그러나 박 상궁은 물러서지 않았다. 축하연보다 그린의 건강이 더 중요한 탓이었다.

"매꽃만 보내시옵소서. 주상 전하께서도 윤허하지 않으실 것이옵니다."

박 상궁의 걱정을 모르는 바는 아니나, 그린은 주연 배우들을 포기할 수 없었다.

"대왕대비 마마께서 얼마나 이 무대를 기다리셨는지 자네도 알지 않나?"

"마마께서 직접 가셔도 달라지는 것은 없사옵니다."

박 상궁은 억양 없는 말투로 대답했다. 눈치를 보던 지밀나인이 머리를 조아렸다.

"송구하오나, 여악들은 물도 삼키지 못하는 상태이옵니다. 역질이 아니라 하더라도 몸을 움직일 순 없을 것이옵니다."

주먹을 말아 쥔 그린이 물었다.

"무슨 역을 맡은 여악이 쓰러졌다 하더냐?"

"현령 역과 쌍둥이 언니 역을 맡은 여악이라 하옵니다."

그린은 눈앞이 아득해졌다. 둘이 없으면 '현령님과 쌍둥이 자매'는 무산되고 말았다. 그린이 입술을 깨물었다.

"내 눈으로 확인하고 결정하겠다. 모두 비키거라!"

결국 박 상궁도 그린의 명에 따를 수밖에 없었다. 장악원으로 향하는 그린의 발걸음이 빨라졌다.

'이번에도 독을 쓴 건가? 무대도 무대지만, 배우들이 위험하면 어떡하지? 나 때문에 괜한 일에 휘말려서…….'

직접 공격받는 것보다 자신 때문에 주변 사람이 다치는 것을 더 견디지 못하는 그린이었다. 치료받기조차 어려운 역질로 위장시켰다는 것에 더 화가 치솟았다. 쓰러진 여악들이 격리되었다는 곳으로 향하려는데 멀리서 융과 임금의 뒤를 따르는 십수 명의 무리가 보였다. 그중엔 내금위장인 홍희수도 있었다.

"전하가 왜 납시셨지?"

그린이 물음과 동시에 박 상궁을 돌아봤다. 박 상궁은 감정이 담기지 않은 얼굴로 다소곳이 서 있을 뿐이었다. 원망을 담아 그린이 물었다.

"박 상궁, 너무한 것 아닌가?"

"마마께서 전하께 큰 꾸지람을 받기 전에 조치한 것이옵니다."

벌써 늦은 것 같은데. 그린은 가까이 다가오는 융의 냉랭한 표정을 보고 고개를 푹 숙였다.

"숙원, 예서 무얼 하는 것이오?"

융이 몸서리쳐질 만큼 매서운 말투로 물었다. 보는 눈이 있어서 최소한의 예의는 지켜 주고 있지만, 눈동자를 마주 보기 어려울 정도로 화가 나 있었다. 그린이 융의 시선을 피하며 변명했다.

"소첩은 축하연 준비를 마치기 위해……."

"괜한 말 마시오. 여악 둘이 쓰러졌다는 전갈을 받은 참이니."

"하오나 대왕대비 마마께서 무대를 기다리고 계시옵니다."

"어의에게 여악들을 돌보게 할 테니 숙원은 처소로 돌아가시오. 아니, 과인이 함께 가겠소."

몰래 내빼는 것을 용서하지 않겠다는 투로 융이 읊조렸다. 융의 감시가 붙은 이상 그린은 달리 방법이 없었다. 더 혼나기 전에 후퇴하는 수밖에는. 그린이 애써 웃음 지으며 뒷걸음질 쳤다.

"아니옵니다. 소첩 혼자서 돌아갈 수 있사옵니다."

"긴히 할 말이 있으니 얌전히 따라오시오."

그린의 말을 들을 생각도 하지 않고 융이 먼저 앞서 나가기 시작했다. 모든 걸 체념한 그린이 한숨을 쉬었다. 특별 무대는 올리지도 못하고 막을 내렸고, 그린은 경거망동을 이유로 종일 꾸중을 들을 게 뻔했다. 그린의 처소에 들자마자 융은 정좌하고 앉아 손을 까딱거렸다. 그린이 냉큼 그 앞에 무릎을 꿇었다. 억울하지만 일단은 빌어야 할 상황이었다.

"제가 일부러 그런 건 아니고요, 전하. 역질이 아니라는 확신은 있었고, 또……."

"시끄럽다."

융이 그린의 말을 잘랐다. 그린을 내려다보는 그의 눈빛은 차갑기가 시베리아 벌판 못지않았다. 그린이 마른침을 겨우 삼켰다.

"팔관회와 귀자득활술 도사가 널 노리고 있거늘, 어딜 함부로 싸돌아다니는 것이냐!"

"……."

"네가 신물을 담을 수 있는 천기 아니더냐?"

융이 일갈했다. 그린이 놀라 눈을 크게 떴다.

"그걸 전하께서 어떻게 아세요?"

"야마란 놈이 알려 주었다. 정4품 장령으로 올려 주는 대가로."

"그 배신자!"

쓰디쓴 배신감을 느끼며 그린이 팔을 버둥거렸다. 야마가 승진을 대가로 자신을 팔아먹을 줄은 꿈에도 몰랐다.

'야마 이 나쁜 놈아! 끼어들 문제 아니라며? 쿨한 척은 혼자 다 하더니. 승진이 그렇게 좋냐!'

이 모습을 야마가 보았다면 쌤통이라며 혀를 날름거릴 것 같았다. 네 안전을 위해서 어쩔 수 없었다고 핑계를 대면서. 생각하면 할수록 괘씸했지만, 지금은 융을 진정시키는 것이 먼저였다.

"전하, 사실은 그게……."

"오냐오냐해 주었더니 아주 버릇이 나빠졌구나. 감히 임금이자 부군인 날 속이려 들다니."

융이 주먹으로 좌탁을 툭툭 쳤다. 얼마나 주먹을 세게 쥐고 있는지 손등에 핏줄이 불거져 있었다. 그린은 어깨를 움츠리고 식은땀을 흘렸다. 입이 열 개라도 할 말이 없는 난처한 상황이었다.

"잘못했습니다."

주눅 든 그린이 사과했다. 융의 엄한 표정은 조금도 달라지지 않았다.

"당연히 잘못하였지."

"속일 생각은 없었어요. 곧 말씀드리려고 했고요."

"누가 네 멋대로 결정하라고 하였느냐. 그 정도로 날 믿지 못하는 것이냐?"

융의 물음에 그린이 손사래를 쳤다.

"그럴 리가요! 제가 전하를 믿지 않으면 누굴 믿겠어요?"

"그런데 아마 놈도 아는 걸 내게 숨겼다, 라."

융이 입꼬리를 비틀어 올렸다. 그린은 손짓 발짓 섞어 가며 설명했다.

"축하연 끝나고 말씀드리려고 했죠! 오늘이 대왕대비 마마 생신이잖아요?"

"돌림병에 걸렸을지 모를 여악들을 찾아갈 때도 내 허락을 받지 않았지."

"오랫동안 정말 열심히 준비해 온 무대였는데. 대왕대비 마마도 저도 엄청 기대했는데 끝장났어요."

그린이 어깨를 축 늘어뜨렸다. 실망할 인수대비와 여악들을 생각하면 고개를 들기 힘들었다. 자신을 믿고 축하연 준비를 맡겨 준 중전에게도 미안했다.

"낙심한 척해도 소용없다. 이 죄는 꼭 물을 테니까."

융이 눈을 가늘게 떴다. 모든 걸 체념한 그린이 낙담한 어조로 중얼거렸다.

"뜻대로 하시옵소서. 축하연을 망친 죄도 물으셔야 할 거예요. 곧 궐 안팎에서 절 지탄하는 소리가 들려올 테니까요."

"축하연을 망치지 않으면 되질 않으냐?"

융의 담담한 말에 그린이 이마를 찌푸렸다.

"주연 두 명이 쓰러졌어요. 가장 중요한 특별 무대를 올리지도 못한다고요!"

"아직 시작도 안 한 무대를 왜 망쳤다고 단언하느냐?"

"제 말 못 들으셨어요? 주연이 없다니까요? 대역도 없고요!"

답답하다는 듯 그린이 제 가슴을 쳤다. 융이 피식 웃으며 말했다.

"네가 있질 않으냐."

"네엣?"

"대본을 쓰고 노랫말을 붙인 게 너 아니냐. 현령과 쌍둥이 자매를 직접 보기도 했고."

융의 말에 그린이 기함했다. 눈을 동그랗게 뜬 그린이 물었다.

"저보고 무대에 오르라고요? 아, 그전에 현령과 쌍둥이 자매 대본을 보셨어요?"

융이 코웃음 치며 오만하게 대꾸했다.

"영영 숨길 수 있을 줄 알았느냐? 네가 아무리 머리를 굴려도 내 손바닥 위이니라."

그린이 신음했다. 융은 모든 걸 알고 있었다. 그린이 제 이야기를 각색해 소설로 엮은 것도, 그걸 바탕으로 공연을 준비한 것도.

"이야기 속 현령은 최익서라기보단 과인 같더구나. 숨 막힐 정도로 미려한 용모에 큰 키. 신궁의 솜씨로 활을 잡은 그 모습은 마치 군신처럼 늠름……."

"제가 잘못했어요, 제발 그만 하세요!"

융이 연애가중계 속 문장을 읊자 그린이 그 말을 잘랐다. 그린의 얼굴은 익힌 고구마처럼 새빨개졌다. 그 표현을 당사자에게 직접 듣게 될 줄은 몰랐다. 그게 이렇게 부끄러운 일일 줄 더더욱 몰랐고.

"왜 그러느냐? 인상적인 문장이 아주 많거늘."

"으아…… 전하, 제발요!"

그린이 쩔쩔매며 융에게 매달렸다. 그는 재미난 장난감을 발견한 아이처럼 눈동자를 빛냈다.

"흐음. 네게 아주 적당한 벌을 발견한 것 같구나. 앞으로 잘못을 할 때마다 네 작품을 빠짐없이 낭독해 주겠다."

융의 선언에 그린이 좌절했다. 상상만으로 심장이 쪼그라들 만큼 무서운 벌이었다. 융이 일어나 그린에게 손을 내밀었다.

"일단은 탄일 축하연을 잘 마치자꾸나."

"정말 제가 해도 될까요? 왕실 체통에 누를 끼칠까 염려돼요."

"모두 대왕대비 마마를 위한 일 아니더냐? 효심 때문이라고 하면 욕할 수 없을 것이다."

조선은 효를 무엇보다 중요시하는 나라였다. 효심을 명분으로 내세운다면 손가락질을 피할 수도 있었다. 솔깃해하는 그린에게 융이 말했다.

"너도 직접 무대에 서고 싶을 테지. 무대에 서겠다는 일념으로 왕명도 거절하지 않았느냐."

입궐을 거절했던 그린이 아직도 괘씸한 것인지 융이 미간을 모았다. 하지만 그가 그린이 재능을 발휘할 수 있도록 신경 써 주고 있다는 걸 잘 알고 있었다.

'나도 함께 공연하고 싶어. 무대를 망치고 싶지 않아.'

새로운 희망으로 그린의 가슴이 부풀었다. 하지만 그린이 쌍둥이 언니 역할을 한다고 해도 한 명의 배우가 더 필요했다. 연애가중계를 읽은 사람이라면 누구라도 기대하고 있는 남자 주인공. 현령 역할에 너무나도 잘 맞아떨어지는 융을 향해서 그린이 간절히 두 손을 모았다.

"전하의 효심도 보여 주세요!"

* * *

뮤지컬 지망생 시절 그린은 만약을 위해 모든 배역의 대사를 외우곤 했다. 동선과 춤, 노래도 빠짐없이 머릿속에 담아 두었다. 언제 무대공포증이 고쳐질 줄 모르고, 언제 기회가 생길 줄 몰랐으니까. 뮤지컬 배우가 되기 위한 연습이라고 생각하면 고된 연습도 힘들지 않았다.

그런 그린이 쌍둥이 언니 역할을 맡는 건 손쉬운 일이었다. 정옥수가 맡은 쌍둥이 동생 역이 가장 비중이 컸고 '말 못 하는 귀신' 설정인 쌍둥이 언니의 비중이 적었기 때문이었다. 문제는 현령이었다. 융은 현령 배역을 맡아 달라는 부탁을 일언지하에 거절했다. 연기나 노래하지 않아도 되니까 가만히 서 있다가 화살만 쏴 달라고 해도 소용없었다.

"넌 대체 군주를 뭐라 생각하는 것이냐?"

융이 싸늘하게 일갈했다. 겨우 살아난 희망의 불씨는 다시 사그라들었다. 장악원 여악들과 악공들의 실망은 누구보다 컸다. 인수대비에게는 무대가 무산되었다는 소식을 차마 전할 수 없었다. 그 문제를 해결해 준 사람은 다른 누구도 아닌 정옥수였다.

"소인이 현령 역을 맡겠사옵니다. 마마께서는 저 대신 쌍둥이 동생 역을 맡아 주시옵소서."

정옥수의 제안에 모두가 깜짝 놀랐다. 가장 돋보일 수 있는 역할을 버리고 낯선 역을 맡는다는 건 아무나 할 수 없는 희생이었다. 의심을 품은 채로 그린이 물었다.

"그게 가능하겠는가?"

"소인은 모든 배역의 대사를 외우고 있사옵니다. 쌍둥이 언니 역에 대역을 세우면 소인이 무대 아래에서 대사를 읊겠나이다. 귀신이니 머리를 풀어 얼굴을 가리면 되겠지요."

그럴 수만 있다면 주연 두 명의 공백을 메울 수 있었다. 여악들이 기대에 찬 눈으로 그린을 바라봤다.

'정옥수에게 다른 꿍꿍이가 있으면 어쩌지? 무대 위에서 무슨 짓을 할지 몰라.'

정옥수가 저질렀던 짓을 생각하면 그린은 도무지 그녀를 믿을 수가 없었다. 무슨 생각으로 입궐했는지도 모르는 상태였다. 만약 정옥수도 팔관회 회원이라면, 더 큰 문제였다. 그린의 표정을 읽은 정옥수가 담담히 입을 열었다.

"소인이 몽화당의 기녀였을 때 기녀 경연에 참여한 적이 있사옵니다."

"……."

"장원으로 뽑히기 위해 못된 짓도 마다치 않았습니다. 장원이 되면 거상의 첩이 될 줄 알았으니까요."

정옥수의 침착한 목소리에 그린도 귀를 기울였다. 떠올리기 싫은 기억을 끄집어내는 것인지 그녀의 얼굴이 일그러졌다.

"그러다 우연히 거상의 대화를 듣게 되었사옵니다. 어떤 미친놈이 서른 넘은 퇴기를 첩으로 들이겠냐고 하더군요."

"미친!"

그린이 자기도 모르게 소리를 높였다. 정옥수와 여악들이 놀라 그린을 바라봤다. 박 상궁은 이런 일이 벌어질지 알았다는 듯 한숨을 내쉬었다.

"흠흠. 계속하게. 내 잠시 흥분하였군."

그린이 뒤늦게 점잖은 체했지만 소용없었다.

"이용만 하고 절 버릴 셈이었더군요. 천한 기녀 따위가 별수 있겠냐며, 시끄럽게 굴면 죽이겠다고도 했사옵니다."

정옥수의 낯빛이 창백해졌다. 그린도 입술을 깨물었다. 이을 호의 기름진 얼굴이 떠올라 더욱 화가 치밀었다.

"천인공노할 놈!"

"기녀는 사람도 아닌 줄 아나 보지? 천하의 나쁜 놈."

기녀 출신인 여악들이 한목소리로 이을호를 비난했다. 그녀들도 비슷한 무시와 모욕을 당하고 살아왔다. 정옥수의 경험은 그녀 혼자만의 것이 아니었다. 조선의 기녀는 예인으로 대접받지 못했다. 누구나 희롱할 수 있는 길가의 꽃이었고, 시들면 버려지는 잡초보다 못한 존재였다. 자신의 처지를 실감한 정옥수도 그래서 마음을 바꿔 먹은 모양이었다.

"그 이후로 소인은 예인으로만 살기로 했사옵니다. 장악원에 온 것도 그 때문이지요."

그린은 순순히 패배를 인정하던 정옥수의 마지막 모습을 떠올렸다. 짙은 화장을 지우고, 장악원에서 기예를 뽐내는 정옥수의 새 얼굴을 다시 바라봤다. 남자를 홀리던 요사스러운 매력 대신 예인으로서의 자신감이 흘러나왔다. 그녀를 의심하는 건 그녀의 각오를 의심하는 것이나 마찬가지였다.

그린이 정옥수의 어깨를 두드리며 위로했다.

"참으로 잘하였네. 자네를 이용했던 사내는 평생 편히 발 뻗고 잘 수 없을 것이야. 내 장담하지."

"망극하옵니다, 숙원마마."

"자네의 뜻대로 내가 쌍둥이 동생 역을 맡겠네. 현령 역을 부탁함세. 자세의 실력이라면 훌륭한 무대를 만들 수 있을 걸세."

"명 받잡겠사옵니다."

정옥수를 비롯한 여악들이 그린에게 머리를 조아렸다. 그린은 각본가나 연출자가 아닌 주연배우로서 무대를 기다렸다. 예행연습에서 봤던 정옥수 연기와 춤이 눈앞을 아른거렸다. 그 모습을 하나하나 가슴에 새겼다.

'정옥수만큼은 못하겠지만 동료들에게 폐 끼치진 않을 거야.'

신분은 달라도 한 무대에 서는 이상 동료라고 그린은 생각했다. 한국에서 이루지 못했던 뮤지컬 배우의 꿈을 이루게 되었다는 설렘과 긴장감이 그린의 심장을 간지럽혔다.

* * *

가장 상석에 융이 앉고, 양옆으로 인수대비와 중전의 자리가 마련되었다. 자순대비와 정 귀인, 진성대군과 휘숙옹주도 만조백관과 함께 축하연에 참석했다.

축하연은 태평무와 북춤으로 시작되었다. 그 이후엔 인수대비에게 술과 선물을 올리는 시간을 가졌다. 인수대비는 근래 들어 가장 밝은 표정이었다. 그린이 연애가중계 2권을 진상했을 때는 그린의 두 손을 잡고 눈물을 글썽거렸다.

"2권을 이토록 빨리 만들다니! 이 늙은이를 챙겨 줘서 고맙네, 숙원."
예상 밖의 뜨거운 반응에 그린은 얼떨떨했다.
'1권 후기를 부탁드렸을 때는 심드렁하셨는데. 그동안 많이 힘드셨나 보다. 사소한 것에도 기뻐하시고.'
그린은 인수대비가 연애가중계 애호가란 사실을 전혀 모르고 있었다. 그린이 보낸 나인들이 인수대비 앞에서 가장 자주 낭독하는 책도 연애가중계였다. 인수대비가 함구할 것을 명했기에 그린은 모르는 사실이었다. 크게 기뻐하는 것도 인수대비의 배려라고 생각하며 그린이 고개를 숙였다.
"마마께서 흡족해하시니 소첩이 더 기쁘옵니다."
"숙원이 직접 공연을 준비하였다지? 아픈 여악 대신 소리를 들려주고?"
"부족한 솜씨입니다만, 마마를 위해 성심을 다할 것이옵니다."
그린이 고운 미소로 대답했다. 그 말을 듣고 있던 자순대비가 난처하다는 듯 손으로 입을 가렸다.
"망측해라. 어찌 한 나라의 후궁이 창기처럼 소리를 한단 말인가. 근본은 바꾸지 못하는 법이라더니."
그린을 깎아내리는 말에 인수대비가 안색을 바꾸었다. 자순대비를 내려다보던 인수대비가 느닷없이 물었다.
"대비는 이 늙은이가 하루빨리 죽길 바라는 것입니까?"
"마마! 어찌 그런 망극한 말씀을 하시옵니까?"
당황한 자순대비의 목소리가 떨렸다. 며느리를 향하는 인수대비의 눈빛은 더욱 차가워졌다.
"병석에 누워 있던 날 일으켜 세운 것이 이 축하연입니다. 숙원이 아니었다면 이 자리에 있지도 못했을 거란 뜻이지요."

"소첩은 그저 숙원이 비천한 출신 탓에 왕실 법도를 모르는 것 같아서……."

"병든 할미를 위해 용기를 낸 숙원을 칭찬하지는 못할망정 비천하다고 헐뜯다니! 대비의 효심이 의심스럽구려!"

인수대비가 본모습을 드러내며 호령했다. 시어머니의 추상같은 기세에 눌린 자순대비가 황급히 사죄했다.

"고정하시옵소서, 마마. 소첩이 큰 잘못을 하였습니다."

"그럴 리는 없겠지만, 이 일로 숙원을 비방하는 소리가 나온다면 나에 대한 비방으로 들을 겁니다. 그러니 입을 조심하세요!"

인수대비가 종친들과 신료들을 훑어보며 말했다. 인수대비의 일침에 많은 이들이 헛기침하며 시선을 돌렸다. 과연 역사를 풍미한 여장부다운 중압감이었다.

'대왕대비 마마가 짱이야! 완전히 내 편이 되어 주시기로 했나 봐!'

감격한 그린이 두 손을 모았다. 융도 그린 편을 들어주는 인수대비가 고마운 모양이었다. 그의 무표정한 얼굴에서 그린은 은은한 기쁨을 읽을 수 있었다.

"마마, 이제 준비하셔야 하옵니다."

박 상궁의 부름에 그린이 일어났다. 인수대비가 응원의 미소를 보냈다. 중전도 힘을 북돋아 줬다.

"숙원, 잘 하시게."

"기대에 부응하겠사옵니다, 마마."

상기된 그린의 얼굴을 보면서 융이 지나가는 말투로 가볍게 말했다.

"실수해도 상관없으니 긴장하지 말고."

할 말은 많지만 보는 눈이 많아 참는 듯했다. 그린은 융의 한마디에서 어떤 응원보다 뜨거운 용기를 얻었다.

'하나도 떨리지 않아요. 전하께서 지켜보고 계시잖아요.'

그린은 융에게 제 노래를 들려주고 싶어서 무대공포증도 잊었던 순간을 되새겼다. 보송보송한 이불에 싸인 것 같던 편안함과 든든히 차려먹은 아침밥처럼 그린을 꽉 채우던 자신감이 되살아났다. 그린은 한결 가벼운 마음으로 당의를 벗고 삼회장저고리로 갈아입었다. 무거운 가체를 벗고 한적한 고을의 아낙네처럼 머리를 쪽 지었다.

구슬픈 아쟁 소리와 함께 '현령님과 쌍둥이 자매'의 막이 올랐다. 초혜는 현령의 아내가 아니라 애첩이었지만 극중 쌍둥이 동생은 현령의 본부인이었다. 하지만 그녀가 언니에게 받은 가락지 때문에 도둑으로 몰린 것이나, 그녀를 구하기 위해 현령이 나서는 부분은 똑같았다. 도둑이 아내의 복수를 위해서 처제인 그녀를 납치하는 것도 마찬가지였다. 죽은 언니의 남편인 도둑과 대치하는 상황에서 그린이 대사를 외웠다.

"소첩 때문에 서방님을 위험하게 할 수는 없습니다! 인질이 될 바엔 이 자리에서 자결하겠나이다!"

그린이 은장도를 꺼내 들자, 관객석에서 장탄식이 들려왔다. 도둑을 욕하는 낮은 소리도 들렸다. 기녀 경연 때처럼 왁자지껄하지는 않았지만, 왕족과 고관대작들도 무대에 몰입한 모양이었다.

"저걸 어째. 죽으면 아니 되는 것을!"

특히 인수대비는 비단 손수건을 손에 쥐고 안절부절못했다. 공연이 아니라 실제 상황을 지켜보는 듯 감정이입을 하고 있었다. 융도 눈 한 번 깜빡하지 않고 그린을 지켜보고 있었다. 다른 배우들이 무대 중앙에서 열연할 때도 그린에게서 시선을 떼지 않았다. 내색은 안 했지만, 그도 그린의 연기를 무척 기다렸던 모양이었다. 그린의 은장도가 횃불을 받아 번쩍일 때 우렁찬 목소리가 울렸다.

"한 놈도 빼놓지 않고 모조리 추포하라!"

현령 복장을 한 정옥수가 활을 들고 무대 위로 뛰어들었다. 매혹적인 눈웃음으로 사내를 홀리던 정옥수는 이 자리에 없었다. 남장이라는 것을 알면서도 정옥수의 위풍당당한 모습은 여인들의 심장을 뛰게 했다.

궁녀들도 하던 일을 멈추고 정옥수를 바라보았다. 그녀들의 볼은 잘 익은 홍시처럼 발그레 달아올라 있었다.

"서방님!"

그린도 도적 산채에서 융을 만났을 때처럼 정옥수의 품에 안겼다. 그때의 기억이 새록새록 떠올라서 연기에 더욱 힘이 실렸다.

"서방님 여기까지 어인 일이시옵니까?"

"너무 늦어서 미안하오."

"왜 소첩을 내치지 않으셨사옵니까?"

"내가 왜 평생의 보물을 내치겠는가. 부족한 지아비지만 앞으로도 쭉 내 곁에 있어 주게."

현령의 대사에 여인들이 달뜬 신음을 흘렸다. 연기하면서도 그린은 아쉬움을 감추지 못했다.

'이 부분에서 전하가 화살 한 촉만 쏴 주셨더라도 훨씬 멋졌을 텐데.'

원래 현령은 신궁이라는 설정이었다. 특히 아내를 구하기 위해 도적들에게 화살을 쏘는 장면은 이야기의 백미였다. 하지만 융 정도의 실력자가 아닌 이상 무대 위에서 진짜 화살을 쏠 수는 없었다. 그린은 눈물을 머금고 화살 연출을 포기했다. 현령이 도적 떼를 소탕하고, 말 못하던 쌍둥이 언니 귀신이 비밀을 털어놓으면서 공연은 절정으로 치달았다.

"미안하구나, 동생아. 그날 널 찾아가지만 않았더라면 이런 일은 벌어지지 않았을 텐데."

정옥수는 복화술에 가까운 놀라운 솜씨로 쌍둥이 언니 역을 소화해 냈다. 사랑하는 서방님과 아우를 위해서 제 생명을 희생한 언니의 사연이 밝혀지자, 몇몇 관중들이 눈가를 훔쳤다.

연애가중계를 읽은 궁녀들도 예외는 아니었다. 그린은 공연의 성공을 예감했다. 마지막 노래를 부르기 위해서 그린이 걸음을 옮길 때, 무대를 밝히는 횃불 뒤에서 낯선 그림자가 보였다.

'그림자가 생겨서 횃불 쪽으로는 이동하지 말라고 했는데…… 누구지?'

짧은 의문이 스치고 지나갔다. 하지만 그린에겐 딴 데 신경을 팔 여유가 없었다. 쌍둥이 언니가 성불하고, 현령과 사랑의 맹세를 하는 장면이었다. 정옥수가 그린에게 손을 내밀었다. 그린이 그녀의 손을 잡고 개사한 산조를 시작하려는 순간, 쾅 소리와 함께 그린 쪽으로 횃불이 넘어졌다.

"불이야!"

날카로운 비명이 울렸다. 그린이 가까스로 횃불을 피했다. 매캐한 연기와 함께 기름 냄새가 코끝을 스쳤다. 불길이 무서운 속도로 번져 갔다.

"마마를 지켜라!"

"마마! 옥체 보존하시옵소서!"

여악들은 그린이 다치지 않도록 에워쌌다. 그린은 반사적으로 횃불 뒤에 어른거리던 낯선 그림자를 찾았다.

'목표는 내가 아니야. 횃불은 눈속임이야!'

주연 배우들을 쓰러뜨리며 축하연을 망치려고 한 자들이었다. 그린을 죽이려고 했다면 화제가 아닌 더 확실한 방법을 썼을 거였다. 그린이 자신을 보호하는 여악들을 떠밀었다.

"자네들도 어서 피하게!"

"마마부터 피하시옵소서!"

"내 명을 따르래도! 코와 입을 가리고 몸을 숙여야 하네!"

그린의 시범을 보이자 여악들이 옷깃으로 호흡기를 가렸다. 내관과 내금위들이 불을 끄기 위해 달려왔다. 모두가 불에 정신을 팔려 있을 즈음 그린은 적의 진짜 의도를 찾기 위해 눈을 부릅떴다.

그때 어둠 속에서 활의 시위를 당기는 누군가를 발견했다. 괴한의 화살은 인수대비를 노리고 있었다. 생각할 겨를도 없이 그린이 제 몸을 던졌다. 그린을 발견한 괴한이 화살의 방향을 바꾸었다. 그린은 자신의 심장을 노리는 화살 앞에서 얼어붙고 말았다. 시간이 멈춘 것 같았다. 경고음처럼 '죽는다'라는 한마디가 머릿속을 맴돌았다. 도망치고 싶은데 움직일 수 없었다.

그때 바람을 가르며 화살이 날아왔다. 그린을 향해서가 아니라 괴한을 향해서.

"크악!"

정체불명의 화살은 그린을 겨누고 있던 괴한의 손에 정확히 박혔다. 그린이 놀라 고개를 들었다. 궁궐 가장 높은 곳에서 무대를 지켜보던 융이 활을 들고 있었다. 위풍당당한 기세로 그가 두 번째 화살을 쏘았다. 화살은 괴한의 가슴을 꿰뚫었다.

"으헉!"

"전하!"

괴한의 단말마와 그린의 외침이 동시에 울렸다. 기다렸다는 듯이 홍희수가 그린 머리 위로 장옷을 씌웠다. 그린의 위험을 목전에서 지켜본 홍희수는 파랗게 질려 있었다.

"숙원마마! 무탈하시옵니까?"

"희수 아저씨!"

"일단 피하셔야 하옵니다. 불길이 쉬 잡히지 않고 있습니다!"

홍희수가 그린에게 불똥이 튀지 않도록 감쌌다. 불길은 그린이 공들여 만든 무대를 태우고 있었다. 그동안의 노력도 함께 불타는 듯했다. 인수대비와 중전은 내관들의 호위를 받으며 자리를 떴다. 신료들도 헐레벌떡 도망쳤다.

바닥을 나뒹구는 음식과 짓밟힌 꽃 장식. 충격에 빠진 이들의 괴로운 신음이 연회장을 가득 채우고 있었다. 성공인 줄만 알았던 축하연은 불꽃과 함께 한 줌의 재로 뒤바뀌고 말았다.

'괜찮아. 대왕대비 마마께서 무사하시니까…….'

그린은 검댕이 묻은 손으로 눈가를 문질렀다. 첫눈처럼 희던 그린의 얼굴이 그을음으로 더럽혀졌다. 매운 연기 탓에 눈물이 쏟아질 것 같았다.

"그린아, 무사한 것이냐?"

화살을 든 채로 융이 다가왔다. 두려움과 허탈함이 동시에 밀려왔다. 그가 구해 주지 않았다면 피를 흘리며 쓰러진 것은 괴한이 아니라 그린이었을 거였다.

그린은 쓰러지듯 융의 품에 안겼다.

"전하……."

그린이 가녀린 어깨가 파르르 떨렸다. 그 마음을 다 안다는 듯 그가 그린의 등을 쓰다듬었다.

"장하다. 잘해 주었다."

듣기 좋은 낮은 음성이 그린을 감쌌다. 맨몸으로 활을 든 괴한 앞으로 뛰어들었다고 혼이 날 줄 알았는데. 그린이 미심쩍다는 투로 물었다.

"전하, 화 안 내세요?"

"왜 화를 내겠느냐. 네가 아니었다면 대왕대비께서 위험하셨을 것이다."

"항상 제 안전을 우선시하라고 하셨잖아요."

어리둥절해하는 그린에게 융이 쓴웃음을 지었다.

"겁도 없이 나돌아 다니는 네게 어찌 안전을 맡기겠느냐. 너는 내가 지키고 있었다."

"전하께서요?"

"언제든 널 지킬 거라고 약조하지 않았느냐."

융이 흔들림 없이 곧은 눈동자로 그린을 바라봤다. 그의 손에는 괴한을 쓰러뜨린 활이 들려 있었다. 철통같은 보안을 명하고도 만약을 대비해 손수 그린을 지키고 있었던 거였다. 대사례(大射禮 임금이 성균관에서 활을 쏘던 의식)도 아니고, 사냥터도 아닌데 임금이 활을 소지하다니. 신료들이 보았다면 임금의 체통에 맞지 않는다며 트집을 잡았을 게 분명했다.

"아직 수련이 부족한 모양이다. 대왕대비 마마를 노리는 놈을 보지 못하다니."

융이 씁쓸한 어조로 읊조렸다. 괴한을 먼저 발견하지 못해서 화가 나는 듯했다. 그린에게 온통 신경이 쏠려 있어서 그런 것뿐임에도. 융은 가장 위험한 순간에, 단 두 발의 화살로 그린을 구했다. 홍희수를 먼저 보낸 것도 어디서 튀어나올지 모르는 사수를 견제하기 위해서였다.

그린이 무대로 향하는 순간부터 융은 사랑하는 여인을 지키기 위해 만반의 준비를 하고 있었다.

'날 지키느라 뚫어지라 쳐다보셨던 거구나. 그런 줄도 모르고 내 연기에 빠져드신 줄 알았네.'

그린이 고소를 지었다. 왠지 융은 '현령과 쌍둥이 자매'의 줄거리도 모를 것 같았다. 공연을 즐기는 것보다 그린을 지키는 것이 더 중요했을 테니까. 그렇게 생각하니 절로 웃음이 났다. 그을음이 묻은 그린의 얼굴에 봄꽃보다 향기로운 미소가 번졌다.

"전하가 아니었다면 전 죽었을 거예요."

그린을 품에 안고서 융이 고개를 저었다.

"너는 내 허락 없이 죽을 수 없다."

"무슨 일이 있어도요?"

"물론이다. 영원히 행복하게 살아라. 어디까지나 내 곁에서."

한 점의 웃음기도 없이 그가 진지하게 말했다. 고집스럽기까지 한 그 말에 그린이 다시 웃었다.

"어명 받잡겠나이다."

* * *

불꽃과 함께 축하연이 끝난 뒤 궐은 그린과 융에 대한 소문으로 들썩였다.

"그 얘기 들었니? 숙원마마가 대왕대비 마마를 구했대!"

"은장도 하나 들고 열 명이나 되는 자객들 앞을 막아서셨단다!"

"숙원마마의 미모에 자객들이 넋을 잃었을 때, 전하께서 화살을 쏘셨다는 거야!"

극적인 상황과 그린에 대한 호감, 공연의 여운까지 더해져 소문은 점점 더 부풀려졌다.

"축하연에 있었던 내 동무가 그러는데 전하께서 하늘이 내린 신궁이시라더라. 백발백중 못 맞추는 게 없으시대."

"숙원마마를 노리는 자객의 열 손가락을 하나씩 다 맞추셨다면서?"

"연예가중계 속 현령님이랑 너무 비슷하지 않으시니? 큰 키에, 미려한 용모, 활 솜씨마저 똑같으시잖아!"

융과 함께 대왕대비 전을 향하던 그린이 나인들의 대화를 듣고 큭큭 웃었다.

"좋으시겠어요, 전하. 하늘이 내린 신궁이시라서."

그린의 말에 융이 미간을 찌푸렸다.

"놀리는 말로밖에 들리지 않는구나."

"전하의 무용을 칭송하는 궁녀들이 얼마나 많은데요?"

"이게 다 네가 만든 이상한 책 때문 아니냐?"

융이 눈을 가늘게 뜨고 잠시 그린을 노려봤다.

"이상한 책이라니요? 대왕대비 마마께서도 무척 좋아하신대요."

그린이 흥겹게 말했다. 사실 그린은 인수대비가 연애가중계를 탐탁지 않아 한다고 믿고 있었다.

'대왕대비 마마께서는 누구보다 손꼽아 2권을 기다리셨사옵니다. 마

마 앞에서는 체통을 지키시느라 내색 못 하셨던 것이옵니다.'

김 상궁 덕에 그린은 오해를 풀 수 있었다. 골치 아픈 내훈의 저술가인 인수대비가 그린이 쓴 연애담 애호가였다니. 인수대비의 반전 취향이 어쩐지 귀엽게 느껴지는 그린이었다. 융의 취향은 조금도 만족시켜 주지 못했지만 말이다.

"다들 좋아하는 이유를 도무지 모르겠구나."

"남자 주인공이 멋진 탓이죠!"

그린의 말에 융의 표정이 차갑게 굳었다.

"훈민정음 장려에 이바지하지 않았으면 모조리 회수했을 것이다."

그린은 융 앞에서 연애가중계 이야기를 꺼내지 말아야겠다고 다짐했다. 임금 몰래 10권까지 만들려면 고생스럽겠지만.

"대왕대비 마마께선 왜 우리를 부르셨을까요?"

축하연에서의 화재와 암살 시도 때문에 인수대비는 며칠 요양을 해야 했다. 기력을 되찾자마자 인수대비는 그린과 융을 불렀다. 그린이라면 몰라도 융을 직접 호출한 일은 거의 없었기에 의구심이 들었다.

"자객이 임사홍을 공격했던 의금부 관원이란 소식을 들으셨겠지."

"이번에도 팔관회의 짓이라는 거죠?"

"여악들도 역질에 걸린 게 아니라 중독되었다는구나."

융이 침통하게 말했다. 융의 쏜 화살을 맞고 자객이 죽어 버린 통에 배후를 밝혀내는 일이 쉽지 않았다. 여악들도 생명에 지장은 없으나 아직 의식을 되찾지 못하고 있다고 했다.

"팔관회란 심증은 있지만, 물증이 없네요."

"위험하고 주도면밀한 자들이다."

융의 목소리가 낮게 깔렸다. 그린은 청이와 야마가 네 번째 신물에 대한 좋은 소식을 가져다주길 바랄 뿐이었다.

"찾아계셨사옵니까, 마마."

그린과 융이 인수대비에게 절했다. 인수대비는 이부자리에 기대 누워 두 사람을 맞이했다. 겨우 건강을 되찾던 와중에 벌어진 일이라 그린은 안타까움을 금치 못했다.

"와 주셔서 고맙습니다, 주상. 숙원, 고맙네."

"소손을 부르신 연유가 무엇이시옵니까."

융이 단도직입적으로 물었다.

'아무리 밉다지만 할머니가 아프신데 안부도 묻지 않고.'

그린이 원망을 담아 그를 바라봤다. 융은 그린의 시선을 본체만체했다. 오히려 인수대비가 융의 역성을 들었다.

"주상의 시간을 오래 빼앗지는 않을 테니 걱정하지 마십시오."

"마마."

"비록 불미스러운 사건이 벌어지긴 했지만, 숙원의 공연을 보고 깨우친 바가 많습니다."

그날의 공연을 회상하는 듯 인수대비의 눈이 아련해졌다.

'깨우치시다니? 그냥 러브스토리였을 뿐인데?'

인수대비가 무슨 말을 하려는지 이해할 수 없어서 그린이 눈을 깜빡였다.

"도둑이 처제를 원망한 것도, 쌍둥이 언니가 귀신이 된 것도 모두 서로에게 솔직하지 못했기 때문 아닙니까?"

"……."

"아무리 좋은 뜻이라고 해도 진실을 감추면 안 된다는 것. 감추는 것만으로 독이 된다는 걸 잊고 살았습니다. 그렇게 너무 오래 살았지요."

인수대비의 목소리는 회한에 잠겨 있었다. 이제야 그린은 왜 인수대비가 자신과 융을 불렀는지 짐작할 수 있었다.

"오랫동안 숨겨 왔던 진실을 말하고 싶어서 주상을 청했습니다."

그것이 융의 생모인 폐비 윤씨의 이야기라는 걸 말하지 않아도 알 수 있었다. 그린은 숨을 죽이고 인수대비의 말에 귀를 기울였다. 융도 긴장한 듯 무표정한 얼굴이 창백해졌다. 인수대비가 준비한 목갑에서 모시 수건을 꺼냈다. 모시 수건엔 검붉은 피로 한 글자가 적혀 있었다.

"귀(鬼)? 이게 무엇이옵니까?"

융의 목소리가 갈라졌다. 부릅뜬 그의 검은 눈동자가 가늘게 떨리고 있었다.

"주상의 모후가 죽기 전에 남긴 것입니다."

인수대비가 괴로운 표정으로 답했다. 그린이 숨을 집어삼켰다. 인수대비의 다음 말은 더 놀라웠다.

"폐비 아니, 중전은 폐위된 것이 아닙니다."

"그게 무슨 말씀이시옵니까!"

주먹을 움켜쥔 융이 목소리를 높였다.

"어머니께서 투기를 이유로 폐서인되고 사사당했다는 걸 소손이 모를 줄 아시옵니까?"

슬픔과 분노가 뒤엉킨 그 모습이 그린의 가슴을 갈가리 찢어 놓았다. 그린이 융의 곤룡포를 붙들었다.

"전하, 고정하시옵소서! 대왕대비 마마의 말씀을 끝까지 들으셔야 하옵니다."

융의 마음을 이해할 수 있다는 듯 인수대비가 고개를 숙였다.

"받아들이기 어려우시겠지요. 이 할미도 주상이 믿을 거로 생각하지 않았습니다. 그래서 지금까지 숨겨 왔던 것이고요."

"마마!"

"내가 살면 얼마나 더 살겠습니까. 이 비밀을 안고 죽는다면 편히 죽을 수도 없을 겝니다."

인수대비의 눈가가 축축해졌다. 그린은 말없이 흐느껴 울기만 했던 귀신 초란의 모습을 떠올렸다. 그녀가 품었던 한의 무게도 잊을 수 없었다. 역사대로라면 인수대비가 살날은 그리 많이 남지 않았다. 융을 위해서도, 인수대비를 위해서도 진실을 들어야 했다.

"마마, 대체 무슨 일이 있었던 것이옵니까?"

그린이 융을 대신해서 물었다. 잠시 뜸을 들이던 인수대비가 입을 열었다.

"용정을 잉태하고 얼마 지나지 않아 종 2품 숙의였던 윤씨가 중전으로 책봉되었지요. 중전이 원자를 생산했을 땐 모두가 기뻐하며 원자와 중전을 축복했습니다."

"온화하고 검소하셨던 분이라고 들었사옵니다. 대비마마들도 극진히 봉양하였고요."

그린이 말에 인수대비가 고개를 끄덕였다.

"그렇지. 참으로 현숙하고 아름다운 여인이었네. 주상을 낳기 전까지는."

인수대비의 주름진 눈가에 눈물이 번졌다. 역사서에 따르면 중전이 된 윤씨는 완전히 다른 사람처럼 변했다고 했다. 권력을 잡게 되자 본색을 드러내고 악행을 서슴지 않았다는 것이다. 폐비는 정말 악녀였을까. 모두가 그녀에게 감쪽같이 속았던 것일까. 불현듯 어떤 가설이 그린의 머릿속을 스쳐 지나갔다.

"설마!"

놀란 그린이 손으로 입을 가렸다.

폐비 윤씨의 삶은 갑자기 폭군이 된 연산군의 삶과 너무 비슷했다. 그린의 심장이 미친 듯이 뛰기 시작했다. 그린이 눈이 모시 수건에 적힌 귀(鬼)자를 향했다. 융도 그린과 같은 생각을 하는 모양이었다.

'폐비께서도 전하처럼 악귀에 씌었던 건가!'

상상하는 것만으로 심장이 뜯기는 것 같았다. 어머니와 아들이 똑같은 고통을 당하다니. 믿을 수도, 믿고 싶지도 않은 이야기였다.

인수대비가 파리한 안색으로 말을 이었다.

"어느 날 중전이 내게 말하더군요. 악귀가 보인다면서요."

"세상에 그런 일이!"

"그때부터였습니다. 중전은 자신을 폐위시켜 달라고 부탁한 것은요."

그린은 머리를 세게 얻어맞은 사람처럼 정신을 차릴 수 없었다. 융은 눈을 감고 감정을 다스리기 위해 애썼다. 하지만 어머니의 죽음 앞에서 평정심을 찾는 것은 불가능했다. 그린이 가늘게 떨리는 융의 주먹을 두 손으로 붙들었다. 인수대비가 더듬더듬 지난날을 회상했다.

"악귀를 보기 시작하면서 중전은 돌변하였습니다. 봉천군이 힘써 봤지만, 사특한 주술에 걸렸다는 것만 알아냈을 뿐 악귀를 쫓을 방도는 찾지 못했지요."

"누가 그런 짓을 했는지 아시옵니까?"

"봉천군에게 귀신을 부리는 도사가 있다는 소릴 들었지만, 그 이상은 몰랐네."

아직도 한스럽다는 듯 인수대비가 제 가슴을 쳤다. 그때도 팔관회와 왕규는 활동 중이었던 모양이었다. 석상처럼 앉아 있던 융이 물었다.

"소손에게 비밀로 한 이유는 무엇이옵니까. 악귀에 씐 어머니가 왕실의 수치였기 때문이옵니까?"

"아닙니다, 주상. 그런 게 아니에요."

"아바마마도 할마마마도 제겐 한마디도 안 하셨사옵니다! 어머니의 죽음을 아들인 저만 몰랐다는 것이 말이 되옵니까?"

피를 토하듯 거친 음성이었다. 실핏줄이 터진 눈에 물기가 맺혔다. 융이 감당해야 했던 외로움은 아무도 이해할 수 없었다. 그린도 융의 손을 잡아 주는 것 말고는 할 수 있는 일이 없었다. 고통스러워하는 손자를 바라보던 인수대비가 목소리를 쥐어짰다.

"폐비는 사사당한 것이 아니라 자결하였습니다."

"할마마마!"

"자신이 죽어야만 주상을 살릴 수 있다면서……."

"그럴 리가 없사옵니다! 그럴 수는 없사옵니다!"

융이 고개를 저으며 부정했다. 억울하게 죽은 줄 알았던 어머니가 자신을 위해 자결했다는 사실을 받아들일 수 없는 것 같았다. 융에게 비밀을 숨겼던 인수대비의 심정을 그린은 어렴풋이 알 것 같았다.

'어머니의 죽음에 얽힌 사정을 알게 되면 전하께서 죄책감을 느끼실 테니까. 차라리 모든 일을 비밀로 묻어 버린 거야.'

폐비 윤씨가 악귀에 들렸다는 것을 아는 사람은 죽은 성종과 인수대비, 봉천군뿐이었다. 하지만 인수대비는 가장 중요한 걸 모르고 있었다. 융 역시 어머니처럼 악귀에게 고통받고 있다는 사실을. 대를 이은 저주가 허망해서 그린은 말을 이을 수 없었다.

"미안합니다, 주상."

"……."

"주상의 모후를 희생시켜야만 했던 못난 할미를, 이제야 진실을 밝히는 할미를 용서하지 마십시오."

인수대비는 대역 죄인처럼 융 앞에 엎드려 눈물을 흘렸다. 그린이 인수대비를 부축했다. 고령의 몸으로 감당하기에 너무나 괴로운 회상이다.

"마마, 고정하시옵소서. 이러다 쓰러지실까 염려되옵니다."

"숙원에 대한 유언비어를 퍼뜨린 자들을 쫓다가 그 도사가 다시 등장했다는 걸 알게 되었네."

"마마께서도 팔관회에 대해 아시는 것이옵니까?"

그린이 놀라 물었다. 인수대비가 덜덜 떨리는 손으로 서신을 꺼냈다. 거짓 소문을 퍼뜨리는 방법과 자금 등에 대한 자세히 적힌 임사홍의 친필 편지였다.

"휘숙옹주를 포함한 임씨 가문이 역심을 품었다는 증거일세."

"마마!"

"숙원, 부디 주상을 잘 보필해 주시게. 가엾은 중전을 도와주시게."

그 말을 끝으로 인수대비가 의식을 잃었다.

"마마, 정신 차리시옵소서!"

그린이 그녀의 심장에 손을 얹었다. 미약하지만 맥이 뛰고 있었다. 그린이 소리쳤다.

"어서 어의를 부르거라!"

"할마마마!"

융이 인수대비의 몸을 끌어안았다. 붉게 부푼 눈으로 그가 중얼거렸다.

"모두 내 잘못이다. 어마마마께서 돌아가신 것도, 할마마마께서 쓰러지신 것도."

어떤 말로도 위로할 수 없는 슬픔이 융의 음성에서 배어 나왔다. 그가 꼿꼿하게 자세를 고쳤다. 좌절하고 괴로워하는 것조차 과분하다는 듯이.

"내 곁에 있는 이들은 모두 고통받는다. 내가 불행의 씨앗인 탓이다."

한결 정돈된 어조로 그가 중얼거렸다.

"그런 말씀 마세요! 그게 왜 전하 탓이에요."

"안타깝게도 사실이 그러하다."

"전하!"

"네게 미안하구나. 그런데도 너를 놓아줄 수 없으니."

융이 담담하게 말했다. 격정에 휩싸여서 하는 말이 아니라 더 안타까웠다.

"전 아무 데도 안 가요. 무슨 일이 있어도 전하 옆에 딱 달라붙어 있을 거예요!"

그린이 눈물을 머금은 채로 말했다. 융은 평소 모습으로 돌아온 것처럼 무표정했지만, 그린의 눈에는 건드리면 바스러질 것처럼 위태로워 보였다.

* * *

인수대비가 모아 준 증거 덕분에 임씨 일가의 죄가 낱낱이 밝혀졌다. 임사홍 임숭재 부자는 백성들이 가장 분통을 터뜨릴 만한 요소들을 골라 가짜 소문을 지어내고, 방방곡곡에 퍼지도록 돈을 댔다. 휘숙옹주는 왕실과 사대부 여인들을 꾀어내는 역할을 맡았다. 하옥되자마자 그들은 자신들은 팔관회 회주의 하수인일 뿐이며, 진짜 죄인은 따로 있다고 한 목소리를 냈다.

하지만 아무도 그 말을 믿지 않았다. 귀신을 부리는 도사가 고관대작들을 부리며 역모를 꾸민다는 말은 허무맹랑한 거짓으로 치부되었다.

"표정이 왜 이렇게 안 좋아? 휘숙옹주랑 임사홍 일당을 잡아들였잖아."

신물을 찾아 평안도로 갔다가 돌아온 야마가 물었다. 그와 함께 향원정 주변을 거닐던 그린이 고개를 가로저었다.

"아무래도 이상해."

"왕규는 못 잡았지만, 팔관회도 큰 타격을 입었을 거야."

"과연 그럴까."

그린은 찜찜함을 지우지 못했다. 분명 성과임이 분명한데 어딘가 개운하지 못했다.

"이번 일로 팔관회가 타격을 입기는커녕 도움을 받은 것 같아."

그린의 말에 야마가 눈썹을 찌푸렸다.

"설마."

"왕규는 임사홍을 제거하고 싶어 했어. 별 도움도 안 되면서 사사건건 시비 거는 임사홍이 못마땅했을 테지."

"반정을 도모하려면 한 명이라도 많은 세력을 끌어들이는 게 중요해. 왕놈이가 그리 만만한 상대는 아니라고."

지나친 의심이라는 듯 야마가 볼멘소리를 냈다.

"휘숙옹주나 임사홍은 거슬린다고 해서 잘라 버릴 만큼 잔챙이는 아니잖아?"

"그래서 더 이상해. 왕규는 그들을 장기 말처럼 쓰고 버렸으니까."

그린이 생각에 잠겼다. 왕규는 귀자득활술을 이용해 폐비에 이어 융까지, 수십 년 동안 왕실을 괴롭혔다. 웬만한 끈기와 목적의식이 없고서는 불가능한 일이었다. 반면에 그린을 독살하려 한 수법이나, 축하연에서의 인수대비는 암살 시도는 지나칠 정도로 허술했다.

마치 일부러 실패하길 바란 것처럼.

"청이가 팔관회의 동태를 살피고 있으니까, 우린 네 번째 신물에 집중하자."

야마가 그린의 주의를 돌렸다. 다행히 봉성 마을에서 네 번째 신물에 대한 유용한 정보를 얻을 수 있었다. 전설일 줄만 알았던 빛나는 돌을 실제로 봤다는 사람을 만난 거였다.

"그러니까 심마니들을 인도해 주던 빛나는 돌이 사라진 건 10년 전이라는 거지?"

그린이 물음에 야마가 김빠지는 소리를 냈다.

"심마니들은 한양에서 온 영감이 훔쳐 간 거라고 철석같이 믿더라고."

"영감? 빛나는 돌은 심마니들만 드나들던 기암절벽에 있었다며."

"범상치 않은 기골을 가진 영감이었대. 진짜 그 영감이 훔쳤는지는 모르겠지만 말이야."

야마가 어깨를 으쓱했다. 그린은 실낱같은 희망을 버릴 수 없었다.

"그럼 한양 인근의 약재상을 뒤져 보자. 그 영감도 심마니였을 수 있으니까."

그린이 씩씩하게 말했다. 야마가 눈을 가늘게 뜨고 물었다.

"설마 네가 직접 가 보려는 거냐?"

“그럴 생각인데?”

그린이 당연한 걸 왜 묻냐는 투로 대꾸했다. 야마가 벌컥 목소리를 높였다.

“왕놈이가 잘도 허락해 주겠다!”

“말조심해. 듣는 귀가 많다며?”

그린이 몇 걸음 떨어져 있는 궁인들을 곁눈질했다. 자신이 했던 말을 돌려받게 된 야마가 경고했다.

“숙원마마는 얌전히 궁궐에 있으세요. 네가 설치면 왕놈이한테 깨지는 건 나라고.”

“아, 그러세요? 사헌부 장령 윤사현 씨?”

“흠흠.”

“100년도 못 사는 미물이라면서 전하 무시할 때는 언제고. 사헌부에 있다 보니 막 충성심이 치솟고 그러시나 봐요?”

그린이 비꼬았다. 자기가 생각해도 민망한 것인지 야마가 헛기침하며 시선을 피했다. 그린이 허리 위에 손을 올리고 따졌다.

“내가 천기란 건 당분간 비밀로 해 달라고 했지? 그걸 팔아서 승진하냐? 치사한 놈.”

“정말 승진하고 싶어서 그랬겠냐? 금방 들통날 일 때문에 너랑 왕놈이가 서먹해질까 봐 나서 준 거지.”

“아아, 그럼 이번에도 네가 나서 주면 되겠네.”

그린이 과장된 태도로 고개를 끄덕였다. 야마가 깜짝 놀라서 되물었다.

“어쩌자는 거야?”

“남장하고 궐 밖으로 나갈 거야.”

"너 미쳤구나!"

"신물은 신물을 끌어당긴다면서? 전하께 들키면 네가 잘 처리해 줘, 윤 장령."

그린이 눈가를 접으며 사르르 웃었다. 사랑스럽기만 하던 그 웃음 뒤로 꼬리가 아홉 달린 여우가 보이는 것 같아서 야마가 어깨를 부르르 떨었다.

* * *

그린은 연보라색 도포에 물빛 쾌자를 받쳐 입고 갓을 썼다. 남장으로 가릴 수 없는 고운 미모가 행인들의 시선을 끌었다. 하지만 왜 여인이 남장한 거냐고 묻는 사람은 없었다.

"이번에는 통하는구나, 내 남장!"

그린이 당당하게 가슴을 폈다. 삼가현에서 아무도 남자라고 믿어 주지 않았지만, 한양에서는 다른 모양이었다. 공들인 남장이 빛을 발하는 것 같아서 그린의 얼굴에 웃음꽃이 피었다. 곁에 서 있던 야마가 혀를 찼다.

"쯧쯧. 신분이 높아 보이니까 함부로 말을 못 거는 거지. 이 바보야."

"궐 밖이다, 이거냐? 바로 막말하네."

"흥. 숙원마마 대접받고 싶으면 얼른 환궁하시지."

야마가 퉁을 줬다. 그린은 야마를 향해 혀를 날름거리곤 앞장섰다. 왁자지껄한 시전 상인들과 뛰어노는 아이들, 구걸 중인 거지까지 반짝반짝 빛이 나는 것 같았다.

왕실 어른들 상대하면서 적성에 맞지 않는 고상한 말투만 쓰던 그린이었다. 활기 넘치는 저잣거리를 거닐자 몸이 날아갈 것처럼 가벼웠다.

"상쾌하고 자유롭구나. 역시 사회 공기는 달라!"

그린이 숨을 들이마시며 행복한 표정을 지었다.

"출소했냐? 놀러 나온 거 아니니까 얼른 서두르자. 몽화 상단에 납품하는 약재상을 몇 군데 수소문해 놨어."

야마가 그린을 억지로 이끌었다. 하지만 10년 전 평안도에서 올라온 심마니 영감을 기억하는 사람은 없었다.

"정말 기억나지 않는 것이오? 풍채가 좋고 발이 날랜 영감이라던데?"

그린이 묻자, 약재상 주인이 눈살을 찌푸렸다.

"그것만으로 어찌 사람을 찾겠소? 심마니들은 대개 발이 날래다오. 게다가 10년 전이라면서."

"……."

"한양에서 김 서방 찾기가 더 빠를 것이오."

예상은 했지만, 현실은 더 암담했다. 네 번째 신물은 찾을 수 없는 것인가. 낙심한 그린에게 약재상 주인이 일격을 날렸다.

"그나저나 아씨는 왜 남장을 한 것이오?"

그 물음에 야마가 웃음을 터뜨렸고 그린은 울상을 지었다. 더 찾아볼 약재상도 남지 않았다.

'이대로 환궁해야 하나.'

그린이 터덜터덜 걸음을 옮기는데 한 여인이 어깨를 부딪쳐 왔다.

"송구합니다, 나리!"

사과하는 여인을 보고 그린이 눈을 동그랗게 떴다. 상대도 마찬가지였다.

"매꽃아, 네가 왜 여기 있느냐?"

그린과 부딪친 여인은 의녀 매꽃이었다. 놀란 것은 매꽃도 마찬가지였다.

"숙원마마?"

"쉿!"

그린이 재빨리 검지를 입에 붙였다. 야마와 그린을 번갈아 바라보던 매꽃이 얼떨떨한 얼굴로 고개를 끄덕였다. 그린은 매꽃을 데리고 일단 밖으로 나왔다.

"약초를 사러 나오기도 하는구나."

"약재는 직접 보고 고르는 것이 가장 좋다고 배웠사옵니다."

"심마니 할아버지한테?"

그린이 묻자, 매꽃이 활짝 웃으며 고개를 끄덕였다.

"그 외에도 살아가는 데 필요한 많은 걸 가르쳐 주셨지요."

궐 밖이어서 그런지 매꽃의 표정은 훨씬 부드러웠다. 돌아가신 할머니를 회상하며 그린이 빙그레 미소 지었다.

"나도 할머니한테 많은 것들을 배웠단다."

"마마께서도요?"

"궐 밖이니 마마란 말을 하지 않는 게 좋겠구나."

그린이 뺨을 긁으며 말했다. 매꽃이 난처하다는 듯 고개를 갸웃거렸다.

"그럼 어찌 불러야 하옵니까? 아씨라 할 수도 없고, 나리라고 하기도 좀……."

"내 남장이 그리 이상하더냐?"

"이상한 것이 아니옵니다만 결코 사내로 보이지 않사옵니다."

매꽃이 방긋 웃으며 솔직하게 말했다. 그린이 목을 움츠렸다. 아무래도 남장으로 다른 사람을 속이는 건 포기해야 할 것 같았다. 그린은 매꽃에게도 10년 전 사라진 심마니 영감에 관해 물어보기로 했다. 매꽃의 할아버지도 심마니였으니 뭔가 단서가 나올지도 몰랐다.

"매꽃아, 네 고향이 어디라고 했지?"

"지금은 세상에 없는 곳이옵니다."

"으응? 그게 무슨 뜻이야?"

"소인도 잘 모르옵니다. 가문도 고향도 사라졌다고 할아버지께 들었을 뿐이옵지요."

매꽃이 부끄럽다는 듯이 고개를 숙였다. 그래도 나고 자란 곳이 있었을 텐데. 그린이 의아해하는 표정을 짓자 매꽃이 작은 목소리로 대답했다.

"소인은 대갓집 노비로 자랐사옵니다. 열다섯 즈음에야 어려서 헤어졌던 할아버지와 만나게 되었고요."

왜 미리 말해 주지 않았냐는 뜻으로 그린이 야마를 흘겨보았다. 야마는 입을 삐죽거리며 머리를 흔들었다. 업경을 열어 보지도 못할 만큼 신력이 부족하다는 뜻 같았다.

"내가 괜한 것을 물었구나."

"아니옵니다. 이런 대화를 나눌 수 있는 것만으로도 무척 기쁜걸요."

매꽃의 순수한 웃음 앞에서 한없이 작아지는 그린이었다.

'매꽃이한테 도움만 받고 제대로 보답한 적도 없네.'

매꽃은 나인들 틈바구니에서 눈칫밥을 먹더라도 그린을 돕고 싶어 했다. 화악귀에 중독된 그린을 구해 주기도 했다. 융이 상여금을 내렸다고는 하지만 그린이 직접 성의를 표한 적은 없었다. 그린은 매꽃에게 작은 보답이나마 하고 싶었다.

"매꽃아, 너 하고 싶은 것 없니? 먹고 싶은 거라든지. 내가 뭐든지 사 줄게!"

그린의 말투가 친근하게 바뀌자 매꽃이 화들짝 놀랐다.

"네엣?"

"이왕 몰래 나온 것, 실컷 놀다가 들어가자!"

"그래도 되는 것이옵니까?"

"생명의 은인한테 그 정도도 못 해 주겠니? 대신 마마란 호칭은 하지 않는 걸로."

그린의 말에 매꽃의 얼굴이 환해졌다. 반대로 야마는 똥이라도 씹은 표정이었다. 융에게 들키기 전에 환궁하는 목표는 이미 망한 거나 다름없었다. 매꽃을 즐겁게 해 주겠다는 다짐과 달리 그린은 이번에도 신세 지는 처지였다.

매꽃은 한양에서 가장 잘나가는 떡집이나, 이국에서 들어온 골동품을 파는 상점 등을 훤히 꿰고 있었다. 매꽃의 안내를 받으며 그린은 오래간만에 자유로운 시간을 보냈다. 그린과 매꽃이 함박웃음을 지으며 약과를 나눠 먹을 때 야마는 못마땅한 얼굴로 호박엿을 씹었다.

그린이 주막 주모의 권유로 갓 막걸리를 맛보려고 할 때, 야마는 화를 내며 막걸리 잔을 빼앗고 인적이 드문 곳으로 이끌었다.

"밖에서 술 마시고 놀 때냐? 네가 얼마나 위험한 상태인지 몰라?"

그린이 야마의 손을 뿌리치면서 말했다.

"숙원마마는 얌전히 궁궐에 있는 줄 알겠지. 그리고 궐 밖에 있을 때보다 안에 있었을 때가 더 위험했었다는 거 몰라?"

"……."

"놀러 나온 건 아니지만 나도 숨통 트일 시간이 필요하다고!"

입궐한 후 그린은 조금의 여유도 없이 앞만 보고 내달렸다. 협잡과 음해에 시달리며 생명의 위협을 받았다. 그린이라고 무섭지 않은 건 아니었다. 때론 도망가고 싶기도 했다. 그러나 사랑하는 이를 위해서 선택한 길을 포기할 수는 없었다. 아파서도 안 되고, 침울해져도 안 되고, 두려워해서도 안 되는 나날들.

매꽃과 함께 잠시의 여유를 누리면서 그린은 모든 일에 최선을 다했지만, 자신을 돌보는 일엔 게을렀다는 걸 깨달았다. 사명만으로 살아갈 수 있는 사람은 없었다. 감정의 응어리를 제때 풀어 주지 못하면 나중에 헤어날 수 없는 감정의 홍수에 쓸려 나가 버릴 테니까.

"어쨌든 여기서 시시덕거릴 상황은 아니다."

야마가 차갑게 대꾸했다. 자기 잘못이라고 생각한 것인지 매꽃이 머리를 조아렸다.

"송구하옵니다. 모두 소인의 잘못입니다. 소인이 감히 주제를 모르고……."

침울해하는 매꽃의 등을 그린이 두드렸다.

"네 잘못은 하나도 없어. 인간 감정이라고는 눈곱만큼도 모르는 놈이 잘못이지."

그린이 야마를 쏘아보자 매꽃이 신기하다는 투로 말했다.

"윤 지평 나리와 우애가 각별하신 듯하옵니다."

"소꿉친구 비슷한 거라고 보면 돼. 애증의 관계랄까."

"소인에게도 그런 친구가 있었사옵니다."

어떤 기억이 떠올랐는지 매꽃의 목소리에서 슬픔이 묻어 나왔다. 의녀가 된 지 얼마 안 됐지만, 매꽃은 월등한 실력 덕에 그린을 포함한 왕족들의 총애를 받았다. 신분이 비슷한 의녀들도, 신분 높은 나인들도 그녀를 시기하고 질투했다. 노비 출신의 의녀가 수려한 솜씨로 글을 쓰거나 약학에 해박한 경우는 없었기에 더욱 그랬다.

매꽃을 볼 때마다 그린은 한국에서 따돌림당하던 시절의 기억이 떠올랐다. 그러나 그린이 감싸 주려 하면 할수록 매꽃은 더 고립되어 갔다. 박 상궁은 매꽃을 위해서라도 거리를 둬야 한다고 조언했다. 그린은 궐 밖에서야 매꽃과 편히 마주 앉을 수 있었다. 외로움을 타는 아이 같은데. 그린은 하루만이라도 매꽃의 친구가 되어 주고 싶었다.

"실례가 안 된다면 어떤 친구였는지 물어봐도 될까?"

"실례라니요! 이리 대화할 수 있는 것만으로 소인에게는 광영이옵니다."

손사래를 친 매꽃이 차분한 음성으로 지난날을 회상했다.

"소인은 진주 강씨 집안의 종복이었사옵니다. 떠돌이 거지였던 부모가 노비로 팔았다고 들었사옵니다."

그린은 뭐라 반응해야 할지 몰라서 입을 다물었다. 매꽃은 그린의 상상보다 훨씬 고된 삶을 살아온 모양이었다.

"강씨 집안에는 제 또래의 여자아이가 있었는데 그 앤 대대로 강씨 집안을 섬기는 행랑아범의 딸이었지요."

"그 애도 종이었던 거야?"

그린의 물음에 매꽃이 고개를 저었다.

"아뇨. 연두는 양인이었사옵니다. 연두 아버지의 충성심을 높이 산 마님께서 노비 문서를 태워 줬다고 하더군요."

"그 애 이름이 연두였구나. 귀엽다."

그린은 자신과 비슷한 빛깔의 이름을 가진 소녀에게 호기심을 느꼈다.

"이름뿐만 아니라, 얼굴, 행동거지, 모든 것이 귀여운 아이였사옵니다. 마님을 포함한 집안의 모든 이들이 연두를 사랑했지요. 가끔 놀러 오시는 고귀한 분까지도요."

그렇게 말하는 매꽃의 얼굴이 어두워졌다. 아니, 마치 처음 보는 사람처럼 딱딱한 표정을 짓고 있었다.

"연두는 불어난 계곡물에 휩쓸려 죽었습니다. 그때가 열다섯이었지요."

매꽃이 억양 없는 목소리로 말했다. 그린이 어깨를 흠칫 떨었다. 어린 소녀의 죽음도 안타까웠지만 그린에게 '익사'는 듣는 것만으로도 몸이 굳는 공포, 그 자체였다.

그린이 겨우 대답했다.

"충격이 컸겠네."

"억울하고 원통했사옵니다. 분해서 잠을 잘 수 없을 정도로요."

처음으로 매꽃의 눈에서 새파란 불길이 일었다. 늘 수줍고 천진하던 모습만 봐 왔던 터라 그린은 놀라움을 감추지 못했다. 친구의 죽음이 그렇게 원통했던 것일까. 아니면 다른 일이 있었던 걸까. 매꽃이 제 뺨의 붉은 흉터를 손바닥으로 가린 채로 말을 이었다.

"절 때리고 경멸하던 도련님, 아씨들도 연두는 가까이 두고 예뻐하셨지요."

"이런."

"그 애는 양반집 규수처럼 비단옷을 입고, 쌀밥을 먹었사옵니다. 연두는 피죽도 못 먹는 절 위해 몰래 남긴 밥을 가져다줬사옵니다. 그런데…… 그게 참 미웠사옵니다."

매꽃의 음성이 가늘게 떨렸다. 같은 나이, 비슷한 처지였지만 매꽃과 연두는 너무 다른 삶을 살았다. 어린 매꽃이 감당하기엔 너무나 큰 상처였을 거였다. 차라리 함께 굶었다면 매꽃은 덜 외로웠을지도 몰랐다. 그렇다고 연두가 잘못한 것은 아니었다. 연두 역시 상전들의 뜻에 따라 움직일 수밖에 없는 처지였으므로.

“그날은 고귀한 손님이 행차하는 날이었사옵니다. 강씨 집안에서 자라셨기 때문에 제게도 친숙한 분이셨사옵니다.”

매꽃의 눈매가 한결 부드러워졌다. 연애가중계의 작가로서 그린이 촉을 발동했다.

“무척 잘생긴 도련님이셨나 보다?”

분위기를 바꾸기 위해서 그린이 장난스레 물었다. 매꽃이 은은히 볼을 붉혔다.

“화공들이 화폭에 담을 수 없을 정도로 수려하신 분이었지요.”

“혹시 짝사랑?”

“그럴 리가요! 감히 올려다보지 못할 만큼 지체 높은 분이셨사옵니다.”

매꽃이 소리 높여 부정했지만, 그린은 분명 짝사랑이었을 거라도 확신했다. 촉촉해진 매꽃의 눈동자와 달아오른 뺨만 봐도 알 수 있었다.

‘매꽃이 허락해 주면 연애가중계 3권에 써야겠다.’

그린이 몰래 미소 지었다. 그린의 연애 경험만으로 죽었다 깨나도 10권까지 만들어 낼 수 없었다. 그린은 매꽃을 시작으로 궁녀들의 연애담을 모을 계획이었다. 궁녀들의 형편을 생각하면 대부분 짝사랑일지도 모르겠지만.

“그 도련님과 연두는 무척 사이가 좋았사옵니다. 아무리 연두를 예뻐한다고 해도 노비 출신 양인이었으니, 마님께서는 못마땅해하셨지요.”

“쯧. 그놈의 신분이 항상 문제로구나.”

"도련님은 연두를 데리고 숲속을 산책하는 걸 즐기셨사옵니다. 마님의 명을 받은 저는 그 뒤를 쫓아야 했사옵니다."

지체 높은 도련님이 신분 낮은 소녀와 통정하지 못하도록 감시한 것이겠지만 진짜 문제는 따로 있었다. 굶주린 호랑이와 맞닥뜨리게 된 거였다.

"호랑이? 호랑이가 한양 근처에도 산단 말이야?"

동물원에서만 봤던 호랑이의 위협은 그린으로서는 상상하기 힘들었다. 하지만 조선은 호랑이가 많기로 유명한 나라였다. 매꽃의 얼굴이 고통스럽게 일그러졌다.

"호랑이가 도련님을 위협하자 연두는 제 몸을 던져 호랑이를 막았습니다."

"어린 여자애가 겁도 없이?"

"유인하려 했던 모양이지만, 도망치다가 계곡물에 휩쓸리고 말았지요."

여전히 아픈 기억인지 매꽃이 치맛자락을 움켜쥐었다. 그린도 대꾸할 말을 찾지 못했다. 허망하고 슬픈 결말이었다.

"누구한테도 털어놓지 못한 이야기였는데 들어 주셔서 황공하옵니다."

매꽃이 애써 밝은 표정을 지었다. 그린이 매꽃의 손을 토닥이며 위로했다.

"좋은 일을 했으니 연두는 분명 극락왕생했을 거야."

"언제까지 옛날이야기 듣고 있을래? 약재상 더 안 가 봐?"

야마가 짜증스럽다는 투로 끼어들었다.

"약재상에는 왜 가신 것이옵니까? 찾으시는 약초가 있으시다면 소인이 구해 드리겠사옵니다."

"그게 아니라…… 매꽃아, 혹시 10년 전에 평안도에서 올라왔다는 심마니 영감에 대해 아는 것 없니?"

"평안도요?"

"기골이 장대하고 발이 빠른 영감이었다는데."

혹시나 해서 묻긴 했지만, 별 기대는 하지 않았다. 매꽃이 대답하지 전까지는.

"저희 할아버지께서 10년 전에 평안도에서 한양으로 올라오셨사옵니다. 발 날래기로 유명한 심마니셨고요."

19장. 천 개의 바람 되어

세상에 이런 우연이 어디 있을까. 매꽃의 말에 그린이 머리를 짚었다. 눈에 불을 켠 야마가 다짜고짜 물었다.

"정말 네 할아버지가 빛나는 돌을 훔친 거냐?"

"무, 무슨 말씀이옵니까, 나리?"

매꽃이 겁에 질려 더듬거렸다.

"사실대로 말해. 빛나는 돌, 몰라?"

야마가 윽박질렀다. 가까스로 정신을 추스른 그린이 야마를 진정시켰다.

"조용히 좀 해. 느닷없이 화부터 내면 무슨 대답을 하겠니?"

눈썹을 찌푸린 야마가 한 발짝 물러섰다. 그의 반응으로 보아, 매꽃이 신물을 가지고 있다는 걸 몰랐던 모양이었다. 염라대왕의 힘이 약해졌다는 증거 같아서 그린은 가슴이 아팠다.
"사정이 있어서 전부 말해 줄 수는 없지만, 사실 난 어떤 보물을 찾고 있어."
보물이라는 말에 매꽃은 더 모르겠다는 표정을 지었다. 그린이 최대한 두루뭉술하게 네 번째 신물에 관한 이야기를 털어놓았다.
"밤에도 빛나는 진귀한 반지인데, 평안도 봉성 마을에 그것과 비슷한 전설의 돌이 있었대. 마을 심마니들은 그 영감이 마을 보물을 훔쳤다고 믿고 있어."
"……."
"혹시 할아버지한테 들은 소리 없니?"
그린의 목소리가 조심스러웠다. 비슷한 시기에 평안도에서 올라왔다고 해도 매꽃의 할아버지가 빛나는 돌과 함께 사라진 영감이라고는 확신할 수 없었다. 애초에 그 영감이 신물을 훔쳤다는 것도 마을 심마니들의 일방적인 주장이었으니까.
한참 말이 없던 매꽃이 떨리는 목소리로 입을 열었다.
"할, 할아버지는 절대…… 남의 보물을 훔치지 않으셨사옵니다."
그녀의 눈동자가 크게 흔들렸다. 뭔가 알고 있는 것이 분명했다. 그린이 두근거리는 심장 위에 손을 올렸다. 몇 번이나 입술을 뗐다 닫았다 하길 반복한 끝에 매꽃이 말했다.
"야광주 반지는 우리 가문에서 전해져 대대로 내려오는 보물이라고……."
그린이 손으로 입을 막았다. 그렇게 하지 않으면 비명이 새어 나갈 것 같았다. 야마의 눈도 찢어질 듯 커다래졌다.
"혹시 그 반지가 어디 있는지 아니?"

그린이 가까스로 다시 물었다. 긴장 때문에 가슴이 터질 것만 같았다. 주눅 든 얼굴로 그린을 바라보던 매꽃이 천천히 고개를 끄덕였다. 그리곤 품에서 알록달록한 조각 천으로 만든 주머니를 꺼냈다. 매꽃이 작은 주머니를 풀어 그 안에 든 가락지를 꺼내는 동안 그린은 숨도 쉬지 못했다.

"이것이 할아버지께서 물려주신 보물이옵니다."

매꽃의 손바닥에서 네 번째 신물이 영롱하게 빛났다. 윤기가 흐르는 매끈한 표면과 또렷이 음각되어 있는 오악(五惡)이란 글자.

그린의 놀라움과 감격은 이루 다 설명하기 어려웠다.

'오악이 이렇게 가까운 곳에 있었다니!'

기쁨이 과하면 두려움이 되는지, 그린의 온몸에 소름이 돋았다. 그린과 야마를 번갈아 바라보며 매꽃이 물었다.

"이것이 마마께서 찾으시는 보물이옵니까?"

"맞아. 바로 이거야."

"하오나 소인의 할아버지는 도둑질할 분이 아니시옵니다. 그것만은 믿어 주시옵소서!"

매꽃이 간절한 어조로 말했다. 그린이 차분히 그녀를 달랬다.

"난 소문을 들었을 뿐이야. 네 할아버지를 의심할 생각은 없으니 걱정하지 마."

매꽃이 길고 긴 한숨을 몰아쉬었다. 할아버지가 도둑으로 몰리지 않는 것만으로 안심되는 모양이었다. 그린은 꿈에서도 찾아 헤매던 신물에서 눈을 떼지 못했다. 두 손을 모은 채로 그린이 말했다.

"매꽃아, 이런 부탁해서 미안한데…… 그 가락지를 빌려줄 수 있을까?"

굶주린 이가 먹을 것을 구걸하듯 절실한 어조였다. 그린과 매꽃의 신분 차는 하늘과 땅이라 할 수 있지만 개의치 않았다. 융과 야마의 목숨이 달린 일이었다. 무슨 일이 있어도 매꽃이 가진 신물을 얻어야 했다.

"그 가락지를 찾기 위해서 전국을 다 뒤졌어. 진짜 중요한 일이거든."

"……."

"너한테서 보물을 뺏을 마음은 없어. 일이 끝나면 꼭 돌려줄게. 응?"

매꽃은 대답을 하지 않았다. 그린 뒤에 서 있던 야마가 한마디 툭 던졌다.

"그런 말 하지 마. 돌려줄 수 있다는 보장은 없으니까."

야마의 말이 맞았다. 영기가 완전히 소진되고 난 뒤 신물이 어떻게 변할지 아무도 몰랐다. 가락지의 형태를 유지할 수도 있었고, 한 줌 재로 흩어져 버릴 수도 있었다. 매꽃에게 돌려주겠다는 약속은 지키지 못할 확률이 높았다.

"그건 그렇네."

그린이 씁쓸하게 대꾸했다. 사실 매꽃에게서 오악을 빼앗는 일은 간단했다. 융이 어명을 내려 오악을 바치라 할 수도 있었고, 매꽃의 할아버지를 도둑으로 몰아 몰수할 수도 있었다. 하지만 그린은 그 일만은 피하고 싶었다. 매꽃이 순순히 내놓지 않는다면 강압적인 수를 쓸 수밖에 없겠지만.

'신분으로 찍어 누르는 건 싫다면서 깨끗한 척은 혼자 다 했는데. 나도 갑질하는 인간들이랑 똑같아.'

고개 숙인 그린에게 매꽃이 말했다.

"이 가락지를 마마께 드리겠사옵니다."

"그게 진심이야?"

"어느 안전이라고 거짓을 고하겠나이까."

매꽃의 표정만 봐도 할아버지를 무척 소중히 여긴다는 걸 알 수 있었다. 노비로 살다가 열다섯 살에야 겨우 만난 가족이었다. 할아버지가 남긴 가락지는 항상 몸에 지닐 정도로 귀한 보물이었을 것이다. 하지만 아무리 지키고 싶어도 그린이 원하는 이상 내줄 수밖에 없다는 것을 영리한 매꽃이 모를 리 없었었다.

"마마께서 원하시면 소인은 드릴 수밖에 없는 처지입니다. 비록 고향을 잃었지만, 가문의 보물을 빼앗기고 싶진 않사옵니다."

매꽃의 얼굴에 비장함이 감돌았다. 죄책감 탓에 그린이 입술을 깨물었다.

"그러니 제 손으로 마마께 진상하고 싶사옵니다."

빼앗기기 전에 바치겠다는 말이 그린의 가슴을 매섭게 할퀴었다. 쉬 말문을 열지 못하는 그린에게 매꽃이 물었다.

"미안해하실 필요 없사옵니다, 마마. 보물을 가져가는 대신 소인의 청을 들어주시옵소서."

"내가 들어줄 수 있는 것이라면 얼마든지 들어줄게."

그린이 다짐했다. 화악귀 사건에 이어서 매꽃에게 너무나 큰 빚을 졌다. 그 빚을 갚을 수 있다면 살이라도 베어 줄 수 있었다. 매꽃의 청은 무얼까. 신분 상승? 평생 먹고살 걱정 없는 재산? 어쩌면 그동안 자신을 괴롭힌 나인들을 벌해 달라고 할 수도 있었다. 하지만 매꽃의 부탁은 그린의 예상에서 한참 벗어나 있었다.

"앞으로도 지금처럼 전하 곁을 지켜 주시옵소서, 마마."

매꽃이 공손하게 머리를 조아렸다. 제 귀를 의심하며 그린이 되물었다.

"전하 곁에 있어 달라고? 그게 네 소원이야?"

"그렇사옵니다."

"네가 부탁하지 않아도 난 전하 곁을 떠나지 않아."

"잘 알고 있사옵니다."

매꽃이 방긋 웃었다. 그린이 지끈거리는 머리를 감쌌다. 매꽃이 무슨 의도로 이런 말을 하는지 알 수 없었다.

"좀 더 너한테 유익한 부탁을 하면 안 되겠니?"

이마를 찌푸린 채로 그린이 하소연했다. 하지만 매꽃은 단호했다.

"마마께서 전하 곁을 지켜 주시는 것보다 제게 유익한 소원은 없답니다."

"어째서?"

"마마께서 입궐하시고 난 뒤에 모든 것이 좋아졌으니까요. 마마와 책을 만드는 일도 즐겁사옵니다. 연애가중계 덕분에 친근하게 대해 주는 사람들도 부쩍 늘었고요."

그것보다 기쁜 일은 없다는 듯 매꽃이 볼을 붉혔다. 그린의 난감함은 더욱 커졌다.

"네 마음은 고맙지만, 네가 청하지 않아도 난 전하 옆에 있을 거라니까."

"하오나 그것 말고 달리 바라는 것은 없사옵니다."

"매꽃아."

"마마께서 정 불편하시면 나중에 제 청을 들어주시겠다는 서찰을 써 주시옵소서. 바라는 것이 생기면 말씀드리겠습니다."

그것만으로 충분하다는 듯 매꽃이 그린의 손 위에 오악을 쥐여 주었다. 미안함과는 별개로 그린은 오악을 뿌리칠 수 없었다. 그린이 오악을 움켜쥐었다. 천령과 명산을 쥐었을 때처럼 열기가 치솟지는 않았다. 만나게 한다고 생각을 해야 하는 건가?

고개를 갸웃거리던 그린이 오악에 집중했다.

'손난로처럼 따뜻한 정도야. 신물의 힘을 사용하지 않아서 그런가.'

마음을 차분하게 해 주는 온기가 그린을 감쌌다. 가슴 가득히 기쁨이 차올랐다.

"받아 주시는 것이옵니까?"

소중한 보물을 내놓으면서도 매꽃은 기쁜 얼굴이었다. 야마는 왜 망설이냐는 뜻으로 그린을 노려보고 있었다. 그린이 어쩔 수 없다는 듯 말했다.

"나중에 꼭 다른 소원 말해 줘야 해?"

"물론이옵니다, 마마!"

그렇게 네 번째 신물이 그린의 손에 들어왔다. 신물은 신물을 끌어당긴다는 말이 사실인 것 같다고 그린은 생각했다.

'한 개밖에 안 남았어. 한 개만 더 찾으면, 전하도 자유로워질 수 있어. 야마도 소멸할 일 없고.'

연산군일기를 읽었을 때부터 그린은 역사상 최악의 폭군인 연산군의 참모습이 궁금했었다. 조선으로 와 그의 참모습을 본 이후로는 성군이 된 융과 요부가 아닌 장녹수를 꿈꿔 왔다. 역사를 바꾸겠다는 꿈을 품은 그린은 오랜 시간 불안과 두려움에 시달렸다. 이루어질 수 없을 것처럼 막막하던 꿈. 그 꿈이 내일로 다가온 것 같아서 가슴이 벅차올랐다.

"얼른 돌아가자. 벌써 날이 저물잖아!"

그린이 야마의 잔소리를 들으며 환궁할 준비할 때, 그 모습을 몰래 지켜보던 사내가 한발 빠르게 궁으로 향했다.

*　*　*

“그린이가 네 번째 신물을 찾은 것 같다고?”

융이 한쪽 눈썹을 추켜세우며 물었다.

“예, 전하. 멀리 떨어져 있어서 눈으로 확인하진 못했습니다만, 숙원마마와 윤 장령의 반응을 보면 분명하옵니다.”

은밀히 그린을 호위하던 홍희수가 대답했다. 화악귀 사건 이후로 융은 지나치다 할 정도로 그린의 호위에 신경 썼다. 숙원 처소의 경비를 배 이상 늘렸고, 나인들과 내관들의 출신 성분도 다시 조사했다. 그래도 안심이 되지 않았다. 그린의 성격이라면 융의 뜻을 어기는 한이 있더라도 직접 신물을 찾아다닐 게 뻔했다. 궁궐에서 임금을 지켜야 하는 내금위장에게 그린의 비밀 호위를 부탁한 까닭도 그 때문이었다.

“전하의 말씀대로 숙원마마는 약재상을 돌아보셨사옵니다. 그러다 우연히 의녀 매꽃을 만나셨습지요.”

“매꽃이란 아이와는 연이 깊은 듯하군.”

“매꽃과 패물 구경도 하시고, 과자도 잡수셨는데…… 그 모습이 어린아이처럼 해맑으셔서 행인들조차 넋을 잃고 바라보았사옵니다.”

넋을 잃고 그린을 바라본 것은 행인이 아니라 홍희수였겠지만, 융은 그의 노고를 위로했다.

“내금위의 수장인 그대에게 이런 일을 맡겨서 미안하다.”

한양제일검이라 불리는 무인이 후궁의 뒤를 밟는 것이 꺼림칙할 수도 있을 텐데 홍희수는 두 손을 내저었다.

"숙원마마를 모실 수 있어서 기쁠 따름이옵니다."

"여전히 그린일 좋아하는군."

융이 쓰게 웃었다. 꿈이라도 꾸듯 홍희수의 눈이 몽롱해졌다.

"숙원마마는 하늘이 내린 선물 같으신 분이옵니다. 아니, 하늘과 땅을 자유롭게 오가는 봉황 같은 분이시지요. 봉황은 태평성세를 뜻하는 신수(神獸) 아니옵니까?"

홍희수의 열변을 들으며 융이 고개를 비스듬히 내렸다. 머나먼 미래에서 온 그린은 신화 속 봉황과 다를 바가 없었다. 얼어붙은 줄만 알았던 심장을 가져가고 데일 듯 뜨거운 연심을 심어 준 여인. 달빛보다 따스하고 꿈결보다 달콤한 그녀를 품에 가두고도 융은 때때로 지독한 불안에 시달렸다. 봉황을 새장에 가둘 수 없는 것처럼 그린을 궐에 가둘 수 없을 거란 예감 탓이었다.

'네가 훨훨 날아가 버린다면 난 어떻게 해야 할까. 네 날개를 부러뜨릴 수도, 널 풀어 줄 수도 없거늘.'

그린을 끌어안지 않고는 잠재워질 것 같지 않은 불안이 끓어올랐다. 자리에서 일어난 융이 상선에게 명했다.

"지금 바로 숙원 처소로 갈 것이다."

"이 시간에 어인 일이시옵니까?"

갑작스러운 융의 등장에 그린이 눈을 동그랗게 떴다. 막 환궁해서 남장을 벗고 당의로 갈아입은 그린이었다.

'전하께서 왜 오셨지? 설마 내가 몰래 나갔다 왔다는 걸 아시는 건가?'

뻣뻣하게 굳은 그린이 마른침을 삼켰다. 융은 그린을 꿰뚫어 보며 피식 웃었다.

"오면 안 되는 것이냐?"

"그게 아니라, 보통 해가 저물어야 오시니까……."

그린이 우물쭈물 변명했다. 서두느라 가채 올린 모습도 어색하고 옷고름이 삐뚜름했다. 융의 시선이 그린의 가슴께에 닿았다.

"칠칠치 못하기는."

그렇게 말하는 융의 목소리에는 애정이 듬뿍 담겨 있었다. 그린은 자신의 옷고름으로 향하는 융의 커다란 손을 보고 움찔 놀랐다. 풀 거라 생각했는데 그는 옷고름을 꼼꼼하게 다시 묶어 줬다. 제 손으로 옷을 갈아입을 일 없는 임금 같지 않게 야무진 손길이었다.

"네 번째 신물을 찾았다지?"

융이 지나가는 말투로 가볍게 물었다. 저승사자라도 만난 사람처럼 사색이 된 그린이 되물었다.

"전하께서 그걸 어떻게 아세요?"

"날 속일 생각하지 말아라. 내 눈과 귀는 조선 전역에 퍼져 있으니."

융의 눈매가 매서워졌다. 온몸에 긴장이 풀린 그린 어깨를 축 늘어뜨렸다.

"다녀와서 말씀드리려고 했어요."

"나가기 전에 말했어야지."

"말했으면 허락해 주셨을까요?"

융이 대답 대신 그린의 콧날을 두 손가락으로 쥐었다. 찌릿한 통증을 느끼며 그린이 소리쳤다.

"아파요!"

"널 어떻게 믿고 허락했겠느냐."

발그스름하게 변한 콧날을 문지르며 그린이 구시렁거렸다.

"전하께서 이러실 게 뻔하니까 몰래 나간 거죠. 안 나갔으면 오악도 찾지 못 했을걸요?"

"보여 주려무나."

융의 말에 그린이 매꽃에게 건네받은 오악을 탁자에 올려놓았다. 융이 지니고 있던 대천을 꺼내 오악 옆에 놓았다. 그린도 목에 걸고 있던 천령과 명산을 꺼냈다. 네 개의 신물을 바라보는 융과 그린의 눈빛이 아련해졌다.

'이을호에게 따낸 천령. 초혜 씨가 준 명산. 초란 씨와 혹불이 준 대천. 매꽃이가 선물한 오악. 이제 용신(龍神) 하나 남았어.'

네 개의 신물을 찾는 동안 그린과 융은 수많은 역경을 이겨 내야 했다. 어떤 어려움이 있어도 둘은 함께였고 서로의 마음을 의심하지 않았다. 그래서 여기까지 올 수 있었던 거라고 그린은 생각했다. 그린이 어색하게 뺨을 긁으며 말했다.

"하나만 찾으면 끝이라는 게 실감이 나질 않아요."

"나도 마찬가지다. 악귀와 밤을 보낸 것이 10년이니까."

"10년이라니. 지금까지 버티신 게 기적이에요."

그린이 몸서리쳤다. 융이 그린을 가만히 끌어당겼다. 그린은 그의 너른 품에 뺨을 기대고 잔잔하게 울리는 목소리에 귀를 기울였다.

"널 만나지 못했다면 지금의 난 없었을 것이다."

"전하."

"널 만나고 사람을 배웠느니라. 사람의 웃음이 얼마나 반짝이는지, 사람의 체온이 얼마나 따스한 것인지. 사람이 한 사람을 마음에 담는다는 것이 얼마나 큰 행복인지 배웠다."

융이 담담하게 말했다. 사람에게 둘러싸여 있었으나 언제나 혼자일 수밖에 없었던 융이었다. 늘 완벽해야 했던 임금은 감정 한구석을 내보이는 것조차 배우지 못했다. 그래서 외로움을 몰랐고 웃는 법을 잊었다. 그렇지 않고서는 버틸 수 없는 나날들이었다.

융이 긴 손가락으로 네 개의 신물을 하나씩 짚었다.

"지혜로운 너, 따스한 너, 정 많은 너, 자유로운 너. 이 신물 하나하나에 어떤 보석보다 빛나는 네가 담겨 있구나."

"저 혼자 한 일이 아니에요. 전하가 없었다면, 야마랑 희수 아저씨가 없었다면 불가능했을 거예요."

그린이 수줍어했다. 그 모습조차 융에게는 견딜 수 없을 만큼 사랑스러웠다. 융이 그린을 끌어안은 두 팔에 힘을 주었다.

"내 허락 없이 아무 데도 가지 말아라."

"죄송해요, 전하."

"널 탓하는 게 아니라 부탁하는 것이다. 부디 내 옆에 있어 달라고."

융의 검은 눈동자가 일렁거렸다. 그린이 그의 수려한 얼굴을 올려다봤다. 오만하리만치 자신감이 넘치는 어조로 '어명이다, 따라라.'하던 그가 부탁을 입에 올리는 모습이 낯설었다.

오늘 그린은 두 번의 부탁을 들었는데 둘 다 융 곁을 떠나지 말라는 부탁이었다. 뒷덜미에 엄습하는 축축한 예감을 애써 밀어내며 그린이 다짐했다.

"저 아무 데도 안 가요. 전하가 제 가족이고, 전하가 계신 곳이 제집이잖아요."

"고맙다."

"고맙다고 말씀해 주셔서 제가 더 고맙죠."

빰을 붉히는 그린에게 융이 입술을 내렸다. 꽃잎처럼 부드러운 촉감과 달콤한 열기가 그린 안으로 밀려들었다. 둘이 아니라 하나가 된 것 같은 충만함이 그린을 어루만졌다. 융과 그린 사이에 불안이나 두려움은 끼어들 겨를이 없었다.

정말 그런 줄만 알았다.

* * *

"으으음…… 으읏."

깊은 밤 그린의 이마는 식은땀으로 뒤덮여 있었다. 고통스럽게 몸을 뒤트는 그린 옆에서 융은 곤히 잠들어 있었다. 얼마나 시달렸을까. 그린이 어둠 속에서 눈을 떴다.

"하아, 하아."

가쁜 숨을 몰아쉬며 그린이 턱까지 흘러내린 땀을 손등으로 닦았다. 아직도 심장이 미친 듯 뛰고 있었다.

'지난번엔 두 명의 전하가 나타나는 꿈을 꾸더니. 이번에는 전하가 목을 매려고 하셨어…….'

지나칠 정도로 선명한 꿈을 되새기며 그린이 어깨를 부르르 떨었다. 꿈속에서 융은 대들보에 흰 천을 걸고 그린에게 말했다.

'네가 떠나면 난 죽을 것이다. 네가 신물을 찾지 못해도 난 죽을 것이다.'

겁에 질린 그린이 답을 하지 못하자, 융은 망설임 없이 둥글게 만든 고리에 제 목을 끼웠다. 그리고 그의 몸이 허공에서 축 늘어졌다. 그린이 머리를 세차게 흔들었다. 그렇게 하면 끔찍한 꿈을 털어 버릴 수 있다는 듯이.

"전하……."

단잠을 방해할까 봐 염려했으나 다행히 융은 미동도 하지 않았다. 그린은 그의 편안한 얼굴을 보고 나서야 겨우 한숨을 돌렸다. 아무리 생각해도 이해하기 힘든 꿈이었다. 그린은 융과 헤어질 마음이 조금도 없었으니까.

'전하와 내가 헤어지면 안 되는 이유가 있는 건가?'

그 물음과 동시에 야마와 나누었던 대화가 다시 재생되었다.

'누군가 꿈을 이용해 너희 둘을 속이려는 것 같다.'

'우리가 꿈꾸는 게 무슨 이익이 되겠어? 그저 꿈일 뿐인데.'

그린의 의문은 여전히 유효했다. 누가 무슨 이유로 꿈을 조작한단 말인가. 그린은 답을 찾을 수 없었다. 밑도 끝도 알 수 없는 불길한 예감이 그린을 에워쌌다.

"아니야, 그럴 리가 없어."

그린이 중얼거리며 고개를 저었다. 그러다 융의 옆에 몸을 웅크렸다. 고르게 오르내리는 그의 가슴에 손을 올린 채 그린은 동이 터 오기만을 숨죽여 기다렸다.

* * *

"전하, 타로 보실래요?"

그린의 물음에 융이 미간을 모았다.

"타로라는 게 무엇이냐?"

"전에 보신 적 있잖아요. 서역에서 들여온 그림첩이요. 이걸로 점을 치는 거예요."

그린이 방긋 웃으며 중전이 만들어준 인형을 가져왔다. 인형 비밀 주머니에는 한국에서 가져온 타로 덱이 감춰져 있었다. 타로를 꺼낸 그린이 능숙한 손놀림으로 카드를 섞었다. 융이 불만스럽다는 듯 팔짱을 꼈다.

"궁궐에서 함부로 주술을 쓰다간 곤욕을 치른다는 걸 모르느냐?"

"어허, 주술이라니요. 그냥 놀이입니다."

그린이 곱게 눈매를 접으며 대답했다. 사실 그린은 타로 리딩을 정식으로 배운 적이 없었다. 할머니에게 각 카드의 이름과 뜻을 듣긴 했지만 그게 전부였다. 타로를 배열하는 것도 뽑는 것도 제멋대로였다. 그래도 가슴이 답답할 때 카드를 보면 안정제 역할을 톡톡히 해 줬다. 뒤숭숭한 꿈을 꾼 그린이 타로를 꺼낸 것도 그 때문이었다.

"잘 섞었다가 한 장을 뽑는 거예요."

그린이 21장밖에 남지 않은 카드를 아치형으로 늘어뜨렸다. 사라진 여황제 카드를 생각하면 아직도 입맛이 썼다.

"여황제 카드가 없어서 예전만큼 잘 될지는 모르겠지만요."

"나보고 뽑으라는 것이냐?"

융이 턱을 숙이고 눈을 올려 떴다. 그의 차가운 눈빛을 받으며 그린이 목을 움츠렸다.

"싫으시면 안 하셔도 돼요. 저 혼자 하죠, 뭐."

타로를 거두려 하자, 융이 그린의 손목을 움켜잡았다.

"싫다는 말은 하지 않았느니라."

그의 검은 눈동자에 호기심이 비치는 것을 그린은 놓치지 않았다. 그린이 물건 파는 상인처럼 너스레를 떨었다.

"그럼 정신 집중하시고, 제일 마음이 가는 한 장을 골라 주세요. 풀리지 않는 고민을 해결해 드립니다!"

"실없기는."

못마땅하다는 투로 말했지만, 타로를 고르는 융의 태도는 신중하기 이를 데 없었다. 그의 의외의 모습에 그린이 웃음을 삼켰다.

"흐음."

"너무 오래 생각하시지 않아도 돼요."

"매사에 신중한 것이 과인의 장점이니라."

엄격하게 말한 뒤 융은 신중에 신중을 더해 한 장의 카드를 골랐다. 그린과 융이 머리를 모으고 카드를 뒤집었다.

"18번 달 카드네요."

그린이 신음처럼 중얼거렸다. 카드에는 어두운 밤하늘을 밝히는 커다란 보름달이 그려져 있었다. 두 마리의 개가 달을 향해 짖고 있었고, 두 개의 탑과 전갈도 눈에 띄었다. 보름달 안에는 여인의 옆얼굴이 그려져 있었는데 슬픔을 참아 내는 것 같기도 하고, 누군가를 그리워하는 것 같기도 했다.

"이것은 무슨 의미더냐?"

"달 카드는 불안, 불확실, 의심 등을 뜻해요. 불안을 이기고 나아가야 한다는 뜻도 있어요."

그린이 간략하게 설명했다. 턱을 쓰다듬으며 융이 피식 웃었다.

"꽤 그럴듯하구나. 네 녀석이 무슨 짓을 저지를지 몰라서 늘 불안하니까."

"전하!"

그린이 목소리를 높였다. 융이 낮게 웃었다. 그린의 뺨을 쓸어내리는 그의 손이 어느 때보다도 부드러웠다.

"그것만이 아니다. 넌 어두운 날 밝혀 주는 달이기도 하니까."

융이 황홀할 정도로 깊은 눈으로 그린을 바라봤다. 그린은 자신을 달이라 칭해 주는 융에게 고마움을 담아 말했다.

"달도 하고 해도 할게요. 밤낮으로 전하를 밝혀 드리고 싶으니까요."

"욕심 많은 아이로구나."

"그래서 좋아하시는 것 아니었어요?"

그린이 시치미를 떼고 물었다. 융의 입가에 다시금 미소가 번졌다. 그린의 손에서 달 카드가 떨어졌다. 보름달 속 여인이 무슨 말을 하는지 그린은 아직 모르고 있었다.

* * *

중전의 부름을 받은 그린은 교태전으로 향했다. 처음 입궐했을 때처럼 긴장되지는 않았다. 인수대비의 탄일 축하연 이후로 그린은 중전과 전보다 더 가깝게 지내고 있었다. 흐릿하게 느껴지던 인상도 조금씩 달라 보이기 시작했다.

'오늘도 자수를 가르쳐 주시려나?'

근래 중전은 바느질이 서투른 그린에게 자수 놓는 법을 가르쳐 주고 있었다. 박 상궁과 달리 한없이 친절한 선생님이라 그린은 그 시간이 싫지 않았다. 자수 실력이 조금도 늘지 않는다는 것과는 별개로.

"중전마마, 찾아 계셨사옵니까."

그린이 인사하자 중전이 부드러운 미소로 맞았다.

"와 주어서 고맙네, 숙원."

"오늘은 어떤 자수를 하는 것이옵니까?"

"자수에 재미를 붙인 모양이로군."

"지난번에 박쥐를 죽은 나방으로 만들어 놓지 않았사옵니까. 한 번이라도 좋으니 멀쩡한 박쥐를 수놓고 싶사옵니다."

그린이 볼멘소리를 냈다. 중전이 손으로 입을 가린 채 웃었다.

"오늘은 자수할 생각이 없네. 자네가 해 줘야 할 일이 있어서 부른 것이지."

중전이 문밖에 대기하고 있는 상궁에게 명했다.

"어의를 들라 하라."

"어의라고요? 소첩은 아픈 곳이 없사옵니다, 마마."

어리둥절한 그린이 눈을 끔뻑거렸다. 중전은 어린아이를 달래듯 그린의 손등을 토닥거렸다.

"잘 알고 있네, 숙원. 하지만 진맥은 꼭 아플 때만 보는 것이 아니지 않은가."

"중전마마."

"부탁함세. 내 어제 좋은 꿈을 꿨음이야."

그제야 중전의 의도를 눈치챈 그린이 쓰게 웃었다.

'임신했을지도 모른다고 생각하시는구나.'

중전은 오랜만에 교태전을 찾은 융을 돌려보낼 정도로 그린의 회임을 기다리고 있었다. 원자를 잃고 상심했다고는 하지만 중전의 나이 겨우 스물일곱이었다. 왕실을 위해서도 중전이 적통 왕자를 생산하는 편이 좋았다.

중전은 아이를 낳고 싶지 않은 걸까? 속을 알 수 없는 중전의 뽀얀 얼굴을 바라보면서 그린이 한숨을 쉬었다.

“마마 뜻에 따르겠사옵니다.”

“고맙네, 숙원.”

그린은 순순히 어의에게 손목을 내밀었다. 화악귀에 중독된 그린을 살려 내지 못하면 죽는다고 융에게 협박을 받았던 어의 임종직이었다.

“어떤가?”

중전이 기대에 차서 물었다. 신중하게 진맥을 보던 임종직이 안타깝다는 듯 고개를 저었다.

“송구하옵니다만, 숙원마마께서는 회임하지 않으셨사옵니다.”

“정말인가? 다시 한번 확인해 보게.”

“몇 번이나 확인하였사옵니다. 하나 회임 맥이 짚이질 않사옵니다.”

임종직이 죄지은 사람처럼 고개를 깊이 숙였다.

‘임신이 쉬울 리가 없지. 정말 임신했다면 내가 바로 눈치챘을 거야.’

그렇게 생각하면서도 그린은 왠지 모를 아쉬움을 느꼈다. 중전의 실망은 그린보다 훨씬 큰 듯했다. 오히려 그린이 중전을 위로해야 할 지경이었다.

“심려 마시옵소서. 소첩이 좀 더 노력해 보겠나이다.”

“어제 꿈에 원자를 보았네.”

중전의 입술이 가늘게 떨렸다. 그린이 푹 잠긴 그녀의 목소리에 귀를 기울였다.

“꿈에 나와 달라고 빌고 또 빌어도 오지 않던 아이가…… 처음으로 내 꿈을 찾아왔단 말일세.”

“마마.”

“이름도 붙여 주지 못한 우리 원자. 그 아이가 숙원, 자네를 찾아가더란 말이네.”

중전의 눈가가 축축하게 젖어 들었다. 죽은 원자가 그린을 통해 다시 태어날 것이라고 믿고 싶은 듯했다.

"나만 아니었어도, 살 수 있었을 것을."

"고정하시옵소서, 마마."

"모두 내 잘못일세. 부덕한 어미 탓에 우리 원자가 세상을 떠난 것이야……."

중전이 창백한 손으로 제 가슴을 그러쥐었다. 원자는 병사한 것이 아니었나? 중전은 왜 이렇게 자책하는 것일까? 18살에 낳은 첫아이를 잃은 심경이 얼마나 참담할지 그린은 상상할 수조차 없었다.

부모를 잃은 아이는 고아라 부르고, 아내를 잃은 남편을 홀아비라 하며, 남편을 잃은 아내를 과부라 한다. 하지만 자식을 잃은 부모를 뜻하는 단어는 없었다.

자식을 먼저 떠나보내야만 했던 슬픔을 신조차 표현할 수 없었기 때문이라는 이야기가 전해졌다. 중전의 마음을 조금이라도 위로해 줄 수 있으면 얼마나 좋을까. 문득 한 노래가 그린의 머리를 스쳤다.

"마마, 소첩이 부족한 재주를 보여 드려도 좋겠습니까?"

"재주라니?"

"마마께 들려 드리고픈 소리가 있사옵니다."

중전이 뭐라 답하기도 전에 그린이 목을 가다듬고 허리를 곧게 폈다. 그린의 홍화빛 입술 사이에서 티 없이 맑고 고운 음성이 흘러나왔다.

"나의 사진 앞에서 울지 마요. 나는 그곳에 없어요. 나는 잠들어 있지 않아요. 제발 날 위해 울지 말아요. 나는 천 개의 바람 천 개의 바람이 되었죠. 저 넓은 하늘 위를 자유롭게 날고 있죠."

그린은 온 마음과 정성을 다해 '천 개의 바람 되어'란 곡을 불렀다.

'내 무덤에서 울지 말아요'란 영시에 일본인 작곡가가 음을 붙인 노래로 아이 잃은 부모를 위로하는 장송곡으로 많이 알려졌다.

중전과 교태전 궁인들이 모두 숨을 죽이고 그린의 노래에 집중했다. 익숙하지 않은 음정과 가사라는 것은 중요하지 않았다. 가슴을 먹먹하게 울리는 그린의 노래는 그저 솜씨가 뛰어나다거나, 목소리가 좋다, 라는 말로써 설명할 수 없는 감동이 있었다.

숲에서 불어오는 바람처럼 청명하고 이른 새벽 꽃잎에 맺힌 이슬처럼 투명한 노래. 듣는 이의 가슴을 온통 휘저어 내는 그린의 노래에 중전이 눈물을 글썽거렸다. 비단 중전만 그랬던 것은 아니었다. 궁녀들도 내관들도 그린의 노래를 들으며 흘러내리는 눈물을 훔쳤다. 그린이 노래를 끝냈을 땐 적막보다 깊은 고요가 교태전을 휘감고 있었다.

'어라? 내가 뭘 잘못한 건가?'

그린이 멋쩍게 뺨을 긁적였다. 중전이 그린의 손을 와락 잡았다.

"고맙네, 고맙네. 숙원."

"듣기 괜찮으셨사옵니까?"

"평생 이토록 내 마음을 어루만지는 소리를 들어 본 적 없네. 하늘에 있는 원자도 필시 숙원의 목소리를 들었을 게야."

한줄기 눈물이 중전의 뺨을 가로질렀다. 교태전 궁인들도 상기된 얼굴로 그린의 노래를 칭찬했다.

"참으로 대단하시옵니다, 숙원마마. 대왕대비 마마의 탄일 축하연에서 보여 주신 솜씨 그 이상이옵니다."

"숙원마마 덕분에 귀를 깨쳤사옵니다. 주책스럽게 자꾸 눈물이 나오지 뭡니까."

중전도 동의의 뜻으로 고개를 끄덕였다. 그린이 예상했던 것보다 훨씬 감격한 모양이었다.

“자네는 왕실의 자랑일세, 숙원.”

“너무 띄워 주시니 몸 둘 바를 모르겠사옵니다, 마마.”

그린이 수줍어하며 달아오른 뺨에 손 부채질했다.

“귀한 소리에 대한 보답은 꼭 하겠네.”

“보답이라니요? 그런 말씀 마시옵소서.”

“영원히 잊지 싫지 않은 시간이었어. 정말 고맙네.”

중전이 거듭 인사했다. 궁인들의 칭찬도 끊이지 않고 이어졌다. 진심에서 우러나오는 말 같았지만 지나친 찬사가 부담스러운 그린이었다.

‘여기 계속 있다간 체할 것 같아.’

그린이 서둘러 교태전을 빠져나왔다. 칭찬도 과식이 되는 모양인지 속이 답답하고 메슥거렸다.

그린이 물러간 후 중전은 수틀 아래에서 목갑을 꺼냈다. 아무 장식도 되어 있지 않은 두 뼘 크기의 오동나무 상자였다. 그 안에는 가위, 반짇고리가 아닌 헝겊으로 만들어진 인형이 들어 있었다. 색동저고리를 입고 금박 입힌 복건(服巾)을 쓴 사내아이 인형이었다. 텅 빈 방에서 인형을 품에 안은 중전이 중얼거렸다.

“원자도 바람이 되었습니까? 바람이 되어 하늘 위를 자유롭게 날고 있습니까. 원자…… 이 어미에게 말 좀 해 보세요.”

* * *

교태전에서 나오자마자 어의 임종직은 내의원으로 향했다. 매꽃을 포함한 몇몇 의녀가 약초를 말리고 탕약을 달이고 있었다.

"매꽃은 날 따라오너라."

약탕기 앞에서 부채질하던 매꽃이 두 손을 모으고 임종직을 쫓았다. 아무도 없는 약방에 들어오고 나서도 임종직은 쫓기는 사람처럼 주위를 둘러보았다. 공손하게 머리를 숙이고 있던 매꽃이 피식 웃었다. 그녀의 뺨과 턱으로 이어진 붉은 흉터가 춤추듯 꿈틀거렸다.

"그렇게 겁이 많아서 거사에 참여할 수 있겠는가?"

까마득한 상전 앞에서 매꽃이 반말을 지껄였다. 임종직을 깔아 보는 눈빛도 불손하기 이를 데 없었다. 임종직은 매꽃을 꾸짖기는커녕 몸을 바짝 낮췄다.

"겁이 나다마다요. 이 일이 알려지면 저는 목이 잘릴 것입니다."

"내가 화악귀 진실을 발설했다면 자네는 진작 죽었을 것이네."

"물, 물론이옵니다."

임종직의 얼굴이 파리해졌다. 임종직은 임사홍과 같은 풍천 임씨였다. 임사홍이 화악귀란 독에 물어 왔을 때 대답해 준 적도 있었다. 그래서 그린이 화악귀 독에 당했다는 걸 알면서도 모르는 척했다. 다른 어의들은 그런 독초가 있다는 사실조차 몰랐기에 시치미를 떼기 쉬웠다. 매꽃에게 협박을 당할 줄은 몰랐지만 말이다.

"그래서 장 숙원의 맥은 어떻던가."

매꽃이 날카롭게 물었다. 나이 많고 벼슬 높은 임종직 앞에서 그녀는 위축되지 않았다. 오히려 명령하는 것에 익숙하다는 듯 위엄이 넘쳤다.

'보통내기가 아닌 줄은 알았지만…… 복면으로 얼굴을 가리고 있을 때보다 더 무시무시하구먼.'

임종직은 어린 여인 앞에서 움츠린 것이 수치스럽지는 않았다. 매꽃은 팔관회 회주의 오른팔 아니던가. 손가락 하나로 귀신을 부리고, 종친들을 잘라 버리는 왕규만큼 무서운 존재였다.

"과연 말씀하신 대로였습니다."

임종직이 매꽃을 향해 머리를 조아렸다. 매꽃의 얼굴에 웃음이 번져 나갔다.

"정말 숙원이 회임했다는 말이지?"

"그렇습니다. 미약하기는 해도 분명 회임 맥이 뛰고 있었습니다."

그린이 임신했다는 사실을 알았음에도 임종직은 거짓말을 했다. 목숨줄을 부지하려면 다른 방도가 없었다. 원자가 죽은 지 벌써 9년이 지났다. 그 이후로 궁궐에서 아이 울음소리는 들리지 않았다.

그린의 임신은 온 나라가 기뻐할 만한 대경사였다. 임종직이 이 사실을 숨긴 것이 밝혀진다면 곱게 죽진 못할 거였다. 하지만 반정이 성공한다면, 임종직은 반정공신으로 권력을 쥐게 된다.

"호호. 천지신명께서도 팔관회를 돕는구나."

매꽃이 개운하다는 듯 소리 내어 웃었다. 임종직이 매꽃의 눈치를 보며 조심스레 물었다.

"이러다 장 숙원이 왕자를 생산하면 어쩌려고 그러십니다."

"너 같은 놈이 왕규님의 깊은 뜻을 어찌 알겠느냐."

"저도 팔관회에 몸담지 않았습니까? 진성대군께서 왕위에 오르지 못하시면 저와 제 식솔은 끝입니다."

"죽고 싶지 않으면 내가 시키는 것만 잘 하면 된다."

매꽃이 웃음을 거두고 차갑게 말했다. 더 이상의 질문은 용서하지 않겠다는 투였다.

"내가 명령할 때까지 장 숙원의 회임 사실이 절대 알려져는 안 된다.

다른 어의가 진맥할 수도 있으니 경계하거라."

"명심하겠습니다."

"내가 장 숙원에게 탕약을 권할 것이니 알고 있거라."

"탕약 말씀입니까?"

"탕약에 미약을 섞어 먹이면 조종하기 더 수월할 것 아니냐? 시기가 무르익었다. 곧 거사가 벌어지고 새 하늘이 열릴 것이다."

* * *

"내 부탁 좀 들어주게, 박 상궁. 그리 힘든 일도 아니지 않나?"

그린이 박 상궁에게 애원했다. 박 상궁은 억양 없는 목소리로 딱 잘라 거절했다.

"불가하옵니다. 소인이 어찌 숙원마마의 옥체를 해치겠사옵니까."

"해치는 것이 아니래도. 살짝만 찔러 주면 되는 거야."

"소인이 어찌 숙원마마의 옥체를 날붙이로 찌르겠사옵니까."

박 상궁이 앵무새처럼 비슷한 말을 반복했다. 바늘을 든 그린이 발을 동동 굴렀다.

"속이 더부룩하니까 손 좀 따 달라니까?"

손을 따면 금세 편안해질 것 같은데 박 상궁은 완고했다.

"괜한 일 하지 마시고 매꽃을 부르십시오."

"누가 그걸 몰라. 쓴 탕약을 먹기 싫어서 그러지."

"바로 매꽃을 들라 하지요."

박 상궁이 휑하니 나가 버렸다. 일주일 동안 그린은 정신없이 바쁜 시간을 보냈다. 네 번째 신물을 찾았다는 소식을 봉천군에게 전했고,

청이를 만나 왕규의 움직임을 보고받았다. 청이가 동분서주하고 있지만 별다른 낌새는 없었다. 왕규는 팔관회의 본거지로 의심되는 고택 밖으로 한 걸음도 나오지 않는다고 했다.

팔관회의 하수인들 역시 조용했다. 몸을 사리는 것일까. 아니면 사냥감을 노리는 맹수처럼 숨죽이고 있는 걸까. 일주일째 체기가 가라앉지 않는 이유도 그 때문일 것 같았다. 얼마 지나지 않아 매꽃이 그린을 찾아왔다. 그린은 더부룩한 배를 꾹꾹 누르며 물었다.

"어의는 내가 체했다는 걸 왜 몰랐을까? 진맥으로 그런 것까지 알 수는 없는 건가?"

"송구하오나 소인은 진맥법을 배우지 못하였사옵니다."

"아. 의녀가 된 지 몇 달 안 됐다고 했지."

그린이 고개를 끄덕였다. 매꽃이 몇 번 등을 쓸어 주자 그린이 낮게 트림을 했다.

"더 불편한 곳은 없으시옵니까?"

"자도 자도 졸린다는 것 빼면 괜찮아."

"아무래도 탕약을 드셔야 할 듯하옵니다."

"탕약?"

"몸이 허하면 잠이 느는 법이옵니다. 어의 영감도 마마의 원기를 돋워 주는 보약탕(補藥湯) 권하셨지요."

잔잔한 미소와 달리 매꽃의 두 눈은 요사스럽게 번뜩이고 있었다.

"탕약은 사양할게. 쓴 건 질색이거든."

그린이 콧잔등을 찡그렸다.

"하오나, 마마. 옥체 보중하셔야 하옵니다."

"끼니마다 쓴 약을 먹어야 한다면 건강이 더 나빠질 거야. 내가 장담해.”

그린이 쓸데없이 진지하게 말했다. 매꽃은 속으로 혀를 찼다. 미약을 먹여서 그린의 정신을 흐리게 만들려던 계획은 수정해야 할 것 같았다.

‘어지간히 운 좋은 아이로구나. 예전이나, 지금이나.’

매꽃이 무표정한 얼굴로 그린을 바라봤다. 윤기가 흐르는 뽀얀 피부에 크고 맑은 눈동자. 빚어 놓은 듯 오뚝한 콧날과 아이처럼 통통한 분홍빛 입술은 같은 여인의 눈에도 아름다웠다.

연두, 그 아이도 장성했다면 그린 못지않은 아리따운 여인이 되었을 것이다. 계곡물에 쓸려 내려가던 연두의 마지막 얼굴과 그린의 얼굴이 하나로 겹쳐졌다. 전혀 다른 세계에서 태어났다고 하지만 벼랑에 핀 꽃처럼 홀로 빛나는 명혼을 어찌 잊을까.

아무 노력하지 않아도 모두의 사랑을 받는 혼. 그래서 구김 없이 밝을 수 있고, 언제나 당당할 수 있는 뻔뻔한 혼. 그린을 통해 연두의 명혼과 재회하게 되었을 때 매꽃은 끝 모를 분노에 휩싸였다.

너만 아니었다면, 너만 없었더라면.

뺨과 턱으로 이어지는 흉터를 더듬으며 매꽃은 가까스로 살의를 억눌렀다. 아직은 때가 아니었다. 다섯 신물을 찾아 팔관회의 주술을 완성하기 위해서는 그린이 필요했다. 매꽃의 속셈을 모르는 그린은 여전히 태평하고 경계심이 없었다.

“매꽃아, 할아버지께 오악과 비슷한 가락지가 또 있다는 말은 못 들었니?”

“가문의 보물이라고 하셨을 뿐, 다른 말씀은 없으셨사옵니다.”

“그렇다면 어쩔 수 없지.”

“마마께 무척 중요한 물건인가 보옵니다.”

"하나만 더 찾으면 되는데 아무리 애써 봐도 나오질 않네."

그린의 말에 매꽃은 코웃음 치고 싶은 걸 겨우 참았다. 궐 안에서 호의호식하면서 무슨 애를 썼단 말인가. 아랫사람 부리면서 임금께 아양이나 피우는 주제에. 신물을 찾기 위해 피나는 노력을 기울였던 것은 그린이 아닌 팔관회였다.

지금은 어엿한 형태를 갖추고 있지만, 팔관회가 처음부터 조선의 권문세가들을 거느렸던 것은 아니었다. 애초에 팔관회는 고려 귀족 후손들로 이루어진 작은 공동체에 불과했다. 비열하고 잔악한 이씨 왕조 밑에서 살아남은 고려 귀족은 극히 드물었다.

살아남았다고 해도 노비거나, 빌어먹는 거지, 떠돌이 화전민 신세였다. 기개 높은 고려 귀족의 후예가 천민으로 전락한 거였다. 하지만 위해단 고려의 후예들은 굴복하지 않았다.

살아남기 위해 팔관회를 조직했고, 고려의 피가 끊이지 않도록 똘똘뭉쳤다. 하지만 항상 가난했고 힘이 없었다. 할아버지가 귀자득활술을 부활시키지 못했더라면 팔관회는 해변에 찍힌 새 발자국처럼 사라져 버렸을 거였다. 고려 왕족의 마지막 후예인 제 목숨마저도.

'다섯 신물은 원래 고려의 보물이다. 고려 왕족인 내가 신물의 주인이란 말이다!'

매꽃은 신물에 대한 존경 없이 이용할 생각만 하는 그린에게 화가 치밀었다. 대의를 위해서라지만 제 손으로 그린에게 오악을 건네줬던 일을 생각하면 밤잠을 이룰 수 없었다.

하늘은 정녕 고려를 버린 것일까. 그린은 일 년도 안 되어 무려 세 개의 신물을 찾았다. 매꽃이 찾을 때는 코빼기도 보이지 않던 신물이 여기저기서 튀어나온 거였다.

수십 년 동안 팔관회는 신물을 되찾기 위해 피땀 흘려 모은 재산을 쏟아부었다. 소중한 고려 핏줄들을 잃기도 했다. 그중엔 죽어서 안 될 고귀한 이도 있었다.

수많은 희생을 치르고 겨우 얻은 것이 오악이었다. 그러나 나머지 신물은 그림자조차 찾지 못했다. 신물을 모두 모은다고 해도 천기가 없으면 귀자득활술을 완성할 수 없었다. 팔관회에서 천기가 될 명혼을 찾기 시작한 것은 그때부터였다. 연두가 죽어 버렸기 때문에 더 복잡하고 어려운 방법을 써야 했지만 말이다.

"노력하고 있으니까 조만간 찾을 수 있을 거야."

그린이 환하게 웃었다. 질투심이 치솟았지만 매꽃도 그린과 함께 웃을 수 있었다.

'그래, 네가 찾아 주려무나. 그러라고 불러온 것이니까.'

할아버지라면 매꽃의 계획에 반대하셨을지도 모른다. 신물과 천기는 인간의 손으로 함부로 다룰 수 없는 신령스러운 것이라고 여러 번 말씀하셨으니까. 게다가 그린의 뒤엔 할아버지의 신력과 쌍벽을 이루던 무녀 봉천군이 있었다. 수차례 확인해 본 결과 봉천군은 그 대단하다던 신력을 모두 잃은 상태였다.

그렇다고 해도 방심할 수 없었다. 봉천군이 어떻게 신력을 잃게 되었는지는 밝혀지지 않았다. 그린이 몽화당 연못에서 튀어나올 것도 예상하지 못했던 일이었다. 융이 봉천군의 집에 있을 줄 누가 알았겠는가. 떼려야 뗄 수 없는 인연이 무언지 보여 주겠다는 심산인가.

어쩌면 귀자득활술로 만들어 낸 꿈이 어딘가 잘못되었을지도 몰랐다. 귀자득활술은 귀신과 꿈을 조종할 수 있는 놀라운 주술이었다. 반면에 많은 영기와 신력이 필요했다. 주술 대상의 의지가 강하면 강할수록 더 많은 신력을 쏟아부어야 했다. 귀자득활술로 융을 쓰러뜨리지 못한 것도 그 때문이었다.

천기를 사용해 다섯 신물의 영기를 극대화할 수 있다면 귀자득활술은 천하무적이었다. 오악의 영기를 쥐어짜서 데려온 그린이 봉천군의 손아귀로 떨어지자, 매꽃의 허탈함은 극에 달했다. 하지만 더 잘된 부분도 있었다. 그린과 이씨 왕족들이 환심을 사는 건 어린애 손목을 꺾는 것보다 손쉬운 일이었으므로.

신물도 순조롭게 모이고 있었다. 천기의 신병을 확보했고 오만한 임금을 함정으로 밀어 넣었다. 할아버지가 이룩하지 못했던 거사가 코앞으로 다가온 거였다.

"숙원마마, 소인이 한 말씀 올려도 좋겠습니까?"

"뭔데?"

"야광주 가락지는 천금을 주고도 사지 못할 보물 아니옵니까? 그렇게 귀한 보물이라면 궐에 있지 않을까요?"

매꽃이 다정한 목소리를 꾸며 내어 물었다. 그린이 눈을 동그랗게 떴다.

"소인이 뭘 알겠습니까마는 혹시나 해서 말씀드렸사옵니다."

"흠. 일리 있는 말이야."

생각에 잠긴 듯 그린이 턱을 쓰다듬었다. 매꽃도 용신이 어디 있는지 확신하지 못했다. 용신을 마지막으로 목격했던 사람의 말에 따르면, 고려 유물을 수집하던 명나라 사신이 기이한 가락지를 조선 역관에게 팔았다고 했다.

그 역관은 왕족에게 진상할 보물을 찾고 있었다는데, 그 역시 사실을 확인할 길은 없었다. 정말 용신이 궐에 있다면 매꽃은 죽었다 깨도 찾을 수 없었다. 하지만 그린이라면 이야기가 달라졌다. 열정적이고 성실하게 용신을 찾아다닐 게 뻔했다. 가지고 놀기 쉬운 꼭두각시라고 생각하자 그린의 헤픈 웃음도 귀여워 보였다.

"왕실 어른들께 여쭤 봐야겠다! 단서가 나올지도 몰라."

희망에 들뜬 그린이 말했다. 매꽃이 진심으로 응원했다.

"꼭 찾으시길 빌겠사옵니다."

"매꽃아, 넌 참 좋은 아이야. 항상 네 도움만 받는구나."

"망극하옵니다, 숙원마마."

마침 생각났다는 듯이 그린이 물었다.

"어떤 청을 할지 생각해 봤어? 전하 곁에 있는 것 말고 다시 고르라고 했잖아."

"예, 마마."

그걸 어떻게 잊겠니. 널 이용해 주술을 완성할 때 요긴하게 쓰일 텐데.

"그게 뭔데?"

"송구하옵니다만 지난번처럼 마마와 변복을 하고 저잣거리 구경을 갔으면 좋겠사옵니다."

매꽃이 부끄럽다는 듯 볼을 붉혔다. 이번에도 마음에 들지 않는지 그린이 뾰로통한 표정을 지었다.

"하아, 넌 정말 소박하구나."

"그렇지 않사옵니다. 비천한 소인이 숙원마마와 동무가 된 듯 착각하였으니까요."

"나도 오랜 동무와 노는 것 같아서 무척 좋았어."

그린이 천진난만한 미소로 답했다. 매꽃의 습관적으로 붉은 흉터를 만지작거렸다. 그날도 연두는 저런 얼굴로 웃고 있었다.

'같이 있으니까 더 좋다, 매꽃아. 그치?'

매꽃과 연두, 그리고 도련님. 벌써 십 년 전 일인데도 그날만 떠올리면 매꽃은 숨이 잘 쉬어지지 않았다. 그린이 붓과 공책을 뒤적이던 불쑥 물었다.

"네 친구 연두 이야기를 자세히 해 줄 수 있니?"

"연두…… 말씀이시옵니까?"

"지난번에 생각한 건데, 그 이야기를 각색해서 연애가중계 3권에 싣고 싶어."

"그걸 기억하고 있으셨사옵니까?"

"왠지 모르게 마음이 가더라. 더 자세히 듣고 싶기도 하고."

흐트러짐 없던 매꽃이 뺨이 살짝 굳었다. 그린은 자신이 연두의 명혼을 이어받았다는 걸 모르고 있었다.

당연한 일이었다. 그린의 명혼은 500여 년의 시간 동안 죽고 환생하길 반복했을 것이다. 명혼의 환생이 드문 일이라는 걸 고려해도 최소한 번의 삶은 더 있었을 터였다.

'그런데도 끌리는 건가. 아니면 이 또한 명혼의 힘일까.'

매꽃이 주먹을 그러쥐었다. 그린이 공책에 얼굴을 파묻으며 볼멘소리를 냈다.

"대왕대비 마마께서 다음 권 언제 나오냐고 닦달하시잖아. 내 실력만으론 부족해서 연애담을 모으고 있어."

"하오나 소인에겐 연애담이라고 할 만한 것이 없사옵니다."

"매꽃 너 말고, 연두랑 그 도련님 이야기가 궁금해."

그린이 직설적으로 말했다. 매꽃의 입가가 꿈틀거렸다. 연두의 기억은 잃었다고 해도 그린은 정확히 알고 있었다. 연두와 도련님 사이에 연모의 정이 흐르고 있었다는 것을.

신분의 차 때문에 드러내 놓지 못했지만, 지체 높은 도련님이 강씨 집안을 찾는 이유는 오직 연두 때문이었다. 매꽃은 언제나 제삼자였다. 감히 도련님의 등도 바라볼 수 없었던 천하디천한 노비. 도련님의 당혜를 만져 봤다는 이유로 두들겨 맞아야만 하는 노비.

'왜 난 안 되고, 연두는 되는 거야. 연두는 원래 노비였고, 나는 고려 왕족의 피를 이어받았는데!'

하지만 그때 매꽃은 자신이 고려 왕가의 후예라는 사실을 모르고 있었다. 단지 마님의 명을 받고 연두와 도련님의 뒤를 쫓았을 뿐이었다. 명령받지 않은 일을 하기도 했지만. 머릿속에 떠오른 싫은 기억을 지우며 매꽃이 어색하게 웃었다.

"도련님과 연두 사이의 정은 잘 모르옵니다. 연두와 동무이긴 했으나 소인은 노비였으니까요."

"비슷한 처지였는데 대우가 달랐다고 했지. 연두가 미웠겠다."

"연두는 죽었고, 저는 할아버지를 만나 강씨 집안을 떠났사옵니다. 미움은 남지 않았사옵니다."

"어릴 때 상처는 절대 없어지지 않아. 조금 무뎌질지는 몰라도. 상처란 게 원래 그런 거야."

그린의 말투엔 악의가 없었다. 오히려 매꽃을 이해해 주려고 애쓰고 있었다. 그런 무심함이 매꽃을 미치게 한다는 걸 그린은 영원히 모를 거였다. 매꽃이 억지웃음이 지었다. 오늘따라 자꾸 입가에 경련이 날 것 같았다. 아니, 경련이 날 만큼 살의가 끓어올랐다.

"미울 때도 많았지만 항상 다시 만나고 싶었답니다."

그린을 빤히 바라보며 매꽃이 대답했다. '그래서 널 데려온 거야. 널 부른 건 전하가 아니라 나라고.' 이렇게 말할 수는 없었지만 말이다.

"그때 정말 호랑이가 나타난 게 맞아?"

"왜 물으시옵니까?"

"호랑이를 막으려다가 계곡에 빠져 죽었다는 게 좀 이상해서."

매꽃이 입을 다물었다. 그린은 고개를 갸웃거리며 물었다.

"미끼 노릇을 했던 연두가 물에 빠졌다면 호랑이는 도련님과 너를 노리지 않았을까?"

"……."

"호랑이는 물을 좋아하는 동물인데. 연두가 물에 빠졌으면 오히려 사냥하기 쉬웠을 것 같기도 하고."

매꽃의 눈동자가 흔들렸다. 그린이 이렇게까지 파고들 줄도 몰랐다.

'너무 많은 말을 지껄였구나. 아니, 장그린을 너무 우습게 본 것인가.'

후회했지만 이미 늦은 상태였다. 어물거리는 매꽃을 바라보던 그린의 표정이 싸늘하게 변했다. 매꽃이 반사적으로 자리에서 일어났다. 하지만 도망갈 시간이 없었다. 문밖에서 대기하고 있던 의금부 관원들이 달려와 매꽃을 둘러쌌다. 그 뒤로 융의 준엄한 목소리가 매꽃의 귓전을 때렸다.

"여봐라. 당장 의녀 매꽃을 포박하라!"

* * *

융과 홍희수를 확인하고 나서야 그린이 숨을 몰아쉬었다. 온몸의 긴장이 풀리자 짙은 피로가 몰려왔다. 하지만 아직 긴장의 끈을 놓을 때가 아니었다.

“전하! 숙원마마! 왜들 이러시는 것이옵니까?”

하얗게 질린 매꽃이 새된 비명을 질렀다. 아직 상황이 파악되지 않는지 포승줄에서 벗어나기 위해 몸부림쳤다. 그린을 대신하여 융이 싸늘하게 물었다.

“그 이유를 몰라서 묻는 것이냐?”

“전하! 소인은…….”

“팔관회 두령의 오른팔이지.”

융이 경멸을 가득 담아 매꽃을 노려보았다. 작살 맞은 물고기처럼 매꽃의 몸이 후드득 떨렸다. 자신의 정체가 드러나리라곤 상상도 하지 못한 모양이었다. 그린이 매꽃에게 건네받았던 오악을 꾹 쥐었다. 매꽃이 보여 줬던 친절과 웃음이 모두 거짓이라고 생각하니 속이 메슥거렸다. 흘러간 시간을 게워 내고 싶을 정도로.

“감히 역심을 품고 궁궐에 들어오다니! 네가 무사할 줄 알았더냐?”

융의 노성이 전각을 울렸다. 매꽃은 쓸데없는 변명은 하지 않기로 작정했는지 입술을 악물었다.

“과인이 네 죄를 낱낱이 밝혀낼 것이다. 네가 숙원에게 저지른 죄를 죽을 때까지 후회하게 해 주마.”

“…….”

“죄인을 하옥시키고 아무도 접근하지 못하게 하라!”

군관들이 매꽃을 끌고 가려고 할 때 그린이 입을 열었다.

“전하, 잠시만 소첩에게 시간을 주시옵소서.”

“사특하고 위험천만한 자요.”

“잠깐이면 되옵니다. 이미 묶인 상태가 아니옵니까.”

융이 그린의 안색을 살폈다. 잠시 고민하던 그가 홍희수에게 눈빛을 던졌다.

"밖에서 대기하겠사옵니다, 전하."

홍희수가 매꽃의 다리를 쳐 억지로 무릎 꿇렸다. 하지만 매꽃은 활활 타오르는 눈길로 그린을 노려볼 뿐이었다. 그린은 그 눈빛을 기억하고 있었다. 잊은 줄 알았는데 아니었다. 그래서 견디기 어려웠다.

"내가 계속 너한테 속을 줄 알았니?"

그린의 음성이 가늘게 떨렸다. 죽음을 각오한 듯 매꽃은 본색을 드러냈다.

"어떻게 알았느냐?"

"뚫린 입이라고 함부로 지껄이는구나!"

융이 목소리를 높였다. 그린이 잠시만 참아 달라는 뜻으로 그의 손을 잡았다. 아직 매꽃과 나누어야 할 이야기가 있었다.

"어떻게 잊겠어, 날 죽인 동무의 얼굴을."

매꽃의 눈이 찢어질 듯 커다래졌다. 그린이 연두의 죽음을 기억한다는 걸 믿지 못하는 눈치였다.

'나도 떠올리고 싶지 않았어. 네가 연두 이야길 꺼내지 않았다면 영원히 의식 저편에 묻어 두었을 거야.'

그린의 머릿속엔 서랑이었을 때의 기억은 남아 있지 않았다. 하지만 연두였을 때의 기억은 단편적으로나마 살아 있었다. 연두가 살던 시대로 왔기 때문인지, 연두를 죽였던 매꽃과 만났기 때문인지 그 이유는 알 수 없었다.

어쩌면 꿈 때문일 수도 있었다. 고운 빛깔의 한복을 입고 까르르 웃던 소녀의 기억. 훤칠한 소년과 더불어 숲속을 노닐던 그 기억 말이다.

"너는 강희맹 대감의 노비였지. 전하가 세자 책봉을 받기 전 피접 생활을 하셨던 그 집."

"……."

"그 고귀한 도련님은…… 주상 전하셨던 거야."

그린이 융의 손을 꼭 잡았다. 처음 듣는 말에 그의 몸도 딱딱하게 굳었다.

"네가 연두의 환생이란 말이냐?"

융의 목소리가 낮게 깔렸다. 그린이 속눈썹을 파르르 떨며 겨우 대답했다.

"미리 말씀드리지 못해서 죄송해요, 전하. 저도 오늘까지 확신하지 못했어요."

"내 앞에서 죽었던 그 아이가 살아서 돌아왔다고?"

융의 검은 눈동자에 파란이 일었다. 10년 전에 죽은 아이의 영혼이 500년 후에 땅에서 환생했다가 조선으로 돌아오다니. 눈으로 보고도 믿기지 않는 사실에 융이 말을 잇지 못했다. 그가 떨리는 손으로 그린의 얼굴을 감쌌다. 융을 바라보는 그린의 눈가도 촉촉해졌다.

"그린이 네가 연두였다니……."

융은 궁궐이 아닌 강희맹의 저택에서 자랐다. 어린 융에게 연두는 신기한 아이였다. 그저 웃기만 해도 햇살이 비추는 것처럼 주변이 환해졌다. 작은 아이의 맑은 미소를 볼 때면 융도 시름을 잊었다. 부모 없이 웃자라던 소년에게 큰 위로가 되었음은 물론이었다.

세자 책봉을 받고 입궐한 뒤에도 융은 연두를 잊지 않았다. 연두 부모의 노비 문서를 태워 양인으로 만든 것도 융이었다. 강희맹은 지엄한 왕세자의 부탁을 거절하지 못했고 사대부가 규수 못지않게 연두를 곱게 키웠다.

동궁전에서 생활하면서도 융은 연두를 그리워했다. 순진무구하던 아이가 싱그러운 미모를 가진 소녀로 자라는 동안 융의 그리움은 더욱 깊어졌다. 융의 나이 열일곱, 연두의 나이 열다섯. 서로를 보고파 하는 마음이 연심인지도 모르던 시절이었다.

융은 어떻게든 핑계를 만들어 강희맹의 저택을 찾곤 했다. 연두를 후궁으로 들일 생각조차 하지 못했다. 가끔 만나 웃음을 나누는 것만으로 족했으니까.

하지만 세자가 비천한 소녀와 가까이 지내는 것을 기꺼워하는 사람은 없었다. 융과 연두를 떼어 놓으려는 방해의 손길이 날이 갈수록 심해졌다. 융을 맞이하는 연두의 얼굴은 점차 어두워졌다. 단둘이 있을 때가 아니면 편히 웃지도 못했다. 융이 연두를 데리고 산과 들로 가기 시작한 것도 그때부터였다.

그날 거센 소나기가 지나갔다. 옷깃이 빗물에 젖었지만, 그마저도 융과 연두에겐 재미난 놀이 같았다. 매꽃의 말처럼 호랑이가 나타난 것은 아니었다. 멀리 호랑이 울음이 들렸을 뿐.

돌아가려 했을 땐 이미 길이 보이지 않았다. 소나기로 불어난 계곡물 탓이었다. 난처해하는 두 사람 앞에 추레한 몰골의 계집아이가 나타났다.

'소인이 안내하겠사옵니다. 따라오십시오.'

연두가 동무의 이름을 부르며 반가워했다. 그 이름이 무엇이었을까. 조금도 기억에 남아 있지 않았다. 어차피 융에게는 무의미한 이름이었다.

원수를 기억할 바에야 연두의 작은 흔적을 가슴에 품는 것이 더 이로웠으니까.

"매꽃."

융이 분노가 서린 목소리로 매꽃의 이름을 되뇌었다. 잊지 말아야 했다. 연두의 창백한 얼굴을 잊지 않은 것처럼 그 계집의 이름도 잊지 말아야 했다. 융의 어금니에서 날카로운 음성이 흘러나왔다. 하지만 그린 앞에서는 그 어떤 서슬도 녹아내리고 말았다.

"왜 널 알아보지 못했을까. 한시도 널 잊은 적이 없었는데. 나 때문에 네가 죽었다는 생각에 자책하고 또 자책했느니라."

"그런 말씀 마세요. 절 계곡으로 떠민 것은 매꽃이었으니까요."

그린이 목소리를 쥐어짰다. 매꽃은 부정도 긍정도 하지 않았다. 잊혔던 연두의 기억이 엄습해 왔다. 안개에 휘감겨 보이지 않던 소년의 얼굴이 융의 얼굴과 서서히 겹쳐졌고, 연두를 계곡으로 떠밀던 매꽃의 눈빛이 되살아났다.

그린이 매꽃에게 시선을 돌렸다.

"넌 일부러 이름도 고치지 않았어. 날 시험하려 했던 거겠지. 널 기억하는지 못하는지."

"넌 여전히 아무것도 모르더구나. 연두였을 때처럼 내가 널 좋아한다고 착각했지."

매꽃이 비웃음을 섞어 말했다. 융의 체온에 의지한 채 그린이 대꾸했다.

"나는…… 아니, 연두는 널 동무라고 생각했어."

"단 한 순간도 연두의 동무였던 적 없다."

"……."

"어차피 난 죽겠지. 그러니까 속 시원히 말해 다오. 내가 팔관회라는 걸 어떻게 안 거지?"

숨을 고른 그린이 품에서 오악을 꺼내 들었다.

"네가 오악을 줬으니까."

"고작 그것 때문이라고?"

"지금까지 세 개의 신물을 찾았지만, 단 하나도 저절로 내 손에 들어온 적은 없었어."

"누가 들으면 대단한 희생을 한 줄 알겠구나."

"난 신물을 얻기 위해 필사적이었고, 응분의 대가를 치렀어. 순순히 내줄 만큼 하찮은 물건은 아니잖아? 하지만 넌 자진해서 바쳤지. 가문의 보물 운운해 놓고."

그때부터였다. 그린이 매꽃을 의심하기 시작한 것은.

가문의 보물이라고 해 놓고서 고향을 모른다고 한 것도 이상했다. 그린에게 융 옆에서 떨어지지 말라고 부탁한 건 더 이상했다. 그린은 꿈속에서 나온 남자가 융이 아닐 수도 있다고 생각하던 중이었다. 인정하고 싶지 않지만, 의문점이 너무나도 많았다.

'꿈속의 남자가 전하가 아니라는 가정하에 돌이켜 보자.'

그린은 야마와 함께 누가 무슨 이유로 꿈을 조작했는지 되짚어 보기로 했다.

'꿈속의 남자가 널 조선으로 불렀다고 했지.'

'조선에서 전하를 만나고 나서야 얼굴을 볼 수 있었고.'

'왕놈이 얼굴을 한 그놈이 네게 신물을 찾아 달랬다고 했지? 자길 구해 줄 사람은 너밖에 없다면서 구질구질하게.'

'절대 전하일 리가 없어.'

만약 그린과 융의 꿈이 조작됐다면, 그 목적은 '그린이 신물을 찾고,

융의 곁을 떠나지 않는 것.'이었다. 그것은 매꽃의 소망과도 정확히 일치했다. 왜 그런 목적을 품었는지는 모르겠지만 그린은 일단 모호한 부분은 배제하기로 했다.

'내가 꿈속의 남자를 본 것도, 전하가 꿈속의 여인을 본 것도 10년 전이야.'

'왕놈이가 악귀에 시달리기 시작한 것도 10년 전이고.'

'우리 꿈을 조작해야만 했던 어떤 이유가 10년 전에 생겼다는 뜻인가?'

그린과 야마는 10년 전이란 시기에 집중해서 정보를 파기 시작했다. 공교롭게도 봉천군이 신력을 잃은 것도 딱 10년 전이었다.

매꽃의 이야기를 듣고 난 뒤에 약재상을 다시 뒤졌다. 10년 전 평안도에서 온 심마니 영감을 아는 사람은 없었지만, 15살가량의 손녀와 함께 평안도에서 온 심마니 영감을 기억하는 사람은 있었다.

'아. 상처투성이인 계집애를 업고 온 영감이 있었소! 계집애 얼굴에 커다란 흉터가 있어서 또렷이 기억해. 분명 평안도에서 온 왕씨였는데.'

팔관회 회주 왕규도 기골이 장대한 영감이라 했다. 그 옆에는 항상 복면으로 얼굴을 가린 묘령의 여인이 있다고 했다.

귀자득활술 도사 외에 꿈을 조작할 수 있는 사람이 또 있을까. 그린은 왕규와 팔관회가 천기인 자신을 이용해 신물을 모으고 있다고 확신했다. 매꽃이 팔관회 일원이란 심증도 깊어졌다. 그러나 매꽃은 무서울 정도로 철저한 인물이었다. 자신의 정체를 노출 시킬 만한 그 어떤 실수도 하지 않았다. 매꽃과 접촉하던 어의 임종직은 달랐다. 그린은 융과 홍희수에게 사실을 알리고 임종직의 신병을 확보했다.

그린은 박 상궁과 함께 매꽃을 유인하기로 했다. 팔관회가 어떤 형태로 도사리고 있을 줄 몰랐기 때문에 비밀리에 움직여야 했다. 임종직이 잡혔다는 것이 알려지면 매꽃은 자취를 감출 게 뻔했다. 그래서 암구호까지 만들었다. '쓴 탕약은 먹고 싶지 않다'가 그것이었다.

매꽃은 의심 없이 그린을 찾았다. 그린은 아무것도 모르는 척 매꽃의 과거를 떠봤다. 연두 이야기를 할 때 처음 본모습을 드러냈던 매꽃은 이번에도 흔들렸다. 그린을 낮잡아 봤던 것도 한몫했을 거였다. 어쩌면 환생 후에도 변함없이 융의 사랑을 받는 그린을 질투했기 때문일지도 몰랐다.

"왜 날 죽였니? 강희맹 대감의 명을 받은 거야?"

매꽃이 대답하기 전에 융이 눈썹을 모았다.

"강 대감은 그런 명을 하지 않았다고 했다. 그는 내게 거짓말을 할 사람이 아니다."

"그래서 저를 죽도록 때리셨습니까?"

매꽃이 고개를 숙인 채 물었다. 그린이 멈칫했다.

"그게 무슨 소리야?"

"내 얼굴의 상처 누가 냈는지 알아?"

매꽃이 제 흉터를 가리키며 물었다.

"네 앞에서 성인군자인 척하는 주상 전하께서 친히 만드신 상처야!"

한층 높아진 매꽃의 목소리에 한이 서렸다. 그린이 믿을 수 없다는 투로 융을 바라봤다. 융은 감정 한 푼 담기지 않은 무표정한 얼굴로 매꽃을 바라보고 있었다. 그가 천천히 입을 뗐다.

20장. 새끼손가락 걸고 약속

"과인이 큰 실수를 하였다."

"전하!"

"그때 죽였어야 했거늘. 내가 괜한 후환을 만들었구나."

매꽃을 바라보는 융의 눈빛이 잔혹하리만큼 차가워졌다. 죽음이 두렵지 않다는 듯 당당하던 매꽃도 흠칫 어깨를 떨었다.

"그 흉터를 내가 만들었다고 했느냐? 혹시 그게 원망스럽다는 뜻이냐?"

융이 눈부시게 아름다워서 오히려 소름 끼치는 미소를 머금었다.

"내 앞에서 연두를 죽인 살인자 주제에."

그린은 융이 가늠할 수 없이 짙은 살기에 휩싸이는 것을 보았다. 하지만 언제나 융의 뒷덜미에서 기회를 노리던 붉은 악귀는 보이질 않았다.

'전하께서 대천을 갖고 있기 때문인 줄 알았는데…… 왕규의 신력이 부족한 걸까? 오악까지 내놓아야 했으니까.'

매꽃에게 오악을 받자마자 그린은 야마를 불렀다. 오악의 영기를 감정하기 위해서였다. 한참 오악을 살피던 야마가 신음처럼 말했다.

'큰 문제가 생겼다.'고. 야마와 나누었던 대화를 떠올리며 그린이 입술을 깨물었다. 그 말이 사실이라면 융을 구하는 것도, 야마를 살리는 것도 불가능에 가까웠다. 지금까지의 노력이 수포가 될 수 있었다.

'이제 어떡해야 하지.'

끈적끈적한 어둠이 그린의 눈앞을 가렸다. 그린이 거친 손놀림으로 포박된 매꽃을 흔들었다.

"왜 나랑 전하를 이용해서 뭘 하려고 한 거야? 날 조선으로 부른 것도 너희들 짓이지?"

"앞으로 잘 밝혀 보려무나."

"말하지 못해?"

"너는 명혼을 지니지 않았느냐? 널 도와줄 사람은 널렸을 테니 애써 보거라."

매꽃이 냉소적으로 읊조렸다. 그린이 손을 높이 들어 매꽃의 뺨을 내리쳤다. 날카로운 소리와 함께 매꽃의 고개가 옆으로 돌아갔다.

"내가 명혼이라서 편히 산 줄 알아? 연두는 15살밖에 살지 못했고, 서랑도 명혼 때문에 자살했어!"

"……."

"나도 그 잘나 빠진 명혼 때문에 고통받다가 조선까지 끌려왔다고!"

그린이 절규하듯 목소리를 높였다. 그마저도 매꽃은 가소롭다는 투였다.

"넌 영원히 모를 것이다. 네가 얼마나 행복에 겨운지."

"너는 끝까지 네 할 말만 지껄이는구나."

"너야말로 팔관회에게 고마워해야 한다. 우리 덕에 전하와 재회하지 않았느냐? 10년 동안 꾼 꿈이 참 달콤했을 게야. 큭큭."

경멸로 똘똘 뭉친 비웃음을 끝으로 매꽃이 눈을 감았다. 붉게 부풀어 오른 매꽃의 뺨을 향해 그린이 다시 손을 쳐 들었다.

"그쯤 하여라. 손 상하겠다."

"전하."

"저 계집은 죽여 달라는 말이 절로 튀어나올 때까지 고통받게 될 것이다. 네 귀한 손을 더럽힐 이유가 없다."

그린의 가느다란 손목을 쥔 채로 융이 말했다.

"죄인을 압송하라. 자진하지 못하도록 재갈을 물리고, 내 명이 있기 전까지 물 한 모금 주지 말아라!"

융의 명령에 매꽃을 끌려 나갔다. 그린이 무너지듯 주저앉았다. 손바닥에서 올라오는 열기가 그린을 더 비참하게 만들었다. 팔관회 수뇌인 매꽃을 잡았지만, 안심이 되질 않았다.

연두의 복수를 할 수 있을 거란 생각도 들지 않았다. 흘러간 과거 따위 아무래도 상관없었다. 그린 눈은 항상 미래에 고정되어 있었다. 소중한 사람들과 가꿔 나갈 보다 나은 내일이 그린에게는 가장 중요했다. 그래서 가슴이 터질 것처럼 아파 왔다.

"정작 알아내야 할 것은 아무것도 알아내지 못했어요."

"그린아."

"왜 우리 꿈을 조작했는지! 그렇게까지 해서 뭘 얻으려고 했는지 하나도 모르잖아요!"

"……."

"제 꿈에 나왔던 남자는 전하가 아니고, 전하가 찾으시던 꿈속의 여인은 제가 아니었어요…… 우리가 속은 거예요."

그린의 울먹임이 융의 심장을 날카롭게 찔렀다. 그가 느끼는 고통도 그린 못지않았다. 하지만 융은 흔들리지 않았다. 아파하는 그린 앞에서 융은 흔들릴 수 없었다.

"그게 뭐 어쨌다는 것이냐. 이제라도 알았으니 다행이거늘."

융이 흐느끼는 그린의 몸을 두 팔로 감싸 안았다.

"그들이 전하와 저를……!"

"안다. 네가 무슨 생각을 하는지. 나도 너만큼 화가 치민다. 하지만 꿈 따위보다 네가 훨씬 더 소중하다."

침착한 융의 목소리가 그린을 어루만졌다. 쌕쌕거리던 그린의 호흡이 조금씩 가라앉았다. 하지만 눈물은 멈추지 않았다.

융이 커다란 손으로 그린의 눈을 덮었다. 울고 싶은 만큼 실컷 울라는 뜻이었다. 그린은 융의 손 뒤에서 더운 눈물을 토해 냈다. 그린은 10년간 꿈속의 남자를 그리워했다. 누군지도 모르면서 그를 만날 수 있기만을 기다렸다.

융도 그랬다. 얼굴도 이름도 모르는 꿈속의 여인을 찾기 위해 전국을 뒤졌다. 둘의 애틋함과 그리움은 모두 계획된 것이었다. 운명이라 믿었던 꿈은 파렴치한 농간에 불과했다. 융의 손이 그린의 눈물로 젖어 들었다. 융도 가슴으로 울었다.

"하지만, 그린아. 모두 거짓은 아니었다. 그중에 진실도 있었다."

"진실이요?"

"그래. 내 손으로 녹수연에 빠진 널 건져 내지 않았더냐."

그린이 숨을 들이마셨다. 융이 한 마디 한 마디 힘주어 말했다.

"눈앞에서 연두를 잃은 뒤 나는 이성을 잃었다. 물에 빠져 허우적거리는 연두를 지켜보기만 했던 무력함을 견디지 못한 탓이었다."

"전하께서 연두를 구하려 했다면 함께 죽었을 거예요."

"함께 죽었다면 적어도 수치스럽지는 않았겠지."

연두가 휘몰아치는 계곡 아래로 가라앉고 난 뒤, 융은 짐승처럼 울부짖으며 매꽃을 때렸다. 상대가 계집아이란 사실도 잊었다. 손에 잡히는 돌을 들고 본능적으로 매꽃을 내리찍었을 뿐이었다.

사실 융은 매꽃을 살려 줄 마음이 없었다. 왕세자를 구하러 온 강씨 집안의 종복들 때문에 미처 죽이지 못한 것뿐이었다. 연두를 계곡으로 밀어 놓고 '저하를 위해서'라고 지껄였던 역겨운 계집을 어찌 살려 둘 수 있을까.

매꽃은 피투성이가 되어 쓰러졌고, 융도 고열 때문에 며칠 동안 깨어나지 못했다. 그가 정신을 차렸을 때 매꽃은 외지에서 온 늙은이와 도망친 후였다.

융은 강과 바다를 뒤져서라도 연두의 시체를 찾아내라 명했다. 다행히 연두의 시신은 곧 발견되었다. 파랗게 질리긴 했지만 익사한 시신답지 않게 온전한 모습이었다.

그래서 더 믿기지 않았다. 융의 어린 시절을 위로해 주었던 작은 아이는 그렇게 세상을 떴다. 강희맹은 연두의 죽음을 안타까워하면서도 '차라리 잘된 일'이라 둘러댔고, 그 뒤부터 융은 강희맹의 저택을 찾지 않았다.

"녹수연에서 허우적거리는 널 보자마자 뛰어들었다. 거기가 연못이 아니라 파도치는 바다였대도 그렇게 했을 것이다."

융의 가슴에 얼굴을 묻고 있던 그린이 고개를 빼꼼히 들었다.

"정말요?"

"나는 아주 오랫동안 연두를 구해 내는 상상을 해 왔다. 살릴 수 있었다면, 다시는 잃지 않겠다 맹세했다."

"전하."

그린의 머루알처럼 검은 융의 눈동자를 바라보았다. 눈동자 안에 담긴 제 모습은 열다섯 살 난 소녀처럼 조그마했다.

"내 손으로 널 구하지 않았느냐. 저들이 널 조선으로 불러들인 덕분에 내 소원이 이루어졌다. 그것만은 변하지 않는 진실이다."

융의 뜨거운 진심이 차갑게 굳은 그린을 녹였다. 매꽃의 말대로 팔관회가 아니었다면 그린은 융을 만날 수 없었을 거였다. 그도 오랜 꿈을 실현하지 못했을 터였다. 그린이 힘없이 물었다.

"팔관회에게 고마워해야 하나요?"

"물론 고마워해야지."

"진짜요?"

그린이 콧잔등을 찡그렸다. 융의 입꼬리가 기분 좋게 올라갔다.

"그 고마움을 모조리 잡아들여 멸살시키는 것으로 갚으려 한다."

역시 융다운 발상이었다. 그린이 헛웃음을 삼키며 물었다.

"이번에도 눈에는 눈, 이에는 이인가요?"

"아니. 한마디 말로 천 냥 빚을 갚는다, 지."

"전혀 어울리지 않잖아요!"

융의 뻔뻔한 대답에 그린이 목소리를 높였다. 이제야 안심된다는 듯 융이 그린의 콧날을 톡 건드렸다.

"이제야 좀 웃는구나."

"전하……."

"그린아, 꿈은 이제 잊자꾸나. 꿈속의 사내가 아닌 나만을 봐 다오."

"명심할게요, 전하."

그린이 작은 동물처럼 꼬물거리며 융의 품을 파고들었다. 융이 그린의 머리칼과 이마, 눈썹에 차례로 입 맞췄다. 눈꺼풀과 속눈썹, 뺨으로 이어지던 입맞춤은 입술에서 하나가 되었다. 그날의 입맞춤에서는 눈물 맛이 났다. 그렇다고 쓰거나 짜진 않았다.

융의 숨결에 취한 그린이 느끼는 것은 언제 맛보아도 변함없는 달콤함뿐이었다.

* * *

다음 날 하옥되었던 어의 임종직이 사망했다는 소식이 들려왔다. 야마와 담소를 나누고 있던 그린이 주먹을 움켜쥐었다.

"어떻게 그럴 수가 있는가? 지키는 사람이 없었던 건가?"

그린의 물음에 박 상궁이 고개를 저었다.

"문졸이 둘이나 있었다고 하옵니다. 그자들을 신문하고 있으나, 억울함을 토로하고 있다 하옵니다."

"문졸들의 눈을 피해 임종직을 죽였다고?"

"다행히 의녀 매꽃은 무사하다 하옵니다. 전하께서 매꽃에 대한 감시를 늘리셨으니 심려 마시옵소서."

"저들이 무슨 짓을 또 할지 모르겠구나."

그린이 허탈한 목소리로 중얼거렸다. 야마가 미간을 좁혔다.

"팔관회 내에서 매꽃이 임종직보다 훨씬 높은 직위 아니옵니까?"

"그렇네."

"매꽃보다 먼저 죽였다는 건, 임종직이 그만큼 귀한 정보를 알고 있었다는 뜻일까요?"

"매꽃은 그 어떤 말도 하지 않을 거란 확신이 있었는지도 모르지."

그린이 입술을 깨물었다. 고문의 위력은 알 수 없으나 매꽃이라면 어떤 일이 있어도 입을 열 것 같지 않았다. 그린은 박 상궁을 내보내고 야마와 단둘이 마주 앉았다. 그리고 탁자 위에 오악을 올려놓았다.

"야마야, 다시 한번 확인해 봐."

그린의 눈동자가 불안하게 흔들렸다. 야마가 쓴웃음을 지었다.

"몇 번이나 확인해 봤지만 똑같대도."

"며칠 지났으니까 달라졌을지도 모르잖아. 천령이랑 명산도 같이 있었고."

"너무 기대하진 마."

야마가 오악을 쥐고 정신을 집중했다. 오악에서 희미한 불빛이 흘러나왔다. 그것도 잠시 망가진 전구처럼 깜빡거리다가 이내 불빛이 사그라졌다. 야마가 무겁게 고개를 가로저었다.

"역시 그대로야. 오악의 영기는 바닥났어."

낙담한 그린이 두 손으로 머리를 감쌌다. 야마가 엄지와 검지로 오악을 집어 높이 들어 올렸다. 햇살에 비춰 본 오악은 다른 신물들과 다를 바가 없었다. 하지만 정작 중요한 영기는 거의 남지 않았다.

"다른 신물들은 영기가 흘러넘치는 항아리 같은데 오악은 빈 깡통 같아. 오랜 시간에 걸쳐서 영기를 빨린 듯해."

"그럼…… 다섯 신물을 다 모아도 염라대왕의 힘은 못 찾는 거야?"

그린이 두렵다는 듯 물었다. 낭패한 얼굴로 야마가 중얼거렸다.

"아마도 어렵겠지."

"아무 방법이 없는 건 아니겠지? 봉천군 여사님은 뭐라셔?"

"천기를 이용해서 신물의 힘을 극대화하는 수밖에 없대. 팔관회 제례를 재현하는 거지."

그린이 옷고름을 구겼다. 그것은 매꽃과 팔관회가 바라던 방식이었다. 왕규를 잡지 못한 상황에서 그들의 계획대로 움직일 수는 없었다.

"내가 천기라는 사실은 여전히 말씀 안 하시고?"

"응. 뭔가 눈치챈 것 같기는 하지만."

"아무래도 봉 여사님을 직접 만나 봐야겠어."

"괜찮겠냐? 너 요즘 컨디션도 나쁘잖아."

낯빛이 안 좋은 그린을 걱정하며 야마가 물었다. 그린이 메슥거리는 속을 문질렀다.

"소화가 안 되는 것뿐이야. 밥 덜 먹으면 괜찮아지겠지."

"내키지 않겠지만 어의를 만나 보도록 해."

"어의는 안 돼."

그린이 딱 잘라 거절했다.

"팔관회와 관련된 놈들이 또 있을까 봐? 그럼 사가의 의원이라도 찾아야지."

"안 돼. 아니, 싫어."

"의원을 피하는 다른 이유라도 있는 거야?"

야마의 물음에 그린이 시선을 피했다.

"탕약 먹고 싶지 않으니까 그렇지. 쓴 건 딱 질색이라고."

미심쩍다는 듯 야마가 눈을 가늘게 뜨고 그린을 훑어보았다. 안색이 창백하다는 것 빼고는 별다른 문제는 없어 보였다. 야마가 어깨를 으쓱했다.

"그러면 다행이지만. 봉천군은 어떻게 만날 거야? 곧 죽어도 입궐은 안 하잖아."

"내가 나갈 거야. 하지만 그 전에 봬야 할 분이 있어."

"그게 누군데?"

"대왕대비 마마."

* * *

어머니에 대한 비밀을 들은 후, 융은 매일 아침 인수대비에게 문안 인사를 올리고 있었다. 인수대비는 크게 기뻐하며 모든 것이 그린 덕분이라고 치켜세웠다. 완벽하리만치 엄격하던 표정도 그린과 융 앞에서만은 손주를 반기는 여느 할머니들처럼 부드러워졌다. 외할머니 밑에서 자란 그린도 인수대비에게 각별한 정을 느끼고 있었다.

"숙원, 어의 임종직이 죽었다는 소식을 들었네. 팔관회 일당을 잡아들이는데 어려움은 없는 겐가?"

"전하께서 군사를 풀어 팔관회 본거지를 점령하셨다고 하옵니다. 곧 좋은 소식이 있겠지요."

하지만 그린은 그곳에서 별다른 소득이 없을 거라고 예상했다. 귀신을 부려서 정보를 얻어내는 왕규가 가만히 당하고 있을 리가 없었다. 이미 도망쳤겠지.

"팔관회 회주인 왕규는 귀자득활술이란 사특한 주술을 쓰는 도사라 하옵니다."

"봉천군에게 들었네. 주상의 모후도 그자의 손에 당했더랬지. 원자도…….”

허공을 응시하는 인수대비의 눈빛이 고통으로 물들었다. 원자란 말에 그린이 되물었다.

“원자라니요? 원자 마마께서는 병사하신 것이 아니셨사옵니까?”

“아, 내가 말실수를 하였네. 원자는 본디 약하게 태어난 아이였어.”

인수대비가 서둘러 말을 고쳤다. 무언가 숨기고 있는 사람 같았다.

‘원자 마마도 왕규에게 당하신 걸까? 전하를 잉태하셨던 폐비께서도 악귀에 시달리셨지. 중전께서 원자 아기씨를 잉태하셨을 때 가만히 있었을 리 없어.’

융이 군관들을 풀어 알아본 바에 따르면 왕규는 100년 전 멸망한 고려 왕족의 후예라고 했다. 팔관회는 고려 귀족 후손들이 공동체였고. 모든 권력을 잃고 조선의 하층민으로서 척박한 삶을 살아야만 했던 그들이라면 이씨 왕조에 대한 강한 분노를 품었을 거였다.

사대부들을 현혹해 왕을 끌어내리고, 꼭두각시 왕을 세우는 것으로 복수하려던 것이 아닐까. 어차피 고려를 되살릴 수는 없을 테니 말이다.

‘자신들을 멸망시켰던 이성계의 후예가 신하들 손에 처형당하고 대대로 모욕당한다면…… 아주 통쾌할 테지.’

그 먹잇감이 융이라는 사실이 그린을 가슴을 아프게 찔렀다.

“왕실은 너무 오랫동안 저주받았네. 이번에야말로 그 사특한 자들을 소탕하여야 하네.”

“소첩도 신명을 다하겠나이다.”

“숙원은 그보다 용정을 잉태하는데 더 신경 써 주었으면 좋겠네만.”

인수대비의 얼굴이 한층 부드러워졌다. 증손자를 볼 생각만 해도 기쁜 것 같았다.

'내 이마에 예비 엄마라고 쓰여 있나? 왜들 자꾸 아기 이야길 하시지.'

인수대비나 중전이나 볼 때마다 아기 이야기를 하는 통에 그린의 부담감은 더욱 커졌다. 융도, 신하들도 한마음 한뜻으로 그린의 임신을 기다리고 있었다. 그것만으로 부담스러운데 모두가 바라는 건 딸이 아니라 아들이었다. 난 딸이 더 좋은데!

"왕실을 생각하면 소첩보다는 중전마마께서 회임하시는 편이 낫지 않겠사옵니까."

그린이 어색하게 말을 돌렸다. 인수대비가 씁쓸한 표정으로 고개를 저었다.

"중전의 회임을 위해 안 써 본 약이 없네."

"……."

"봉천군도 중전을 위해 매일 기도를 하였네만, 소용없었다네."

"봉천군이요?"

그린이 놀라 되물었다. 인수대비는 그린의 반응이 더 의아한 모양이었다.

"몰랐는가? 자네는 봉천군의 수양딸이 아닌가."

"소첩은 아무런 말도 듣지 못하였습니다. 중전마마와 봉천군이 같은 신씨 가문 출신이란 것은 알고 있습니다마는."

"그것참 이상하군. 봉천군과 중전은 매우 각별한 사이일세. 친 모녀지간이라 해도 믿을 만큼. 중전이 간택되기 전부터 그랬지."

인수대비가 도통 모르겠다는 뜻으로 미간을 좁혔다. 그린은 놀라움을 감출 수 없었다.

'봉 여사님은 중전마마를 잘 모르는 분이라고 하셨는데?'

잘 생각해 보니 봉천군은 중전에 대한 화제를 의도적으로 피할 때가 많았다. 도대체 왜 그랬던 것일까.

“중전은 봉천군의 조카딸일세. 중전의 모친이 병약하여 봉천군이 제 딸처럼 키웠다지. 봉천군의 아들과 한동갑이었으니까.”

“그럼 중전께서 세자빈이 되신 것도…….”

“국무였던 봉천군의 영향이 없지 않았네. 가문도 더할 나위 없이 훌륭했고, 거창부원군도 영의정을 지낸 충신이었으니.”

인수대비의 말에 그린은 깊은숨을 몰아쉬었다. 사현과 융, 중전은 모두 1476년생 한동갑이었다. 그냥 가까운 것도 아니고, 딸처럼 키웠다니. 봉천군은 의도적으로 중전과의 관계를 숨겨 온 거였다. 그린이 천기였던 것을 숨겼던 것처럼. 도대체 왜? 봉천군의 행동에는 이해할 수 없는 부분이 너무나 많았다.

“폐비께서 악귀를 보셨을 때 봉천군이 모종의 역할을 했사옵니까?”

“당연하네. 젊은 나이였지만 봉천군의 신력은 성수청의 다른 무녀들과 비교할 수도 없을 만큼 강했으니.”

“하지만 악귀를 쫓는 데는 실패하셨고요?”

“봉천군은 악귀의 화가 주상에게 가지 않도록 하는 게 최선이라 했지.”

“…….”

“폐비도 주상을 살리기 위해 죽음을 택했고. 폐비의 희생 덕에 주상의 영혼이 보호받는다고 봉천군이 말했네.”

그린의 심장이 요동쳤다. 처음 융에게 씐 악귀를 보았을 때 그린은 생각했다. 어떻게 사람이 악귀에 씌고도 10년 동안 멀쩡할 수 있는지. 아마도 놀라운 일이라고 혀를 내둘렀을 정도였다.

'전하의 강한 의지도 있었지만, 돌아가신 중전마마의 희생 때문이었어…….'

융이 지금까지 멀쩡한 정신을 유지할 수 있었던 것은 어린 아들을 살리기 위해 목숨마저 내놓은 지극한 모성 덕이었다. 어머니란 원래 그렇게 강한 존재일까. 평범한 여자도 아이를 낳는 순간 뒤바뀌는 걸까. 아이를 갖는 것도 어머니가 되는 것도 그린에겐 너무나 먼일처럼 느껴졌다.

두근, 두근, 두근. 그린이 손바닥으로 가슴을 눌렀다. 어쩐지 평소보다 심장이 두 배로 빨리 뛰는 것 같았다.

* * *

이부자리에 나란히 누워서 그린은 인수대비에게 들었던 말을 융에게 전했다. 비록 얼굴은 보지 못했지만, 그가 어머니의 지극한 사랑을 받았던 아이였다는 걸 알게 해 주고 싶었기 때문이었다.

융의 그림처럼 아름다운 얼굴엔 표정이 많지 않았다. 하지만 그린은 그의 무표정에서 잔잔한 기쁨과 너울거리는 슬픔 모두를 읽어 낼 수 있었다.

'왕규는 왕자를 잉태한 중전을 노렸어. 주술 때문에 폐비께서는 돌아가셨고 전하는 살아남으셨지. 중전마마가 원자마마를 잉태했을 때도 같은 일이 있었다면…….'

중전이 살아남고 원자가 죽었다는 것에 어떤 의미가 있는 것일까. 그린은 원자가 자신 때문에 죽었다며 가슴을 치던 중전의 모습을 떠올렸다.

10년 전에 무슨 일이 있었는지 융은 알고 있을지도 몰랐다. 하지만 귀중한 아들의 죽음에 대해 캐물을 수 없었다. 그린이 애써 밝은 목소리를 냈다.

"내일 봉천군 여사님을 만나 보려고요."

"꼭 직접 가야겠느냐?"

"전하께서도 여사님을 만나려고 기방까지 납시셨잖아요. 그것도 세 번이나요."

그린이 손으로 입을 가린 채 웃었다.

"무슨 연유인지 봉천군은 입궐하지 않더구나."

융이 불만스럽다는 투로 말했다. 그린이 작은 주먹을 꼭 쥐었다.

"10년 전에 무슨 일이 있었는지 알아낼게요. 봉 여사님이 제가 천기란 걸 숨기신 이유도요."

"내금위장을 붙여 주겠다."

"희수 아저씨는 전하를 지켜야 하잖아요?"

"난 내가 알아서 지킨다. 넌 네 걱정이나 하려무나."

"여부가 있겠사옵니까."

그린이 과장된 태도로 납죽 엎드렸다. 융이 두 손으로 그린의 양 뺨을 쥐고 옆으로 늘어뜨렸다.

"요 무엄한 입을 어찌해 줄까."

"아하여!"

"아하여가 어느 나라 말이냐?"

"아푸아고여!"

융이 쿡쿡 웃으며 그린을 놓아주었다. 빨갛게 달아오른 뺨을 문지르며 그린이 소리를 높였다.

"아프다고 했잖아요!"

"조선말로 하지 그랬느냐. 그랬다면 바로 놓아줬을 것을."

"이 폭군!"

"몰랐느냐? 과인은 조선 역사에 길이 남을 폭군임을."

융이 눈을 가늘게 뜨고 입꼬리를 씨익 올렸다. 등불 아래서 드러난 하얀 치열이 싱그러웠다. 익숙해질 법도 하건만 융의 미소를 볼 때마다 그린의 심장은 다른 박자로 뛰었다.

"전하는 사납고 악한 군주라서 폭군이 아니라 심장을 폭행하는 군주라서 폭군이에요."

"심장을 폭행한다?"

이해할 수 없는 말에 융이 눈썹을 추켜세웠다. 그린이 손으로 뺨을 감싸며 대답했다.

"그만큼 잘생기셨다는 말이에요."

"그래서 이야기를 쓰는 것이냐? 연애가중계 2권에서는 날 뛰어난 화공들조차 화폭에 담을 수 없는 미남자라 표현했지?"

"으악! 그걸 또 읽으신 거예요?"

"말하지 않았더냐. 네가 말썽을 피울 때마다 한 문장씩 읊어 주겠다고."

융의 눈빛이 짓궂어졌다. 그린이 두 손이 발이 되도록 싹싹 빌었다. 눈앞에서 그가 연애가중계를 낭독하는 것만큼은 피하고 싶었다.

"봉 여사님만 만나고 바로 돌아올게요. 한눈팔지 않고 시전 구경도 가지 않을게요! 반나절도 안 걸릴 거예요!"

"약속한 것이냐?"

"물론 약속합니다."

그린이 경건한 자세로 새끼손가락을 세웠다. 융이 그린의 작고 하얀 손가락을 골똘히 살폈다.

"이건 또 무슨 뜻이냐?"

"새끼손가락 걸고 약속, 모르세요?"

"들어 본 적 없다."

조선에서는 아직 안 쓰이는 건가? 아니면 융이 뭘 모르는 건가. 눈을 깜빡거리던 그린이 말했다.

"예전에 따봉을 가르쳐 드린 적 있죠?"

"엄지를 치켜세우는 것 말이냐? 최고란 뜻이라고 했었지."

융이 두 손으로 따봉을 만들어 위아래로 흔들었다. 흔들지는 않아도 되는데, 그 모습이 재미있어서 쿡쿡 웃으며 내버려 두는 그린이었다.

"잘 기억하고 계시네요. 새끼손가락을 마주 거는 건 서로 약속을 깨지 않겠다는 맹세 같은 거예요."

그린이 융의 커다란 손을 쥐고 새끼손가락을 제외한 다른 손가락을 접었다. 그리고 그의 손가락에 제 손가락을 걸었다.

"얼른 돌아올게요. 다치지도 않고 한눈팔지도 않고. 새끼손가락 걸고, 약속!"

"……."

"전하도 따라 하셔야죠?"

"꼭 해야 하는 것이냐?"

"당연하죠!"

그린이 고개를 끄덕거렸다. 겸연쩍다는 듯 눈길을 피하던 융이 낮은 목소리로 중얼거렸다.

"새끼손가락 걸고, 약속. 됐느냐?"

"고마워요, 전하."

그린의 융의 목에 팔을 걸고 껴안았다. 어색해하면서도 해 달라는 건

다 해 주는 그가 너무나 사랑스러웠다. 사랑하고 사랑받으며 평생 살 수 있으면 얼마나 좋을까. 불길한 예감을 삼키며 그린이 미소 지었다.

* * *

다음 날, 민복을 한 그린이 홍희수의 호위를 받으며 궐을 빠져나갈 때, 거적을 씌운 낡은 수레 한 대가 궐문 앞에 섰다. 문지기들이 창으로 수레를 멈춰 세웠다.

"그것이 무엇이냐?"

"역질에 걸린 죄수의 시신이옵니다."

수레를 몰던 노인이 고개를 숙이며 굽신거렸다.

"뭣이! 그걸 태우지 않고 옮기다니, 미친 것이냐?"

"흉하니 사대문 밖에서 태우라는 명이 있습니다."

"재수 옴 붙었군. 카악 퉤!"

문지기가 침을 뱉으며 수레를 통과시켰다. 거적 밖으로 붉은 발진이 돋은 작은 발이 비죽 튀어나와 있었다. 융이 매꽃이 죽었다는 보고를 받은 것도 그때였다.

"매꽃이 죽었다고? 누구도 죄인을 만나지 못하게 하지 않았느냐!"

융이 노성을 터뜨렸다. 내관 김자원이 식은땀을 흘리며 대꾸했다.

"옥에 들어간 자는 아무도 없사옵니다."

"그럼 왜 죽었단 말이냐?"

"의녀 매꽃은 역질에 걸려 절명한 듯하옵니다. 온몸에 발진이 돋아 죽어 있는 걸 옥지기가 발견하였사옵니다."

융의 눈을 부릅떴다. 멀쩡하던 매꽃이 하룻밤 새 돌림병으로 죽었다는 것은 이치에 맞지 않았다.

'온몸에 발진이 돋았다? 축하연 무대에 오르기로 했던 여악들도 그런 증상을 보이지 않았던가!'

융이 주먹을 움켜쥐었다. 팔관회는 이름 모를 독을 능수능란하게 다루었다. 이번에도 역질로 의심될 만한 독을 쓴 것이 분명했다.

"숨이 끊어진 것이 정녕 확실한 것이냐?"

"어느 안전이라 거짓을 고하겠나이까. 의원을 불러 확인하였사옵니다."

"의원? 왜 어의가 확인하지 않았느냐?"

"주상 전하를 진찰하는 어의가 어찌 역질 시신에 손을 댈 수 있겠사옵니까."

김자원이 우물쭈물 변명했다. 기도 차지 않는다는 듯 융이 헛웃음 쳤다.

"과인이 매꽃의 시신을 확인하겠다. 앞서거라!"

"천부당만부당하신 말씀이옵니다! 옥체 보중하시옵소서, 전하!"

"비켜라! 비키지 않으면 목을 칠 것이다!"

융의 눈에서 새파란 불꽃이 번쩍거렸다. 지존의 노여움 앞에서 김자원의 안색이 하얗게 질렸다. 융이 한성부 판윤에게 명해 팔관회의 본거지로 알려진 고택을 급습했으나 왕규는 이미 도망친 뒤였다.

임사홍과 휘숙옹주가 토설한 정보는 알량하기 짝이 없었다. 스스로는 주축이라 믿고 있는 듯했지만, 팔관회에선 미관말직 취급을 받았던 것 같았다. 신출귀몰한 팔관회를 소탕하기 위해서는 매꽃이 필요했다.

'매꽃이 죽었을 리가 없다. 죽음을 가장했다면 모를까.'

융은 시신이 부패하는 걸 보기 전까지 매꽃의 죽음을 믿을 수 없었다. 불안한 듯 이리저리 눈을 굴리던 김자원이 바닥에 엎드려 고했다.

"아뢰옵기 황송하오나 이미 시신을 태웠다 하옵니다!"

"뭣이라?! 내게 고하지도 않고 태웠다고?"

"마침 의금부 옥사 앞을 지나시던 자순대비께서 역질이 돌 수 있으니 시신을 사대문 밖에서 태우라고……."

김자원의 말이 끝나기도 전에 융이 주먹으로 탁자를 내리쳤다.

—쾅

가짜 역질, 시신을 발견한 옥지기, 매꽃의 죽음을 확인한 의원, 우연인 척 그 앞을 지나는 자순대비까지.

모든 것이 잘 짜인 탈출 계획이었다. 격분에 휩싸인 융의 주먹이 가늘게 떨렸다.

"시신을 궐 밖으로 내보냈다는 말이렷다?"

"죽여 주시옵소서, 전하!"

김자원이 죽은 벌레처럼 몸을 둥그렇게 만 채로 빌었다.

"조선이 자순대비가 다스리는 나라더냐? 감히 과인을 업신여기다니!"

"대비께서는 왕실을 위해 시신 처리를 서두르신 것뿐이옵니다!"

"닥쳐라! 대비 전으로 갈 것이다!"

융이 찬바람을 일으키며 일어섰다. 참을 수 없는 분노가 발끝부터 치밀어 올랐다. 자순대비가 팔관회와 관련 있을 줄 알았으나 이토록 적극적으로 매꽃의 탈출에 가담할 줄은 몰랐다. 신료들의 반발이 크다 해도 자순대비를 연금에 처하고 팔관회와의 관련성을 추궁해야만 했다.

'이 아우는 언제나 충심으로 형님을 보필하겠사옵니다.'

융은 진성대군의 순한 얼굴을 떠올리며 입술을 깨물었다. 자순대비를 가둔다면 진성대군도 가만히 있진 않을 터였다. 혹시 이것까지 계산한 것인가. 휘숙옹주에 이어 진성대군까지. 팔관회의 마수에 조선 왕실이 갈가리 찢겨 있었다.

대비전으로 향하던 융이 우뚝 멈춰 섰다. 한 가지 의문이 머리를 스친 탓이었다. 임금을 따르던 궁인들도 걸음을 멈추었다.

'매꽃을 구하기 위해서 자순대비를 버리다니. 너무 이상하지 않은가?'

팔관회는 자순대비를 이용해서 매꽃을 궐 밖으로 빼돌렸다. 자순대비는 팔관회가 차기 임금으로 세우려는 진성대군의 모후였다. 궐내의 영향력도 엄 귀인과는 비교할 수 없을 만큼 강력했다. 왜 자순대비라는 유용한 패를 포기했을까. 그렇게까지 해서 매꽃을 구하려고 한 이유가 뭘까?

'설마…… 매꽃이 왕규인 건가?'

융은 머리를 세게 맞은 사람처럼 휘청거렸다. 몇 가지 의문스럽던 정황들이 거센 파도가 밀려왔다. 팔관회가 매꽃이 아닌 임종직을 죽였을 때도 뭔가 이상했다. 한 나라의 옹주와 공신을 썩은 짚신처럼 취급하던 자들이었다. 정체가 탄로 나거나 쓸모가 없다고 판단되면 지위 고하를 막론하고 잘라 버렸다.

팔관회가 위험을 감수하고서라도 궐에서 살인해야 했다면, 임종직이 아닌 더 많은 정보를 가진 매꽃을 죽여야 마땅했다. 하지만 매꽃을 처리하기는커녕 임금의 화를 돋우면서까지 구해 냈다. 자순대비를 버리면서까지 살려야만 하는 존재. 대체 불가능한 유일무이한 존재. 그것이 귀자득활술을 쓰는 왕규가 아니면 누구란 말인가.

"강녕전으로 돌아갈 것이다."

융이 발길을 돌렸다. 지금 자순대비 따위 중요하지 않았다. 불길한 예감이 목 끝까지 끓어올랐다.

'매꽃이 왕규라면 그린이 위험하다.'

융은 새끼손가락을 펴고 곧 돌아오겠다고 약속하던 그린을 떠올리며 이를 악물었다.

* * *

그린이 홍희수와 함께 몽화당에 도착했을 때 야마가 문 앞에서 인상을 구기고 있었다.

"봉천군이 사라졌어."

"내가 오는 걸 모르셨던 거야?"

"그럴 리가 있겠냐? 알고 피한 거지."

야마가 불쾌하다는 듯이 뒷머리를 긁었다. 미리 기별했음에도 자리를 피한 것을 보면 봉천군은 그린을 만나고 싶지 않은 모양이었다. 아니면 만날 염치가 없거나.

'봉 여사님은 끝까지 날 속이시려는 건가. 아니면 뭔가 다른 이유가 있는 건가.'

봉천군은 그린이 천기란 것을 알려 주지 않았고, 중전을 딸처럼 아낀다는 사실도 숨겼다. 하지만 그린은 아직 마음속에서 봉천군을 버릴 수 없었다. 자신을 보살펴 주었던 그녀의 따스함이 전부 거짓일 리 없다고 믿었기 때문이었다.

"우리 귀하디귀한 숙원마마께서 친히 왕림하셨는데, 자리를 피하다니! 당장 봉천군을 잡아들여 물고를 내야 하옵니다!"

홍희수가 벌컥 성을 냈다. 자신에 관련된 일이라면 지나치게 흥분하는 그를 그린이 다독였다.

"진정하세요, 희수 아저씨."

"하오나, 숙원마마!"

"숙원마마가 미복잠행이 나왔다는 걸 온 한양 바닥에 알리려는 거야? 목소리 좀 줄이지?"

홍희수와 그린을 지켜보고 있던 야마가 삐딱하게 말했다. 7척 장신의 무인과 장옷으로 얼굴을 가린 미녀, 눈매가 사나운 수려한 사내는 가만히 있어도 시선을 모았다. 주위를 둘러보던 홍희수가 목을 움츠렸다.

"흠흠. 야마 도령은 봉천군이 어디로 갔는지 모르시오?"

"명륜이 있다는 무심사에 있지 않을까? 일단 가 보자. 여기서 멀지 않으니까 반나절이면 도착할 수 있을 거야."

"마마, 환궁하시겠사옵니까, 아니면 무심사에 가 보시겠습니까?"

홍희수가 공손하게 물었다. 그린은 대답을 망설였다. 무심사에 간다고 해도 봉천군을 만난다는 보장은 없었다. 소득 없이 환궁하고 싶지도 않았다. 융이 언제 또 그린의 출궁을 허락해 줄지 몰랐으므로.

하늘에 떠 있는 해를 보며 시간을 가늠해 본 그린이 야마에게 물었다.

"오늘 안에 다녀올 수 있겠지?"

"글쎄. 그거야 알 수 없지."

야마가 입을 삐죽거리며 밉살스럽게 대꾸했다. 야마의 못 미더운 말에 그린이 울상을 지었다.

"꼭 돌아가겠다고 전하와 약속했단 말이야."

"둘 일은 둘이 알아서 하고. 그래서 무심사에 갈 거야, 말 거야?"

"……가야지."

그렇게 결정할 줄 알았다는 듯 야마가 씨익 웃었다.

"그럼 소인이 앞장서겠나이다, 숙원마마."

*　*　*

외딴 오두막에 도착하고 나서야 노인이 수레를 멈췄다. 노인은 목에 건 모시 수건을 벗어 땀을 훔쳤다. 노인의 주름진 목에는 올가미 같은 검은 멍이 빙 둘려 있었다. 임사홍과 휘숙옹주에게 왕규라 불렸던 노인이 수레에 덮여 있던 거적을 벗겨 냈다.

수레에는 온몸에 붉은 발진이 돋은 매꽃이의 시신이 실려 있었다. 노인이 품 안에서 작은 호리병을 꺼냈다. 호리병에 든 약을 입술 사이로 흘려 넣자, 회색빛으로 굳어 있던 매꽃의 눈꺼풀이 파르르 떨렸다. 그것도 잠시, 매꽃이 눈이 번쩍 뜨였다. 실핏줄이 터진 눈에서 진득거리는 눈물이 쉴 새 없이 흘렀다. 감전된 사람처럼 몸을 뒤틀며 매꽃이 고통에 찬 신음을 흘렸다.

"아아악!"

"정신이 드는 것이냐?"

"으윽!"

"사자활득(死者活得)은 함부로 쓰면 안 되는 독이거늘."

매꽃은 역질과 증상이 비슷한 독과 산 사람을 잠시 가사 상태로 만들어 주는 독을 동시에 먹었다. 해독제를 썼다고 한들 그 고통이 씻길 리 없었다. 온몸을 찢어발기는 듯한 통증을 느끼며 매꽃이 비명을 질렀다. 죽어서도 잊지 못할 두 얼굴이 화살이 되어 매꽃의 심장을 관통하는 듯했다.

"이 융…… 장그린! 둘 다 내 손으로 죽이고 말 것이다!"

"진정하거라. 그러다 독이 역류한다."

"닥쳐요! 영감이 뭘 안다고!"

매꽂이 자신을 어루만지던 노인의 손을 매섭게 쳐 냈다.

“당신은 대역일 뿐이에요! 진짜 할아버지인 척하지 말라고 했잖아요?”

매꽂을 묵묵히 지켜보던 노인이 말투를 바꿨다.

“송구하옵니다.”

“앞으로는 용서하지 않을 테니 그리 알아요.”

“왕규님이 돌아가신 지 곧 일 년이 되옵니다. 매꽂 님이 잘못되시면 고려 왕족의 핏줄은 끊어지고 맙니다. 부디 보중하시옵소서.”

매꽂이 비틀거리며 수레에서 내려오자 노인이 그녀를 부축했다. 매꽂이 입꼬리를 비틀며 노인을 비웃었다.

“내 이름은 왕규예요. 그 이름과 함께 귀자득활술을 물려받은 것은 나라는 걸 잊지 마세요.”

“명심하겠사옵니다, 왕규님.”

“자순대비는 이것으로 끝입니다. 진성대군이 동요할 수 있으니, 별무반을 소집하세요.”

별무반은 여진족에 대비하여 만든 고려의 특수 부대의 명칭이었다. 팔관회는 고려 피를 이어받은 소수 정예를 별무반이라 불렀다.

팔관회의 진짜 실세는 자순대비 같은 조선의 권력자들이 아니라, 왕규를 위시한 별무반 고려인들이었다. 왕규 또한 특정한 사람의 이름이 아니라 팔관회 회주를 뜻하는 말이었다. 전대 왕규가 사망하면 새로운 왕규가 그 자리를 물려받는 것이 관례였다.

하지만 매꽂은 다른 왕규들처럼 팔관회의 후계자로서 자라지 못했다. 15살 때까지 자신이 노비인 줄만 알았다. 전대 왕규인 할아버지가 매꽂을 찾았을 땐 융에게 맞은 상처가 덧나 죽기 직전이었다.

'별무반이 제 역할을 잘했다면, 그런 일은 벌어지지 않았겠지.'

팔관회의 회주로 고려인들을 이끌고 있으면서도 매꽃은 고려인들을 믿지 않았다. 젊은 시절 매꽃의 할아버지는 처자식을 별무반에게 맡긴 채 귀자득활술의 정수를 깨우치는데 정진했다. 그러던 와중 동란이 벌어졌다.

왕규의 처가 사망했고 아들은 실종되었다. 빈민촌에서 태어난 매꽃은 자신이 고려 왕족의 후손이란 사실조차 몰랐다. 말도 떼지 못한 어린 나이에 노비로 팔려 갔기 때문이었다.

"복수보다 고려인들을 보살피는 것이 중요하옵니다. 이번 일로 많은 동포를 잃었사옵니다."

"날 거스르겠단 건가요? 명혼을 조선으로 불러들인 것은 할아버지셨어요. 난 할아버지의 뜻을 따를 뿐이에요."

"귀자득활술은 양날의 검이옵니다. 왕규님께서 지나치게 서두르시는 듯하여……."

"당신은 그저 당신보다 귀자득활술을 잘 쓰는 나를 질투하는 거 아닌가요?"

매꽃이 날카롭게 쏘아붙였다. 노인은 후계자를 잃었다고 생각한 왕규에게 귀자득활술을 전수 받은 자였다. 매꽃이 나타나지 않았다면 노인이 팔관회의 우두머리가 되었을 거였다. 그 때문에 매꽃은 늘 노인을 경계했다.

"당신은 아무리 노력해도 고려 왕족의 피를 이어받은 나를 따라올 수 없어요."

"왕규님께서 도술을 빨리 습득하셨던 이유는 탁혼을 타고나셨기 때문이옵니다. 그것을 잊으시면 아니 되옵니다."

“닥쳐요! 내 앞에서 그 말 꺼내지 말라고요!”

노인을 노려보는 매꽃의 눈이 활활 타올랐다. 탁혼이란 말은 듣기만 해도 소름 끼쳤다. 귀신을 부리고 신을 쫓는 흉한 혼. 모두에게 사랑받는 명혼과 정반대로 가만히 있어도 경멸과 원망을 사는 탁혼.

매꽃이 평생 깨우치기 힘든 귀자득활술을 누구보다 빨리 익힐 수 있었던 것은 탁혼을 지녔기 때문이었다. 탁혼만큼 저주와 사술에 어울리는 혼은 없었으니까. 하지만 그것이 고마웠던 적은 단 한 순간도 없었다.

“탁혼의 위대함을 잊으시면 화를 입으실 수 있사옵니다. 늘 감사하며 받드셔야 하옵니다.”

“탁혼에 감사하라고요? 당신도 속으로 비웃고 있잖아요. 내 부모가 죽은 것도, 내가 노비로 자란 것도 모두 탁혼의 저주 때문이라고.”

“아니 될 말씀이옵니다. 왕규님께서 탁혼을 인정하시지 않으면 귀자득활술이 재앙을 불러올 수 있사옵니다.”

“당신은 탁혼이 뭔지 몰라요. 그러니 맘대로 지껄일 수 있는 거죠.”

그 말을 남긴 채 매꽃이 절뚝거리며 오두막 안으로 들어갔다. 귓전에서 그린의 외침이 들리는 것만 같았다.

‘명혼이라서 편히 산 줄 알아? 그 잘나 빠진 명혼 때문에 고통받았다고!’

명혼을 가졌으면서 평생 고통이라니. 진짜 고통은 하나도 모르는 주제에. 그린을 떠올리며 매꽃이 코웃음 쳤다. 비록 단명하긴 했지만, 연두는 세자 저하의 사랑을 듬뿍 받으며 사대부 규수 못지않게 행복하게 살았다.

조선으로 끌고 온 그린도 마찬가지였다. 어려움에 부닥치면 반드시 도와줄 사람을 만났고, 하나를 잘하면 열을 칭찬받았다. 입에 침이 마르도록 칭찬을 늘어놓는 궁인들에게 둘러싸여 임금의 극진한 총애를 받는 그린을 보며 매꽂은 배알이 뒤틀렸다.

그린이 양지에서 환하게 웃을수록 음지에 숨은 매꽂의 외로움은 더욱 짙어졌다. 연두도 그랬다. 슬픔 따위 자신과 무관하다는 듯 천진난만하게 웃던 그녀만 보면 살의가 끓어올랐다.

'너만 아니었으면! 너만 없었더라면!'

연두만을 향하던 융의 아름다운 옆모습이 매꽂 안에서 소스라쳤다.

먼발치에서 훔쳐보는 것만으로도 가슴이 두근거리던 세자 저하. 세자 저하의 당혜를 만졌다고 두들겨 맞는 자신과 달리, 연두는 하늘 같으신 저하의 손을 잡고 단둘이 소풍을 다녔다. 생일이면 저하로부터 꽃신을 선물 받았고, 왕족이나 먹는 고급 과자를 배불리 먹었다.

그것이 대단한 특혜인 줄도 몰랐다. 우울한 얼굴로 '앞으로 저하와 어울리지 말래. 우린 그저 동무일 뿐인데.'이렇게 말하는 연두를 보면서 몇 번이나 이를 악물었는지.

'감히 세자 저하와 동무라고? 나랑도 동무라면서! 네가 남긴 식은 밥을 주워 먹는 나도 저하의 동무란 뜻이냐?'

매꽂은 연두가 미워서 몸서리를 쳤다. 강희맹은 연두를 지나치게 아끼는 세자를 걱정했다. 폐비 윤씨처럼 폐세자가 될 수 있다는 말을 넌지시 하기도 했다. 매꽂이 연두를 죽이기로 결심한 것도 그 무렵이었다. 열일곱 어린 나이였으나, 융은 이미 지배자의 풍모를 지니고 있었다. 한 마리 학처럼 고고했고, 꽃 중의 꽃 모란보다 아름다웠다.

모두 위에서 군림해야 마땅한 분이 한낱 계집애 때문에 폐세자된다는 건 말도 안 되는 일이었다.

매꽂은 오직 융을 위해서 연두를 계곡물에 처넣었다. 낫으로 목을 벤

것도 아니고, 개 먹이로 던져 준 것도 아니었다.

계곡에 빠졌다고 해도 연두가 살 팔자였다면 얼마든지 살아남았을 거였다. 하지만 연두는 죽었다. 그 애의 수명이 거기까지였던 것이다. 그러나 융은 매꽃의 희생을 이해하지 못했다. 자신을 돌로 내려찍던 융의 광기 어린 눈동자가 매꽃을 얼어붙게 했다.

매꽃이 반사적으로 뺨의 흉터를 가렸다. 아직도 상처가 욱신거렸다. 자신을 죽이려 했던 융도, 연두의 환생인 그린도 용서할 수 없었다.

'두 사람은 떼려야 뗄 수 없는 사이니, 나란히 황천길을 건너게 해 주어야지.'

매꽃은 귀자득활술을 이용해 이씨 왕조를 멸살시킬 계획이었다. 진성대군? 반정? 그런 것에 아무 관심도 없었다. 고려를 다시 세우겠다는 허무맹랑한 꿈도 꾸지 않았다. 매꽃이 바라는 오직 파괴와 죽음뿐이었다. 조선에서 처자식을 잃은 할아버지도 매꽃과 같은 마음이었다.

진성대군을 새 왕으로 옹립하겠다는 말은 조선 사대부들을 유혹할 미끼에 불과했다. 주군을 배반하고 새 나라를 세운 놈들답게 그들은 침을 흘리며 다가왔다.

왕족이나 고관이나 가릴 것 없이 매꽃이 심어 놓은 꼭두각시 발밑에 엎드려 굽신거렸다. 복면으로 얼굴을 가린 채 매꽃은 그 모습을 즐거이 지켜보았다.

'지켜봐 주세요. 할아버지가 목숨 바쳐서 데려온 장그린이 제 손으로 왕을 죽이게 될 테니까요.'

매꽃의 창백한 얼굴을 일그러뜨리며 웃었다. 다섯 번째 신물을 찾으면 더 쉽겠지만 못 찾는다 해도 상관없었다. 이미 새로운 계획이 진행 중이었다. 오두막 밖으로 별무반 정예들이 속속 모였다. 그린이 변복하고 궐을 나섰다는 소식도 들었다. 매꽃이 별무반에게 명령했다.

"거사를 앞당기겠어요. 장 숙원을 잡아 오세요!"

* * *

무심사까지의 거리는 멀지 않았지만, 암자가 있는 문정산의 산세가 험했다. 치렁치렁한 치마를 입은 그린은 속도를 낼 수 없었다. 해가 저물 무렵에야 그린 일행은 겨우 무심사에 도착할 수 있었다. 사찰이라고 해도 불상을 모신 법당과 선방이 붙어 있는 작은 암자에 불과했다.

'꼭 봉 여사님을 만나야 해.'

간절한 바람이 통한 것인지, 그린은 불상 앞에서 두 손을 모은 봉천군을 발견할 수 있었다.

"봉 여사님!"

"오셨습니까, 숙원마마."

봉천군이 일어나 그린을 맞았다. 그린이 찾아오리란 것을 알고 있었던 모양이었다. 차분한 그 모습에 야마가 짜증을 냈다.

"얌전히 몽화당에 있을 것이지, 왜 여러 사람을 번거롭게 하는 거야?"

"송구하옵니다, 대왕님."

"송구하다면 다야?"

"진정해. 만났으니까 됐어."

그린이 야마의 옷깃을 흔들었다. 그때 낯선 목소리가 암자 뒤에서 흘러나왔다.

"오랜만에 암자가 들썩들썩하는구먼."

누더기나 다름없는 승복을 입은 승려가 팔자걸음으로 걸어 나왔다. 갓 서른이나 되었을까, 파르라니 깎은 머리만 아니면 승려로 보이지 않을 정도로 화려한 외모를 가진 남자였다.

"이분이 달나라에서 오신 낭자로군."

자신을 빤히 들여다보는 명륜의 시선에 그린이 눈살을 찌푸렸다. 봉천군이 명륜을 말렸지만 큰 기대는 하지 않는 기색이었다.

"명륜 스님, 숙원마마십니다."

"아, 실례. 소승은 속세의 법도는 잘 몰라서."

득도한 노승일 줄 알았던 명륜이 능글거리는 젊은이일 줄 누가 알았을까. 그린이 아무래도 미심쩍다는 뜻으로 야마에게 눈짓했다. 야마는 석상처럼 굳어 있을 뿐 아무런 대꾸를 하지 않았다.

'야마는 왜 저러는 거야? 봉 여사님한테는 큰소리치더니.'

코앞까지 다가온 명륜이 재미난 물건이라도 보듯 그린을 아래위로 훑어보았다.

"호오. 참으로 재미난 사연을 가진 영혼이로고."

"무엄하구나! 이분은 숙원마마시다!"

홍희수가 검 손잡이를 움켜쥔 채 명륜을 노려보았다. 한양 제일 무인이 호통을 치는데도 명륜은 꿈쩍도 하지 않았다. 싱글거리며 그린에게 한쪽 눈을 찡긋거리기까지 했다.

"그게 무슨 말씀이세요? 재미난 사연이라뇨?"

"달그림자 뒤에서 나타난 여인이 태양을 지키려 하니 재미있지 않소?"

"네?"

"마마는 태양을 잡아먹으라고 데려온 달이란 말이오."

명륜이 껄껄 웃으며 손가락으로 그린을 가리켰다. 그린이 믿지 못하겠다는 얼굴로 야마의 옆구리를 쿡 찔렀다.

"정신이 좀 이상한 사람 같지?"

"……."

"야마야, 왜 말이 없어? 어디 불편해?"

영기가 부족한 건가 싶어서 그린이 물었다. 명륜을 바라보던 야마가 어금니를 악문 채 중얼거렸다.

"조선에는 정말 별의별 인간들이 다 있군. 업경을 훔쳐보는 인간이 있을 줄이야……."

염라대왕의 업경이라면 인간의 생과 사, 살아온 삶까지 모두 살펴볼 수 있는 거울 아닌가. 염라대왕은 업경을 보고 죽은 영혼을 지옥으로 보낼지 말지를 결정한다고 했다. 그걸 인간이 본다고?

염라대왕의 힘을 잃은 야마는 업경의 힘도, 한풍도 단편적으로밖에 쓰질 못했다. 소멸 직전에 놓인 지금은 업경을 볼 수조차 없었다. 그렇다고 해도 몇백 년 동안 품에 지녔던 업경의 기운을 잊은 건 아니었다.

"좋은 물건을 놀리는 건 아깝지 않소? 대왕님이 쉬는 동안 소승이 잠시 재활용하였지."

건방지기 짝이 없는 말투로 명륜이 떠들었다. 야마와 싸움이 붙는다면 큰일이 터질 것 같았다. 그린이 마음을 졸이며 야마를 달랬다.

"네가 참아. 멀쩡한 사람은 아닌 것 같으니까."

"통찰력이 대단하시군! 소승의 본질을 꿰뚫어 보시다니!"

뭐가 재미있다는 것인지 명륜이 배를 잡고 웃었다. 홍희수도 어느 부분에서 화를 내야 할지 갈피를 못 잡고 있었다. 봉천군이 명륜을 대신해서 사과했다.

"송구하옵니다. 스님께선 워낙 자유분방한 분이시라. 일단 안으로 드시지요."

그린이 봉천군을 따라 법당 안으로 들어갔다. 봉천군이 지금까지 명륜을 소개해 주지 않은 이유를 어렴풋이 알 것 같았다. 야마가 조용한 것이 걱정스러웠지만, 지금은 봉천군과 대화하는 것이 먼저였다.

그린은 봉천군이 감춘 진실에 대해 캐묻기 전에, 매꽃이 팔관회의 일원이라는 사실과 팔관회가 자신의 꿈을 이용해 모략을 꾸미는 것 같다는 이야기를 건넸다.

"10년 동안이나 전하와 제 꿈을 조작했던 이유가 뭘까요? 전하 옆에서 떨어지지 말라고 한 이유는 뭐고요?"

"먼저 명륜 스님의 고견을 듣는 편이 좋을 듯하옵니다."

봉천군의 눈이 명륜을 향했다. 쭈그리고 앉아서 그린의 말을 듣던 명륜이 답답하다는 듯 가슴을 쳤다.

"아까도 말하지 않았소? 그들이 마마를 이용해 전하를 죽이려 한다고."

"언제 그런 말씀을 하셨어요?"

"너무 문학적으로 설명해서 이해하지 못한 게인가? 소승이 마마를 과대평가했나 보네."

"뭐라고요?"

"책을 여러 권 쓴 저술가라 똑똑한 줄 알았지."

명륜의 빈정거림에 그린이 목소리를 높였다. 참아 주는 데도 한계가 있는 법이었다.

"당신 뭐야? 내가 책을 쓴 건 어떻게 알았어?"

"까마귀 고기를 잡쉈나. 소승이 저기 대왕님의 업경을 슬쩍 구경하고 했잖소?"
"야마야, 이 아저씨 말 사실이야?"
"아저씨라니! 소승은 여인 손목도 만져 보지 못한 순결한 몸이오!"
그린이 명륜을 무시하고 야마를 바라봤다. 야마가 짓눌린 목소리를 겨우 내뱉었다.
"사실이야. 이 땡중이 내 업경을 훔쳐보고 있어."
"인간이 그럴 수도 있어?"
"내 힘이 그만큼 약해졌다는 뜻이야."
그린과 야마의 대화에 명륜이 눈치 없이 끼어들었다.
"힘이 약해졌다는 말도 너무 과분하지. 다섯 번째 신물을 찾지 못하면 대왕님은 며칠 내로 소멸할 테니까."
"소멸이라니! 아저씨는 좀 빠져요!"
"아저씨가 아니라니까!"
그린이 명륜과 입씨름을 했다. 봉천군이 두 사람을 떼어 놓으며 설명했다.
"스님께서 업경을 보기 시작한 건 대왕님께서 조선에 오신 후입니다. 대왕님의 힘이 약해진 뒤론 더 편히 보셨고요."
"업경이란 것이 보면 볼수록 신묘하더란 말이지. 이렇게 된 마당에 염라대왕 그만할 생각 없소? 내가 지원하고 싶네만."
명륜이 눈을 반짝이며 야마를 바라봤다. 팔짱을 낀 야마가 조소를 머금었다.
"원하면 가져가. 염라대왕 자리 따위 연연하지 않으니까."
"염라대왕은 어떻게 지원하면 되오?"
"일단 죽어 보려무나. 네게 자질이 있다면 저승차사들이 일러 줄 테니."

"칫. 치사하군."

죽는 것은 싫은 모양인지 명륜이 입을 삐죽거렸다.

'업경까지 빼앗겼다고? 정말 야마는 소멸하는 건가?'

친구를 잃을지도 모른다는 두려움이 그린을 파고들었다. 그린의 낯빛이 어두워지자 야마가 대수롭지 않다는 듯 어깨를 으쓱했다.

"미리 겁먹지 마. 땡중이 업경을 볼 수 있으니까, 앞으로 더 유리해질 거 아냐?"

"……."

"어이, 땡중. 아까 했던 이야기 자세히 해 봐."

업경을 봐도 좋다는 허락을 받은 사람처럼 명륜이 헤실헤실했다. 그가 입을 열자마자 모두가 충격에 빠졌다.

"매꽃이라는 의녀가 팔관회 회주 왕규인 것 같소."

"그럴 리가!"

"매꽃을 직접 봐야 확실히 알 수 있긴 하오만 틀림없소. 귀자득활술의 저주가 그녀로부터 시작되고 있으니까."

지독한 침묵이 작은 법당을 가득 채웠다. 매꽃이 왕규였다니. 상상도 하지 못했던 일이었다. 그린은 옷고름을 움켜쥔 채 바짝 마른 입술을 물어뜯었다.

"지금은 궐 밖으로 도망쳤소. 참으로 대단해. 직접 만나 보고 싶은 여자로군."

그린을 이리저리 살피던 명륜이 감탄하듯 말했다. 야마가 쏘아 물었다.

"땡중이 구라 치네. 어떻게 저주가 보인다는 거야?"

"했던 말을 몇 번이나 다시 해야 하오? 업경을 봤다니까!"

"악귀에 씐 건 그린이 아니라 왕놈이야. 저주가 보일 리가 없잖아!"

업경의 힘이 아무리 대단하다고 해도 보이지 않는 사람의 인생을 엿볼 순 없었다. 명륜이 직접 눈으로 본 사람만을 읽어 낼 수 있다는 뜻이었다.

그런데도 명륜은 어깨를 쭉 펴고 으스댔다.

"마마도 10년 동안 꿈을 꿨다 하지 않았소?"

"그런데요?"

"그 또한 저주요. 마마를 이 나라 조선으로 끌고 온 것도 저주의 힘이지. 어떤 의미에서는 전하보다 강한 저주에 걸린 게야."

명륜은 자신의 말이 얼마나 심각한 것인지 모르는 듯 가벼운 말투로 떠들었다.

"내가 귀자득활술에 걸렸다고……?"

도저히 실감할 수 없어서 그린이 중얼거렸다. 명륜은 이제라도 말귀를 알아들어 다행이란 투였다.

"바로 그거지! 제힘으로 전하를 죽일 수 없으니까 마마를 데려온 것이오."

그린은 온몸이 떨리는 것을 멈출 수 없었다. 등 뒤로 거머리 수백 마리가 기어 다니는 것처럼 소름 끼쳤다. 불길한 예감 무서운 현실이 되었다. 악귀에 씌어 괴로워하던 융의 모습이 눈앞을 스쳤다. 핏발이 선 눈과 시체처럼 창백한 피부, 관자놀이에 두드러진 핏줄까지.

'내가 전하를 구하는 것이 아니라, 전하를 죽이러 온 거라고?'

심장을 칼로 후벼 파는 듯한 고통이 밀려들었다. 매꽂과 꿈이 요구하는 바는 똑같았다. '신물을 모으고 전하 옆에 있는 것' 그것이 의미하는 바는 하나였다.

"제가 신물을 모두 모으면 팔관회의 저주가 완성되는 건가요?"

"이제야 똑똑한 소리를 좀 하는군."

명륜은 그린과 융이 꿈으로 묶여 있으며, 그 저주가 어떻게 완성되는지 설명했다.

다섯 신물을 지닌 그린이 몸 안에서 신물들을 만나게 하면, 신물이 천기 안에서 녹으면서 영기가 극대화된다고 했다. 그때 그린은 열꽃처럼 뜨거운 기운을 느끼게 되고 자연히 열기를 방출하게 된다. 그때 융에게 걸린 저주가 날카로운 화살이 되어 심장을 꿰뚫는다는 것이었다.

그린은 혹불에게 납치됐을 때의 기억을 떠올렸다. 그린은 천령과 명산을 만나게 해 주고 싶다고 생각했다. 그때 열기가 치솟았고 반사적으로 토해 냈다. 초란이 입을 연 것은 그 직후였다.

"잠깐! 그린이가 신물을 녹이기 전에 내가 영기를 흡수하면 되잖아."

"영기의 힘이 극대화되지 않으면 대왕님의 신력이 돌아오지 않소. 당연히 전하께 걸린 저주도 풀 수 없지."

"신물을 녹인 직후 흡수하는 건?"

야마의 물음에 명륜이 고개를 절레절레 저었다.

"마마는 신물을 만져 보기도 전에 귀자득활술에 걸렸소. 천기로서 사용되자마자 저주가 발동될 것이오."

"왕놈이랑 그린이의 꿈을 조작한 것도 그 때문인가?"

"저주를 이어서 떼려야 뗄 수 없는 사이로 만들려던 것이겠지. 이 사실을 전하께서 고한다고 칩시다. 과연 전하께서 마마를 죽일 수 있겠소?"

모두가 입을 다물었다. 융은 제 목숨이 위험하다고 해도 그린을 해칠 수 없었다. 융에게 그린은 부러뜨릴 수도, 피할 수도 없는 화살인 거였다. 그린은 치밀어 오르는 욕지기를 삼키며 명륜에게 물었다.

"제가 영기를 방출하지 않으면요?"
"그게 무슨 소리야! 죽으려고 환장했어?"
명륜이 대답하기 전에 야마가 외쳤다. 명륜도 동의의 뜻으로 고개를 끄덕였다.
"대왕님 말이 맞소. 마마는 내장이 다 타서 죽게 될 것이오."
"……."
"아, 그래도 대왕님의 신력은 되찾을 수 있을 것이오."
"그린이 죽었는데 내가 어떻게?"
야마가 비수처럼 매서운 눈으로 명륜을 노려봤다.
"죽는다고 해도 천기 안에 모인 신물의 영기가 사라지는 것은 아니오. 흩어지거나 왕규가 채 가기 전에 흡수하면 되는 일이오."
명륜의 말이 끝나자마자 야마가 그의 멱살을 움켜쥐었다.
"하이에나처럼 그린이 시신을 뜯어먹으란 소리냐?"
"하이에나가 뭔진 모르겠소만 소멸하는 것보단 낫지 않나? 어차피 누군가 죽어야 한다면."
"이 자식이!"
야마가 거칠게 명륜을 내동댕이쳤다. 바닥에 떨어진 명륜은 데구루루 굴러 법당 한구석에 처박혔다. 그리고 움직이지 못했다.
"너랑 전하를 살릴 수 있으니까 다행이라고 해야 하나."
그린이 넋 빠진 사람처럼 멍하니 허공을 응시한 채로 중얼거렸다. 야마가 눈에 불을 켰다.
"명륜이란 놈한테 옮았냐? 말 같지도 않은 소리 하지 마! 넌 절대 안 죽어!"
"미리 말씀드리지 못해서 송구하옵니다, 숙원마마."

해쓱해진 봉천군이 입술을 가늘게 떨었다. 그린은 그녀를 탓할 생각이 없었다. 단지 융과 함께 살아가고 싶을 뿐이었다. 누구도 소멸하거나 희생하지 않고 지금처럼. 그것이 너무 과한 소원일까. 왜 나만 평범히 살 수 없는 것일까. 그린의 눈에 맑은 눈물이 찰랑거렸다.

"봉 여사님은 제가 전하를 도울 유일한 희망이라고 말씀하셨어요. 제 역할이 정말 신물을 모아 저주를 푸는 건가요?"

"마마."

"아니면 전하를 위해 죽는 건가요?"

그린의 목소리가 젖어 들었다. 손끝은 얼음장처럼 차가웠고 가슴에는 비통한 상실감이 가득 찼다. 융과 함께 역사를 바꾸는 것이 사명이라 믿었는데, 그린이 융을 위해 할 수 있는 일은 신물의 영기를 끌어안고 죽는 것밖에 없었다.

"폐비께서 희생하신 덕분에 전하께서는 저주에 어떤 내성을 갖고 계셨사옵니다."

안타까움이 가득한 눈으로 봉천군이 입을 뗐다.

"어려서부터 명혼을 가까이하신 덕도 있으셨지요."

폐비의 희생과 연두의 명혼이 융의 영혼을 단련시켰다는 뜻이었다. 그린이 단숨에 물었다.

"절 처음 보셨을 때. 저주 때문에 차원이동을 했다는 것도 아셨나요?"

"아니옵니다. 명혼을 타고나셨으며 천기가 될 수 있다는 것만 알았지요……."

"천기란 건 왜 숨기셨어요? 달라질 건 하나도 없는데!"

그린의 목소리가 절로 높아졌다. 봉천군을 대신해 야마가 대답했다.

"아마 나 때문이었겠지."

봉천군이 고개를 떨구었다. 야마는 봉천군을 노려보며 주먹을 그러쥐었다.

"염라대왕이 널 지킨다는 걸 안 이상, 정보를 감춰야 했을 거야. 그래야 왕놈이를 위해 제물로 쓸 수 있을 테니까."

야마의 목에서 쇳소리가 넘어왔다. 저주에 이어 제물이라니. 그린이 제 입을 틀어막았다.

"팔관회는 명혼을 이용해서 저주를 완성하려 했어. 반대로 봉천군은 명혼으로 저주를 받아 내려 했을 거야."

"저주를 받는다고?"

"액을 제거하기 위한 제물로 삼는 거지."

그린은 유명 드라마에서 액받이 무녀가 등장했던 것을 기억했다. 실제로 조선에서는 액을 쫓기 위해 경을 읽고, 부적을 쓰기도 했다. 겉으로 유교를 표방하면서도 불운한 일이 벌어질 땐 공공연히 무당의 힘을 빌렸다. 그것은 왕가도 사대부도 다르지 않았다.

그린이 믿을 수 없다는 듯이 봉천군에게 물었다.

"정말 절 이용할 작정이셨어요? 그래서 잘해 주신 거였어요?"

"아니옵니다, 마마! 대왕님께서 신력을 되찾으시기만을 바랐습니다. 대왕님께서 주상 전하와 조선을 도우실 테니까요."

"신물을 찾지 못하면요? 하나라도 못 찾으면 소용없잖아요?"

봉천군은 두 눈을 내리깔 뿐 대답하지 못했다. 그게 무슨 뜻인지 그린은 짐작할 수 있었다.

"신물을 모으지 못해도 전하를 구할 수 있다는 뜻이군요. 절 제물로 삼으면."

"……그렇사옵니다."

봉천군이 신음하듯 대꾸했다. 그린이 지켜본 봉천군은 신물 찾기에 가장 필사적이었다. 그를 위해서 아들인 사현이 위험해지는 것도 감수했다. 그녀는 가능한 모든 것을 동원해서 융을 구하려 했다. 그렇게까지 하는 이유가 뭘까. 임금이기 때문에? 아니면 중전과 친해서? 그린은 혼란스러웠다.

"하지만 저도 팔관회 저주에 씐 몸이에요. 어떻게 전하의 액을 받아낼 수 있나요?"

"마마와 전하는 이미 한 몸이시니 가능한 일이옵니다."

봉천군이 고개를 숙인 채로 중얼거렸다. 비명이 넘어올 것 같아서 그린이 입술을 짓깨물었다.

그린은 융와 마음을 나눴고, 더운 숨결과 뜨거운 몸 또한 나눴다. 기나긴 밤을 서로 바라보며 지새웠고 때론 한 몸처럼 얽혀서 잠들었다. 융과 꼭 붙어 있다 보면 어디까지가 자신이고 어디부터가 그인지 분간할 수 없었다. 그 밤에는 세상에 오직 둘뿐인 것 같았다.

그린과 융은 꿈을 통해 서로를 그리워했다. 둘의 사랑은 들불보다 빨리 번졌고, 운명이라 믿어 의심치 않았다. 서로를 위해서라면 목숨도 아깝지 않았다.

봉천군도 왕규도 그것을 기다리고 있었다. 서로의 목적을 위해서.

'내가 전하를 죽이기 위한 도구였다고…… 아니면 제물이거나.'

그린의 입꼬리가 올라갔다. 까마득한 슬픔 탓에 머리 어딘가가 망가져 버린 것 같았다.

"이런 개 같은 경우가 다 있어!"

야마가 분을 이기지 못하고 소리쳤다.

"한국에서 멀쩡히 잘 지내고 있는 애를 데리고 와서 뭘 어째? 이것들이 단체로 미쳤나!"

"……."

"그린일 죽게 할 줄 알아? 네놈들이 이용하게 놔둘 줄 아느냐고!"

야마가 그린의 손목을 잡아끌었다. 강한 악력 탓에 그린이 눈살을 웅그렸다.

"가자. 여기 더 있을 필요 없어."

"야마야."

"이대로 나랑 떠나자. 인간들 정말 역겹다."

야마가 봉천군을 노려보며 내뱉었다. 야마가 이끄는 대로 그린이 힘없이 끌려갔다. 저항할 기운도 남지 않았다. 연이은 충격 때문인지 눈앞이 새까매지면서 하염없이 졸음이 밀려왔다.

"숙원마마! 정녕 괜찮으시옵니까?"

법당 밖에서 기다리고 있던 홍희수가 물었다. 융과 얽힌 그린의 슬픈 운명 탓에 그도 눈물을 머금고 있었다.

야마가 홍희수의 가슴을 밀었다.

"아저씨는 돌아가. 그린인 내가 데려갈 테니까."

"그럴 수 없소이다! 숙원마마를 안전하게 모시고 환궁하는 것이 내 소임이오!"

"궁궐이 정말 안전해? 장담할 수 있어?"

야마가 비아냥거리는 투로 물었다.

21장. 꺼져라. 이건 어명이다

홍희수가 우물거리며 대답하지 못했다. 야마가 홍희수에게 다시 한번 못 박았다.

"그린이 죽어도 상관없는 거 아니면 비켜."

그린의 죽음을 떠올리는 것만으로도 홍희수의 낯빛이 퍼레졌다. 융이나 야마 못지않게 그린을 아끼는 그였다. 그린이 융을 죽이는 건 더욱더 상상도 하고 싶지 않았다. 그렇다고 순순히 물러설 수도 없었다.

융은 그린이 무사히 돌아오기만을 기다리고 있었다. 평생을 모셔 온 주군을 어떻게 배신할 수 있을까. 홍희수로서는 쉬 결정할 수 없는 문제였다.

홍희수의 고뇌를 눈치챈 야마가 말했다.

"그린이 환궁해 봤자 더 골치만 아파져. 왕놈이 성격 몰라?"

"……."

"그 인간이 자기 살자고 그린일 희생시킬 것 같냐고?"

홍희수가 무겁게 고개를 저었다. 융은 죽으면 죽었지 그린을 희생할 남자가 아니었다. 그건 홍희수가 제일 잘 알고 있었다.

"그럴 분이 아니시지. 봉천군의 목을 친다면 모를까."

"내 말이 그 말이야. 그러니까 아저씨가 가서 알려 줘."

"주상 전하께 이 참혹한 이야길 하란 말이오?"

"왕놈이만 바보 만들 순 없잖아. 그린이가 왜 돌아갈 수 없는지 전해. 저 여자가 무슨 짓을 꾸미는 건지도."

야마가 무시무시한 눈으로 봉천군을 돌아봤다. 봉천군은 아직 모든 비밀을 털어놓지 않았다. 염라대왕으로서 셀 수 없이 많은 이들의 인생을 엿본 야마였기에 눈치챌 수 있었다.

'10년 전에 무슨 일이 있었던 걸까. 업경을 볼 수 있으면 좋으련만.'

야마가 거칠게 뒷머리를 긁었다. 명륜에게 물어볼 수도 있지만, 염라대왕이 도둑이나 다름없는 땡중에게 고개를 숙일 순 없었다. 그린은 꿀 먹은 벙어리처럼 아무 말도 하지 않았다. 흰 피부는 오뉴월 서리처럼 퍼렇게 질려 있었다. 건드리면 쓰러져서 다시 일어나지 못할 것 같은 모습이었다.

무슨 일이 있건 당당하던 그린이었다. 좌절해야 마땅할 순간에 누구보다 밝게 웃던 그녀가 무너지고 있었다. 그린을 살피던 홍희수가 결심한 듯 입을 열었다.

"마마, 살아남으셔야 하옵니다."

홍희수의 목소리는 딸을 걱정하는 아비처럼 부드러웠다. 그린을 보내주기로 한 모양이었다.

"희수 아저씨."

빛을 잃었던 그린의 눈동자에 물기가 서렸다.

"전하는 강인한 분이시옵니다. 10년간이나 악귀를 견뎌 오셨고요. 또한, 누구보다 마마를 아끼시옵니다."

"제가 환궁하지 않으면 아저씨께서……."

"그런 건 걱정하지 마시옵소서. 전하께서 마마를 제물로 삼으실 일은 결단코 없으시옵니다. 그러니 잠시 몸을 피해 계십시오."

홍희수가 야마에게 말했다. 흔들림 없는 충심과 결기가 담긴 목소리였다.

"밤이 깊었으니 산 아래까지 마마를 호위하겠소. 그 뒤에 전하께 사실을 고하겠소. 분명 이해해 주실 것이오."

홍희수는 주군, 그린 둘 중 누구도 선택하지 않았다. 단지 주군을 믿을 뿐이었다. 인간이란 얼마나 하찮고, 또 얼마나 놀라운 존재인지. 야마가 씁쓸하게 웃었다. 홍희수가 앞장서고 야마와 그린이 그 뒤를 쫓았다. 인사도 건네지 못하고 봉천군이 그린의 뒷모습을 지켜봤다.

죄책감과 회한으로 괴로워하는 봉천군 곁으로 명륜이 다가왔다.

"후회하지 않겠나? 사실을 말하지 않아도."

"죄인이 무슨 말을 하겠습니까."

"전에도 말했지만, 자네 방법은 잘못되었네. 이런다고 그분이 고마워할 줄 아는가?"

"고마움을 바라고 하는 일이 아닙니다. 그저 살아만 주시면 됩니다."

울음을 참으며 봉천군이 옷고름을 구겼다. 도저히 이해할 수 없다는 듯 명륜이 고개를 저었다.

"죽는 것보다 못한 삶도 있는 게야. 사는 것보다 나은 죽음도 있는 것이고."

"송구합니다, 스님."

"내게 송구할 게 무엔가. 자네가 송구해야 할 사람은 달그림자에서 온 저 아가씨지."

명륜이 혀를 찼다. 눈물 한 방울이 봉천군의 뺨을 가로질렀다.

"저는 지옥에 떨어질 것입니다. 하오나 그것만으로 죄를 갚을 수 없겠지요. 선량하고 어진 분께 큰 죄를 지었으니까요."

"……."

"하지만 지킬 것이옵니다. 그것이 제 사명입니다."

* * *

"웬 놈들이냐?"

무심산 중턱에서 그린 일행은 검은 복면을 쓴 괴한들에게 둘러싸였다. 야마가 그린의 어깨를 감싸 안았고, 홍희수가 검을 뽑았다.

"야음을 틈타면 이 홍희수를 당해 낼 수 있을 성싶으냐?"

"죽고 싶지 않으면 장 숙원을 두고 가라!"

"네놈들이야말로 썩 꺼지거라!"

홍희수가 호기롭게 외쳤다. 위험을 감지한 그린이 반사적으로 아랫배를 움켜잡았다. 우두머리로 보내는 사내가 외쳤다.

"쳐라! 저자만 제거하면 그만이다!"

괴한들이 달려들었고 홍희수는 사방에서 번뜩이는 칼날을 모두 막아냈다. 그가 아무리 뛰어난 무인이라도 적은 열 명이 넘었다. 홍희수의 공격에 피를 뿌리면서도 괴한들은 쉽게 물러서지 않았다. 홍희수의 이마에 식은땀이 돋았다. 괴한들은 수적 우세를 앞세워서 홍희수의 빈틈을 파고들었다. 홍희수의 몸에도 상처가 생기기 시작했다. 그러나 신음 한번 흘리지 않았다. 검을 쥔 자세도 흐트러짐이 없었다. 그는 냉철한 눈으로 적을 베어 나갈 뿐이었다.

그린을 지키기 위해 고군분투하는 모습을 본 야마가 손을 내밀었다.

"신물 줘 봐. 나도 도와야 할 것 같으니까."

그린이 목에 걸고 있던 천령, 대천, 오악을 꺼냈다. 야마는 영기가 거의 남지 않은 오악은 건드리지 않고, 천령과 대천에게만 영기를 흡수했다.

"큽."

처음으로 홍희수가 짧게 신음했다. 복부를 움켜쥔 그의 손가락 사이로 붉은 피가 뚝뚝 떨어졌다. 심상치 않은 상처였다. 아무 도움이 되지 않는다는 걸 알면서도 그린이 홍희수에게 다가가려 했다.

"희수 아저씨!"

"마마! 가까이 오시면 아니 되옵니다!"

홍희수가 검을 고쳐 쥐며 외쳤다. 그린을 제 뒤로 감추며 야마가 괴한들을 향해 손가락을 튕겼다.

—쐐액

날카로운 소리를 내며 염라대왕의 한풍이 괴한들의 머리와 심장을 관통했다.

"으헉!"

"크아악!"

괴한들이 비명을 지르며 쓰러졌다. 홍희수의 공격에 몸이 상한 터라 한풍을 견디지 못한 듯했다.

"야마 도령! 어서 마마를 모시고 내려가시오!"
"도와주지 않아도 되겠어?"
"한양제일검을 우습게 보는 것이오? 여긴 내게 맡기시오!"
피를 흘리면서도 홍희수의 기개는 여전했다. 하지만 그린은 다친 그를 두고 떠날 수 없었다. 그린이 야마의 손을 뿌리쳤다.
"이대로는 못 가! 희수 아저씨를 구해야 해!"
"네가 없어야 싸우기 편하다는 거 몰라?"
"하지만!"
"하지만은 무슨 하지만이야! 우리가 가야 내금위장도 도망치든 말든 할 거 아니야?"
그렇게 그린을 달래면서도 야마가 입술을 악물었다. 늘 티격태격하긴 했지만, 홍희수를 두고 떠나는 마음이 편할 리 없었다.
'염라대왕 신력 10분의 1. 아니, 100의 1만 있었어도 쓸어버릴 수 있는데!'
하찮은 인간들의 습격을 받고 도망치는 처지가 수치스러워서 견딜 수가 없었다. 지금의 그로서는 홍희수를 도울 여력이 없었다. 더는 한 풍을 쏠 힘도 남지 않았다.
"마마를 부탁하오, 야마 도령!"
적들에게 눈을 고정한 채 홍희수가 외쳤다. 대답할 사이도 없이 야마가 그린의 손목을 끌었다. 놓치지 않겠다는 듯 두 명의 괴한이 그린을 쫓았다.
"너희 상대는 나다, 이놈들!"
홍희수가 일격으로 두 명을 동시에 베었다. 자신의 등은 무방비하게 노출된 상태였다. 우두머리로 보이는 사내가 홍희수를 향해 칼을 치켜들었다.

"죽어라!"

야마가 온몸의 기력을 쥐어짜 마지막 한풍을 쏘았다.

"꽤엑!"

요란한 소리를 내며 괴한이 쓰러졌다. 야마도 무사하지 못했다. 그린이 비틀거리는 그를 부축했다.

"야마야, 괜찮아?"

그린의 고운 얼굴은 눈물에 젖어 있었다. 불안과 두려움으로 일그러진 눈썹, 울어서 붉게 부푼 눈. 그 모습조차 심장에 새겨 넣고 싶을 정도로 아름다웠다. 그렇다고 우는 모습을 다시 보고 싶었던 것은 아니었다. 야마가 억지로 입꼬리를 올렸다.

"오빠만 믿어, 장그린."

야마가 다리에 힘을 줬다. 아직은 죽을 수도, 소멸할 수도 없었다.

* * *

별무반의 실패 보고를 받는 매꽃이 코웃음을 쳤다.

"셋이나 죽었는데 장 숙원은 놓쳤다?"

"내금위장 홍희수가 장 숙원을 호위하고 있었사옵니다."

"열이 하나를 당하지 못했다는 것이 말이 되느냐? 쓸모없는 것들!"

"송구하옵니다, 회주님!"

아직 상처를 치료하지 못한 사내가 매꽃 발밑에 엎드렸다. 매꽃을 대신해 왕규인 척하던 노인이 걱정스럽다는 듯 고개를 저었다. 매꽃이 탁자를 내리치며 의자에서 일어났다.

"믿을 놈이 하나도 없구나. 내 손으로 직접 하는 수밖에."

"회주님……."

"나머지 별무반을 모아라. 신력 합일 의식을 치를 것이다."

매꽃의 말에 사내의 안색이 어두워졌다. 팔관회의 고려인들은 의무적으로 신력을 키우고, 귀자득활술을 연마해야 했다. 왕규의 힘이 부족할 때 신력 합일을 통해 신력을 조공해야 하기 때문이었다. 한 저주 주술인 만큼 귀자득활술은 많은 양의 신력이 필요했다. 오악을 내준 터라, 매꽃의 신력은 쉽게 바닥났다. 고려인들의 힘을 흡수해서라도 융과 그린을 처리해야 했다.

"하오나, 회주님. 별무반은 동지를 셋이나 잃었사옵니다. 나머지 일곱도 크게 다쳤고요."

보다 못한 노인이 매꽃을 말렸다. 몸이 상한 상태에서 과도하게 신력을 흡수당하면 죽기 십상이었다. 매꽃이 그것을 모를 리 없었다.

"팔관회의 위업을 완성하기 위해서는 어쩔 수 없죠. 대를 위해서 소를 희생해야 법 아닙니까?"

"임금은 우리 손에 놓인 거나 다름없사옵니다. 그리 서두르지 않아도……."

"닥치세요! 아직 마지막 신물을 찾지 못했습니다. 할아버지께서 목숨 바쳐 데려온 명혼을 이대로 낭비할 수도 없다구요!"

"어쩌실 생각이시옵니까?"

노인이 두렵다는 듯 물었다. 매꽃의 입가에 요사스러운 미소가 걸렸다.

"다섯 신물이 모이지 않으면 천기의 저주가 발동되지 않습니다. 그렇다고 거사를 포기할 순 없지요."

"신물 없이도 저주를 완성하실 수 있다는 뜻이옵니까?"

"임금은 너무 강한 비호를 받고 있습니다. 보통 인간 같았더라면 진작에 미쳤어야지요."

10년이나 악귀에 시달리고도 융은 이성을 놓지 않았다. 매꽃이 고려인들의 신력을 모두 흡수한다 하더라도 귀자득활술로 융을 쓰러뜨리는 건 불가능에 가까웠다. 하지만 그렇다고 융을 죽일 수 없다는 뜻은 아니었다. 매꽃의 손엔 꽃놀이패가 들려 있었으니 말이다.

"장 숙원 손에 칼을 쥐여 줄 거예요."

매꽃의 말에 노인이 눈을 부릅떴다.

"장 숙원에게 임금을 죽이게 할 작정이십니까?"

"그래요. 저주로 죽는 게 아니라 연인의 손에 명줄이 끊어지는 거지요."

매꽃이 즐겁다는 듯 어깨를 들썩이며 웃었다. 그리고 품에서 조각 천으로 만들어진 작은 주머니를 꺼냈다. 오악이 담겨 있던 그 주머니였다.

"저주를 걸었다고는 하지만, 장 숙원을 조종하려면 그녀의 귀한 소지품이 필요하옵니다."

"제가 그것도 모르는 줄 아나요?"

날카롭게 쏘아붙이곤 매꽃이 주머니 안에서 손바닥 반 정도 크기의 종이판을 꺼냈다. 투명하고 껍질이 씌워진 종이판에는 황금색 곡식과 울창한 숲, 황금관을 쓴 우아한 여인의 그림이 그려져 있었다. 조선의 것이라 볼 수 없는 신묘한 재질과 화풍.

그린이 잃어버린 여황제 카드였다.

"이것으로 장 숙원을 내 꼭두각시로 만들겠어요."

*　*　*

융은 보름 동안 그날 밤을 곱씹었다. 홍희수가 온몸에 상처를 입고 돌아온 그날 밤. 충신의 하얗게 질린 낯빛과 그의 옷을 적신 흥건한 피가 한시도 머릿속을 떠나지 않았다. 잔인하도록 익숙한 혈향을 맡으며 융은 홍희수가 눈물로 토해 내는 이야기를 들었다. 어떤 감정도 담기지 않는 그림 같은 얼굴로.

슬픔을 억누르거나 애써 태연한 척했던 것은 아니었다. 홍희수의 말을 똑똑히 듣고 있으면서도 융은 도무지 실감이 나지 않았다.

'내금위장이 왜 이리 실없는 소리를 하는 것인가. 농이라지만 지나치지 않은가.'

피와 눈물을 동시에 쏟는 홍희수를 보고 융은 그런 생각을 하고 있었다. 그린이 저주에 걸렸다니? 그린을 제물로 쓴다니? 내가 가진 어떤 것보다 귀한 아이를 제단에 바치고 살아남으라니.

세상에 그보다 우스운 말이 어디 있겠는가. 융은 호통쳐야 마땅했다. 한마디만 더 보태면 혀를 잘라 버리겠다고 엄포를 놓아야 했다. 하지만 그는 고개를 돌리지도, 입을 떼지도 못했다. 핏줄이 도드라진 주먹이 가늘게 떨리고 있었다. 온몸에 소름이 돋았고 등 뒤로는 식은땀이 비처럼 쏟아졌다.

그날 밤. 아이처럼 자그마한 새끼손가락을 치켜세우며 웃던 그린은 돌아오지 않았다.

'얼른 돌아올게요. 다치지도 않고 한눈팔지도 않고. 새끼손가락 걸고, 약속!'

그린의 목소리를 되뇌고 또 되뇌었다. 약속했으니 돌아올 것이다. 맹세라 하지 않았더냐. 그린이 내게 거짓을 고할 리 없다. 그러니 돌아올 것이다. 융은 끝없이 자신에게 속삭였다. 그리고 낮보다 환하게 등불을 밝히라 명했다. 궐 밖에서도 보일 만큼 환하게. 늦은 밤 홀로 돌아올 그린이 길을 잃지 않도록.

수백 개의 등불을 들여놓은 편전은 마치 빛으로 만든 배 같았다. 빛이 흐르는 강 같기도 했다. 온화한 주홍색 불빛이 바람이 불 때마다 너울거리고 반짝거렸다.

그린이 보았다면 초롱초롱 눈을 빛내며 감탄했을 것이다. 홍화 빛 입술을 벌린 채로 한참 구경했을 것이다.

'너무 예뻐요, 전하. 근데…… 이러다가 불나면 어떡해요?'

너라면 그렇게 말하지 않았을까.

빛으로 가득한 편전 안에서 융은 밤새 움직이지 못했다. 작은 기척도 그린인 것만 같아서, 귀를 세우고 주위를 둘러보았다. 그때마다 터질 듯한 침묵이 그를 노려보고 있었다. 그린은 돌아오지 않았다. 융은 혼자였다. 아무 의미도 없이 그저 혼자였다.

그린과 함께 발 디딘 세계는 하루하루가 놀라움의 연속이었다. 사람을 믿고, 속을 털어놓는다는 것이 얼마나 큰 힘이 되는지 융은 처음으로 알게 됐다. 웃는 법과 감사하는 법, 사과하는 법을 배웠다. 사람도, 믿음도, 정도 모조리 새로 배웠다.

그린은 봄볕보다 따스한 스승이었고, 융은 걸음마를 뗀 아이였다. 어린아이가 떼를 쓰듯 그린을 놓아주고 싶지 않았다. 그 여리고 따끈한 몸을 종일 품고 싶었다. 그러면 융도 조금쯤 따스한 사람이 될 수 있을 것 같았다.

때론 너무 눈부셔서, 때론 너무 사랑스러워서 불안했다. 그린을 잃게 될까 봐, 그래서 다시 혼자가 될까 봐.

머릿속에서 낯선 사내가 물었다. 홍희수의 말이 모두 사실이라면? 자신 때문에 그린이 죽어야 한다면?

융은 고개를 숙이고 낮게 웃었다. 뼈가 시릴 만큼 차가운 웃음이었다.

'그린인 죽지 않는다. 그것이 어명이다.'

처음부터 융의 결심은 확고했다. 애초에 고민할 거리도 아니었다. 심장 없이 살아갈 수 있는 사내가 어디 있을까. 그린이 원하든 원하지 않든 융은 제 목숨 대신 그린의 목숨을 구할 거였다. 낯선 사내가 다시 물었다. 그 때문에 그린과 평생 만날 수 없다면? 미친 왕이 되어 날뛰게 된다면?

그린을 살리기 위해서라면 그 또한 어쩔 수 없는 일이었다. 융은 즉위 내내 언제 광기에 휩싸이게 될지도 모른다는 불안에 시달렸다.

악귀에게 완전히 놀아나게 된다면 어떻게 해야 할지도 이미 계획해 두었다. 하지만 그린을 못 만나게 된다면…… 그린 없이 살아야 한다면……

융이 입술을 짓깨물었다. 품 안의 달이 하늘로 돌아간 것뿐이었다. 봉황이 다시 날개를 폈을 뿐이었다.

보고 싶어도 보고 싶다 해서는 안 되는 것이고, 닿고 싶어도 닿을 수 없는 것이다. 그러면서도 융은 편전 너머 대궐 문이 열리기만을 기다렸다. 기다리고 또 기다렸다. 날이 밝고 다시 어두워질 때까지. 신하들의 애원은 들리지 않았다. 목이 마르지도 배가 고프지도 않았다. 그저 그린이 보고 싶었다.

'옷은 따뜻하게 입은 것이냐. 밥은 잊지 않고 챙겨 먹은 것이냐. 잠을 자고 있느냐. 잠자리는 불편하지 않으냐. 혹시 우는 것은 아니냐. 울면 아니 되는 것을…….'

융의 짙은 속눈썹이 떨렸다. 울고 있을 그린을 생각하면 심장이 갈가리 찢기는 것 같았다. 찢긴 심장이 발치까지 무너지는 듯했다. 무너진 심장이 흙모래와 뒤섞여 버석버석 짓밟히는 것도 같았다.

'울지 말아라. 다 내 잘못이니. 돌아오지 않아도 된다. 그러니 울지 말아라.'

융은 그렇게 빌고 또 빌었다. 그린이 울지 않고 곤히 잘 수만 있다면 한쪽 팔을 베어 주어도 좋았다. 지독한 밤이 또 지나갔다. 다음 날 동이 트고 나서야 융은 등불을 끄라 명했다.

* * *

그린은 보름 동안 몽화 상단 객잔에 머물렀다. 가장 좋은 방에서 매끼 훌륭한 음식을 대접받았다. 매일 따뜻한 물로 씻었고, 청결하고 부드러운 이부자리에서 잠들었다. 야마가 사현의 신분과 재물을 마음껏 이용한 덕이었다. 그런데도 그린은 하루가 다르게 말라 갔다. 볼이 패이고 눈 밑이 어두워졌다. 진수성찬도 먹는 족족 게워 냈다.

죽 그릇 앞에서 머뭇거리던 그린이 숟가락을 내려놓자 야마가 벌컥 성을 냈다.

"굶어 죽으려고 작정한 거야?"

"왜 화를 내고 그래? 속이 안 좋아서 그런데."

"웃기시네! 앙상하게 말라서는!"

야마가 거칠게 그린의 손목을 잡아챘다. 뿌리칠 기운도 없다는 듯 그린이 야마를 물끄러미 바라보았다. 무거운 침묵이 두 사람을 훑고 지나갔다. 그린이 먼저 시선을 돌렸다.

"……전하는 잘 계시데?"

"네가 궁금한 건 왕놈이뿐이지?"

"……."

"잘 지내고 있단다! 얼마나 잘 지내는지 저잣거리마다 성군이라 칭송하는 소리가 자자하다!"

야마가 탁자에 놓인 닭다리를 뜯어서 질겅질겅 씹었다. 그린의 눈동자에 희미한 생기가 돌았다.

"정말이야?"

"짜증 나는 거짓말을 내가 왜 하냐?"

"그건 그렇네."

"훈민정음 장려하고, 물가 관리도 상평창에서 철저히 한 댄다. 뿐인 줄 알아? 빈민과 유민들 구제 정책도 시행하고 탐관오리들 색출해서 엄벌하고 있단다."

궐을 떠난 이후 처음으로 그린의 얼굴이 밝아졌다.

"모두 나랑 논의하던 거야. 우리 전하, 연산군이랑은 정반대시네……."

그린이 감격에 겨워 말했다. 자신이 없음에도 융은 자신과의 약속을 지키기 위해 애쓰고 있었다. 그게 쉬울 리 없다는 걸 누구보다 그린이 잘 알고 있었다.

"사냥도 끊고, 밤낮으로 일만 한 댄다! 장그린, 넌 좋겠다. 남편 유능해서?"

입맛이 떨어졌는지 야마가 닭다리를 집어 던졌다. 하루가 다르게 말라가는 그린과 달리 멀쩡히 제 할 일을 하는 융이 불만인 모양이었다.

“네가 전하를 내 남편이라고 한 거 처음이야.”

“그게 중요해?”

“베프한테 인정받은 결혼이라는 거잖아. 당연히 중요하지.”

그린이 미소 지었다. 주변마저 환히 밝히던 그린의 미소는 태풍 앞의 촛불처럼 위태로워 보일 뿐이었다.

“이러지 말고, 한양 뜨자니까.”

“넌 어쩌고? 이제 버틸 수 있는 것도 한계잖아?”

그린이 야위어 가는 동안 야마도 매일 조금씩 허약해졌다. 자주 비틀거렸고, 현기증 탓에 주저앉는 경우도 잦았다. 숨 쉬는 것을 잊은 게 아닐까 의심될 정도로 깊은 잠에 빠지기도 했다.

아무렇지 않은 척 으스대고 있지만, 그린은 야마의 변화를 놓치지 않았다. 가장 가까운 친구는 하루하루 죽어 가고 있었다. 명륜도 말하지 않았는가. 마지막 신물을 찾지 못하면 야마는 곧 소멸할 거라고.

“내 일은 내가 알아서 해.”

야마가 야멸차게 말했다. 고개를 떨구고 있던 그린이 작은 목소리로 웅얼거렸다.

“궐로 돌아가야겠어.”

그린의 말에 야마의 눈빛이 살벌해졌다.

“제 발로 죽으러 가겠다고? 누가 보내 줄 줄 알아?”

“마지막 신물이 궐에 있을지도 모른다고 했어.”

“매꽃 그년이? 전생에서도 현생에서 널 속여 먹은 그년 말을 또 믿겠다는 거야?”

분노에 사로잡힌 야마가 외쳤다. 그린은 자조 섞인 목소리로 대답했다.

"매꽃은 날 이용해 신물을 모으려고 했어. 거짓 정보를 흘릴 이유가 없어."

"궐에 있었다면 왕놈이가 왜 몰랐겠냐? 적어도 인수대비는 알고 있었겠지."

"네 말이 맞아. 대왕대비 마마께 여쭤 본 적 있지만, 전혀 모르고 계셨어."

"없으니까 모르는 거지!"

그럴 줄 알았다는 듯 야마가 코웃음 쳤다. 하지만 그린의 생각은 달랐다.

"신물이 궐 안에 있다면 가능성은 둘이야. 원래부터 왕실 소유였거나, 아니면 누군가 진상했거나."

"왕실 소유는 아니란 뜻이야?"

그린이 품 안에서 청이의 서신을 꺼냈다.

"그래서 청이에게 부탁했어. 왕실에 진상할 보물을 매입한 상인이 있었는지."

왕실은 각 지방으로부터 곡식과 특산물, 인력 등을 공납 받았다. 정기적인 공물 외에도 해외 수입품이나 고가의 사치품이 진상 받기도 했다. 융이 모른다면 정식 경로를 통해 들어온 진상품은 아니란 뜻이었다. 이제야 관심이 생기는지 야마가 물었다.

"그래서 상인을 찾았어?"

"아니. 대신 역관을 찾았지."

"역관?"

"9년 전 즈음 고려 유물을 수집하던 명나라 사신이 기이한 가락지를 조선 역관에게 팔았다는 거야. 역관은 왕족에게 진상할 귀한 보물을 찾았다고 해."

고려 유물과 기이한 가락지. 밤에도 빛난다는 설명은 없지만, 신물일 가능성이 컸다.

"그 역관은 어디 있는데?"

야마가 상기된 얼굴로 그린을 바라봤다.

"재작년에 죽었대."

"뭐야. 김빠지게."

"역관이 유언을 남겼는데, '서둘렀다면 지킬 수 있었을지도 모른다'고 했대."

"서둘렀다면 지킬 수 있었을지도 모른다?"

야마가 그린의 말을 따라 읊었다. 그린이 고개를 끄덕였다.

"역관이 누구에게 무얼 진상했는지는 모르지만, 실마리는 궐 안에 있어."

그린이 곧은 눈빛으로 야마를 응시했다. 잠시 고민하던 야마가 고개를 저었다.

"그렇다면 환궁은 더더욱 안 돼. 네가 돌아가면 다섯 신물이 한자리에 모이는 거잖아."

"그럼 좋지. 너도 살고 전하도 저주를 풀고."

대수롭지 않은 일이라는 듯 그린이 어깨를 으쓱했다. 야마의 어금니에서 날카로운 소리가 흘러나왔다.

"나보고 네 시체에서 영기를 흡수하란 말이야?"

그린은 대답하지 않았다. 열흘 동안 밤잠도 자지 않고 고민해 봤지만, 결론은 항상 똑같았다.

'전하 곁으로 돌아가자. 그리고 신물을 찾자.'

융은 그린을 제 심장이라고 말했고, 언제부턴가 그린도 자신이 융의 심장이라 믿었다. 사람이 심장 없이 살 수 없는 것처럼 심장도 혼자선 살 수 없었다. 무엇보다 사무치게 융이 보고 싶었다. 참아 내려 했지만 참을 수 없었다. 손바닥으로 소나기를 막을 수 없듯이 그리움이 매일 그린을 흠뻑 적셨다.

야마를 위해서도 사현을 위해서도 망설일 수 없었다. 청이를 위해서라도.

'아무도 오라버니를 걱정하지 않잖아요. 어머니도, 마마도, 심지어 오라버니까지도요!'

청이의 말이 그린의 죄책감을 아프게 찔렀다. 지금 이 순간에도 사현이 어떤 고통을 받고 있을지 몰랐다. 사현의 유순하고 부드러운 미소가 떠올라 그린이 고개를 숙였다.

사현에서 꾸지람을 들은 건지, 그 뒤로 청이는 서운한 내색을 하지 않았다. 그린을 위해 궂은일을 하면서도 고되거나 힘들다고 불만한 적도 없었다. 사실 정보 수집은 어린 청이가 도맡기엔 너무나 위험한 임무였다.

융이 그쪽 방면의 전문가를 찾아보기도 했고, 무관 중에서 정예 요원을 뽑아도 봤지만 청이만 한 인재가 없었다. 귀자득활술을 다루는 팔관회를 쫓으려면 청이의 신력이 필요했다. 그린은 매번 마지막이라고 다짐하면서 또 청이에게 부탁해야 했다. 청이는 한 번도 그린의 부탁을 거절하지 않았다.

'청이는 사현 씨가 무사히 돌아오기만을 기다리고 있을 거야. 모두를

위해서라도 웅크리고 있을 수만은 없어.'

그러자면 환궁해야 했다. 궁에서 무슨 일이 벌어지더라도.

"신물을 모두 모으면 다른 방도가 생길지도 몰라."

작은 주먹을 꼭 쥐고 그린이 말했다.

"안 돼."

"모두를 살리는 길이야. 응? 야마야."

"무슨 일이 있어도, 절대 안 돼."

그린이 설득해 보았지만, 야마는 조금도 물러서지 않았다. 야마의 수려한 얼굴이 슬픔으로 일그러졌다.

"난 서랑의 죽음을 지켜봐야 했어. 네 죽음도 봐야 했고. 겨우 살려놨더니 또 죽겠다는 거야?"

"죽으러 가는 거 아니야."

"가면 죽게 될 거야!"

야마가 목소리를 높였다.

"야마야……."

"우린 내일 한양을 뜰 거다. 넌 그런 줄 알아."

야마가 그린을 내버려 두고 방을 빠져나갔다. 그의 어깨가 어느 때보다 축 처져 있었다. 뒤따라가서 안아 주고 싶었지만, 그린은 움직일 수 없었다. 야마의 말처럼 그린에게 궐은 가장 위험한 장소였다. 팔관회의 수족들이 또 그린을 노리지 말란 법이 없었다. 저주의 꼭두각시나 제물이 될 수도 있었다. 하지만 이대로 한양을 떠나면 융과 야마의 미래는 없는 거나 마찬가지였다.

'할머니, 저는 어떻게 해야 하나요.'

그린은 인형 안에 있을 타로 덱이 그리웠다. 한 장의 카드로 미래를 읽어 낼 수 있기를 바라지 않았다. 하지만 타로를 만질 때면 할머니의 목소리가 들리는 듯했다.

'괜찮다, 다 괜찮을 기다.'

주름진 손으로 그린의 머리를 쓰다듬으며 할머니는 그렇게 말하곤 했다. 그린은 눈을 감고 할머니의 말을 주문처럼 반복했다.

"괜찮아, 다 괜찮을 거야."

번민으로 요동치던 마음이 조금은 가라앉았다. 그린이 보료에 누워 등을 둥글게 말았다. 이내 졸음이 밀려들었다. 그린은 곧 깊은 잠에 빠졌다.

기다렸다는 듯 잠들자마자 꿈이 시작되었다. 융이 강녕전에서 옷을 갈아입는 꿈이었다. 반가워야 마땅한 얼굴 앞에서 그린이 뻣뻣하게 굳었다.

'또 매꽃이 내 꿈을 조작하는 건가? 나한테 환상을 보여 주는 거야?'

잠에서 깨기 위해 몸을 뒤틀어 보았지만, 손가락 하나 움직일 수 없었다. 하지만 두려움은 오래가지 않았다. 조작된 꿈을 꿀 때마다 보였던 짙은 안개가 없었기 때문이었다. 그린의 꿈은 점점 더 또렷해졌다. 마치 그린의 영혼이 궐로 날아가 융을 내려다보는 것 같았다.

신기하고도 낯선 기분에 그린이 주변을 두리번거렸다. 그린이 봤었던 강녕전의 모습 그대로였다. 우아하면서도 정갈한 가구와 은은한 난향까지 똑같았다. 그린은 두근거리는 심장을 손으로 누르고 융에게 다가갔다.

붓으로 그린 것처럼 짙은 눈썹과 쌍꺼풀 없이 날렵한 눈매. 콧대는 한숨이 흘러나올 정도로 높았고, 입술은 여인의 그것처럼 매끄럽고 섬세했다. 무엇보다 머루알을 연상시키는 검은 눈동자가 그린의 가슴을 두드렸다. 그린의 눈망울에 물기가 맺혔다.

'진짜 전하 같아. 꿈속의 남자가 아니라.'

문득 할머니의 말이 떠올랐다. 할머니는 가끔 신기한 꿈을 꾼다고 자랑하셨다. 신선처럼 어디든지 훨훨 날아서 구경할 수 있다고.

그린이 믿지 못하면 장난스러운 얼굴도 '네 엄마도 할 수 있으니, 너도 할 수 있을지 모르겠다.'고 하셨다.

그냥 농담인 줄 알았는데. 모계로 이어지는 특별한 힘일까? 그린이 고개를 저었다. 그냥 꿈이어도 좋았고, 매꽃이 만든 환상이라도 좋았다. 이렇게라도 융을 볼 수 있다면.

그린이 융에게 손을 뻗었다. 손은 그의 얼굴을 그대로 통과했다. 허공을 더듬는 것처럼 아무것도 만질 수 없었다. 융에게도 그린은 보이는 것 같지 않았다. 그린은 융을 만지는 것을 포기하고 그의 모습을 보는 것에 만족하기로 했다.

"30보 밖으로 물러가라."

침의로 갈아입은 융이 상전에게 명했다. 제 귀로 듣는 것처럼 낭랑한 목소리였다. 그는 매일 잠들기 전, 궁인들을 침전 30보 밖으로 물린다고 했다. 악귀에 시달리는 신음을 들키지 않기 위해서였다. 그린의 눈빛이 흔들렸다.

'대천이 악귀를 막아 주는 것 아니었어?'

그린과 함께 자면 악귀가 얼씬도 하지 않는다고 했다. 언제부턴가 융은 혼자 자더라도 악귀의 목소리가 들리지 않는다고도 했다. 그린은 융이 대천을 지녔기 때문이거나, 매꽃의 힘이 떨어졌기 때문이라고 생각했다. 하지만 아니었다. 악귀는 조금도 약해지지 않았다. 그린과 융이 서로의 꿈을 꾼다고 믿게 한 것처럼, 잠시 악귀를 쫓았다고 믿게 만든 것뿐이었다.

눈을 감기가 무섭게 융이 온몸을 뒤틀며 괴로워하기 시작했다. 붉은 안개가 독사처럼 융 몸 위에 똬리를 틀었다. 이내 그의 몸을 칭칭 감고 목을 조르기 시작했다.

"흐읍."

이를 악물고 있으나 짓눌린 신음이 흘러나왔다. 관자놀이에 핏줄이 도드라지고 제 가슴을 움켜쥔 왼손은 하얗게 질렸다.

'전하! 전하!'

그린이 목청껏 불러 봤지만 융에게는 닿지 않았다. 얼마 지나지 않아 그의 아름다운 얼굴이 식은땀으로 번들거렸다. 그 모습을 보면서 그린은 눈물을 쏟았다. 우는 것 말고 할 수 있는 게 없어서 더 많이 울었다. 곤히 잠든 융의 얼굴을 만져 보던 포근한 밤이 떠올라 울음은 더 서러워졌다.

'널 만나기 전까지 매일 악귀의 저주를 들었다. 내가 역사에 길이 남을 폭군이 되어 살육을 저지를 거라고.'

오늘도 융은 똑같은 저주를 듣고 있는 것일까? 밤새 이렇게 고통받아야 하는 걸까? 도대체 언제까지……

헤아릴 수 없는 슬픔으로 가슴이 미어졌다. 닿지 못한다는 걸 알면서도 그린이 융을 향해 손을 뻗었다. 그때 융이 오른손을 덜덜 떨었다. 그의 손에는 청옥으로 만든 뒤꽂이가 들려 있었다. 뒤꽂이로 치켜든 융이 망설임 없이 제 허벅지를 찔렀다.

'안 돼요, 전하!'

그린의 목소리는 전해지지 않았다. 융은 반복해서 제 몸을 찌르고 또 찔렀다. 희디흰 침의가 피로 물들 때까지.

'멈춰요! 제발 그만!'

그린이 머리를 감싸 쥐고 울부짖었다. 그러다 까무룩 정신을 잃었다. 눈을 떴을 때, 날이 밝아 있었다. 하지만 그린의 망막에는 스스로 상처를 내던 융의 모습이 새겨져 있었다. 그린이 눈가에 맺힌 눈물을 닦고 몸을 일으켰다.

"제가 가요, 전하. 조금만 기다려 주세요."

* * *

다시 보름이 흘렀다. 융은 그린이 돌아왔다는 소식에 제 귀를 의심했다. 경연을 멈추고 그린의 처소를 향하면서도 정말 그린이 거기 있을 거라고 믿지 않았다. 하늘빛 당의와 능소화를 연상시키는 주홍색 스란치마를 입은 그린을 보고도 꿈이라 생각했다. 꿈이라면 영원히 깨고 싶지 않다고 융은 생각했다.

"주상 전하를 뵙사옵니다."

박 상궁의 도움을 받아 그린이 예를 올렸다. 혼자서 절할 수 없을 정도로 그린은 쇠약해져 있었다. 피부는 하얗다 못해 창백했고 가뜩이나 가는 허리는 한 줌도 안 될 것만 같았다. 하지만 그린의 눈동자는 여전히 샛별처럼 빛났다.

그마저도 현실감이 없었다. 지난 한 달 동안 융은 매일 그린이 돌아오는 상상을 했다. 그리워해서도 안 된다고 다짐하면서도 상상을 멈추지 못했다. 실제로 악귀에 시달리다가 설핏 그린이 환하게 웃으며 제 품에 뛰어드는 꿈을 꾸었다. 그런 꿈을 꾸다가 깨면 항상 눈가가 젖어 있었다. 그래서 더 믿기 어려웠다. 융이 가까스로 한마디 내뱉었다.

"모두 물러가라."

융의 명령에 궁인들이 빠져나갔다. 방 안엔 그린과 융 둘만이 남았다. 한 달 전과 변함없는 광경 같았지만 둘 사이엔 낯선 침묵이 흘렀다.

어색하다는 듯 그린이 뺨을 긁었다.

"너무 늦게 돌아와서 죄송해요, 전하. 좀 더 서두르려고 했는데……."

말을 마치기도 전에 융이 두 팔로 그린의 작은 몸을 와락 끌어안았다. 왈칵 눈물이 밀려올 만큼 그린은 말라 있었다. 왜 이렇게 야윈 거냐고 호통을 치고 싶었지만 그럴 겨를이 없었다. 봄볕처럼 따뜻하고 들꽃처럼 향기로운 체취가 융의 머릿속을 하얗게 지워 버렸다.

"그린아."

융의 목소리가 젖어 들었다. 그린의 눈에도 눈물이 차올랐다.

"전하."

"그린아."

"전하."

두 사람은 확인이라도 하듯이 서로를 불렀다. 융이 그린을 안은 팔에 힘을 주었다. 빈틈없이 하나로 맞붙은 심장이 같은 간격으로 뛰었다. 세상에 그 어떤 노래도 그보다 아름다울 순 없었다. 결국, 눈물 한 방울이 융의 뺨을 가로질렀다.

'이 아이는 여기 있으면 안 된다. 내 옆에 있다간 불행해질 뿐이다.'

아물지 않은 허벅지의 상처가 욱신거렸다. 그린이 떠나자마자 다시 악귀가 찾아왔다. 가까스로 참아 내고 있으나 얼마나 더 버틸 수 있을지 장담할 수 없었다. 궁인들 사이에서 흉한 소문이 돌기 시작했다.

임금이 밤마다 옷을 피로 적신다고 했다. 울부짖으며 자해한다는 말도 있고, 아리따운 궁녀를 괴롭히며 즐거워한다는 말도 있었다. 어느 정도 사실이었기에 융은 수군덕대는 자들을 벌할 수 없었다.

버티고 있다고는 하지만 정말 제정신인지도 의심스러웠다. 때론 머릿속에 먹물을 쏟은 것처럼 기억이 끊길 때가 있었다. 백성들이 칭송할 정도로 선정을 베푸는데도 융을 바라보는 궁인들의 눈동자에 두려움이 서리기 시작했다. 기억이 없는 사이에 무슨 짓을 했는지 알 수 없었다.

역사 속 연산군처럼 여인은 겁탈했을까? 아니면 사람을 죽였을까? 사관들을 겁박해 사초를 훔쳐보고 싶을 만큼 불안했다. 제 손으로 그린의 목을 졸랐던 기억이 되살아났다. 손끝에서 여리게 뛰던 맥박과 공포로 일그러진 고운 얼굴이 융의 피를 차갑게 식혔다. 이런 몸으로 그린일 곁에 둘 수는 없었다. 융이 천천히 품에서 그린을 떼어 놓았다.

"왜 왔느냐."

냉담한 말투를 꾸며 내느라 목소리가 갈라졌다. 그린의 커다란 눈동자가 한 차례 일렁였다.

"제가 어딜 가겠어요. 전하가 계신 곳이 제집인데요."

그린이 애써 밝은 목소리를 냈다. 입술이 부르틀 정도로 허약해졌으면서 그린은 융을 위해 미소를 머금었다. 그 웃는 얼굴이 애달파서 융이 입술을 짓깨물었다. 그리고 자신과 그린, 모두에게 가장 잔혹한 말을 내뱉었다.

"당장 돌아가거라."

"돌아갈 곳이 없다는 건 전하께서 더 잘 아시잖아요."

"그래도 가거라. 내 옆이 아니라면 어디든."

심장을 돌로 내려찍고 발로 짓이긴다고 해도 이보다는 덜 고통스러울 것 같았다. 그린의 아랫입술이 파르르 떨렸다. 그 입술의 촉감을 아직도 기억하고 있었다. 뼈에 새겼으니 잊을 리 없었다. 융이 고개를 돌렸다. 보고 있다간 그린의 입술을 날이 새도록 물고 핥을 것만 같았다.
한참 말을 잇지 못하던 그린이 입을 열었다.
"전하 곁에 있을 거예요. 죽더라도요."
결의에 찬 음성의 융을 때렸다. 역시 그린은 '죽음'을 각오하고 돌아온 거였다. 융의 눈에서 시퍼런 불꽃이 튀었다.
"누가 너더러 죽으라더냐!"
"그런 뜻으로 한 말이 아니에요."
"말하지 않았느냐. 넌 내 허락 없이 죽지 못한다고."
융이 찬바람을 일으키며 몸을 돌렸다.
"나가라. 궐은 이제 네 집이 아니다."
"전하…… 속상하게 왜 자꾸 미운 말만 하세요?"
그린의 목소리에 울음이 묻었다. 융이 흠칫 어깨를 떨었다.
'네가 울지 않게 해 달라고 그렇게 빌었는데. 나는 또 널 울리고 말았구나.'
하지만 이렇게 해서라도 그린을 살릴 수 있다면 더 심한 말도 할 수 있었다. 그린을 위해서라면 죽음도 두렵지 않은 융이었다. 평생 그린과 만나지 못하는 형벌도 견딜 수 있었다. 내 심장, 내 여인을 살릴 수 있다면.
어금니를 깨문 채로 융이 말했다.
"내 앞에서 꺼져라. 이건 어명이다."
한 달 전만 해도 이 방에서는 두 사람의 웃음소리가 떠나지 않았다. 병풍 하나, 화병 하나, 그린을 위해 융이 손수 꾸민 방이었다. 그런 방이 무덤 속처럼 고요해졌다.
"그렇게 말씀하시면 제가 엉엉 울면서 도망칠 줄 아셨나요?"

그린의 얼굴에서 낯선 냉기가 뚝뚝 떨어졌다. 하지만 눈 끝엔 눈물이 맺혀 있었다. 융의 심장이 덜컥 내려앉았다.

“전하께서 가라 하시면 네, 그동안 즐거웠습니다, 하고 떠날 줄 아셨어요?”

“…….”

“그럴 거면 돌아오지도 않았어요. 그런 가벼운 마음이었다면 애초에 입궐하지도 않았을 거예요!”

그린은 500년 후 한국으로 돌아갈 수 없었다. 몽화당도 그린의 집은 아니었다. 낯선 세계, 낯선 사람들 틈에서 지금까지 살아갈 수 있었던 것도 모두 융 때문이었다. 융이 아니었다면 구중궁궐에서 고상한 숙원 마마 노릇도 하지 않았을 거였다.

몽화 객잔에서 머물던 그린은 몇 번이나 한양을 떠나려 했다. 하지만 도무지 발길이 떨어지지 않았다. 그 역시 융 때문이었다.

‘나 때문에 전하께서 위험해지실 수 있어.’

그린은 융보다 강한 저주에 걸려 있었다. 매꽃이라면 어떤 식으로든 그린을 이용하려 들 터였다. 심장 대신 폭탄을 품고 사는 기분이 이럴까. 그린은 제 손으로 사랑하는 이를 해치게 될까 봐 두려웠다. 융의 두려움도 그린의 두려움과 쌍둥이처럼 닮아 있었다. 그린은 그래서 돌아왔고, 융은 그래서 밀어내고 있었다.

그린과 융이 서로를 들여다보았다. 그린도 융도 바스러질 듯 위태로웠다. 한 달 동안 서로의 빈자리를 사무치게 깨달은 두 사람이었다. 함께 있어서 완벽했기에 혼자서는 더 쉽게 허물어졌다. 헤어진다 해도 서로를 만나기 전으로 돌아갈 순 없었다. 이미 세상은 서로의 빛으로 물들어 버렸으니까. 그런데도 융은 고개를 돌렸다.

"가거라."

"전하!"

"평생 걱정 없이 살 재산을 준비하겠다. 내금위장과 박 상궁도 보내주마."

융이 억양 없는 음성으로 말을 이었다. 그린은 석상처럼 움직이지 못했다.

"숙원 장녹수가 아닌 새로운 이름으로 살아라. 원한다면 다른 남자를 만나 개가(改嫁)……."

차마 뒷말을 이을 수 없다는 듯 융이 입을 다물었다. 그린이 충격을 이기지 못하고 작은 몸이 휘청거렸다.

"……다른 남자랑 혼인하란 뜻인가요?"

찰랑거리는 눈물을 차마 볼 수 없어서 융이 시선을 내렸다. 배를 갈라 내장에 흙을 뿌린 것처럼 고통스러웠다.

"그게 정말 전하께서 바라시는 일이에요?"

융은 대답하지 않았다. 심호흡을 해 봤지만, 그 정도로는 떨리는 가슴이 진정되지 않았다. 다른 사내 품에 안겨 있는 그린을 상상하면 온 세상을 피로 물들이고 싶을 만큼 분노가 치솟았다. 하지만 그린을 외롭게 홀로 둘 수 없었다. 그린은 가족의 정을 그리워했다. 자신을 그리워하며 평생 수절하기 바랄 순 없었다.

'야마란 자는 안 되지만 윤사현이라면…….'

융은 손톱이 살갗을 파고들 정도로 세게 주먹을 쥐었다. 심장을 내주어도 아깝지 않을 여인을 다른 사내와 짝지어 주려는 자신이 혐오스러워서 견딜 수 없었다.

"그것도 어명이신가요?"

그린이 물었다. 융이 씹어뱉듯 대꾸했다.

"그래, 어명이다."

눈물을 참으려는 듯 그린이 눈을 빠르게 깜빡였다. 융은 숨도 쉬지 않고 그 모습을 바라보았다. 가능하다면 가슴에 박아 넣고 싶었다. 그린의 원망까지도 모조리 망막에 새겨 넣고 싶었다. 그래야만 그린 없이 버틸 수 있을 것 같았다.

"받들겠나이다, 그 어명."

그린의 말에 한 점 남은 온기마저 모두 빠져나갔다. 융은 주저앉지 않기 위해 안간힘을 썼다. 눈물을 머금은 채로 그린이 말했다.

"대신 부탁이 있어요. 대왕대비 마마와 중전마마께 작별 인사를 드리고 싶어요."

"그렇게 하여라."

융이 감정 없는 사람처럼 대꾸했다. 제 목소리가 어느 때보다 낯설었다. 그건 그린도 마찬가지이리라.

"다른 부탁도 있어요."

"무엇이냐."

"떠나기 전까지 전하와 같이 자고 싶어요."

* * *

그린이 대왕대비 전으로 걸음을 옮겼다. 현기증이 까맣게 밀려들었다. 박 상궁은 비틀거리는 그린을 걱정스럽다는 눈으로 지켜보고 있었다.

"마마, 괜찮으시옵니까?"

"괜찮네."

"하나도 괜찮아 보이지 않으시옵니다."

"이제부터 괜찮아질 것이네."

그린의 입가에 슬픈 미소가 걸렸다. 오후의 햇살도, 싱그러운 새소리도 딴 세상일처럼 멀게 느껴졌다. 각오했다고 생각했는데 조금도 준비되지 않았다.

'꺼져라. 이건 어명이다.'

융의 목소리가 떠오를 때마다 벌거벗은 채로 얼음 위에 던져진 것처럼 온몸이 떨려 왔다. 왈칵거리는 심장을 가라앉히기 위해 숨을 들이쉬고 내쉬었다. 융이 일부러 모진 말을 쏟아 냈다는 걸 알면서도, 충격은 조금도 잦아들지 않았다.

'전하는 저 안 보고 싶으셨나요? 저는 전하가 너무 보고 싶었는데. 그래서 무섭지만, 용기 내서 온 건데. 전하는 저보고 꺼지라고 하고…….'

서러움이 다시 눈물이 될까 봐 그린이 세차게 고개를 저었다. 그렇게 하면 슬픈 생각이 지워지기라도 할 것처럼.

아직은 울 때가 아니었다. 꼭 해야만 하는 일이 남아 있었으니까. 강녕전으로 날아가는 꿈을 꾼 뒤에 그린은 환궁을 결심했다. 야마의 반대가 가장 큰 난관이었다. 하지만 야마는 끝까지 반대할 수 없었다. 줄 끊어진 꼭두각시 인형처럼 움직이지 못했기 때문이었다.

'대왕의 영혼이 곧 소멸할 것 같소. 영력을 조금이라도 보존하고자 스스로 가사 상태에 빠진 것 같소.'

봉천군의 도움을 받아 야마를 무심사로 옮겼을 때 명륜이 말했다.

'얼마나 버틸 수 있겠어요?'

'업경을 엿본다고 해도 인간이 염라대왕의 생사를 읽을 순 없소만…… 지금까지 살아 있다는 게 놀라울 뿐이오.'

'신물을 모두 찾는다면요?'

'그래도 소용없소. 오악의 영기가 바닥났으니까.'

'천기가 없으면 야마를 살릴 수 없다는 뜻이로군요.'

명륜이 고개를 끄덕였다. 봉천군은 의식을 잃은 야마의 얼굴을 젖은 수건으로 조심스레 닦고 있었다. 그녀의 손길에서 헤아릴 수 없는 슬픔을 읽어 낼 수 있었다. 봉천군은 야마를 염라대왕으로 깍듯하게 모셨으나 그를 향하는 그녀의 눈은 언제나 어머니처럼 따뜻했다.

지금 그녀가 쓰다듬고 있는 것은 사현과 야마 두 사람 모두였다.

'야마의 영혼이 소멸하면 사현 씨도 위험해지나요?'

'아마도.'

'그럼 결정됐네요.'

그린이 미소 지으려 했지만, 얼굴 근육이 잘 움직이지 않았다. 명륜이 미간을 찌푸렸다.

'마마께서 제물이 되겠다는 뜻이오?'

'그거 말고 다른 방법이 있나요?'

그린은 한 손에 자신의 목숨을, 다른 한 손에 융과 야마, 그리고 사현의 목숨을 쥐고 있었다. 어떤 손을 들어 줄 것인지 결정하는 건 어렵지 않았다. 제물이 되기를 미룬 것은 천기인 자신이 없으면 마지막 신물을 찾을 수도, 야마를 살릴 수도 없었기 때문이었다.

'제게 방도가 있사옵니다, 마마.'

죄인처럼 고개 숙인 봉천군이 말했다.

'마마께서 마지막 신물을 찾아 주신다면…… 대왕님을 기필코 살릴

수 있사옵니다!'

야마의 신력은 천기 없이 되살릴 수 없었고, 천기는 명혼을 가진 그린만이 할 수 있었다. 그린을 제물로 삼고도 야마를 살릴 수 있다니.

도대체 무슨 소리를 하는 거냐고 호통칠 줄 알았던 그린은 아무 말도 하지 않았다. 봉천군을 물끄러미 내려다보던 그린이 한시름 놓았다는 듯 희미하게 웃었다.

'봉 여사님이 그렇게 말씀하실 것 같았어요.'

'이미 알고 계셨다는 말씀이시옵니까?'

믿기지 않는다는 투로 봉천군이 되물었다. 명륜도 놀라 눈을 크게 떴다.

'눈치가 좀 빠르거든요.'

'마마……!'

'봉 여사님이 괜히 거짓말할 사람도 아니라는 것도 알고요.'

자애로움을 담은 그린의 눈빛은 어느 때보다 밝게 빛나고 있었다. 봉천군이 그린의 발밑에 머리를 조아렸다.

'송구하옵니다, 마마. 소인이 마마께 죽을죄를 지었사옵니다…… 흐윽.'

봉천군의 발밑에 뜨거운 눈물이 후드득 떨어졌다.

'이 죄는 죽어서 갚겠나이다.'

'저주를 받아 낸다고 해도 팔관회가 사라지는 건 아니에요. 봉 여사님은 전하를 도와 그들을 소탕해 주세요.'

가슴을 쥐어뜯으며 흐느끼는 그녀를 그린이 어루만졌다.

'마마…….'

'저는 환궁해서 마지막 신물을 찾을게요. 그리고 제물로 되는 거로!

이제 정리된 거죠?'

그린이 명쾌하게 말했다. 그 계획에 제 죽음 같은 것은 포함되지 않은 것 같았다. 미간을 찌푸린 명륜이 그린의 복부를 흘낏 바라보았다.

'나쁘지 않은 방법이긴 한데. 후회하지 않겠소? 마마의 몸엔 이미…….'

'괜히 일 복잡하게 만들지 마세요, 스님.'

그린이 단호한 목소리로 명륜의 말을 막았다.

'그게 마마의 뜻이라면 소승은 입을 열지 않겠소.'

명륜은 손으로 제 입을 꿰매는 시늉을 했다.

'스님은 제가 마지막 신물을 찾지 못할 때를 대비해 주세요.'

'마마는 참 대단한 여인이오. 달그림자 뒤엔 마마 같은 여인이 많소이까?'

감탄했다는 투로 명륜이 물었다. 그린이 장난스럽게 물었다.

'많으면 어쩌시려고요?'

'출가하지 않고 그 여인들과 더불어 세상사를 논하고 싶구려.'

'열심히 공덕을 쌓아서 500년 뒤에 환생해 보세요.'

그린은 깊은 잠에 빠진 것처럼 눈을 감은 야마를 바라보았다. 깨어나면 화를 내겠지만, 어쩌면 다음번에도 그린의 환생을 기다려 줄지 몰랐다. 수백 년이 걸리더라도 말이다.

긴 기다림을 남겨 두는 것이 미안해서 그린은 쉬 발걸음을 떼지 못했다. 융도, 야마도, 사현도 그린이 제물이 되기를 바라지 않을 터였다. 소중한 이들에게 돌이킬 수 없는 죄를 짓는다고 생각하니 가슴이 타들어 갔다. 물론 가장 미안한 이는 따로 있었다. 그린이 편평한 배를 문지르며 속으로 중얼거렸다.

'네게 미안해서 어쩌니, 아가. 넌 세상 구경도 못 해 봤는데…….'

* * *

아기를 가졌다는 걸 언제 알았을까. 한국에 있을 때도 그린은 생리가 규칙적이지 않았다. 스트레스를 받으면 한두 달 건너뛰기도 했다. 입궐하고 나서도 그런 일이 반복되었다. 그래서 이번에도 생리 불순인 줄만 알았다. 하지만 어의 임종직이 죽었을 때, 그린은 뭔가 이상하다고 생각했다.

팔관회의 위세가 대단하다고 해도 의금부에 갇힌 죄인을 죽이는 게 쉬울 리가 없었다. 쉬웠다면 임사홍나 휘숙옹주도 진작 처리되었어야 마땅했다.

'거물들을 내버려 두고 임종직을 죽였다는 건, 그가 발설하면 안 되는 비밀을 알고 있다는 뜻일까?'

불현듯 그린은 임종직이 교태전에서 제 진맥 봤던 일이 떠올랐다. 중전이 죽은 원자의 꿈을 꾼 다음 날이었다.

'설마…… 설마……!'

그린이 두 손을 모았다. 그날 그린은 임종직을 섬세한 눈으로 관찰했다. 뭔가 의심스러워서 그랬던 건 아니었다. 낯선 사람을 관찰하는 건 그린에게 숨 쉬듯 자연스러운 일이었다.

'회임 맥이 잡히지 않사옵니다.'

임종직인 눈동자를 좌우로 굴리며 손끝을 움찔거렸다. 중전이 실망스러워할까 봐 불안해하는 줄만 알았는데……. 수시로 찾아오는 졸음을 느낄 때마다, 먹은 것도 없는데 속이 메슥거릴 때마다 그린은 납작한 배를 어루만지곤 했다.

임신일까? 아니면 착각일까? 고민은 오래가지 않았다. 언제부터인가 묵직한 확신이 그린 안에 자리 잡기 시작했다. 심장이 빨리 뛰거나, 소변이 자주 마렵거나, 유두 색이 변하지 않았더라도 그린은 아기의 존재를 느낄 수 있었을 거였다.

내가 임신을 하다니. 신기하고 낯설다가 갑자기 무섭고, 그러다가 눈물이 날 정도로 행복한 이 기분을 어떻게 설명해야 할까. 융에게 달려가 말해 주고 싶지만 그럴 수 없었다. 누구보다 기뻐할 인수대비와 중전에게도 알릴 수 없었다. 누구보다 축복받을 아이건만, 그린은 비밀을 삼키고 타들어 가는 가슴을 감췄다.

팔관회가 임종직을 죽였다는 건 그린의 회임을 비밀에 부치겠다는 뜻이었다. 그린이 용정을 잉태했다는 사실이 알려지면 그들이 어찌 움직일지 몰랐다. 괴한들의 습격을 막으며 피를 뿌리던 홍희수의 모습이 눈앞을 스쳐 지나갔다.

'폐비께서도 전하를 잉태하셨을 때 변을 당하셨어. 중전께서 원자 마마를 잃은 것도 팔관회와 관련 있을지 몰라.'

그린은 당분간 아무에게도 임신 사실을 말하지 않기로 했다. 이제 와 생각해 보니 참 다행이었다. 아이를 가졌다는 것이 알려지면 그린이 아무리 원해도 제물이 될 순 없었을 테니까.

'아가야, 엄마가 이런 결정 해도 괜찮겠니? 아빠랑 삼촌들을 살리는 일인데…… 네 허락 없이 그래도 되겠니?'

환궁하기 전까지 눈물이 마를 날이 없었다. 울음이 아이에게 나쁘니 참아야 한다고 생각하다가도, 저 때문에 태어나지도 못할 아이인데 무슨 망종인가 싶어서 또 울었다. 태동도 느껴지지 않는 임신 초기지만 아기에게 미안해서 견딜 수가 없었다.

아기가 생긴 줄도 모르는 융을 똑바로 보는 것도 힘들었다. 엄마가 되는 것이 뭔지도 모르지만 그린도 아이를 낳고 싶었다. 융을 닮았다면 무척 예쁜 아이일 게 분명했다. 못난 부분만 닮았다고 해도 융과 제 아이가 못나 보일 리가 없었다.

우리 아기는 어떤 이름을 갖게 될까. 어떤 소리로 울까. 언제쯤부터 웃을까. 그런 물음이 떠오를 때마다 그린은 가슴을 내려치며 울었다. 하루에도 몇 번씩 도망치고 싶었다. 아무도 없는 곳에 숨어서 아이를 키우며 살고 싶었다. 아이를 살릴 수 있다면 영혼도 바칠 수 있을 것 같았다.

그린은 매일 밤 꿈에서 융을 보았다. 악귀는 점점 더 강해졌고, 그의 허벅지에선 피가 마를 날이 없었다. 뒤꽂이로 자해하며 저항해 봤지만 소용없었다. 융은 악귀에 씌어 그답지 않은 짓을 하기 시작했다. 집기를 때려 부수고, 내관들을 위협했으며, 음욕 가득한 눈으로 궁녀들을 훑어봤다. 낮과 밤이 다른 임금에 대한 소문이 꿈틀거렸다.

성군이 되기 위해 기울였던 모든 노력이 물거품처럼 사라져 버릴 위기였다. 연산군의 역사가 시작되었는지도 몰랐다.

'전하께서 연산군이 돼 버리면, 너무 많은 사람이 죽게 돼.'

연산군 제위 기간 중 죽거나 귀양을 간 사대부들은 셀 수없이 많았다. 임금의 폭정 아래서 고통받은 여인과 백성들은 그보다 더 많았다. 죄 없이 스러져 간 수많은 생명들. 그린은 그들을 놓을 수 없었다.

융이 임금이 아니라 여염의 사내였다면 그린은 그를 저버렸을지도 몰랐다. 야마와 사현, 청이, 봉천군을 외면하고 아이를 살리고 싶었을지도 몰랐다. 그러나 그린의 손에 조선의 앞날이 달려 있었다. 오직 그린만이 연산군의 탄생을 막고 수많은 목숨을 구할 수 있었다.

왜 하필 나느냐고. 내가 왜 그 무거운 짐을 져야 하냐고 항변하고 싶지만…… 그린은 장녹수란 이름과 그 이름의 무게를 받아들였다. 그래서 도망칠 수 없었다. 마지막으로 융을 볼 수 있다는 것에 만족하는 수밖에는.

인수대비 전 지밀상궁이 그린의 도착을 고했다.

"대왕대비 마마, 장 숙원 들었사옵니다."

"오오. 어서 들라 하라."

그린을 반기는 인수대비의 목소리가 섬돌 아래까지 넘어왔다. 인수대비가 일어나 그린을 마중했다.

"아직 안색이 좋지 않네. 더 쉬다 오질 않고."

인수대비는 그린이 병 때문에 사가에서 요양한 줄만 알았다. 그린이 고개를 푹 숙인 채 답했다.

"송구하오나 더 오래 요양해야 할지도 모르겠사옵니다."

"건강해질 수만 있다면 뭐든 해야지. 걱정 말고 다녀오게나."

야윈 그린의 손등을 쓰다듬는 인수대비는 손녀를 아끼는 할머니의 모습 그대로였다.

'내가 죽었다는 걸 아시면 마마께서 무척 슬퍼하실 텐데. 또 쓰러지시면 어쩌지.'

애통해할 인수대비가 생각하자 눈물이 핑 돌았다. 그토록 바라던 손주를 갖고도 소식조차 전하지 못하는 처지가 한스러웠다. 그린이 떨리는 목소리를 가다듬고 애써 미소 지었다.

"소첩은 당분간 연애가중계를 만들 수 없을 듯하옵니다. 마마께서 저 대신 책을 만들어 주시옵소서."

"내가?"
깜짝 놀란 인수대비가 손으로 입을 가렸다.
"마마께서는 내훈의 저술가 아니시옵니까. 연애담도 잘 쓰실 수 있으실 것이옵니다."
"오며 가며 들은 이야기는 있지만 내가 잘 할 수 있을지 모르겠네."
그렇게 말하면서도 인수대비의 얼굴에 기쁨이 감돌았다. 그린이 그녀의 손을 꼭 잡았다.
"궁녀들의 연애담이나 그녀들이 듣고 보았던 이야기도 수집하고 있으니 어렵지 않으실 것이옵니다."
"저술이 아니라 편찬이라면 할 수 있을지도……."
"소첩의 부탁을 들어주셔서 감읍하옵니다, 마마."
그린이 눈물을 글썽거렸다. 이상한 낌새를 눈치챈 것인지 인수대비가 미간을 모았다.
"숙원, 참으로 요양을 가는 겐가?"
"물론이옵니다, 마마."
"흠……."
"소첩이 전하와 대왕대비 마마를 두고 어디를 가겠사옵니까. 쾌차하는 대로 돌아올 테니 심려 마시옵소서."
그린이 겨우겨우 거짓말을 내뱉었다. 묻고 싶은 것이 많은지만 묻지 않겠다는 듯 인수대비가 한숨을 몰아쉬었다.
"자네가 궐을 비우는 동안만 연애가중계 편찬을 맡겠네. 꼭 돌아와 10권, 아니 20권까지 만들어 주게. 알겠는가?"
예의에 어긋난다는 것을 알면서도 그린이 고개를 끄덕거렸다. 입을 열면 울음이 쏟아질 것 같았다.

'죄송해요, 마마. 재미난 책 만드시면서 오래오래 사세요.'

대왕대비 전 처마를 올려다보면서 그린이 작별 인사를 했다. 호랑이처럼 무섭기만 했던 인수대비와 헤어지는 것이 할머니와 헤어지는 것만큼 괴로웠다.

"박 상궁, 중궁전으로 가세나."

"잠시라도 쉬셔야 하옵니다."

"중전마마께서 날 기다리고 계실 것이네."

그린이 단호하게 답했다. 박 상궁이 멈칫했다.

"중전마마께도 인사를 올리시려는 것이옵니까?"

"아니. 확인할 것이 있어서 가는 것이네."

그린의 눈빛이 슬퍼서 박 상궁은 토를 달 수 없었다. 그린이 들어서자마자 중전은 주변을 물렸다. 단둘이 되고 나서야 그린은 불투명한 종이를 씌운 듯 흐릿한 중전의 얼굴을 바라보았다. 중전도 말없이 그린을 바라봤다. 먼저 입을 연 사람은 중전이었다.

"자네, 회임하였군."

쿵, 심장이 내려앉았다. 예상치 못했던 중전의 말에 그린이 눈을 크게 떴다.

"그게 무슨 말씀이시옵니까?"

"내게 숨길 필요 없네. 자네의 눈빛, 발걸음, 목소리만 봐도 알 수 있으니."

그린이 입을 다물었다. 조바심이 목 끝까지 치밀었다.

'나보다 내 임신을 먼저 눈치채신 분이야. 아니라고 해도 믿지 않으실 거야.'

그렇다면 솔직해지는 수밖에 없었다. 그린이 중전 앞에서 머리를 조아렸다.

“마마, 비밀로 해 주시옵소서!”

“왜 그래야 하는가.”

“전하를, 그리고 조선을 구하기 위해서이옵니다.”

허황한 말이라고 비웃을 법도 하건만 중전은 미동조차 하지 않았다.

“그러니 부디 전하께 함구해 주시옵소서.”

“숙원, 나는 원자를 잃었네.”

“마마…….”

“첫돌도 안 된 원자를 제물 삼아 살아남았단 말이네.”

중전의 목소리에 슬픔이 묻어 있었다. 그린은 놀라 대답할 말을 잊었다. 떨리는 가슴을 겨우 진정시킨 그린이 물었다.

“제물로 삼다니요? 마마께서도 팔관회의 저주를 받으신 것이옵니까?”

중전이 무겁게 고개를 저었다.

“원자가 죽은 건 팔관회 때문이 아니네.”

“…….”

“모진 운명을 지닌 어미 때문이지.”

중전이 텅 빈 눈으로 허공을 응시했다. 흘릴 눈물도 남지 않은 듯 그녀는 울지 않았다. 아랫입술을 떨던 그린이 옷고름을 움켜쥐었다.

“마마께서 명혼을 타고나셨기 때문이란 말씀이시옵니까?”

짓눌린 목소리가 제 것 같지 않았다. 그린을 바라보던 중전이 바람에 날리는 모래처럼 허허롭게 웃었다.

“자네도 알고 있었구먼. 하긴 나도 자네를 보자마자 알아봤으니.”

호흡이 가빠지고 배 속이 울렁거렸다. 역시 중전은 자신과 같은 명혼의 소유자였다. 짐작하고 있었지만, 당사자에게 확인을 받게 될 줄은 몰랐다.

중전이 명혼일지도 모른다고 의심한 것은 봉천군 때문이었다. 중전과의 관계를 숨긴 봉천군은 누구보다 필사적으로 신물을 찾았다.

명혼을 가진 그린이 나타나자, 구세주처럼 떠받들었고 아들과 수양딸이 위험하다는 걸 알면서도 그린을 돕게 했다. 10년 전 신력을 잃은 그녀가 그렇게 필사적인 이유를 무엇이었을까.

봉천군은 명혼이 무엇인지, 명혼이 어떤 역할을 하는지 손바닥 보듯 꿰고 있었다. 마치 명혼을 직접 보기라도 한 사람처럼. 언젠가 그린은 야마에게 물은 적이 있었다.

'명혼은 몇백 년 만에 한 번 환생한다면서. 한 시대에 두 명이 있을 순 없는 거야?'

'드문 일이긴 하지만 운때가 맞아떨어지면 있을 수도 있지. 너처럼 강한 명혼만 있는 건 아니거든.'

'강한 명혼?'

그것도 모르냐는 투로 야마가 타박했다.

'모든 명혼이 너처럼 귀신 성불시키고, 신을 부릴 수 있는 줄 아냐? 대부분 명혼은 보통 사람과 크게 다르지 않아. 인기는 많겠지만, 그게 꼭 좋은 것도 아니고.'

그린은 연두와 서랑의 가슴 아픈 죽음을 떠올렸다. 자신의 의지와 무관하게 휘둘리는 건 명혼이나 탁혼이나 똑같은 것 같았다. 명혼이란 그저 듣기 좋은 저주에 불과한 것 같아서 그린이 쓰게 웃었다.

'명혼을 들키지 않을 방법은 없어? 네가 날 탁혼으로 위장시킨 것처럼.'

껄끄러운 물음에 야마가 눈썹을 찌푸렸다.

'인간의 힘으로 가능한 일이 아니야.'

'만에 하나라도, 그럴 수 있다면.'

'흠. 탁혼으로 위장시키는 건 불가능해. 하지만 숨길 수는 있을 거야. 살지도, 죽지도 않은 것 같은 상태로 만든다면.'

'…….'

'인간이 그런 짓을 했다간 목숨보다 귀한 걸 바쳐야 했을걸? 세상에 공짜는 없어.'

그 말을 듣는 순간 그린은 인형처럼 속을 읽어 낼 수 없던 중전이 떠올랐다. 만약 중전이 명혼이라면. 봉천군이 일부러 그녀의 명혼을 숨겼다면. 그제야 이해할 수 없었던 봉천군의 행동이 짜 맞춰지기 시작했다.

22장. 우리가 함께 사는 길

봉천군은 폐비의 일을 겪으며 귀지득활술의 두려움을 경험했다. 원자를 낳은 중전의 무참한 죽음을 목도하기도 했다.

친자식처럼 아끼는 중전이 폐비와 같은 길을 걷게 될까 봐 두렵지 않았을까? 게다가 중전은 천기가 될 수 있는 명혼을 가졌다. 야마가 눈치채지 못한 걸 보면 중전은 그린처럼 강한 명혼을 가지진 못했을 것이다. 하지만 팔관회와 왕규라면 어떻게든 중전을 찾아내 이용할 게 뻔했다. 봉천군이 신력을 잃은 것은 10년 전. 융이 본격적으로 악귀에 들리기 시작할 무렵이었다. 중전이 원자를 잉태했을 때이기도 했다.

'봉천군은 모든 신력을 써서 중전마마의 명혼을 감췄던 거야. 폐비처럼 죽게 둘 수는 없었을 테니까.'

그 결과 중전의 명혼은 감춰졌다. 팔관회가 천기로 쓰일 명혼을 500

년 후 미래에서 데려올 정도로 완벽하게. 하지만 세상에 공짜는 없었다. 중전은 구했지만, 대신 융은 끊임없이 악귀에 시달려야만 했다. 언제 귀자득활술의 저주가 왕실과 조선을 무너뜨릴지 몰랐다.

봉천군이 필사적으로 신물을 모았던 것도 그 때문일 것이다. 신력을 잃은 그녀가 팔관회에 대적하기 위해서는 신물이 필요했을 테니까. 봉천군의 기도가 하늘에 닿은 걸까. 명혼을 지닌 그린이 제집 연못에서 솟아올랐다.

'날 반기셨던 것이 이해되네. 운 좋으면 신물을 모아 귀자득활술을 파괴할 수 있고, 운이 나쁘면 전하 대신 제물이 될 수 있잖아.'

봉천군은 그린에게 야마를 살릴 수 있다고 장담했다. 그린이 융 대신 저주를 받아 내면, 매꽃도 타격을 입을 게 분명했다. 그만큼 중전은 안전해졌다. 봉천군은 그때를 노려 다섯 신물의 영기를 극대화할 생각이었을 것이다. 그린이 아닌 중전을 천기로 삼아.

씁쓸하긴 했지만 서럽지는 않았다. 봉천군에게 자신보다 딸처럼 키운 중전이 소중한 것이 당연했다. 오히려 그린은 중전이 명혼이라서 다행이라고 생각했다. 중전이 있었기에 그린도 환궁을 결심할 수 있었다.

"제가 명혼을 지녔다는 것을 어찌 아셨사옵니다. 혹 봉천군 여사님께 들으신 것이옵니까?"

"원자가 죽고 난 뒤 봉천군과 연을 끊었네."

"무슨 연유인지 여쭤도 좋겠사옵니까?"

"내가 하고 싶은 부탁일세. 자네가 아니면 뉘에게 이 이야길 털어놓겠는가."

중전의 얼굴에 그림자가 내려앉았다. 그렇게 중전의 슬픈 이야기가 시작되었다.

"10년 전만 해도 나는 명혼이 무언지도 몰랐네. 사람을 해치는 요사스러운 주술에 대해서도 무지했네."

"……."

"저하께서 동침을 피하시는 건…… 소중한 동무를 잃은 비탄 때문이라 생각했지."

그린이 어깨를 튕겼다. 세자빈이었던 그녀가 연두의 죽음을 알고 있을 줄은 몰랐다. 하지만 융이 그녀를 피했던 것은 연두 탓이 아니라, 밤마다 찾아오는 악귀 탓이었다.

"봉천군은 내게 죽은 사람처럼 살아야 한다고 했네. 그렇게 하지 않으면 폐비처럼 사사당할 거라고 했지."

"그 말을 믿으셨사옵니까?"

"그때 난 원자를 잉태하고 있었네. 혼을 감추는 것으로 배 속의 아이가 안전해질 수 있다면 뭐든지 할 수 있었고."

중전은 봉천군의 지시에 따라 영혼을 감추는 굿을 했다. 성수청 국무였던 봉천군이 모든 신력을 쏟아붓고도 명혼의 빛은 쉬 가려지지 않았다. 그렇다고 굿을 멈출 순 없었다. 봉천군과 중전, 모두가 위험해질 수 있었다. 봉천군은 부족한 신력을 채우기 위해 중전과 해에 태어난 아들의 손을 붙들었다. 중전의 말에 그린이 숨을 멈췄다. 그 일에 사현까지 얽혀 있을 줄은 몰랐다.

"봉 여사님이 사현 씨를요?"

"사현과 나는 친 오누이보다 가까웠지. 동갑이지만 항상 날 누이동생처럼 아껴 줬어. 그런 사현을 이용한 게야."

"……."

"사현이 귀신 들리기 시작한 것도 그 때문이고."

뭐라 답할 말을 찾지 못해서 그린이 입을 다물었다. 사현이 반혼을 가졌음을 알게 되었을 때 야마가 이런 말을 했다.

'반혼치고도 특이한 놈이야. 잡귀면 몰라도 보통 신을 받을 순 없거든.'

사현이 빙의 체질이 된 것은 명혼을 감추기 위한 굿 때문이었다. 그 사실을 알았더라도 봉천군은 굿을 감행했을까? 그린은 사현을 바라보던 봉천군의 서글픈 눈이 떠올랐다. 아마 봉천군은 알고 있었을 것이다. 몰랐다면 사현을 데려가지도 않았겠지.

"명혼을 숨김으로써 나는 산 것도 죽은 것도 아닌 몸이 되었네. 그런 몸에서 태어난 아이가 멀쩡하겠는가?"

"마마……."

"모두 내 업보 때문일세. 내가 괜한 짓을 하지 않았다면 사현도 원자도 무사했을 거야."

중전의 속눈썹이 잘게 떨렸다. 그녀가 품어 온 슬픔은 망망대해처럼 넓고 깊었다. 중전이 아이를 갖지 않으려 했던 이유도 알 것 같았다.

'엄마가 될 자격이 없다고 생각하신 거야. 둘째도 원자처럼 오래 살지 못할 거로 생각하셨거나.'

중전 대신 그린의 눈에 맑은 눈물이 차올랐다. 아이를 가졌기 때문일까. 중전의 마음이 제 것처럼 가깝게 느껴졌다. 울먹이는 그린을 바라보며 중전이 입을 열었다.

"숙원, 자네는 참 착한 사람이야. 비루한 날 위해서도 울어 주는군."

"그런 말씀 마시옵소서. 나쁜 건 모두 저들이옵니다. 마마나 봉천군이 아니고요!"

그린의 목소리가 절로 높아졌다. 팔관회만 아니었다면 이렇게 많은 사람이 고통받을 이유가 없었다. 고려가 무너진 것은 100년 전 일이었다. 복수를 하려거든 이성계를 잡아다가 할 것이지, 왜 애꿎은 융과 중전을 괴롭히는 걸까.

'매꽃…… 아니, 왕규. 널 내 손으로 무너뜨리지 못하는 것이 한이다.'

그린이 어금니를 악물었다. 저를 위해 발끈하는 그린이 고마운지 중전이 희미하게 웃었다.

"자네가 전하 곁에 있어서 참 다행이네. 부디 앞으로도 전하를 지켜주시게."

"마마."

"자꾸 무거운 짐을 지워서 미안하네만, 자네라면 전하를 도울 수 있을 것이네. 전하껜 자네의 도움이 시급하네."

"전하께 무슨 일이 있는지 알고 계시옵니까?"

그린이 놀라 물었다.

"자네처럼 깊은 정을 나눈 것은 아니어도 전하와 난 부부일세. 전하가 어떤 고통을 감당하셨는지 모를 수 없지."

융이 악귀에 시달린다는 걸 중전도 알고 있었다. 알고 있었지만, 아무것도 할 수 없었다. 산 사람도 죽은 사람도 아닌 것처럼 살아야 했으니까. 자식을 잃고 부군의 괴로움을 지켜봐야만 했던 중전의 비통함이 그린에게 전해졌다.

"난 항상 자네가 부러웠네. 밝고, 당당하고, 명석하고."

"과찬의 말씀이시옵니다."

"전하의 시선은 늘 자네에게 닿아 있었지. 오직 자네만이 전하를 웃게 해 드릴 수 있었고."

중전이 겸연쩍다는 듯 미소 지었다. 그린을 투기한 자신이 부끄러운 모양이었다. 자신을 질투했다는 말이 그린은 오히려 반가웠다. 그녀도 자신과 같은 여자라는 것을 실감한 탓이었다.

"미안하네. 내가 못 하는 일을 대신 해 주는 자네에게 고마워하지는 못할망정."

"미안하시긴요! 마마께서는 소첩을 보살펴 주시지 않으셨사옵니까. 마마가 아니었다면 궁궐에 적응 못 했을 것이옵니다."

"그리 말해 주니 고맙네, 숙원."

중전이 볼을 붉혔다. 안개에 싸인 것처럼 속을 알 수 없던 중전이 오래 알고 지낸 언니처럼 가깝게 느껴졌다. 하지만 중전과 따스함을 나눌 시간이 없었다. 융이 완전히 악귀의 손아귀에 놓이기 전에 그린은 제물 의식을 치러야 했다.

그린이 자세를 가다듬었다.

"마마께 부탁드릴 것이 있사옵니다."

"무엇이든 말하게."

그린이 목에 걸고 있던 신물 세 개를 좌탁 위에 꺼내 놓았다. 신묘한 광택이 흐르는 우윳빛 가락지를 중전이 유심히 살펴보았다.

"소인은 이렇게 생긴 가락지를 찾고 있사옵니다. 밤에도 빛나는 진귀한 가락지지요."

"같은 가락지가 또 있다는 뜻이로군."

"고려에서 전해진 신물인데 다섯 개가 한 쌍이옵니다. 네 개는 찾았지만, 마지막 신물은 찾지 못하였사옵니다."

"자네의 부탁이 무엇인가?"

"저 대신 마지막 신물을 찾아 주시옵소서."

순간 중전이 당혹스러운 표정을 지었다.

'지체 높은 중전마마께 보물 사냥꾼 노릇을 시킬 줄은 모르셨겠지. 하지만 다른 방법이 없어.'

그린이 힘주어 말했다.

"명혼을 가진 마마시라면 찾으실 수 있으실 것이옵니다. 나머지는 봉천군 여사님이 도와주실 거고요."

"왜 자네가 직접 찾지 않는 것인가?"

중전의 물음에 그린이 기다렸다는 듯 대꾸했다. 잘 꾸며낸 답을 준비해 둔 덕분이었다.

"소첩은 용정을 잉태하지 않았습니까? 경치 좋고 공기 좋은 곳에서 요양하며 출산에 집중하고 싶사옵니다."

"……."

"회임했다는 사실이 알려진다면 저 또한 저주의 대상이 될 것이옵니다. 마마께서 비밀을 지켜 주시리라 믿사옵니다."

거짓말이 탄로 날까 봐 조마조마한 마음을 감추고 그린이 미소 지었다. 그린을 이해한다는 듯 중전이 고개를 끄덕였다.

"전하와 어른들께 송구한 일이나 좋은 생각일세. 궐은 안전하지 못해. 전하께서도 가끔 혼몽하실 때가 있으니……."

시간이 얼마 없었다. 융에게도 야마에게도. 그린은 계획을 서두르기로 했다. 중전이라면 뒷일을 맡길 수 있을 것 같았다. 한층 가라앉은 목소리로 중전이 말했다.

"내가 꾼 꿈이 참말 태몽이었군."

"원자 마마께서 절 찾아가시는 꿈을 꾸셨다 하셨지요?"

"죽은 아이의 꿈이 태몽이라는 게 혹 불쾌하다면……."

난처해하는 중전을 보면서 그린이 두 손을 내저었다.

"설마요! 그런 생각한 적 없어요!"

급하게 터진 말이라 법도에 어긋나 있었다. 얼굴이 붉어진 그린이 고개를 숙였다.

"송, 송구하옵니다, 마마. 소첩이 실수하였사옵니다."

"송구하기는. 살갑고 듣기 좋은 것을."

"만에 하나…… 소첩이 왕자군을 낳는다면 원자 마마께서 환생하신 거라 믿겠사옵니다. 마마께서도 그리 여겨 주시옵소서."

따스한 미소를 머금고 그린이 말했다. 중전의 눈가에 물기가 어렸다.

"고맙네, 숙원. 정말 고맙네."

한참 말을 잇지 못하던 중전이 옷고름으로 눈가를 찍었다.

"그러고 보니 아직 자네 노래에 보답하지 못했군."

"보답은 필요치 않사옵니다."

"내가 주고 싶어서 그러는 것일세."

"소첩은 정말 괜찮사옵니다, 마마!"

그린이 말리는데도 중전은 수틀 아래서 목갑을 꺼냈다. 목갑을 열자 도령 복장을 한 헝겊 인형이 보였다. 헝겊으로 만들었다는 것이 믿기지 않을 만큼 섬세한 솜씨였다. 중전이 누굴 그리워하며 만든 인형인지 말하지 않아도 알 수 있었다. 인형이 담긴 목갑을 중전이 내밀었다.

"날 지켜 주는 부적이라네. 앞으로 자네가 간직해 주게."

"그럴 수는 없사옵니다! 마마의 보물 아니옵니까?"

그린이 펄쩍 뛰며 사양했다. 하지만 중전은 물러서지 않았다.

"태어날 아이를 정말 원자의 환생으로 생각한다면 받아 주게. 내 자네의 진심을 의심하고 싶지 않으이."

"하오나, 마마!"

"꺼림칙하다면 거절해도 좋아."

중전은 자못 진지한 얼굴로 말했다. 그린이 거절할 수 없도록 선수를 친 것이었다. 그린이 하는 수 없이 목갑을 받아들였다. 그때 문밖에서 상궁의 목소리가 들렸다.

"주상 전하 행차시옵니다."

그린이 중전을 바라보며 집게손가락을 입가에 댔다. 비밀을 지켜 달라는 의미였다. 중전이 짧게 고개를 끄덕였다.

"무슨 말을 그리 오래 나누시오?"

중전과 그린 모두에게 하는 말 같지만, 융의 시선은 그린에게 고정되어 있었다. 목갑을 품에 안은 채 그린이 엉거주춤 일어났다.

"그렇지 않아도 일어나려던 참이옵니다."

심장이 터질 듯이 두근거렸다. 중전이 원자 인형을 줬다는 것을 들키면 눈치 빠른 융의 의심을 살 수 있었다.

'내가 임신한 걸 전하께서 아시면 안 되는데.'

그린의 바람과 달리 융이 목갑에 관해 물었다.

"그건 무엇이지?"

"……."

"왜 말이 없는가?"

꿀 먹은 벙어리처럼 입을 떼지 못하는 그린을 대신해서 중전이 나섰다.

"지난번 소첩이 숙원에게 인형을 선물하지 않았사옵니까? 그 인형이 망가졌다 하여 가져오라 한 것이옵니다."

"인형이라."

인형이라는 말에 융이 눈을 가늘게 떴다. 믿을지 말지 고민하는 기색이었다. 중전이 그린을 향해 말했다.

"오늘은 피곤하니 차일 다시 가져오게."

"알겠사옵니다, 마마."

그린이 서둘러 고개를 끄덕였다. 중전의 임기응변 덕에 윤이 관심을 돌렸다.

"이제 용건은 끝난 것이오?"

"그렇사옵니다, 전하."

"그럼 가지."

윤이 그린의 손목을 낚아챘다. 중전은 쳐다보지도 않았다. 다른 사람을 보고 대화하는 시간조차 아깝다는 듯 그에겐 그린만이 중요했다.

중전의 처연한 얼굴에 한 줄기 안타까움이 스쳤다. 임금이 후궁을 두는 건 당연한 일이었다. 후궁이 총애를 받더라도 투기하지 않고 슬기롭게 내명부를 다스리는 것이 중전의 의무였다. 하지만 중전도 여인이었다. 그녀도 그린 못지않게 윤을 사랑하고 있었다. 그 마음을 알기에 그린이 마음이 편치 않았다.

"놓으시옵소서, 전하."

그린은 중전 앞에서 저를 막무가내로 끌고 가는 윤이 야속했다. 그러나 윤은 꿈쩍도 하지 않았다. 그린으로서는 그의 힘을 당해 낼 재간이 없었다.

"전하!"

"시끄럽다."

"놔주시옵소서!"

"들려 가고 싶지 않은 것이 아니면 입을 다물어라."

윤이 낮은 목소리로 으르렁거렸다. 그에게 잡힌 손목이 욱신거렸다.

그린은 경회루까지 끌려갔다. 몇 번 불러 봤지만, 융은 대답조차 하지 않았다. 미려한 얼굴에는 아무런 감정이 담겨 있지 않았다. 원래 융은 표정이 많지 않았다. 하지만 그린은 융의 무표정에서 기쁨과 슬픔, 설렘과 호기심을 읽어냈다. 그의 진심을 헤아리는 사람은 자신뿐이라는 것에 자부심을 느꼈다. 가슴 벅찰 만큼 행복하기도 했다.

지금 그린은 융의 얼굴에서 아무것도 읽어 낼 수 없었다. 까마득한 빙벽을 마주한 것처럼 막막하고 두렵기만 했다.

"전하와 나눌 이야기가 있으니 물러나시게."

그린은 궁인들을 뒤로 물렸다. 그러고도 융은 멈추지 않았다. 경회루에 드리워진 제 그림자가 서러워서 그린의 걸음을 멈췄다.

"놔주세요."

"……."

"아파요, 전하."

그 말에 융이 우뚝 섰다. 그린의 손목을 잡았던 손아귀에서 힘이 빠져나갔다. 융의 온기가 떨어져 나갔고 그린의 손목에는 붉은 손자국이 남았다. 그린은 그 자국이 영원히 사라지지 않으면 좋겠다고 생각했다.

"왜 당장 떠나지 않은 것이냐."

경회루를 휘도는 바람에 융의 서늘한 음성이 실렸다. 그린이 말을 더듬었다.

"말, 말씀드렸잖아요. 인사를 드리고 싶다고요."

아무렇지 않게 대답하고 싶었는데 그린의 목소리는 속절없이 떨렸다.

"그럼 왜 함께 자겠다고 한 것이냐."

"……."

"내가 얼마나 미쳐 있는지 확인하고 싶은 것이냐?"

융의 눈빛이 빨갛게 달아올랐다. 관자놀이에 푸른 힘줄이 도드라졌다. 그린은 융 뒤에서 뭉게뭉게 피어오르는 붉은 악귀를 보았다. 예전에 보았던 악귀와 비교할 수도 없이 강한 기운이었다. 그린이 반사적으로 주춤 물러섰다. 온몸의 피가 빠져나간 것처럼 어지러웠다.

'악귀가 너무 강해졌어…….'

융이 성큼성큼 다가왔다. 목을 졸렸던 기억이 그린을 엄습했다. 하지만 꼼짝도 할 수 없었다. 그린의 등 뒤로 식은땀이 흘러내렸다.

"보내 준다고 했을 때 갔어야지."

그의 목소리에 분노가 서렸다. 그러자 피를 빤 거머리가 커다래지는 것처럼 융에게 붙은 악귀도 몸집을 불렸다. 사특한 기운이 하늘을 뒤덮을 정도였다.

"내가 널 놓아줄 수 있을 때 도망쳤어야지!"

"전하, 고정하세요."

그린이 아래턱을 떨며 겨우 말했다.

"어찌 고정하란 말이냐! 네가 날 온통 뒤흔들지 않았더냐?"

"전하!"

"이제야 내가 무서우냐? 널 죽이기라도 할까 봐?"

핏발 선 눈이 광기로 번들거렸다. 융이 그린을 향해 손을 내뻗었다. 그 손에 잡히면 이번에는 살아남지 못할 것 같았다.

공포에 휩싸인 그린이 무릎을 떨었다. 그런데도 융에게 한 걸음 더 다가갔다. 이번에는 융이 움찔 어깨를 튕겼다.

"무섭냐고 물으셨지요?"

융과 그린의 사이가 점점 좁아졌다. 자신을 향해 펼쳐진 커다란 손바닥에 그린이 뺨을 기댔다. 등골이 오싹할 정도로 차가운 손에 그린이 얼굴을 비볐다. 얼음 같더라도 융이었고, 악귀에 씌었을지언정 내 남자였다. 그린이 작은 목소리로 대답했다.

"네. 무서워요. 전하께서 외로우실 것 같아서요."

"……."

"그동안 얼마나 힘드셨어요? 힘들단 말도 못 하고, 혼자서 얼마나 외로우셨어요?"

그린의 눈가에 맑은 눈물이 매달렸다. 그의 고통을 함께 나눠질 수 없어서 가슴이 미어졌다.

얼마나 외로웠을까. 앞으로 얼마나 외로우실까. 그를 두고 떠날 생각을 하자 심장이 멎는 것처럼 아팠다. 그린을 노려보던 융이 다른 손으로 제 이마를 짚었다. 극심한 두통을 느끼는 것처럼 그가 신음을 토했다.

"하악."

그를 둘러싸고 있었던 악귀가 잠시 주춤했다. 그린은 악귀를 쫓고 싶었고, 융을 구하고 싶었다. 거기까지 생각이 미쳤을 때, 그린이 두 손으로 융의 얼굴을 끌어 내렸다.

"읍."

그린이 제 입술로 그의 입술을 덮었다. 온기가 느껴지지 않은 까칠한 감촉이 느껴졌다. 그린은 제 숨으로 융을 감쌌다. 그 순간 그린의 몸에서 청량한 빛이 흘러나왔다.

'전하, 이겨 내세요. 이겨 내실 수 있어요.'

그린은 그렇게 되뇌었다. 소리 내어 말하진 못했지만, 융이 듣고 있으리라 믿었다. 사시나무처럼 떨리던 융의 몸이 조금씩 진정되기 시작했다. 미약하지만 입술에 온기가 돌아왔다. 융이 손으로 그린의 뒷머리를 감싼 것은 그때였다.

"으읏."

융의 혀가 그린의 여린 살을 헤집고 들어왔다. 터질 듯한 열기가 그린을 잠식했다. 뼈가 사무칠 정도로 그리웠던 융이었다. 그의 체취가 그린을 몽롱하게 헝클어 놓았다. 융은 집요하다 할 만큼 오래 그린을 놓아주지 않았다. 악귀가 물러갔음을 그제야 알 수 있었다.

"하아, 하아."

그린이 가쁜 숨을 내쉬었다. 머루알처럼 검은 눈동자로 융이 말했다. 미간에 깊은 주름이 패어 있었다.

"보았느냐?"

무슨 뜻으로 하는지 알 수 없어서 그린은 선뜻 대답하지 못했다. 융이 다시 물었다.

"내가 미쳐 가는 것을 보았느냔 말이다."

수치스러움 탓에 융의 얼굴이 창백해졌다. 그린은 말없이 융의 허리를 끌어안았다. 융은 그린을 밀어내지 않았다.

"괜찮아요, 전하."

"하나도 괜찮지 않다."

"악귀만 쫓으면 돼요."

"네가 읽었던 연산군일기가 머릿속에서 떠나지 않는다. 어쩌면 내 미래는 결정되어 있을지도 모른다."

체념이 묻어나는 목소리에 그린은 눈물이 핑 돌았다. 지금까지의 모든 노력이 물거품처럼 사그라지는 듯했다.

"그럴 리 없어요! 전하는 연산군이 아니시잖아요!"

그런 그린의 뺨을 융이 쓰다듬었다. 세상에서 가장 귀한 보물을 다루

듯 조심스러운 손길이었다.

"그린아, 내가 가장 무서운 게 무엇인 줄 아느냐?"

"연산군이 되는 건가요?"

"나 때문에 네가 다치는 것이다."

그린이 잠시 숨을 멈췄다. 융은 그린의 모습을 새겨 넣고 싶다는 듯 눈을 떼지 않았다.

"널 행복하게 해 주고 싶었는데 행복해지는 건 나였다. 널 위해 무엇이든 해 주고 싶었는데 희생하는 건 항상 너였다."

"저 미련한 애 아니에요. 제가 드린 것 이상을 전하께 받았어요."

융이 슬픈 표정을 지었다. 그린은 융의 너른 가슴에 얼굴을 묻었다. 그래야 눈물을 감출 수 있을 것 같았다.

"전하 곁에 있는 것만으로 행복했어요. 절 위해 변해 가는 전하를 보면서 뿌듯했고요."

"넌 사소한 것에 기뻐하는 아이지."

"절대 사소하지 않아요. 인생을 뒤바꾸는 일이 쉬운 일이겠어요?"

"……."

"타고난 성격은 원래 안 바뀌는 거예요. 그런데 전하는 바뀌셨어요. 역지사지의 정신도 깨우치셨고요."

역지사지란 말에 융이 보일 듯 말 듯 입꼬리를 올렸다. 그린이 힘주어 말했다.

"전하는 정말 대단한 분이세요. 노력가시고 집념이 강하시죠. 보통 사람이었다면 해내지 못할 일을 해내고 계시고요."

"그린아."

"그러니 조금만 힘내 주세요."

그린은 차마 뒷말을 이을 수 없었다. 오늘 밤 그린은 융을 위한 제물이 될 계획이었다.

봉천군과 명륜은 이미 액을 대신 받아 내기 위한 기도에 들어갔다. 의식은 생각보다 간단했다. 악귀의 힘이 가장 강해지는 인시(寅時 03시 ~ 05시). 그린이 제 손으로 심장을 찔러, 흘러나온 피를 융의 입술에 바르면 된다.

그 뒤에 입을 맞추면 그에게 들러붙은 악귀를 빨아들일 수 있다고 했다. 그린은 악귀와 더불어 죽게 되겠지만, 명혼의 힘을 갖게 된 융은 더 이상 저주에 걸리지 않는다. 융이 연산군이 되는 가능성은 사라지는 거였다.

'무서워도 해내야 해. 전하께 들키면 안 돼.'

그린이 억지로 태연한 척했다. 숨겨진 마음을 읽기라도 한 것처럼 융이 말했다.

"널 잃고 싶지 않다, 그린아."

그린은 울지 않기 위해 안간힘을 썼다. 융도 마찬가지였다. 아까와 다른 빛으로 융의 눈이 달아올랐다.

"할 수만 있다면 널 내 곁에 두고 싶다."

"전하."

"하지만 내 곁은 너무 위험하다. 널 해치게 될까 봐 무섭다. 그러니 부디 날 위해 떠나 주려무나."

어명이라 외치며 꺼지라던 융이 그린 앞에서 고개를 숙였다. 보내고 싶지 않지만 보낼 수밖에 없는 그 마음을 어찌 모를까. 그린은 눈물을 머금고 고개를 끄덕였다.

"알겠어요. 전하. 저 갈게요."

"그린아."

"대신 우리 마지막 밤은 행복하게 보내요."

* * *

한번 악귀에게 들렸기 때문일까. 아니면 그린이 같이 있기 때문일까. 오늘 밤 악귀는 다시 찾아오지 않았다.

맑은 물이 샘솟는 연못처럼 융을 향한 갈망은 끝이 없었다. 만져지는 것은 사랑하는 이의 체온뿐이었고, 들리는 것은 사랑하는 이의 숨소리뿐이었다. 한 달간 떨어져 있었다는 것이 믿기지 않았다. 오늘이 마지막이라는 것도 실감할 수 없었다. 열기를 겨우 잠재운 그린이 융의 팔을 제 머릿밑으로 내렸다.

"뭐 하는 것이냐?"

그린의 행동을 이해할 수 없다는 듯 융이 물었다.

"팔베개요."

"과인의 팔을 베고 눕겠다는 뜻이냐?"

"원하시면 저도 팔베개해 드릴게요."

그린이 간단히 답하며 그의 단단한 가슴근육과 어깨에 기대 누웠다. 뺨에 닿은 맨 살갗이 가슴 한구석을 간질간질하게 했다. 한 번쯤 팔베개를 해 달라 하고 싶었다. 그것이 오늘이 될 줄 몰랐지만 말이다.

'처음이자 마지막 팔베개.'

가슴 벅차던 행복은 날카로운 통증이 되어 그린을 잠식해 갔다. 그린은 애써 융의 심장 박동 소리에 귀를 기울였다. 그린이 조심스레 물었다.

"졸리지 않으세요?"

"널 안고 있으니 졸음이 쏟아지는구나. 베개 노릇이 이리 기분 좋을 줄은 몰랐다."

"사람 머리가 엄청 무거운데."

그린이 수줍어하며 콧날을 긁적였다. 임금의 팔베개라니. 왕실 어른들이 알면 경을 칠 일이었다. 하지만 융은 그린에 제 팔을 베고 있다는 것이 기쁜 모양이었다. 융이 긴 손가락으로 그린의 머리칼을 쓰다듬었다.

"네 머리가 세 배쯤 무거워도 괜찮다. 오늘을 위해 그렇게 활 연습을 했나 보다."

신궁이라 불리는 남자가 할 말은 아닌 것 같아서 그린이 소리 죽여 웃었다.

"한동안 제대로 못 주셨잖아요. 그만 주무세요."

"널 두고 어찌 자겠느냐. 그린아, 나는……."

차마 말을 잇지 못하고 융이 입을 다물었다. 날이 밝는 대로 그린은 궐을 떠나기로 했다. 박 상궁, 홍희수와 함께 온양행궁에 갔다가 거처가 준비되면 새로운 신분으로 살아간다는 계획이었다.

둘은 약속이라도 한 것처럼 작별을 입에 올리지 않았다. 오늘이 마지막 밤이라는 것도 모른 척했다. 서로를 보듬고 사랑을 속삭이기에도 시간이 부족했다. 물론 그린은 살아서 융의 곁을 떠날 마음이 없었다. 그는 그린이 다른 계획을 세웠다는 것을 모르고 있었다.

입술을 짓깨물던 그린이 말했다.

"사랑하면 떨어져 있어도 떨어져 있는 게 아니래요."

"몸이 멀어지면 마음도 멀어지는 법이다."

"전하 마음은 멀어지실 건가요?"

그린이 장난스레 말했다. 융은 두 팔로 그린을 더욱 세게 끌어안았다. 뜀박질을 한 사람처럼 심장이 거세게 울렸다.

"내 마음은 이미 네 것인데 어찌 멀어지겠느냐. 네가 모두 가져가면 되는 일이다."

"정말 제가 가져가도 되나요?"

"부디 남김없이 가져가거라. 마음이 없어야 나도 살 수 있을 테니."

마음이 있으면 그린이 보고 싶을 테고, 그린이 보고 싶으면 살아갈 수 없다는 뜻이었다. 눈물을 참기 위해 그린이 주먹을 꼭 쥐었다. 손바닥에 초승달 모양의 손톱자국이 남았다.

"이상도 하구나. 왜 이리 잠이 오는 걸까."

융의 발음이 무뎌졌다. 눈꺼풀에도 졸음이 가득 묻어 있었다. 명륜에게 받은 수면 약이 이제야 발휘되는 모양이었다. 어린아이를 재우듯 그린이 융의 등을 토닥거렸다.

"어서 주무세요."

"자고 싶지 않다."

"제가 재워 드릴게요. 전하께서 푹 주무실 수 있도록요."

"밤새도록 널 눈에 담고 싶다……."

그렇게 말하며 융이 스르륵 눈꺼풀을 내렸다. 그의 가지런한 속눈썹을 내려다보며 그린이 자장가를 불렀다.

"엄마가 섬 그늘에 굴 따러 가면, 아기는 혼자 남아 잠을 자다가, 파도가 들려주는 자장노래에 팔 베고 스르르륵 잠이 든단다."

티 없이 맑은 목소리가 융을 감쌌다. 어둠은 더욱 농밀해졌고, 그린은 소리 없이 울었다. 융이 깰까 봐 눈물을 닦아 내지도 못했다.

적막으로 가득한 밤. 그린이 가만히 융을 불렀다.

"전하."

"……."

"전하, 주무세요?"

융은 대답하지 않았다. 고른 숨소리가 방 안을 채웠다. 그린이 조심스레 융의 품을 빠져나왔다. 그리고 가슴 안쪽에 감춰 두었던 부러진 화살을 꺼냈다. 화살촉과 화살대 포함해도 한 뼘이 넘지 않는 크기였다. 그러나 날카로운 화살촉은 호랑이의 심장도 꿰뚫을 수 있을 것 같았다.

'하늘이 내린 신궁이셨던 태조께서 사용하신 화살이옵니다. 이것을 사용하시옵소서. 조선의 하늘이 마마를 도울 것이옵니다.'

화살을 건네주던 봉천군이 음성이 속절없이 떨렸다.

'이것이 이성계의 화살이구나.'

조선을 건국한 태조 이성계는 전설 속의 명궁이었다.

까마귀 다섯 마리를 화살 한 촉으로 명중시켰다는 이야기도 있고, 전쟁에서 17명의 왜구를 활로 죽였는데 모두 왼쪽 눈에만 화살이 맞았다는 이야기도 있었다. 그런 류의 이야기는 과장되기 마련이지만 그린은 융이 이성계의 피를 물려받은 거라고 확신했다.

화살을 쥔 그린에게 봉천군이 덧붙였다.

'폐비께서 자결할 때 사용하신 물건이기도 하옵니다.'

그린이 놀라 어깨를 튕겼다. 폐비가 융을 살리기 위해 자결했다는 말은 들었지만, 어떻게 죽었는지 몰랐던 탓이었다.

'심장을 찌르고도 잠시간 움직이실 수 있으셨사옵니다.'

'그때도 봉 여사님이 이 화살을 건네드렸나요?'

그린의 물음에 봉천군은 눈을 질끈 감았다.

'존귀한 분들께 죽음을 권하는 것이 소인의 운명인 듯싶사옵니다.'

회한에 잠긴 봉천군의 들으며 그린이 고개를 저었다.

'봉 여사님이 지켜 내신 귀한 분도 있으시잖아요. 부탁드려요. 부디 전하와 중전마마를 지켜 주세요.'

봉천군은 말없이 큰절을 올렸다. 부러진 화살과 수면 약을 품고 그린은 환궁했다. 이제 곧 인시(寅時 03시 ~ 05시)였다.

그린은 마지막으로 중전에게 받은 목갑을 손으로 쓸었다. 죄책감 탓에 그 안에 든 인형을 열어 보지도 못했다. 그린이 죽으면 원자를 두 번 잃은 것처럼 괴롭지 않을까. 제 죽음이 중전과 융에게 깊은 상처가 되지는 않을까. 하지만 이제 돌이킬 수 없는 일이었다. 융이 또 수면 약에 취하리란 보장이 없었다.

'아기를 지키지 못해서 죄송해요, 중전마마!'

그린이 입에 고인 침을 삼키며 화살을 고쳐 쥐었다. 손끝이 저릿거렸고, 손바닥은 식은땀으로 흥건했다. 제 손으로 심장을 찔러야 한다고 생각하니 까마득한 절벽에 위에 서 있는 것처럼 두려웠다. 감각조차 사라진 손에 힘을 주며 그린이 이를 악물었다.

지금쯤 명륜은 목탁을 치고, 봉천군은 절을 하고 있을 거였다. 세 사람의 마음을 하나로 모아 융을 칭칭 감고 있는 저주의 굴레를 끊어 내야 했다.

고요하게 잠든 융의 얼굴을 차마 바라보지 못하고 그린이 화살촉을 높이 들었다. 부들부들 떨면서도 부러진 화살을 놓치지 않았다. 작은 주먹이 하얗게 질렸다.

'전하, 부디 만수무강하세요!'

그린이 화살촉을 제 가슴에 박아 넣으려고 할 때, 배에서 희미한 움직임이 느껴졌다. 그린이 멈칫했다. 아직 태동이 있을 시기가 아니었다. 아기가 움직였다고 생각하는 건 분명 착각일 터였다. 그런데도 움직일 수 없었다.

'아가!'

그린의 눈에서 뜨거운 눈물이 쉴 새 없이 흘렀다. 그때 낮은 목소리가 들렸다.

"……이럴 작정이었구나."

그린이 놀라 고개를 들었다. 이부자리에서 일어난 융이 붉게 부푼 눈으로 그린을 노려보고 있었다.

"전하!"

"날 재우고 자결할 작정이었어."

융의 손에서 무언가 떨어졌다. 바닥을 구르는 그것은 그가 악귀에 들릴 때마다 허벅지를 찌르던 뒤꽂이였다. 날카롭게 부러진 뒤꽂이는 붉은 피로 젖어 있었다.

"무슨 짓을 하신 거예요?"

그린이 놀라 융의 손을 붙잡았다. 그의 손도 옷도 온통 피투성이였다. 두 동강 난 뒤꽂이의 나머지 부분은 여전히 허벅지에 박혀 있었다. 융은 밀려오는 잠을 참기 위해 뒤꽂이를 부러뜨려 제 몸에 꽂아 넣은 거였다.

"아아……!"

그린이 날카로운 신음이 흘렀다. 약 기운에서 완전히 벗어나지 못한 융의 눈은 혼탁했다. 몸을 제대로 가누지 못해 휘청거리면서도 그는 화살을 빼앗았다.

"누가 허락 없이 죽으라더냐! 그러면 내가 고마워할 줄 알았느냐?"

융이 피 토하듯 외쳤다. 그린은 멍하니 두 팔을 늘어뜨렸다. 제물 의식은 실패였다.

'이제 어쩌지? 악귀가 또 오면…….'

짙은 허탈함이 밀려와 그린은 대꾸할 기운조차 잃었다. 융과 조선을 구할 다른 방도가 생각나지 않았다. 처음부터 그린이 제물이 되려 했던 것은 아니었다. 매꽃을 죽이면 저주가 사라지리라 생각했기 때문이었다. 하지만 귀자득활술의 저주는 그렇게 호락호락하지 않았다. 융에게 씐 악귀는 보통 악귀가 아니었다. 고려가 망하고 100년 동안 조선 왕실을 원망하던 원혼의 집합체였다.

매꽃이 죽으면 악귀의 기운이 움츠러들긴 하겠지만 완전히 사라지지는 않을 거라고 명륜이 말했다. 매꽃을 잡는 일도 여의치 않았다. 군대를 동원해 전국을 뒤졌는데도 그녀의 행방을 찾지 못했다. 팔관회도 모든 행적을 지우고 연기처럼 사라져 버렸다. 그린이 융에게 손을 내밀었다. 어떤 보석보다 반짝이던 눈망울은 시커멓게 죽어 있었다.

"화살촉 돌려주세요."

"절대 줄 수 없다."

"제가 해야만 하는 일이에요."

"아니, 절대 네가 해서는 안 되는 일이다!"

융이 그린을 와락 품에 가뒀다. 그에게서 익숙한 체취 대신 비릿한 피 냄새가 풍겨 왔다. 융의 몸은 불덩이처럼 뜨거웠다. 마치 피와 불로 빚어 만든 사내 같았다. 목숨을 내주어도 아깝지 않은 내 남자. 나보다 더 날 아껴 주는 한 사람. 그를 구하겠다고 다짐했으면서 살아 있음에 안도하는 자신이 미웠다.

융의 품에서 그린이 무너졌다. 마르지 않는 샘처럼 또다시 눈물이 솟아올랐다.

"전하!"

융이 입술을 내렸다. 달리 눈물을 닦아 주는 방법을 모른다는 듯 입술로 그린의 눈물을 핥았다. 그의 입술이 지나간 자리마다 붉은 열꽃이 피는 듯했다.

사랑해서 지키고 싶었고, 사랑해서 함께 있고 싶었다. 하지만 그린의 소원은 함께 할 수 없는 해와 달처럼 동시에 이루어지지 않았다. 그린을 바라보는 융의 얼굴이 건드리면 부서질 듯 위태로웠다. 그는 왜 허튼짓을 한 거냐고 꾸짖지 않았다. 그린을 꾸짖을 자격도 없다는 듯 묵묵히 눈물을 마실 뿐이었다.

그린의 흐느낌이 진정되었을 즈음 융이 입을 열었다.

"내게 방도가 있다. 연산군이 되어 살육을 저지르지 않을 방도가."

그린이 눈을 깜빡였다. 그가 무슨 말을 하는지 이해가 되지 않았다.

"누구도 잃지 않고 우리가 함께 살아갈 방도가 있단 말이다."

함께 살아간다? 헤어지지 않고, 죽지도 않고 함께? 그것도 연산군의 운명에서 벗어나서? 감히 상상하지도 못할 정도로 꿈같은 이야기였다.

그러나 융은 허튼소리를 할 사람이 아니었다. 확신 없이 설레발을 치는 사람은 더더욱 아니었다.

'정말 방법이 있는 건가? 나와 아기, 전하 모두가 살 수 있는?'

순간 방 안의 공기가 희박해지는 것 같았다. 가쁜 호흡을 내뱉으며 그린이 물었다.

"그게 어떤 방법인데요?"

"내가 왕좌에서 물러서면 되는 일이다."

"전하!"

"진성대군에게 양위하겠다. 그럼 연산군이 될 일도 없다. 폐위된 임금이 폭정을 저지를 순 없을 테니."

현기증이 까맣게 몰려왔다. 그린은 거세게 뛰는 심장을 손으로 짓눌렀다.

"양위라고요?"

"역사상에서도 진성대군이 왕위에 오른다 하지 않았더냐. 그걸 조금 앞당기는 것뿐이다."

위태로운 음성으로 융이 말했다. 그린이 고개를 세차게 저었다.

"저들의 마수가 진성대군에게 닿아 있어요. 진성대군에게 양위한다는 건 매꽃에게 이 나라를 내준다는 뜻이에요!"

"……."

"매꽃이 어떤 여잔지 잊으신 거예요? 걔가 조선 왕실에 얼마나 큰 원한을 가졌는데요?"

그린이 목소리를 높였다. 융이 커다란 손으로 그린의 얼굴을 감쌌다. 그의 눈빛에 시린 슬픔이 담겼다.

"그래도 널 잃는 것보다는 낫지 않겠느냐."

"전하!"

"널 제물로 삼으면 내가 저주에서 놓여날 수 있을 성싶으냐? 아니, 그런 일은 없다."

융이 단호하게 못 박았다. 손바닥으로 전해지는 뜨거운 체온이 그린의 가슴을 천 갈래 만 갈래로 찢어 놓았다

"네가 없으면 난 미칠 것이다. 어쩌면 지금도 미쳐 있는지 모르지만."

"……."

"매꽃의 꼭두각시면 어떠랴. 어떤 왕이라도 연산군보다는 나을 것이다."

융을 지탱하는 건 8할이 책임감이었다. 왕이 되기 위해 태어나 왕으로 키워진 그였다. 비록 모후를 잃었지만 적통 왕세자로서 자란 그는 높은 긍지와 고결한 책임감을 품고 있었다.

제 욕망이나 감정을 희생하는 것도 당연하게 여겼다. 그는 언제 어디서나 왕이었고, 지금보다 좋은 왕이 되기 위해 안간힘을 썼다. 그런 융이 팔관회의 꼭두각시일지도 모를 진성대군에게 왕위를 넘겨주겠다는 거였다. 눈물을 머금고 그린이 말했다.

"귀양 가실지도 몰라요."

"가면 된다."

"죄를 뒤집어쓰고 폭군의 누명을 쓰실 거예요. 후대에는 연산군으로 기억될 거고요."

"각오했다."

융의 대답이 그린의 가슴을 무너뜨렸다. 한참 망설이던 그린이 덧붙였다.

"사사당할 수도 있어요."

"죽진 않을 것이다. 평생 숨어 살아야 하더라도 너와 도망칠 것이다."

숨도 쉬지 않고 융이 대꾸했다. 그린이 창백해진 손으로 머리를 짚었다.

'전하가 도망쳐서 숨어 산다고?'

허름한 옷을 입고 다 떨어진 삿갓으로 얼굴을 가린 융은 상상되질 않았다. 용이 수놓아진 곤룡포가 그에게 가장 잘 어울리는 옷이었다. 옷차림을 떠나서 도망이란 단어는 융과 너무나 어울리지 않았다. 그는 비굴하게 사느니 당당하게 죽는 것을 택할 사람이었다.

그가 도망치겠다고 하는 이유는 오직 하나, 그린이었다.

"그래도 악귀는 전하를 떠나지 않을 거예요."

"그것참 다행이구나. 악귀에 씐 임금은 또 보고 싶지 않으니."

융의 입꼬리가 살며시 올라갔다. 그 모습이 애처로워서 그린은 어금니를 깨물었다.

"네가 그러지 않았느냐. 매꽃의 신력이 떨어진 것 같다고. 나와 진성대군을 동시에 저주하긴 힘들 것이다."

"악귀를 쫓고 싶어 하셨잖아요. 그러려고 봉천군을 세 번이나 찾아가신 거잖아요?"

"……."

"전하가 얼마나 괴로우신지 아는데. 매일 두려워하시는 것도 다 아는데…… 그 악귀를 끌어안고 도망치시겠다고요? 그게 정말 도망 맞아요?"

한낱 무녀에게 삼고초려 할 정도로 융은 악귀에게서 벗어나고파 했다. 그린에게 처음 내린 어명도 악귀를 쫓으라는 거였다. 그래야만 당당한 임금이 될 수 있었으니까. 악귀를 쫓고 어엿한 군왕이 되고 싶었던 그가 악귀를 업은 채 용상을 버리겠다고 했다. 그만큼 융은 간절했다.

임금이 아닌 사내의 얼굴로 융이 그린을 바라봤다.

"평생 악귀에 시달려도 괜찮다는 거예요?"

그린의 음성이 헝클어졌다. 서럽고 억울해서 눈물이 비어져 나왔다.

"그래도 너와 함께 살 수 있지 않으냐."

모든 것을 체념한 듯 융이 허허로운 목소리로 답했다.

"널 살릴 수 있는데, 널 잃지 않아도 되는데…… 이렇게 널 보고 널 끌어안을 수 있는데 내가 뭘 못하겠느냐?"

융이 그린을 끌어당겼다. 그것만으로 족하다는 듯이. 그린이 그의 가슴에 얼굴을 묻었다. 끊어 내려 했던 희망의 싹이 자꾸만 자랐다. 정말 그렇게 살아갈 수 있다면 얼마나 좋을까. 자신도 모르는 사이 그린은 아랫배를 더듬고 있었다.

"걱정하지 말아라. 나는 활을 잘 쏘니, 굶기지는 않을 것이다."

융이 좀 더 가벼운 목소리로 말했다. 시선을 내리깐 채로 그린이 웅얼거렸다.

"많이 먹을 거예요. 매일 두 사람 몫 이상."

"듣던 중 반가운 소리로다. 안 그래도 살집이 붙었으면 좋겠다고 생각하였느니라."

"저 살림할 줄도 몰라요."

"희수를 데려가면 된다. 삼가현에 갔을 때 보니 알뜰살뜰 잘 하겠더구나."

거구의 장수가 밥 짓고 빨래하는 모습을 상상하며 그린이 실소했다. 그린을 끌어안은 융이 시선을 멀리 던졌다. 그의 눈빛이 꿈결처럼 아련해졌다.

"내가 사냥을 가는 동안 넌 이야기를 지으려무나."

"그리고요?"

"가끔 어여쁜 노래를 들려주려무나. 그럼 나도 희수도 고단함을 잊을 것이다."

그린은 허름한 옷을 입은 융이 토끼와 꿩을 허리에 차고 돌아오는 모습을 그려봤다. 우물가에서 저녁 찬으로 먹을 푸성귀를 씻다가 융을 마중하는 제 모습도 그렸다.

제 치맛자락을 쥐고 아장아장 걷는 작은 아이도. 눈앞이 다시 뿌예졌다. 무책임하다 손가락질당하더라도, 매꽃이 진성대군을 간악한 수로 조종한다고 해도, 그린은 작은 집에서 가정을 꾸리고 싶었다. 융과 아이와 살고 싶었다. 손등으로 눈가를 문지른 그린이 고개를 들었다.

"좋아요, 전하. 우리 도망가요."

* * *

다음 날 융은 매꽃을 빼돌렸다는 혐의로 연금된 자순대비를 찾아갔다. 본인은 시신을 처리했을 뿐이라 주장했지만, 그녀가 팔관회 핵심 구성원이라는 증언이 이어지고 있었다. 자순대비는 공손하게 머리를 조아리는 융을 보며 인상을 찌푸렸다.

"내가 얼마나 비참한지 확인하러 오셨습니까?"

잘 있었냐는 인사치레도 없이 융이 곧장 본론을 꺼냈다.

"진성대군에게 왕위를 이양하고 싶사옵니다."

융의 말에 자순대비가 코웃음을 쳤다.

"말도 안 되는 죄를 씌워 날 가둬 놓더니. 이제는 진성대군까지 죽일 작정입니까?"

아니나 다를까 융의 눈매가 서늘해졌다.

"대비께서는 대왕대비 마마보다도 귀가 어두우신 모양입니다. 소자가 왜 아우를 죽이겠사옵니까? 아우에게 양위하고 싶다 말씀드렸사옵니다."

"대체 무슨 꿍꿍입니까, 주상."

"꿍꿍이라니요. 대통을 잇지 못한 임금은 임금 될 자격이 없다 하신 건 마마십니다."

자순대비는 경계를 풀지 않았다. 친아들이라 속여 키웠지만, 단 하루도 융을 아들이라 생각한 적 없었다. 불길한 폐비의 아들이 용상에 앉아 있다는 것만으로도 불쾌했다. 진짜 적통 왕자는 융이 아니라 제 아들 역(懌)이였다. 융은 제 어미를 닮아 소름 끼치도록 아름다울 뿐, 왕으로서의 자질은 조금도 갖지 못했다.

그에 반해 진성대군은 어려서부터 어질고 자애로운 아이였다. 폐비의 아들을 형으로, 또 임금으로 모신 것도 타고난 덕성 때문이었다. 팔관회가 진성대군을 본래 자리에 앉혀 주겠다고 했을 때 자순대비는 드디어 때가 왔다고 생각했다.

'용상은 원래 역이의 것이야. 우리 역이가 임금이 되어야지. 암, 그렇고말고.'

물론 자순대비가 팔관회를 신임한 것은 아니었다. 믿지 못한다고 해도 쓸모 있는 사냥개를 내팽개칠 필요는 없지 않은가. 이용할 만큼 이용한 다음, 진성대군이 왕위에 오른 뒤 처리하면 그만이었다. 본디 천것들이란 그렇게 다뤄야 하는 법이었다.

자순대비는 어린 진성대군을 대신해 자신이 섭정 왕후가 될 거라 믿었다. 그때가 온다면 자신을 무시하고 폐비의 아들만 싸고돌았던 대왕대비의 콧대를 눌러 주리라 결심했다.

'주제도 모르는 늙은이. 계비라는 이유만으로 날 핍박했겠다? 맹수 같은 놈 내 아들로 키워 준 고마움도 모르고.'

자순대비는 진성대군이 보위에 오르게 될 날만을 손꼽아 기다렸다. 하지만 팔관회와 왕규는 그다지 미덥지 못했다. 임금을 미치광이로 만들겠다고 장담한 것이 벌써 수년 전이었다. 융은 미치광이가 되기는커녕 성군이라 칭송받으며 위세를 떨치고 있었다. 심지어 자신을 대비전에 가두는 만행까지 저질렀다. 폐비가 남긴 더러운 씨가 진짜 왕인 양 미래의 섭정 왕후를 가둔 것이다.

오만한 눈으로 융을 내려다보며 자순대비가 입꼬리를 비틀었다.

"왕실의 대를 잇는 것은 임금의 중요한 의무지요. 주상께서는 종묘사직에 큰 죄를 짓고 계신 겁니다."

"소자도 그리 생각하옵니다."

"오늘은 해가 서쪽에서 떴나 봅니다. 주상께서 내 말을 옳다 하시고."

"이제라도 깨우쳤으니 다행이 아니옵니까."

"내가 주상의 말을 어찌 믿겠습니까. 예로부터 검은 머리 짐승은 거두지 말라 하였거늘. 쯧쯧."

자순대비가 독설을 퍼붓는데도 융의 얼굴엔 어떤 감정도 담기지 않았다. 그저 무심하고도 여유로울 뿐이었다. 왠지 모를 패배감을 느끼며 자순대비가 눈동자를 굴렸다.

"마마께서도 아시다시피 소자는 임금이 될 재목이 못되옵니다."

"오늘따라 이상하시군요, 주상."

"사실을 말씀드릴 뿐이옵니다. 결함이 많은 사람입니다, 저는."

부족함을 고백하는 융에서 감히 범접하기 힘든 위엄이 흘러나왔다. 지배자만이 가질 수 있는 고결함이랄까. 자기도 모르게 감탄하던 자순대비가 애써 표정을 바꿨다.

"인제 와서 진성대군에게 양위하겠다는 이유가 뭐요?"

"미리 말씀 올리지 못해 송구하오나…… 사실 소자는 귀신에 들렸사옵니다."

"뭐라고요?"

자순대비가 진심으로 놀랐다. 알고 있었던 사실이나 융이 제 입으로 고백할 줄은 몰랐다. 그녀가 아는 융은 죽으면 죽었지, 제 치부를 드러낼 사내가 아니었다.

"쫓으려 해 봤지만 모두 실패했사옵니다. 한 나라의 임금이 악귀에 들리다니, 그게 가당키나 한 일이옵니까?"

융의 물음에 자순대비가 마른침을 꿀꺽 넘겼다.

"아니 되지. 절대 있을 수 없는 일이요."

"소자도 그리 생각하옵니다. 더는 버틸 재간이 없어서 양위를 결심한 것이옵니다."

"참으로 진성대군에게 어좌를 넘기겠다는 것입니까?"

"소자는 자식이 없지 않사옵니까? 진성대군이 제 뒤를 잇는 것이 당연합니다."

순간 자순대비의 얼굴에 환한 빛이 감돌았다. 융이 계속 왕 노릇을 하고 싶었다면 악귀에 들렸다는 비밀을 고백했을 리가 없었다. 후사가 없는 융이 용상에서 내려오면 진성대군이 그 자리를 차지하는 것이 당연했다.

'이제야 주제 파악을 한 것인가? 아니면 팔관회의 저주가 통한 것인가?'

그렇지 않아도 최근 융을 둘러싼 흉흉한 소문이 자주 들려왔다, 더는 버틸 수 없다는 말이 사실일지 몰랐다. 섭정 왕후가 된 자신의 모습이 눈앞에서 어른거렸다. 하지만 융은 한시도 방심해서는 안 될 놈이었다.

"내게 뭘 바라는 것입니까?"

흥분으로 얼굴을 붉힌 자순대비가 태연한 척 물었다. 융의 입가에 보일 듯 말 듯 한 미소가 스치고 지나갔다.

"팔관회 회주에게 말씀을 전해 주십시오. 제가 왕위를 넘기고 조용히 여생을 살고 싶다고요."

"주상! 아직도 날 의심합니까? 팔관회가 무엇인지 모른다 하질 않았소?"

자순대비가 벌컥 짜증을 냈다. 융이 아쉽다는 듯 고개를 저었다.

"그것참 안타깝군요. 그럼 부덕한 소자가 계속 왕 노릇을 하는 수밖에요."

"귀신에 들린 왕이라니요! 천부당만부당한 말입니다. 주상께서는 하루라도 빨리 진성대군에게 보위를 넘겨야 해요."

"소자도 그리 하고 싶으나…… 팔관회에 제 뜻을 전할 수 없으니, 어쩔 수 없지요."

"그, 그건……."

자순대비는 융이 마음을 고쳐먹을까 봐 조바심이 났다. 하지만 음흉한 융 앞에서 팔관회와 손잡고 반역을 모의했다고 말할 순 없었다.

융을 탐색하면서 자순대비가 물었다.

"주상이 진짜 바라는 것은 무엇입니까?"

"소자는 숙원과 조용히 여생을 보내고 싶을 뿐이옵니다."

"……."

"악귀 탓에 하루도 편히 살 수 없으니, 양위를 조건으로 팔관회의 저주에서 벗어나고 싶사옵니다."

자순대비가 혀를 찼다. 융이 천한 계집에 홀려 임금의 책무 버릴 만큼 사리 분별을 못할 줄은 몰랐다. 하지만 자신과 진성대군에겐 놓칠 수 없는 절호의 기회였다. 자순대비가 시치미를 떼고 콧대를 높였다.

"팔관회에 대해 모르나, 주상을 위해 수소문해 보겠습니다."

"황공하옵니다, 마마."

"나중에 딴소리하는 건 아니겠지요?"

"소자는 왕위를 하루라도 빨리 버려 버리고 싶사옵니다. 매일 악귀에 시달리는 것도 지긋지긋하옵니다."

융이 씹어뱉듯 말했다. 자순대비가 더없이 자애로운 얼굴로 고개를 끄덕였다.

"어울리지 않은 옷을 입으면 불편한 법이지요. 주상의 여생은 내가 보장할 테니, 진성대군에게 모든 걸 맡기세요."

활짝 핀 꽃처럼 자순대비가 웃었다. 임금이 될 아들과 섭정 왕후가 될 자신의 모습을 상상하느라, 융이 차가운 눈으로 자신을 꿰뚫고 있다는 것을 눈치채지 못했다.

자순대비의 서찰을 받은 매꽃은 탁자를 내리쳤다.

—쾅

매꽃 앞에 도열해 있던 별무반 사내들이 긴장된 기색으로 두 손을 모았다.

"양위하겠다? 감히 내 손을 빠져나가겠다는 뜻인가!"

매꽃이 말할 때마다 뺨과 턱으로 이어지는 붉은 상처가 춤추듯 꿈틀거렸다. 그녀의 대역을 맡았던 노인이 미간을 찌푸렸다.

"주상이 무슨 짓을 꾸미는 걸까요……."

"왕위를 버리고 자유로워지겠다잖아요? 장 숙원과 함께!"

"어리석은 자순대비를 이용해 우릴 농락하는 것일 수도 있사옵니다."

"영감은 이융을 몰라요. 그자는 장 숙원을 위해서 뭐든지 할 수 있는 사내입니다."

매꽃의 두 눈이 분노로 이글거렸다. 매꽃은 자신이 누구보다 이융에 대해서 잘 안다고 확신했다.

'절대 놓아주지 않아. 둘이 행복하게 내버려 두지 않을 거야.'

매꽃이 손으로 제 흉터를 더듬었다. 돌로 자신을 내려찍던 융의 흉흉한 눈빛이 아직도 잊히지 않았다. 숨어서 훔쳐보는 것만으로 가슴 벅차던 세자 저하였다. 연두처럼 감히 저하의 동무가 되기를 바라지 않았다. 언젠가 저하께서 자신을 돌아볼지도 모른다는 허황한 꿈을 꾸지도 않았다.

저하께서 아무도 범접할 수 없는 높은 곳에서 고귀하실 수 있기만을 바랐다. 그래서 살인도 마다치 않았는데……. 몰래 가슴에 품었던 세자 저하는 매꽃의 진심을 조금도 이해하지 못했다.

'네가 감히 연두를 죽여!'

아름답던 세자 저하의 얼굴이 귀신보다 흉하게 일그러졌다. 매꽃을 바라보는 눈길엔 혐오와 경멸, 분노가 뒤엉켜 있었다.

그가 돌을 내리칠 때마다 몸에서 피가 튀었다. 몸의 고통보다 마음의 고통이 더 견디기 어려웠다. 강희맹의 종복들이 말리지 않았더라면 매꽃은 융에게 맞아 죽었을 거였다. 아니, 거의 죽기 일보 직전이었다.

하루가 다르게 상처가 썩어 갔다. 살인을 저지른 노비 소녀를 치료해 주는 사람은 없었다. 매꽃은 죽음이 두렵지 않았다. 그저 융에게 복수할 수 없어서 원통했을 뿐이었다. 할아버지가 매꽃을 찾을 수 있었던 것은 복수심에 물든 매꽃의 탁혼이 흉악한 기운을 내뿜었기 때문이었다.

'천기를 찾으러 왔는데 핏줄을 찾았구나…….'

죽어 가는 매꽃을 둘러업은 할아버지가 중얼거렸다. 하나뿐인 혈육을 찾았다는 기쁨은 조금도 느껴지지 않았다. 할아버지조차 매꽃이 아닌, 천기로 쓸 연두를 찾으러 온 거였다. 소리 내어 말한 적은 없지만 매꽃은 할아버지가 명혼을 죽인 손녀를 원망하고 있었다.

매꽃인 온몸이 부서지라 귀자득활술을 익혔다. 고려 왕손인 자신이 연두보다 쓸모 있다는 것을 확인시켜 주고 싶었다. 하지만 할아버지는 명혼만이 잃어버린 팔관회의 신물을 찾아 주리라 믿었다. 신물 없이는 귀자득활술을 완성할 수 없다며 한탄했다. 할아버지에게는 이씨 왕조를 무너뜨리고 고려의 복수를 하겠다는 신념이 없었다. 음침한 굴에 틀어박혀 귀자득활술을 완성시키는 일에 더 몰두했다.

그런 할아버지가 매꽃은 항상 불만스러웠다.

'조선에 명혼은 없어요. 있다 해도 천기로 쓸 수 없는 쭉정이 명혼일 거예요. 연두의 환생을 미래에서 데려와야 해요.'

매꽃이 속삭였다. 융과 환생한 연두의 명혼을 꿈으로 잇자고 제안한 것도 매꽃이었다.

'차원 이동은 너무 위험하다.'

'할아버지라면 하실 수 있어요.'

'모든 신력을 쏟는다 해도 명혼을 불러올 수 있으리란 보장이 없어.'

'저도, 별무반도 전력으로 도울 거예요. 명혼만 데려오면 할아버지의 귀자득활술은 고려 때보다 완벽해지겠죠.'

그린을 조선으로 데려왔던 일식의 밤. 할아버지는 합일 의식을 통해 별무반의 신력을 조공 받았다. 매꽃도 할아버지에게 힘을 보태야 했지만, 슬그머니 뒤로 빠졌다.

'할아버지는 너무 늙었어. 팔관회를 위해 강하고 젊은 왕규가 필요해!'

신력을 모두 소진한 할아버지는 그 자리에서 절명했고 매꽃은 새로운 왕규가 되었다. 연두의 환생도 무사히 조선으로 돌아왔다. 비록 예기치 못한 장소에서 튀어나오긴 했지만, 이제야 매꽃의 복수가 시작된 거였다.

'재미있는 건 시작도 안 했는데 도망치려 하다니. 누가 놔줄 줄 아느냐?'

매꽃이 여황제 카드를 만지작거렸다. 하지만 매꽃의 머릿속은 그린이 아닌 융의 얼굴이 가득했다. 소년티를 벗고 누구보다 당당한 사내가 된 융을 궁궐에서 봤을 때, 매꽃은 가슴 뻐근한 기쁨을 느꼈다. 구름 위를 노니는 신선처럼 우아하고 한 번 본 사람은 잊지 못할 정도로 아름다운 그를 제 손으로 죽이리란 생각에 전율했다.

"자순대비에게 서신을 넣어요. 주상이 진심을 증명해 보이면 저주를 풀어 주겠다고요."

매꽃의 말에 노인이 걱정스럽다는 듯 수염을 연신 쓸어내렸다.

"저주를 거둬들일 방법은 없사옵니다. 누군가 대신 액을 받거나, 신물의 영기를 모았다면 모를까요."

"누가 그걸 몰라요? 일단 그렇게 속이자는 거죠."

매꽃이 날카롭게 노인을 쏘아봤다. 노인의 안색이 한층 더 어두워졌다.

"어찌하실 작정이시옵니까, 왕규님."

"멀쩡한 임금이 양위한다면 어느 누가 그 말을 받아들이겠어요?"

"그렇다는 건……."

"주상을 폐위하라는 성토가 나올 때까지 미친 짓을 해 보라 전하세요. 참 재미난 구경이 되겠죠."

매꽃의 손에서 여황제 카드가 핑그르르 돌았다. 융이 모든 명예를 잃을 때쯤 그린을 조종해 그의 목숨을 거둘 작정이었다.

* * *

얼마 지나지 않아 자순대비가 매꽃의 전언을 물고 왔다. 반정이 일어날 만큼 미쳐 날뛰어 보라는 거였다. 팔관회 같은 건 모른다며 시치미를 떼던 그녀는 귀자득활술의 힘을 강조하며 융을 비웃었다.

'주상께서는 이미 악귀에 들리셨으니 어려운 일은 아니겠지요. 진성대군이 보위를 잇기 위해서도 명분이 필요지 않겠습니까?'

그 말을 전해 들은 그린이 융에게 활쏘기를 가르쳐 달라고 졸랐다. 갑자기 웬 활이냐고 묻는 그에게 그린이 답했다.

"전하를 조롱하는 인간들을 다 쏴 버릴 거예요!"

"굳이 네 손을 더럽힐 필요는 없다."

"씻으면 되죠!"

"아서라. 네가 활쏘기를 배우는 것보다 내가 노래를 배우는 것이 빠를 것이다."

말도 안 된다는 듯 융이 고개를 저었다. 활을 배우겠다며 분통을 터뜨리던 그린이 얼굴색을 바꿨다.

"그건 그렇네요. 전하는 목소리도 좋고, 음률에 조예가 깊으시니까 금방 배우실 거예요. 그렇지 않아도 전하께 가르쳐 드릴 노래가 있는데."

"과인과 노래패 만들어 장터를 떠돌기라도 할 셈이냐?"

융이 미간을 찌푸렸다. 그린이 살포시 미소 지었다.

"전하 같은 미남이 나타나는 것만으로 난리가 날 걸요? 너무 인기 많은 서방님은 사양이에요."

"듣던 중 반가운 소리로구나."

"그럼 어떤 미친 짓을 할지 논의해 볼까요?"

그린이 눈을 반짝였다. 융이 그린의 볼을 살짝 쥐었다가 놓았다.

"또 무슨 장난을 치려는 것이냐?"

"장난이라뇨! 매꽃과 팔관회를 소탕하기 위한 전략을 짜는 거죠."

"네가 순순히 도망치자고 했을 때부터 알아봤느니라."

못 말리겠다는 투로 융이 피식 웃었다. 그가 왕위에서 물러나 도망치자고 했을 때, 그린의 머릿속에 새로운 계획이 떠올랐다.

'전하, 우리 도망가요. 아니, 도망가는 척해요.'

그린의 말에 융이 눈썹을 추켜세웠다.

'도망가는 척 미끼를 던지자는 뜻이냐?'

'진성대군에게 양위한다고 하면 자순대비가 침을 흘리며 달려들 거예요. 부리나케 매꽃에게 연락을 할 거고요.'

'그 뒤를 쫓으면 팔관회의 본거지를 찾을 수 있겠구나. 휘숙옹주를 미행했던 것처럼.'

'전하께서 항복하셨으니 얼마나 기쁘겠어요? 방심할 게 뻔해요.'

'자순대비라면 몰라도 팔관회가 속을는지…….'

융은 의심했지만, 그린은 매꽃 역시 속으리라 확신했다. 매꽃이 자신과 융을 괴롭히는 건 단지 팔관회 회주로서의 사명 때문이 아니었다.

매꽃을 추포했을 때, 그린은 거짓을 벗은 매꽃의 진짜 얼굴을 관찰할 수 있었다. 질투와 복수심으로 똘똘 뭉쳐진 열다섯 살짜리 계집아이.

그것이 흉악무도한 저주를 휘두르고 왕족과 양반들을 수족처럼 부리는 매꽃의 참모습이었다.

'매꽃은 어려서부터 전하를 짝사랑하고 연두를 질투했어. 두 사람의

사랑을 부러워했고.'

매꽂은 그린을 저주의 매개로 사용했다. 융이 절대 그린을 죽일 리 없다는 확신에서 비롯된 일이었다. 매꽂의 머릿속에서 융은 '그린을 위해서 뭐든 할 수 있는 사내'였다. 다른 사람은 '고작 여자 때문에 임금 자리를 포기한다고? 말도 안 돼.'라고 의심하겠지만, 매꽂은 융이 그러고도 남을 사람이라고 확신할 거였다.

'매꽂의 믿음이 진실이라는 게 함정이지만.'

그린이 쓰게 웃을 때, 융이 화선지를 펼쳤다. 은은한 먹향이 감도는 방 안에서 붓을 든 그는 한 폭의 그림처럼 아름다웠다.

"무엇부터 시작하는 게 좋겠느냐?"

"연산군을 참고해서 여색을 밝히는 것부터 할까요?"

그린의 말에 융이 인상일 찌푸렸다.

"그것 말고 사냥터를 확장하는 건 어떻겠느냐? 민가를 몰아내고 사냥터로 만들었다면서."

"전하께서 이상해졌다는 소문은 삽시간에 번지겠네요. 하지만 백성들의 피해가 너무 크지 않을까요?"

"그걸 줄이는 것도 계획의 일부 아니더냐."

융이 피식 웃으며 말했다. 골똘히 생각에 잠겼던 그린이 고개를 끄덕였다.

"그럼 사냥터 확장부터 해요."

"좋다. 무분별한 사냥터 확장과 여색을 밝히는 것부터 시작하자꾸나."

융이 붓을 놀려 자신이 저지를 폐악 목록을 작성하기 시작했다. 그 모습이 슬프기도 하고 웃기기도 해서 그린이 한숨을 내쉬었다.

"연산군은 횃불을 켜 놓고 지켜보는 걸 좋아했대요."

"좋다. 매일 밤 횃불을 밝혀 보자꾸나. 부나방들이 날아드는 횃불이 될 것이다."

융이 만족스럽게 웃었다. 융과 그린이 매꽃의 요구대로 폭정을 저지르려 하는 이유는 둘이었다. 첫째는 매꽃을 속여 시간을 버는 것. 둘째는 역심을 품은 자들을 색출하는 것.

귀자득활술 말고도 팔관회가 위협적인 이유는 비밀스러운 조직망에 있었다. 어느 누가 팔관회의 일원인지 모르기에 융은 누구를 믿어야 할지, 누구를 의심해야 할지 몰랐다. 외척도, 세력도 없는 임금으로서는 치명적인 일이었다. 폭정 목록을 훑어보며 융이 입꼬리를 올렸다.

"이런 일을 자행하면 신하들이 둘로 갈리겠구나. 날 말리려는 자와 날 부추기려는 자."

"전하를 말리려 한다면 충신일 테고, 전하를 부추기는 자들은 뒤에서 역모를 꾸미겠죠."

"역심을 품은 자들을 하나도 남김없이 골라내겠다."

"오명을 쓰지 않기 위한 준비도 해야 해요."

오랜만에 그린이 밝은 미소를 머금었다. 그린과 융은 매꽃의 뜻대로 움직여 줄 마음이 없었다. 폭정을 저지르는 시늉조차 선정의 발판으로 마련할 셈이었다.

"사냥터를 만든다는 구실로 한양의 빈민촌을 허물고 깨끗한 집을 짓는 게 좋겠다."

"여색을 밝히는 척하면서 장악원 여악들에게 노래를 가르치세요."

노래라는 말에 융의 입가가 실룩거렸다.

"정말 내게 노래를 하게 할 셈이냐?"

23장. 일월오악도와 다섯 개의 신물

"훈민정음을 널리 사용하게 하려면 노래보다 좋은 게 없죠."

그린은 연산군의 가장 큰 실정 중 하나가 훈민정음 사용 금지라고 생각했다. 그래서 적극적으로 훈민정음을 권장했다. 그러나 먹고살기 바쁜 백성들은 글을 배울 필요성을 느끼지 못했다. 그린은 훈민정음을 공부가 아닌 놀이로 접근하게 할 생각이었다.

"천자문을 외울 때 하늘 천 따지, 하면서 가락을 타잖아요. 훈민정음도 그렇게 하면 더 널리 퍼질 거예요. 이렇게요."

그린은 목을 가다듬고 시범 삼아 기역, 키읔, 디귿, 티읕, 니은 등 초성 17자와 중성음 11자를 읊었다.

후대에는 없어진 여린히읗과 반치음 등도 빠짐없이 집어넣었다. 음은 알파벳 송에서 따왔다. 그 덕에 발랄하고 흥겨운 훈민정음 노래가 완성되었다. 그린이 두 손을 모으고 노래를 부르자 그 모습이 사랑스러워서 견딜 수 없다는 듯 융의 눈매가 부드러워졌다.

"너는 어떤 노래도 잘하는구나."

"따라 해 보세요. 전하께서 직접 여악들을 가르쳐야 하니까요."

"네가 직접 하면 되질 않느냐?"

"이번 무대의 주연은 전하세요. 역할은 여색에 빠진 폭군이고요!"

그린이 장난스럽게 한쪽 눈을 찡긋거렸다. 자칫 무거워질 수 있는 분위기를 띄우기 위해 그린은 노력 중이었다. 융이 그린의 머리칼을 쓰다듬고 이마에 입을 맞췄다. 그린의 시선이 아래로 떨어졌다. 붕대와 옷으로 가려져 있었지만 뒤꽂이가 박혔던 융의 상처는 심각한 상태였다.

'왜 안 낫는 거지. 저주 때문인가.'

좋다는 약을 써도 상처에서는 끊임없이 피와 진물이 흘렀다. 그는 때때로 고열에 시달렸다.

그린이 할 수 있는 것은 매일 상처를 닦고 새 붕대를 감는 것뿐이었다. 그린의 얼굴에서 걱정을 읽은 융이 듣기 좋은 목소리로 말했다.

"모두 잘 될 것이다. 팔관회를 소탕하고 나면 악귀도 잠잠해질 것이다."

그린은 가만히 고개를 끄덕였다. 반격을 준비 중이지만 미래는 여전히 불투명했다. 희망보다 불안이 더 큰 것이 사실이었다. 하지만 지금은 불안 따위로 흔들릴 때가 아니었다. 옷자락을 움켜쥔 그린이 심호흡했다.

'우리 가족이 함께 살 수 있는 일이라면 저는 뭐든지 할 거예요.'

그린은 매꽃을 잡는 순간, 융에게 회임 사실을 알리겠다고 결심했다. 기뻐할 그를 상상하며 그린이 결의 찬 미소를 지었다.

* * *

융은 그린의 예상을 뛰어넘는 뛰어난 연기자였다. 광기에 휩싸여 폭정을 저지르는 임금 연기를 얼마나 잘하는지, 놀랄 때가 한두 번이 아니었다.

저잣거리 왈패처럼 흐트러진 의관과 낮술이라도 마신 듯 벌겋게 오른 얼굴. 몽롱하게 풀린 눈으로 궁녀들의 뒤꽁무니를 쫓아다닐 때면, 그린은 정말 융이 붉은 악귀에 씌었을까 봐 가슴이 철렁했다. 폭정 목록 실행도 착착 진행되었다. 융은 사냥터를 만들겠다는 명목하에 빈민촌을 강제 철거했다.

사냥에 미친 척 꾸몄지만, 사실은 우물과 분뇨처리장을 갖춘 마을을 조성하기 위해서였다. 미리 알려져서는 안 되기에 금표를 치고 아무도 얼씬하지 못하게 했다.

전국에 채홍사를 파견해 기녀들을 모집하기도 했다. 채홍사들은 어여쁜 미모의 소유자 대신 훈민정음을 쓰고 읽을 줄 아는 지혜로운 기녀를 뽑았다.

융은 매일 밤 기녀들과 더불어 연회를 즐겼다. 술병에 든 시원한 냉수를 들이켜며 그린이 만든 훈민정음 노래를 가르쳤다. 신료들은 임금이 술과 사냥, 여인에 미쳤다고 수군거리기 시작했다. 당장 융을 질타하는 상소가 쏟아졌다. 대간들은 근정전에 엎드려 제발 백성들을 굽어 살펴 달라고 빌었다. 몇몇 신하들은 임금은 무치라며 융을 부추겼다.

그는 충언을 올리는 신하들을 따로 불러 '신언패(愼言牌)'를 내렸다. 연산군의 악행 중 하나로 손꼽아지는 신언패는 옳은 소리를 하는 관리의 입을 다물게 하는 용도로 사용되었다. 하지만 융은 충신이 될 자들을 골라 신언패를 내리고 작금의 사태를 은밀히 전했다.

'요사스러운 저주로 왕실을 우롱하고, 반역을 모의하는 자들이 있다. 그대에게 충심이 있다면 과인을 믿고 따르라.'

신언패를 받은 신하들은 눈물을 뿌리며 군주의 어려움을 헤아리지 못한 자신들을 벌해 달라고 빌었다. 새로운 조선을 위해 꼭 필요한 인재들이었다.

'죄인이 되지 말고 과인의 충신이 되어 다오. 적을 소탕할 때까지 이 사실을 함구하여야 한다.'

말을 삼가라는 뜻의 신언패와 딱 어울리는 명령이었다. 신언패를 받은 충신들은 융이 폭정으로 꾸며진 선정을 펼칠 수 있도록 도왔다.

신언패를 받지 못한 자들은 검은 속셈이 들킨 것도 모르고 임금을 비웃었다. 얼마 지나지 않아 왕이 미쳤다는 소문이 전국을 들썩였다. 자순대비와 반정을 꿈꾸는 사대부들은 희희낙락했다.

융이 공공연한 장소에서 광기 어린 행동을 저지르고 여론이 움직이자 임금이 거짓 항복을 했다고 믿던 팔관회 수뇌들도 생각을 바꿨다. 장옷으로 얼굴을 가린 매꽃이 시전을 돌 때마다 융을 향한 비난이 새로이 들려왔다.

"임금이 미쳐도 단단히 미쳤소. 민가를 쓸어버리고 사냥터를 만들다니!"

"계집을 끼고 밤낮 술을 마신다고 하질 않소이까. 전국에서 그 많은 여인을 뽑아다가 무얼 하는 건지! 쯧쯧."

"성군인 줄 알았는데 폭군도 이런 폭군이 없어요."

매꽃에게는 어떤 노래보다 달콤한 소리였다. 산채로 돌아오는 내내 매꽃은 기분이 좋았다.

"봤죠? 장 숙원을 위해서라면 이융은 저러고도 남을 인간이에요."

매꽃은 끝까지 융을 의심해야 한다던 노인을 쏘아봤다. 송구하다는 뜻으로 노인이 허리를 굽혔다.

"왕규님이 옳으셨사옵니다. 굳이 우리가 나서지 않아도 반정이 벌어질 듯하옵니다."

"일단 이융이 원하는 대로 해 주는 척해야 해요. 그래야 방심하지 않겠어요?"

한동안 매꽃은 융에게 악귀를 보내지 않았다. 알아서 광인 노릇을 하는데 괜한 신력을 낭비할 필요는 없었다. 원래는 매꽃은 융을 폐위시킨 뒤 귀양 보낼 계획이었다. 하지만 생각이 달라졌다. 융이 바라는 대로 얌전히 양위하고 그린과 도망치게 해 줄 요량이었다.

'아이도 낳고 행복하게 살려무나. 행복이 절정에 닿았을 때 절망의 구렁텅이로 밀어 넣어 줄 테니.'

가장 행복한 순간, 왕위를 버려 가면서까지 지켰던 여인의 손에 죽는 건 어떤 기분일까? 가슴 벅찬 희열에 매꽃이 얼굴을 붉혔다. 그 광경을 눈으로 지켜볼 수만 있다면 양위 따위는 허락해 줄 수 있었다.

융에 비하면 진성대군은 데리고 놀기 쉬운 어린애에 불과했다. 자순대비 뒤에 숨어 매꽃의 눈치를 보는 어린애가 새 임금이라고 생각하면 밥을 먹지 않아도 배가 불렀다.

'내 손으로 임금을 죽일 수도 살릴 수도 있구나. 마음만 먹으면 언제든지 새 임금을 앉힐 수 있어!'

조선을 쥐고 흔든다는 고양감에 휩싸여 매꽃이 박장대소를 터뜨렸다. 이것이야말로 팔관회가 100년 동안 바라던 일이었다.

아무도 해내지 못한 위업을 노비로 살았던 매꽃이 해낸 것이었다. 뭐어난 도사였던 할아버지가 죽고 별무반 고려인들의 신력이 바닥났지만, 그 정도 희생을 감수할 만한 성과였다.

"왕규님, 회의에 나가 보셔야 할 시간이옵니다."

모시 수건을 목에 건 노인이 말했다. 회주에게 신력을 조공하는 고려인들의 목엔 빠짐없이 검은 멍이 있었다. 노인은 멍을 가리고 왕규인 척 조선의 사대부들 앞에 나섰다. 진짜 회주인 매꽃은 얼굴을 복면으로 가리고 노인의 시녀 노릇을 해야 했다. 이제 그 굴욕을 참을 필요가 없었다.

"이제부터 내가 회의를 주관할 거예요."

매꽃이 선언했다. 노인의 얼굴에 당혹감이 어렸다.

"아직 이르옵니다. 조선 양반들은 고려만큼 여인들을 귀히 여기지 않사옵니다."

"그자들이 날 무시할 수 있다는 뜻인가요?"

"주상을 끌어내린 후 정체를 밝히셔도 늦지 않사옵니다."

"앞으로도 계속 왕규인 척하고 싶은가 봐요?"

매꽃이 입꼬리를 비틀어 올렸다. 노인이 모시 수건으로 식은땀을 닦았다.

"왕규님이 걱정되어 드리는 말씀이옵니다."

"내 걱정은 내가 알아서 할 테니 잠자코 있어요."

"조심하셔야 하옵니다. 왕규님은 고려 왕실의 유일한 후예십니다."

"이융도 진성대군도 내 손아귀에 있어요. 이 나라에서 날 거스를 수 있는 자는 없다고요!"

매꽃이 확신에 찬 어조로 말했다. 불길하게 번득이는 매꽃의 눈동자를 들여다보다가 노인이 고개를 숙였다. 노인이 대역으로 나선 것은 매꽃이 젊은 여인이기 때문만은 아니었다. 탁혼을 타고난 매꽃은 귀자득활술을 익히는 데 유리하지만, 사람들에게 호감을 사거나 소통을 하는 데는 어려움이 많았다.

사람들은 본능적으로 명혼에게 끌리는 것처럼 탁혼을 꺼려했다. 만약 매꽃이 회주를 자처했다면 조선 양반들이 지금처럼 팔관회에 모여들진 않았을 거였다. 이 이야기를 매꽃이 순순히 받아들일 리 없었다. 분노를 감수하고 충언을 할 것인가. 아니면 잠자코 있을 것인가. 노인의 고민은 길지 않았다.

"오늘 회의에서 왕규님을 제대로 소개하겠사옵니다."

"이제야 말귀를 알아듣는군요."

"……."

"팔관회를 따르는 조선 양반들을 모조리 모으세요. 진짜 왕규가 누군지 똑똑히 봐야 할 테니까요."

*　*　*

매꽃은 왕실 여인이나 입는 스란치마에 금실 자수가 놓인 흑적색 삼회장저고리를 입었다. 구름처럼 틀어 올린 가채는 진귀한 보석 세공품으로 장식했다. 새빨간 입술연지를 바른 매꽃의 모습은 책봉식을 앞둔 왕비처럼 화려하고 당당했다.

매꽃은 거울에 비친 제 모습이 썩 마음에 들었다. 지우고만 싶었던 흉터도 회주로서 관록을 더하는 듯했다. 더 이상 복면은 필요 없었다.

'조선의 진짜 주인이 누군지 알려 주는 자리야.'

고려 왕족으로서, 조선의 진짜 주인으로서 위엄을 보여야 하는 순간이었다. 노비였던 자신이 임금보다 높은 위치에 선 것이었다. 매꽃은 우아한 손길로 치맛자락을 쥐고, 양반들이 기다리고 있는 회의장으로 걸음을 옮겼다. 자신이 그린의 행동거지를 은연중 따라 하고 있다는 건 깨닫지 못했다. 하지만 속으로는 그린을 칭송하는 궁인들처럼 양반들이 자신을 떠받들어 주기를 기대했다.

문이 열리고 매꽃이 입장했다. 수십 명의 갓 쓴 양반들이 그녀를 기다리고 있었다.

"팔관회의 회주, 왕규님이시옵니다."

노인의 말에 양반들의 얼굴이 일순간 일그러졌다. 가장 먼저 입을 연 것은 자순대비의 남동생인 윤탕로였다.

"저 계집이 진짜 왕규라고? 그동안 우릴 속인 것이오?"

분노에 찬 목소리가 회의장을 울렸다. 기다렸다는 듯이 여기저기서 불만이 터져 나왔다.

"어찌 여인이 회주일 수 있어!"

"근본도 모르는 자들이라는 것은 알았지만, 낯짝에 흉을 단 계집을 회주로 떠받들다니! 도무지 믿을 수가 없구려."

"저 얼굴은 죽었다던 의녀 매꽃 아닌가? 반상의 법도가 지엄한데 양반들을 무시하다니!"

"정말 회주라고? 회주 첩년이 아니라?"

차디찬 비웃음이 매꽃의 귓전을 때렸다. 순간 매꽃에게서 시커먼 안개가 피어올랐다. 숨이 멎고 온몸의 털이 쭈뼛 설 만큼 요악한 기운이었다.

"감히 날 비웃어?"

사색이 된 양반들을 향해 매꽃이 새빨간 입술을 달싹거렸다. 살기가 회의장을 가득 채웠다. 노인이 황급히 매꽃을 말렸다.

“왕규님, 고정하옵소서! 거사가 코앞이옵니다!”

“이자들을 데리고 무슨 거사를 도모하겠느냐!”

매꽃이 노인의 손을 쳐 냈다. 평생 차별과 학대에 시달린 그녀였다. 이제야 겨우 제 신분에 걸맞은 위치에 섰는데 돌아오는 건 멸시 어린 비웃음뿐이라. 매꽃은 참을 수 없는 분노에 휩싸였다. 그럴수록 그녀를 둘러싼 검은 안개가 뭉게뭉게 피어올랐다.

매꽃은 갑작스러운 소집 명령을 받은 양반들이 ‘팔관회 진짜 회주는 노비 출신 의녀인 매꽃이다.’라는 소식에 술렁이고 있었다는 사실을 몰랐다. 팔관회와 더불어 반정을 꿈꾸던 양반들은 뼛속까지 우월감에 찌든 인간들이었다. 신분을 무엇보다 우선시하는 인간들이 매꽃을 상전으로 인정할 리 없었다.

그것이 융의 노림수였다. 융은 신언패를 받은 충신들에게 매꽃이 반역 집단의 진짜 주인이라는 정보를 흘리도록 명했다. ‘얼굴에 큰 흉이 있는 의녀’ 매꽃은 궐 안에서 유명 인사였다. 의녀라는 가짜 신분으로 왕실을 기만하고, 임금의 총비를 시해하려 했던 매꽃.

매꽃의 시신을 빼돌렸다는 이유로 자순대비는 연금에 처해지기까지 했다. 그런 매꽃이 팔관회 회주라는 사실을 받아들일 수 있는 양반이 몇이나 될까?

소식이 은밀히 전해지자, 그럴 리가 없다고 성을 내는 자들도 있고, 더러 낯빛이 어두워지는 이도 있었다. 융은 홍희수에게 명해 그들의 뒤를 쫓도록 했다. 그것도 모르고 매꽃은 양반들을 소집한 거였다.

“아직도 날 업신여길 수 있으리라 믿느냐! 버러지보다 못한 것들이!”

매꽃이 악다구니를 쓰며 양반들을 손가락질했다. 매꽃 주위를 떠돌던 검은 안개가 주인의 명령에 따르는 개처럼 양반들을 향해 날아갔다. 겁에 질린 양반들이 뒷걸음질 치며 바들바들 떨었다.

"이, 이게 무슨!"

"크아악!"

검은 안개는 매꽃이 부리는 악귀들이었다. 악귀들이 양반들의 코와 입을 파고들었다. 악귀에 씐 양반들이 핏발 선 눈으로 제 목을 조르기 시작했다.

"으읍!"

"꾸에엑."

반상의 법도를 운운하던 양반들이 흘리는 추잡한 신음을 들으며 매꽃이 조소했다. 노인이 읍소했다.

"귀자득활술을 거두시옵소서!"

"내가 왜 그래야 하지?"

"어리석으나 우리에게 필요한 자들입니다!"

"이융을 내쫓고 난 뒤에 다 없애 버리려 했던 자들이다. 지금 죽여도 상관없어."

노인을 내려다보는 매꽃의 눈은 차갑기만 했다. 어차피 융과 그린은 매꽃의 손아귀에 들린 상태였다. 건방지고 역겨운 양반들 따위 없어도 매꽃이 조선을 주무르는 데 아무 지장이 없었다. 그때 미닫이문이 부서지며 벼락같은 음성이 떨어졌다.

"반역자들을 모조리 추포하라!"

황금용이 수놓인 철릭을 입은 융이 활을 들고 등장했다. 홍희수를 비롯한 내금위 무관들이 일사불란하게 회의장 안으로 쏟아져 들어왔다.

매꽃의 눈이 찢어질 듯 커다래졌다.

'이융이 왜 여기 있단 말이냐!'

매꽃의 집중력이 흐려진 탓에 양반들을 옥죄던 검은 안개가 흩어졌다. 무심한 표정으로 융이 활에 화살을 걸었다.

“왕규님, 피하시옵소서!”

노인이 매꽃 앞을 가로막았다. 그 순간 융이 쏜 화살이 노인의 등에 박혔다.

“크읍!”

“영감!”

매꽃이 놀라 쓰러지는 노인을 붙들었다. 융이 다시 화살을 걸었다.

“한 놈도 놓쳐서는 안 된다! 저 여인과 노인은 반드시 붙잡아라!”

내금위들이 매꽃과 노인을 둘러쌌다. 매꽃이 귀자득활술을 쓰려 했지만 수많은 양반에게 악귀를 보내느라 신력이 바닥난 상태였다. 노인 역시 쉴 새 없는 신력 조공 탓에 여력이 남지 않았다. 화살을 맞은 자리에선 끈적거리는 피가 끊임없이 흘러나왔다.

융이 화살촉으로 매꽃의 미간을 겨누었다. 하늘을 나는 까마귀 눈알도 맞출 수 있는 그였다. 기습에 놀란 매꽃의 생명을 거두는 건 식은 죽 먹기보다 쉬웠다.

매꽃은 연두를 죽였고 그린과 자신을 우롱했으며 왕실을 갈가리 찢어 놓았다. 참을 수 없는 살의가 융을 두드렸다. 팽팽하게 당겨진 시위가 가늘게 떨렸다. 화살 깃의 익숙한 촉감이 손끝을 간지럽혔다. 이 손만 놓으면 화살이 매꽃의 미간을 꿰뚫을 것이다. 시위를 쥔 손에 절로 힘이 들어갔다.

‘죽이고 싶지만 죽여선 안 된다.’

이대로 죽이면 매꽃은 원혼이 되어 다시 융 앞에 나타날 수 있었다. 그냥 죽이는 것이 아니라 매꽃의 탁혼을 소멸시켜야만 했다.

'명륜 스님에게 매꽃을 보이면 어찌 처리해야 할지 알 수 있을 거예요. 죽이지 말고 끌고 오셔야 해요.'

그린의 목소리가 융을 달랬다. 한참의 망설임 끝에 융이 활을 아래로 내렸다.

"왜 참느냐? 죽여 보려무나!"

내금위에 붙들린 매꽃이 몸을 뒤틀었다. 평생을 기다려왔던 자리에서 뒤통수를 맞은 매꽃은 이성을 잃고 악을 썼다.

"죽여라! 죽어서도 매일 밤 널 찾아갈 테니!"

"……."

"원혼이 되어 너와 조선을 저주할 것이다. 이씨 조선의 패망을 똑똑히 지켜볼 것이다!"

융이 내렸던 활을 다시 올렸다. 그는 한 치의 망설임도 없이 매꽃을 조준하고 화살을 쐈다.

"아아악!"

매꽃의 비명이 허공을 할퀴었다. 융의 화살은 정확히 매꽃의 오른쪽 어깨를 맞췄다.

"이 정도로 죽진 않겠지."

융이 낮은 소리로 읊조렸다. 마음 같아서는 살통의 화살을 모조리 쏘고 싶었지만 참아야 했다. 짙은 피로가 몰려왔다. 아물지 않은 허벅지의 상처가 쿡쿡 쑤셔 왔다. 매꽃을 잡았다는 허탈감과 그래도 안심할 수 없다는 불안이 차올랐다.

융의 안색을 살피던 홍희수가 말했다.

"뒷일은 소신에게 맡기시고 환궁하시옵소서."

"내 눈으로 하옥되는 모습을 봐야 안심이 될 것 같구나."

"전하."

"완쾌하지 못한 건 그대도 마찬가지다. 그대에게 모든 짐을 지게 할 순 없다."

그린을 지키느라 홍희수는 중상을 입었다. 금세 자리를 털고 일어나긴 했지만, 그는 진짜 힘들어도 힘들다고 내색할 사내가 아니었다. 만에 하나 매꽃을 놓치게 된다면 홍희수는 책임에서 자유로울 수 없었다.

"그대가 과인을 지키는 것처럼 과인도 그대를 지킬 것이다."

융이 힘주어 말했다. 홍희수의 목소리가 감격으로 떨렸다.

"성은이 망극하옵니다, 전하."

"함께 돌아가자."

"명 받들겠사옵니다."

융은 매꽃에게서 시선을 떼지 않았다. 매꽃도 융에게서 눈을 돌리지 않았다. 어깨에서 피를 흘리면서도 매꽃은 자신감을 잃지 않았다. 그 모습이 융을 불안하게 했다.

"제법이구나. 내 허를 찌르다니."

어린아이를 칭찬하는 투로 매꽃이 지껄였다. 상대가 조선의 임금이라는 사실도 개의치 않는 듯했다. 핏기를 잃은 얼굴과 지나치게 화려한 차림이 꺼림칙한 부조화를 이루었다.

"네가 이겼다고 생각하느냐? 날 잡아갈 수 있을 거라 믿냔 말이다."

"……."

"좋은 말로 할 때 놓아주는 게 좋을 것이다. 소중한 여인을 잃고 싶지 않다면."

매꽃이 비아냥거렸다. 발끈한 홍희수가 검을 빼 들었다.

"어느 안전이라고 감히 주둥이를 놀리느냐!"

융이 손을 들어 홍희수를 제지했다.

“진정하라.”

“건방진 혀를 잘라야 하옵니다!”

“아직은 때가 아니다.”

명륜은 그린이 융보다 강한 저주에 걸렸다고 말했다. 하지만 매꽃은 그린을 직접적으로 건든 적이 없었다.

‘저들에게도 필요한 천기이기 때문이라고 생각했는데 다른 이유도 있었던 것인가.’

융이 어금니를 악물었다. 축축하고 미끈거리는 이끼로 가득한 어둠 속을 맨발로 걷는 것처럼 불길했다. 하지만 매꽃에게 속마음을 내보일 수는 없었다. 감정 한 푼 담기지 않은 무표정으로 융이 말했다.

“허튼말로 협박하려 드는 것이냐?”

“이걸 보면 생각이 달라질 텐데.”

매꽃이 품에서 무언가 꺼냈다. 투명하고 반짝거리는 재질의 서역 그림. 그것은 융에게도 익숙한 물건이었다.

“그린의 화첩 아니더냐?”

융의 목소리가 갈라졌다. 끝 모를 두려움 탓에 심장이 두근거렸다.

“장 숙원이 그중 하나를 잃어버렸다는 말은 하지 않았느냐?”

“네가 훔친 게로구나!”

융의 눈이 차갑게 번뜩였다. 매꽃은 고개를 뒤로 젖혀 가며 큰 소리로 웃었다.

“호호호! 기껏 데려왔는데 골수까지 빨아먹어야지!”

“이년! 터진 주둥이라고 못하는 소리가 없구나!”

홍희수의 검이 매꽃의 목을 노렸다. 서슬 퍼런 칼날 아래에서도 매꽃은 웃음을 잃지 않았다.

"네놈이야 말고 떠들지 말고 죽여 보려무나. 내가 죽으면 임금과 장숙원도 사달이 날 테니!"

"……."

"믿지 못하겠느냐? 무슨 일이 벌어질지 보여 주랴?"

매꽃이 천천히 손에 힘을 주었다. 여황제 카드가 힘없이 구겨졌다. 바로 그때 궐에서 융을 기다리고 있던 그린이 제 심장을 움켜쥐었다. 그린이 안고 있던 원자 인형이 바닥을 뒹굴었다.

"으윽!"

그린이 짧은 신음을 내뱉었다. 심장이 터질 듯한 통증이 쉴 새 없이 밀려 들어왔다. 너무 아파서 숨을 내쉬지도 들이마시지도 못했다. 박상궁이 놀라 그린을 감싸 안았다.

"숙원마마!"

"으읏……."

"당장 어의를 불러라! 마마께서 위중하시다!"

그린이 어떤 상황인지 알 수 없었지만, 융은 모골이 송연해질 정도로 섬뜩한 기분을 느꼈다.

'단순한 위협이 아니다. 그린이 위험해…….'

보지 않고도 확신할 수 있었다. 저주의 주술을 다루는 매꽃이 그린의 소지품을 훔쳤다면 분명 이런 일을 계획했을 거였다.

"검을 거두어라."

"전하!"

"그린이 다치는 것만은 피해야 한다."

홍희수도 융의 명령에 따를 수밖에 없었다. 소름 끼치는 적막이 속에서 매꽃은 승리자처럼 의기양양했다.

"잘 생각했다. 조금만 늦었으면 장 숙원은 심장이 터져 죽었을 것이다."

융은 매꽃의 말을 믿지 않았다. 그린은 매꽃이 가진 가장 유용한 패였다. 그녀 말처럼 골수까지 이용하면 했지 쉬 죽일 리가 없었다. 하지만 그린이 위험에 처한 것은 사실이었다. 융이 매꽃이 쥐고 있는 여황제 카드를 바라봤다. 화살로 매꽃의 손을 맞추면 빼앗을 수 있지 않을까. 하지만 그사이 매꽃이 무슨 짓을 저지를지 몰랐다.

"장 숙원을 죽이고 싶은 게 아니라면 날 풀어 주려무나."

당연한 것을 요구하듯 매꽃이 말했다. 융은 망설였다. 지금 매꽃은 악귀를 부릴 수 없을 정도로 허약해진 상태였다. 여기서 또 놓친다면 다시 잡을 수 있으리란 보장이 없었다. 하지만 그린의 위험을 담보로 매꽃을 잡아들일 수도 없었다. 융이 망설이는 사이 죽은 줄만 알았던 노인이 일어나, 매꽃의 등에 손바닥을 붙였다.

"왕규님, 살아남으셔야 하옵니다!"

노인의 몸에서 검붉은 기운이 솟구쳤다. 그리고 매꽃은 기다렸다는 듯이 그 기운을 흡수해 갔다. 노인의 절명하기 전까지 매꽃은 마지막 한 방울의 신력마저 빨아들였다.

신력 합일 의식이라는 것을 몰랐지만, 융은 매꽃을 감싼 요사스러운 힘이 강해졌다는 것을 본능적으로 알 수 있었다.

"이융, 이제는 네 차례다!"

솟아오르는 신력을 주체하지 못하겠다는 듯 매꽃이 희희낙락 소리쳤다. 매꽃의 손에서 검은 안개가 뿜어져 나왔다. 검은 안개는 융이 아닌 그 뒤에 서 있던 내금위를 휘감았다. 악귀에 들린 내금위가 눈동자를 뒤집으며 칼날을 세웠다. 피할 새도 없이 융은 신하의 칼날에 깊숙이 찔렸다.

"크흡!"

융의 입술 사이로 신음이 터졌다.

"전하!"

홍희수의 목소리가 멀게 느껴졌다. 뱃속에서 용암처럼 뜨거운 무언가가 계속해서 흘러 나가고 있었다. 눈앞이 흐릿하고 정신이 멀어졌다.

융은 어금니 사이에 고통을 악물고 매꽃을 쫓았다. 하지만 매꽃은 검은 안개로 몸을 가린 채 유유히 사라지고 있었다. 매꽃을 잡지도, 그린의 타로를 빼앗지도 못했다. 반역을 모의한 사대부들을 추포했지만 매꽃을 잡지 못하면 의미가 없었다. 그린의 목숨은 여전히 매꽃이 쥐고 있었다.

'널 지켜 준다 약속하였거늘.'

통증보다 거센 자괴감에 융이 무릎을 꿇었다. 무릎 아래 피 웅덩이가 고였다. 모두 제 몸에서 나온 피라는 것이 믿겨 지지 않았다. 비릿한 피 냄새에 정신이 혼탁해졌다. 그린과 함께 잠들고 싶다고 생각하며 융이 몸을 무너뜨렸다.

* * *

왜 이렇게 된 것일까. 의식을 잃은 융의 얼굴을 쓰다듬으며 그린이 울먹였다. 매꽃을 잡아오겠다고 떠난 융이 실려 왔을 때는 숨 멎는 줄만 알았다. 백자처럼 하얗게 질린 얼굴과 피로 뒤엉킨 옷. 어의들이 달라붙어 진찰했지만, 용태가 위중하다는 말만 돌아올 뿐이었다.

"전하, 눈 좀 떠보세요. 네?"

그린이 융의 손을 들어 제 뺨에 지그시 댔다. 그린을 쓰다듬던 뜨거운 손은 무생물처럼 뻣뻣하게 굳어 있었다.

벌써 며칠째일까. 퉁퉁 부은 눈과 몽롱한 머리 탓에 날짜를 헤아릴 수 없었다. 하룻밤인 것 같기도 하고 열흘은 지난 것 같기도 했다. 융을 간호하는 동안 그린도 야위어 갔다. 인수대비는 그린과 함께 눈물을 흘리며 다친 손자를 걱정했다. 그린의 회임을 알고 있는 중전은 아침저녁으로 그린의 식사와 건강을 챙겼다.

팔관회와 반역을 모의한 중신들을 모조리 소탕했음에도 궁궐엔 초상집처럼 음울한 분위기가 감돌았다. 그린은 명륜을 불러들였다. 그린을 보자마자 명륜이 혀를 찼다.

"쯧쯧. 주상 전하가 아니라 마마께서 오늘내일하는 사람 같소."

"스님은 여전하시네요."

"그런 몸으로 무슨 병시중을 든단 말이오? 마마 몸부터 잘 간수하시구려."

무례하기 짝이 없는 말이었지만 어쩐지 반가운 마음이 들었다. 왕실 어른들이나 궁인들은 그린을 건드리면 깨지는 유리그릇 다루듯 조심스럽게 대했다. 그들의 진심 어린 걱정이 부담스러운 것은 아니지만, 가끔 그린은 몸서리치도록 외로웠다.

야마라면 '그러게 너랑 궁궐은 어울리지 않는다니까. 네가 고상하게 호호 웃을 때마다 속이 얼마나 울렁거리는지 알아?'라고 했을 것 같았다. 그 말을 융이 들었다면 '그린이만큼 궁궐에 어울리는 여인은 없다. 내가 있는 곳에 그린이 있고, 그린이 있는 곳에 내가 있을 테니까.'라고 하지 않았을까.

소중한 두 남자의 목소리를 떠올리며 그린이 고개를 들었다. 고개를 숙이면 눈물이 떨어질 것만 같았다. 그린의 애처로운 모습을 보면서 명륜이 이맛살을 찌푸렸다.

"매꽃을 건드리는 건 위험하다 하질 않았소? 마지막 신물 찾는 거에 집중하라니까."

"샅샅이 뒤져 봤지만 나오지 않았어요. 아무래도 용신은 궐에 없는 것 같아요."

"궐에 있소."

명륜이 딱 잘라 말했다. 그린이 커다란 눈을 깜빡거렸다.

"업경으로 그런 것도 보여요?"

"내가 훔쳐볼 수 있는 것은 오직 인생뿐이오."

"그럼 어떻게 확신하세요?"

"마마가 가진 명혼의 기운이 훨씬 강해졌으니까."

명륜이 보이지 않는 원을 그리듯 그린을 향해 손가락을 빙글빙글 돌렸다. 그린은 놀라움을 감추지 못했다.

"마마 근처에 용신이 있는 것이 확실하오. 그러니 좀 더 애써 보시오."

"어디 있는지 더 자세히 알 순 없나요?"

"소승은 사냥개가 아니오."

삐지기라도 한 것처럼 명륜이 고개를 홱 돌렸다. 그린은 명륜의 말을 되새겼다.

'용신이 가까이 있다.'

다행이라는 생각은 들었지만, 신물을 꼭 찾고야 말겠다는 열의는 피어오르지 않았다. 그린은 이미 모든 결심을 마친 상태였다.

그린이 질문을 바꿨다.

"야마와 사현 씨는 좀 어때요?"

"숨이 붙어 있는 게 신기한 상태요. 봉천군의 치성 때문인지는 몰라도."

"다행이네요."

"봉천군도 그렇고 마마도 그렇고. 눈물 없이 볼 수가 없는 비극 풍년이구려."

명륜이 비꼬았다. 말은 그렇게 해도 표정에는 봉천군과 그린을 걱정하는 기색이 역력했다.

"봉 여사님이 와 주시면 좋을 텐데……."

무심사에서 야마와 사현을 돌보고 있는 봉천군은 자리를 비울 수 없었다. 시간을 낼 수 있다고 해도 입궐하지 않겠다는 자신과의 약속을 깨지 않을 터였다.

"신력을 잃은 무녀가 와 봤자 할 수 있는 게 무에 있겠소?"

"그럼 스님께서 말씀해 주세요. 전하의 수명이 얼마나 남았죠?"

그린의 물음에 명륜이 입을 다물었다. 떨리는 심장을 손으로 누르며 그린이 다시 물었다.

"업경으로 다 보셨을 거 아니에요?"

"……."

"역사대로라면 전하의 수명은 31세에요. 하지만 지금 조선은 제가 알던 역사와 너무 달라요. 전하는 몇 세까지 사실 수 있나요?"

그린의 목소리가 간절해졌다. 명륜은 입술을 잘근잘근 씹으며 시선을 돌렸다.

"모르오."

"스님."

"소승은 염라대왕이 아니라 훔쳐보는 자일뿐이오. 마마가 조선에서 되살아나시면서 마마와 얽힌 여러 인생이 달라졌소."

그린의 얼굴이 어두워졌다. 그린은 시공을 넘어왔고 수명을 거슬렀다. 융은 그린과 운명이 얽혀 있었다.

"오늘 당장 돌아가실 수도 있고, 대왕대비 마마처럼 장수하실 수도 있단 말이오."

"전하는 돌아가시지 않아요."

표정을 지운 얼굴로 그린이 단호히 말했다. 명륜이 염주를 움켜쥔 채 물었다.

"무슨 생각을 하시는 거요?"

"부상도 위중하지만, 전하께서 의식을 찾지 못하시는 건 저주 탓이에요. 전하의 상처만 봐도 알 수 있어요."

융을 간호하면서 그린은 어의보다 자주 그의 상처를 살폈다. 건강한 그의 몸을 가장 잘 알고 있는 것도 그린이었다.

"전하는 강인한 육체의 소유자세요. 오랫동안 악귀에 시달리셨기 때문에 더 필사적으로 단련해 오셨어요."

"저주 때문이라 단정할 순 없소이다."

"어의들이 당황할 만큼 전하의 상처는 전혀 낫지 않았어요. 피부가 검게 타들어 갈 뿐이죠. 그게 저주가 아니면 뭔가요?"

그린의 눈꼬리에 눈물 한 방울이 매달렸다. 융은 귀자득활술에 걸린 내금위의 칼에 찔렸다고 했다.

매꽃은 도망쳤고, 아무것도 기억하지 못하는 내금위는 반역자가 되어 옥에 갇혔다. 그린은 매꽃에게 굴복하고 싶지 않았다. 살고 싶은 마음도 누구보다 강했다. 하지만 융을 잃을 순 없었다. 그를 대신할 사람은 아무도 없었다. 조선에는 융이 필요했다. 그렇게 생각하다 말고 그린이 천천히 고개를 저었다.

'종묘사직 같은 건 아무 상관 없어. 그냥 전하를 살리고 싶을 뿐이야. 전하께서 날 원망하시더라도.'

끓어오르는 두려움을 애써 삼키며 그린이 융의 품을 뒤졌다. 어렵지 않게 그가 빼앗아 갔던 부러진 화살을 찾아낼 수 있었다. 그 화살이 융을 살려 줄 거였다. 제 목숨은 가져가겠지만. 그린의 결심을 눈치챈 명륜의 얼굴이 대번에 어두워졌다. 융을 바라보며 그린이 선언했다.

"오늘 밤 전하의 저주를 받겠어요."

아무 소리도 듣지 못하는 듯 융은 미동조차 없었다.

* * *

목욕재계하고 침의로 갈아입은 그린이 달을 바라봤다. 달빛이 얼마나 밝은지 그린의 얼굴을 비쳐 낼 것 같았다. 명륜은 그린을 달그림자 뒤에서 온 여인이라 했다. 그린이 우물에 빠진 날은 수년에 한번 있을까 말까 한 일식이 있던 날이었다.

한국에서는 보이지 않았지만 어떤 나라에서는 달그림자가 해를 가리는 모습을 볼 수 있었을 거였다.

처음에 그린은 융을 만나기 위해 조선으로 오게 된 줄 알았다. 다음엔 매꽃이 융을 죽이려고 자신을 불렀다는 걸 알게 되었다. 하지만 둘 다 아니었다. 그린은 확신할 수 있었다.

'저는 전하를 살리러 달그림자에서 온 거예요.'

그린이 융의 침전에 세워진 여덟 폭짜리 병풍을 바라봤다. 오직 임금의 거처에만 놓을 수 있는 일월오악도(日月五嶽圖). 임금의 절대적인 권위와 왕실의 번영을 기원하는 병풍에는 붉은 해와 흰 보름달, 산신에게 제를 올렸다는 다섯 개의 봉우리가 그려져 있었다.

조선 왕실을 지키는 다섯 개의 봉우리처럼 고려에서 전해진 신물도 모두 다섯이었다. 그것도 우연일까.

그린이 목에 걸고 있던 세 개의 신물을 풀었다. 융이 지니고 있던 대천도 함께 모았다. 융이 천령을 끼워 줬을 때의 떨림을. 명산에 담긴 초혜의 눈물과 대천과 함께 건네받았던 초란의 진심을. 오악을 통해 볼 수 있었던 매꽃의 노여움 모두를 그린은 기억하고 있었다. 그러니 모두 융에게 주어도 괜찮았다. 그린은 신물을 줄에 걸어 융의 손가락에 끼웠다.

오른쪽 새끼손가락에 천령과 오악을, 왼쪽 새끼손가락 대천과 명산을 끼워 주는 그린의 입가에 부드러운 미소가 걸렸다. 자신이 떠나도 신물들이 융을 지켜 줄 것만 같았다. 멀지 않은 곳에 있다는 용신도 곧 찾아올 것만 같아서 그린은 웃었다. 그 웃음이 울음이 되는 덴 그리 오랜 시간이 필요하지 않았다.

"죄송해요. 새끼손가락 걸고 약속했는데. 이렇게 먼저 떠나서 정말 죄송해요, 전하."

그린이 융의 눈꺼풀을 매만졌다. 기억 속에서 융은 곧고 서늘한 눈매로 그린을 내려다보고 있었다. 어디선가 그의 목소리가 들려왔다.

'다른 무엇보다 네 안전을 최우선으로 해야 한다. 어명이다.'

'과인의 도움을 받고 황송해 하란 뜻이다. 이건 어명이다.'

'하루에 다섯 끼씩 먹도록 하라. 이것도 어명이다.'

'영원히 행복하게 살아라. 어디까지나 내 곁에서. 어명이다.'

무슨 일이 있어도 받들어야 하는 존귀한 명령을 융은 오직 그린을 위해서만 내렸다. 처음부터 끝까지 사랑 아닌 것이 없었다. 저가 받아도 되나 싶을 만큼 과분한 마음이었다.

날 심장이라 말해 준 사람. 나 없는 삶은 필요 없다고 해 준 사람. 그 사람을 위해 죽는 것은 무섭지 않았다. 다만 마지막으로 머루알처럼 검은 그의 눈동자를 보고 싶었다.

"다음 생에서 또 봐요. 이번에는 제가 전하께 왔으니, 다음엔 전하께서 절 찾아오세요."

가슴 깊은 곳에서 뜨거운 무언가가 울컥 올라왔다. 그린이 입술을 깨물고 부러진 화살을 움켜쥐었다. 식은땀 때문에 손이 미끈거렸다. 한번 해 봐서 잘할 수 있을 줄 알았는데 전혀 그렇지 않았다. 미친 듯 뛰는 심장에 화살을 박아 넣어야 했다. 죽기 직전 심장에서 흘러나온 피를 융의 입술에 바르고 그 안에 가득 찬 저주의 기운을 빨아들여야 했다.

할 수 있을까. 실패하면 어쩌지.

두려움과 불안이 끓어올랐다. 아기는 머릿속에서 지웠다. 처음부터 없던 아이라고 되뇌며 자신을 속였다. 그러지 않고는 한 치도 움직일 수 없었다. 망설이면 영원히 시도하지 못할 것 같아서 그린이 눈을 질끈 감았다.

숨을 멈추고 화살을 제 가슴을 향해 내리찍었다. 하지만 통증은 없었다. 화살촉은 그린의 심장 한 치 앞에서 멈춰 서 있었다. 그린의 의지와 무관한 일이었다.

'이게 무슨 일이지? 왜 안 움직여?'

그린의 손을 덜덜 떨었다. 안간힘을 써 봐도 제 심장을 찌를 수 없었다. 누군가 그린의 손을 밧줄로 꽁꽁 동여맨 것 같았다. 순간 홍희수의 말이 머릿속을 스쳐 지나갔다.

'매꽃이 기묘한 그림을 구기며 전하를 협박하였사옵니다. 연유는 알 수 없으나, 전하께서는 그것이 마마께 해가 된다고 믿으셨사옵니다.'

그린은 심장이 터질 것 같던 고통을 되새겼다. 금세 잠잠해지긴 했지만, 눈앞이 노래질 정도로 강한 충격이었다.

홍희수가 말한 기묘한 그림이란 사라진 여황제 카드가 분명했다. 그린의 손때가 묻은 타로는 저주에 안성맞춤이었을 터였다.

거기까지 생각이 미치자 온몸의 털이 쭈뼛 곤두섰다. 그린이 이를 악물고 화살촉을 제 쪽으로 끌어당겼다. 하지만 그린의 심장 위에서 멈췄던 화살촉은 제멋대로 방향을 틀었다. 그린이 아닌 융을 향해서.

'매꽃이 날 조종하고 있어!'

그린은 가까스로 비명을 삼켰다. 손과 다리는 물론 목소리마저도 그린의 의지에서 벗어나 있었다. 그린은 매꽃의 꼭두각시가 되어 융에게 다가갔다. 부러진 화살을 쥔 손에 힘이 들어갔다. 매꽃이 노리는 것은 하나뿐이었다.

'내 손으로 전하를 죽이게 하려는 거야!'

아득해지는 정신을 가까스로 붙잡았다. 도움을 청하고 싶지만, 입이 떨어지지 않았다. 제물 의식을 위해 모든 궁인을 30보 밖으로 물린 상태였다. 그린의 손이 화살을 치켜들었다. 이대로라면 매꽃의 뜻대로 융을 죽일 수밖에 없었다. 몸 밖으로 뛰쳐나가기라도 할 것처럼 심장이 달음박질쳤다.

'안 돼!'

그린이 속으로 비명을 질렀다.

그 순간 은신처에서 그린을 조종하고 있던 매꽃이 움찔 어깨를 떨었다. 여황제 카드가 몸부림치듯 떨려 왔다. 그린의 저항을 느끼며 매꽃이 입꼬리를 비틀었다.

"그래 봤자 네년은 내 손안에 있다!"

매꽃은 여황제 카드에 모든 힘을 쏟아부었다. 그린의 발악 탓에 잠시 멈칫하긴 했지만, 융을 죽일 수 있으리라 확신했다. 노인에게 빨아들인 신력이 매꽃의 몸 안에서 솟구쳤다. 다음 대 왕규가 될 뻔한 자답게 노인의 신력은 맑고 정순했다.

노인이 없었다면 매꽃은 은신처까지 도망할 수도 없었을 거였다. 물론 고마움이나 미안함 따위는 없었다. 왕규인 자신을 위해 고려인들이 희생하는 것은 당연했다. 그들이 일을 제대로 했더라면 융에게 꼬리를 밟힐 일도 없었다.

"모든 걸 잃어도 이융과 장그린은 반드시 죽일 것이다!"

흉흉한 광기가 매꽃을 휘감았다. 밑바닥에 남은 한 점의 신력까지 끌어모았다. 아무리 대단한 명혼을 가졌더라도 그린은 제 꼭두각시가 될 수밖에 없었다.

"죽어라, 이융! 네 여인 손에 죽으란 말이다!"

매꽃이 외쳤다. 그와 동시에 그린이 화살촉을 융의 심장에 박아 넣었다. 매꽃은 그런 줄만 알았다.

"아악!"

매꽃의 입에서 핏물과 함께 새된 비명이 터져 나왔다. 그 시각 강녕전에서도 짓눌린 신음이 새어 나왔다.

"으읍!"

놀란 그린이 석상처럼 굳었다. 눈앞에서 중전이 쓰러져 있었고, 그녀의 손엔 부러진 화살이 들려 있었다. 아니, 화살은 중전의 심장에 깊숙이 꽂혀 있었다.

"중전마마!"

그린의 목소리가 뒤늦게 터졌다. 왜? 어떻게? 도대체 무슨 일이? 완성되지 못한 의문들이 눈앞을 까맣게 채웠다. 중전이 쿨럭 피를 토해냈다.

"마마!"

그린이 덜덜 떨며 중전을 끌어안았다. 묶여 있던 오랏줄을 끊어 낸 것처럼 팔다리가 자유로웠다. 하지만 죽어 가는 중전 앞에서 그린은 다시금 얼어붙었다.

'내 손으로 전하를 죽일 뻔했는데…… 왜 중전마마께서?'

융을 죽이기 직전, 그린은 잠시 손을 멈출 수 있었다. 그때 중전이 들어왔다. 중전을 보고도 그린은 움직이지 못했다. 중전이 화살을 낚아채 갈 때도, 그 화살을 제 심장에 찔러 넣을 때도 그린은 제자리에 붙박여 있었다.

"숙원……."

중전의 입에서 희미한 목소리가 흘러나왔다. 붉은 피가 그녀의 입가를 물들였다.

"숙원, 어서 날 도와주게. 내 피를 전하의 입술에……."

"안 돼요, 마마. 마마가 그러시면 안 돼요."

눈물을 머금은 채로 그린이 고개를 저었다. 심장 박동 탓에 머리가 어지러웠고 숨 쉬는 법마저 기억나지 않았다.

"내 희생을 헛되이 할 셈인가?"

중전이 넋을 잃은 그린을 엄히 꾸짖었다.

"마마!"

"서두르게. 오래 버틸 수 없을 것 같으이……."

중전의 눈이 흐릿하게 풀렸다. 그린이 두 손으로 중전의 심장을 감쌌다. 화살을 빼고 싶었지만 그렇게 하면 더 많은 피가 빠져나갈 것 게 분명했다.

중전은 의식을 잃지 않았다. 오히려 기운을 차리는 듯했다. 회광반조(回光返照 죽음 목전에서 잠시 기운을 돌이킴)였다. 그린이 피를 토하듯 외쳤다.

"대체 왜 이러신 거예요!"

"전하도, 자네도 잃을 수 없었네. 복중 태아도."

"제가 제물이 될 거란 걸 알고 계셨어요?"

그린은 내궁 쪽으로 걸음을 옮기던 명륜의 뒷모습을 떠올렸다. 두 사람은 무슨 대화를 나눴던 것일까. 그린은 하염없이 흐르는 눈물을 주체할 수 없었다.

"저와 약조하지 않으셨습니까? 마지막 신물을 찾아 주시겠다고요!"

"나는 답하지 않았네."

"마마!"

"자네야말로 왕자를 낳는다면 원자의 환생이라 여기겠다 하질 않았는가."

중전의 얼굴에 창백한 미소가 걸렸다. 그린이 숨을 집어삼켰다.

"만에 하나 왕자를 낳는다면 이라니. 옹주 아니면 왕자가 태어나야 마땅하거늘 어찌하여 만에 하나인가. 죽기를 작정하지 않고서야."

그즈음 중전은 그린의 결심을 눈치챈 모양이었다. 애초에 그린은 제 몸을 보전하겠다고 일을 미룰 사람이 아니었다. 중전이 어깨를 들썩이며 우는 그린을 위로했다.

"명륜을 미워하진 말게. 봉천군을 빌미로 그를 부른 건 나였으니."

"마마……."

"미안하이. 자네의 물건을 잠시 빌렸네."

중전이 떨리는 손으로 무언가 내밀었다. 그린이 인형 안에 숨겨 놓았던 타로 덱이었다. 중궁전을 찾은 융의 추궁을 피하고자 중전은 인형을 고쳐 준다는 핑계를 댔었다. 그 뒤에 중전은 인형 옷을 수선해야 하니, 가져오라 일렀다.

그린은 아무 의심 없이 인형을 건넸다. 매꽃을 추적하느라 정신이 팔려서 타로 덱을 빼놓는 걸 잊은 줄도 몰랐다.

타로 덱이 없었더라도 중전은 그린의 대역이 될 수 있었을 터였다. 그린과 똑같은 명혼을 가졌고, 그린의 모습을 본뜬 인형을 가지고 있었으니까.

"처음부터 이리 하실 작정이셨습니까?"

"미안하네."

"마마께서 왜 미안하십니까?"

"날 위해 울지 말게. 나는 죽는 것이 아니라 바람이 되는 것이네."

그린이 불러 주었던 '천 개의 바람 되어' 가사를 떠올리며 중전이 말했다. 중전의 고운 얼굴에 처연한 미소가 걸렸다.

"나도 자네처럼 자유롭게 날고 싶었네. 따사로운 빛처럼 전하를 밝혀 드리고 싶었지."

"마마……."

"어차피 난 살아도 산 사람이 아니었네. 자네와 전하, 원자 모두를 구할 수 있으니 이보다 기쁜 일은 없네, 쿨럭."

중전이 다시 피를 한 움큼 토해 냈다. 그린이 놀라 중전을 끌어안았다. 핏방울과 눈물이 바닥을 적셨다.

"마마!"

"날 전하께……."

고통에 일그러지긴 했지만, 중전은 웃고 있었다. 그린은 그녀의 마지막 바람을 외면할 수 없었다. 그린도 중전과 똑같은 심정으로 화살을 쥐었기 때문이었다. 그린은 눈물을 훔치고 중전이 융에게 닿을 수 있도록 도왔다.

중전은 가느다란 손가락으로 제 피를 찍어 그의 입술에 발랐다.

"소첩은 이제 원자 곁으로 가옵니다. 부디 만수무강하시옵소서."

중전의 마지막 인사를 받으면서도 융은 눈을 뜨지 못했다. 중전의 눈동자가 눈물로 젖어 들었다. 그린도 중전과 함께 울었다.

"연모하였사옵니다, 전하……."

그 말을 끝으로 중전이 입술을 내렸다. 핏기를 잃은 중전의 입술과 피 묻은 융의 입술이 닿을 때, 중전의 몸에서 밝은 빛이 쏟아졌다.

"아아!"

영혼까지 밝힐 듯한 환한 빛을 보며 그린이 저도 모르게 탄식을 내뱉었다. 융을 짓누르고 있던 붉은 안개가 허공에 서서히 흩어졌다. 사특한 기운도 사라져 갔다. 창백하게 질려 있던 융의 얼굴에 조금씩 혈색이 돌아왔다.

"마마, 저주가 풀리고 있어요!"

그린이 중전을 돌아보며 말했다. 하지만 중전은 그린의 목소리가 닿지 않는 먼 곳으로 떠난 뒤였다.

"제발 정신 차리세요! 중전마마!"

그린은 중전의 죽음을 믿을 수 없었다. 이대로 보내 줄 수도 없었다. 원래 그린이 해야 했을 일이었다.

'부디 앞으로도 전하를 지켜 주시게. 자네라면 전하를 도울 수 있을 것이네. 나도 자네처럼 살고 싶었다네.'

중전과 나누었던 대화를 돌이키며 그린이 오열했다. 그때는 몰랐지만, 중전의 한 마디 한 마디가 모두 유언이었다.

"으음……."

융의 눈꺼풀이 파르르 떨렸다. 그린은 중전의 시신을 안은 채 고개를 숙였다. 아직 온기가 남아 있는 중전 앞에서, 차마 융을 볼 염치가 없었다.

"그린아…… 중전?"

융의 눈동자가 그린에게서 중전으로 옮겨 갔다. 낭자한 피와 중전의 심장에 박힌 화살. 그것이 의미하는 바가 무엇인지 모르려야 모를 수가 없었다.

"이 무슨 일이냐? 어서 어의를 부르지 않고!"

중전을 안은 그린은 울며 고개를 저었다. 아래턱을 떨면서 융이 중전의 맥을 짚었다. 손끝에 전해지는 것은 섬뜩한 고요뿐이었다.

"중전! 중전!"

융이 가쁜 숨을 토하며 중전의 뺨을 두드렸다. 소용없다는 것은 알면서도 멈추지 못했다. 매캐한 안개가 낀 듯 어지럽던 머리는 비 온 뒤 하늘처럼 청명했고, 온몸 구석구석까지 전에 없던 기운이 샘솟았다.

뒤꽂이가 박혔던 허벅지와 칼에 찔렸던 등의 상처도 대수롭지 않게 여겨졌다. 10년간 그를 끈질기게 괴롭혔던 저주가 비로소 벗겨진 거였다. 그것을 견딜 수 없었다. 죽을 듯이 아팠으면 덜 괴로웠을까. 적어도 지금처럼 자신이 원망스럽지는 않았을 것 같았다.

아내를 죽이고 살아남은 부군이라니. 중전의 시신 앞에 무릎 꿇은 채 융이 눈물을 흘렸다.

"중전, 못난 지아비를 용서하지 마시오."

그린은 보내 줄 수 없다는 듯이 중전을 꽉 끌어안고 있었다. 중전의 입가엔 영원히 사라지지 않을 미소가 걸려 있었다.

* * *

중전이 만들어 준 인형은 다시 그린에게 돌아왔다. 상복을 입은 그린이 원자 인형과 자신의 인형을 나란히 앉혀 놓았다. 그 옆으로 중전의 피가 묻은 타로 덱이 놓였다.

박 상궁이 닦아 주겠다고 했지만, 그린이 거절했다. 할머니의 숨결이 담긴 타로는 중전의 피와 함께 간직하리라 다짐했다.

비극의 밤의 지나고 명륜이 찾아왔다. 다른 사람처럼 근엄하게 명륜이 머리를 조아렸다.

"송구하옵니다. 하나 중전마마께 거짓을 아뢸 수는 없었사옵니다."

세자빈 책봉되기 전까지 봉천군과 함께 살았던 중전은 명륜을 잘 알고 있었다. 그린에게서 이상한 낌새를 느낀 중전은 명륜을 불렀고, 그린이 무엇을 작심했는지 토설하게 했다.

중전의 명에 따라 명륜은 몰래 교태전을 찾았고, 그날 인시에 제물 의식이 벌어진다는 걸 알렸다.

그린이 입술을 짓깨물었다. 중전이 그린 대신 제물이 되고자 했다면 왜 처음 시도 때에는 나타나지 않은 걸까. 그린의 물음에 명륜이 답했다.

"그때는 말씀 올리지 않았습니다."

"왜죠?"

"중전마마의 수명이 남아 있었으니까요."

그린의 얼굴에서 핏기가 가셨다. 중전이 언제 죽을지 명륜은 미리 알고 있었던 거였다.

인간의 몸으로 업경을 훔쳐보는 명륜에게 화가 치밀었다. 그린의 목소리가 절로 높아졌다.

"당신은 다 알고 있었군요! 중전마마가 나 대신 죽을걸요!"

"……."

"어떻게 감쪽같이 속일 수가 있어요? 왜 말하지 않은 거예요?"

한참 대답이 없던 명륜이 곧은 눈으로 그린을 응시했다.

"제 눈에 보이는 걸 다 말씀드리길 바라시옵니까?"

"당연하죠!"

"그럼 마마 배 속에 있는 아기님의 수명도 말씀 올릴까요?"

그린이 그 자리에서 석상처럼 굳었다. 아기의 수명이라니? 태어나지도 않은 아기가 몇 날 몇 시에 죽을지도 보인다는 뜻인가.

무릎을 짚은 주먹이 파르르 떨렸다.

'100살까지 산다면 안심될까? 원자 마마처럼 1살에 죽는다고 하면 어쩌지?'

그린이 눈을 질끈 감았다. 태어나지도 않은 아기의 사망일을 아는 건 저주나 마찬가지였다. 탈 없이 태어나 건강하게 자라기만을 바랄 뿐, 그 이상을 알고 싶지 않았다. 깊은 한숨을 몰아쉰 명륜이 질문을 바꿨다.

"중전마마의 죽음을 미리 알려 드렸다면, 마마께서는 무슨 일을 하실 수 있사옵니까?"

이번에도 그린은 답하지 못했다. 명혼이라는 알량한 허울을 가지고 있지만, 그린이 할 수 있는 일은 한 줌도 안 되었다.

"소승도 마찬가지였사옵니다. 중전마마를 살리기 위해 아무것도 할 수 없었지요."

명륜의 낯빛은 어느 때보다 어두웠다. 그도 중전을 살리고 싶었을 거였다. 그러나 그 역시 한낱 인간에 불과했다. 업경을 보는 인간이 견뎌야 할 무게를 상상하며 그린이 고개를 떨어뜨렸다.

"여사님은 알고 계신가요? 누구보다 중전마마를 아끼셨는데……."

"봉천군의 상심은 그녀가 알아서 해결해야 할 문제입니다."

"너무 많은 사람이 고통받았어요. 너무 오랜 시간 동안요."

그린의 목소리가 날카롭게 갈라졌다. 치밀어 오르는 분노를 참기 어려웠다. 왜 죄 없는 중전이 죽어야 할까. 왜 융과 자신이 이토록 고통받아야 할까.

어머니를 잃은 융은 중전이 절 대신해서 죽는 것을 지켜봐야 했다. 그는 식음을 전폐하고 침전에서 한 발자국도 나오지 않았다. 융이 느낄 자괴감이 형체를 갖는다면, 그는 집채만 한 자괴감에 짓눌려 압사당했을 터였다.

'조선이 그렇게 미워? 죄 없는 사람들을 수십 년 동안 괴롭힐 만큼?'

그린에게 고려의 패망과 조선의 개국은 역사 속 한 페이지에 불과했다. 배운 것도 그 안에 적힌 것은 몇몇 위인들의 이름과 그들의 엇갈린 운명뿐이었다.

나라 잃은 고려인들의 슬픔을 짐작할 수 없었다. 매꽃의 비틀린 분노도 알 길이 없었다. 명륜이 허허로운 목소리로 말했다.

"이제 귀자득활술은 전하를 괴롭힐 수 없사옵니다. 마마에게 걸린 저주도 모두 풀렸사옵니다."

"중전마마께서 모든 저주를 지고 돌아가셨으니까요. 저는 중전마마의 심장을 삼키고 살아남은 거예요."

그린이 어깨가 바들바들 떨렸다. 그렇게 살고 싶었는데 살아 있다는 것이 너무 미안해서 견딜 수 없었다.

'너 때문에 중전이 죽었다. 조선에는 너보다 중전이 필요한 것을!'

듣지도 못한 말이 귓전을 때려서 그린은 잠을 이루지 못했다. 비통에 빠져 있는 융과 인수대비를 찾아가지도 못했다. 죄인처럼 고개를 떨어뜨린 그린에게 명륜이 입을 열었다. 신분이나 법도 같은 건 모른다는 듯 삐딱한 말투였다.

"누가 중전마마 등을 떠밀었소? 싫다는 분 끌어다가 제물로 삼았냐는 말이오?"

"무슨 말이에요?"

"산 사람도 죽은 사람도 아닌 것처럼 사는 게 쉬운 줄 아시오? 나서지도 못하고, 제 목소리를 내지도 못한 채 그저 연명하는 게 얼마나 힘들지 상상이나 가시오?"

염주를 쥔 명륜의 주먹이 하얗게 질렸다. 그도 봉천군 못지않게 중전을 아낀 모양이었다. 하긴 어느 누가 중전을 싫어할 수 있었을까. 고귀한 영혼을 지닌 아름다운 여인을.

"중전마마는 강한 분이었소. 그런 분이 오래 고심해서 선택하신 일이오. 그걸 뉘가 막을 수 있겠소이까?"

그린을 바라보는 명륜의 눈빛이 한층 더 매서워졌다.

"마마는 제물이 될 수 있고, 중전마마는 안 될 이유는 무엇이오? 혹시 고결한 희생의 주인공은 본인만 될 수 있다고 믿은 거요?"

명륜의 비아냥에 그린이 눈을 부릅떴다.

"무슨 말을 하는 거예요! 그런 결정이 쉬운 줄 알아요? 나도 살고 싶었다고요!"

아랫배를 감싸 안은 채로 그린이 외쳤다. 너무 많이 흘려서 이제는 마른 줄 알았던 눈물이 다시금 차올랐다.

"누구보다 살고 싶었어요. 내가 죽더라도 아이만은 살리고 싶었단 말이에요!"

"그럼 사시오."

"스님!"

"중전마마의 심장을 삼키고 살아남으시오. 중전께서 미처 못한 일을 마마께서 해 보시란 말이오. 그게 남은 사람의 몫이오."

하나부터 열까지 맞는 말이어서 그린은 입을 다물었다. 하고 싶은 말은 다 했다는 듯 명륜이 자리에서 일어났다.

슬픔과 죄책감으로 뒤엉켜 있던 마음이 조금쯤 풀린 기분이었다. 수다쟁이 땡중인 줄만 알았는데. 봉천군이 나이 어린 명륜을 공경하는 까닭을 조금쯤 알 것 같았다.

성큼성큼 걸어 나가던 명륜이 문득 걸음을 멈췄다. 어느 때보다 진지한 얼굴로 그가 말했다.

"소승을 불렀으니 무심사에 시주하는 것도 잊지 마시고."

"시주요?"

"그럼 시주도 없이 날 부려먹겠다는 것이오?"

"그, 그건 아니지만……."

"중전께서는 아주 후하신 분이었다는 것만 살짝 귀띔하겠소. 나는 쌀보다 고기가 좋소. 돈으로 주면 더 좋고."

그 말을 끝으로 명륜이 나갔다. 허탈한 마음에 그린이 두 손으로 머리를 감쌌다. 저주를 풀어냈다고 하지만 아직 매꽃을 잡지 못했다. 매꽃도 타격을 받았을 이 시점이 그녀를 처결할 절호의 기회였다.

하지만 아직 마지막 신물은 찾지 못했다. 생사의 경계를 넘나들고 있을 야마와 사현을 생각하면 입이 바짝바짝 말랐다. 그린은 중전이 남긴 원자 인형을 끌어안았다.

"마마, 저는 어찌해야 하나요."

그때 손끝에 무언가 바스락거리는 촉감이 닿았다. 고개를 갸웃거리며 그린이 인형 안쪽을 더듬었다.

"어라?"

솜으로 채워져 있을 줄 알았던 인형 안쪽에 비밀 주머니가 있었다. 그린도 제 인형 안에 카로 덱을 숨겨 놓지 않았던가. 그린이 비밀 주머니 안에 손을 넣어다. 반듯하게 접힌 종이가 그 안에 있었다. 떨리는 심장을 억누르며 그린이 종이를 폈다.

중전의 서신이었다.

[숙원. 이 편지를 볼 때쯤이면 나는 이 세상 사람이 아니겠지. 상의 없이 먼저 떠나 미안하네.

나 때문에 상심할 자네와 전하, 대왕대비 마마, 봉천군…… 그 밖의 많은 분을 생각하니 미안하다는 말도 잘 나오지 않는구려.

하지만 너무 슬퍼 마시게. 10년간 나는 이날만을 기다려왔네. 원자와 사현, 봉천군의 희생 덕분에 살아남은 몸이라 죽지 못하였네만 언제나 훌쩍 떠나고 싶었다네.

복중 태아와 소중한 이들을 구하고 떠날 수 있어서 기쁠 따름이지. 아니, 나는 이날을 위해 살아온 것이 틀림없네. 원자도 어미를 장하다, 생각해 줄 것이야.

자네가 미소 지을 때 나도 시름을 잊고 행복했다네. 그러니 부디 눈물 대신 미소를 보내 주시게. 그 미소로 전하와 곧 태어날 아기님을 지켜 주시게.]

"중전마마……!"

서신을 쥔 그린이 어깨를 떨었다. 중전의 마음이 손으로 만지듯 가깝게 느껴졌다. 너무 좋은 분을 너무 빨리 잃었다. 왜 좋은 사람들은 서둘러 세상을 떠나는 걸까. 아직 나눠야 할 말이 많은데. 함께 하지 못한 것들이 많은데. 그린이 소매로 흐려진 눈을 닦았다. 중전이 남긴 마지막 말이 그린의 가슴을 쳤다.

[용신(龍神)은 원자 인형 심장 부근에 꿰매져 있네. 거창부원군께서 원자의 건강을 빌며 보내 주신 선물이었다네. 비록 원자가 세상을 등진 후 도착했지만……

자네를 잃게 될까 봐 미리 말 못 했네. 좋은 곳에 써 주시게.]

'용신이 이 안에 있다고?'

심장이 왈칵 뛰었다. 그린이 인형을 더듬었다. 인형의 가슴에서 작고 딱딱한 무언가가 만져졌다. 손을 주머니 안으로 넣어 힘을 주자 쉽게 떼어져 나왔다.

갓 태어난 별처럼 영롱하게 빛나는 신물. 그토록 찾아 헤맸던 용신이었다. 마지막 신물을 찾고 있다고 말했을 때 중전의 얼굴을 떠올렸다.

고요한 얼굴에 짧은 놀라움과 기쁨이 스쳐 지나가던 것을 그린은 기억하고 있었다.

중전이 바로 용신을 내줬다면 어떻게 됐을까?

'천기 역할을 중전께 맡기고 서둘러 제물이 되었을 거야. 야마랑 사현 씨가 위급하니까.'

그린의 마음을 알기에 중전은 용신의 존재를 숨겨 왔던 거였다. 중전의 아버지인 거창부원군은 원자를 지켜 줄 귀물을 수소문했고, 역관을 통해 용신을 사들였다. 하지만 용신은 원자가 죽은 뒤에야 궁궐에 도착할 수 있었다.

'서둘렀으면 지킬 수 있었을지도 모른다.'

역관의 유언이 이제야 이해되는 그린이었다. 용신이 있었다면 원자는 살 수 있었을까?

밤에도 빛나는 용신을 바라보며 중전도 몇 번이나 물었을 거였다. 아무도 답할 수 없다는 걸 알면서도.

중전은 인형 안에 꿰매고 용신에 대해 발설하지 않았다. 그것이 팔관회 신물인지도 몰랐을 거였다. 봉천군과 연을 끊었기에 그녀가 왕실을 위해 신물을 모은다는 사실도 몰랐다. 그것이 손 뻗으면 닿을 곳에 있었지만 발견할 수 없었던 용신의 비밀이었다.

그린이 두 손으로 용신을 감싸 품에 안았다. 달빛처럼 따스한 온기가 그린의 몸을 감쌌다. 그린은 중전의 부탁대로 눈물 대신 미소를 머금었다.

"중전마마의 심장, 원자마마의 심장 모두 제가 품고 살겠습니다. 부디 지켜봐 주세요."

* * *

강녕전 앞에서 그린은 꼿꼿하게 서 있었다. 대전 상궁이 식은땀을 흘리며 머리를 조아렸다.

"송구하옵니다, 숙원마마. 전하께서 아무도 들지 말라 하셨사옵니다."

"다시 한번 고해 주게. 꼭 전하를 만나야 하네."

"숙원마마께서 오셨다고 말씀 올렸사옵니다만……."

대전 상궁이 말을 잇지 못했다. 융이 그린을 만나지 않겠다고 한 적은 처음이었기에 그녀도 당황한 모양이었다.

"오늘은 그만 돌아가시는 게 좋을 듯하옵니다."

"돌아갈 수 없네."

흔들리지 않는 얼굴로 그린이 말했다. 임금의 명을 거역하겠다는 뜻이었다. 아무리 총애를 받은 후궁이라고 하나 용납될 수 없는 행동이었다. 그린이 벌을 받게 될까 봐 대전 상궁이 목소리를 낮춰 말렸다.

"왕실의 법도에 어긋나옵니다, 마마! 지금이라도 돌아가시옵소서."

"전하께 이렇게 말씀 올려 주게. 내가 중전마마의 유언과 원자 마마의 심장을 들고 왔다고."

"숙원마마!"

그린의 도발에 대전 상궁이 새파랗게 질렸다. 타계하신 두 분 마마의 심장이라니. 감히 입에 담아서는 안 될 말이었다. 게다가 지금은 상중 아닌가.

"싫은가? 그럼 내 직접 대전 안으로 쳐들어갈 수밖에."

그린이 치맛자락을 움켜쥐었다. 궁인들을 뿌리치고 안으로 들어가려 하자 대전을 호위하고 있던 별감들이 철컥, 장검을 움켜쥐었다.

그때 안에서 익숙한 목소리가 들렸다.

"들라 하라."

융이었다. 그린은 상궁의 안내를 기다리지 않고 걸음을 옮겼다. 대전 문도 손수 열었다. 천출이라 어쩔 수 없다고 손가락질을 당해도 상관없었다. 당장 융을 만나야 했다.

"전하."

그린의 목에서 메마른 음성이 넘어왔다. 그린은 나뒹구는 술병과 인사불성이 되어 쓰러진 융을 상상했다. 흐트러진 상복을 걸친 그가 젖은 얼굴로 가슴을 내려치고 있을 줄만 알았다. 하지만 아니었다.

"왔느냐."

청동으로 만들어진 조각상처럼 융은 허리를 곧게 펴고 앉아 있었다. 흰 삼베로 만들어진 용포와 익선관을 썼으나 빈틈 하나 없이 완벽한 모습은 전과 똑같았다. 눈 주위에 그늘이 지고 볼이 움푹 팰 정도로 야위었다는 것만 빼면 말이다.

'차라리 목 놓아 우시지. 술도 마시고 소리도 지르시지.'

붓으로 그려 낸 듯 섬세한 얼굴에 터질 듯한 슬픔이 감춰져 있다는 걸 그린은 알았다. 그가 견디고 있을 심정이 죽음보다 고독하다는 것도 알았다.

그래서 중전의 서신을 꺼내지 못했다. 중전의 유서를 본다 해도 융의 자책이 가벼워지지 않으리란 걸 직감했기 때문이었다. 하지만 그린에겐 낙심한 융을 기다려 줄 시간이 없었다. 심호흡한 뒤에 그린이 말했다.

"전하, 저 회임했어요."

24장. 다시 쓰인 조선왕조실록

윰의 미간이 좁아졌다. 그린의 말을 들었지만 이해하지 못한 얼굴이었다. 그린이 다시 한번 말했다.

"복중에 태아가 있다고요!"

미간의 주름이 칼로 새긴 듯 깊어졌을 뿐, 이번에도 융은 반응하지 않았다. 그린이 작은 주먹을 꼭 쥐었다.

융이 호들갑스럽게 기뻐하진 않으리라 예상했다. 상중이니 큰 축하연을 할 수 없다는 것도 알았다. 애초에 축하연은 바라지도 않았다. 그래도 꿀 먹은 벙어리처럼 멀뚱히 쳐다보는 건 너무하지 않은가?

"전하, 제 말 못 들으셨어요?"

융의 코앞까지 다가간 그린이 물었다. 인형처럼 앉아 있던 그가 입술을 달싹였다. 대답은 더욱 기가 막혔다.

"그럴 리가 없다."
"네에?"
"네가 잉태했을 리 없단 말이다."
융은 그린의 말이 거짓이라 확신하고 있었다. 그린이 눈을 동그랗게 떴다.
"이 밤에 강녕전까지 쳐들어와서 전하께 거짓말을 한다고요?"
"……."
"중전마마께서 서거하신 이 마당에. 무려 회임을 가지고요?"
황당하고 기가 차서 그린이 되물었다. 억양 없는 목소리로 융이 답했다.
"네가 그럴 아이가 아니란 건 알지만 믿지 못하겠다."
"제가 그 정도로 신용이 없나요?"
"그렇다."
투명하기만 하던 융의 눈동자에 서늘한 빛이 담겼다. 그린이 눈썹을 찌푸렸다.
"왜 못 믿으시는 건데요?"
"두 번이나 날 속이고 죽으려 했으니까."
그린이 움찔 어깨를 튕겼다. 비난은 담기지 않았으되 서러움이 느껴지는 음성이었다. 끓어오르는 분노를 잠재우듯 융이 두 눈을 감았다.
"너와 중전이 죽음을 무릅쓰는 동안 나는 짚 인형처럼 쓰러져 있었다."
"……."
"한 나라의 임금이라는 자가 무용하고 무능하였다."
낮게 가라앉은 목소리를 들으며 그린이 호흡을 가다듬었다. 융의 자책은 그린의 상상보다 더욱 무거운 듯했다.

"나를 믿지 못하기에…… 너도 날 속인 것 아니겠느냐."

"전하."

"나는 네 신용조차 얻지 못한 못난 사내다."

심장을 찔리는 듯한 통증을 느끼며 그린이 옷자락을 쥐었다. 아니라고 말하고 싶은데 차마 입이 떨어지지 않았다.

융은 아무도 죽지 않을 방법을 찾겠노라고 말했다. 무슨 일이 있어도 함께 살아가자고 했다. 그를 위해 폐위되어 귀양길에 오르는 것도 감수하겠다 했다. 앞에서 고개를 끄덕였지만, 그린은 그 말을 믿지 않았다. 매꽃이 융을 놓아주지 않으리라 확신 때문이었다.

'나는 전하보다 매꽃을 믿은 건가.'

그린이 입술을 짓깨물었다. 어떤 상황에서도 융은 그린에게 솔직했다. 감정을 드러내는 것을 가장 어려워하던 그가 그린을 위해 바뀐 거였다.

'너와 진실 아닌 것을 나누고 싶은 마음은 없다.'

그렇게 말하던 융의 깊은 눈을 그린은 잊을 수 없었다. 그러나 그린은 그를 두 번이나 속였다. 그와 나라를 위한 희생이었지만 다분히 독선적이었다. 융에게는 폭력적이기까지 했다.

살아남은 그가 괴로워하리라는 것쯤은 얼마든지 알고 있었다. 그 결과 중전이 죽었고, 융은 제 무능함을 다시 한번 실감했다. 사랑하는 여인조차 자신을 믿지 못한다는 자각과 함께.

"죄송해요, 전하……."

고개 숙인 그린이 겨우 말했다. 달리 할 말이 없었다. 융을 잡은 손이 속절없이 떨리고 있었다.

"전하를 믿지 못해서 죄송해요. 제 생각만 해서 정말 죄송해요."

그린의 사과에 융이 고개를 저었다.

"네 잘못이 아니다. 모두 부덕한 내 탓이지."

"전하 탓이 아니에요!"

자책하는 융을 보며 그린이 도리질 쳤다. 눈가엔 이슬처럼 맑은 눈물이 매달려 있었다.

"모두 내 탓이다."

"아니라니까요! 전하가 무슨 잘못을 했는데요?"

"잘못이 없어도 내 탓이다."

"진짜 죄인들은 따로 있잖아요! 매꽃이나 자순대비 같은!"

"죄인들이 죄를 짓는 것도 내 탓이다. 원래 임금이란 그런 것이다."

융이 고집을 부렸다. 군고구마를 물 없이 삼킨 것처럼 가슴이 답답했다. 그린이 가슴을 주먹으로 내리치며 말했다.

"전하는 정말 고집쟁이예요!"

"너야말로 고집쟁이다. 죽지 말라 명하지 않았더냐? 너는 어명을 개 짖는 소리쯤으로 여긴 게 틀림없다."

"고집쟁이 엄마랑, 고집쟁이 아빠 밑에서 태어났으니 우리 아기도 왕 고집쟁이겠네요!"

그린이 지지 않고 외쳤다. 융이 그린의 손목을 붙들었다. 강한 힘이 그린을 옥죄었다.

"왜 자꾸 아기 이야기를 하는 것이냐? 정말 회임이라도 하였단 말이냐?"

융이 그린을 노려보며 낮게 으르렁거렸다. 등골이 오싹할 정도로 순간 무서웠지만, 그린은 시선을 피하지 않았다.

"못 믿으시겠으면 어의를 부르세요. 시간 나시면 이것도 읽어 보시고요."

당돌하게 턱을 쳐들며 그린이 중전의 서신을 내밀었다. 융의 눈동자에 한 차례 풍랑이 일었다.

"중전……."

다리에 힘이 풀린 듯 융이 제자리에 주저앉았다. 서신을 든 손이 가늘게 떨리고 있었다. 그린의 회임과 마지막 신물에 관한 내용이 담겨 있으니 그럴 법도 했다.

"중전이 복중 태아에 대해 알고 있었다고?"

"중전마마께서는 저보다 먼저 회임을 눈치채셨어요. 어의 임종직이 진맥을 봤고요. 임종직이 살해당한 것도 그 때문일 거예요."

융은 여전히 복잡한 얼굴이었다. 그린이 삐딱하게 물었다.

"입태일(入胎日 임신한 날)이라도 계산해 드려야 믿으시겠어요?"

"믿는다. 믿는데…… 어찌 아기가 아기를 갖는단 말이야?"

이해할 수 없다는 투로 융이 물었다. 도대체 이 남자는 무슨 생각을 하고 있었던 걸까. 그린이 허리춤에 손을 올리고 또박또박 말했다.

"제가 왜 아기예요? 스물다섯 살이라고 누누이 말했잖아요?"

"스물다섯 살이란 말이 참이었더냐?"

융이 눈을 천천히 깜빡거렸다. 그린이 어지러운 머리를 손으로 짚었다.

"그걸 여태까지 안 믿으셨던 거예요?!"

"안 믿었다. 열다섯이면 모를까, 이 얼굴로 스물다섯은 당치 않지."

융이 물건이라도 감정하듯 그린의 얼굴을 살폈다. 그린으로서는 미치고 팔짝 뛸 노릇이었다.

"우린 서로를 전혀 믿지 않는 부부였군요! 나 참, 지금까지 한 이불

덮고 산 게 신기하네요!"

그러고 보니 융은 처음부터 그린의 나이를 믿지 않았다. 하지만 그것도 잠깐, 시집도 못 간 원녀(怨女 노처녀)라고 놀려 댔다. 제 말을 잘 들으면 서방을 찾아 주겠다고 약속까지 했다. 그린이 눈을 가늘게 뜨고 물었다.

"그럼 왜 원녀라 놀리셨어요?"

"재미있으니까."

"네?"

"어른이라 우기는 아이가 귀여웠다. 놀리면 빨개졌다가 파래지는 게 재미있었고. 그래서 믿어 주는 척했느니라."

당연한 걸 왜 묻냐는 듯 융은 당당했다. 그린은 땅이 꺼지라 깊은 한숨을 몰아쉬었다. 이제 말씨름할 기운도 없었다.

"좋아요. 우리 사이에 깊고도 넓은 오해의 강이 흘렀다는 걸 인정할게요. 오늘부터라도 진실만 말하기로 해요."

"좋다. 다시 물을 테니 사실대로 말하라. 정녕 회임한 것이냐?"

"그. 렇. 습. 니. 다."

그린이 한 글자 한 글자 끊어 말했다.

'이 속도라면 오늘 밤 안에 다섯 신물 이야기는 꺼내지도 못하겠어.'

해탈한 그린이 고개를 저으며 덧붙였다.

"나이는 정말 스물다섯이고요. 우왓!"

그린이 새된 비명을 질렀다. 융이 허리를 번쩍 안아 든 탓이었다.

"네가 내 아이를 잉태했단 말이렷다!"

융이 쩌렁쩌렁하게 큰 목소리로 외쳤다. 머루알을 연상시키는 검은 눈동자에 무엇과도 바꿀 수 없는 기쁨이 가득 찼다. 어둡기만 하던 얼굴도 꽃망울을 터뜨리는 봄꽃처럼 환해졌다.

"아기를 갖다니! 장하구나. 정말 장하도다!"

실감 나지 않는다는 듯 융이 몇 번이나 반복해서 말했다. 그린을 바라보는 눈길에는 놀라움과 대견함이 동시에 담겼다.

'이제야 좀 평범한 아빠 같으시네.'

융을 아빠라 칭하며 그린이 은은히 볼을 붉혔다. 융의 뺨도 붉게 달아올라 있었다.

"중전이 너와 아기를 구한 것이로구나."

"중전마마께서 꿈을 꾸셨대요. 돌아가신 원자 마마가 절 찾아가는 꿈이요."

"원자가 너를 찾아갔다고?"

융이 푹 잠긴 목소리로 중얼거렸다. 아이와 중전을 지켜 주지 못했다는 생각에 괴로운 모양이었다.

"저랑 중전마마는 이 아이가 원자 마마의 환생이라고 믿기로 했어요."

그린이 애써 밝은 표정으로 말했다. 중전의 부탁대로 미소로 그를 지켜 주고 싶었다. 그래야 중전에게 덜 미안할 것 같았다.

"중전마마는 강하고 용감한 분이셨어요. 우리가 생각했던 것 이상으로요."

"그린아."

"중전마마는 희생하신 것이 아니라 저와 전하, 사랑하는 아들을 지켜내신 거예요."

그린이 힘주어 말했다. 융의 눈이 빨갛게 달아올랐다. 차오르는 눈물을 닦아 내지 않은 채 그가 고개를 끄덕였다.

"네 말이 옳다. 중전은 참으로 강한 여인이었다."

“지금쯤 바람이 되어 자유롭게 날고 계실 거예요. 바람결이 부드러우면, 햇볕이 따스하면 중전마마가 놀러 오신 거로 생각해요.”

“그래, 그러자꾸나.”

“중전마마께서 우리 아기를 지켜 주실 거예요.”

눈물을 삼키며 그린이 융의 목을 끌어안았다. 융도 두 팔로 그린을 감쌌다. 배 속의 아기까지 더해져 세 사람의 체온은 어느 때보다 따뜻했다.

“이게 중전마마께서 남겨 주신 용신이에요.”

그린이 목에 걸고 있던 용신을 꺼냈다. 나머지 신물은 여전히 융의 새끼손가락에 두 개씩 끼워져 있었다. 융이 천령과 오악을 낀 손으로 용신을 받아들였다. 이것으로 다섯 신물이 모두 모였다. 그의 아름다운 얼굴이 한층 편안해졌다.

“이제 야마란 놈과 윤사현을 구할 수 있겠구나.”

“서둘러야 해요.”

“그럼 당장 가자꾸나.”

융의 말에 그린의 눈이 휘둥그레졌다.

“이 밤에요? 중전마마 상중이잖아요?”

“왕실의 상례는 길다. 중전도 두 사람을 살리길 바랄 것이다.”

“그건 그렇지만…….”

그린이 어물거렸다. 팔관회와 관련됐다는 이유로 중신들이 대거 추포되었다. 순순히 자복한 자들도 있었지만, 무고를 주장하며 반발하는 자들도 적지 않았다. 이런 상황에서 융에게 부담을 주고 싶지 않았다.

‘하지만 야마와 사현 씨를 기다리게 할 순 없어.’

그린의 마음을 들여다보기라도 한 것처럼 융이 물었다.

"늦춰져도 되는 일이냐?"
"아니요. 지금 당장 가요!"
"넌 가마를 타야 한다."
조심스러운 손길로 그린의 배를 더듬으며 융이 말했다. 간지러움을 참으며 그린이 미소 지었다.
"무심산은 험해서 가마로 못 가요."
"산 밑까지 가마로 가고 그 뒤부터는 업히면 될 일이라."
"전하께서 업어 주는 거예요?"
그린의 말에 융이 웃었다. 중전의 죽음 이후로 처음 보는 웃음이었다. 씻기지 않을 슬픔이 웃음 밑에 잔잔히 흐르고 있었다.
"아기가 태어나면 자주 업어 줄 것이다. 미리 연습해서 나쁠 것은 없지."
"아기를 업은 전하라니. 너무 안 어울려요."
"활을 든 모습보다 잘 어울릴 수 있도록 정진할 것이다."
융이 진지한 얼굴로 말했다. 그 말끝엔 그리움이 가득 묻어 있었다.
"법도 탓에 원자는 업어 주지 못했느니라. 그런 아이를 묻으며 후회하고 또 후회했다."
"……."
"다시 태어나면 후회하지 않을 만큼 업어 주겠다."
"전하께서도 원자 마마의 환생이라 믿어 주시는 거예요?"
그린이 조심스레 물었다.
"너와 중전의 뜻이 곧 내 뜻 아니겠느냐. 원자에게 내리려 했던 이름을 복중 태아에게 하사하마."
"그 이름이 뭔데요?"

융이 힘주어 답했다.

"황(顗)이다."

찡한 울림이 그린의 가슴에 퍼져 나갔다. 이황은 연산군이 유폐당한 후 사사된 폐세자의 이름이었다. 세자 나이 고작 10살 때 일어난 일이었다.

'전하께서 폐위당할 일은 이제 없어. 이 아이는 무병장수할 거야. 내가 그렇게 만들 거야!'

샛별처럼 눈을 빛내며 그린이 다짐했다. 황이라는 이름도 마음에 꼭 들었다. 원자의 환생이라 믿은 탓인지 첫 아이는 아들일 것 같았다. 입때까지만 해도 그린은 후궁의 아들이 세자의 이름을 갖게 된다는 것이 무슨 의미인지 모르고 있었다.

"여자애가 태어나면 어쩌려고 그러세요?"

그린이 괜히 눈을 흘겼다. 융이 미간을 모았다.

"계집아이면 아니 되는데."

"대통을 이을 왕자가 중요하다는 건 알지만…… 딸은 안 된다는 거예요? 어차피 확률은 반반이라고요."

뾰로통해진 그린이 입술을 내밀었다.

"흐음. 널 닮은 공주라면 곤란하지 않겠느냐?"

"뭐가요?"

"너무 사랑스러워서 귀애를 독차지할 테니 말이다."

융의 턱을 쓰다듬으며 중얼거렸다.

"평생 시집보내지 않을 수도 있다. 세상은 너무 위험하고 늑대 같은 사내놈들 지천이니."

"그렇다고 시집을 안 보내요?"

"어떤 놈이 감히 부마가 될 수 있겠느냐. 공주는 필시 널 닮아 총명하고 아름다울 텐데."

상상만 해도 화가 끓어오르는지 융이 어금니를 깨물었다. 붉은 악귀는 사라졌지만, 그가 뿜어내는 살기는 여전히 강력했다.

"진정하세요, 전하. 아직 딸은 태어나지도 않았어요. 부마 걱정은 나중에나 하시라고요!"

그린이 융을 말렸다. 그러나 그는 혼자만의 세계에 깊숙이 빠져 있었다.

"큰 눈을 반짝거리는 계집아이가 아바마마라고 부르면…… 나는 어찌하면 좋단 말인가."

"얼른 무심사로 가요. 서둘러야죠."

"하아. 공주에겐 무슨 이름을 지어 준단 말인가. 왕자처럼 막 지을 수도 없고."

인생 일대의 고민 앞에서 융이 미간을 찌푸렸다. 그린이 눈썹을 찡그렸다.

"막 지으신 거였어요? 전 감동했는데?"

"공주를 위해 새 전각을 지어야 하지 않을까. 귀한 공주가 머물 만한 마땅한 거처가 없으니."

"궐이 얼마나 넓은데 무슨 소리를 하시는 거예요? 이상한 말씀 마시고, 얼른 따라오세요!"

그린이 억지로 융의 용포를 잡아끌었다. 그린이 홍희수가 대령한 가마에 올라탈 때조차 그는 공주를 위한 이름과 전각, 가마, 비단옷, 패물들을 고민하고 있었다.

'내가 낳으면 옹주 아닌가?'라는 생각이 그린의 머릿속을 잠시 스쳤지만 말이다.

*　*　*

달은 구름에 가려 얼굴을 보여 주지 않았다. 바람에 일렁이는 등불만이 깊은 밤을 홀로 지키고 있었다. 융과 그린이 당도했을 무렵 봉천군의 한 서린 비명 고요한 무심사를 깨웠다.

"사현아!"

무슨 일이 생긴 것일까. 불길한 예감이 턱밑까지 차올랐다. 그린과 융의 발걸음이 빨라졌다.

"안 된다! 이대로 떠나면 아니 된다!"

"봉천군!"

융이 거칠게 암자의 문을 열었다. 봉천군이 물에 젖은 자루처럼 늘어진 아들을 껴안고 눈물을 흘리고 있었다.

"야마야!"

그린이 핏기 한 점 없는 야마의 창백한 얼굴을 보고 눈을 부릅떴다. 그린의 손에는 다섯 신물이 들려 있었다.

"늦었구려."

명륜이 씁쓸한 얼굴로 고개를 저었다. 그것이 무슨 뜻인지 이해하고 싶지 않았다.

"그럴 리가 없어요!"

그린이 명륜을 밀치고 야마에게 다가갔다. 그의 뺨을 두드리며 그린이 외쳤다.

"야마야, 나왔어! 눈 좀 떠봐!"

"……."

"신물을 모두 가져왔어. 저주도 풀었고! 이제 네 힘만 되찾으면 돼!"

그린의 목소리가 들리지 않는 듯 야마는 눈을 뜨지 않았다. 명륜이 야마의 울대와 손목을 짚어 맥을 확인했다. 그리고는 말이 없었다.

"스님, 아니죠? 야마 죽은 거 아니죠?"

눈물을 매단 채로 그린이 물었다. 시선을 떨어뜨린 명륜이 겨우 답했다.

"안타깝지만 맥이 뛰질 않소이다."

"아아, 사현아!"

봉천군은 제자리에 엎드려 통곡했다. 그린이 고개를 저었다. 그때마다 눈물방울이 후드득 떨어졌다.

"그럴 리가 없어요. 야마가 이렇게 쉽게 떠날 리 없다고요!"

명륜은 야마가 언제 소멸해도 이상하지 않을 상태라고 했다. 지금까지 버틴 것도 기이한 일이라고도 했다. 그리 말한 것도 한참 전이었다.

'신물을 모으자마자 왔어야 했는데, 내가 서둘렀다면 살릴 수 있었는데.'

후회가 거대한 파도가 되어 그린을 휩쓸고 지나갔다. 숨을 쉴 수도 목 놓아 울 수도 없었다. 중전이 죽고 난 뒤 융은 대전에 틀어박혔다. 이틀 밤낮을 오열하던 인수대비는 까무러쳤다. 그 상황에서 그린은 자리를 비울 수는 없었다.

국상 중에 윤허 없이 궐을 빠져나간다는 건 목숨을 담보한 일이었다. 평소라면 아랑곳 안 했겠지만, 그린 역시 중전을 잃은 충격을 이기지 못한 상태였다.

입술을 짓깨물던 그린이 봉천군을 돌아봤다.

"봉 여사님, 신물의 영기를 한데 모으려면 어떻게 해야 하죠?"

"너무 늦었사옵니다, 마마……."

"이대로 보낼 수는 없잖아요!"

"신물만 버리게 될 것이옵니다."

"그래도 상관없어요!"

융이 지나치게 흥분한 그린의 어깨를 감쌌다.

"일단 숨부터 쉬어라. 쓰러질까 염려되는구나."

그의 손이 닿자 숨통이 트이는 것만 같았다. 그린이 융에게 매달렸다. 그러지 않고는 버틸 수 없었다.

"봉천군. 의식을 진행하도록 하게."

융이 명했다. 명륜은 소용없다는 뜻으로 눈을 감았고, 봉천군은 뻣뻣하게 굳은 채 움직이지 못했다.

"이리 죽을 자였으면 지금까지 살아 있지 못했을 것이네. 모든 방도를 시도해 본 후 상심해도 늦지 않아."

융이 봉천군의 어깨를 흔들었다. 깊이 잠들었다 깨어난 사람처럼 봉천군의 눈에 초점이 잡히기 시작했다.

"숙원마마, 다섯 신물을 가지고 이쪽으로 오시옵소서."

봉천군의 인도에 따라 그린이 야마 앞에 앉았다. 봉천군은 다섯 신물을 하나씩 그린의 오른 손가락에 끼웠다. 경외감마저 느껴질 만큼 엄숙하고 경건한 모습이었다.

"스님께서는 소재도량(消災道場 질병과 천재지변을 없애고 복을 비는 의식)을 시작해 주시옵소서."

"죽은 자 앞에서 다라니경을 읊으란 말인가?"

"사현이와 대왕님의 혼은 아직 이곳에 있습니다. 서둘러 주십시오!"

봉천군의 서릿발 같은 목소리에 명륜이 목탁을 치기 시작했다. 명륜의 입에서 그린은 이해할 수 없는 범어 흘러나왔다.

"나모라 다나다라 야야 나막알약 바로기제 새바라야 모지사다바야 마하사다바야 마하가로 니가야."

어디선가 시린 바람이 불어왔다. 법당 안의 촛불들이 위태롭게 흔들렸다. 그린이 놀라 고개를 들자 봉천군이 손을 꼭 잡았다.

"신물의 기운에 집중하셔야 하옵니다. 신물이 하나가 될 수 있도록 그 힘을 마마 안에서 녹이셔야 하옵니다."

"위험하지는 않겠는가?"

융이 물었다. 봉천군은 굳은 얼굴로 대답했다.

"귀자득활술이 풀린 이상, 마마께서 다치실 일은 없사옵니다. 열기만 제때 내보내신다면요."

"열기라니?"

"설명할 시간 없어요, 전하. 바로 시작할게요!"

그린이 신물을 낀 손을 가슴 위에 모아 놓았다. 그 모습을 바라보는 융이 초조하게 입술 끝을 씹었다. 대신해 주고 싶었으나 오직 천기인 그린만이 할 수 있는 일이었다.

"옴 살바 바예수 다라나 가라야 다사명 나막 까리다바."

명륜의 독경은 계속됐다. 얼마나 집중하는지 그의 반들반들한 이마에 땀방울이 맺혔다.

"다섯 영기를 모은 후에 열기를 내보내셔야 하옵니다. 절대 견디셔선 아니 되옵니다. 꼭 기억하소서!"

고개를 끄덕인 후 그린이 눈을 감았다. 실수하지 않겠다는 다짐과 해낼 수 있다는 자신감이 그린 안에서 용솟음쳤다. 그린은 온 힘을 집중해 천령과 명산을 만나게 했을 때의 감각을 되살렸다.

'야마의 힘을 돌려주세요. 사현 씨를 살려 주세요. 부디 두 사람을 구해 주세요!'

가지런한 그린의 속눈썹이 파르르 떨렸다. 불꽃을 맨손으로 잡은 것 같은 열기가 치솟은 건 그때였다.

"읍."

그린이 짧게 신음했다. 손에서 피어오른 다섯 개의 불기둥이 하나로 엮이고 있었다. 오색 빛깔의 불기둥은 춤추듯 너울거리며 그린을 가득 채웠다.

'너무 뜨거워! 타 버릴 것 같아!'

신물과 함께 타 죽을지도 모른다는 두려움이 그린을 덮쳤다. 당장 신물을 내던지고 이 열기에서 벗어나고 싶었다. 그럴수록 그린은 신물을 쥔 손에 힘을 주었다.

'아직 안 돼. 좀 더 참아야 해…….'

그린의 작은 몸이 식은땀으로 뒤덮였다. 불구덩이를 뒹구는 듯한 작열감 탓에 의식마저 흐릿해졌다. 명륜의 독경 소리가 지난 밤 꿈처럼 멀게 느껴졌다. 얼마나 지났을까. 다섯 빛깔로 휘몰아치던 영기가 하나의 색으로 물들어 갔다. 신물이 내뿜는 열기는 그린의 영혼마저 태워 버릴 듯 강렬한 기세로 용솟음쳤다. 지금이 열기를 내보내야 할 때였다.

"야마야, 돌아와!"

몽화당 후원에서 사라진 야마를 불렀을 때처럼 그린이 목 놓아 외쳤다. 내부에서 응축되었던 열기가 그린의 손을 빠져나왔다. 순간 그린에게서 신비로운 빛으로 쏟아져 나왔다. 보는 이의 마음마저 정화하는 맑고 밝은 빛이었다.

"그린아!"

"숙원마마!"

현기증이 까맣게 밀려왔다. 그린은 흐릿한 정신을 겨우 붙잡았다. 야마와 사현을 구하기 위해서는 마지막 한 방울의 영기까지 내보내야 한다는 것을 본능적으로 알았다.

'조금만 더, 조금만 더!'

텅 빈 그릇이 산산조각이 날 때까지 그린이 온 힘을 쥐어짰다. 다섯 신물에도 파지직 금이 가기 시작했다. 작은 암자는 태풍에 휩싸인 것처럼 흔들렸고, 거센 바람이 휘몰아쳤다. 구름 사이로 휘영청 밝은 달이 고개를 내밀었다.

달빛이 두 손을 모으고 간절히 기도하는 이들을 환히 밝혔다. 그린의 전신을 감싸고 있던 빛이 점차 사그라들었다. 눈부신 광휘가 사라지자마자 그린은 풀썩 쓰러지고 말았다.

"그린아!"

융이 그린을 끌어안았다. 땀에 젖은 그린의 몸은 연못에서 건져 냈을 때처럼 축축했다. 조바심을 삼키며 융이 그린을 흔들었다.

"정신 차려라! 눈 뜨고 날 똑바로 보아라!"

응답이라도 하듯 그린이 천천히 눈을 떴다.

"전하……."

"정신이 드느냐?"

"야마는요?"

그린이 몸을 일으킬 수 있도록 융이 부축했다. 물 한 모금 넘기지 못할 정도로 기진맥진한 상태였지만 제 몸보다 야마와 사현의 상태가 걱정됐다.

"천지신명이시여……!"

봉천군이 아들의 육신을 끌어안고 목이 터지라 외쳤다. 명륜이 손으로 이마를 짚었다. 눈으로 보고도 믿기 어렵다는 듯 얼떨떨한 얼굴이었다.

"스님, 야마는 어떻게 됐어요?"

그린이 다급히 물었다. 마른침을 삼킨 명륜이 대답했다.

"사현 도령이 눈을 떴소이다."

명륜의 말이 끝나기도 전에 희미하지만 익숙한 음성이 들려왔다.

"걱정 끼쳐서 송구하옵니다, 어머니."

"사현아!"

봉천군이 흐느끼며 사현 가슴 위에 엎드렸다. 사현이 떨리는 손으로 봉천군의 등을 어루만졌다.

"불효자를 용서해 주시옵소서."

차분한 사현의 목소리를 들으며 그린이 석상처럼 굳어 갔다. 반가움과 동시에 불안이 치밀었다. 사현이 깨어났다는 것을 오로지 기뻐할 수가 없었다.

"그럼 야마는 어떻게 된 건가요……?"

봉천군과 명륜, 야마와 한 몸을 공유했던 사현까지도 말문을 열지 못했다. 그린이 옷고름을 움켜쥐고 물었다.

"사현 씨, 깨어나자마자 이런 말 해서 미안하지만…… 야마의 영혼이 느껴지나요?"

말간 눈으로 그린을 바라보던 사현이 고개를 저었다.

"송구하옵니다만 전혀 느껴지지 않사옵니다, 마마."

심장이 쿵 내려앉는 것 같았다. 야마는 어디 간 걸까? 진짜 소멸하고 만 것일까? 야마는 잡귀와 마찬가지로 사현에게 빙의되어 있었다. 몸의 본래 주인인 사현보다 취약한 상태였다.

'혹시 이 의식 때문에 야마가 사라진 건가?'

와락 겁이 났다. 그린의 명혼에는 귀신을 쫓는 힘이 있었다. 극대화된 신물의 영기와 명혼의 빛을 감당하기에 야마는 너무 지쳐 있었는지도 몰랐다. 소중한 친구를 잃었다는 생각에 그린이 비틀거렸다. 명륜이 툭 던지듯 한마디 했다.

"걱정하지 마시오. 대왕은 멀쩡하니까."

"그걸 어떻게 아세요?"

"업경이 보이질 않소."

안타깝다는 투로 명륜이 한숨을 내쉬었다. 그린이 눈을 크게 떴다. 아직 마르지 않은 눈물이 찰랑거렸다.

"야마가 염라대왕으로 돌아갔다는 뜻인가요?"

"새 염라대왕이 왔다면 진작 보이지 않았겠지. 아무 기척 없다가 갑자기 안 보이는 이유가 그거 말고 또 있겠소?"

"야마는 스님이 업경 보는 걸 무척 싫어했어요. 스님을 가만두지 않겠다고 했고요."

그린이 중얼거리자 명륜의 싫다는 표정을 지었다.

"염라대왕 주제에 쪼잔하구려. 무슨 연유인지는 알 수 없으나 신력을 되찾자마자 명계로 돌아간 것 같소. 신물도 빈 껍데기만 남았소."

명륜이 그린이 끼고 있던 신물을 요리조리 살폈다.

"평범한 옥지환이 되었구먼."

그린은 명륜의 말을 믿기 어려웠다. 미세한 금이 가긴 했지만, 신물이 품은 영롱한 빛은 그대로였다. 하지만 신물의 영기가 사라졌다면 야마가 무사하다는 뜻 아닐까? 굳어 있던 그린의 얼굴에 조금씩 혈색이 돌았다.

"마마께는 의미 없는 물건일 테니 시주하시오. 소승이 부처님의 뜻에 따라 좋은 곳에 사용하겠소."

명륜이 근엄하게 합장했다. 그 모습을 지켜보던 융이 피식 웃었다.

"네 속셈을 알고 있으니 괜한 수작 부리지 말아라."

명륜의 어깨가 흠칫 떨렸다. 시치미를 뗀 명륜이 되물었다.

"말씀이 지나치시옵니다, 전하. 소승도 전하와 종묘사직을 위해 신명을 바쳤사옵니다. 중전마마도 측근에도 도왔고요."

"그것과 신물이 무슨 상관이냐?"

"흠흠."

"상했다고는 하나 신물이 야광주 가락지란 사실은 변하지 않는다. 팔겠다고 내놓으면 고관대작들이 서로 사려고 하겠지."

명륜이 헛기침을 하며 딴청을 피웠다. 그린은 명륜의 등을 톡톡 두드렸다.

"시주는 떼먹지 않을 테니 염려 마세요."

"무얼 주실 것이오?"

"콩과 보리쌀을 넉넉히 드리죠. 올겨울은 너끈히 나실 수 있을 거예요."

명륜이 고개를 푹 숙였다. 신물을 빼돌려 한몫 잡아 보려는 계획이 실패로 돌아가자 낙심이 큰 모양이었다. 사현과 봉천군은 서로를 바라보며 못다 한 이야기를 나누고 있었다. 봉천군이 눈물을 글썽거리며 아들의 얼굴을 쓰다듬었다.

"못난 어미 탓에 큰 고생을 하였구나. 정말 미안하다."

"그런 말씀 마십시오, 어머니. 저는 대왕님과 함께 살아 있었습니다."

"사현아."

"전에 보지 못했던 것을 보고, 상상하지도 못할 체험을 했습니다. 참 많은 것을 배웠습니다."

사현의 시선이 그린에게 닿았다가 아래로 떨어졌다. 감히 마음에 담을 수도 없었던 주군의 여인이었다. 야마 덕분에 사현은 잠시나마 그린 곁에 있을 수 있었다. 연모와 우정도 다시 배웠다. 사현에게는 평생 잊지 못할 추억이었다.

"나는 10년 전 중전마마를 위해 널……."

아들을 쓰다듬던 봉천군이 차마 말을 잇지 못했다. 다 안다는 듯 사현이 부드럽게 미소 지었다.

"중전마마께 도움이 될 수 있어서 기뻤사옵니다. 어머니가 바라지 않으셨다더라도 소자가 자청했을 것입니다. 저에게도 소중한 분이셨으니까요."

"정녕 어미를 원망하지 않은 것이냐?"

"원망이라니 당치 않으십니다. 중전마마께서 전하와 숙원마마를 지켜드리지 않았습니까? 소자도 일조한 것 같아 기쁘옵니다."

사현이 어린아이처럼 순수하게 웃었다. 그의 귀환을 기뻐할 청이를 생각하며 그린이 안타까움을 감췄다.

'사현 씨는 여전하네. 참 다행이야.'

사현은 융도 감탄할 정도로 올곧고 선한 사람이었다. 이제 사현 안에도 야마는 없었다.

'이젠 네 손을 잡을 수 없겠구나. 네 뒤통수를 때릴 수도 없고. 그래

도 다시 만날 수는 있겠지? 대답 좀 해 줘, 야마야.'

그린이 밤하늘을 바라봤다. 허공을 가르며 나타나던 야마가 그리웠다. 까불거리고 잘난 척하고 시도 때도 없이 장난치던 그가 눈물겹게 보고 싶었다.

"곧 돌아올 것이다."

융이 그린을 뒤에서 껴안으며 말했다. 그린이 고개를 돌려 그를 올려다봤다.

"정말 올까요?"

"오지 말라고 해도 올 것이다. 그놈이 널 내게 맡기고 안심할 놈이더냐?"

"하하. 그건 그렇네요."

"그러니 기다려 보자. 놈이 돌아오면 술 한잔 따라 주고 싶구나."

그린이 손으로 입을 가리고 쿡쿡 웃었다. 만나기만 하면 원수처럼 싸우던 두 사람이 술잔을 기울이는 모습이 잘 상상되지 않았다.

"어주(御酒 임금이 신하에게 내리는 술)를 받고도 비아냥거릴걸요?"

"야마는 현세의 존재가 아니니 어주라 할 수 없다. 그냥 벗과 나누는 술이 되겠지."

융의 말에 그린이 입을 벌렸다. 그가 야마를 벗이라 하는 날이 올 줄은 꿈에도 몰랐다.

"벗이라고요?"

"내겐 신하는 많지만 벗은 없질 않으냐. 염라대왕 정도면 벗으로 삼아 줄 만하다."

융이 무심한 얼굴로 말했다. 그린의 가슴에 몽글몽글한 행복이 차올랐다. 야마가 이 말을 들었다면 발끈했을 테지만, 융과 야마는 좋은 친구가 될 수 있을 것 같았다.

"그날이 어서 왔으면 좋겠어요."

"동감이다."

"친구랑 싸우지 않고 잘 노셔야 해요."

"또 버르장머리 없는 소릴 하는구나."

융이 피식 웃으며 그린의 목덜미에 얼굴을 묻었다. 그의 숨결이 살갗을 기분 좋게 간지럽혔다. 야마가 그립지만 언젠가 반드시 만나게 될 거라고 그린은 생각했다.

동네 마실이라도 다녀온 사람처럼 훌쩍 나타날 거라고 믿었다. 그때가 오면 왜 이제 왔냐고 따지는 대신 환하게 웃어 주리라 다짐했다.

야마와 영영 못 만나게 될 줄은 모르고.

* * *

궐로 돌아온 융과 그린은 정신없이 바빴다. 국상 중이지만 죄인들의 처벌을 미룰 수 없었다. 팔관회와 끈이 닿은 자들은 남기 없이 하옥됐다. 자순대비도 예외가 될 수는 없었다. 진성대군이 석고대죄하며 자순대비의 용서를 구했지만, 융의 결심은 흔들리지 않았다.

"왕족이라 죄를 탕감 받는다면 어느 백성이 법을 따르겠는가. 왕족이라면 더 무거운 벌을 받아야 한다."

연산군의 측근이자 간신으로 유명했던 임사홍과 임숭재을 비롯해 중종반정의 핵심 인물들이 줄줄이 옥에 갇혔다. 이조참판 성희안과 중추부지사 박원종 등 역사책에 이름을 올렸던 반정공신들이 잡혀 가는 것을 보며 그린은 가슴을 쓸어내렸다.

융이 매꽃의 눈을 속이기 위해 행했던 폭정도 원래 모습으로 돌려놓았다. 사냥터로 쓰일 줄 알았던 빈민가는 깨끗한 우물이 있는 마을로 바뀌었고, 임금의 노리개인 줄만 알았던 기녀들은 훈민정음을 널리 알리는 일꾼이 되었다. 임금의 파격적인 행보에 백성들은 물론 성균관 유생들까지 놀라움을 감추지 못했다.

"거리마다 훈민정음을 노래하는 아이들이 가득하다네."

"아이들뿐인가. 어른들도 콧노래를 부른다네."

"충신들의 입을 막으려고 신언패를 내리신 것이 아니라, 충신들을 보호하기 위함이셨다지?"

"주상께서 참으로 묘책을 내셨네. 덕분에 반역자들을 색출하였으니 말일세."

각계각층에서 뜨거운 갈채가 들려와도 융은 연산군을 잊지 않았다. 앞으로도 절대 잊지 않겠노라 그린에게 맹세했다.

"연산군의 폐악을 반면교사 삼아 평생 백성을 아끼는 임금이 될 것이다."

"전하라면 분명 성군이 되실 거예요. 저도 전력으로 도울게요."

그린이 봄꽃 같은 미소로 그의 맹세를 받아들였다. 그때 융이 충격 발언을 했다.

"일단 너를 종1품 빈에 봉하겠다."

"빈이라뇨! 말단 숙원이 하루아침에 빈이 되면 어떡해요?"

그린이 화들짝 놀랐다. 같은 후궁인 것 같지만 종4품인 숙원과 후궁의 으뜸인 빈은 하늘과 땅 차이였다. 고개를 비스듬히 숙인 채 융이 물었다.

"왜 안 되느냐?"

"몰라서 물으세요? 신하들도 반대할 거고, 왕실 어르신들 허락도 받아야 하고…….”

“조정에는 내 말을 금과옥조로 받드는 충신들만 남았다. 대왕대비 마마는 이미 첩지를 준비 중이시고.”

“두 분이 짜신 거예요?”

“아니. 은밀히 공모한 것이다.”

융의 당당한 말에 그린이 헛웃음을 흘렸다.

“봉 여사님을 부부인(府夫人)으로 만드시고, 사현 씨를 도승지로 만드시더니. 이젠 저까지 출세하는 건가요?”

부부인은 대군(大君)의 정부인이나 왕비의 어머니에게 내리는 정일품(正一品) 작호였다. 봉천군은 성수청 국무였던 데다 중인과 혼인하여 양반 신분도 아니었다. 그런 봉천군을 외명부 여인이 가질 수 있는 가장 높은 품계인 부부인에 봉한 거였다.

봉천군이 서거한 중전의 어머니나 마찬가지였고, 아들과 함께 큰 공을 세웠다는 이유에서였다. 신력이 사라져 여염의 여인으로 돌아왔다는 것도 한몫했다.

합당한 사유가 있었더라도 중신들의 반발이 거셌을 터였다. 그러나 융의 왕권은 어느 때보다 막강한 상태였다. 횡포를 부리지 않는 한, 임금의 뜻을 거스를 자는 없었다.

“너는 사현처럼 저항하지 말아라. 다시 생각해도 피곤하구나.”

융이 미간을 찌푸리며 손을 휘휘 저었다. 야마 덕에 정4품 장령이 되었던 사현은 그마저도 과분하다며 도승지 자리를 단칼에 거절했다.

“정4품에서 정3품이 될 뿐이거늘.”

“당상관이 되는 건데 사현 씨가 넙죽 받아들일 리 없죠.”

“사현은 그게 문제다. 맑은 물에는 물고기가 살지 못하는 법인데. 쯧쯧."

융이 혀를 찼다. 측근에서 그린과 태어날 왕손을 지켜 달라는 말이 아니었다면 사현은 끝내 출세를 거부했을 거였다.

"굳이 제가 빈이 될 필요는 없잖아요? 역사 속 장녹수는 숙용이었다 고요."

그린이 투덜거렸다. 융의 눈매가 매서워졌다.

"요부 따위와 내 귀한 여인을 비교하지 말아라."

"하지만……."

"그건 날 연산군과 동일시하는 것과 똑같은 것이다."

그린이 목을 움츠렸다. 빈이 되기 위해서 그린은 흥덕 장씨 가문에 이름을 올렸다. 홍희수와 사별한 부인의 가문으로, 그린은 호적상 홍희수의 처조카가 되었다. 그것만으로 홍희수는 그린 처소 앞에서 기쁨의 춤을 추었다.

'태어날 아기를 위해 신분이 높은 건 나쁘지 않지. 그래도 장희빈이라니. 어감이 좋지 않은데.'

그린이 입맛을 다셨다. 최대한 단순하게 생각하기로 마음먹었다. 융이 그린을 빈에 책봉하면서 '일단'이란 단어를 썼다는 것도 잊어버렸다.

융은 그린의 회임 사실을 대내외적으로 널리 알렸다. 온 나라가 그린과 태어날 아기의 건강을 기원했다. 인수대비는 손수건이 흠뻑 젖을 정도로 눈물을 흘렸다.

"고맙네, 숙원! 자네가 이 늙은이의 마지막 소원을 들어주었네그려."

"중전마마가 아니었다면 복중 태아를 지키지 못했을 것이옵니다."

"중전이 함께 있었더라면 얼마나 기뻤을까."

인수대비의 주름진 손을 잡은 그린도 눈물을 떨어뜨렸다. 웃으며 중전을 추억할 때까지 많은 시간이 필요할 것 같았다. 이제 남은 것은 매꽃을 붙잡는 일뿐이었다.

* * *

융은 군사를 풀어 매꽃을 수배했다. 전국에 매꽃의 용모파기가 나붙었다. 거액의 현상금도 걸렸다. 훈민정음을 읽을 수 있는 백성들이 늘어나면서 매꽃을 잡기 위한 움직임이 전국적으로 일었다.

"요사스러운 주술을 쓰는 위험한 자다. 위치만 알려도 현상금을 줄 터이니 부디 위험을 무릅쓰지 말아라."

백성들을 걱정하는 전교가 전해지자 임금을 칭송하는 목소리는 더욱 높아졌다.

여기저기서 제보가 들려왔지만, 진짜 매꽃을 본 사람은 없었다. 연기처럼 사라진 것일까. 숨어서 기회를 노리는 것일까.

'중전마마가 저주를 푸셨을 때 매꽃도 타격을 입었을 거라고 했는데. 매꽃이 아기를 노리면 어쩌지.'

매꽃의 존재가 목에 걸린 가시처럼 그린을 괴롭혔다. 하루하루 시간이 지날수록 초조함도 커져만 갔다. 산달이 다가왔을 무렵, 결정적인 제보가 도착했다. 기암절벽으로 둘러싸인 깊은 산속에 매꽃으로 보이는 여인이 은거 중이라는 거였다.

매꽃의 할아버지가 오악을 훔쳐 갔다는 평안도 봉성 마을 근처였다.

제보자는 작은 절의 주지승으로 자신의 신분이 밝혀지는 것을 극도로 꺼렸다고 했다. 그 소식을 들은 융이 미간을 찌푸렸다.

"명륜이로군."

"참 한결같은 사람이네요."

신물을 팔아먹으려 했던 명륜을 떠올리며 그린이 고개를 저었다. 봉천군을 통해 알릴 수도 있으면서 관아에 고하다니. 사안의 위중함을 따지면 상금 대신 벌을 내려야 마땅했다.

조심조심 그린의 둥근 배를 쓰다듬던 융이 일어났다.

"명륜의 제보라면 거짓은 아니겠지. 내 매꽃을 잡아오겠느니라."

"전하께서 직접 가시겠다고요?"

그린이 놀라 어깨를 튕겼다.

"당연하다. 귀자득활술에 자유로운 사람은 나뿐이다. 어찌 무관들만 보낼 수 있겠느냐."

융이 곧은 눈으로 그린을 바라봤다. 아기가 언제 태어날지 모르는 이때 그가 궐을 비운다는 것이 불안했다. 매꽃의 무서움도 누구보다 잘 알고 있었다. 그러나 신하를 제 몸처럼 아끼는 임금을 말릴 수 없었다. 그런 왕이 되길 바란 것은 그린이었으니까.

"무리하시면 안 돼요. 옥체 보존하셔야 해요."

"금방 돌아오마."

"다치시면 화낼 거예요. 저도 배 속의 아기도 엉엉 울 거라고요."

어리광이라는 걸 알면서도 그린이 말했다. 근심 가득한 그린을 향해 융이 새끼손가락을 내밀었다.

"무사히 돌아온다고 약속하겠다."

"새끼손가락 걸고요?"

"그래."

융의 입가에 눈부시도록 환한 미소가 떠올랐다. 굳어 있었던 그린의 표정이 단숨에 풀렸다. 그린이 작고 하얀 손가락을 그의 손가락에 걸었다. 융은 그린이 가르쳐 준 말을 잊지 않고 있었다.

"새끼손가락 걸고 약속."

낮고 부드러운 음성이 그린의 귀를 간지럽혔다. 그린은 괜스레 얼굴을 붉혔다.

"그럼 잠시만 기다리거라."

용 자수가 놓인 철릭으로 갈아입은 융이 떠났다. 한없이 넓은 등을 보며 그린이 옷고름을 쥐었다.

'아기가 태어나기 전까지 꼭 돌아오세요, 전하.'

* * *

융이 홍희수와 내금위를 거느리고 매꽂이 숨어 있다던 계곡을 뒤졌다. 수색은 식은 죽 먹기보다 간단했다. 내금위가 거적을 뒤집어쓴 가냘픈 인영을 끌고 왔을 때 융이 한쪽 눈썹을 추켜세웠다.

"이자가 매꽂이라고?"

계곡에 숨어 있던 자는 건드리면 픽 쓰러질 정도로 쇠약했다. 전신을 가린 탓에 여인인지 사내인지 구분할 수 없었고, 키는 10대 초반 아이처럼 자그마했다. 몇몇 무관들이 콧날을 움켜쥐었다. 괴인 몸에서 풍기는 생선 썩은 내 때문이었다. 길잡이 노릇을 시키기 위해 끌고 온 명륜도 놀라 눈을 끔뻑였다.

"소승이 잘못 봤을 리 없사옵니다. 한때는 업경을 본 몸 아니옵니까?"

"현상금을 타려고 거짓 제보를 한 것이 아니고?"

"현상금이 탐나긴 했지만, 그 정도로 쓰레기는 아닙니다! 얼굴을 보면 분명 흉터가 있을 것입니다."

융이 제지하기도 전에 명륜이 괴인의 거적을 벗겼다.

"으윽."

숙련된 무관들도 흠칫 물러설 만큼 참혹한 모습이었다.

얼굴 전체에 고름이 짓물렀고 말라붙은 피와 살점과 뒤엉켜 썩고 있었다. 머리카락은 몇 가닥 남지 않았으며 이목구비는 형체만 겨우 유지하고 있었다. 손발은 동상에 걸려 잘린 것처럼 뭉툭했고, 굽어든 어깨는 간헐적으로 경련했다.

나병일 수도 있다는 생각에 홍희수가 융 앞을 가로막았다.

"전하, 물러서십시오."

"나병이었다면 마을 사람들이 내버려 두지 않았을 게다."

"이 골짜기에 누군가 숨어 산다는 말은 몇 달 전부터 돌았다고 하옵니다."

"화상과 동상을 동시에 입은 것인가?"

무표정한 얼굴로 융이 물었다. 괴인은 제대로 된 대답도 하지 못했다.

"우으으……."

기이한 신음을 듣던 홍희수가 괴인을 살폈다. 그러다 이맛살을 찌푸렸다.

"혀가 없사옵니다."

"흠."

"썩었거나 잘렸거나 둘 중 하나인 듯싶사옵니다."

"혀는 피부보다 연하니 먼저 썩었겠지."

융과 홍희수의 대화를 듣던 명륜이 헛구역질을 했다. 홍희수가 걱정스럽다는 투로 물었다.

"이자가 정녕 매꽃일까요? 이래서는 신분을 확인할 수 없사옵니다."

"뒤져라. 매꽃이라면 신묘한 그림을 가지고 있을 것이다."

내금위들이 괴인을 뒤졌다. 잠시 뒤 괴인의 품에서 특이한 그림을 찾아냈다. 긁히고 태운 흔적이 남았지만 타로 속 여황제는 제 모습을 간직하고 있었다.

"매꽃이 맞구나."

융이 말했다. 회한도 분노도 담기지 않은 목소리였다. 바들바들 떨던 매꽃이 눈을 부릅떴다.

"아우…… 우우우!"

"허튼 말도 지껄이지 못하는구나."

매꽃은 죽지도 살지도 못한 상태였다. 전신은 썩어 문드러졌고 제대로 서지도 걷지도 못했다. 참수형에 처하는 것조차 의미가 없을 듯했다. 죽는 것보다 이렇게 살아 있는 것이 더 큰 벌일 게 분명했다. 아니, 내버려 둔다면 수일 내 목숨을 잃을 듯 보였다.

융은 알 수 없었으나 매꽃을 이 꼴로 만든 것은 중전과 아마였다. 계곡 은신처에서 매꽃은 여황제 카드를 이용해 그린을 조종하고 있었다. 그를 위해 모든 신력을 남김없이 쏟아부었다. 그린과 같은 명혼을 가진 중전이 나타나는 바람에 매꽃의 도술은 목적지를 잃었다. 매꽃이 당황하고 있을 때 중전이 죽음으로 융의 저주를 풀었다.

신체 일부라 할 수 있는 저주가 사라지면서 매꽃은 큰 충격을 받았다. 목적지를 잃은 신력까지 되돌아오자 매꽃은 피를 토하며 나뒹굴었다.

내장이 뒤틀려 더는 귀자득활술을 쓸 수 없는 몸이 되었다. 그마저도 매꽃은 탁혼의 역겨운 운명이라 믿었다. 탁혼의 위대함을 잊으면 화를 입는다고 했던가. 그때부터 매꽃의 몸은 썩어 가기 시작했다. 거기서 끝이 아니었다. 며칠 뒤 매꽃은 뼈를 얼릴 듯한 한풍을 맞고 쓰러졌다. 귓가에 나지막한 목소리가 스쳤다.

'넌 편히 죽지 못할 것이다. 죽은 뒤에도 영원히 고통받을 것이다. 생시의 지옥을 충분히 즐기다가 오려무나. 나는 그보다 끔찍한 지옥을 많이 가지고 있으니.'

야마의 한풍 덕에 부패는 더욱 빨라졌다. 매꽃의 하루하루는 지옥과 같았다. 몇 번이나 죽으려 했지만 죽음 뒤에 찾아올 고통이 두려워 죽을 수도 없었다. 매일 밤 매꽃 탓에 죽었던 이들이 악귀가 되어 그녀를 찾았다. 융이 당했던 고통을 그대로 이어받은 매꽃은 몸부림쳤다.

"전하, 죄인을 어찌하면 좋겠사옵니까."

홍희수가 물었다. 매꽃을 한양으로 이송하려면 우마차가 필요했다. 끌고 간다고 해도 국문을 할 수조차 없었다. 참혹한 모습 탓에 나병이 창궐했다는 소문이 돌 수도 있었다.

"일을 크게 만들 필요는 없겠지."

"이 자리에서 처형하시겠사옵니까?"

"그대들의 검을 더럽힐 이유도 없다. 죄인의 움막에 묶고, 문을 바위로 막아라. 알아서 죽을 것이다."

융이 명령했다. 매꽃이 흙바닥을 뒹굴며 바르작거렸다. 그것이 타인의 목숨을 벌레처럼 여겼던 매꽃이 할 수 있는 유일한 저항이었다.

'후련할 줄 알았는데 조금도 후련하지 않구나.'

융은 환궁을 서둘렀다. 납덩이를 올려놓은 듯 가슴이 답답했다. 매꽃과 팔관회 때문에 너무나 많은 이를 잃었다. 왕실도 조정도 큰 피해를 입었다. 반역 무리를 처벌한다고 해도 제 모습을 되찾으려면 많은 시간과 노력이 필요했다. 무거운 책임이 융의 어깨를 짓눌렀다. 이럴 때 치료법은 딱 하나뿐이었다.

보이지 않는 슬픔까지 어루만지는 그린의 환한 미소. 융은 그를 위해 말을 달렸다. 그 끝에 햇살 같은 미소를 머금은 그린이 기다리고 있었다.

* * *

그린은 건강한 왕자를 순산했다. 왕자는 태어나자마자 황이란 이름을 하사받았다. 유모 상궁이 있었으나 그린은 어린 아들을 직접 보살폈다. 때론 무엄하게도 임금에게 이런저런 부탁을 하기도 했다.

"전하께서 기저귀를 갈아 주세요."

그린의 말에 융의 눈동자가 좌우로 잘게 흔들렸다.

"과인이?"

"어렵지 않아요. 금방 배우실 수 있어요."

"하지만……."

"업어 주는 건 되고, 기저귀는 안 된다는 게 말이 돼요? 해 봐야 느는 법이에요."

그린이 망설이는 융의 옆구리를 쿡 찔렀다. 기저귀가 묵직한데도 아기는 방싯방싯 웃기만 했다. 난감한 얼굴로 아들을 들여다보던 융이 목소리를 낮춰 물었다.

"그러다 다치기라도 하면 어쩌려고?"

"기저귀를 가는데 왜 다쳐요?"

"만일이라는 것이 있지 않으냐."

"전하께서 일부러 황이를 꼬집지만 않으면 돼요."

그린은 오늘이야말로 융에게 기저귀 가는 법을 가르칠 작정이었다.

아무리 왕이라고 해도 육아는 부부 공동의 책임 아닌가. 융이 결심했다는 듯 말했다.

"좋다. 도전해 보겠느니라."

그린이 손뼉 치며 칭찬했다.

"황아, 아바마마가 널 위해 큰 용기를 내셨단다. 많이 웃어 드리렴."

"흐음. 이렇게 하는 것이 맞느냐?"

융이 조심스러운 손길로 젖은 기저귀를 벗겨 냈다. 신료들과 국사를 논할 때보다 더 진지한 얼굴이었다.

"오. 생각보다 잘하시네요?"

"나는 뭐든 잘한다. 내가 못하는 것이 무에 있겠느냐."

"늘 겸손하셔야지요. 아들은 아버지를 보고 배운답니다."

그린이 짐짓 바른 소리를 했다. 그린의 눈치를 슬쩍 본 융이 아기 엉덩이를 토닥거렸다.

"황아, 방금 말은 못 들은 거로 하자꾸나. 원래 아비는 겸손한 사람이다."

그 모습을 보며 그린이 웃음 지었다. 지금 이 순간이 꿈결처럼 행복했다.

"너무 행복해서 이래도 되나 싶어요."

"앞으로 우리 가족은 더 행복해질 것이다."

가족이란 말이 그린의 가슴을 뻐근하게 만들었다. 그린에게도 진짜 가족이 생겼다. 평범하지는 않지만, 누구보다 서로를 아끼는 소중한 사람들이.

'할머니가 보셨으면 참 좋아하셨을 텐데. 야마한테도 보여 주고 싶어.'

야마를 떠올리자 그린의 눈빛이 가라앉았다. 금방 돌아올 줄 알았던 야마는 지금까지 모습을 드러내지 않았다. 기별이라도 주면 좋으련만 소식조차 없었다. 현세에 나타날 수 없는 이유가 있는 걸까. 아니면 조금 더 늦어질 뿐인 걸까.

오랜 친구를 옛 친구로 만들고 싶지 않아서 그린은 밤하늘을 보며 가끔 야마의 이름을 불렀다.

"아 참, 그래서 말인데."

문득 떠올랐다는 듯 융이 말문을 열었다.

"중전 책봉일이 결정되었다."

"……."

"조선의 국모가 될 준비가 되었느냐?"

융이 의미심장하게 물었다. 이미 각오하고 있었던 일이었지만 그린은 떨림을 감추지 못했다. 자신이 중전이라니. 상상만으로도 현기증이 까마득하게 밀려왔다. 그린이 매달릴 곳을 찾는 아이처럼 황의 작은 몸을 끌어안았다.

"……아니요."

"아직도 안 되었단 말이냐?"

"쉽게 될 리가 없잖아요."

"더는 미룰 수 없단 말이다."

못마땅하다는 투로 융이 고개를 내저었다. 그린이 한사코 사양하는 통에 중전 책봉이 미뤄지고 있었다. 그린은 '그러게 새 장가를 가시라고 했잖아요.'란 말을 속으로 밀어 넣었다. 그것은 진심과 정반대가 되는 말이었으므로.

왕자를 생산하자마자 융은 그린을 차기 중전으로 내정했다. 제 딸을 중전으로 삼고 싶어 하는 권문세가에서 반발했지만 얼마 지나지 않아

잠잠해졌다.

홍희수의 처가였던 장씨 집안도 내로라하는 명문가였다. 장씨 가문에 이름을 올린 그린은 장씨 가문과 홍희수 일족의 비호를 받았다. 부부인이 된 봉천군과 임금의 최측근이자 한양 제일 상단의 후계자인 사현도 그린을 든든히 떠받들었다.

그린이 조선의 아이들이라면 누구나 배우는 훈민정음 노래를 지었다는 것이 알려지면서 백성들 사이에서 그린을 국모로 추대하는 목소리가 높아졌다. 궐내에서도 그린을 지지하는 궁인들이 셀 수 없이 많았다. 그린만 고개를 끄덕인다면 언제든지 중전이 될 수 있었다.

'중전이 된 장녹수라니. 너무 안 어울리잖아.'

그린은 황을 키우며 융 곁에 있을 수 있다는 것만으로 만족했다. 조선과 전혀 다른 환경에서 나고 자란 자신이 중전이 되는 게 융에게도 백성들에게도 도움이 될 것 같지 않았다.

"전 한문도 다 못 읽어요."

"공부 열심히 하고 있지 않으냐? 훈민정음도 널리 사용되고 있으니 문제 될 것 없다."

기다렸다는 듯이 융이 대꾸했다. 그린이 손가락을 꼼지락거렸다.

"전 자유롭고 싶어요. 궐 밖 나들이도 하고 싶고요."

"자주는 어렵겠지만, 최대한 배려하마. 대신 내가 동행해야 한다."

"전하께서는 국사로 바쁘시잖아요."

"잠행을 통해 백성들의 삶을 살피는 것도 국사이니라. 꼭 임금만 잠행하란 법도 없지."

그린이 눈을 반짝 떴다. 명분을 가지고 바깥바람을 쐴 수 있다는 말에 혹한 것이 틀림없었다. 이때다 싶어서 융이 밀어붙였다.

“너 말고 달리 뉘가 내 정비가 되겠느냐. 다른 여인이 중전이 된다면 널 투기할 게 뻔한데.”

“투기요?”

“투기가 얼마나 무서운지 너는 모른다. 왕실엔 투기로 인해 사건 사고가 숱하게 많았다.”

그것을 역사에 능통한 그린이 모를 리 없었다. 투기와 사고를 강조하자 융의 예상대로 그린이 살짝 겁을 먹었다.

“세상에 원덕왕후처럼 현숙한 여인만 있는 것이 아니질 않으냐?”

융이 원덕왕후란 존호를 받은 중전 신씨를 거론했다. 그린이 가장 존경하는 사람도 원덕왕후였다. 그린이 고개를 끄덕이며 중얼거렸다.

“원덕왕후께서는 드물게 그릇이 큰 분이셨죠. 지혜롭고 자애로우셨고요.”

“그 같은 여인이 세상에 또 있겠느냐?”

“설마요! 원덕왕후께서는 몇백 년 만에 한 번 태어날까 말까 한 분이라고요!”

발끈하는 그린을 보며 융이 비죽 튀어나오려는 웃음을 갈무리했다.

“그러니 왕실의 안정과 황이를 위해서 네가 중전이 되어야 한다.”

“황이를 위해서…….”

융이 황의 작은 손에 제 손가락을 쥐여 주며 미소 지었다. 대답이라도 하듯 황이가 활짝 웃었다.

“나는 황이를 임금의 적장자로 키우고 싶다. 죽은 원자에게 해 주고 싶었던 것처럼.”

원자라는 말에 그린의 심장이 먼저 반응했다. 같은 왕자라고 해도 적통 장자가 되는 것과 후궁 소생의 군이 되는 것은 감히 비교도 할 수 없이 큰 차이였다.

적장자는 나라의 국본으로 키워지지만, 반역의 씨앗이 될 수 있는 왕자군은 평생 숨죽여 살아야 했다. 보통 왕자는 8세 전후에 관례를 치르고 봉호를 받았다. 11세 전후해서 혼인하고 출합이라 하여 궐 밖에서 살아야 했다.

'초등학생 정도밖에 안 되는 애를 결혼시키고 집 밖에서 살게 해야 하다니!'

그린의 상식으로서는 도저히 불가능한 일이었다. 그린이 원덕왕후가 만들어 준 인형을 바라봤다. 아직도 그린의 처소엔 원자 인형과 그린 인형 두 개가 나란히 놓여 있었다.

융이 되찾아 온 여황제 카드까지 합해서 24장의 타로가 그린 인형 속 비밀 주머니에 숨겨져 있었다. 그날 이후로 그린은 타로점을 보지 않았다. 그린에게 타로는 원덕왕후의 용기와 헌신이 담긴 신물이나 마찬가지였다. 원자 인형 안에는 영기를 잃은 다섯 개의 신물이 담겨 있었다.

'마마께서도 황이가 원자가 되길 바라실까? 내가 중전이 되는 걸 허락해 주실까.'

묻지 않아도 그린은 알고 있었다. 중전이 환히 웃으며 고개를 끄덕여 주리란 것을. 아들을 세자로 만들고 싶다는 욕심은 그린에게 없었다. 하지만 황이 세자가 된다면 좋은 왕이 될 수 있도록 키워 낼 자신은 있었다.

원덕왕후처럼 현숙한 중전은 못 되겠지만, 본대로 흉내 낼 수는 있었다. 그린이 머루알처럼 검은 융의 눈동자를 바라봤다. 난감할 정도로 수려한 외모도 다시 한번 살폈다. 아직도 이 아름다운 사내가 제 남편이라는 것이 믿겨 지지 않았다.

독점할 수 없는 임금의 마음을 오로지 내준 융. 그 마음을 향해 그린이 붉은 입술을 달싹거렸다.

"전하의 중전이 될게요."

그린이 중전이 되겠다고 한 것은 처음이었다. 그 목소리가 얼마나 고운지 융의 얼굴이 활짝 피었다. 그린 말고 다른 여인이 중전이 되는 것은 상상도 할 수 없었지만, 그린의 작은 등을 떠밀고 싶지 않았다.

그린은 억지로 가지려고 해도 가질 수 없는 여인이었다. 임금의 권력도 그린 앞에서는 무용지물이었다. 굳은 의지와 당당함을 가진 여인. 어떤 상황에서도 웃음을 잃지 않는 싱그러운 여인.

융은 그런 그린이 가지고 싶어서 목이 타들어 가는 갈증을 여러 번 느꼈다. 때론 궐 안에 가두고 독점하고 싶기도 했다. 그린이 입궐했을 땐 제 바람이 이루어졌다고 잠시 착각하기도 했다.

어디에 있든 그린은 바람처럼 자유로웠다. 그렇기에 융은 그린이 훌쩍 제 품에 떨어졌을 때처럼 어느 날 갑자기 사라질지도 모른다는 불안에 시달렸다.

융은 항상 선녀의 날개옷을 빼앗은 나무꾼과 비슷한 심정이었다. 하지만 지금은 아니었다. 황을 낳고 키우는 동안 융도 그린 못지않게 가족의 소중함을 깨달았다. 왕실에서는 느낄 수 없는 가족의 정이 세 사람을 단단히 묶었다. 그린이 떠날지도 모른다는 두려움도 그린을 믿지 못하는 자신 탓이라 여겼다.

지금껏 왕실에서 볼 수 없었던 새로운 중전. 융은 자신을 위해서도 종묘사직을 위해서도 그린을 꼭 중전으로 삼고 싶었다.

"결심해 줘서 고맙구나."

“기다려 주셔서 감사해요.”

그린이 융의 가슴에 머리를 기울였다. 그린의 체취가 물씬 다가오면 여전히 가슴이 뛰는 융이었다.

그린을 완벽히 정복하고 싶다는 욕망과 그럴 수 있는 사내는 자신밖에 없다는 자신감이 솟구쳤다. 달그림자 뒤에서 날 구원하러 온 여인, 내 심장, 내 반쪽. 융이 그린의 장밋빛 뺨을 커다란 손으로 감쌌다.

그린의 눈동자는 생기로 반짝거렸고 그 안엔 사랑과 믿음이 듬뿍 담겨 있었다. 융이 보드랍고 붉은 살결 위에 입술을 내렸다.

혼자 놀던 황은 어느새 잠들어 있었다. 그린과 융은 변치 않는 마음을 깊이 나누었다. 밤하늘의 달이 고개를 돌릴 때까지.

* * *

명계로 복귀하고 몇 달이 지난 뒤에야 야마는 겨우 숨을 돌렸다. 오랫동안 자리를 비운 탓에 처리해야 할 일이 어마어마하게 많았다. 죽었어야 할 인간을 살리고 현세를 어지럽혔다는 이유로 시말서도 여러 두루마리로 작성해야 했다.

그린을 보러 현세를 들락날락하던 걸 젊은 염라대왕의 치기 어린 행동쯤으로 여겼던 시왕들도 불같이 화를 냈다. 야마가 없는 동안 제 몫의 업무가 늘었으니 불만이 많을 수밖에 없었다. 밀린 업무와 시말서, 시왕들의 감시까지 더해져 야마는 그린을 보러 갈 짬이 없었다.

이참에 그린을 향한 제 마음을 잘라 낼 결심도 했다. 서랑의 환생이라고 해도 그린은 서랑이 아니었다. 그린과 함께 있는 시간은 매 순간 그 사실을 확인하는 과정이었다. 알면서도 미련을 완전히 저버리진 못했다. 아직도 손가락 사이로 사르륵 빠져나가는 그린의 머릿결과 따스하면서도 촉촉하던 뺨의 감촉이 남아 있었다.

서랑이 아니라 그린이 보고 싶어서 야마는 몇 번이나 명계의 문 앞을 서성였다.

"우리 그린이 밤잠도 못 자고 날 기다리고 있을 텐데. 똑똑한 척은 혼자 다 해도 챙겨 줘야 할 게 많은 앤데."

야마는 누구보다 그린을 잘 안다고 자부했다. 그래서 절 향한 그린의 마음이 연심이 아니라 우정이라는 것도 잘 알았다. 연심이라 하더라도 어쩔 것인가. 야마는 환생의 굴레에서 벗어난 염라대왕이거늘.

'그래도 매꽃이 저승에 왔을 땐 염라대왕이 된 보람을 느꼈지.'

초열지옥, 한탕지옥, 무간지옥, 독사지옥 등 매꽃을 위해 코스 요리처럼 수많은 지옥을 준비해 뒀다. 그 안에서 어떤 고통을 당할지 굳이 살펴볼 필요는 없었다. 지옥이 괜히 지옥이 아니었으니까.

"내려가지 말자. 괜히 심란해지지."

뒷머리를 긁적거리며 야마가 업경을 꺼냈다. 명륜이란 땡중의 손길이 타긴 했지만, 명계의 업경은 이승에서 슬쩍 훔쳐보는 업경과 비교할 수 없을 만큼 성능이 뛰어났다. 야마가 업경의 기울기를 조정하자, 업경 안에 그린의 모습이 비쳤다.

오늘은 그린의 중전 책봉식 날이었다. 봉황을 수놓은 대삼을 입고 삼각김밥을 연상시키는 대수 머리를 한 그린은 평소보다 아름다웠다. 검은색 면복에 면류관을 쓴 융과 나란히 서 있다는 것이 불만스럽기는 했지만, 행복에 들뜬 그린의 얼굴이 야마를 기쁘게 했다.

그린을 똑 닮은 아기를 안은 봉천군 옆으로 사현과 청이의 모습도 보였다.

"잘 어울려. 재네도 금방 결혼하겠네."

청이는 봉천군의 신딸이었기 때문에 윤씨 성을 받지 못했다. 타고난 신력 탓에 혼인도 쉬 할 수 없는 몸이었다.

사현을 사모했지만 두 사람의 신분의 차가 너무 컸다. 그린은 홍희수에게 부탁해서 청이를 홍씨 가문에 입적시켰다. 꿈에 그리던 딸을 얻게 된 홍희수는 어깨를 들썩이며 울 정도로 기뻐했다. 사대부가 규수가 된 청이는 저돌적으로 사현에게 구애했다. 그 덕에 사현도 제 마음을 확인할 수 있었다.

"청이는 아들 둘에 딸 셋을 낳겠구먼."

턱을 괸 야마가 중얼거렸다. 거리낌 없이 몸을 빌려준 사현과 오라비처럼 자신을 따르던 청이가 행복하기를 빌었다.

"우리 그린이는 중전 노릇 잘하려나. 왕놈이가 갑자기 미치는 건 아니겠지?"

다시 야마가 업경을 조정했다. 업경 안에서 태평성세를 이룬 조선의 모습이 스쳐 지나갔다. 야마는 수백 년 뒤 전해질 조선왕조실록을 살펴봤다.

조선왕조실록에서 폭군 연산군과 요부 장녹수의 이름이 지워졌다. 대신 초기 조선의 한글문화를 꽃피우고 수많은 업적을 세운 성군 이융과 중전 장녹수에 대한 글귀가 적혀 있었다.

거기까지 확인한 야마가 업경을 덮었다. 그린의 명혼이 다시 한번 환생하면 그때는 놓치지 않겠다고 다짐하면서.

<完>